Walter Bernhard

AM FUSS DER JAKOBSLEITER

Roman

INHALT

PROLOG

„Wenn du dich schon in eine solche Hütte verkriechst, dann könntest du zumindest darüber nachdenken, was aus dir werden soll“, sagte der Alte leise. „Die gotische Grammatik ist ja kein Lebensinhalt.“

Er lag auf meinem Bett und rang nach Luft. Lange würde er es nicht mehr machen. Und was er da über die Grammatik sagte, war ja auch meine Meinung. Auch wenn ich es auf dem Gebiet schon sehr weit gebracht hatte. Alle Welt wandte sich an mich, wenn sie etwas über die Wulfila-Bibel und die wenigen anderen Zeugnisse der altgermanischen Sprachen wissen wollte. Aber nun gab es da nicht mehr viel zu forschen.

Bin ich ein besserer Mensch geworden, seit ich mich mit Sprachwissenschaft beschäftige, fragte ich mich. Habe ich mehr Erkenntnisse über mich und über die Welt gewonnen? Die Antwort war: Ja – aber dann kam das große Aber. Wenn ich von lauter Ignoranten umgeben bin, nützen mir meine Erkenntnisse auch nichts. Die Welt wird nicht klüger, wenn es mir bessergeht.

Ich musste laut gedacht haben, denn der Alte sagte plötzlich, „Hast du schon etwas von der Jakobsleiter gehört? Du musst da hochklettern und die anderen mitnehmen.“

Natürlich kannte ich den Mythos der Jakobsleiter, auf der die Engel auf- und absteigen. Aber wer waren die Anderen?

„Such dir ein paar Menschen, führe sie zusammen, schärfe ihren Geist und sage ihnen, sie sollen mit dir gehen“, schnaufte der Alte. Wo soll ich sie suchen, und welche Menschen sollen das sein? Allmählich ging mir der Alte auf die Nerven.

Ich hätte ihn gar nicht hereinlassen sollen, als er vor zwei Tagen an meine Tür klopfte. Aber er sah so erbärmlich aus, und er sagte damals: „Ich bin schon so lange unterwegs, und jetzt bin ich endlich bei dir angekommen." Auf die Frage, was er gerade bei mir wollte, erhielt ich keine Antwort, er brummte nur, dass er hungrig sei. Also gab ich etwas von meinem Nachtmahl ab. Als ich sah, wie seine Beine zitterten, sagte ich, er solle sich eine Weile auf mein Bett legen. Von dem ist er nicht wieder aufgestanden, außer um seine Notdurft zu verrichten, und auch da musste ich ihn stützen. Ich erzählte ihm von mir, von meiner Arbeit, warum ich mich vor den Menschen in diese Hütte zurückgezogen hatte. Er verstand das alles, zumindest nickte er immer wieder.

Ich schlief auf dem Boden, sehr unruhig, weil sein Atem rasselte und er immer wieder hinausmusste. Und dann erzählte er mir mitten in der Nacht, dass er schon auf dem Berge oben gewesen sei und hinübergeblickt habe. Ich verstand nicht, was er damit meinte.

Statt auf meine Frage zu antworten, sagte er: „Geh durch die Wälder, und du wirst die Menschen finden. Mach dich auf den Weg nach Norden. Lass dich nicht beirren. Wenn du sie gefunden hast, lass sie nicht mehr los. Mach ihre Herzen und Hirne geschmeidig. Binde sie an dich – nur gemeinsam werdet ihr emporsteigen können. Am Anfang werden sie dich beschimpfen und vor dir flüchten, aber am Ende sind sie dir ewig dankbar. Du wirst ihre einzige Hoffnung sein, auch wenn sie das nicht wahrhaben wollen."

Der Schweiß stand ihm auf der Stirne, sein Atem ging noch schwerer. Er hatte hohes Fieber. Ich fragte ihn, ob ich einen Arzt holen solle. Er schüttelte langsam den Kopf. „Ich bin schon angekommen", flüsterte er. Ich ließ es dabei bewenden und saß eine Weile neben ihm. Er murmelte irgendetwas, aber es war als ob er nach innen redete; ich verstand ihn nicht mehr und legte mich auf mein hartes Lager, um ein bisschen zu schlafen; bisher hatte ich nicht viel Gelegenheit dazu gehabt.

Als ich nach ein paar Stunden aufwachte und nach ihm sah, merkte ich, dass sein Leiden ein Ende gefunden hatte.

Ganz friedlich sah er aus. Ich ging vors Haus und überlegte, was nun zu tun sei. Auf meinem Bett wollte ich ihn nicht liegen lassen. Jemanden holen wollte ich auch nicht, das hätte nur mehr Probleme gebracht.

Also ging ich ein Stück in den Wald und suchte eine geeignete Stelle. Eine Schaufel war ja in der Hütte vorhanden. Mit ihr grub ich ein tiefes Loch, holte den Alten aus der Hütte, schleppte ihn auf der Schulter zu der Grube und ließ ihn sanft hineingleiten. Als er da unten lag, fast lächelnd, sagte ich: „Ich danke dir, mein Alter."

Dann füllte ich die Grube wieder mit dem Aushub und verdeckte die Stelle mit dem trockenen Laub, das hier reichlich lag. Zwei Zweige lehnte ich an seinem Kopfende aneinander, als Zeichen der Erinnerung. Am Abend beschloss ich, zu der Wanderung in den Norden aufzubrechen. In der Nacht gab es ein heftiges Gewitter.

Bevor ich mich tags darauf in den nächsten Ort aufmachte, um ein paar Sachen für die Reise einzukaufen, sah ich nach dem Grab. Ich musste mich dabei aber verlaufen haben, denn ich fand die Zweige nicht mehr, so sehr ich sie auch suchte. Wahrscheinlich hatte ein Tier sie umgeworfen, oder der nächtliche Sturm hatte sie verblasen. Es war, als sei der Alte niemals dagewesen. Nur der Stock, auf den er sich gestützt hatte, lehnte noch neben der Hüttentür. Ich beschloss, ihn mit mir zu nehmen, aber als ich am zweiten Tag meiner Wanderung am Farias von einer Rast aufbrach, vergaß ich ihn. Vielleicht liegt er noch dort am Ufer.

Nach zwei Wochen verblasste die Erinnerung an den Alten, und nach einer weiteren Woche war ich nicht mehr sicher, ob es ihn überhaupt jemals gegeben hatte. Aber auf der Suche nach den Menschen bin ich noch immer. Ob der Alte existiert hat oder nicht, er hat meinem Leben eine neue Richtung gegeben.

EIN DREIGESCHOSSIGES HAUS

Clara Merz rief ihre drei Hunde zusammen; es war Zeit sie zu füttern. Die drei Chihuahuas, die sonst nicht immer auf Zuruf reagierten, waren dank ihrer biologischen Uhr nun sofort zur Stelle; sonst wäre gar nicht so einfach gewesen, sie aufzufinden, denn das Gras im Garten stand bereits einen halben Meter hoch und ließ damit auch keinen optischen Kontakt mehr zu den winzigen Hunden zu, die zwischen der etwas angerosteten Hollywoodschaukel und dem grün bemoosten Gartenhäuschen umhertollten. Immerhin hatte Clara in der letzten Zeit sämtliche Durchschlupfe in den Zäunen geortet und mit Schnüren zu geflochten, so dass Speedy, Farrah und Koko zumindest für die nächsten Tage innerhalb des quadratischen Grundstücks zu vermuten waren. Bevor die Einfriedungen abgedichtet worden waren, stand nicht immer fest, dass sie überhaupt regelmäßig und vollzählig versammelt werden konnten.

Speedy war vorzugsweise in die Wohnhausanlage links entflohen und durchstreifte nicht nur deren Grünflächen, sondern begab sich auch in die Treppenhäuser und nach Möglichkeit auch in Wohnungen, wenn deren Eingangstüren offenstanden. Sie wurde bereits dreimal von einem älteren Herrn zurückgestellt, der – zum Unterschied von anderen Bewohnern der Anlage – Verständnis für das Kleintier aufbrachte und den Hund schon unter seinem Wohnzimmersofa, auf dem Kellerabgang und eingeklemmt zwischen einem Mülleimer und einem heruntergefallenen Pappkarton mit Fernsehzeitungen des letzten halben Jahres vorgefunden hatte. Das jämmerliche Gewinsel hatte auch weniger wohlmeinende Personen auf den Plan gerufen, und Hugo Hummel, so hieß der Mann, war gerade noch zurechtgekommen, um einen zwölfjährigen Knaben zu verscheuchen, der mit zunehmender Treffsicherheit den hilflos gefangenen Hund als Zielscheibe für Kieselsteinwürfe verwendet hatte.

Farrah war der einzige der drei eigentlich weiblichen Hunde, deren Name einen vagen Rückschluss auf ihr Geschlecht zuließ. Sie hatte sich für ihre Exkursionen ein noch problematischeres Areal ausgesucht. Zwei Grundstücke rechts von Claras Garten befand sich zu dieser Zeit ein Sportplatz, der mit hohen Gittern und nahezu völlig die Sicht abdeckenden Verkleidungen umgeben war und der nordkoreanischen Botschaft gehörte. Bis auf ein winziges Loch in einer dieser Kunststoffplatten war das Gelände daher undurchdringlich. Obwohl Farrah als der dümmste der Hunde angesehen werden musste, hatte sie schon mehrmals den dazwischenliegenden, wenig benutzten Hausgarten durchquert und war durch dieses Loch auf exterritoriales Gebiet vorgedrungen. Einmal wurde der Hund von einem koreanischen Ballspieler ohne viel Aufhebens gepackt und über den drei Meter hohen Zaun geworfen; ein Oleanderstrauch hatte damals den unmittelbaren Aufschlag auf den Waschbetonplatten hinter der Villa des Nachbarn von Clara Merz verhindert. Farrah war trotz einiger Prellungen noch nach Hause gehinkt und musste zum Tierarzt gebracht werden.

Leider hatte sie dieses Erlebnis nicht davon abgehalten, eine weitere Exkursion in die fernöstliche Exklave zu unternehmen. Dort wurde sie von einem Angestellten der Botschaft aufgegriffen und in die Amtsräume des nahen Botschaftsgebäudes verfrachtet. Die Hilfskraft, die des Deutschen mächtig war und offenbar auch einen Zugang zu den administrativen Strukturen der Stadt Wien hatte, informierte sich an Hand der Hundemarke über die Eigentumsverhältnisse des Tieres und verständigte den Geschäftsträger Nordkoreas in Österreich von dem Vorfall. Clara Merz, die trotz mehrerer Affichen in der Umgebung einige Tage später noch immer nichts von Farrah gehört und die Hoffnung auf ein Wiedersehen schon aufgegeben hatte, erhielt zwei Wochen nach dem Verschwinden des Hundes einen Anruf des österreichischen Außenministeriums. Es meldete sich ein Legationsrat Aurel Kottulinsky mit der Frage, ob ihr ein Hund abhandengekommen sei, und teilte mit hörbarem Amüsement mit, das Tier befinde sich mittlerweile in Nordkorea. Auf Clara vermochte diese Aussage keine erheiternde Wirkung auszuüben; sie forderte den Diplomaten in barschem Tonfall auf, sich deutlicher auszudrücken, worauf bei diesem auch telefonisch wahrnehmbar Ernüchterung eintrat; sie solle sich, so erläuterte er den Grund seines Anrufs, bei Herrn Cho Yong Choong in der Botschaft melden und könne sich dort ihren Hund abholen.

Clara war damals bereits im Ruhestand, führte aber als ehemalige Lehrerin für Deutsch und Fremdsprachen den Nachhilfeunterricht fort, den sie auch vorher neben ihrer regulären Lehrtätigkeit an einer berufsbildenden Schule gegeben hatte, und baute ihn nach ihrer Pensionierung sogar noch aus, zumal sie nicht nur in ihren eigentlichen Fächern tätig war, sondern auch in einer Reihe weiterer Unterrichtsgegenstände und außerdem auch bei Kindern mit Lese- und Rechtschreibschwächen allgemeiner Art. Daher befanden sich andauernd Schüler aller Altersgruppen und mit verschiedensten Lernstörungen bei ihr zu Hause; ihr Ruf als nicht eben billige, aber höchst erfolgreiche Therapeutin bei kindlichen Schwächen aller Art hatte sich so weit verbreitet, dass sie nur in Randbereichen ihres Terminkalenders Herr über ihre Zeit war.

Eben jetzt saß ein Zwölfjähriger an ihrem Wohnzimmertisch und kaute an einem Filzstift, mit dem er auftragsgemäß aus einigen vorgegebenen Begriffen eine Kurzgeschichte konstruieren sollte. Clara hielt diese Art von literarischer Betätigung grundsätzlich für schwachsinnig; da sie sich aber, wie sie das immer tat, vor Beginn der pädagogischen Therapie bei dem Lehrer erkundigt hatte, welche Anforderungen dieser bei den nächsten Schularbeiten an seine Schüler zu stellen gedenke, stimmte sie unter Zähneknirschen ihr Nachhilfeprogramm auch nun auf die, wenn schon von ihr nicht nachvollziehbaren, so doch mit einiger Sicherheit zielführendsten, weil mit den Launen der

Lehrperson kompatiblen Inhalte ab. Bei dem aktuellen Schüler war aber, wie schon die bisherigen Einheiten hatten vermuten lassen, jeder didaktische Aufwand vertan. Das Kind hatte sich offenbar bereits auf andere Kommunikationsformen als solche des schriftlichen Ausdrucks festgelegt; es betrieb, wie Clara von seiner Mutter erfahren hatte, bei seinen Jahrgangskollegen einen schwunghaften Handel mit dubiosen Computerprogrammen, die nach Auffassung der Mutter (die ihrerseits Lehrerin für Geschichte und Politische Bildung war) nicht immer altersgemäße Themen behandelten und auch des kulturellen Anspruchsniveaus ermangelten. Da Clara von der dadurch dokumentierten prinzipiellen Lebenstüchtigkeit des hier an ihrem Tische sitzenden Knaben überzeugt war, andererseits aber große Zweifel an der Sinnhaftigkeit der akuten Aufsatzübung und – wegen des grundsätzlichen inneren Widerstandes ihres Adepten gegen Didaktisches aller Art – auch an der generellen Wahrscheinlichkeit eines positiven Semesterabschlusses hatte, brach sie aus Anlass des ministeriellen Telefonats nicht nur die aktuelle Lektion ab, sondern rief gleich die Mutter an und meldete ihr in einigen kurzen und unmissverständlichen Sätzen die Aussichtslosigkeit der pädagogischen Klempnerei an ihrem Sohne.

Sie ließ einige Minuten lang die Beschimpfungen der Mutter, welche nun die gesamte Misere Clara anlastete, über sich ergehen – das heißt, sie hielt den Hörer zwischen Ohr und Schulter eingeklemmt und zog einstweilen ihre Schuhe und ihre Jacke an, gab dem Knaben, der mit freudiger Überraschung das Ende der Schinderei zur Kenntnis nahm, das Honorar für die nicht abgeschlossene Stunde zurück, komplimentierte ihn hinaus, klebte einen Zettel mit einer Kurznachricht für ihre Tochter an die Eingangstür, stellte den verbliebenen Hunden eine Schüssel mit Wasser bereit und begab sich zur nordkoreanischen Botschaft.

Es war zunächst nicht möglich, zu Herrn Cho Yong Choong vorzudringen, weil die Person am Eingang der Botschaft kaum Deutsch verstand. Vor allem hatte Clara aber in der Eile vergessen, einen Ausweis mitzubringen, und wurde schon deshalb nicht weiter vorgelassen. Clara, die eine Abneigung gegen Mobiltelefone hatte, versuchte nun von einer nahe gelegenen Fernsprechzelle ihre Tochter Emilia zu erreichen, die indessen schon nach Hause gekommen sein musste. Emilia, die zum Unterschied von ihrer Schwester Margarete einen umgänglichen Charakter hatte, war tatsächlich schon von ihrem Seminar im Germanistischen Institut der Universität zurückgekehrt und suchte nun Claras Reisepass. Das war deshalb schwierig, weil Clara ihre Wohnung als Gesamtkunstwerk betrachtete und alle Gegenstände, die sich darin befanden, als dessen Elemente in einer Weise anordnete, die niemand sonst verstand, auch Emilia nicht, obwohl sie schon seit dreiundzwanzig Jahren im selben Haushalt lebte. Der Pass fand sich endlich doch in einer Büchse auf dem Klavier zwischen zwei Teddybären und einem broschierten Lehrgang „Isländisch für Anfänger".

Emilia füllte die Wasserschüssel für Speedy und Koko nach und eilte ihrer Mutter nach, die vor der Botschaft auf sie wartete; gemeinsam betraten sie neuerlich das Gebäude. Zum Unterschied von ihrer Mutter hatte Emilia ihren Führerschein mit und durfte daher ebenfalls in die Eingangshalle. Nach mehreren Telefonaten erschien Herr Cho Yong Choong mit einem Korb und der sichtlich unbeschädigten Farrah darin; zumindest physisch schien ihr der Aufenthalt in Nordkorea, wie Aurel Kottulinsky gescherzt hatte, bekommen zu sein. Herr Cho lachte freundlich, äußerte in halbwegs verständlichem Deutsch, dass er es bedauere, den Hund wieder hergeben zu müssen, und überreichte den beiden Damen eine Broschüre in inferiorer Druckqualität, die die offizielle Lebensgeschichte des nordkoreanischen Präsidenten enthielt. Nach einer nochmaligen Besichtigung der Dokumente hielt er Clara einen Zettel hin und ersuchte sie, die „Bestätigung Hund" mit ihrem Namen und ihrer Adresse zu versehen und gegenzuzeichnen. Was sollte Clara also anderes tun, als das

Papier zu unterfertigen, auch wenn es auf Koreanisch abgefasst war. In völliger Ungewissheit darüber, was sie unterschrieben hatte, verließ Clara mit Tochter und Hund die Botschaft; Herr Cho konnte oder wollte keine Kopie des Schriftstückes herstellen.

Koko, der dritte Hund, war erst drei Monate alt. Außer einem Ausflug auf die Gasse vor dem Haus, der die Schnellbremsung eines Radfahrers und dessen Sturz auf den Randstein zur Folge hatte, war bei ihm (oder eigentlich ihr) noch nichts Gravierendes vorgefallen. Der Radfahrer konnte mit einigen Heftpflastern und einer Tasse grünen Tees besänftigt werden und hinterließ seine Telefonnummer für den Fall, dass Clara einmal einen Fachmann für Zierfische benötigen sollte; er sei Aquarianer, wie er das nannte, und leite einen einschlägigen Verein. Da Clara zwar für alles Neue aufgeschlossen war, aber in ihrem Hause keinen freien Platz mehr für ein Aquarium hatte, entließ sie den Fischfachmann und beschloss, die Umzäunung ihres Gartengevierts auf Durchlässigkeit zu prüfen.

Claras Haus und Garten waren in ihrem derzeitigen Zustand das Ergebnis konträrer Prinzipien. Ihre Eltern hatten es in der Nachkriegszeit nach rein sachlichen Gesichtspunkten bauen lassen. Es hatte die Gestalt eines genauen Würfels, verfügte über drei Geschosse und auf drei Seiten zwei gleich große Fenster in jedem Stockwerk. Die Eingangstür war der einzige Bruch in diesem System, aber irgendwie musste man ja in das Haus hinein. Das Dach war flach und häufig undicht; für eine Generalsanierung war kein Geld vorhanden. Die Hoffnung, es mit den Erlösen aus dem Nachhilfeunterricht reparieren zu lassen, war trügerisch, wie Clara wusste. Sie brauchte alles, was sie erübrigen konnte, für ihre Tochter Margarete, die im obersten Stockwerk wohnte. Emilia gehörte das mittlere Geschoss, Clara selbst war im Parterre zu Hause. Die Väter der beiden jungen Damen lebten seit geraumer Zeit in Amerika und in Schweden und zeigten keinerlei Interesse an Kontakten mit Clara oder ihren Kindern. Anfängliche

Versuche von Emilia, ihren Vater zu besuchen, liefen sich schon bald tot.

Margarete, die den Familiennamen ihres Vaters trug, war an ihrem Erzeuger überhaupt nicht interessiert und hatte auch nie irgendwelche Zuwendungen von ihm erhalten; dies war umso bedauerlicher, als Margarete im Gegensatz zu ihrer Schwester keine Anstalten machte, die finanzielle Abhängigkeit von ihrer Mutter zu beenden und einen Brotberuf zu ergreifen. Sie verbrachte ihre Zeit damit, Pläne für die Umwandlung der westlichen Staaten in Gemeinschaften zu entwickeln, die nach dem Prinzip eines anarchischen Urkommunismus funktionieren sollten. Ihr Dachgeschoss spiegelte dieses Bestreben wider und sah aus wie das Büro eines kolumbianischen Guerillaführers; ein Gummibaum, der keine Grenzen kannte, wuchs kreuz und quer durchs Zimmer. Es war ihr völlig gleichgültig, dass sie wegen der Löcher in der Dachhaut immer mehrere Gefäße im Zimmer aufstellen musste, die das Regenwasser auffingen; sie entleerte die Eimer über die Fenster, ohne Rücksicht darauf, ob sich jemand im Garten befand oder nicht; meist ergoss sich der Überlauf ohnedies nur über einen der Hunde. Da der Urkommunismus nur auf internationaler Ebene herzustellen war, beliefen sich die Telefonrechnungen stets auf mehrstellige Beträge und belasteten Claras Budget aufs Äußerste. Claras Versuche, diesen Posten auf ein ihrer Meinung nach vertretbares Maß zu reduzieren, scheiterten an Margaretes Unerbittlichkeit einerseits, was ihre revolutionäre Sendung betraf, und andererseits Clara gegenüber, die sie in solchen Fällen als faschistischreaktionäres Überbleibsel beschimpfte und ihr Zitate aus den Schriften von Tommaso Campanella und Michail Bakunin an den Kopf warf. Clara hatte es bisher nicht übers Herz gebracht, Margarete aus dem Hause zu jagen, zumal diese nach ihren Aussagen das Studium der Soziologie und Geschichte bald beendet haben würde, auch wenn sie, wie sie sagte, das dort erworbene Wissen zum Aufbau der Kommune in keiner Weise verwerten könne.

Da Clara allerdings mittlerweile große Zweifel am Studienfortgang ihrer Tochter hegte, beschloss sie, einen befreundeten Universitätsprofessor zu bitten, ihr Informationen über den aktuellen Stand bei der Studierenden Margarete Kaltenecker zu beschaffen, und von diesen Auskünften die weitere Versorgung ihrer Tochter abhängig zu machen. Hier musste freilich sehr vorsichtig zu Werke gegangen werden, denn wenn Margarete von solchen Aktivitäten Wind bekommen hätte, wäre der mühsam aufrechterhaltene Hausfriede auf Dauer dahingewesen. Margarete hatte anlässlich eines ähnlichen Vorfalls früher schon eine Truppe bärtiger Freunde in die Wohnung geholt und sie zur Unterstützung ihrer Argumente mit der Mutter konfrontiert.

Man sollte nun nicht meinen, dass Clara besonders ängstlich gewesen oder grundsätzlich Auseinandersetzungen aus dem Wege gegangen wäre. Bei den Kommunarden war es ihr gelungen, sie mit massiven Gegenargumenten und mit einer Kaffeejause so weit zu beruhigen, dass die Truppe milde gestimmt abzog und sich zu Margaretes Ärger sogar ausdrücklich für die Bewirtung bedankte. Einer der studentischen Revolutionäre, Rudi Smrz mit Namen, war obendrein vor mehreren Jahren mit Hilfe von Claras Nachhilfestunden durch die Reifeprüfung bugsiert worden, ein Umstand, von dem Margarete nichts gewusst hatte und der sich zur Rundum-Überraschung erst beim Kaffee herausstellte; Rudi hatte sich dabei überhaupt jeglicher Beiträge zu Margaretes Unterstützung enthalten, noch dazu Freundschaft mit dem Hunde Speedy geschlossen und auch ein paar Worte mit der zufällig anwesenden Emilia gewechselt, die ihn ganz nett fand, und wurde von Margarete von diesem Zeitpunkt an als Defätist eingestuft. Der Ausdruck „ganz nett“ erzeugte in Margarete einen Schauder, der ihr die Nackenhaare aufstellte; einen weiteren Aufklärungsversuch innerhalb ihrer Familie unternahm sie nicht mehr.

Zum Unterschied von der geometrischen Grundgestalt des Hauses und auch des Gartens, der genau zwanzig mal zwanzig Meter maß, entzog sich die Ausstattung des Anwesens jeder Kurzdefinition. Vor allem Claras Wohnung, die wie jedes der Geschosse eine Grundfläche von vierundsechzig Quadratmetern hatte, war mit Tausenden von Dingen vollgeräumt, die sich auch kaum in Gattungen ordnen und auch jeden Bezug zur Grundwidmung einzelner Räume vermissen ließen. Die Küche etwa verdiente ihren Namen kaum; es befand sich zwar ein Elektroherd darin, aber das Kaffeebrühgerät stand im Badezimmer, weil dort zum Zeitpunkt der Anschaffung gerade ein Platz frei war; die Teller waren in einem Wohnzimmerschrank untergebracht, aber auch nicht alle, denn in diesem Möbelstück waren bereits mehrere Fächer von Klavierauszügen, Werken über Legasthenie und Hundefutterdosen besetzt. Zahllose Teddybären in allen Farben saßen auf dem Fußboden und auf den Möbeln; manche konnten elektrisch beleuchtet werden, andere mussten allabendlich ins Vorzimmer übersiedeln, weil sie tagsüber auf Claras Bett residierten. Die Türen konnten nicht geschlossen werden, weil auf den Schwellen Literatur gestapelt war, die Clara für ihre Dissertation brauchte. Sie hatte zwar seinerzeit das Lehramtsstudium vollendet, hatte aber weder Zeit noch die finanziellen Mittel gehabt, das Studium bis zum Doktorat weiterzuführen. Das sollte jetzt nachgeholt werden. Sie beschäftigte sich mit Übersetzungstechniken und war davon überzeugt, dass ein Großteil der Missverständnisse zwischen Menschen und zwischen Staaten nur auf mangelhafte Übersetzungen zurückzuführen sei. Allerdings fasste sie den Begriff der Übersetzung weiter als üblich; es bedürfe auch der Übersetzung von Aussagen innerhalb einer Sprache, eine Auffassung, die sie besonders nach ihren allwöchentlichen Familientreffen bestätigt fand.

Ihre Doktorarbeit freilich behandelte eine Übersetzung aus dem Französischen ins Deutsche. Professor Jean Straeuble war ihr Betreuer auf der Universität; seine Gattin war früher eine Lehrerkollegin von Clara gewesen, und aus dieser Zeit stammte auch die persönliche Freundschaft, die sie mit Martina und Jean Straeuble verband (und die Clara auch ermutigte, den Herrn Professor um Auskunft über den Studienfortschritt ihrer Tochter zu ersuchen). Jean Straeuble stammte aus Neewiller-près-Lauterbourg, einem elsässischen Nest in Rheinnähe, und hatte seine Frau bei einem Seminar in Straßburg, wo er damals einen Lehrauftrag hatte, kennen gelernt. Seine Zweisprachigkeit prädestinierte ihn gemeinsam mit seinem Sinn für Sprachlogik für alles, was im wissenschaftlichen Feld mit Übersetzungen zu tun hatte, und er hatte Clara, als sie ihn um ein Übersetzungsthema bat, sofort mit einer ganzen Liste von Vorschlägen überschüttet. Schließlich entschied man sich in gemeinsamen Beratungen für eine erst jüngst wieder ausgegrabene Übersetzung eines länglichen Alexandrinergedichts von Alfred de Musset durch Ludwig Ganghofer; das Gedicht war von süßlichromantischem Inhalt und gehörte gewiss nicht zu den Glanzleistungen der französischen Literatur des neunzehnten Jahrhunderts, aber darauf kam es ja nicht an; dass sich Ganghofer mit solchen Dingen überhaupt beschäftigt hatte, war Clara, die ihn eher als literarische Randerscheinung unter dem Aspekt Heimat-Edelkitsch gespeichert hatte, bis zu diesem Zeitpunkt nicht bewusst gewesen; umso mehr begann sie sich dafür zu interessieren und hatte inzwischen schon fast hundert Blätter Makulaturpapier, von dem im Hause Merz große Mengen vorhanden waren, auf der freien Rückseite mit Textvergleichen vollgeschrieben. Allmählich rückte die Zeit heran, zu der es sinnvoll erschien, die Aufzeichnungen ins Reine zu bringen, was sich auch insofern empfahl, als der jüngste Hund Koko unlängst zehn Seiten des Manuskripts in den Garten gezerrt und dort in einer Pfütze deponiert hatte.

Clara führte deshalb Verhandlungen sowohl mit Emilia als auch mit Margarete zwecks leihweiser Überlassung eines Computers. Beide Töchter besaßen ein solches Gerät, Emilia verwendete es hauptsächlich, um ihre Seminararbeiten darauf zu schreiben; Margarete, die weltweit und unablässig mit radikalen Zellen kommunizierte, konnte den Laptop schon deshalb nicht entbehren, und sie wurde vollends störrisch, als sie erfuhr, zu welchem Zwecke ihn ihre Mutter verwenden wollte. Für die Behandlung kleinbürgerlicher Kinkerlitzchen sei selbst der Bleistift zu schade, mit dem Clara ihre Untersuchungen bisher zu Papier gebracht habe, meinte sie, und sie solle den ganzen reaktionären Scheiß aufgeben und lieber Spanisch lernen, um ihr bei der bisher nur mangelhaften Verständigung mit einigen Gruppen des Sendero Luminoso in Peru und der FARC in Kolumbien zu helfen.

Spanisch hatte Clara ohnedies schon begonnen, weil sie vor mehreren Monaten in der Innenstadt einen Kolumbianer aufgelesen hatte, dessen Harfenspiel auf dem Graben ihr sehr gefiel. Da Clara alles, was ihr gefiel, sofort lernen wollte, hatte sie ihn eines Tages gebeten, ihr sowohl Harfe als auch Spanisch beizubringen. Er war tatsächlich ein paar Mal bei ihr daheim gewesen, man hatte einen Platz für die Aufstellung der Harfe freigelegt, und Clara beherrschte nun bereits die Grundgriffe als auch die wichtigsten spanischen Sätze, die man beim Musizieren verwenden konnte. Jorge, der manchmal seine Harfe bei Clara zurückgelassen hatte, war übrigens eines Tages ohne sein Instrument verschwunden und konnte auch mit ausführlichen Recherchen nicht mehr aufgefunden werden. Nun lehnte die Harfe unter vielen anderen Dingen am Bechstein-Flügel und harrte ihres weiteren Schicksals.

Mit Emilia war da schon mehr anzufangen. Sie war nicht nur bereit, ihre Mutter an das Desktop-Gerät zu lassen, sondern ihr auch beizubringen, wie man es bediente. Clara hatte es bis zu ihrer Pensionierung vermieden, auch nur in die Nähe eines Computers zu geraten, und hätte auch jetzt lieber ihre Schreibmaschine hervorgeholt. Aber Emilia konnte sie überzeugen, dass es wesentlich einfacher sei, schon vorhandene Texte zu korrigieren und abzuändern, wenn man sich eines Computers bediente. Was Clara endlich überzeugte, war der Hinweis, man könne bei Textgegenüberstellungen verschiedene Schriftarten einsetzen und Fußnoten anbringen, wann und wo immer man das für richtig halte. Emilia beherrschte alle Feinheiten des Textverarbeitungssystems und überforderte ihre Mutter zu Beginn der Unterweisung damit gründlich, bis sie endlich einen didaktischen Ansatz fand, der dem vollgestopften Gehirn einer Achtundfünfzigjährigen besser gerecht wurde. Der einzige Nachteil der Zusammenarbeit mit ihr bestand darin, dass Emilia nur über einen Standcomputer verfügte und Clara somit gezwungen war, zur Reinschrift in den ersten Stock zu übersiedeln. Emilias Vorstellungen vom Wohnen unterschieden sich grundlegend von jenen ihrer Mutter. In ihren Räumen herrschte gläserne Strenge; mehr als zwei Bücher lagen außerhalb der Bibliothek nie herum; Clara fragte sich, wo Emilia ihr Eigentum aufbewahrte, denn auf den ersten Blick sah die Wohnung aus, als sei sie noch nicht bezogen. Es hingen keine Bilder an den weiß getünchten Wänden, und Clara musste bei jedem Betreten des Stockwerks ihre Versuchung überwinden, aus dem reichen Fundus des Parterres einigen Zierrat mitzubringen und zu arrangieren. Ein einziges Mal hatte sie einen zugegebenermaßen nicht sehr ansehnlichen Blumenstock auf einen der sorgfältig geputzten Glastische gestellt; am nächsten Morgen hatte sie ihn, als sie die Hunde in den Garten trieb, auf einem Regal im Vorzimmer wiedergefunden, mit einem Zettel, auf dem sie von Emilia gebeten wurde, von weiteren „Verschönerungsaktionen“ ihrer Wohnung abzusehen. „Merci, maman!“, stand am Ende der Mitteilung, was Margarete nie geschrieben hätte. Emilia bestand auch darauf, dass Clara ihre gesamten Unterlagen sowie die sonstigen mitgebrachten Gegenstände einschließlich der Kaffeetasse nach jeder Arbeitssitzung wieder aus ihrem Zimmer entfernte und die Wohnung insgesamt völlig unversehrt und spurenfrei, wie sie das nannte, hinterließ.

Nachdem Clara also ihre Hunde mit einem Gemisch aus viel Gemüse und wenig üblichem Hundefutter versorgt hatte (zu viel Fleisch lehnten die Chihuahuas ab), nahm sie die Ganghofer-Papiere zur Hand und machte sich auf den Weg in den ersten Stock. Unterwegs würde sie am Gartentor nachsehen, ob Post gekommen sei. Es waren zwei Briefe und einige Zeitschriften. Ein Brief war an Margarete gerichtet und kam aus Kuba. Clara beachtete ihn kaum, zu oft waren Sendungen aus Ländern angekommen, in denen Revolutionen stattgefunden hatten oder bevorstanden. Der zweite Brief kam aus Schweden; er versetzte Clara in Unruhe, wobei sie im ersten Augenblick diese Alarmstimmung gar nicht einer bestimmten Ursache zuordnen konnte. Die Adresse wies einige Fehler auf: „Frau März", stand da, mit „ä" geschrieben und statt „Beckmanngasse" „Bäckmanngatan", was für einen Schweden nicht verwunderlich war; als Absender war eine Abkürzung „Avs.L.R." angegeben. Den Stempel konnte Clara nicht entziffern; es war aber offenbar nicht aus Linköping, von wo sie vor einiger Zeit einen merkwürdigen Briefumschlag mit Absender Peter Kaltenecker, aber ohne Inhalt bekommen hatte. Das war wohl der Grund für den leisen Schrecken gewesen; dass sich Peter noch einmal melden würde, hielt sie aber für so gut wie ausgeschlossen.

BESUCH BEI HUGO HUMMEL

Als sich Clara umwandte, um in ihr Haus zu gehen, ließ sie noch einmal, wie es ihre Gewohnheit war, ihren Blick kreisen, um sich die Normalität ihres Umfeldes zu bestätigen. Sie nahm meist nicht einmal bewusst wahr, was sich in der Beckmanngasse zutrug. Es genügte ihr, wenn das eingeprägte Bildmuster einigermaßen mit der vorhandenen Realität übereinstimmte. Sie wollte schon das Gartentor schließen, als plötzlich ihr Kontrollsystem anschlug: irgendetwas schien nicht ins gespeicherte Schema zu passen. Clara sah sich nochmals um, diesmal mit voller Aufmerksamkeit; ihr Blick erfasste am Ende der Straße eine Gestalt, die auf dem Randstein saß. Es war, wie sie bei näherem Hinsehen bemerkte, Hugo Hummel aus dem Nebenhaus, der ihr schon mehrmals Speedy zurückgebracht hatte. Dass er es war, der dort kauerte, konstatierte Clara fast mit Erleichterung, denn bei Herrn Hummel musste man immer auf ein überraschendes oder ungewöhnliches Verhalten gefasst sein.

Es war nicht ganz einfach zu beschreiben, worin er sich in seinem Umgang von anderen Menschen unterschied, aber irgendwie erweckte er sofort das Gefühl, man habe es mit einer Person zu tun, an die andere Maßstäbe angelegt werden müssten als üblich. Manche Menschen wären ihm vermutlich absichtlich ausgewichen, denn es war auf den ersten Blick zu bemerken, dass er anders war als andere; Clara gestand sich ein, dass auch sie gelegentlich ein leichter Schauder erfasste, wenn sie ihm begegnete. Sie verbat es sich dennoch, seinen Namen kalauernd mit „HuHu" abzukürzen. Allzu viel Kontakt hatte Clara mit ihm bisher nicht gehabt, wenn man die Ereignisse mit dem Hunde beiseiteließ. Sie grüßte ihn, wenn sie ihn auf der Straße oder im Lebensmittelgeschäft sah, und wettete jedes Mal mit sich selbst, ob er den Gruß erwidern würde oder nicht. Wovon das abhing, hatte sie noch nicht feststellen können.

Einmal kam er ihr auf dem Gehsteig mit offenen Armen entgegen, schwang die Einkaufstasche, rief: „Liebe Frau Merz, wie erbaulich, Sie zu sehen!“ (er sagte tatsächlich „erbaulich“) und schüttelte ihr die Hand, als sei sie mehrere Monate im Ausland oder im Krankenhaus gewesen; ein anderes Mal ging er trotz ihres Grußes an ihr vorbei und bemerkte sie offenbar nicht, wobei er intensiv mit einem Gedankengang beschäftigt zu sein schien, bei dem kein Platz für weitere externe Reize war. Clara hatte ihm damals nachgeblickt und beobachtet, wie er die Straße überquerte, obwohl sich ein Motorrad mit einiger Geschwindigkeit näherte. Anscheinend sah er weder das Fahrzeug noch hörte er die Bremsen und die nachfolgenden Flüche des irritierten Fahrers. Er verschwand um die nächste Ecke, während der Lenker sich an Clara wandte und mangels anderer Zuhörer ihr ausführlich seine Ansicht über Menschen darlegte, die sich wie Entsprungene oder Außerirdische benähmen. Clara wollte ihn schon danach fragen, was im Besonderen er mit „Entsprungenen“ meinte, aber unterließ es dann doch, den Aufgebrachten zusätzlich zu provozieren.

Sie begann sich mit der Zeit für den sonderbaren Menschen im Nebenhaus zu interessieren, aber bis dato doch nicht so sehr, dass sie ein längeres Gespräch mit ihm gesucht hätte; sie hatte den undeutlichen Verdacht, dass sie die nähere Beschäftigung mit Hugo Hummel sehr viel Zeit kosten könnte, und die war nicht im Überfluss vorhanden. Was sie an ihm nicht mochte, war sein äußeres Erscheinungsbild. Während es Clara liebte, sich farbenfroh zu kleiden, was auf Grund ihrer Rundlichkeit nicht immer die Begeisterung ihrer Töchter hervorrief, hatte Hummel, soweit sie sich zurückerinnerte, immer denselben oder jedenfalls den gleichen undefinierbar braun-rötlichen Anzug an und die gleiche, bis zur Widerlichkeit unauffällige, gestreifte Krawatte um. In der kalten Jahreszeit kam ein ebenfalls nichtssagender grauer Hubertusmantel dazu. Wenn Clara ihre provokante Phase hatte, was gelegentlich vorkam, war sie versucht, ihn auf sein Äußeres mit deutlichen, von Abscheu gespeisten Worten anzusprechen; so weit war es aber noch nicht gekommen.

Hugo Hummel hatte auch jetzt wieder seinen Daueranzug an; da ihr im Augenblick der Sinn nicht nach Diskussionen stand, war ihr erster Gedanke, ihn dort an der Ecke unkommentiert sitzen zu lassen. Aber irgendetwas an der Haltung der kauernden Figur erregte ihre Neugierde. Sie packte also die Briefe und die Zeitungen in die Mappe mit den Dissertationspapieren, atmete einmal durch und näherte sich Hugo Hummel. Als sie nur noch ein paar Schritte von ihm entfernt war, sah sie, dass er an der Stirne blutete; anscheinend hatte er sich eine Schürfwunde zugezogen. „Herr Hummel!", sagte sie und merkte, dass es das erste Mal war, dass sie ihn mit seinem Namen angesprochen hatte. „Kann ich Ihnen helfen?"

Er wandte langsam den Kopf zu ihr und murmelte: „Sind Sie es, Frau Merz?" Seine Augen blickten wieder durch sie hindurch, aber es fehlte ihnen der gewohnte bohrende Blick. Um Himmels willen, überkam es sie, der Mann sieht mich überhaupt nicht!

Er sei soeben an die hervorstehende Blechverkleidung eines Fenstersimses angerannt, teilte er mit, und habe sich wegen der Erschütterung gleich hier setzen müssen. „Haben Sie vielleicht ein Taschentuch?" Clara hatte in ihrem weiten Gewande etliche Möglichkeiten, die Dinge des täglichen Bedarfs mit sich zu führen, und stets Taschentücher bei sich. Sie nahm eines heraus und tupfte das Blut ab. Dann bot sie Hugo Hummel an, ihn nach Hause zu bringen, seine Wunde zu desinfizieren und zu verbinden. Er machte zwar eine abwehrende Geste, aber ließ sich dann doch beim Aufstehen helfen und ging widerspruchslos mit zu seinem Hause. Auf diese Weise könne sie gleich einmal einen Blick in seine Wohnung tun, dachte Clara, und sie würde vielleicht bei dieser Gelegenheit auch Antworten auf ihre Hummel betreffenden Fragen bekommen. Unterwegs fragte sie ihn daher auch, ob er Sehprobleme habe.

Hugo Hummel, der indessen einen Großteil seiner physischen Stabilität wiedergewonnen hatte, reagierte abermals eigenartig. Er blieb kurz stehen, lachte auf und sagte: „Ich bin auf dem Wege zur völligen Blindheit … Aber ich habe schon genug gesehen. Die Augen brauche ich nicht mehr."

Auf diese Antwort war Clara, die sonst auf Überraschendes zunächst meist nur „aha" sagte, nicht gefasst. Wie verhält man sich adäquat bei einer solchen Äußerung, war ihr nächster Gedanke. Keinesfalls sollte nun die Empfehlung eines guten Augenarztes folgen, auch wenn Clara sogar mehrere kannte; ein Ausdruck des Bedauerns passte nicht, denn Hugo Hummel schien ja geradezu auf das Fehlen des Augenlichts hinzuarbeiten. Als ironische Haltung mochte sie seine Aussage auch nicht werten, dazu passte der Ton nicht, in dem er sie getan hatte. Gar nichts zu erwidern fand sie auch nicht in Ordnung; endlich formulierte sie in der Hoffnung, ihn damit nicht zu verletzen: „Das ist interessant, wie Sie das sagen."

„Interessiert Sie das wirklich, Frau Merz? Wenn dem so ist, bin ich bereit, alles vor Ihnen auszubreiten. Kommen Sie nur herein zu mir!" Sie waren an Hummels Haustür angelangt; er fischte aus seiner Hosentasche den Schlüssel. Clara fühlte sich nun in ihren schlimmsten Befürchtungen bestätigt, was den für Hummel erforderlichen Zeitaufwand betraf, und wäre am liebsten auf der Schwelle umgekehrt, zumindest, um die zu erwartenden Ablaufvarianten zu analysieren, bevor sie sich auf ein so abseitiges Abenteuer einließ. Dass sie etwas Unvorhersehbares erwartete, davon war sie mittlerweile überzeugt und bereitete sich in ihrem Inneren auf den Besuch vor, wie sie sich auf eine riskante Operation oder auf den ersten Fallschirmsprung ihres Lebens vorbereiten würde. Dass sie innerhalb von wenigen Minuten in eine für sie nicht mehr zu überblickende Situation geraten war, alarmierte sie; gleichzeitig erwachte in ihr aber auch eine kribbelnde Neugierde.

Vom Eingang kam man in ein wenig auffälliges Vorzimmer, in dem bloß einige Bücher herumlagen, und blickte schräg in die Küche hinein, in der eine gemütliche Sitzecke eingerichtet war. Es war enttäuschend banal, was Clara sah; es gab hier keinen Hinweis auf besondere Lebensumstände des Hugo Hummel. Er bat sie, sich zu setzen und einen Augenblick zu warten, bis er sich ein wenig restauriert hätte. Immerhin war das Blut auch auf den Anzug getropft. Sie legte Mappe und Poststücke auf den Tisch und sagte: „Wenn Sie mir sagen, wo Sie Verbandmaterial haben, kann ich Ihnen die Wunde versorgen.“ „Ich werde es herbeibringen“, antwortete Hummel, „aber ich bitte Sie, mir das Pflaster aufzukleben.“ Clara wies ihn auf die verschmutzte Jacke hin. „Das werde ich gleich beheben“, sagte er.

Clara sah sich in der Küche um. Das einzige Auffällige war ein Bild neben dem Fenster, möglicherweise die Reproduktion eines Gemäldes von Hieronymus Bosch oder eines anderen Malers des ausgehenden Mittelalters, das eine Art Apotheose darstellte: ein nackter Mensch, der auf den ersten Blick nicht klar als weiblich oder männlich erkennbar war und der in einen kreuzförmigen Lichtschein hinaufgezogen wurde. Aus dieser Aureole blickte ein schemenhaftes Gesicht, das nicht den üblichen Gottesbildern entsprach; es wirkte eher amüsiert oder sarkastisch. Am unteren Rand des Bildes trieben sich haufenweise Gestalten umher, wie sie auch im Triptychon „Garten der Lüste“ erschienen; die meisten waren freilich zum Unterschied von diesen bekleidet, wahrscheinlich im Zeitstil des fünfzehnten Jahrhunderts. Es hätte auch, so überlegte Clara, ein Bild eines Wiener Phantastischen Realisten sein können, aber sie konnte es keinem der Maler dieser Gruppe zuordnen.

Hugo Hummel erschien mit dem Verbandkasten; die Wunde war gewaschen, hatte zu bluten aufgehört und musste anscheinend auch nicht genäht werden; Clara behandelte sie mit einem Desinfektionsspray und klebte ein Pflaster darauf. Dabei bemerkte sie, dass das Blut von der Anzugjacke spurlos verschwunden war, was ihren Verdacht nährte, dass Hummel eine ganze Kollektion gleicher scheußlicher Anzüge im Schrank hatte. „Haben Sie das Sakko auch gleich gereinigt?“, fragte sie ihn. „Nein, bloß umgezogen; es erstaunt Sie, dass es genauso aussieht wie das andere? Für die Welt da draußen reicht eine Art von Gewand.“ Wo bin ich da hineingeraten, dachte Clara. Auf irgendeine Weise nahm auch Hugo Hummel wahr, dass die Situation für sie unbehaglich zu werden drohte, und er schlug vor, einen Tee zuzubereiten.

Clara trank sonst nie Tee; aber sie war ihm dankbar für diese Rückkehr zur Gewöhnlichkeit und wollte außerdem für den Verletzten nicht zusätzliche Probleme schaffen, indem sie auf Kaffee bestand. Hugo Hummel vollführte nun eine Teezeremonie, wie sie jedem japanischen Teehaus zur Ehre gereicht hätte; sein Augenlicht schien wieder einigermaßen vorhanden zu sein. Er schaffte eine Vielzahl von Gefäßen unterschiedlichster Formen herbei und goss einige Male Wasser von einem Behältnis ins nächste; wo genau die Teeblätter mit dem Wasser in Berührung kamen, konnte Clara bei der raschen Abfolge der einzelnen Schritte gar nicht genau sehen; schließlich war der fertige Tee in einem länglichen Becher, auf den ein eher rundlicher gestülpt wurde, das Gebilde wurde kopfüber umgedreht, sodass die grünliche Flüssigkeit in den runden Behälter floss; den länglichen, so riet Hummel, solle sich Clara an die Augen und an die Nase halten, die Wirkung auf beide Organe sei äußerst heilsam.

Obwohl Clara in Anbetracht von Hugo Hummels Augenleiden ihre Zweifel hatte, tat sie dies und empfand bei der Inhalation des verbliebenen Teedampfes einen angenehmen Schwindel, als säße sie auf einem Boot, das auf den Wellen schaukelte; mit einiger Gewalt widerstand sie der Versuchung, die Augen zu schließen und sich in die plötzlich einstellende Schwerelosigkeit fallen zu lassen. Es dauerte nach ihrem Gefühl etliche Sekunden, bis sie in der Lage war, die sich sonderbar krümmenden Konturen des Küchenfensters wieder gerade zu biegen und das Brausen in ihrem Kopfe zurückzudämmen.

„Was für ein Tee ist das?“, fragte sie Hummel, als sie wieder ihre Optik beherrschte. „Ein höchst seltenes Gewächs aus dem Norden von Bolivien“, antwortete er, „es entfaltet seine Wirkung vor allem in der Nase, weniger auf der Zunge; Sie werden das, was sie jetzt empfunden haben, beim Trinken nicht mehr spüren … Nehmen Sie nur einen kleinen Schluck; wenn er ihnen nicht schmeckt, lassen Sie ihn ruhig stehen! Am Anfang hat jeder seine kleinen Probleme damit!“, lachte Hummel, der nun offenbar wieder völlig hergestellt war. Claras Neugier überwand ihre Vorsicht; im Bewusstsein, sich nun endgültig auf unsicheres Terrain zu begeben, nippte sie an der Flüssigkeit und schluckte ein paar Tropfen; sofort stellt sich ein phantastisches Gefühl in Mund und Rachen ein, als ob sich dort ein leuchtender Regenbogen ausbreitete. Sie hatte schon von Verbindungen mehrerer Sinnesbereiche gehört, es fiel ihr das Wort „Synästhesie“ dazu ein; meist waren es aber akustische und optische Reize, die sich in eins zusammentaten. Eine Symphonie von Licht und Geschmack, wie sie sie nun empfand, war ihr bisher unbekannt gewesen. „Ich erlebe eine Symphonie im Mund!“, sagte sie zu Hummel, der sie anlächelte. Sie nahm noch einen Schluck von dem sonderbaren Gebräu; nun aber fiel das Erlebnis in sich zusammen, und es blieb nur das allerdings etwas ungewöhnliche Teearoma zurück. Hummels Lächeln schien sich zu verzerren und ähnelte nun eher einem Grinsen; wie das Gesicht auf dem Bild; es schauderte sie ein wenig, und sie stellte die Tasse auf den Tisch.

Die folgende Frage sollte nun nicht mehr wie die bisherigen eine Antwort mit apokalyptischen Aspekten provozieren: „Was für einen Beruf haben Sie, Herr Hummel?“ „Ich bin Beamter der Nationalbibliothek, in der Abteilung Porträtsammlung, Bildarchiv und Fideikommissbibliothek.“ Was eine Fideikommissbibliothek sein könnte, war Clara völlig unklar, aber sie war sicher, dass sie es früher oder später erfahren würde; ein unverdächtiger Beruf war es offenbar. „Brauchen Sie dort Ihre Augen nicht?“ Das war etwas, was sie momentan wesentlich mehr beschäftigte. „Ich stehe kurz vor dem Übertritt in den Ruhestand und komme nur noch selten ins Amt", erklärte er, „mein Leben wird sich hier in meiner Wohnung abspielen." „Und das geht auch ohne etwas zu sehen?" „Zum Sehen braucht man nicht immer Augen", antwortete Hummel und geriet damit wieder auf ein Gebiet, das Clara fremd war; sie hatte zu ihrer Umwelt eine sehr vom Verstand dominierte Beziehung und brauchte in ihrer Sicht der Dinge weder Religion noch sonst Übersinnliches.

Für sie war es klar, dass sie weder vor ihrer Geburt existiert hatte noch nach ihrem Tod existieren würde und fand es immer erstaunlich, dass sich die Mehrzahl der Menschen mit diesem Umstand nicht abfinden konnte und krampfhaft nach Konstruktionen suchte, die eine Verbindung zu einem Sein und einer Individualität jenseits des irdischen Lebens als möglich, ja oft sogar als zwingend gegeben erscheinen ließen. Ihre Welt war hier und jetzt und sie hatte auch keinen Bedarf an Hellseherei, Parapsychologie und anderem Hokuspokus.

Im Augenblick hatte sie genug von Hugo Hummel und wollte weiteren Exkursionen ins Übernatürliche entgehen. Mit dem dumpfen Gefühl, dass sie lange nicht mehr aus dieser Wohnung käme, wenn sie nicht gleich ginge, schützte sie einen Termin vor und wünschte Herrn Hummel für die Genesung alles Gute; eventuell sollte er doch einmal einen Arzt aufsuchen, meinte sie, und sie anrufen, wenn er etwas brauche. „Es ist schade, dass Sie schon gehen müssen", antwortete Hummel, „es muss noch so viel gesagt werden. Ein Telefon gibt es in diesem Haushalt nicht; aber ich finde Wege, Sie zu verständigen, wenn es an der Zeit ist."

Auch diese Formulierung empfand Clara als ungewöhnlich, ja, als unangenehm; sie hatte den Eindruck, sich in einem Netz zu verfangen, das Hugo Hummel um sie knotete. Dass er wirklich fast blind war, schien ihr mittlerweile wieder sehr unwahrscheinlich zu sein. Vor seiner Haustür war ihr, als sei sie durch eine Bewusstseinsschleuse wieder zurück in ihre gewohnte Umgebung gekommen, und schüttelte den Kopf, als wollte sie das eben Erlebte abwerfen. Sie schaute in ihre Papiere und fand den schwedischen Brief nicht; er musste ihr in Hummels Wohnung heruntergefallen sein. Zu dumm, dachte sie, jetzt muss ich da nochmals hinein; aber bei Hummel wollte sie den Brief doch nicht lassen. Als sie sich umwandte, um die Klingel zu betätigen, öffnete er fast gleichzeitig die Tür und hielt den Brief in der Hand: „Sie sind noch da, Frau Merz, sehr gut! Das haben Sie hier auf dem Tisch liegen gelassen!" Er gab ihr den Umschlag; Clara war sicher, dass auf dem Tisch nichts mehr gelegen war, als sie davon aufgestanden war, aber es lohnte sich nicht, nun darüber nachzudenken; sie bedankte und verabschiedete sich. Hummel schloss die Tür.

Eilends verließ sie das Haus; sie sah nicht mehr, wie Hugo Hummel seinen unsäglichen Anzug ablegte und sich mit einem losen Kaftan bekleidete, in seine private Bibliothek hinüberging, die aus mehreren Tausend Büchern bestand, sich an den Schreibtisch setzte und einen Folianten aufschlug, in dem zahlreiche eng beschriebene Blätter gesammelt waren. Auf einem dieser Blätter vermerkte er: „Incipit circulus!"

EIN BRIEF AUS SCHWEDEN

Daheim liefen Clara die Hunde entgegen; sie war nun wieder in ihrer eigenen Welt. Die Beschäftigung mit den Alexandrinern des Alfred de Musset war im Vergleich mit der Atmosphäre, die Hugo Hummel verbreitete, geradezu aufdringlich konkret und vertraut. Clara saß etwa eine Stunde vor dem Computer, als Emilia heimkam und die Post vorfand, die Clara in ihrer augenblicklichen Konfusion unbeachtet und ungeöffnet neben das Telefon gelegt hatte. Für Margartes kubanische Verbindungen interessierte sich Emilia nicht, da sie die gesamte Tätigkeit ihrer Halbschwester als unproduktiv und bizarr empfand und ihre Mutter sehr dazu ermunterte, Margarete mit einem Ultimatum zu realistischeren Zukunftsperspektiven zu zwingen. Sie legte den Brief aus der Karibik auf den Treppenabsatz zum Obergeschoss und betrachtete das Schreiben aus Schweden.

Da die Adresse keinen Vornamen enthielt, hätte es an Emilia oder an Clara gerichtet sein können. Emilia hatte während ihres Deutschstudiums auch das alte Fach belegt und sich mit germanischen Sprachverwandtschaften auseinandergesetzt. Damals hatte sie eine Arbeit über die Skeireins-Übersetzungen geschrieben und mit einem schwedischen Sprachwissenschaftler namens Johan Rosenkvist und einem Isländer korrespondiert, von dem ihr nur mehr der Vorname Magnús einfiel. Der Brief, den sie in Händen hielt, zeigt zwar keinerlei Bezug zu Johan Rosenkvist, aber das war die einzige Verbindung nach Schweden, die sie sich vorstellen konnte. Dass der Brief noch dalag, wo ihre Mutter üblicherweise die Post für sie deponierte, sprach jedenfalls dafür, dass sie mit „Frau März“ gemeint sei, und so öffnete sie mit dem Zeigefinger den Umschlag.

Es befand sich ein einfaches Blatt Papier darin, mit nur wenigen handgeschriebenen Zeilen. Emilia las sie zweimal und kam zu dem Schluss, dass hier etwas verwechselt worden sein musste. Offenbar war das Papier an jemanden anderen gerichtet als das Briefkuvert. Der Text lautete:

„Sehr geehrter Herr W. Rothschedl:
Lectoriet hat Ihre Anfrage erhalten. Kontakten Sie Malzgasse 20 a und zeigen Sie diesen hier Brief.
L R …“

Es folgte eine unleserliche Unterschrift. Emilia erfasste nach der Diktion zwar, dass den Brief ein Schwede geschrieben haben musste, der des Deutschen nur teilweise mächtig war, kannte aber weder jemanden, der mit der Unterschrift in Verbindung gebracht werden konnte, noch einen Herrn W. Rothschedl. Daher ging sie nun zu Clara hinein, die, als sie sie bemerkte, mit einem Seufzer der Erleichterung feststellte, „Gut, dass du da bist, mir ist gerade ein Textfenster abhandengekommen. Kannst du mir das bitte wieder herbeischaffen?“ Das war für Emilia nicht schwierig; als der Ganghofer-Vergleichstext wieder auf dem Bildschirm sichtbar war, fragte sie ihre Mutter: „Du siehst ein bisschen müde aus; bist du krank?“

„Nein, aber ich war bei Herrn Hummel nebenan …“

„Von dem kann das aber auch nicht sein, oder?“

„Von ihm nicht, aber von dem Tee, den er mir offeriert hat!“ Clara erzählte Emilia von der Ersten Hilfe, die sie Hugo Hummel geleistet hatte, und von seinen sonderbaren Äußerungen; dann sagte sie: „Du darfst mich jetzt nicht für verrückt halten, aber ich hatte einen Regenbogen im Mund!“ „Was soll das bedeuten?“, fragte Emilia, die ihre Mutter als grundsätzlich rationalen Menschen kannte (abgesehen von der Art, wie sie ihre Wohnung verunstaltete). „Der Tee war wie ein Gift, aber das Gefühl beim Trinken war ein angenehmes!“ Clara versuchte ihre Empfindungen dabei zu beschreiben; Emilia sagte: „Das war kein Tee, sondern ein Rauschmittel; mich wundert jetzt nicht mehr, dass sich der Mensch so sonderbar verhält.

Wahrscheinlich muss man ihm im großen Bogen ausweichen; wer weiß, was er noch alles auf Lager hat … Ganz etwas Anderes muss ich dich fragen: Kennst du einen Menschen, der Rothschedl heißt?“

„Warum sollte ich?“

„Weil ich einen Brief bekommen habe, der eigentlich einen Herrn Rothschedl betrifft.“

Und sie zeigte Clara den Brief. Clara erkannte das Schriftstück als jenes, das sie heute schon alarmiert hatte, sah es sich genauer an und sagte: „Na wenigstens ist es nicht vom Kaltenecker!“ Sie sprach bei den wenigen Gelegenheiten, zu denen sie das Thema anschnitt, von Margaretes Vater immer als „dem Kaltenecker“. „Ich kann mit dem Text auch nichts anfangen“, meinte sie, „man sollte das dem Briefträger wieder mitgeben.“

„Die Adresse auf dem Umschlag stimmt aber so einigermaßen“, sagte Emilia, „und außerdem könnte man den Herrn Rothschedl ja vielleicht finden.“

„Wer weiß, wie viele Rothschedl es in Wien gibt“, warf Clara ein, „und ob dieser Rothschedl überhaupt in Wien wohnt?“

„In Österreich oder jedenfalls im süddeutschen Raum dürfte er wohl zu Hause sein“, vermutete Emilia, „anderswo heißt ja wohl kaum jemand so. Kannst du das einmal abspeichern, was du da gearbeitet hast? Ich schaue im Telefonverzeichnis nach.“

Clara erfuhr damit zu ihrem Erstaunen, dass Emilia das österreichische Telefonbuch auf ihrem Computer gespeichert hatte. Nach einer Minute war klar, dass es in Österreich nur sechs Telefoninhaber gab, die W. Rothschedl hießen. Vier von ihnen wohnten in der Steiermark, einer in Kärnten und einer in Niederösterreich, in einem Ort namens Großhöniggraben, der zu Breitenfurt und damit zum Einzugsgebiet von Wien gehörte. Der Mann hieß Dr. Wolfram Rothschedl. Als Clara den Namen auf dem Bildschirm sah, hatte sie den Eindruck, ihn doch schon gehört oder gesehen zu haben. „Ich kenne den von irgendwo her", sagte sie zu Emilia, „wenn ich nur wüsste, von wo ..."

Fast alle von Claras Bekannten waren Lehrer oder Leute, die mit Schule oder Universität zu tun hatten. Das wusste auch Emilia. „Wir versuchen es einmal mit dem Computer", schlug sie vor, „geben wir den Namen in ein Suchprogramm ein!" In weniger als einer Minute war klar, wer Wolfram Rothschedl war. Er war Sektionschef im Bildungsministerium und für die allgemeine Pädagogik zuständig. Nun erinnerte sich Clara auch wieder an einen Vorfall mit ihm. Sie war ihm einmal über den Weg gelaufen, obwohl ihre Schule nicht zu seinem Verwaltungsbereich gehörte.

Vor Jahren hatte sie ein Referat über Legasthenie vor einem gymnasialen Lehrerpublikum gehalten und war mit einem untersetzten Herrn aneinandergeraten, der sich in einer an den Vortrag anschließenden Diskussion als Veranstalter vorgestellt und ihrer allerdings sehr schemenhaften Erinnerung nach ihre Theorien als übertrieben und spekulativ kritisiert hatte. Sie wusste nicht mehr, wie er seine Ansichten begründet hatte, aber im Gedächtnis war eingeprägt, dass er zur Tafel hinter dem Rednerpult gesprungen war und in kürzester Zeit eine Anzahl von unverständlichen Abkürzungen darauf geschrieben hatte. Niemand im Saale hatte verstanden, was die Kürzel bedeuteten; die meisten Zuhörer wagten es nicht, ihn danach zu fragen, weil er ja gewissermaßen einer ihrer obersten Vorgesetzten war. Jene Unerschrockenen, die dann doch irgendeine Anmerkung zur mangelnden Klarheit des Gekritzels oder insgesamt zu den Aussagen des Herrn Sektionschefs machten, bekamen zu hören, dass sie sich besser einmal mit der Materie auseinandersetzen sollten, bevor sich hier unqualifiziert zu Wort meldeten. Die Stimmung im Saale drohte darauf außer Kontrolle zu geraten, und der Moderator beendete die Debatte mit einer Danksagung an alle Beteiligten, wobei er zu Claras Ärger den Herrn Sektionschef besonders hervorhob. Ihrer Meinung nach war das, was er gesagt hatte, durch Ignoranz gekennzeichnet und durch den völligen Unwillen, auf den Inhalt ihrer Ausführungen einzugehen. Er verwendete das Forum einfach dazu, um seine krausen Theorien wieder einmal einer gerade vorhandenen Zuhörerschaft aufzudrängen; Clara hatte nachher mit Martina Straeuble gesprochen, die sich aus Sympathie den Vortrag angehört hatte und den Ministerialbeamten von früheren Vorfällen ähnlicher Art gut kannte; Martina meinte damals, sie solle sich nicht ärgern oder verletzt fühlen, es sei jedes Mal so gewesen, dass sich Wolfram Rothschedl am Ende einer Veranstaltung mit seinen Abkürzungen in den Vordergrund gedrängt habe, wobei es ganz gleichgültig gewesen sei, welche Themen die vorangegangenen Referate behandelt hätten.

Die Laune, die Clara befiel, als sie durch den mysteriösen Brief so unversehens mit längst verdrängten Erscheinungen aus ihrer eigenen Geschichte konfrontiert wurde, war nicht die beste. Sie war vor allem nicht interessiert daran, mit dem Rothschedl nochmals in Berührung zu kommen, und regte an, den Brief überhaupt in den Papierkorb zu werfen. Emilia hörte sich an, was Clara aus ihrer Vergangenheit zum Gegenstand W. Rothschedl hervorkramte, und äußerte ihr Verständnis für den mütterlichen Unwillen. „Aber", so meinte sie zum Schluss, „das heißt nicht, dass ich nicht selbst den Herrn besuchen und ihm den Brief übergeben könnte." Ihre Augen glitzerten; Clara fiel das Wort „Jagdlust" ein; die Unbill, die Emilias Mutter damals erlitten hatte, war für sie Grund genug, Rothschedl zu stellen.

Diese Wendung kam für Clara nicht überraschend; während sie selbst bei anstehenden Konflikten mehr und mehr abzuwägen begann, ob es den Streit lohnte (sie führte das selbstironisch auf die „Weisheit des Alters" zurück), wich Emilia keinem Scharmützel aus (sie verwendete dieses Wort für Debatten, bei denen sie sich im Recht fühlte), und es war für sie auch kein Argument, dass sie als angehende Lehrerin vielleicht einmal auf das Wohlwollen des Ministeriums in irgendeiner Form angewiesen sein könnte. „Ich will ihm ja auch nur den Brief geben und ihn fragen, ob er sich erklären kann, was es damit für eine Bewandtnis hat." Clara nahm an, dass es beim Zusammentreffen mit dem Sektionschef unerfreulich hergehen würde, aber nach einer entsprechenden Warnung an ihre Tochter ließ sie sie gewähren; sie wollte ja selbst ganz gerne wissen, wie das Gespräch ablaufen würde (wenn es jemals zu einem solchen käme) und auch, welcher Natur der schwedische Brief sei.

Emilia zog sich in ihr Zimmer zurück und überlegte, wie sie die Unterredung mit dem Ministerialbeamten angehen solle. Auf jeden Fall müsste wohl zuerst einmal ein Termin vereinbart werden. Also suchte sie die Homepage des Bildungsministeriums und hatte bald Rothschedls Durchwahl gefunden. Es meldete sich ein eigenartig zartes Stimmchen: „Bei Herrn Sektionschef Rothschedl …"

„Mein Name ist Emilia Merz; ich hätte gerne einen kurzen Termin beim Herrn Sektionschef."

„In welcher Angelegenheit?", fragte das Stimmchen. „Es geht um eine Privatsache, sagen Sie ihm nur, es geht um einen Brief aus Schweden, in dem er gebeten wird, die Malzgasse zu kontaktieren."

Es folgte eine kurze Pause, und dann: „Oje, in der nächsten Zeit ist der Herr Sektionschef nicht im Amt; es tut mir leid." Wenigstens hat das Stimmchen Mitleid, dachte Emilia. „Kann ich ihn sonst irgendwo erreichen?", fragte sie, „oder können Sie ihn zumindest von der Sache informieren?" „Einen Augenblick, bitte!", das Stimmchen hielt offenbar die Hand über das Mikrofon des Hörers und redete in eine andere Richtung. Sofort hörte Emilia trotz der akustischen Verschleierung Gebrüll, allerdings in einem Diskant, der sie veranlasste, den Hörer von ihrem Ohr zu entfernen.

Unmittelbar darauf war das Gebrüll unverdünnt im Hörer. „Rothschedl!", schrie Rothschedl, „was ist das für eine Geschichte?" In Sekundenbruchteilen entschied

Emilia, keine Zeit mit Vorstellungsgesprächen zu verschwenden, und sagte: „Ich habe einen Brief bekommen, der anscheinend an Sie gerichtet ist und in dem Sie ersucht werden, mit der Malzgasse Kontakt aufzunehmen."

„Wie kommen Sie dazu, meine Post zu öffnen?", brüllte Rothschedl. Auch nun überlegte Emilia blitzartig, wie sie einen Schritt weiterkommen könne, ohne zu riskieren, dass der Choleriker am anderen Ende die Telefonverbindung sofort unterbrach. „Das Kuvert war an mich gerichtet, aber das Schreiben darinnen an Sie!" Auch sie hatte ihren Stimmpegel merklich angehoben, als habe sie es mit einem Schwerhörigen zu tun: „Wollen Sie den Brief nun haben oder nicht?"

Emilias Lautstärke und die Bestimmtheit ihrer Frage beeindruckte Rothschedl hörbar. „Warten Sie, warten Sie", antwortete er mit abnehmender Heftigkeit, „ich habe da auch etwas gekriegt… Wo ist der Mist bloß hingekommen? Frau Wimmer!", schrie er nun wieder, „wo haben Sie die gestrige Post hingeräumt?" Frau Wimmer war das Stimmchen, das nun wieder kaum hörbar durch die Leitung kroch. „Sie liegt vor Ihnen, Herr Sektionschef", flüsterte sie, „suchen Sie den Brief aus Stockholm?" „Was sonst?", brüllte Rothschedl. Emilia erfasste nun ihrerseits das Bedauern mit der gequälten Kreatur, die dem Wüterich als Sekretärin diente, und beschloss, bei einem Besuch im Amt besonders freundlich zu ihr zu sein. Es schien so, als habe der Sektionschef das Gegenstück zu ihrem Brief erhalten, was sie mit deutlicher Genugtuung erfüllte.

„Irgendein Narr schickt mir da aus Schweden einen Brief, der auch nicht mir gehört, sondern einem Herrn Ifkovits; kennen Sie den?", fragte er Emilia in einer Stimmlage, die fast schon einen Unterton von Vertraulichkeit hatte und bei ihr einen Ansatz von Übelkeit auslöste. „Nie gehört", meinte sie, „aber ich bin fast sicher, dass der eine ähnliche Post bekommen hat. Wenn Sie wollen, hole ich den Brief von Ihnen und mache mich auf die Suche nach dem Ifkovits!"

„Glauben Sie wirklich, dass ich nichts Anderes zu tun habe als mich mit solchen Idiotien zu beschäftigen?“, fragte er Emilia, aber nun nicht mehr aggressiv, sondern eher in einem jammernden Tonfall, „welche Gasse steht da in Ihrem Brief?“ „Die Malzgasse, Herr Sektionschef“, sagte Emilia, wobei sie nun dem „Herrn Sektionschef“ einen Beigeschmack von Sarkasmus verlieh, „die ist in der Nähe des Augartens, soviel ich weiß.“ „Das ist mir egal, wo die ist“, sagte Rothschedl, „ich habe dort jedenfalls nichts zu tun! Kommen Sie übermorgen um halb sieben in der Früh zu mir, bevor ich nach Oberösterreich fahre, und schauen wir uns die Briefe einmal an! Der Herr Ifkovits soll übrigens auch in die Malzgasse! Was ist denn dort zu holen, verdammt nochmal ...?“

„Bis übermorgen dann und auf Wiederhören!“, sagte Emilia und dachte, nur nichts wegen des ungewöhnlichen Termins einwenden, sonst ist die Spur wieder verloren. Als sie den Hörer auflegte, fühlte sie eine sonderbare Erregung, musste aber gleichzeitig lachen. Sie stieg zu ihrer Mutter hinunter und berichtete ihr von dem merkwürdigen Menschen im Bildungsministerium. Es war offenkundig, dass der Brief nicht irrtümlich falsch adressiert worden war, sondern Teil eines Systems war, das möglicherweise dazu diente, verschiedene Menschen, die einander nicht kannten, miteinander zu verknüpfen, aus welchem Grund auch immer. Clara war amüsiert und fragte: „Willst du wirklich kurz nach Mitternacht zu dem Komiker?“ „Komiker“ war Claras Terminus für Menschen, denen sie lieber nicht begegnete.

„Ja, gewiss! Das lasse ich jetzt nicht mehr los!“, rief Emilia. „Wie reagiert der auf Frauen, hast du eine Vermutung dazu?“ „Nein, aber ich würde glauben, auf keinen Fall unbefangen“, meinte Clara, ‘gib besser Acht auf dich, wenn du bei ihm bist!“

„Er wird mir sicher keine Drogen servieren“, spottete Emilia, „und sonst werde ich schon mit ihm fertig! Weißt du übrigens, morgen ist Familientreffen in Kaisersteinbruch!“

FAMILIENTREFFEN IN KAISERSTEINBRUCH

Kaisersteinbruch an der Grenze zwischen Burgenland und Niederösterreich ist für viele männliche Österreicher mit der Erinnerung an zumindest eine Phase ihres Militärdienstes verbunden; der dortige Truppenübungsplatz ist nicht gerade einer der bevorzugten Aufenthaltsorte während des Präsenzdienstes. Historiker wissen einige Unrühmlichkeiten über die Vergangenheit dieser Anlage zu berichten. Auch ist es der Ausgangspunkt einer Straße über das Leithagebirge.

In einem unauffälligen Einfamilienhaus am Beginn dieser Straße kam vor mehreren Jahrzehnten Clara Merz zur Welt; sie hieß damals noch nicht Merz (dieser Name blieb an ihr hängen, seit sie nach dem Ende der wenig erfreulichen Beziehung zu Peter Kaltenecker den Architekten Joachim Merz geheiratet hatte. Die Verbindung führte zur Zeugung von Emilia und zu neuerlicher Enttäuschung, nachdem sich der Architekt mit einer Berufskollegin zusammengetan und nach verschiedenen unerquicklichen Debatten mit Clara über seine fehlende Verantwortung für das Kleinkind vor zwanzig Jahren mit seiner neuen Freundin nach Menlo Park in Kalifornien verzogen hatte). Clara führte ursprünglich den Familiennamen Fischperer, mit dem sie sich nie anfreunden konnte, weil er ihr vom Schriftbild immer äußerst unausgewogen erschien; als sie sich im Laufe ihres Studiums gelegentlich mit Namenskunde beschäftigt hatte, versuchte sie herauszufinden, woher dieser Name stammte, gab aber die Forschungen bald in der Überzeugung auf, dass es sich dabei wohl um den verzweifelten Versuch eines Ortspfarrers gehandelt haben musste, den vielleicht slawischen Namen eines analphabetischen Vorfahren nach Gehör und assonierend zu deutschen Wortelementen in das Taufbuch einzutragen. Was immer man sonst über ihre Ehe mit Joachim

Merz sagen konnte, sie war ihm jedenfalls dankbar dafür, dass er sie von dem Namen Fischperer befreit hatte.

In Kaisersteinbruch lebte in dem erwähnten Haus Claras Halbbruder, dem kein gleichermaßen gnädiges Schicksal zuteilwurde und der daher immer noch diesen Namen führte. Ihn störte das aber keineswegs. Er hatte sich auch sonst in vielerlei Hinsicht anders als seine Schwester entwickelt. Josef Fischperer wurde von seinen Verwandten mit Sepp angeredet; war er nicht anwesend, nannte man ihn „der Dieses". Der Grund für den sonderbaren Spitznamen bestand darin, dass er neben anderen Eigentümlichkeiten die Gewohnheit hatte, Dinge, Zustände und Ereignisse in seinem Umfeld nicht mit ihrem üblichen Gattungsnamen zu bezeichnen, sondern von ihnen stets als „dieses" zu sprechen.

„Tu dieses weg!", herrschte er seine Gattin Theresia an, wenn sie ihm das falsche Getränk auf den Tisch gestellt hatte, und er befahl seinem Enkel: „Dieses stellst du sofort ab!", wenn der auf seinen Audiogeräten Musik hören ließ, die nicht Fischperers Geschmack entsprach. Das kam häufig vor, da der zwölfjährige Philipp seine Nachmittage bei den Großeltern verbringen musste. Seine Eltern waren geschieden; die Mutter, bei der er lebte, arbeitete wochentags bei einem Uhren- und Schmuckhandel in Bruck an der Leitha.

Zu den anderen Besonderheiten des Dieses zählte die Pedanterie, mit der er seine Familie und auch andere plagte, die ihm zu nahekamen. So musste etwa die Anordnung auf dem Esstisch bei jeder Mahlzeit unverrückbar die gleiche sein; das heißt, es gab eine für das Frühstück und eine für Mittag- und Abendessen. Er konnte es nicht ertragen, wenn der Salzstreuer nicht genau in der Mitte des Tisches stand, wenn die Servietten nicht diagonal gefaltet waren oder die Suppe nicht die Normtemperatur hatte. „Jetzt geht dieses schon wieder an", pflegte er da zu sagen, und rückte alles zurecht; die Suppe musste vom Tisch und erwärmt oder abgekühlt werden. In solchen Fällen wurden auch ähnliche Vorfälle im Detail repetiert, die sich in der

Vergangenheit zugetragen hatten, die Aufzählung mit entsprechenden Belehrungen an die Missetäter verbunden und, sofern es sich einrichten ließ, die Schuld an den Unzukömmlichkeiten auf Theresia und ihre Erziehungsmethoden abgewälzt. Theresia hatte bereits seit vielen Jahren für solche Situationen die Fähigkeit entwickelt, die akustische Wahrnehmung auf ein Minimum zu reduzieren und jede Reaktion auf die Aussagen zu vermeiden; eine solche wurde auch gar nicht erwartet und hätte bloß Öl ins Feuer gegossen; auch die anderen Familienmitglieder wurden von ihr angehalten, sich bei den querulatorischen Anfällen des Dieses möglichst unauffällig zu benehmen.

Die beschriebenen Aspekte von Josef Fischperers Charakter waren wohl in seiner Überzeugung grundgelegt, dass es für alle Lebensumstände eine, und zwar genau eine, richtige Verhaltensweise gebe, die in der Regel ganz einfach zu finden sei und einen dann vor jeglichem Fehltritt bewahren würde. Ferner war ihm klar, dass er es war, der zum Unterschied von allen Personen in seiner Umgebung wusste, was in jedem Fall zu tun sei. Dass es alternative Möglichkeiten geben könnte, schloss der Dieses aus. Er fühlte sich für alles verantwortlich, was in seiner Familie vor sich ging; dass er – und das wurde von Jahr zu Jahr deutlicher – der Letzte war, der die Geschicke der Familie definierte, fiel ihm zuerst gar nicht auf, und als er es dann doch merkte, versuchte er seine schwindende Autorität durch zunehmende Lautstärke zu retten.

Seine Familie bestand aus Theresia, seiner Tochter Elisabeth (die in Bruck an der Leitha arbeitete) und einem Sohn, der auch Josef hieß, zur besseren Unterscheidung auf Pepi hörte und die häuslichen Zustände dadurch bewältigt hatte, dass er zum frühestmöglichen Zeitpunkt nach Wien verzogen war und nur in Extremsituationen nach Kaisersteinbruch kam. Als Extremsituationen betrachtete er die alljährlichen Weihnachtsfeiern und Begräbnisse, die glücklicherweise seltener vorkamen; zu Hochzeiten im Verwandten- und Bekanntenkreis kam er nicht.

Zu Josef Fischperers Überzeugungen gehörte auch der Zusammenhalt der Großfamilie, zu der er die ältere Clara und seine zweite Schwester Wilma zählte. Er missbilligte den Umstand, dass Clara ihre Töchter allein aufgezogen hatte, und führte Margaretes abartige politische Ansichten darauf zurück, dass kein Vater nach dem Rechten gesehen hatte. Emilia prophezeite er eine ähnliche Entwicklung und wunderte sich, dass noch nichts Derartiges eingetreten war. Er ließ es, anscheinend doch aus Familienraison, offen, ob er Clara einen Schuldanteil an der Misere zuordnete oder nur die verschwundenen Männer für die verworrenen Zustände verantwortlich machte.

Wilma war fast zwanzig Jahre jünger als Clara; die drei Geschwister hatten den gleichen Vater; Josefs und Wilmas Mutter war die zweite Frau des Vaters, die er sehr bald geheiratet hatte, nachdem Claras Mutter vor etwa vierzig Jahren gestorben war. Claras und Josefs Schwester war eine unscheinbare Frau und Gattin eines Wiener Polizisten namens Johann Krautmann. Soweit Clara ihre Sippe überblickte, waren das alle lebenden Verwandten mit Ausnahme eines Cousins, der seit Jahrzehnten in England lebte, ursprünglich Fritz Mitterer geheißen hatte und sich nun Fred Middleton nannte; ihn schätzte Clara sehr, weil er ihr schon in verschiedenen schwierigen Lebenssituationen par distance beigestanden hatte; mit ihm hielt sie den Kontakt mit Telefon und Briefen aufrecht, neuerdings auch mit Emilias Unterstützung über das Internet, aber er konnte freilich nicht zu den Familienveranstaltungen erscheinen.

Alle anderen Verwandten mit Ausnahme von Margarete und Pepi kamen etwa alle drei Monate im Hause Fischperer zu einer Jause zusammen; die regelmäßigen Abstände entsprachen dem Ordnungssinn des Dieses. Emilia war meist mit dabei, obwohl sie die Thematik der Gespräche nicht im Geringsten interessierte; was sie aber immer faszinierte, war der Ablauf der Konversation aus sprachlicher und kommunikationstheoretischer Sicht.

Das aktuelle Treffen fand einen Tag nach dem merkwürdigen Telefonat mit Wolfram Rothschedl statt; es war der Nationalfeiertag. Als Clara und Emilia mit ihren Hunden in Kaisersteinbruch ankamen, erkannten sie an dem Fuhrpark vorm Hause, dass alle anderen Teilnehmer schon vor ihnen angekommen waren. Da noch fünf Minuten bis zum vereinbarten Zeitpunkt fehlten, entfiel die sonst unausbleibliche Anmerkung des Dieses zur Pünktlichkeit und zur Disziplin. Theresia öffnete ihnen die Türe und eilte sofort wieder in die Küche, um die Normqualitäten des Jausenkaffees zu überwachen.

Der Sepp war eben dabei, seiner Schwester Wilma und deren Polizeiehemann darzustellen, wie ungehörig er es fand, dass sich sein eigener Sohn heute und auch sonst niemals zur Familienversammlung zu erscheinen bequemte. „Dieses wird ihm noch einmal leidtun!", war der Satz, der eben fiel, als die beiden Damen ins Wohnzimmer traten. „Wem wird was leidtun?", fragte Clara und bereute es im selben Augenblick. „Um den Pepi geht es", versuchte Wilma Clara und Emilia in die Runde einzubinden, und der Dieses rief, „Ja, der hat es nicht notwendig, dass er zu uns kommt, der Theresia war das auch immer egal, ob sie ihren Sohn sieht oder nicht!" Noch während er das sagte, fiel ihm bereits Johann Krautmann ins Wort, der meist die Partei der Theresia ergriff. Sein Gerechtigkeitsempfinden, das ihn ursprünglich auch zur Exekutive getrieben hatte, brachte ihn meist gegen Schwager Sepp auf. „So kann man das wirklich nicht sagen, du musst ja froh sein, dass du die Theresia hast!" Der Angesprochene reagierte auf solche Zurechtweisungen erstaunlich zurückhaltend und brummte nur irgendetwas in die Kaffeetasse hinein. Clara, die grundsätzlich gerne redete und sich um die Aufrechterhaltung der positiven Atmosphäre sorgte, hob das Thema auf die nächsthöhere Ebene: „Das Wichtigste ist ja doch, dass wir uns immer wieder vertragen, und ein schlechter Mensch ist der Pepi ja wirklich nicht ..." Und Theresia fragte: „Schmeckt euch die Mehlspeise?"

All das ging gleichzeitig oder mindestens mit großen zeitlichen Überschneidungen vor sich. Emilia sagte fast nie etwas. Die Diskussion nahm ihren Lauf. Alle redeten zur selben Zeit, und bald war es so weit, dass außer Emilia niemand mehr zuhörte. Hie und da merkte einer der Redner, dass das, was er sagte, von niemandem mehr wahrgenommen wurde, und erhob die Stimme, um die Anderen akustisch zu dominieren, was freilich wenig Aussicht auf Erfolg hatte, denn besonders die Männer am Tisch lizitierten einander in der Lautstärke immer höher. Wenn es so weit war, gab Emilia den Versuch auf, irgendetwas noch verstehen zu wollen, sondern schaltete darauf um, den Gesprächszustand als abstraktes Geräuschmuster wahrzunehmen, was auch seinen Reiz hatte. Manchmal brach das allgemeine Gebrüll antiklimaktisch ab, oder es stellte sich ein Klangbild ähnlich dem Dopplereffekt eines vorbeifahrenden Zuges ein. Wie im Auge des Hurrikans, dachte Emilia und musste in sich hineinschmunzeln, wenn die Runde plötzlich innehielt und für Sekunden eine im Hause Fischperer seltene Stille eintrat.

Wieso, hatte sich Emilie anfangs gefragt, sind alle im selben Moment mit ihrem Satz fertig? Später begann sie die Äußerungen der Verwandtschaft syntaktisch zu analysieren. Es erwies sich, dass mit zunehmender Erregung außer Clara niemand mehr vollständige Satzgebilde artikulierte: erst verschwanden die Nebensätze, dann auch die konstituierenden Bestandteile der immer kürzer werdenden Hauptsätze, die Interjektionen nahmen zu, und kurz vor dem Zusammenbruch der Lärmpyramide entströmten den Beteiligten nur noch Grunz-, Schnalz- und Brummlaute, allenfalls noch der eine oder andere unverbundene Vokal. Es war die völlige Sinnentleerung, die endlich zum Kollaps führte. Claras Sätze waren meist schon einige Zeit vorher zu einem Ende gekommen, aber es geschah auch, dass mitten in die unheimliche Ruhe der letzte Rest von Claras Aussage hineingeriet. Wenn das nicht der Fall war und tatsächlich ein akustisches Loch entstand, waren es

Speedy, Farrah und Koko, die die plötzliche Stille als bedrohlich werteten und in dieser Reihenfolge, eine von der anderen angesteckt, verängstigt zu kläffen begannen.

Am wenigsten ertrug Krautmann das unerwartete Ende des Gebrülls. Am Ende des hyperbolisch angeschwollenen und dann abrupt verendeten Lautgebildes war kein Thema mehr erkennbar, an das man hätte anknüpfen können; Krautmann musste nun aber etwas sagen. Da ihm nichts Besseres einfiel, begann er in sich hineinzukichern, um die Anderen auf die Humorigkeit seiner geplanten Aussage einzustimmen, und setzte mit dem Halbsatz an: „Na ja, was einem so alles auf dem Streifendienst passiert ..." „Der Kaffee wird kalt", entgegnete Clara, die die Empfindlichkeit ihres Bruders Josef in diesem Punkte kannte und Krautmanns Geschichten als lähmend langweilig empfand, vor allem, weil er durchaus interessante Vorfälle oft durch mangelhafte Erzähltechnik zugrunde richtete (was sie an manche ihrer Nachhilfeschüler erinnerte). Es gelang ihr nicht immer, ihn von seinem Vorhaben abzubringen.

Heute setzte er sich kurzfristig gegen die Kritik des Dieses an der Temperatur des Jausengetränks durch. „Ich bringe dem Schörghuber gerade einen Hotdog ins Auto, da taumelt einer auf mich zu", erzählte er, und Clara wollte eben den gelungenen Einstieg bewundern (obwohl sie den Revierinspektor Schörghuber und auch den Hotdog schon von früheren Gelegenheiten kannte). „Der Schörghuber isst nämlich gern die Hotdogs, ich mag das Zeug ja überhaupt nicht, aber da ist ein Würstelstand auf der Währinger Straße, bei dem sind sie gar nicht so schlecht", fuhr Krautmann fort. Clara hätte lieber etwas über den taumelnden Passanten als über die notorischen Essgewohnheiten des Revierinspektors gehört; der Rest der Familie, der über Schörghuber auch schon informiert war, drohte sich wieder anderen Themen zuzuwenden. „Wer ist da getaumelt?", versuchte Clara den Handlungsfaden aufzunehmen. „Wieso?", fragte ihre Nichte Elisabeth, die nicht richtig zugehört hatte. Krautmann war aus dem Konzept geraten. „Was – wieso?“, sagte er zu Elisabeth; sie antwortete: „Tante Clara hat etwas vom Taumeln geredet.“ Krautmann schaute Clara verständnislos an; es hat keinen Sinn, dachte sie. Auf Krautmanns anfängliche Aussage Bezug zu nehmen, war nicht mehr möglich, denn mittlerweile war zwischen Sepp und Wilma ein Disput darüber entstanden, ob der servierte Strudel zu zuckern sei oder nicht; Theresia hatte die Auffassung ihres Gatten zu dieser Frage sichtlich falsch eingeschätzt.

Da Krautmann nun gerade wieder ohne Thema dasaß, nahm ihn Clara beiseite, soweit das möglich war, zog ein Papier aus der Handtasche und sagte zu ihm: „Darf ich dich als Polizeibeamten etwas fragen?“ Auf diese Formulierung sprang Krautmann immer an; man konnte dann seiner Aufmerksamkeit sicher sein. „Ich – oder Emilia –, wir haben gestern diesen Brief bekommen, kannst du dir den einmal näher anschauen?“ Während sich rundum eine neue Diskussionsorgie über den Staubzucker aufbaute, nahm Krautmann den Brief – es war der aus Schweden – und studierte ihn mit wachsendem Gusto; plötzlich stand er auf und eilte damit vor die Tür.

Krautmann litt darunter, dass er trotz mehrerer Versuche nie zur Kriminalpolizei versetzt worden war, in der er seine eigentliche Berufung erblickte. Wohl um seine Eignung für einen entsprechenden Posten zu dokumentieren, arbeitete er in seinen Amtshandlungen als Streifenpolizist immer die kriminellen Aspekte der angehaltenen Personen heraus, wenn sich auch nur der geringste Anhaltspunkt dafür bot. Das hatte schon öfters zu Misslichkeiten geführt, wenn sich die Angehaltenen dagegen zur Wehr setzten, als Verbrecher behandelt zu werden; in den wenigen Fällen, in denen ein Ansatz für strafrechtliche Verfolgung gegeben war, brach es Krautmann jedes Mal fast das Herz, wenn ihm die weitere Untersuchung von Kriminalbeamten aus der Hand genommen wurde, die seine Beiträge zur Lösung des Falles mit mildem Grinsen oder ärgerlichen Bemerkungen quittierten.

Emilia warf Clara einen vorwurfsvollen Blick zu, der offenbar ausdrücken sollte, dass sie den Brief besser nicht zur allgemeinen Familienangelegenheit gemacht hätte. Clara, die den Brief eher als Kuriosum betrachtete, wollte Krautmann mit einer Beschäftigung versehen, die ihn für den heutigen Nachmittag ausfüllte, und außerdem die Runde von den schwer erträglichen Debatten über den Zucker ablenken. Beides gelang ihr vollkommen; denn Krautmann kam nach einer Minute wieder ins Zimmer und rief in die Runde: „Ich glaube, wir sind da einer großen Sache auf der Spur!" Plötzlich hatte er die ungeteilte Beachtung aller.

Clara versuchte ihrem Schwager den Brief wieder abzunehmen, aber der ließ ihn sich, jedenfalls für den Augenblick, nicht entreißen. Zu ihr sagte er: „Was hast du mit dem Brief vor, und wer ist Rothschedl?" Es gelang Clara, zu beiden Fragen eine allgemein hörbare Antwort zu äußern. Besonders, so schien es, interessierte sich ihr Großneffe Philipp für das Schreiben. Er hatte sich bisher mit den Hunden beschäftigt, ließ diese aber nun auf den Boden gleiten und begab sich zu Onkel Krautmann (dessen Vorname von der gesamten Verwandtschaft nahezu niemals benützt wurde). Hier versuchte er einen Blick auf den Text zu werfen und entdeckte das Wort „Malzgasse". „Wo ist die Malzgasse?", fragte er; Emilia, die sich schon auf einem Stadtplan im Detail kundig gemacht hatte, beschrieb das Stadtviertel. Auch Krautmann war die Straßenbezeichnung nicht ganz fremd; zu seiner Ausbildung hatte auch ein Überblick über die Wiener Verkehrsflächen gehört. Die Malzgasse lag aber weit außerhalb seines Streifenrayons.

Als Clara mit ihren Erläuterungen fertig war, brachen rund um den Kaffeetisch die Meinungsäußerungen los. Der Dieses fand, es gehe eigentlich nur den Rothschedl etwas an, und Gattin Theresia pflichtete ihm bei; er war nach wie vor der Ansicht, dass der Brief bloß fehlgeleitet war. Wilma sah das anders; immerhin hatte Rothschedl auch eine ähnlich kryptische Nachricht erhalten. Und Elisabeth erinnerte sich, dass bei ihr im Juwelierladen vor einiger Zeit jemand namens Ifkovits erschienen sei und um eine Expertise zu einem Schmuckstück gebeten hatte. Krautmann ließ keinen Zweifel daran, dass er gedachte, sich in seiner Freizeit auf die Fährte des Briefschreibers zu setzen und zunächst die Observierung der Malzgasse in Angriff zu nehmen.

Emilia gelang es, die Meinungsbrandungen soweit zu überschreien, dass sie Krautmann dahin bringen konnte, mit seinen Nachforschungen zumindest zwei weitere Tage zu warten; dann würde sie bereits mit dem Sektionschef gesprochen haben. Der Termin mit der Hochbürokratie beeindruckte die Jausengesellschaft; Krautmann machte sich erbötig, Emilia ins Ministerium zu begleiten, was diese dankend ablehnte. Da er morgen seinen freien Tag habe, könne er aber zumindest mit ihr anschließend in die Malzgasse fahren. Ihm auch das abzuschlagen, wäre wohl zu weit gegangen, überlegte sie, das kann man ihm nicht antun. Also vereinbarten sie für morgen, dass Krautmann sie vor dem Ministerium abhole, gegen sieben Uhr früh.

Einige scherzhafte Bemerkungen zu Claras Brief erreichten niemanden mehr, weil nun eine Tarockpartie angesagt war. In der Regel nahmen daran der Dieses, seine Gattin, die Tochter Elisabeth und Krautmann teil, wobei der Dieses der Meinung war, er sei der Einzige, der dieses Spiel wirklich beherrsche. Clara kannte zwar die Regeln, aber interessierte sich nicht besonders für derartige Freizeitbeschäftigungen, und Emilia verabscheute grundsätzlich jedes Kartenspiel. Vor allem aber konnten die beiden Damen nicht ertragen, wie Josef Fischperer seine Mitspieler mit einer Mischung aus penetranter Nachsicht und offener Verachtung unaufhörlich zurechtwies (Clara hatte aus diesem Grunde nach wenigen Versuchen, sich daran zu beteiligen, jede Lust verloren); sie suchten die drei Hunde zusammen, packten sie ein und verabschiedeten sich mit ein paar Worten von der Familienrunde. Der

Dieses, der keine Kapazitäten mehr frei hatte, weil sich Theresia schon beim Kartengeben ungeschickt verhielt, murmelte etwas wie „Ihr geht schon?“, wobei erkennbar war, dass er für den Rest des Nachmittags jeden Anwesenden, der nicht am Spiel teilnahm, ohnedies als Störenfried einstufte. Der Knabe Philipp durfte nun ungestört im Nebenzimmer fernsehen oder seinen Computer betreiben. Wo Wilma abblieb, war nicht festzustellen; am Ende des letzten Spiels war sie jedoch immer zur Stelle und achtete darauf, dass sich ihr Krautmann gütlich vom Dieses trennte, was wegen der regelmäßigen Meinungsverschiedenheiten über die besten Spielzüge nicht selbstverständlich war.

ERLEBNISSE MIT BÜROKRATEN

Das Bildungsministerium am Minoritenplatz wurde in der Nacht abgesperrt; die Zeiten, in denen Minister und manche Beamte glaubten, auch zu nächtlichen Stunden ihre Arbeit verrichten zu müssen und deshalb die Portierloge rund um die Uhr besetzt war, waren vorbei (was auch mit der Budgetknappheit zu tun hatte). Um sechs Uhr erschien ein Angestellter eines Wachdienstes (beamtete Pförtner gab es wegen der Planstelleneinsparungen schon länger nicht mehr) und huschte durch das in das schwere Tor eingelassene Schlupftürchen; erst um halb sieben wurde das gesamte Portal geöffnet und blieb den ganzen Tag bis etwa sieben Uhr abends offen; untertags wurde es nur geschlossen, wenn die Studenten der nahen Universität oder die Schüler der höheren Schulen eine Protestversammlung vor dem Hause abhielten (was oft genug vorkam) oder aber eine Abordnung mexikanischer Aztekenabkömmlinge die Herausgabe der Federkrone des Montezuma forderte und dieses Begehren mit dumpfem Trommelwirbel unterstrich. Dieser Wunsch wurde von der Ressortleitung stets mit dem Hinweis abgewiesen, dass man nicht alles, was sich im Völkerkundemuseum an exotischen Ausstellungsstücken befand, wieder herausrücken könne, denn sonst würden nur die Kuhglocken übrigbleiben; und daher kamen auch die Azteken immer wieder, wenn auch nicht so oft wie die Studenten, trommelten eine Stunde lang und zogen dann zum Stephansplatz weiter, wo sie nochmals ihre Transparente entrollten, ihre Tänze vollführten und die zahlreichen Schaulustigen einluden, für die gute Sache zu spenden.

Heute war aber weder die eine noch die andere Demonstration angesagt, und so kam Emilia gerade zur rechten Zeit, als sich das neuerdings elektronisch gesteuerte Doppeltor auftat. Sie fragte den Portier, ob er den Sektionschef Rothschedl schon gesehen habe und wo dieser zu finden sei. Der freundliche Mann wusste auf beide Anfragen eine brauchbare Antwort und wies Emilia in den zweiten Stock. Um an den Lift zu gelangen, musste man den kleinen Innenhof durchqueren und durch eine kaum mannshohe Türe wieder in das Gebäude eintreten. Vor der Aufzugtür wartete ein Bürodiener mit einer fahrbaren Kiste voll Akten und Poststücken; er hatte einen dünnen, fast chinesisch wirkenden Kinnbart und musterte interessiert die frühe Besucherin. Emilia hatte, etwas mutwillig, einen besonders kurzen Rock angezogen, um im Bedarfsfalle den Rothschedl damit in Verlegenheit bringen zu können; ihre Beine konnten sich zweifellos sehen lassen. Das fand offenbar auch der Amtsgehilfe mit dem Postwagen, der mit der Bemerkung „So früh schon auf, das Fräulein!" ein Gespräch anzubahnen versuchte. Auf dieser Ebene wollte Emilia aber nicht weiterreden, weshalb sie den Liftgenossen fragte, wieso er eigentlich einen solchen Bart trage. Diese unerwartete Wendung ins Intim-Persönliche führte dazu, dass der Rest des Weges bis in den zweiten Stock ohne weitere Konversation zurückgelegt wurde.

Der Bürodiener stieg mit seinem Gefährt auch hier aus und hätte sichtlich gerne gewusst, wen Emilia besuchen wollte. Sie betrachtete den Zimmerwegweiser bei der Lifttür und wartete, bis der Mensch mit dem Rollwagen um die Ecke verschwunden war. Er hätte ihr sicher gerne weitergeholfen, wagte aber gewiss kein weiteres Gesprächsangebot mehr zu machen. So suchte Emilia das Zimmer des Sektionschefs und fand es gleich neben dem Lift. Sie klopfte an und öffnete vorsichtig die Tür, als sie keine Stimme von innen hörte.

Im Vorzimmer saß niemand; die Sekretärin war offenbar noch nicht im Dienst. Die Tür zum Chefzimmer stand offen; Emilia hörte etwas rascheln und näherte sich. An den Schreibtisch gelehnt stand ein vierschrötiger Mensch mit ausgeprägter Kinnpartie, hervortretenden Augäpfeln, einem dünnen Oberlippenbart und geringem Haupthaar, das sorgfältig von einer Seite des Kopfes zur anderen gebürstet war, um den unaufhaltsamen Kahlkopf zu bedecken. Er hatte in einer Hand eine Salzgurke und stopfte mit der anderen eben eine Wurstsemmel in den Mund. Die Hand mit der Gurke schob gleichzeitig einige Papiere auf dem Tisch hin und her; aus dem sauren Gemüse tropfte die Lake in die Akten. Die Wurstsemmel war in einem Augenblick verschwunden, offenbar hatte sie Rothschedl nur einmal durchgebissen; die Gurke verschlang er scheinbar überhaupt, ohne seine Zähne zu benützen. Der Anblick war insgesamt unappetitlich, aber er war schnell vorüber. Etliche Sekunden dieses Schauspiels waren bereits vergangen, als der Sektionschef Emilia bemerkte und erschrocken zusammenzuckte.

„Wer sind Sie?", fuhr er sie an. Emilia sagte: „Guten Morgen, Herr Sektionschef; mein Name ist Emilia Merz." Verständnislos sah er sie an. „Ich komme wegen der Malzgassen-Briefe", fügte sie hinzu und wartete auf die nächste Reaktion. Ganz langsam, so schien es, kam dem Rothschedl die Erinnerung an das jüngste Telefonat wieder; sein Blick heftete sich kurz auf Emilias Oberkörper und wanderte von dort zu ihrer Handtasche und wieder zurück.

„Frau Wimmer!", rief er, ohne daran zu denken, dass seine Sekretärin erst in einer halben Stunde erscheinen würde, „ich brauche den schwedischen Brief!" „Die ist noch nicht hier, denke ich", warf Emilia ein. „Die Leute sind nie da, wenn man sie braucht", raunzte der Sektionschef, „gestern hätte mir der Schlosser eine Information über die Schülerzahlen in Oberösterreich liefern sollen, aber nichts habe ich gekriegt! Jeder macht, was er will, und alle lassen sie mich blöd sterben, aber wenn etwas schiefgeht, soll ich immer alles in Ordnung bringen. Die können mich alle gern haben ..."

Emilia überlegte kurz, wieso es Sache eines Schlossers sei, irgendwelche Statistiken zu liefern, kam aber sofort zu dem Schluss, es müsse sich wohl um einen nachgeordneten Beamten dieses Namens handeln, und verhielt sich im

Übrigen abwartend, was das Gejammer ihres Vis-à-vis betraf; sie konnte und wollte ihm nicht helfen. In einem Seitenkanal ihres Gehirns bildete sich die Formulierung, wenn jemand in Rothschedls Position nicht die Informationen erhielt, die ihm zustünden, dann könne das wohl nur darauf zurückzuführen sein, dass er mit Mitarbeitern nicht umgehen konnte. Aber sie arbeitete diesen Gedanken nicht weiter aus, denn sie entdeckte mitten auf Rothschedls Schreibtisch den gesuchten Brief, und zeigte darauf.

„Ist das der Brief an den Herrn Ifkovits?", fragte sie anstandshalber, denn er war es ohne Zweifel. Das Schreiben glich jenem, das sie mitgebracht hatte und an W. Rothschedl adressiert war, äußerlich aufs Haar. „Nehmen Sie Platz!", schrie Rothschedl und blickte gebannt auf ihren Rocksaum, als sie sich setzte. Emilia nahm den Brief aus ihrer Handtasche und legte ihn zum zweiten Schreiben dazu; es war klar, dass es sich um denselben Absender handelte. Rothschedls Blick kehrte auf den Tisch zurück. „Was wollen die von uns?", fragte er Emilia ungeduldig.

„Darf ich sehen, was die an Sie oder an den Herrn Ifkovits geschrieben haben?", erkundigte sich Emilia. Der Sektionschef gab ihr unwirsch beide Briefe.

„Herr Karl Ifkovits.
28 Oktober. Malzgasse 20a. Gehen Sie durch die Wand und tillbaka igen. Berichten Sie LR."

Heute war der 27. Oktober; also sollte Ifkovits morgen in der Malzgasse erscheinen. „Tillbaka igen" hieß „wieder zurück", über so viel gemeingermanisches Sprachverständnis verfügte Emilia. Der Brief war von einem Schweden geschrieben worden, in großer Eile, wie es schien, denn sonst hätte er sich wohl die Mühe gemacht und alles auf Deutsch verfasst. Irgendjemand musste ein Interesse daran haben, einige Personen in die Malzgasse zu schleppen, und verband diese Personen mit (scheinbar?) wirren Briefen (warum sollte jemand durch die Wand gehen?). Emilia nagelte den schon wieder abirrenden Blick des Rothschedl fest, indem sie ihn anstarrte, und fragte ihn: „Kennen Sie jemanden in Schweden, der das geschrieben haben könnte?"

Im Vorzimmer entstand Bewegung; anscheinend war die Sekretärin eingetroffen. „Frau Wimmer!", brüllte Rothschedl. Frau Wimmer kam herein; wie eine russische Puppe, dachte Emilia. Sie schien beim Gehen ihre Beine nicht zu bewegen, sondern klappte nur ihre Füße auf und ab. Ihre Miene drückte aus: Ich bin auf jeden Fall freundlich, gleichgültig was der da schreit, denn gefährlich ist er nicht, bloß ein lauter, unangenehmer Kerl, der allen Leuten auf die Nerven geht – aber ich brauche den Job ... „Grüß Gott", sagte sie zu Emilia, und lächelte sie an. Emilia lächelte zurück; im Bruchteil einer Sekunde hatten sich die beiden Frauen gegen den rabiaten Mann verschwistert.

Wolfram Rothschedl merkte von alledem nichts. Er versuchte auf Emilia dadurch Eindruck zu machen, dass er Frau Wimmer herumkommandierte. „Bringen Sie mir sofort den Ordner ‚Konferenz Göteborg'", herrschte er sie an, und zu Emilia sagte er, „da war so ein merkwürdiger Typ bei der Tagung, der wollte von mir ständig irgendwelche Details über Wien wissen, vielleicht steckt der dahinter!" Das Telefon läutete. Frau Wimmer hob ab, sagte „Guten Morgen" in den Hörer, hielt das Mikrofon mit der Hand zu und flüsterte dem Sektionschef zu: „Der Wagen nach Linz steht bereit, die Ministerin wird gleich kommen."

Rothschedl sprang auf und rief: „Ich muss weg! Frau Wimmer, geben Sie der Frau ..." „Merz" ergänzte Emilia; „... den Brief und sagen Sie ihr, wie der Mensch in Göteborg geheißen hat. Auf Wiedersehen, und tun Sie alles, dass die mich mit dem Zeug da", er deutete auf die Briefe, „in Ruhe lassen. Lassen Sie sich wieder einmal anschauen!", sagte er schließlich zu Emilia. Diese Redewendung war wohl sehr wörtlich zu verstehen, dachte sie und nahm sich vor, sich nicht so bald wieder von Wolfram Rothschedl „anschauen" zu lassen.

Rothschedl stürzte aus dem Zimmer und dachte im Lift an Emilias Oberschenkel und daran, dass er in Großhöniggraben eine Ehefrau hatte, von der er sicher war, dass er sie liebte. Dennoch überlegte er, wie er es anstellen sollte, Emilia noch einmal in seinen Amtsraum zu locken.

Frau Wimmer entspannte sich erkennbar von einem Augenblick zum nächsten, als sich die Aufzugtüre geschlossen hatte. „Wollen Sie einen Kaffee?", fragte sie. Emilia dachte daran, dass Krautmann wahrscheinlich schon vorm Hause patrouillierte, aber es sollte ja sowieso noch der Name des sonderbaren Schweden gefunden werden, also dankte sie für das Angebot und setzte sich zu Frau Wimmer ins Vorzimmer. Die stellte den Kaffee zu und schaffte den Schwedenordner heran. Er enthielt Unterlagen über eine Didaktiktagung in Göteborg während des vergangenen Frühjahrs, an der Rothschedl teilgenommen hatte; Frau Wimmer blätterte eine Weile darin herum und sagte schließlich: „Ich glaube, er meint den hier, der war eine Art von Konferenzbetreuer", und zeigte auf eine Visitenkarte; der Mann hieß Lars Södergren und schien irgendeinen Posten im schwedischen Bildungsministerium zu haben; sie erkannte die Worte „Utbildningsdepartementet" und „Gymnasieenheten": der Name sagte Emilia unmittelbar nichts, aber sie nahm sich vor, mit den vorhandenen Angaben im Internet zu stöbern, und bat Frau Wimmer um eine Kopie der Visitenkarte.

„Andrea, ist der Chef da?", rief jemand von der äußeren Türe her; herein schwebte ein Mann mittleren Alters, der eher wie ein Künstler als ein Beamter aussah (Emilia tadelte sich gleich darauf selbst für diese Klischees). Er hatte graublondes, gewelltes Haar von malerischer Asymmetrie und bewegte sich trotz seiner, grob geschätzt, fünfzig Lebensjahre wie ein Tänzer. „Er ist schon weg nach Linz", antwortete das Stimmchen, das, wie Emilia nun erfahren hatte, Andrea hieß. „Ich habe da die Zahlen für ihn", sagte der Tänzer und deponierte einige Papiere auf Frau Wimmers Tisch. „Vielleicht kann ich sie ihm nach Linz faxen", meinte sie, „er hat sie ohnehin schon gestern reklamiert."

Nun erst nahm der Tänzer Emilia wahr, der er zuerst den Rücken zugedreht hatte, und rief: „Oh! – Charmanter Besuch! Sie gestatten: Humbert Weiser, Maler und Zeichner, zuständig für das nicht vorhandene Geld und die Tafelkreide, im Hause bekannt als Umberto, und üblicherweise erst ab halb zehn im Büro! Sie sind eine Freundin von Andrea?!" Er nahm ihre Hand und deutete einen Handkuss an. „Emilia Merz", antwortete Emilia und schmunzelte; da sie den Umberto trotz seiner unübersehbaren Skurrilität sympathisch fand, setzte sie fort, „ich kenne Frau Wimmer erst seit zehn Minuten, und ich dachte, der Schlosser sollte die Zahlen bringen ..."

„Meine Hochachtung!", lachte Umberto, „erst eine Viertelstunde im Hause und schon Insiderin! Was hat er Ihnen sonst noch alles anvertraut?" „Nur, dass er in Göteborg war und dass er eigenartige Briefe aus Schweden bekommt!" Emilia erinnerte sich: Sie hatte es krummgenommen, dass ihre Mutter die Sache mit den Briefen in die lärmende Verwandtschaft hineintrug, und sie selbst plauderte nun inkonsequenterweise mit einem Menschen darüber, den sie vor einer Minute überhaupt das erste Mal gesehen hatte. Aber dieser hier hatte eine gewinnende, geradezu symbiotische Ausstrahlung, etwas, das sie in Kaisersteinbruch nie erlebt hatte – und ein Geheimnis wollte sie ja aus den Briefen auch nicht gerade machen.

„Der Herr Ministerialrat war auch damals in Göteborg dabei", warf Frau Wimmer ein, „vielleicht kann er Ihnen etwas zu der Sache sagen!" „Stets zu Diensten", sagte Umberto, „was haben die Nordmänner verbrochen?" Und so berichtete ihm Emilia im Stenogrammstil, was sich bisher zugetragen hatte. Es erwies sich, dass er Clara Merz von einigen Besprechungen kannte, an denen er als Experte für Kunsttherapie teilgenommen hatte; wieso er nun offenbar für Budgetfragen zuständig war, erfasste Emilia nicht sofort; aber insgesamt betrachtete sie ihren ersten Einstieg in die rätselhafte Welt eines Ministeriums schon jetzt als sehr geglückt.

Umbertos Augen glitzerten, als Emilia fertig war; er fragte, ob er die Briefe sehen dürfe, blickte zwischen den zwei Papieren hin und her und studierte den Text ausführlich. Dann hielt er die Schriftstücke gegen das Licht und nickte zufrieden, als sei seine Annahme bestätigt worden. „Ich habe so etwas vermutet", meinte er kryptisch, „darf ich mir Kopien der Briefe machen?" Es ist wohl zu spät, nun etwas dagegen einzuwenden, dachte Emilia, außerdem habe ich erstmals das Gefühl, dass hier jemand sitzt, der die Sache einen Schritt weiterbringen könnte. Dann schaute er nochmals durch das Papier und runzelte die Stirn; „sehr merkwürdig ...", murmelte er und wandte das Blatt hin und her, stellte es auf den Kopf und holte seine Brille aus der Jackentasche; anscheinend konnte er aber auch damit nicht alle Rätsel lösen. Er schüttelte den Kopf.

„Das ist ja viel interessanter als die Préalable-Sitzung – bekomme ich bitte von dir auch einen Kaffee?", sagte er zu Andrea Wimmer. „Darf ich einmal telefonieren?", fragte Emilia, die den Termin mit Johann Krautmann nicht mehr einhalten konnte; dessen Mobiltelefon gab aber nur eine automatische Mitteilung von sich; Emilia wunderte sich, denn sie hatte mit Krautmann vereinbart, dass sie ihn anrufen würde, wenn sich etwas Unvorhergesehenes ereignete. „Ist der Schlosser schon da? Vielleicht kann der zur Sitzung gehen", schlug Umberto vor. „Ich müsste da ein paar Nachforschungen anstellen – wenn Sie es erlauben", wandte er sich zu Emilia. „Wenn Sie mich in Ihre Aktivitäten einbinden, gerne", antwortete sie. „Nichts lieber als das!", meinte Umberto.

„Welche Erkenntnisse haben Sie aus den Briefen gewonnen?", wollte Emilia wissen. „Sehen sie einmal da durch?" Er hielt ihr die Papiere vor die Augen. Ganz zart war in beiden gegen das Licht ein Kreis mit einem auf der Spitze stehenden Dreieck zu erkennen, in dem wieder ein Kreuz eingezeichnet war; irgendwelche Buchstaben, die aber schlecht erkennbar waren, befanden sich unter dem Zeichen. „Was bedeutet das?“, fragte Emilia. „Das, wofür ich es gehalten habe, ist das Zeichen der Rosenkreuzer“, sagte Umberto. Und er zeichnete ein Diagramm auf ein Blatt des offiziellen Briefpapiers, das er von Frau Wimmers Schreibtisch nahm. Es sah so ähnlich aus wie das Wasserzeichen, die Buchstaben R und C, die er darüber malte, entsprachen aber nicht ganz dem undeutlichen Gebilde im Brief.

Andrea Wimmer hatte einstweilen den Kollegen Schlosser erreicht und ihn zum Besuch der Préalable-Sitzung veranlasst. Der Herr Ministerialrat Weiser sei leider durch eine Verpflichtung verhindert. „Gib ihn mir einmal, Andrea“, sagte Umberto und erläuterte dem anscheinend wenig informierten Schlosser telefonisch die Hauptanliegen der Sektion zur Budgetverteilung, um die es bei der Sitzung mit dem eigenartigen Namen offenbar ging. Zum Schluss erklärte er ihm den Grund seiner Verhinderung: „Ich habe hier ein akutes Problem, das den Chef betrifft.“ Er legte den Hörer auf und sagte zu Emilia: „Wenn wir diese akuten Probleme nicht hätten, wäre es im Ministerium kaum auszuhalten. – Übrigens werden wir uns diesen Södergren einmal ansehen, der ist ein ganz ungewöhnlicher Schwede, auch wenn er mit der Geschichte sicher nichts zu tun hat …“

Von den Rosenkreuzern hatte Emilia schon gehört, freilich nicht mehr, als jeder Mensch, der sich etwas intensiver mit Geschichte beschäftigte. Eine Art von mystischer Sekte, die, soweit sie sich erinnerte, in Ansätzen seit dem späten Mittelalter existierte und auf einen Christian Rosencreutz zurückging, einen Menschen, den es nicht wirklich gegeben hatte, sondern der von irgendjemandem erfunden worden war. So etwas Ähnliches wie die Freimaurer … „So etwas Ähnliches wie die Freimaurer“, sagte sie laut, ohne unmittelbar den Umberto anzusprechen.

„Schon ein bisschen anders", nahm Umberto den Faden auf, „und dass es die heute noch gibt, noch dazu in Schweden, ist auch für mich erstaunlich. Allerdings würde das die Abkürzungen im Brief erklären. ‚LR' heißt wahrscheinlich ‚Lectorium Rosicrucianum', das war oder ist so etwas wie das geistige Zentrum der Sekte. Was mich mehr beschäftigt, ist aber die Frage, was Sie und der Rothschedl und der Ifkovits damit zu tun haben. Kennen Sie jemanden, der Ifkovits heißt?"

Unlängst war die Rede von ihm, erinnerte sich Emilia, aber es fiel ihr nicht sofort ein, in welchem Zusammenhange. Mit der assoziativen Methode, die sie auch beim Studium nützlich gefunden hatte, gelang es ihr jedoch, ein Bild von der Szene zu formen, in der der Name Ifkovits gefallen war. Es war Theresia Fischperers Apfelstrudel, der ihr sonderbarerweise dabei in den Sinn kam, das Zimmer in Kaisersteinbruch, und endlich ihre Cousine Elisabeth, die erwähnt hatte, dass sie mit einem Ifkovits beruflich Kontakt gehabt habe. „Er muss irgendetwas mit Schmuck oder Uhren zu tun haben", antwortete sie daher und blickte in die etwas verwunderten Augen ihres Gegenübers, „ein Schmuckhändler vielleicht …?"

„Sie setzen mich in Erstaunen!", rief Umberto, „was bringt sie zu dieser Vermutung?" „Es ist ja nicht sehr wahrscheinlich, das der Ifkovits im Brief auch Ifkovits, der Schmuckhändler, ist; es sei denn, es gibt nur einen Ifkovits in Wien, Niederösterreich und Burgenland!" Frau Wimmer, die das Gespräch diskret, aber komplett mitverfolgt hatte, sah von ihrem Bildschirm auf und sagte zu Emilias Amüsement: „Es gibt sechzig Ifkovits im Telefonbuch, fast alle im Burgenland, und drei Ifkovits Karl, einen in Wien, einen in Hornstein und einen in Kukmirn." „Wo Kukmirn ist, weiß ich nicht, aber Hornstein liegt am nächsten zu Bruck an der Leitha, vielleicht ist es der Ifkovits aus Hornstein", und sie erläuterte Frau Wimmer und dem Herrn Ministerialrat Weiser die Verbindungen zu Elisabeth und dem Schmuck.

„Hervorragend, exzellent!“, begeisterte sich Umberto, der anscheinend sonst nichts zu tun hatte, als sich mit Emilia und ihren kuriosen Briefen zu beschäftigen. „Bitte, Andrea, verbinde mich mit Herrn Ifkovits in Hornstein!“ Frau Wimmer wählte die Nummer und übergab Umberto den Hörer. „Nur ein Anrufbeantworter!“, sagte er und sprach mit sichtbarem Gusto ins Telefon: „Hier ist Humbert Weiser! Wenn Ihnen das Wort ‚Malzgasse‘ etwas sagt, bitte ich um Ihren Anruf!“, und er gab seine Büronummer an; dass der Anrufbeantworter der Familie Ifkovits defekt war, merkte man an diesem Ende der Leitung nicht. „Ich verständige Sie sofort, wenn er sich meldet; darf ich auch Ihre Nummer haben?“, fragte er Emilia, die sich allmählich etwas überbetreut vorkam, aber sie gab ihm die Telefonnummer und auch gleich die E-Mail-Adresse.

„Übrigens werden in Kukmirn ausgezeichnete Obstbrände und der Bigala erzeugt, eine Mischung aus Uhudler und Most; Sie kennen den Uhudler? Es wäre mir eine Freude, Sie gelegentlich auf ein Glas einzuladen!“ Obwohl Emilia sicher lieber mit Umberto als mit dem Sektionschef ein Glas Wein getrunken hätte, befand sie, dass das im Augenblick zu weit ginge, und artikulierte ihre Vermutung von vorhin, etwas umformuliert: „Ich nehme an, Sie haben auch noch andere Agenden als mit mir auf ein Glas Uhudler zu gehen!“ Nun musste auch die sonst so zurückhaltende Andrea lachen, und Umberto rief entzückt: „Touché, Mademoiselle! Sie haben ja recht, man soll nichts überstürzen! Aber ein Faksimile darf ich mir noch machen!“ Und er schob die beiden Schriftstücke in das Kopiergerät, das neben dem Schreibtisch stand. „Falls Sie etwas dekuvrieren, was uns weiterbringt, so sagen Sie es mir bitte, und ich werde Ihnen von Herrn Ifkovits aus Vorištan berichten! Und wenn wir uns das nächste Mal sehen, auch von Lars Södergren! Adjö så länge, vi ses igen, um mit ihm zu sprechen; do vi̦ enja, wie Herr Ifkovits sagen würde! – Und grüßen Sie mir Ihre Frau Mutter!“ Er küsste Emilia nun spürbar die Hand und entschwand mit seinen Kopien. „Entschwinden“ passte am besten zu seinem Bewegungsablauf, befand Emilia.

„Ist der immer so?“, fragte sie Frau Wimmer. Die schmunzelte und sagte: „Er ist der originellste Abteilungsleiter, den wir haben; er kennt alle Welt und spricht acht oder neun Sprachen; außerdem malt er sehr schöne Bilder.“ Und verdient sein Brot mit Préalable-Sitzungen, zu denen er nicht hingeht, ergänzte Emilia für sich. Aber man sollte ihn tatsächlich wiedersehen …

„Und was hat ein Zeichenlehrer mit dem Budget zu tun? Er hat doch Bildnerische Erziehung unterrichtet, oder habe ich das falsch verstanden?“ „Ja, das stimmt schon, aber das ist schon sehr lange her, und soviel ich weiß – das war schon vor meiner Zeit hier – hat er zuerst nur die Abteilung für die Einrichtung der Schulen gehabt, und die ist dann mit der Budgetabteilung zusammengelegt worden. Aber wir haben mehrere solche eigenartigen Zufälle: der Abteilungsleiter für die Statistik ist ein Turnlehrer, und die Personalsektion wird von einem Biologen geleitet“, antwortete Frau Wimmer, „aber man muss ja nicht alles den Juristen überlassen.“ Emilia konstatierte mit Wonne, wie die schüchterne Andrea umso mehr aus sich herausging, je länger der bärbeißige Rothschedl weg war; sie hatte eine eigene Meinung und äußerte sie auch, wenn auch nur in einer günstigen Atmosphäre. „Der Umberto macht aber noch immer Kunstprogramme und beschäftigt sich auch mit der Behindertenerziehung, und er hat auch ein paar Bücher geschrieben, ich weiß nicht genau, worüber, aber irgendetwas hat es auch mit Kunstgeschichte zu tun – ein interessanter Mensch“, befand Frau Wimmer abschließend.

Am Eingang des Ministeriums nickte Emilia dem freundlichen Portier zu und sah sich nach Johann Krautmann um; von dem war aber nichts zu sehen. Da sie den vereinbarten Zeitpunkt um eine gute halbe Stunde überzogen hatte, hielt sie es für möglich, dass er schon gegangen war, und sie versuchte ihn nochmals mit dem Mobiltelefon zu erreichen. Aber außer der Computerstimme, die sie ersuchte, es in einiger Zeit noch einmal zu versuchen, war nichts zu hören.

ÜBERRASCHUNGEN AM AUGARTEN

Emilia sah sich auf dem Minoritenplatz ausführlich, aber vergeblich nach Johann Krautmann um und rief schließlich seine Gattin Wilma an; bei ihr hatte er sich auch nicht gemeldet. Es herrschte Ratlosigkeit. Wilma neigte grundsätzlich dazu, im Zweifelsfall eine Katastrophe anzunehmen, und äußerte schon am Telefon zu Emilia verschiedene Befürchtungen. Er sei schon um halb sechs aus dem Hause gegangen, obwohl er erst um sieben Uhr mit Emilia verabredet war; also war zu vermuten, dass er vorher noch anderswohin wollte, über den Wilma aber nichts wusste.

Da Emilia keinen anderen Anhaltspunkt hatte, ging sie nun davon aus, dass Krautmann schon vor ihrem Treffen in die Malzgasse gefahren sei und dort erste Observierungen vorgenommen habe. Sie berichtete Clara in aller Kürze von den Begegnungen im Amt und von Krautmanns Absenz und teilte ihr mit, dass sie nun vorhabe, in die Leopoldstadt zu wandern und sich umzusehen. „Wahrscheinlich treibt sich der Krautmann dort in irgendeinem Keller herum und ist deshalb nicht zu erreichen“, schlug Clara als Erklärung vor.

Vom Minoritenplatz ins Werd, wie die Gegend zwischen Donaukanal und Augarten heißt, geht man am besten zu Fuß. Man durchschreitet den ältesten Teil von Wien und quert den Wasserlauf auf der Salztorbrücke, um dann in der gleichen Richtung die Hollandstraße und die Leopoldsgasse zu erreichen. Die Leopoldsgasse wird von der Malzgasse gekreuzt, wie Emilia dem Stadtplan entnommen hatte, denn in dieses Viertel war sie ihrer Erinnerung nach noch nie vorher gekommen. An der Kreuzung mit der Leopoldsgasse erweitert sich die Malzgasse zu einem dreieckigen, unansehnlichen Platz und stößt nach etwa einhundertfünfzig Metern an die Obere Augartenstraße gegenüber dem Eingang zum Augartenpalais, der Schule der Wiener Sängerknaben.

Dieses kurze Stück durchmaß Emilia nun, während eine Bö unangenehm von der großen Freifläche des Augartens hereinpfiff. Sie passierte die Talmudschule, die von einem Polizisten in einem Schilderhäuschen bewacht wurde, und wurde nun erst gewahr, dass sie sich hier im alten jüdischen Viertel befand. Sie zählte schon von Weitem die Häuser ab, um zu erkennen, welches die Nummer 20a trug. Tatsächlich gab es dieses Haus nicht; das letzte an der Straßenecke hatte die Nummer 20; dann folgte nur noch ein schmaler, von einem Betriebsgebäude der Gaswerke verschandelter Grünstreifen.

Emilias erster Gedanke beim Anblick des Eckhauses war: Es ist zu vermuten, dass die ganze Sache ohne realen Hintergrund ist und dass sich bloß jemand einen Scherz erlaubt hat. Um dem Wind ein wenig auszuweichen, ging sie durch die Garageneinfahrt in den Hof des Hauses. Der Verputz an den Wänden der Einfahrt war abgeschlagen worden, offenbar in der Absicht, die rohen Ziegel hervorzuheben, denn zwischen ihnen befanden sich einige Mosaikelemente in verschiedenen Farben, die von Friedrich Hundertwasser hätten sein können. Der Hof war eng und unauffällig, einige Autos fanden hier Platz, im Hintergrund erhob sich die jüdische Schule. Auch hier sah Emilia einige Rohziegeldekorationen. Ein steinerner Löwenkopf bewachte den rechtsseitigen Eingang, der zu einer Arztpraxis führte, links kam man in einen Korridor, der durch eine versperrte Tür vom Rest des Hauses getrennt war. Die Türglockenleiste wies einige französische Bewohner aus. Zwei Türen schienen zu Abstellräumen oder in den Keller zu führen.

Weder war von Johann Krautmann etwas zu bemerken, noch war irgendein Bezug zu den geheimnisvollen Briefen zu erkennen; es war einerseits zu erwarten gewesen, andererseits aber doch enttäuschend. Emilia ging wieder auf die Gasse hinaus. Aus einem Fenster im zweiten Stock des Hauses gegenüber sah ihr durch die Scheiben ein älterer Mann zu; als sie hinaufblickte, zog er sich zurück. Sie hatte ihn nur zwei Sekunden lang wahrgenommen, aber es war ihr, als hätte sie das Gesicht schon einmal gesehen.

Um einen Gesamteindruck von dem Haus zu erhalten, querte sie die Obere Augartenstraße und fasste die Anlage von der Mauer des Augartens her ins Auge. Ein Lebensmittelladen und ein Briefkasten befanden sich an der zweiten Straßenseite des Eckhauses; sie trugen auch nichts zur Klärung der Situation bei. Aus dem Eingang des Parks lief ein Jogger heraus. Er war wegen des Wetters einigermaßen vermummt; er passierte Emilia und blieb nach einigen weiteren Metern abrupt stehen. „Hallo, Emilia!", rief er ihr zu, „wie geht es dir?" „Kennen wir uns?", fragte sie. „Vielleicht, wenn ich den Schal abmontiere", antwortete er und befreite sein Gesicht von der Verhüllung. Noch immer war ihr nicht klar, wer da vor ihr stand, und sie brachte diesen Umstand anscheinend auch durch ihre Miene zum Ausdruck. „Rudi", sagte er, „Rudi Smrz, Revoluzzer und Hundefreund!" Er war nicht leicht wiederzuerkennen; bei seinem Auftritt als Leibgardist von Margarete vor einigen Wochen hatte er schulterlanges Haar getragen; nun war er kurz geschoren und sah auch sonst wie ein Sportlehrer und nicht mehr wie ein Anarchist aus.

„Hallo, Rudi", sagte sie mit einem Lächeln, das sich durch den Wind etwas verzerrte. „Ich habe nicht damit gerechnet, dich hier zu treffen!" „Was nichts Besonderes wäre", antwortete er, „ich wohne da hinten in der Wasnergasse. Du dagegen wohnst in Penzing; was machst du also hier in der Leopoldstadt?" „Das ist langwierig und schwer zu erklären, jedenfalls in dieser Kälte", sagte Emilia und umhüllte ihren Rumpf mit den Armen, „kennst du hier irgendein Kaffeehaus?" Rudi Smrz gab zu, dass er ungleich den meisten Revoluzzern, mit den Kaffeehäusern nicht sehr vertraut war, aber vermutete, dass sich in der Taborstraße, der nächsten Geschäftsstraße, so etwas befinden müsse. „Ich würde gerne mit dir ein bisschen plaudern", setzte er hinzu. Emilia fühlte, wie er ihr durch diese

Bemerkung ein wenig näher rückte, und empfand dies als nicht unangenehm.

Das Café Augarten am Ende der Kleinen Sperlgasse gab es damals noch; es war das nächstgelegene Etablissement. Sein Interieur strahlte nicht gerade Wohnlichkeit aus, aber es war, wie Emilia anmerkte, hier wenigstens windstill. „Ich lade dich auf einen Apfelstrudel ein", meinte sie einleitend, „wenn ich dich schon hierherschleppe, und du wirst ja nicht mit dem Portemonnaie joggen gegangen sein." Es war Emilias Absicht, sich von keinem Mann vereinnahmen zu lassen, auch wenn er ihr so sympathisch war wie Rudi, und manche, die sich möglicherweise schon für sie interessiert hatten, waren wohl durch ihre entschiedene Selbstständigkeit verschreckt worden. Das Schema des gurrenden Weibchens, das manche ihrer Bekannten zur Beziehungspflege einsetzten, war ihr ein Gräuel, und nicht einmal hatte sie sich schon als „Emanze" bezeichnen lassen müssen. Was sie aber ebenso verachtete, war das programmatische und militante Frauentum, das einige Mitstudentinnen vor sich her trugen wie eine Schlachtfahne. Aggressiv wurde sie jedoch vor allem dann, wenn, wie sie es nannte, die Sprache vergewaltigt wurde, etwa durch das Indefinitpronomen „frau" oder beim verzweifelten Versuch, weibliche Endungen an Wörter zu hängen, die sich dafür von ihrer Struktur her nicht eigneten. „Liebe Mitglieder und Mitgliederinnen", hatte sie unlängst bei einer Versammlung des Chihuahua-Clubs Austria in Sievering gehört und daraufhin den Sitzungsraum mit Anzeichen von Übelkeit verlassen.

Rudi Smrz schien mit ihrer Persönlichkeit keine Probleme zu haben. Er habe immer etwas Geld bei sich, weil er nach seinem Rundlauf meist frisches Gebäck mit nach Hause nehme, seine Eltern schätzten diese Gewohnheit sehr und er selbst habe auch nichts gegen den Duft eben gebackener Semmeln; für ein komplettes Frühstück im Kaffeehaus würde es aber nicht reichen. „Warten deine Eltern jetzt nicht auf die Semmeln?", fragte Emilia, die den Rudi mittlerweile nicht mehr zu den Radikalen zählte und darin mit ihrer Schwester Margarete übereinstimmte. „Heute bin ich erst nach dem Frühstück laufen gegangen, weil die Eltern schon früh zu ihrem Wochenendhaus fahren, wie jeden Freitag", erklärte Rudi.

„Ein Familienmensch wie du wirkt aber nicht sehr revolutionär", stellte Emilias fest. „Mir gibt das anarchische Getue überhaupt nichts", erwiderte Rudi, „ich wollte damals nur ein bisschen in die Szene hineinriechen, weil ich für meine Zeitung manchmal ein bisschen Lokalreporter spiele und besonders die Skurrilitäten der Wiener Szene im Auge habe", setzte er hinzu. Emilia versuchte ihr Erstaunen über die Facetten des Rudi Smrz zu verbergen. „Was bist du für ein Mensch?", sagte sie halb zu sich selbst; es war mehr ein Gedanke als eine beabsichtigte Frage.

Rudi lachte. „Ich hoffe, ich kann dir das im Laufe der Zeit klarmachen", meinte er, „auf mich wirkst du auch geheimnisvoll, und ich wüsste gerne mehr über dich – ohne dass ich gleich eine Geschichte über dich schreiben möchte ... Es gibt ja auch andere Gründe!" „Danke, dass du mich nicht von vornherein unter ‚Skurrilitäten' einreihst, obwohl ich auch nicht gerne ein ganz normaler Mensch wäre", schmunzelte Emilia. „Ich bin aber heute schon zwei bis drei Menschen begegnet, die sich sehr für eine Geschichte eignen würden: einem cholerischen Sektionschef, der Salzgurken isst, einem Zeichenlehrer, der mir etwas von den Rosenkreuzern erzählt hat, und einer schemenhaften Erscheinung an einem Fenster, die mich an einen auffälligen Nachbarn bei uns daheim erinnert." Plötzlich war ihr eingefallen, wer so aussah wie der Schatten im ersten Stock in der Malzgasse: Hugo Hummel, bei dem ihre Mutter vorgestern ihr Grenzbereichs-Erlebnis gehabt hatte. Aber wie kam Hummel in die Malzgasse? Vermutlich war sie einer optischen Täuschung erlegen.

Es gelang ihr aber gar nicht, darüber ausführlicher nachzudenken, denn ihre Aufzählung der Sonderlinge hatte Rudi zu einem Schrei der Begeisterung veranlasst; die drei übrigen Gäste im Café blickten sich erschrocken um, der Kellner kam heran und fragte, ob er helfen könne. Rudi zog eine Grimasse, die gespieltes Schuldbewusstsein ausdrückte, und antwortete nach einem kurzen Blick in Emilias Tasse: „Danke, nur noch zwei Melange! – Für die reicht die Barschaft; der Kaffee bei deiner Mutter war übrigens besser", ergänzte er, zu Emilia gewandt. „Erzähl mir von den dreien, wenn es kein Geheimnis ist", bat er.

„Ich weiß nicht recht", meinte Emilia, „die ganze Geschichte wird immer eigenartiger. Zumindest muss ich dich bitten, das alles vorläufig für dich zu behalten … solange wenigstens, bis mein Onkel wiederaufgetaucht ist. Darf ich vorher noch anrufen?" Und sie telefonierte ein zweites Mal mit Wilma und Clara; Johann Krautmann hatte sich noch nicht gemeldet. Ihrer Mutter berichtete sie auch von Rudi Smrz und von seiner Schriftstellerei. „Da hat die Nachhilfe doch etwas genützt!", befand Clara, „aber Aufsätze konnte er ja schreiben; nur die Literaturgeschichte war ihm fremd." Rudi, der das Gespräch mitverfolgen konnte, weil der Lautsprecher des mobilen Gerätes auf höchste Stufe gestellt war, grinste und sagte: „Das ist auch heute noch so!"

Und dann erzählte Emilia Rudi im Stenogrammstil von den Briefen, von Hugo Hummel, von Wolfram Rothschedl und Humbert Weiser und von dem Haus in der Malzgasse, das nicht das richtige war und das sie eigentlich mit ihrem Polizei-Onkel besuchen wollte. Als sie geendet hatte, sah Rudi sie lange an und fragte: „Hast du eine Vorstellung davon, wie das jetzt weitergehen soll?"

„Jedenfalls muss ich einmal abwarten, bis der Krautmann wieder da ist; ich denke doch, dass er nicht bloß zufällig verschwunden ist. Vielleicht kann er uns etwas mehr erzählen."

„Heißt ‚uns', dass du mich in die Recherchen miteinbeziehen würdest?", fragte Rudi mit sichtbarem Gusto. „Warum nicht? Du hast ja sowieso schon Blut geleckt, wenn ich dich so betrachte! Aber versprich mir, das vor deiner Lokalredaktion geheim zu halten!" Sie nahm dabei seine Hand und hielt sie länger, als für die Abnahme eines Versprechens erforderlich gewesen wäre. Rudi Smrz zog sie in der ersten Überraschung zurück, aber nur einen Millimeter, und legte dann im Gegenzug seine zweite Hand auf ihren Unterarm. So saßen sie einige Sekunden, bis Emilia sich aus der Berührung löste und lächelte. „Du wirst ja sicher wieder nach Hause laufen", sagte sie, „Vielleicht kannst du dir vorher mit mir noch das Haus an der Ecke Malzgasse ansehen!"

Der zweite Kaffee war inzwischen kalt geworden, sie tranken ihn aber dennoch. Emilia übernahm die ganze Rechnung; „auf Revanche", wie Rudi festhielt. Der Kellner blickte ihnen etwas wehmütig nach, als sie das Lokal verließen. Der Wind hatte sich gelegt, als sie die Obere Augartenstraße hinaufgingen. Emilia ließ Rudi gewähren, als er ihr seinen Schal um den Hals legte und ihren Arm nahm; er vermittelte ihr ein Gefühl der Sicherheit und der Wärme. Bis zur Malzgasse waren es nur wenige Meter.

„Das ist das Haus Nummer 20", erklärte sie ihm. „20a gibt es nicht." Rudi schaute sich die Fassade an, ging dann ein paar Schritte Richtung Leopoldsgasse und sagte, als er zurückkam: „Vielleicht doch." „Was – vielleicht doch?" „Vielleicht gibt es 20a doch!" „Und zwar wo?", fragte Emilia. Das Haus rechts von Nummer 20 hat eine Tür, aber keine Hausnummer; erst das nächste Haus ist Nummer 18." Tatsächlich war das Haus rechts ein erkennbar selbstständiger Baukörper; zugänglich war es von der Hauseinfahrt, durch die Emilia vorher in den Hof gelangt war. Über dem Eingang zu diesem Haus stand „Stiege 2", weshalb es Emilia zuerst von innen einfach zu Nummer 20 gerechnet hatte.

Sie trat ein paar Schritte zurück und wollte sich die gesamte Liegenschaft ansehen. Als sie sich umdrehte, um nicht an ein geparktes Auto anzustoßen, fuhr sie zusammen. Sie stand unmittelbar vor dem Wagen ihres Onkels. „Rudi!", rief sie. „Rudi, da ist sein Auto!" Rudi lief über die Gasse. Die Scheiben des Wagens waren rundum völlig angelaufen und ließen keinen Blick ins Innere zu. Rudi versuchte die Türe zu öffnen, die ein wenig klemmte; das Fahrzeug war auch nicht mehr ganz neu.

Auf dem Beifahrersitz saß Johann Krautmann. Sein Kopf war zur Seite gefallen; die ganze Gestalt war halb vor den Sitz gerutscht; was, wenn er tot ist, war Emilias erster Gedanke. Rudi Smrz lief vorne um das Auto herum, nahm ein Taschentuch und machte vorsichtig die Beifahrertür auf. „Wegen der Fingerabdrücke", erläuterte er überflüssigerweise. Emilia nahm Krautmann an der Schulter und schüttelte ihn ein wenig; er schnaufte einmal auf und versuchte die Augen zu öffnen. „Onkel Krautmann!", schrie Emilia, „hörst du mich?" Der Polizist kam allmählich wieder zu Bewusstsein und erkannte seine Nichte.

„Ah, Emilia …", wisperte er. „Ich muss eingeschlafen sein. Ist er weg?" „Wer soll weg sein, Onkel Krautmann?" „Der Blinde, den ich im Haus getroffen habe, ist er nicht mehr hier?" Emilia und Rudi sahen sich um; es war außer einer Frau mit Kinderwagen beim Augarten überhaupt kein Mensch da. „Ich habe ihm über die Stufen geholfen – und dann bin ich hier aufgewacht … Mir ist nicht sehr gut; kannst du mich eventuell nach Hause bringen?" „Natürlich kann ich das; Rudi, ich fahre jetzt mit Krautmann heim. Wir telefonieren heute noch!"

„Soll ich nicht mitkommen? Ich kann dir beim Transport helfen!", bot sich Rudi an. „Danke, jetzt geht es schon", sagte Emilia; er sah ganz unglücklich aus. Sie küsste ihn auf die Wange und flüsterte ihm ins Ohr: „Danke – und wir bleiben in Verbindung!" „Ich möchte dich auch wiedersehen!", sagte Rudi rasch, bevor sie die Wagentür schloss. Sie parkte den Wagen aus und bog in die Obere Augartenstraße ab.

Rudi sah dem Auto nach und fühlte, wie sein ganzer Körper vibrierte. Vielleicht war es auch der zusätzliche Kaffee oder der Vorfall mit Krautmann – vor allem aber war es die Frau, mit der er die letzte Stunde verbracht hatte; unwillkürlich berührte er seine Wange, wo er ihren Kuss noch zu spüren glaubte, und merkte dabei, dass Emilia in der Eile seinen Schal mitgenommen hatte. Ein Pfand, dachte er, dafür, dass ich sie wiedersehe! Er hatte sich in sie verliebt, mit Haut und Haar (dumme Redewendung, fiel ihm dazu ein). Ihr darf nichts geschehen! (Was soll dieser Satz, fragte er sich). Erst langsam und dann immer schneller setzte er sich in Trab; durch den Augarten rannte er in einem Tempo, dass sich die Spaziergänger nach ihm umwandten, und beim Flakturm stieß er einen Jubelruf aus, der die Vögel aus den Bäumen trieb.

KRAUTMANNS BERICHT

Gleich aus dem Auto rief Emilia Wilma an, um ihr von der Auffindung ihres Gatten zu berichten. Die stieß ein Geräusch aus, das man wohl nicht mehr als Seufzer der Erleichterung bezeichnen konnte, eher als Aufschrei. Als sie wieder zu Wort kam, betrachtete es Emilia als angeraten, Wilma über Krautmanns Zustand zu informieren und gleichzeitig jeden detaillierten Erklärungsversuch auf die Zeit nach der Heimkunft zu verschieben. Auch Clara wurde verständigt und gebeten, wenn möglich zu Wilma zu kommen und bei der Erstversorgung und –befragung des Patienten anwesend zu sein.

Clara unterbrach die eben begonnene Hundefütterung, raffte die drei Chihuahuas zusammen, stopfte sie unter Androhung von disziplinären Maßnahmen in den Transportkorb und fuhr zur Wohnung ihrer Schwester, die in sich einem vor allem von Polizisten und deren Familien bewohnten Großbau in der Ottakringer Possingergasse befand. Obwohl diese Straße als Durchzugsstraße zwischen den nördlichen und westlichen Stadtteilen diente, war es meist nicht schwierig, gegenüber dem Hause auf einem Schrägparkplatz das Auto abzustellen. Wenn man durch den Haupteingang in den riesigen Hof der Anlage trat, der als freundlicher Garten gestaltet war, ließ man den gesamten Lärm hinter sich. Wilma und Johann Krautmann hatten mit etwas Glück eine Wohnung bekommen, die im letzten Stockwerk lag und deren sämtliche Fenster zum Hof ausgerichtet waren, so dass selbst zu Stoßzeiten der Verkehr nur als zarte akustische Hintergrundmalerei wahrzunehmen war. Einzig die unfallfreie Überquerung der Possingergasse vom Parkplatz zum Hause konnte zum Problem werden, vor allem mit drei nervösen Kleintieren im Korbe, die einander beim Verbellen der vorbeischießenden Fahrzeuge überboten.

Vom Augarten nach Ottakring war der Weg wesentlich länger, so dass Clara trotz der notwendigen Rüstzeit früher bei Wilma ankam als Emilia mit ihrem versehrten Onkel. Emilia hatte Wilma gebeten, ihr dabei zu helfen, den vielleicht noch nicht ganz wieder hergestellten Krautmann über die Straße und in den sechsten Stock zu schaffen. Clara bemerkte den jämmerlichen Zustand ihrer Schwester, die knapp vor einem Nervenzusammenbruch stand, und überreichte ihr die Hunde mit dem klaren, keinen Widerspruch duldenden Auftrag, diese in die Wohnung zu tragen und dort auf die Ankunft von Emilia und Johann zu warten. Sie selbst werde dafür sorgen, dass Krautmann dort wohlbehalten ankomme. Da die Hunde Wilma als Bekannte ansahen und augenblicklich ihr Gekläff beendeten, war das wohl die bessere Lösung, und Wilma gehorchte ihrer Schwester ohne weiteren Einwand.

Ein paar Minuten später traf Emilia mit ihrem Onkel ein, sah Clara vor dem Haustor und parkte den Wagen regelwidrig halb auf dem Gehsteig, um sich und vor allem dem Krautmann die Querung der Fahrbahn zu ersparen. Die Besatzung einer vorbeifahrenden Funkstreife beobachtete das Vergehen und erkannte den Kollegen Krautmann, als er sich mühsam aus dem Auto krümmte. Die Polizei blieb ebenfalls stehen, aber nicht zum Zwecke der Amtshandlung, sondern um bei der offenbar erschwerten Heimkehr des Kollegen zu assistieren. Emilia, die nicht zu Erklärungen aufgelegt war, gelang es, die lästige Funkstreifenbesatzung abzuwimmeln und den Onkel ihrer Mutter zu übergeben. Die Polizisten schauten Krautmann skeptischkopfschüttelnd nach, und Emilia konnte das Auto auf den zugelassenen Schrägparkplatz vis-à-vis deponieren.

Als sie von dort zurückkam, standen die beamteten Freunde und Helfer noch immer da, und einer stellte sich vor: „Guten Tag, Revierinspektor Schörghuber!" Emilia fiel sofort der Würstelstand ein, von dem in Kaisersteinbruch die Rede gewesen war, und sagte, „Ah ja, ich habe schon von Ihnen gehört! Mein Onkel" (es erleichterte vielleicht auch die Situation, wenn sie Art und Grad ihrer Beziehung klarstellte) „hat irgendwelche Kreislaufbeschwerden, er wird aber sicher bald wieder auf den Beinen sein!“ „Wir waren schon beunruhigt! Rufen Sie mich bitte an, wenn er länger krank sein sollte!“ Schörghuber schrieb eine Telefonnummer auf einen Zettel und gab ihn Emilia. Sie schüttelte ihm die Hand, nickte dem zweiten Polizisten zu und war froh, das Haustor zwischen der Truppe und sich schließen zu können.

Clara hatte ihren Schwager einstweilen in den Lift bugsiert und die letzten Stufen hochgestemmt; die Wohnung lag ein halbes Stockwerk über der Aufzugtüre. Krautmann murmelte unentwegt: „Es geht schon, es geht schon …“, und knickte immer wieder ein. Wilma schluchzte: „Leg dich gleich aufs Bett! Soll ich dir einen Tee machen?“ „Danke nein, ich möchte nur ein bisschen schlafen“, antwortete er und schloss die Augen. Während sie ihm Jacke und Schuhe auszog, jagte Clara den drei Chihuahuas hinterher; sie hatten sich in der Wohnung verteilt, nachdem sie Wilma voreilig aus ihrem Gebinde entlassen hatte. Als Emilia läutete, rasten die Tiere sofort zur Wohnungstür, sprangen kläffend an ihr hoch, wurden im Sprunge von Clara eingesammelt und in ihr Behältnis verbannt. Da sie dort weiterbellten, stellte Clara den Hundekorb ins Badezimmer und schloss die Tür; kurz stieg die Frage in ihr auf, ob das Leben ohne Hunde nicht einfacher wäre; sie verdrängte den Gedanken aber gleich wieder.

Krautmann schlief auf dem Bette unverzüglich ein, worauf die drei Frauen ins Wohnzimmer wechselten, sich am Tisch niederließen und überlegten, ob es angezeigt sei, einen Arzt zu holen. Man einigte sich endlich darauf, ihn etwas ruhen zu lassen und dann seinen Zustand nochmals zu prüfen. Emilia berichtete den Ablauf aus ihrer Sicht und meinte zum Schluss, „Vielleicht kommt dem Onkel die Erinnerung wieder, wenn er ausgeschlafen ist.“

Es dauerte etwa zwei Stunden, bis Johann Krautmann wieder zu sich kam. Clara hatte unterdessen mit den

Hunden eine Runde gedreht; die nahe Koppstraße war eine Allee und insofern auf die Bedürfnisse der Chihuahuas ausgerichtet. Emilia und Wilma diskutierten die Ereignisse; Wilma sprach wieder davon, dass sie Johann davon abraten werde, die Kriminalinspektoren-Laufbahn einzuschlagen; man sehe ja schon, wohin das führe. Emilias Einwand, dass die heutige Aktion ja gewissermaßen als Krautmanns Hobby anzusehen sei, weil er ja keinen Auftrag zur Überprüfung der Malzgasse gehabt habe, verschärfte die Situation eher. Wilmas Befürchtungen gründeten sich ja vor allem auch darauf, dass Krautmann bei seinem Beruf ein ihrer Meinung nach völlig unangebrachtes Sendungsbewusstsein an den Tag lege, das eben in solche Kalamitäten münde.

Krautmann setzte sich an den Tisch und blickte ein wenig unsicher auf die drei Damen. Clara sagte: „Wir wollen natürlich wissen, was sich heute Vormittag abgespielt hat. Aber bitte nur, wenn es dich nicht anstrengt!" „Und wenn du dich überhaupt daran erinnerst", ergänzte Emilia, etwas redundant, wie ihr gleich auffiel.

„Ich weiß zwar nicht, wie ich wieder in das Auto gekommen bin, aber alles Vorherige ist mir wieder irgendwie in Erinnerung. Ich war viel zu früh dran, um Emilia am Minoritenplatz abzuholen, und ich habe mir gedacht, ich schaue mir noch ein bisschen die Malzgasse an. Also, ich fahre über die Gürtelbrücke in die Klosterneuburger Straße und weiter bis zum Gaußplatz und stelle das Auto dort ab, wo du mich gefunden hast." Clara war erstaunt, wie wenig detailliert Krautmann seine Route beschrieb; das war sonst nicht seine Art. Sie hatte sich aber vorgenommen, für den Fall, dass er den Faden verlor, sofort einzuschreiten. „Man hätte allerdings auch bei der Währinger Straße zur Alserbachstraße abbiegen können, das wäre vielleicht kürzer gewesen, aber auf dem Gürtel war gerade die Grüne Welle …" Er ist wieder der Alte, dachte Clara und warf verhalten ein: „Du warst schon in der Malzgasse und bist aus dem Auto ausgestiegen, und was war dann?"

„Jaaa – ich schaue mir also das Haus Malzgasse 20 an; 20a gibt es ja gar nicht! Da kommt aus dem Haus gegenüber ein älterer Herr, sehr freundlich, zu mir und redet mich an: ‚Kann ich ihnen helfen?', fragt er: ‚Ich suche Nummer 20a, die Gasse ist aber schon bei 20 aus!', sage ich. ‚Wer soll denn da wohnen? Vielleicht ist es eine falsche Adresse; ich kenne die meisten Leute hier in der Gegend!', sagt er. Jetzt habe ich nicht gewusst, was ich sagen soll – dass irgendwer aus Schweden einen Brief geschrieben und den Herrn Rothschedl und die Frau Merz daher geschickt hat – und warum überhaupt, weiß ich auch nicht; noch dazu heiße ich Krautmann – alles viel zu umständlich. Also sage ich einfach: ‚Wahrscheinlich ist die Adresse wirklich falsch …' Da sagt der Mensch plötzlich: ‚Kommen Sie wegen der Anfrage aus Schweden?' Ich spüre, wie es mir über den Rücken rieselt. ‚Was wissen Sie darüber?', frage ich ihn, aber er gibt mir keine Antwort, sondern sagt zu mir: ‚Der Herr Rothschedl, sind Sie das? Oder der Herr Zvitkovits (oder so ähnlich)?" „Ifkovits", korrigierte Emilia; „der andere heißt Ifkovits!"

„Ah ja, von dem war ja schon beim Dieses die Rede, der Uhrenhändler von der Elisabeth, oder?" „Ja, genau der", antwortete Emilia. „Wie hat denn der Mann ausgesehen, der mit dir geredet hat?" „Ganz unauffällig, einen braunen Anzug hatte er an und ein Pflaster auf der Schläfe, aber sonst …" Weiter kam er nicht, denn gleichzeitig riefen Clara und Emilia: „Hugo Hummel!" „Was heißt Hugo Hummel? So hat er sich aber nicht vorgestellt – und wieso kennt ihr den?" „Wie hat er sich denn bei dir genannt?", fragte Clara. „Ich weiß das nicht mehr genau, er hat seinen Namen nur gemurmelt – das ist ja etwas, was die meisten Leute nicht können, sich ordentlich vorstellen …" „Wie hat er geheißen?", unterbrach Clara barsch seinen Exkurs ins Allgemeine. „Er hat mir erst später seinen Namen gesagt, ich glaube, Valentin, oder war es Andreas? Von dem hat er auch gesprochen."

Wilma blickt ihren Mann besorgt an; wenn er sonst etwas genau wusste, so waren es die Namen der Angehaltenen; dass er nun Valentin und Andreas nicht auseinanderhalten konnte, beunruhigte sie sehr.

„Er wartete auch gar nicht ab, was mein wirklicher Name ist, und ich glaube, ich habe ihm den in den vielen Stunden, die wir beisammen waren, auch gar nicht gesagt!" „So viele Stunden waren es auch nicht gerade; ich war ja höchstens anderthalb Stunden im Ministerium", meinte Emilia. „Es waren nicht nur Stunden, es waren Tage", erwiderte Krautmann ungerührt. Wilma, Emilia und Clara sahen einander wechselweise an; in Wilmas Augen breitete sich Panik aus. Aber sie äußerte sich nicht dazu; die Sache nahm eine Wendung, die man nicht aus dem Stand kommentieren konnte.

„‚Kommen Sie, kommen Sie, ich muss Ihnen etwas zeigen', und er nimmt mich bei der Hand und zieht mich ins Haus hinein ..." „In welches?", fragte Emilia dazwischen. „Lass ihn erzählen", zischte Wilma. „Aber das ist wichtig! Wir müssen ja endlich das Haus finden!", zischte Emilia zurück; rund um den Tisch baute sich Spannung auf. „In seines, aus dem er herausgekommen ist", sagte Krautmann, „und ich denke noch, endlich kommt Klarheit in die Geschichte, da steigen wir schon die Kellertreppe hinunter; er öffnet unten eine schwere Stahltüre und geht mit mir hinein. ‚Das, was ich Ihnen jetzt zeige, gibt es nur zweimal in unserer Welt.' Ein merkwürdiger Geruch ist da rundum, wie von einem gasbetriebenen Autobus, ich werde ein bisschen schwindlig; Valentin hält mir ein Taschentuch vor die Nase und ruft: ‚Atmen Sie tief durch!' Zuerst glaube ich, dass ich das Bewusstsein verliere, aber dann vergeht das wieder. ‚Hier ist die schwarze Wand', sagt er, und vor uns sehe ich einen schwarzen, glänzenden Vorhang, der sich wie im Wind bewegt. ‚Gehen Sie da durch, es ist ungefährlich', ruft er mit einer sonderbaren Stimme, und ich greife zu meiner Dienstwaffe, ob ich sie auch wirklich mithabe, sie ist auch da – und ich gehe nun wirklich da durch und halte den Valentin dabei am Arm. Ich gehe durch, als ob man in Wasser eintauchen würde, und er mit mir… Im nächsten Augenblick fließt der Boden unter mir weg, aber ich bin bei vollem Bewusstsein, und ich hänge mich an Valentin und drehe mich um, um zu sehen, wo ich da durchgegangen bin. Der Vorhang ist noch da, von der anderen Seite – und er sieht hier genauso aus: schwarz und glänzend. Vor mir laufen die geraden Linien der Wände nun krumm und durcheinander, sie sind bunt wie Leuchtstoffreklame, es ist schön anzusehen – und ich lasse mich hineinfallen in dieses Farbenspiel, bis Valentin sagt: ‚Wir müssen nun wieder hinauf, ganz vorsichtig', und er schleppt mich durch das Liniengewirr durch und zu einer Treppe, die auch zuerst schwankt, wie wenn man schräg auf etwas durch eine Wasseroberfläche schaut, aber dann wird sie wieder gerade und ich spüre den Boden unter den Füßen und den Handlauf auf der linken Seite und halte mich daran fest, bis ich wieder in einer normalen Umgebung bin.

Auf dem Treppenabsatz bleibe ich stehen und sehe in einen Garten hinaus; er sieht so aus wie die Höfe bei uns eben aussehen, im Oktober", erläuterte Krautmann, der sich von seiner Schilderung hatte mitreißen lassen und nun wieder merkte, dass er eigentlich daheim am Wohnzimmertisch saß. „Und nun sagt der Valentin etwas, was ich jetzt noch nicht verstehe, ‚Willkommen in der Gegenwelt! Wie fühlen Sie sich? Kommen Sie in meine Wohnung hinauf, ich gebe Ihnen etwas zu trinken …' In seiner Wohnung sieht es genauso aus wie in einer Durchschnittswohnung. Er gibt mir ein Glas Wasser, ich soll mich auf einen Sessel setzen. Ich frage ihn: ‚Was haben Sie da vorhin gesagt von einer anderen Welt?' ‚Die Gegenwelt', sagt er drauf, ‚da sind wir nun, und da bleiben wir jetzt auch, man merkt es ja kaum …' ‚Was soll das heißen? Was haben Sie da mit mir gemacht?' ‚Beruhigen Sie sich, es ist alles in Ordnung', sagt er, ‚Sie werden sich gleich zurechtfinden! Die Gegenwelt sieht genauso aus wie die erste Welt, aber sozusagen spiegelverkehrt. Da Sie nun auch spiegelverkehrt sind, fällt Ihnen das nicht auf!'"

Wilma hielt es nicht mehr aus. „Du machst mir Angst!", rief sie. „Wie bist du wieder zurückgekommen in unsere Welt? Du bist ja jetzt wieder bei uns – Gott sei Dank!" „Ich weiß nicht, ob ich wirklich wieder zurückgekommen bin – ich glaube eigentlich nicht", erwiderte Krautmann, „ich bin noch immer in der Gegenwelt – und ihr da alle auch!" Clara wurde unruhig. „Was ist das für ein Unfug!", rief sie. „Eine Welt, die genauso aussieht wie unsere Welt und doch eine andere ist! Wozu soll ich mir so eine Konstruktion antun? Ich lebe in meiner Welt, ob das nun die richtige oder die falsche ist, macht ja keinen Unterschied!"

„Valentin hat mir das mit dem Möbius-Band erklärt. Gib mir ein Stück Papier und eine Schere", bat er Wilma. Die holte das Gewünschte und achtete argwöhnisch darauf, was Krautmann mit der Schere tat. Er schnitt von dem Blatt einen Streifen herunter. „Einen Klebstoff brauche ich auch noch", sagte er und drehte das eine Ende des Streifens um hundertachtzig Grad herum. Das verdrehte Ende klebte er mit dem anderen Ende des Streifens zusammen. Er nahm einen Bleistift und begann auf einer Seite des Streifens eine Linie zu ziehen. „Ich bin nun auf dieser Seite des Papiers", erklärte er, „und ziehe die Linie einfach durch bis zum Ende." Und er tat dies und traf wieder auf den Beginn der Linie. „Das Papier hat aber zwei Seiten", sagte er, „auf beiden Seiten ist nun die Linie, hinten und vorne, aber es gibt trotzdem nur eine Linie insgesamt. Welt und Gegenwelt – und die Klebstelle ist die schwarze Wand! So einfach ist das!"

Vom Möbius-Band hatten Clara und Emilia auch schon gehört. Clara nahm die Papierschlinge in die Hand und betrachtete sie ausführlich. Was sie am meisten erstaunte, war der Umstand, dass Krautmann eine derartige Fantasie aufbrachte. Sie war weiterhin der Meinung, dass er das alles geträumt oder erfunden hatte; wenn es ein Traum war, dann fragte man sich, wieso ein Mensch in der Früh auf der Straße in einen Zustand versetzt wurde, der solche Träume hervorrief; wenn Krautmann die Geschichte erfunden hatte, musste auch etwas vorgefallen sein, was ihn aus seinem gewöhnlichen Lebensbereich herausgeworfen hatte, denn noch nie war er so ins Absurde abgeglitten. Sie musste an ihre eigenen Erlebnisse mit Hugo Hummels Berauschungs-Tee denken – auch sie selbst hatte zuvor so etwas noch nie erfahren. Alles andere, so dachte sie, hätte man einfach träumen können, aber vom Band des Möbius kann man nicht einfach im Traum erfahren, und dass Krautmann schon vorher etwas davon gewusst hatte, hielt Clara für äußerst unwahrscheinlich.

„Wieso sagst du, dass du mehrere Tage bei diesem Valentin warst?", fragte Emilia ihren Onkel. „Das ist etwas, was ich mir selbst nicht erklären kann", erwiderte Krautmann. „Mir ist in Valentins Wohnung wieder schwindlig geworden, und ich habe ihn gebeten, mich kurz auf ein Bett legen zu können. Er hat mich zu einem Sofa geführt; ich konnte mich dort ausstrecken. Dann muss ich eingeschlafen sein. Als ich aufwachte, war es finster. Sonst habe ich an diese Zeit keine rechte Erinnerung, außer der, dass Valentin eine Zeitlang neben meinem Bett gesessen ist und mir irgendetwas erzählt hat, von einem jungen Mann, der auf dem Weg zu einer Hochzeit war und auf dem Weg allerlei erlebt hat, aber ich kann mich daran wirklich nicht erinnern … Und dann hat Valentin angefangen, lateinisch oder griechisch zu reden, irgendeine Sprache, die ich nicht verstanden habe. Ich bin da immer wieder eingeschlafen und aufgewacht; manchmal war es draußen hell, manchmal dunkel; es hat ewig gedauert, bis ich mich wieder soweit gefangen habe, dass ich aufstehen konnte. Valentin war nicht mehr da; ich bin also zur Tür und ins Treppenhaus, das ich nicht wiedererkannt habe. Vor mir sehe ich einen Mann hinuntergehen, der sich wie ein Blinder am Geländer festhält; auf den Treppenabsätzen hat er sich vorangetastet, bis er irgendeine Wand berührt hat. Ich habe ihn gefragt, ‚Soll ich Sie hinunterbegleiten?'

Er dreht sich um – und das Nächste, das ich weiß, ist das Gesicht von Emilia, wie ich im Auto gesessen bin. Ich weiß nicht einmal, aus welchem Haus ich da herausgekommen bin …"

„Durch den schwarzen Vorhang bist du nicht mehr durchgegangen?", fragte Emilia, ohne sich darüber klar zu sein, was sie mit dieser Frage eigentlich bezweckte. „Nein, jedenfalls nicht, als ich bei Bewusstsein war. Daher bin ich ja noch in der anderen Welt, von der Valentin gesprochen hat – und ihr seid es auch, und alles andere rundherum auch!" Er schlug die Hände vor seinem Gesicht zusammen und blieb so eine Weile sitzen. Wilma stand auf, legte ihre Hände auf seine Schultern und sah sehr unglücklich aus. Die Atmosphäre im Raum war angespannt; das spürten auch die Hunde, die sich zu dritt um Claras Füße duckten und keinen Ton von sich gaben. Clara überlegte, ob es besser wäre, Krautmann und Wilma nun allein zu lassen oder Wilma in der für sie unüberblickbaren Situation beizustehen. Sie danach zu fragen, hätte wohl wenig gebracht. Emilia, die ihrer Mutter das Dilemma ansah, meinte schließlich, „Es ist besser, wir gehen jetzt – aber wenn ihr mich braucht, kann ich gleich wieder herkommen; ich bin die nächste Zeit zu Hause."

Krautmann stand auf und ging ohne weitere Äußerung wieder ins Schlafzimmer, Wilma folgte ihm; durch die offene Tür rief Clara: „Ruf uns an, wenn du etwas brauchst!" Emilia und sie waren froh, samt den Hunden aus der Wohnung wieder heraustreten zu können. Sie gingen wortlos zum Auto und atmeten auf dem Weg dorthin ein paar Mal tief durch. Die Chihuahuas fanden zu ihrer vorigen Form zurück und bellten den Linienbus an.

Der Rest des Freitags verlief ohne besondere Vorkommnisse. Clara erkundigte sich zweimal bei Wilma, ob bei Krautmann noch irgendetwas Bemerkenswertes aufgetreten sei. Beim ersten Mal hatte Krautmann wieder fest geschlafen und Wilma befürchtet, dass er nun wieder eigenartige Dinge träumen könnte; bei Claras zweitem

Anruf drei Stunden später erwies sich diese Befürchtung als unbegründet. Krautmanns Zustand hatte sich noch immer nicht richtig stabilisiert, er hatte Kopfschmerzen und leichte Schwindelgefühle, weigerte sich aber, einen Arzt ins Haus zu lassen, weil er nicht wusste, wie er diesem die Ursache seines Befindens hätte erklären sollen; morgen werde alles wieder besser sein. Da er um sieben Uhr abends seinen Dienst antreten sollte, rief Wilma im Wachzimmer an, geriet wieder an Schörghuber und blieb bei der Theorie der Kreislaufschwäche, von der ihr Clara bei ihrem ersten Telefonat erzählt hatte. Sie meldete ihn jedenfalls einmal für die nächsten drei Tage krank; bei allfälligen Veränderungen werde sie die Dienststelle verständigen.

Emilia und Clara saßen daheim in Claras mit Teddybären überfülltem Wohnzimmer und ließen ihre Tageserlebnisse Revue passieren. Margarete, die manchmal, wenn auch selten, doch das Bedürfnis nach familiärem Kontakt hatte – besonders dann, wenn sie bei ihren *compañeros* mit irgendeinem Vorschlag durchgefallen war – gesellte sich zu ihnen und bekam so auch zu hören, was dem Onkel Krautmann widerfahren war. An der Geschichte faszinierte sie vor allem der psychedelische Aspekt, der ihr auch bei den Drogenkontakten ihrer kolumbianischen Freunde schon begegnet war. Sie erklärte sich und den beiden anderen die Vorfälle damit, dass Krautmann einem sonderbaren Menschen in die Hände gefallen war, der ihm auf irgendeine Weise eine halluzinogene Substanz appliziert hatte. Was den Valentin, oder wie immer er heißen mochte, dazu bewogen hatte, dies zu tun, darüber konnten nur sehr waghalsige Spekulationen angestellt werden. Von den Rosenkreuzern hatte Margarete noch nie etwas gehört; das Wenige, das Emilia und Clara zur Klärung beitragen konnten, genügte ihr aber, um diese Vereinigung mit der Sammelbezeichnung ‚feudal-elitärer Humbug' abzutun. Wieder brachte Clara die Parallele zu Hugo Hummels Tee ins Gespräch; daran knüpfte sich zwangsläufig die Frage nach der möglichen Identität von

Hummel und Valentin. Emilia bot an, dem Bibliothekar mit einer Fangfrage auf den Zahn zu fühlen.

Clara und Margarete wollten sich die Stätte des Geschehens gerne selbst näher ansehen. Über einen Zeitpunkt einigte man sich nicht. „Überschlafen wir die Sache einmal", schlug Clara vor und gähnte; es war elf Uhr abends geworden. Von Wilma war keine Botschaft mehr gekommen, was Clara als gutes Zeichen wertete. Morgen Vormittag, so war man zuletzt übereingekommen, sollte Wilma von sich aus anrufen und den letzten Stand berichten.

DIE LEIDENSCHAFT DES KOCHKÜNSTLERS

In der Inneren Stadt befand sich eine Gastgewerbeschule, die von der Wirtschaftskammer betrieben wurde und in der man alles lernen konnte, was zu Küche und Keller gehörte; es war nicht ganz einfach, dort einen Ausbildungsplatz zu ergattern, denn die Nachfrage nach solchen Künsten war gerade zu jener Zeit groß. Es gab zwar noch andere Schulen für Hotellerie und Tourismus in Wien, aber keine hatte sich dem Kochen in einer derart fanatischen Weise verschrieben wie die Schule in der Kurrentgasse. Die Zubereitung und das Anrichten von Speisen hatten hier religiösen Charakter, unerbittlich wurden einschlägige Gesetze aufgestellt, deren Übertretung mit ähnlichen Strafen bedroht wurden wie jene der Zehn Gebote. Wie bei diesen war zwar nicht wirklich klar, worin die Strafe konkret bestehe, man musste aber mit langwierigen Sanktionen rechnen, deren Auswirkungen erst im späteren Leben zu bemerken sein würden, aber dann nachhaltig, wie die Lehrerschaft sich stets hinzuzusetzen beeilte.

Insgesamt herrschte an der Schule eine elitäre Atmosphäre; wer hier aufgenommen wurde oder sogar die erste Zeit unbeschadet überstanden hatte, durfte sich als Mitglied des Kochadels fühlen. Die meisten Schüler konnten sich diesem Anspruch nicht entziehen und trugen stolz die Kokarde, die ihre Zugehörigkeit zur Schule dokumentierte. Man konnte als Absolvent eines Kurrentgassen-Lehrganges auch sicher mit einer hervorragenden Position in einem guten bis sehr guten Restaurant oder Hotel rechnen. Am schwarzen Brett der Schule hingen Angebote aller führenden Häuser Wiens und Österreichs; die Schule konnte nur einen Bruchteil des Bedarfs decken.

Die Qualität der Ausbildung war zu einem guten Teil dem Direktor zu verdanken, der aus einem ursprünglich unbedeutenden Institut eine kulinarische Weihestätte gemacht hatte. Er hieß Felix Gumpold und stammte aus einem Weinort an der niederösterreichischen Thermenregion, von wo er aber bereits mit vierzehn Jahren als Lehrling in die besten Hotels Wiens übersiedelt war. Von einem Privatleben war nie etwas bekannt geworden; seine Mutter, mit der er bis zu seinem fünfzigsten Lebensjahr zusammengewohnt hatte, war vor einigen Jahren gestorben; seine jetzigen Hausgenossen waren, soweit es die Öffentlichkeit erfuhr, zwei charakterlich missratene Katzen, die sich meist in der Zerstörung von Einrichtungsgegenständen übten. Da Felix Gumpold die Tiere dennoch weiter behalten wollte, hatte er alle beweglichen Teile in seiner Wohnung so weit fixiert, dass sie auch dem wüstesten Treiben der Katzen gewachsen waren. Die beiden Geschöpfe verbrachten den Tag allein in der Wohnung, und auch die Hausmeisterin, die sich am Anfang erbötig gemacht hatte, hie und da nach ihnen zu sehen, hatte dies aufgegeben, nachdem sie ihr einmal bei einem Besuch entkommen waren und sich in unzugänglichen Winkeln des Hauses versteckt hatten. Die Fenster hatten keine Vorhänge, da diese den Katzen sofort zum Opfer gefallen wären, und die Jalousien zwischen den Fensterscheiben waren untertags hochgezogen. So hätte man aus der Hausmeisterwohnung, die gegenüberlag, den ganzen Tag über die Vorgänge in der Gumpoldschen Wohnung verfolgen können, aber außer den Verfolgungsjagden der Katzen gab es keine Vorgänge.

Am Abend kam Felix Gumpold üblicherweise gegen sechs oder sieben Uhr nach Hause, ließ die Jalousien herunter und war damit den Blicken der Umwohnenden entzogen. Was daher niemand bemerkte, war der Umstand, dass es in der Wohnung einen fensterlosen Raum gab, in dem andere Gesetze herrschten als im Katzenbereich. Hier hatten die Tiere keinen Zutritt. Hier befanden sich auf rundum und auch in der Mitte des Raumes angebrachten Regalen, die bis zur Decke reichten, erlesene Antiquitäten, meist Statuetten und Ziergegenstände, die nicht einer bestimmten Epoche oder einer bestimmten Stilrichtung zuzuordnen waren, sondern deren einzige Gemeinsamkeit darin bestand, dass sie in keiner Dimension größer als zwanzig Zentimeter sein durften. Der Raum maß ungefähr fünf mal sechs Meter und war so wie die übrige Wohnung etwa drei Meter hoch; bis auf zwei Fächer in der Mitte war alles mit Kunstobjekten übersät. Das war die Leidenschaft des Felix Gumpold, seine einzige außerhalb der Kochkunst.

Von der Sammelwut des Felix Gumpold wusste man auch in der Schule; einige Lehrer waren schon Experten für das, was ihn besonders ansprach. Die diktatorische Manier, mit der er sein Institut leitete, war für viele Betroffene fast unerträglich; wenn es etwa wieder einmal ein Ignorant gewagt hatte, den Knoblauch durch die Presse zu jagen statt ihn auf dem Brett in feinste Spältchen zu schneiden, ging auf den Sünder ein Donnerwetter hernieder, das nicht so bald ein Ende nahm, es flammte bei jeder Begegnung mit dem Delinquenten neu auf und setzte sich in ungünstigen Fällen bis zum Jahresschluss fort. Sofern man sich aber mit einem der Lehrer zusammentat, die zum inneren Kreis der Schule zählten und über den Herr Direktor Bescheid wussten, konnte man durch den Erwerb und die Übergabe eines passenden Sammelstücks die Missstimmung schlagartig beenden. Es musste gar nicht unbedingt besonders teuer sein und durfte auch Mängel aufweisen, aber es hatte den Kriterien der Gumpoldschen Kollektion zu genügen. Diese Vorgangsweise hatte nichts mit Bestechung zu tun, denn der Herr Direktor ließ sich immer einen Beleg für das gute Stück geben und zahlte auf Heller und Pfennig den Betrag in eine Schulkasse, aus der von Zeit zu Zeit unter den Augen eines Kassenwarts Geld für Dinge entnommen wurde, die dem Gemeinwohl der Schule oder auch bedürftigen Schülern zugutekamen.

Die Lehrer des inneren Kreises waren freilich auch keine Fachleute auf dem Gebiet der Zierobjekte, aber sie wussten sich damit zu helfen, dass sie einen Experten zu Rate zogen, der bisher immer unfehlbar den Geschmack des Gumpold getroffen hatte. Es war der Altwarenhändler Karl Ifkovits aus Hornstein, einer vornehmlich von Kroaten bewohnten Gemeinde an den Ausläufern des Leithagebirges. Der Mann war unschlagbar, wenn es darum ging, Felix Gumpold mit einem geeigneten Objekt zu versehen. Wie Ifkovits und Gumpold einander kennen gelernt hatten, war nicht mehr feststellbar, möglicherweise bei einem Flohmarkt, vielleicht auch bei einem Heurigenbesuch an der Thermenlinie. Ifkovits betrieb seinen Handel nicht hauptberuflich; er war eigentlich Oberschulwart in einem Wiener Gymnasium und hatte mit dem dortigen Direktor Dienstzeiten vereinbart (zwischen halb sechs und halb zwei), die es ihm einerseits erlaubten, seinen Verpflichtungen in der Schule als auch seinen Antiquitätigkeiten, wie er das nannte, nachzukommen. Das Gymnasium war in einem Altbau mit ungeheuren Kellern untergebracht, und der menschenfreundliche Schulleiter hatte dem Ifkovits einige der zahlreichen unbenützten Räumlichkeiten kostenfrei zur leihweisen Benützung überlassen, wohl wissend, dass sich diese Überlassung mit den für Schulen geltenden haushaltsrechtlichen Bestimmungen nicht bruchlos in Einklang bringen ließ. Karl Ifkovits fand andererseits aber auch nichts dabei, außerhalb seiner Dienstzeit zum Beispiel für Schulveranstaltungen Mobiliar heran- und auch wieder wegzuschaffen oder Reparaturen durchzuführen, für die man einem befugten Fachmann große Summen hätte zahlen müssen.

Seine Waren requirierte Ifkovits nicht nur auf Flohmärkten und Sammlertreffen, die er in Ostösterreich, aber auch in Bayern, Tschechien, der Slowakei und Ungarn frequentierte, sondern trieb auch einen regen Handel über das Internet, das er als eine äußerst ergiebige Quelle für Antiquitäten aller Art schätzen gelernt hatte. Hier erweiterte er seinen Bereich bis England und die Vereinigten Staaten, ja selbst mit Australiern kam er ins Geschäft. Seine Freizeit verbrachte er hauptsächlich vor dem Computer, und im Wesentlichen funktionierte auch der Ablauf, der teilweise auf Treu und Glauben beruhte. Die Waren mussten ja vor Lieferung ausbezahlt werden; bei Reklamationen musste ein Handel wieder rückgängig gemacht werden können. Bis auf Einzelfälle war das immer gelungen, und im Durchschnitt ergab sich ein erkennbarer Gewinn für Ifkovits.

Die Beschäftigung mit den alten Stücken war für ihn aber nicht nur aus finanziellen Gründen interessant, sondern auch deshalb, weil er damit mit einer Reihe von meist originellen und manchmal auch sonderbaren Menschen in Berührung kam. Leute abseits des Gewöhnlichen interessierten ihn; er hatte für die üblichen Belustigungen der Durchschnittsösterreicher nicht viel übrig. Mit Alkohol, Fußball und Fernsehen konnte er nicht viel anfangen, und auch das Essen betrieb er nur zur Lebenserhaltung; insofern interessierte ihn Felix Gumpolds zweite Daseinssäule kaum, umso mehr aber die erste – die Sammlerstücke im Hinterzimmer.

Seine Geschäftspartner im Internet waren zum Teil nur auf Gewinnmaximierung aus, zum Teil hatte er aber bei ihnen auch den Eindruck, dass sie eher eigentümliche Wesen waren, die andere Sichtweisen hatten als die Mehrzahl der Menschen um sie herum. Oft war er bei den elektronischen Verhandlungen auch mit den Personen hinter dem E-Mail ins Gespräch gekommen und manchmal auch als Lebensberater tätig geworden. Seine Englischkenntnisse waren allerdings nicht sehr gründlich, und viele Missverständnisse führte er auch auf mangelhafte Sprachbeherrschung zurück. Hie und da zog er auch einen Englischlehrer aus seiner Schule hinzu, wenn er einen Satz oder einen Ausdruck nicht verstand.

Sein wahrer Gewährsmann in allen offenen Fragen war aber Felix Gumpold geworden, mit dem er eine Art Symbiose eingegangen war. Denn dieser war nicht nur einer seiner verlässlichsten Abnehmer, sondern konnte auch zuhören – eine Eigenschaft, die er freilich nur außerhalb seiner direktorialen Funktion auslebte. Und er hörte nicht nur zu, sondern äußerte in vielen Fällen auch eine brauchbare Meinung, etwa dann, wenn einer der amerikanischen Internet-Sonderlinge wieder ein schwer zu durchschauendes Ansinnen hatte.

Als Karl Ifkovits eines Samstagmorgens seinen Computer anwarf und die eingelangte Post durchsah, fiel ihm ein Absender auf, mit dem er bisher noch nichts zu tun gehabt hatte. Bei unbekannten Zusendungen war er meist sehr vorsichtig, denn er hatte sich so schon einige böse Infektionen auf seinen Computer geladen. Andererseits kamen durch seine geschäftlichen Verbindungen auch gelegentlich neue Interessenten und Anbieter auf ihn zu, so dass er nach einigem Abwägen häufig doch den Schritt ins Unbekannte wagte. Die E-Mail-Adresse lautete „j.r@amorc.se".

„*Maltgatan 20a – har du hittat p? korset?*" Das war alles; kein Anhang, keine Unterschrift. Er grübelte eine Weile über den beiden Fragezeichen und überlegte, ob mit „korset" das Wort Korsett gemeint sein könnte. Um sicherzugehen, notierte er den Absender und den Text auf einen Zettel, um ihn möglicherweise seinem Freunde Felix zu zeigen. Da sonst keine bemerkenswerten Eingänge in seinem virtuellen Postfach zu sehen waren, schaltete er das Gerät wieder ab und bereitete das Frühstück für sich und seine Frau zu, die noch der Tiefschlaf umfangen hielt.

IFKOVITS LERNT ETWAS SCHWEDISCH

Barbara, die Gattin des Karl Ifkovits, litt an multipler Sklerose; sie hatte überdies mit siebzehn Jahren einen Sportunfall gehabt und war danach längere Zeit im Koma gelegen. Sie war beim Skateboardfahren auf den Hinterkopf gefallen, was einen Schädelbasisbruch und einige weitere Kopfverletzungen zur Folge gehabt hatte; die Ärzte gaben ihren Eltern wenig Hoffnung auf eine völlige Genesung. Einer der Ärzte, ein Mensch von geringem Feingefühl, wollte nach den ersten Tagen im Krankenhaus die Mutter mit der Bemerkung trösten, er habe bereits eine Flasche Champagner darauf gewettet, dass Barbara nach einem Jahr wieder die Grundfunktionen des Lebens erlernt haben werde und vermutlich dem Unterricht in einer Sonderschule für Schwerbehinderte werde folgen können.

Tatsächlich machte die Heilung aber viel größere Fortschritte, als das irgendjemand hätte erwarten können. Eine anfängliche Fazialparese konnte weitgehend behoben werden; die größten Beschwerden verursachte der gleich zu Beginn erforderliche Luftröhrenschnitt, der eine tracheale Verengung auf ein Drittel des Normaldurchmessers nach sich zog. Die geistigen Fähigkeiten kamen mit gezielter Schulung fast komplett wieder. Dank der Insistenz von Barbaras Mutter im Krankenhaus, im Rehabilitationszentrum und in der Schule gelang es Barbara mit Einsatz aller verfügbaren Kräfte und mit einiger Nachsicht der Lehrer, die gymnasiale Ausbildung ohne Zeitverlust zu einem guten Ende zu bringen, die Reifeprüfung schlecht und recht, aber doch zu absolvieren. Einige Versuche, ein Studium nicht nur zu beginnen, sondern auch fortzuführen, scheiterten daran, dass die dazu notwendige Energie nicht vorhanden war.

Etwa eineinhalb Jahre nach dem Unfall waren die ersten Anzeichen einer Lähmung aufgetreten, die man zunächst als Spätfolgen des Sturzes ansah; als sie sich aber dann an verschiedenen Stellen des Körpers zeigten, vor allem an den Augen, den Armen und den Beinen, ergaben zusätzliche Tests, dass es sich vermutlich um multiple Sklerose im Frühstadium handelte; ob ein Zusammenhang mit dem Unfall bestand, darüber konnten nur Vermutungen angestellt werden.

Barbara nahm an einem Versuchsprogramm teil, bei dem eine neues Medikament für MS-Patienten getestet wurde, und konnte damit ihre Krankheitsschübe und Lähmungserscheinungen auf ein Maß senken, das ihr ein fast normales Leben ermöglichte. Sie arbeitete einige Jahre auf einem Behindertenarbeitsplatz in einer Versicherungsgesellschaft; es zeigte sich aber bald, dass sie dem Druck nicht gewachsen war, der nicht nur durch die Arbeit, sondern auch von den Arbeitskollegen auf sie ausgeübt wurde. Ihr Vorgesetzter hielt zwar seine schützende Hand über sie, aber der Umstand, dass sie immer wieder ins Spital ging und oft lange Krankenstände verzeichnete, ohne dass die Kollegen äußerlich an ihr besondere Krankheitsbilder wahrnahmen, machte sie zur Außenseiterin. Schließlich konnte die behandelnde Ärztin nachweisen, dass ein unmittelbarer Zusammenhang zwischen Arbeitsstress und Krankheitsschub bestand, und beantragte eine frühzeitige Ruhestandsversetzung aus Krankheitsgründen. Da Barbaras Mutter die Sekretärin des Generaldirektors der Pensionsversicherung von einem gemeinsam besuchten Lehrgang für Italienisch an der Volkshochschule kannte, gelang es ihr auch hier, die ansonsten schwer erreichbare Versetzung in den dauernden Ruhestand zu erwirken. Barbara beendete daher mit fünfunddreißig Jahren ihr aktives Berufsleben und blieb daheim.

Den Karl Ifkovits hatte sie kennen gelernt, als er einmal wegen eines Kraftfahrzeugschadens in der Versicherung vorsprach und von Barbara unter der Hand mit einigen Hinweisen dazu versorgt wurde, wie er eine für ihn günstigere Schadensabwicklung sicherstellen könne. Er hatte sich erkundigt, wann ihre Dienstzeit zu Ende sei, und sie in der Eingangshalle des Bürogebäudes mit einem etwas überdimensionierten Blumenstrauß erwartet. Da sie an jenem Tage außer ihrer Handtasche noch ein Geschenkpaket für ihren Vater heimtragen musste, was ohnedies schon sehr beschwerlich für sie war, stellte sich die Frage, was sie mit dem Blumenstrauß tun sollte. Natürlich bot ihr Ifkovits an, sie samt ihren Gepäckstücken nach Hause zu bringen, und schützte einen Weg vor, den er ohnedies in der Richtung zu erledigen hätte. Barbara nahm das Angebot an, wollte es aber weder an jenem Tage noch in den folgenden Wochen zu irgendwelchen Ausweitungen kommen lassen.

Karl ließ aber nicht locker, rief sie immer wieder an, schickte ihr verschiedene Botschaften nach Hause und lud sie öfters in ein Kaffeehaus ein. Sie wollte keine Beziehung unter falschen Voraussetzungen eingehen und erzählte ihm bei einem Cappuccino ihre ganze Leidensgeschichte und auch, dass sie vorhabe, demnächst ihren Beruf aufzugeben. Das konnte den Karl nicht davon abhalten, seine Avancen fortzusetzen, im Gegenteil; er hatte schon zwei gescheiterte Ehen hinter sich, in denen er es stets mit sehr dominanten Frauen zu tun bekommen hatte, die ihn letztlich fallen ließen, weil ihnen sein sozialer Stand zu minder war. Bei Barbara, die selbst Hilfe dringend nötig hatte, konnte er keine derartige Gefahr erkennen.

Bei aller Hartnäckigkeit war er nie in unangenehmer Weise auf- oder zudringlich geworden, sondern ließ Barbara immer einen Entscheidungs- und Handlungsspielraum. Seine Hilfsbereitschaft übertraf bei Weitem alles, was Barbara bisher erlebt hatte, von ihrer Mutter vielleicht abgesehen. Und so gab sie endlich nach und gestattete ihm eines Tages, sie nach Hause in ihre Wohnung zu begleiten. Von da an ging alles schnell; da ihre Wiener Wohnung nicht sehr groß war, zog sie zu ihm nach Hornstein, und er brachte sie täglich mit dem Auto zu ihrer Arbeitsstätte und fuhr dann zu seinem Gymnasium weiter; mit dem Direktor konnte er für diese Phase für sich wieder eine geeignete Arbeitszeit vereinbaren. Lange dauerte das ohnedies nicht, denn vier Monate, nachdem sie nach Hornstein übersiedelt war, schied Barbara aus der Versicherung aus. Nach zwei weiteren Wochen wurde geheiratet; der Starkoch und Freund Felix Gumpold ließ es sich nicht nehmen, den beiden eine fulminante Hochzeitstafel zu arrangieren.

In ihrem Ruhestand ging es Barbara recht gut; die Liebe zu ihrem Karl entwickelte sich erst nach und nach. Karl schätzte ihre Anhänglichkeit und ihre Fähigkeit, mit dem Computer umzugehen; allmählich half sie ihm auch bei der Organisation seiner Geschäfte, aber traf selbst keine Entscheidungen; das Verständnis für den Handel mit Antiquitäten ging ihr ab. Aus dem Haus ging sie jetzt nur mehr wenig; den Einkauf erledigte meist Karl, weil er sich mit dem Tragen von Lasten leichter tat. Ihre Wiener Wohnung hatte sie nicht aufgegeben, aber besuchte sie kaum mehr, denn Karl hatte sie in ein weiteres Zwischenlager für seine Waren verwandelt.

Nun aber lag sie noch im Bett und fühlte sich rundum wohl; die Geräusche des herannahenden Frühstücks nahm sie mit Wohlgefallen wahr; Karl hatte sie in der Nacht mehrere Male heimgesucht: auch daran erinnerte sie sich mit Behagen. Ihre Krankheit war zurzeit nicht manifest, und sie konnte sich fast ungehindert bewegen, was bei den nächtlichen Vorgängen nicht unwillkommen war. Der Klang, den die Kaffeekanne beim Absetzen auf den Holztisch von sich gab, war das Zeichen dafür, dass sie sich nun aus dem Bett rollen sollte, aber meist wartete sie dennoch darauf, dass Karl ins Schlafzimmer kam und sie ausdrücklich zum Frühstück einlud; sie genoss auch das.

Während des Essens zeigte ihr Karl den Ausdruck der elektronischen Botschaft, die er frühmorgens erhalten hatte. Sie konnte mit dem kryptischen Text auch nichts anfangen; immerhin vermutete sie, dass die Fragezeichen auch für Buchstaben stehen könnten, die es im Deutschen nicht gab und daher nicht zum Zeichenbestand des

E-Mail-Programms gehörten. Auch vermutete sie, dass „se“ Schweden bedeuten könnte und die Sprache des Textes daher Schwedisch sei.

Nach dem Frühstück rief er Felix Gumpold an, von dem er wusste, dass er samstags üblicherweise daheim war. Als der abhob, hörte Karl einen wüsten Fluch. „Bist du es, Felix?“, fragte er etwas verwundert. „Ah, Karl, hallo!“, antwortete Gumpold, „Matthäus hat mir gerade ins Bett geschissen!“ Mühsam beherrschte sich Karl, als er erwiderte, „Hat er das schon öfters getan?“ Matthäus war der eine Kater des Felix Gumpold, der andere hieß Markus, so weit war Karl informiert; warum die Evangelisten als Namensgeber für die Miststücke herhalten mussten, hatte er bisher mit Felix noch nicht erörtert; er hatte hingegen schon einige Male versucht, seinen Freund davon zu überzeugen, dass die zwei Untiere aus dem Hause gejagt werden sollten, bevor sie Gumpolds Wohnung trotz der dortigen Vorsichtsmaßnahmen zu Grunde richteten.

„Noch nie“, jammerte Gumpold, „bisher haben sie sich noch nie danebenbenommen! Ich kann mir ja nicht einen Käfig ums Bett bauen, damit das Stinktier nicht hineinkann!“ Karl vermied es, seine früheren Ratschläge zu wiederholen, und sagte bloß: „Wenn du das Malheur beseitigt hast, kannst du einen Ausflug nach Hornstein machen? Ich hätte da wieder zwei nette Stücke für dein Museum, und außerdem muss ich dich etwas fragen; aber bitte, lass die Katzen daheim, wenn möglich.“ „Ich weiß schon, dass du sie nicht magst! Wann soll ich da sein?“ „Sobald du kannst, am besten gleich; Barbara würde sich auch freuen, dich zu sehen“, ergänzte er mit einem Seitenblick auf seine Frau, die eine Handbewegung und eine Grimasse machte, worin Skepsis und Zustimmung gleichermaßen abzulesen waren.

Zwei Stunden später läutete Gumpold an der Haustür. Barbara hatte inzwischen freundlich, aber bestimmt ihren Ehemann gebeten, sie bei Einladungen von wem auch immer vorher zu konsultieren, vor allem dann, wenn ein Gast zur Essenszeit eintreffen sollte. Eine Bewirtung sei daheim heute nicht möglich, meinte sie, da das Mittagessen gestrichen und daher auch nicht bevorratet worden sei, um die beiderseits erforderliche Abmagerung voranzutreiben. Karl hatte daraufhin mit gespielter Zerknirschung um Verzeihung gebeten und ausnahmsweise den Besuch des Wirtshauses Müllendorf vorgeschlagen, für den Fall, dass sich ein längerer Aufenthalt des Felix Gumpold abzeichnete. Dieses Etablissement vermochte selbst den verwöhnten Gaumen des Küchenmeisters zu befriedigen, wie Karl von früheren Gelegenheiten wusste.

„Schnell warst du hier, mein Freund", leitete Karl das Gespräch ein. „Was hast du für mich?", fragte Gumpold, nachdem er Barbara begrüßt hatte. Karl zeigte ihm zwei symmetrische Buchstützen in der Form von kauernden Jungfrauen aus hellgrüner Jade von mittlerer Reinheit, die er bei einem Händler in Mosonmagyaróvár preiswert erstanden hatte. „Wie gefallen dir die beiden? Die eine hat einen Sprung im Sockel, aber sonst sind sie einwandfrei." Gumpold war von den Figuren sichtlich angetan; er wog sie in der Hand und sagte: „Sehr schön ... Die sind schwer genug, die kann ich auch auf dem Bord über dem Bett aufstellen und die Bücher damit einklemmen; die Viecher haben mir unlängst erst einen Bocuse auf den Kopf geschmissen ... Was sollen sie kosten?"

„Wenn du mir hilfst, ein Rätsel zu lösen, schenke ich sie dir", erwiderte Ifkovits und hielt ihm den Ausdruck des fremdsprachigen E-Mails unter die Nase. In diesem Augenblick läutete das Telefon; Barbara hob ab und hörte eine Weile zu, dann sagte sie, „Der Herr Weiser will dich sprechen!" „Ich kenne keinen Weiser", brummte Karl und nahm den Hörer: „Ifkovits!"

„Lieber Herr Ifkovits, haben Sie meine Nachricht auf dem Anrufbeantworter bekommen?", fragte Umberto aus Wien. „Kaum möglich, weil das Zeug nicht funktioniert! Darf ich fragen, wer Sie sind und was Sie wünschen?" Sein Tonfall musste sehr abweisend gewirkt haben, denn die Stimme am anderen Ende ersuchte um Vergebung für die

Störung. „Mein Name ist Humbert Weiser, ich arbeite im Bildungsministerium und habe hier die Kopie eines Briefes, der anscheinend an Sie gerichtet ist und irrtümlich meinem Chef zugestellt wurde. Der Umschlag war an ihn adressiert, der Brief selbst aber an Sie. Ich darf zitieren: ‚Karl Ifkovits. Malzgasse 20a. Gehen sie durch die Wand und' – das steht nun auf Schwedisch da – ‚wieder zurück.' Und dann werden Sie aufgefordert, darüber jemandem zu berichten, der hier nur mit einer Abkürzung angegeben ist: ‚LR'."

„Einen Augenblick!", rief Ifkovits so erregt, dass Barbara und Gumpold erschraken. „Sagten Sie ‚Schwedisch'?" „Ja, der Brief kommt auch aus Schweden, wahrscheinlich aus Stockholm, aber das kann man nicht sehr gut lesen." „Herr Weiser", sagte Karl, „ich habe nämlich ein E-Mail bekommen, das auf Schwedisch verfasst ist und in dem", er nahm dem Gumpold das Papier aus der Hand, ‘das Wort ‚Maltgatan' steht; das heißt wahrscheinlich ‚Malzgasse'."

„Ich kann zufällig etwas Schwedisch", teilte Weiser mit, „und das heißt tatsächlich ‚Malzgasse'! Was steht denn sonst noch in Ihrem Mail?" „Ich kann Ihnen das nur buchstabieren", bedauerte Karl und tat es. „Sehr interessant", meinte Umberto dazu. „ *‚Har du hittat på korset?'* bedeutet ‚Hast du das Kreuz gefunden?' Von wem kommt das E-Mail?" Als ihm Karl die Absenderadresse ansagte, rief sein Gesprächspartner: „Das passt genau! Ich weiß zwar nicht, wer ‚j.r' ist, aber ‚se' steht für Schweden und ‚amorc' ist eine Abkürzung für die Rosenkreuzer; von denen kommen auch unsere Briefe …"

„Wieso Briefe?", fragte Karl. „Gibt es da noch mehr davon?" Und Umberto erzählte Ifkovits den Rest der Geschichte, soweit sie ihm bekannt war. Als er geendet hatte, fragte Karl: „Und was tun wir jetzt?" Weiser zögerte eine Sekunde und sagte dann: „Herr Ifkovits, in unserem Brief steht ‚28. Oktober'. Heute ist der 28. Oktober; ich weiß, dass das eine Zumutung ist, aber könnten Sie vielleicht doch am Nachmittag nach Wien kommen? Wir könnten uns in der Malzgasse treffen und uns gemeinsam ansehen, was dort versteckt ist; vielleicht wird das heute klarer!"

Mit dem letzten Halbsatz konnte Karl nichts anfangen; er überlegte kurz: Das Kreuz, von dem da die Rede ist, ist möglicherweise eine echte Antiquität, und wer weiß, was da noch alles zu finden ist! „Und ob ich komme!", rief er ins Telefon. „Passt Ihnen vier Uhr?" „Ausgezeichnet", meinte Weiser und beschrieb ihm den Weg zur Malzgasse. „Bis dann! Gemeinsam werden wir das Geheimnis lüften!" Und er legte auf.

Ifkovits war wie elektrisiert, als er das Telefon wegtat. Barbara und Gumpold bestürmten ihn: „Was ist da los?", wollten sie wissen; Karl versuchte ihnen wiederzugeben, was ihm der Anrufer erzählt hatte, aber völlige Klarheit erzielte er nicht. Felix Gumpold klagte grinsend darüber, dass er nun die beiden Figuren werde doch bezahlen müssen, weil er ja zu der Lösung des Rätsels nichts beigetragen habe, aber Karl meinte nur: „Wenn du mich heute in die Malzgasse begleitest, fällt vielleicht für dein Museum auch noch etwas ab; dann werden wir weitersehen! – Aber jetzt fahren wir miteinander nach Müllendorf auf einen anständigen Tafelspitz!"

AUFLAUF IN DER MALZGASSE

Gegen halb zwölf läutete das Telefon in Emilias Wohnung. Emilia war auf dem Weg zu Hugo Hummel; deshalb wurde das Gespräch zu Clara hinuntergeschaltet. Humbert Weiser war am Apparat. Clara hatte die Gewohnheit, sich immer mit ihrem ganzen Namen zu melden, um von vornherein klarzustellen, mit welcher der Damen Merz der Anrufer zu tun hatte. Auch bei Gesprächen mit Margaretes *guerrilleros* erschien ihr das zweckmäßig, auch wenn Margarete mit dem Familiennamen Kaltenecker hieß und nicht Merz. Sie hatte auch schon eine spanische Generalauskunft für solche Fälle eingeübt: „*¡Margareta no está aquí!*" In hartnäckigen Fällen sagte sie einfach „*¡Déjame en paz!*" oder, wenn sie schlecht aufgelegt war, „*¡Equivocado!*", was so viel wie ‚Lass mich in Ruhe' und ‚Falsch verbunden' bedeutete.

Diesmal war das nicht notwendig; Umberto hätte mit ihr auch spanisch sprechen können; aber da er sich erinnerte, dass Clara auch für Französisch zuständig war, sagte er zumindest: „*Enchanté, Madame, de parler à vous*", was Clara vorweg für ihn einnahm. „Sie erinnern sich an mich?" „Natürlich", antwortete Clara, „außerdem hat mir Emilia von ihrem *rencontre* mit Ihnen erzählt." „Dann sind Sie ja wohl im Bilde über die Abläufe und Zusammenhänge; ich darf Ihnen berichten, dass ich Kontakt mit Karl Ifkovits hatte, einem weiteren Adressaten ..." „... und Altwarenhändler aus Hornstein", setzte Clara fort. „So ist es, liebe Frau Kollegin", sprach der Ministerialrat hörbar begeistert, und Clara überlegte, worin die Kollegialität wohl bestehe.

„Der gute Mann hat ein E-Mail aus Schweden bekommen, das ihn für heute in die Malzgasse beordert, er gedenkt dort auch zu erscheinen – und ich auch, wenn Sie und Ihre bezaubernde Tochter es erlauben!" Er übertreibt seinen Charme, dachte Clara, und wieso ist nur meine

Tochter bezaubernd? „Lieber Herr Weiser“, sagte sie und ließ absichtlich alle Titel weg, „wieso halten Sie nur meine Tochter für bezaubernd?“ Umberto suchte in seinem Konversationsfundus drei lange Sekunden die passende Replik und sprach sodann, „Ich bitte Sie, das mir nicht als *faux-pas* zu werten, aber ich wollte einfach keinen solchen begehen, indem ich Ihnen schon im ersten Satz nahetrete ... Verzeihen Sie, das war wohl bereits das zweite Fettnäpfchen!“ Clara, die schon auf der Zunge hatte, wann denn er ihr nahetreten wolle, lachte und sagte: „Sprechen wir Tacheles, Herr Weiser! Ich nehme an, dass Sie nichts dagegen haben, wenn wir uns Ihnen anschließen!“ „Keineswegs, liebe Frau Merz“, (er schleift sich auf die gleiche Wellenlänge ein, bemerkte Clara für sich), „ganz abgesehen davon, dass Sie ja ein originäres Interesse an der Sache haben, würde ich mich sehr freuen, Sie wiederzusehen“ (und wahrscheinlich auch Emilia, ergänzte Clara lautlos, aber es ist nett, dass er diesmal nur mich erwähnt).

„Da Sie in Penzing wohnen und ich auf dem Bierhäuselberg, möchte ich Ihnen anbieten, Sie und Fräulein Emilia abzuholen und mit Ihnen gemeinsam in die Leopoldstadt zu fahren.“ Der Bierhäuselberg, das wusste Emilia, war eine Schrebergartensiedlung an Wiens westlichem Stadtrand, die sozusagen in den Adelsstand erhoben worden war, dadurch, dass sich hier eine ganze Reihe von offenbar sehr gut situierten Bürgern angekauft und die Grundstückspreise in unerreichbare Höhen getrieben hatte. Tatsächlich lag ihr Haus auf der Linie Bierhäuselberg – Malzgasse, das war unbestreitbar, und vielleicht sollte man auch die Gelegenheit nützen, Humbert Weiser auf der Fahrt von Krautmanns Ausflug in die Gegenwelt zu erzählen, nur um zu sehen, wie er auf diese abseitige Expedition reagierte. Clara hatte das unklare Gefühl, dass sich der Ministerialbeamte mit Grenzbereichen auskannte. „Gerne, wenn das kein Umweg für Sie ist!“, antwortete sie (der Umweg war in der Tat marginal). „Ausgezeichnet!“, rief Umberto, „wäre Ihnen halb vier recht?

Um vier Uhr trifft auch der Trödler Ifkovits am Schauplatz ein!“

„Sie kennen meine Adresse?“, fragte Clara. „Ja, ich habe sie aus dem Telefonbuch herausgesucht – für alle Fälle ...“, setzte Weiser hinzu. Clara lächelte, aber das sah Umberto ja nicht. Etwas mutwillig fuhr sie fort, „Übrigens, kennen Sie das Möbiussche Band?“ „Eine überraschende Frage mit möglicherweise weitreichendem Hintergrund, wie ich vermute! Ich bin hier und gleichzeitig auch hinter mir, sagte die Linie und wurde zu ihrer Überraschung eins mit ihrem Spiegelbild.“ „So kann man es auch sagen; wenn Sie uns abholen, werde ich Ihnen erzählen, wie mein Schwager gestern in der Malzgasse eine Reise auf dem Möbius-Band unternommen hat.“ „Hochinteressant!“, schallte es aus dem Hörer. „Ist er auch mit von der Partie?“ „Ich fürchte, die Reise ist ihm nicht gut bekommen, er liegt daheim im Bett“, berichtete Clara, „aber vielleicht können Sie ihn später einmal sprechen!“ „Unbedingt; zuvor erzählen Sie mir einmal, was Sie darüber wissen! Bis halb vier, liebe Frau Kollegin! Und nehmen Sie Ihre Tochter mit!“ Also doch, dachte Clara und schnitt eine Grimasse in den Vorzimmerspiegel.

Eine Viertelstunde später kam Emilia von Hugo Hummel zurück. Sie schüttelte den Kopf und ließ sich in Claras Sofa fallen, nachdem sie einen Haufen Bären davon entfernt hatte. „Der Mann ist ein Grenzfall“, ächzte sie, „und ich weiß so viel wie vorher.“ „Wie ist es dir ergangen?“, fragte Clara aus der Küche, stellte den Suppentopf vom Herd und kam ins Wohnzimmer. „Hast du auch den Regenbogentee bekommen?“ „Ich habe bei ihm geläutet und höre ihn rufen: ‚*Veniam, veniam! Captus in profunditate sum!*‘“ „In der Tiefe bin ich gefangen – wo war er denn da?“, grinste Clara. „Wo immer, jedenfalls war er sichtlich enttäuscht von meinem Anblick; anscheinend hat er jemanden anderen erwartet.“ „Hat er dich überhaupt gesehen? Ich dachte, er ist fast blind“, wunderte sich Clara.

„Er öffnet mir in einem kuriosen Hausanzug. ‚Emilia, ist dir der Hund wieder davongelaufen?', fragt er mich. ‚Herr Hummel, nur eine kurze Frage', sage ich. ‚Was sagt Ihnen die Malzgasse?' ‚Es gibt ein in Wien, ich glaube, im zweiten Bezirk', antwortet er, ‚was soll die Frage bedeuten?' ‚Waren Sie schon einmal dort?' , frage ich ihn, und was er jetzt drauf sagt, ist wieder eine der typischen Hummel-Aussagen, hoffentlich bringe ich sie noch zusammen: ‚Das Malz ... das Malz der armen Vorstadt gibt nur ein dünnes Bier, drum bleibe ich beim Weine und ... wohne lieber hier.' So hat das, glaube ich, geheißen. Während ich mir überlege, was ich mit diesem Spruch anfangen soll und wie ich doch zu einer brauchbaren Aussage kommen könnte, wird er plötzlich hektisch und sagt zu mir, ‚Bitte entschuldige mich, ich bekomme eben Besuch: Reden wir ein anderes Mal weiter!' Ich drehe mich um und an mir wischt eine Person vorbei, nimmt Hummel am Arm und zieht ihn in die Wohnung hinein. Die Tür fällt zu und ich stehe draußen. Ich habe nicht einmal erkannt, ob das ein Mann oder eine Frau war, sie oder er hatte ein brauner Umhang an, wie ein Mönch, und eine Kapuze auf; es war ein bisschen gespenstisch und hat mich an den Tod im ‚Jedermann' erinnert. Das Einzige, was mir aufgefallen ist, war ein durchdringender übler Geruch wie von einem schwer Magenkranken, oder so ähnlich, oder intensiver Schweißgeruch könnte es auch gewesen sein."

Clara seufzte. „Hast du etwas durch die Tür gehört?"

„Da waren irgendwelche Geräusche, aber ich konnte nichts mehr verstehen, die beiden sind wahrscheinlich gleich im nächsten Zimmer verschwunden, und da bin ich gegangen. Unten auf der Straße habe ich dann einen alten grauen VW-Käfer entdeckt, den ich da noch nie gesehen habe, mit einer alten schwarzen Wiener Nummer, W 4.005; ich habe gar nicht gewusst, dass es solche Kennzeichen noch gibt, aber vielleicht kann Krautmann einmal feststellen, wem die gehört. Irgendwie habe ich die Vermutung, dass der ‚Mönch' und der Oldtimer zusammengehören."

„Bisher war unser Leben ziemlich unauffällig", stöhnte Clara. „Jetzt sieht es aus, als ob wir ständig mit irgendwelchen esoterischen Vorfällen konfrontiert wären. Ich bin nicht sicher, ob ich das unbedingt brauche. Herr Weiser hat übrigens angeboten, uns mit seinem Wagen in die Malzgasse zu bringen; der Ifkovits hat selbst auch eine Botschaft aus Schweden bekommen und soll ja bekanntlich am 28. Oktober in der Malzgasse erscheinen. Nun dürfte es dort ein größeres Treffen geben, wenn da alle Beteiligten hinkommen; der Rothschedl fehlt aber wahrscheinlich in der Runde." „Das ist Sache des Umberto, wie sehr er seinen Chef einbindet oder nicht, würde ich glauben", sagte Emilia, „uns selbst hat der Herr Sektionschef ja eher angedeutet, man solle ihn mit dem Zeug in Ruhe lassen."

„Wenn wir dort hingehen, sollten wir jedenfalls nicht in irgendwelche Keller hinuntersteigen", riet Clara. „Wir sollten uns die Leute sehr genau ansehen, mit denen wir es dort zu tun haben; und ob der verrückte Hummel auftaucht oder nicht, werden wir ja eher merken als der Krautmann. Wenn es zu sonderbar wird, sollten wir vielleicht doch auch einmal daran denken, die Polizei zu verständigen."

„Im Augenblick ist allerdings noch wenig da, was für sich genommen kriminell wäre; was das bedeutet, wenn die Polizei einschreitet, sieht man ja beim Krautmann", ätzte Emilia. „Was dem wirklich passiert ist, weiß ja keiner …"

Noch vor dem Mittagessen rief Krautmann selbst bei Clara an und behauptete, er sei nun wieder auf den Beinen; alles sei so wie früher. Die ganze Geschichte mit der Malzgasse komme ihm selbst höchst unwahrscheinlich und wie ein unruhiger Traum vor; wenn er sie auch noch nicht völlig wegstecken könne, so werde er sich doch vorerst nicht weiter mit der Sache beschäftigen. Er klang so gefasst und rational, dass Clara es für vertretbar erachtete, ihn vom nachmittäglichen Ausflug in die Malzgasse zu informieren und ihm zu versprechen, dass er alles erfahren werde, was sich dort ereigne. Um ihn von unüberlegten Schritten, die sie dennoch nicht völlig ausschloss, abzuhalten, stellte sie ihm gegenüber die Theorie auf, dass es jedenfalls besser sei, wenn er sich nicht noch einmal am Ort des Geschehens zeige, schon gar nicht in Gesellschaft seiner Verwandten. Vom Herrn Ministerialrat Weiser werde er demnächst Besuch bekommen; dieser sei ein Experte für Geheimbünde und würde gerne mit ihm als dem bisher einzigen und daher unschätzbaren Zeugen für die Aktivitäten der ‚Malzgassen-Bande' sprechen. Krautmann reagierte auf diese für ihn schmeichelhafte Darstellung mit uneingeschränktem Konsens und ließ sich das ausdrückliche Versprechen abnehmen, vor weiteren Aktionen den Bericht von Clara, Emilia und dem Herrn Ministerialrat abzuwarten. Dass ihn ein hoher Beamter eines Ministeriums aufsuchen wolle, warf seine hierarchischen Strukturen völlig über den Haufen. Wilma, die anscheinend das Telefonat hatte mithören können, entriss ihm den Hörer und versicherte ihrer Schwester, dass sie ihren Gatten unter keinen Umständen während der nächsten drei Tage aus dem Hause lasse. Clara war heilfroh, Krautmann so weit neutralisiert zu haben, und unterließ vorerst die Anfrage zum Halter des grauen Volkswagens.

Pünktlich um halb vier läutete Humbert Weiser an der Gartentür und rief ein heilloses Diskant-Gebell der Chihuahuas hervor. Ausnahmsweise hatte sich Margarete bereit erklärt, die Hunde zu betreuen. Ursprünglich wollte sie ja selbst auch an der Expedition in die Leopoldstadt teilnehmen, aber sie hielt es andererseits für angebracht, im Falle weiterer Verwicklungen daheim erreichbar zu sein.

Während Umberto Clara seine Aufwartung machte (diese Formulierung fiel ihr sofort ein, als sie ihn mit einem bunten Blumenstrauß und einer Flasche Wein an der Gartentüre erblickte), wählte Emilia Rudis Telefonnummer und merkte sofort, als er sich meldete, dass es den armen Menschen voll erwischt hatte. „Emilia! Wie schön, dass du anrufst! Ich sitze schon die ganze Zeit vor dem Telefon und warte darauf. Eigentlich müsstest du im Hörer mein Herz schlagen hören! Wann kann ich dich sehen? Ich möchte dir deinen Schal zurückgeben, aber das ist wirklich nicht der Hauptgrund!"

In Emilia trafen verschiedene Empfindungen aufeinander und ergaben eine schwer aushaltbare Melange. Sie war von der Begegnung mit Hugo Hummel und seinem rätselhaften Gast verwirrt; ein Kribbeln hatte sie auch beim Anblick des hereinströmenden Umberto erfasst; die Spannung vor den kommenden Ereignissen in der Malzgasse war latent, aber erkennbar vorhanden, und nun dazu der emotionelle, wenn auch fernmündliche Überfall des Rudi Smrz. Sie brauchte dringend etwas Abstand, um sich zu sammeln. „Hallo, Rudi", sagte sie so ruhig wie möglich und hoffte, dass nicht ihr Herz durch die Leitung sprang, „willst du mich in die Malzgasse begleiten? Es wird eine größere Versammlung, so wie es aussieht; wenn du willst, holen wir dich von daheim ab." So, wie sie den Umberto kannte, hatte der sicher nichts gegen diese Erweiterung seines Transportauftrags.

„Wohin du willst, Emilia! – wer ist ‚wir'?", fragte Rudi an, und Emilia glaubte dem Tonfall entnehmen zu können, dass er lieber mit ihr allein in die Malzgasse gegangen wäre, aber das stand ja nicht zur Auswahl. „Meine Mutter und Umberto werden dabei sein, und vermutlich kommt auch der burgenländische Händler dazu." Der Ministerialrat hatte seine Blumen und die Flasche Saint-Émilion Clara mit einer Verbeugung überreicht (er war nach kurzer Analyse der Situation zu dem Schluss gekommen, dass er den Strauß besser Clara als Emilia geben sollte); nun hörte er, dass sie ihn mit Umberto bezeichnet hatte, und verbeugte sich lächelnd auch vor Emilia. Sie spürte, wie ihr das Blut ins Gesicht schoss; sie musste nun das Gespräch mit Rudi abrupt beenden, um ihre Balance wieder zu finden. „Ein paar Minuten vor vier sind wir bei dir – bis dann!", brachte sie gerade noch heraus und legte den Hörer auf.

Sie hatte den Eindruck, völlig überfordert zu sein, etwas, das ihr nicht oft widerfuhr. „Einen Augenblick, bitte", murmelte sie und lief in ihr Arbeitszimmer hinauf, setzte sich auf den Schreibtischsessel und atmete ein paar Mal tief durch. Sie spürte, wie die Vernunft in ihr wieder an Boden gewann. Den Umberto trat sie hier und jetzt an Clara ab, in welcher Form auch immer sich diese Beziehung entwickeln würde; Rudi würde sie um Entschuldigung für ihre wenig verbindliche Art bitten, aber er hatte ihr das sicher nicht krummgenommen und würde über jede Gelegenheit froh sein, sie zu sehen und zu berühren, und sie wollte auch sehr bald wieder mit ihm zusammen sein, wie sie in einer neuen Aufwallung merkte. Eine solche Verdichtung von Gefühlsströmen hatte sie noch nie erlebt; sie war darüber sehr beunruhigt, denn bisher hatte sie alle heftigeren Emotionen mit der ‚rationalen Klatsche' niedergehalten. Dieser Ausdruck stammte von Clara, die im Grunde ähnlich geartet war wie sie. Mit ihr hatte sie schon öfter über den Umgang mit Irrationalitäten gesprochen; Clara war der prinzipiellen Auffassung, dass man nur positive Gefühle hochkommen lassen sollte und auch die nur, soweit sie noch beherrschbar waren. Allerdings, so hatte Emilia für sich entschieden, würde sie sich in ihre Beziehungen zu Männern von ihrer Mutter nicht allzu viel hineinkommentieren lassen, denn die war ja nicht gerade ein Vorbild, was geglückte Zweisamkeiten betraf.

Sie stand auf, betrachtete sich kurz im Wandspiegel, der fast die einzige Verzierung ihres sonst nüchternen Arbeitsraumes war, schüttelte ihre Frisur zurecht und stieg die Treppe hinunter. Clara betrachtete sie mit durchdringendem Blick, Margarete verzog das Gesicht zu einer Grimasse und Umberto runzelte die Stirne in gespielter Besorgnis. „Ich muss Sie um Verzeihung bitten, Herr Ministerialrat, für die verkürzte Namensnennung meinem Freund gegenüber, aber ‚Umberto' spricht sich viel leichter aus als alles andere …" „Und dabei soll es auch bleiben, meine Damen, wenn es Sie nicht stört", tönte Umberto.

„Dann würde ich aber auch ‚Clara' vorschlagen", meldete sich Clara zu Wort; „und ‚Emilia'", ergänzte Emilia, froh über diese rasche Möglichkeit. Margarete beteiligte sich nicht an der allgemeinen Verschwisterung; Umberto warf ihr einen kurzen Blick aus dem Augenwinkel zu, den Margarete trotzig erwiderte. Gerade das erweckte ganz offenkundig Umbertos Neugier, aber im Augenblick verfolgte er die Fährte nicht weiter.

Clara nahm auch mit Interesse zur Kenntnis, dass Emilia von ihrem ‚Freund' sprach, und registrierte mit der feinen Antenne, die sich im langjährigen Zusammenleben aufgebaut hatte, dass Emilia das mit Absicht gegenüber Umberto getan hatte – und gleichzeitig sie selbst als Adressatin dieser Botschaft ansah. Sie spürte, wie sich die Hintergrundspannung im Raume zu lösen begann und nur das bekannte Unbehagen stehen blieb, das Margarete stets mit ihrer Aufrührermiene verbreitete. Die Hunde, die ihr Gebell auf Claras Geheiß beendet hatten, schlossen indessen mit Umberto Freundschaft; es kostete Margarete einige Mühe, sie von seinen Hosenbeinen wegzupfeifen und in ihre revolutionäre Dachkammer zu verfrachten, was sie dann ohne weitere Verabschiedungsfloskeln tat.

Die elektrische Ladung im Vorzimmer hatte dadurch noch weiter abgenommen. Nun fiel es auch Emilia leichter, den Ministerialrat nochmals anzureden. „Für meine zweite Unverschämtheit möchte ich auch gleich um Verständnis ersuchen, nämlich, dass ich meinem Freund versprochen habe, ihn abzuholen; er wohnt aber nur ein paar Straßen von der Malzgasse entfernt. Könnten Sie dort vorbeifahren, Umberto?" Sie probierte die neue Anrede gleich aus; das Duwort war ja mit der Verwendung des Vornamens nicht zwingend verbunden; der Angesprochene war durch konkurrierende Männer in seinem Umkreis zwar zu irritieren, aber erfasste auch das mittlerweile klargestellte Beziehungsgeflecht. Was ihm auch auffiel, war, dass Emilia – wie denn auch? – den jedem Beamten geläufigen Unterschied zwischen den Vokabeln ‚bitten' (wenn einem der

Angeredete übergeordnet war) und ‚ersuchen' (für nachgereihte Chargen, zu denen auch so gut wie alle Menschen außerhalb der Ämter gehörten) nicht kannte; aber das schien ihm im Augenblick selbst eine eher kuriose Differenzierung zu sein. Dagegen fühlte er sich durch den ‚Umberto' in die Runde aufgenommen und rief: „Selbstverständlich, liebe Emilia; wie heißt Ihr Freund denn?" „Rudi Smrz", antwortete Emilia und war gespannt auf die Reaktion des Sprachkünstlers. Man sah ihm an, dass ihn sowohl die Vokallosigkeit des Familiennamens als auch dessen Etymologie beschäftigten, aber er enthielt sich einer Bemerkung dazu und meinte nur: „Von Smrz zu Merz ist es wohl nur ein kleiner Schritt!"

Was meint er damit?, dachten Clara und Emilia gleichzeitig und ließen beide diese Äußerung unkommentiert vorbeigehen. „Wir sollten nun aufbrechen", befand Clara, die im Gewühl ihres Vorzimmers eine Vase ausgemacht und noch schnell mit Wasser für den Strauß gefüllt hatte. Umberto ließ nochmals seinen Blick durch jenen Bereich von Claras Haus schweifen, den er einsehen konnte; offensichtlich war er von dem hier herrschenden Chaos nicht befremdet, wie das oft bei Erstbesuchern vorkam, sondern genoss die optische Vielfalt und überlegte offenbar, wie man das Ensemble auf ein Bild bannen könnte.

Als die drei das Haus verließen, hörten sie die Chihuahuas, durch mehrere Zwischentüren und –wände gedämpft, anschlagen. Das alte Auto mit der schwarzen Nummerntafel war verschwunden, wie Emilia konstatierte, und sie teilte das auch Clara mit, die vorne neben Umberto saß; die Sitzordnung war nun schon eindeutig und bedurfte keiner Diskussion beim Einsteigen.

Der VW-Käfer war die Anknüpfung für die Geschichte, die Clara und Emilia nun abwechselnd dem Umberto erzählten; von Hugo Hummel hatte er ja schon im Ministerium gehört; Krautmanns Erlebnisse in der Gegenwelt faszinierten ihn sichtlich, und auch der anonyme Mönch, der im Flur des Nebenhauses Gestank und Verwirrung verbreitet hatte, traf dermaßen auf sein Interesse, dass er beinahe eine rote Ampel überfahren hätte und mit einer Schnellbremsung eine Kollision vermeiden musste.

„An Herrn Krautmann hätte ich etliche Fragen", sagte Umberto, „ich bitte Sie, mir den Zugang zu ihm möglichst bald zu ebnen." „Hummel wollen Sie nicht sprechen?", fragte Clara verwundert, und Umberto meinte: „Ich bin sicher, dass uns der sehr bald über den Weg laufen wird."

Von ihrem Mobiltelefon rief Emilia nochmals Rudi an und bat ihn, zur Haustüre zu kommen; man sei bereits auf der Friedensbrücke und werde gleich in der Wasnergasse erscheinen. Umberto kannte sich hier offenbar aus und fand ohne Umwege zu Rudis Wohnhaus. Dieser stand schon auf der Gasse; Umberto blieb in zweiter Spur stehen. Rudi folgte den Handzeichen Emilias, die ihn zum zweiten Sitz im Fond des Wagens wies. Er stieg ein und schüttelte Clara und Umberto etwas verwinkelt die Hände, ehe er Emilias Hand nahm und nicht mehr losließ. Weitere Berührungen gestattete er sich angesichts der Mitreisenden nicht, Emilia aber befreite ihre Hand aus der seinen, legte ihren Arm um seinen Hals und küsste ihn auf den Mund. Das war das Ende seiner Contenance; Emilia, die sich bei aller Zuneigung zu Rudi zumindest derzeit völlig in der Hand hatte, lächelte in sich hinein; er war elektrisiert und irritiert zugleich und wusste wieder nicht, was nun als Nächstes zu tun sei. Während Clara, die ja auf dem Beifahrersitz einen ungünstigen Blickwinkel hatte, in einer Anwandlung von Diskretion starr durch die Windschutzscheibe sah, beobachtete Umberto ohne Hemmungen, aber mit gemischten Gefühlen, über den Innenrückspiegel das Geschehen auf der hinteren Sitzbank. In einem kurzen Moment begegneten einander Umbertos und Emilias Blicke; da er aber im Spiegel nicht mehr als ihre Augen sah, war nicht zu erkennen, ob ihr Ausdruck einer des Triumphes oder des Bedauerns ihm gegenüber war.

Und so fuhr das aufgewühlte Quartett zur Malzgasse. In der Seitenfahrbahn der Oberen Augartenstraße wurde das Auto untergebracht. Die Sonne schien, es war weit weniger kühl als gestern. Schon von hier, aus einer Distanz von etwa hundertfünfzig Metern, war zu erkennen, dass an der Kreuzung mit der Malzgasse mehr Menschen vorhanden waren als sonst. Sogar Rudi, der nur sehr marginal bei der Sache war, merkte, dass sich da etwas Außergewöhnliches zutrug. Beim Aussteigen hatte ihm Emilia zugeflüstert: „Du, jetzt geht es um die Malzgasse – nur um die Malzgasse; alles andere schieben wir ein bisschen auf, ja?" „Alles klar", flüsterte Rudi zurück und drückte Emilia an sich, „es geht um die Malzgasse …" Das Blut klopfte in seinen Schlagadern, als er sich vorzustellen versuchte, was Emilia mit den aufzuschiebenden Vorgängen gemeint haben könnte; er hatte große Mühe, sich auf die Außenwelt zu konzentrieren, wurde aber durch die erstaunliche Ansammlung doch etwas von Emilia abgelenkt.

Umberto schritt voran; er war überrascht von dem Anblick, der sich ihm da bot. Die Zusammenrottung an der Ecke war keine zufällige; die meisten hatten ein Sektglas in der Hand, es sah wie aus wie bei Vernissagen, von denen der beamtete Künstler schon hunderte erlebt hatte. Er wollte eben einen beliebigen Sekttrinker nach dem Grund des Auflaufs fragen, da trat ein rundlicher Mensch mit einem dünnen Schnurrbärtchen auf ihn zu und redete ihn an: „Meine Verehrung, Herr Ministerialrat!" Umberto stutzte einen Moment lang, dann erkannte er den Mann: „Oh, der Herr Direktor!" Schnell durchlief er sein hirninternes Personenverzeichnis, um keinen Berufstitel auszulassen, aber Felix Gumpold war kein Hof- oder Regierungsrat, zumindest noch nicht. Umberto kannte ihn, obwohl er nicht unmittelbar zu seinem Geschäftsbereich gehörte; aber er hatte in der Gastgewerbeschule schon einige Tafelrunden mit Honoratioren des Unterrichtswesens miterlebt. Die vielfach eingeübte Herzlichkeit brach aus Umberto in bewährter Weise hervor: „Lieber Herr Direktor, ich freue mich, Sie hier zu sehen! Was führt Sie hierher?" Das konnte auf keinen Fall schaden; überdies hatte auch Gumpold ein Glas in der Hand und war anscheinend schon in die Versammlung integriert. Mit etwas bemühter Bescheidenheit antwortete der Starkoch: „Ich bin nur Zaungast und als Unterstützung für meinen Freund Ifkovits hier."

Nun erst nahm Humbert Weiser den stämmigen Begleiter des Direktors wahr, der in seinem Schlepptau herantrat. „Lieber Herr Ifkovits", begrüßte ihn Umberto und breitete die Arme aus, „wie ich sehe, gehören Sie auch schon zum Festkonvent!" Er deutete auf das Sektglas, das der Altwarenhändler vor sich hertrug. „Darf ich Ihnen Clara und Emilia Merz vorstellen – und Herrn Smrz!" Die Hände wurden geschüttelt. „Sie sind die anderen Hauptbetroffenen der schwedischen Rosenkreuzer-Aktion, wie ich Ihnen am Telefon erzählt habe." „Sieht nicht so aus, als ob wir hier richtig wären", vermutete Ifkovits. „Hier drinnen", er deutete auf den Hauseingang Nummer 20, „wird eine französische Ausstellung eröffnet. Wir haben gleich einen Begrüßungstrunk bekommen, wie anscheinend jeder hier." Ein afrikanisch aussehender Knabe trat an die Gruppe mit einem Tablett heran und offerierte mit frankophoner Sprachfärbung „ein Glas Champagner". Gumpold nahm noch ein Glas, schnüffelte daran und sagte: „Keine Rede von Champagner, aber der Sekt ist nicht schlecht; man kann es nehmen!" Und so nahmen alle ein Glas und stießen an: „Auf das Geheimnis!", rief Umberto. „Und darauf, dass es eins bleibt!", sagte jemand im Hintergrund mit einem eigenartigen Akzent und hob sein Glas. Alle wandten sich dem Sprecher zu, aber der war schon wieder hinter den anderen Umstehenden verschwunden.

Umberto hielt Gumpold, der ihm am nächsten stand, das Glas hin, sagte: „Halten Sie das kurz!" und rannte in die Richtung, in der der Unbekannte untergetaucht war. Das Glas fiel zu Boden und zerbrach, weil der überraschte Direktor es nicht schnell genug erfasste. Sofort war der Afrikaner da und versuchte die Scherben aufzulesen, was aber nur teilweise gelang. Alle blickten zu Boden; Ifkovits reichte dem Gumpold mit etwas mehr Zielsicherheit seinen Sekt und lief Umberto nach, indem er sich brutal eine Gasse durch die Menge bahnte. In der Versammlung entstand einige Unruhe, weil auch die anderen Gäste aufmerksam wurden. Da rief ein Mann vom Hauseingang her: „Darf ich Sie nun um Aufmerksamkeit bitten! Wir wollen nun die Ausstellung von Madame Oumou Gbeto eröffnen und bitten Sie einzutreten!“ Clara blickte beunruhigt umher und entdeckte endlich Umberto, der schulterzuckend zurückkam: „Der Kerl ist weg“, teilte er mit. „Dabei habe ich ihn fast erwischt! Aber dann ist er in dieses Haus hinein und die Tür schnappt zu. Außer einer Schweißfahne hat er nichts hinterlassen.“ „Wo ist Ifkovits?“, fragte Clara, „er ist Ihnen nachgelaufen!“ „Den habe ich nicht gesehen, leider!“ Und Emilia rief: „Haben Sie Schweißgeruch gesagt?“ Sie blickte Clara an, die sofort wusste, von wem die Rede war.

ENDE EINER VERNISSAGE

Die Bilder von Madame Oumou Gbeto waren im Flur des Hauses Malzgasse 20 aufgehängt, in dem im Normalbetrieb allenfalls fünfzig Personen Platz hatten; nun befanden sich hier etwa zweihundert Menschen, denen man vorsorglich beim Eingang die Sektgläser abgenommen hatte. Dies hatte schon dort zu erheblichem Stau geführt, denn viele wollten noch rasch ihr Glas leeren, ehe sie es an die drei Afrikaner zurückgaben. So verging fast eine halbe Stunde, ehe sich die meisten Umstehenden durch die enge Pforte in den Ausstellungsraum hineingedrängt hatten. „Wie im Maul eines Buntbarsches", bemerkte Umberto, während sich Clara um ihre Geldbörse sorgte, die sie mangels Handtasche am Gesäß ihrer Jeans aufbewahrte. Sie winkelte ihren Ellbogen ab, um die Lage ihrer Barschaft zu überprüfen, und rammte ihn dabei jemandem in den Rücken. Der wandte sich um; als sich Clara eben entschuldigen wollte, stieß sie einen kleinen Überraschungsschrei aus: Es war Jean Straeuble, der Freund und Ordinarius für Romanistik, der sich ihrer Dissertation annehmen sollte, wenn sie diese nur endlich fertig stellen könnte. Auch seine Frau Martina war da und versuchte Clara einen Begrüßungskuss zu geben, was aber in dem Gedränge nicht gelang.

Emilia hatte die Szene beobachtet und sagte zu Rudi, der nicht von ihrer Seite gewichen war und den Körperkontakt mit ihr, der sich hier ja ganz von selbst ergab, sichtlich genoss: „Nun sind wirklich alle da!" Sie erklärte ihm, wer die beiden waren, und stellte die Vermutung an, dass Jean Straeuble mit der Ausstellung ursächlich zu tun habe. Sie hatte schon öfter davon gehört, dass er sich mit der westafrikanischen *francophonie* zumindest früher intensiv beschäftigt hatte.

Martina Straeuble blieb bei Clara, während der Romanistik-Ordinarius an die Stirnwand des Raumes zu gelangen versuchte. Das war kaum mehr möglich, denn immer noch quollen von der Gasse die Menschen herein, und selbst für den zitierten Maulbrüter wäre die Lage nun schon ungemütlich geworden. Jemand versuchte nun, die restlichen Interessenten, die noch im Freien standen, davon zu überzeugen, dass sie sich erst nach der Eröffnung die Bilder ansehen sollten, und tatsächlich war es kaum mehr möglich, mehr als ein Gemälde zu betrachten; ein Bild hing bereits schief, weil die Masse so sehr drängte. Martina sagte zu Clara: „Niemand weiß, wieso so viele Leute da sind; ich kenne die einschlägige Szene in Wien recht gut, aber da sind viele hier, die ich noch nie gesehen habe." „Wenn jeder Passant so wie wir hereingebeten wird, ist das auch kein Wunder", meinte Clara. „Wieso seid ihr überhaupt hier?", wollte Martina wissen. Clara antwortete, „Das kann ich dir beim besten Willen herinnen nicht erklären, aber vielleicht kommen wir wieder einmal ins Freie und können einmal Luft holen; wenn ihr dann ein paar Minuten Zeit habt, unterhalten wir uns darüber!"

Umberto war ein wenig abgedrängt worden und stand nun gemeinsam mit Felix Gumpold dicht bei Straeuble und Madame Gbeto, die in ihrer afrikanischen Tracht erschienen war und ein wenig ängstlich auf die Menschenmasse blickte. Gumpold sah sich nach Ifkovits um, aber der war offenbar nicht mit hereingekommen. Jean Straeuble klatschte in die Hände, was das Gesprächsgewirr langsam dämpfte, und blickte die Afrikanerin ermunternd an. „Meine Damen und Herren, mesdames et messieurs", rief er. „Ich bitte um Aufmerksamkeit für ein paar Worte, die ich über unsere Künstlerin aus Burkina Faso sagen möchte. Leider ist der Raum hoffnungslos überfüllt, aber das ist ja auch ein Zeichen für das enorme Interesse an der afrikanischen Gegenwartskunst, von der wir viel zu wenig in Europa zu sehen bekommen. Madame Oumou Gbeto stammt aus dem Norden von Côte d'Ivoire und gehört dem Volk der Fulbe an; sie ist Christin und wohnt seit einigen Jahren in Ouagadougou, der Hauptstadt von Burkina

Faso." Madame Gbeto lächelte ihn an und verstand sichtlich außer den geographischen Namen kein Wort. Der Professor, der die Eröffnung eigentlich zweisprachig gestalten wollte, versuchte nun die Veranstaltung weiter abzukürzen, weil ihm auch schon die Luft wegblieb: *„Est-ce qu'il y a quelqu'un d'entre vous qui ne comprend pas l'allemand?"* Anscheinend verstand nur Madame Gbeto kein Deutsch, und Straeuble flüsterte ihr etwas zu; sie nickte und lächelte weiter. „Wir haben diese Ausstellung hier veranstaltet, weil in diesem Haus einige Angehörige der französischen Botschaft wohnen und sich die Hausverwaltung freundlicherweise bereit erklärt hat, die Ausstellung zuzulassen."

Eben als er dazu ansetzte, etwas über die Arbeiten der Künstlerin zu sagen, rief plötzlich ein junger Mann von der Eingangstür her: „Negergeschmiere! Nein – danke!" Bevor sich der Schrecken darüber noch ausbreiten konnte, brüllten aus der gleichen Ecke des Raumes mehrere Gleichaltrige im Chor: „Raus mit den Kaffern! Drogengesindel!" Einer der Schreier riss das Bild von der Wand, das dem Eingang am nächsten hing, ein Acrylbild in starken Farben und ohne Deckglas. Der Mann spuckte drauf und zerbrach den Rahmen; die Holzteile fielen auf die Umstehenden, das Bild landete zerknüllt zwischen den Ruhestörern.

Alle anderen Versammelten waren einen Augenblick lang stumm vor Entsetzen. Der Chor stimmte *„Ooooh du schöner Westerwald"* an; einige traten gegen die Eingangstür, und die Truppe, der es offenbar vorher gelungen war, die Positionen beim Ausgang zu besetzen, marschierte in quasi-militärischer Formation hinaus. Nun erst brach die Panik aus. Einer der Organisatoren, jener, der zuvor die Hereindrängenden abgewiesen hatte, stand im Weg und wurde niedergeschlagen.

Emilia sah, wie Madame Gbeto die Hände vors Gesicht schlug; Jean Straeuble zog sie an sich, sie vergrub ihr Gesicht an seiner Schulter. Felix Gumpold rief: „Das ist ja entsetzlich!" Humbert Weiser wollte den unerwarteten Ablauf der Veranstaltung einen Augenblick lang als Performance verstehen und setzte kurz die Miene des Genießers auf; dann besann er sich aber und schrie: „Hinaus, hinaus!" Das riefen mittlerweile auch die meisten anderen, vor allem jene, die ganz hinten standen. Vorne hatte einer der letzten Schreier beim Hinausgehen aus einer Spraydose etwas in die Menge gesprüht, was die Augen der ersten Flüchtenden verätzte; sie schrien auf und krümmten sich vor Schmerz, wurden aber von den Nachdrängenden hinausgestoßen; zwei von ihnen stürzten; mehrere Personen stolperten über sie und fielen ebenfalls hin. Die hinter ihnen kamen, hatten gar keine andere Wahl, als über sie hinwegzusteigen, wenn sie nicht selbst niedergerannt werden wollten.

Rudi Smrz hatte Emilia unter den Türsturz eines Wohnungseinganges gezogen, so dass sie von der vorbeijagenden Stampede verschont blieben. Umberto, der von kräftiger Statur war, riss die strauchelnde Clara mit sich weiter; irgendwie gelang es auch Martina Straeuble, im Sog des Ministerialrates mitzuschwimmen und über einen quer liegenden Körper springend den Ausgang zu erreichen. Ein kurzer Blick nach hinten ergab, dass ihr Gatte noch immer die Malerin umfasst hielt, was aber gewiss durch die Umstände zu erklären war. Felix Gumpold war einer jener, die zu Boden gestürzt waren; er hatte den Kopf, soweit es ging, zwischen die Schultern gezogen, als die Horde über ihn trampelte, was nicht angenehm, aber auszuhalten war; sein Kamelhaarmantel fing nämlich einiges ab, war aber wohl, wie der Direktor schon im Liegen mutmaßte, nach der Vernissage nicht mehr zu gebrauchen. Gumpold blieb so lange liegen, bis er merkte, dass nahezu alle Kunstinteressierten nach draußen gelangt waren. Er sah in der hinteren Ecke Oumou Gbeto und Jean Straeuble kauern; beide weinten. Die Bilder hingen zwar bis auf das eine beim Ausgang noch an den Wänden und waren, soweit man das momentan feststellen konnte, unversehrt, aber der Schaden war dennoch gewaltig. Felix Gumpold schauderte es, als er daran dachte, wie lange die öffentlichen und privaten Folgewirkungen dieses Ereignisses anhalten würden.

Während Emilia und Rudi zu den beiden unglücklichen Gestalten in der Ecke gingen um sie zu trösten, hörten sie, wie sich auf der Gasse verschiedene Signalhörner näherten. Clara, die sich in erster Hilfe auskannte, hatte sich des verprügelten Franzosen angenommen, den die Terrortruppe zu Boden geschlagen hatten; zwei Frauen lagen noch im Eingangsbereich; sie waren unter die rasende Horde gekommen und hatten offenbar ernstere Verletzungen erlitten. Es standen auch etliche Blessierte auf der Malzgasse, solche, deren Augen durch den Spray gelitten hatten, und andere, denen das Blut aus der Nase oder vom Handrücken lief. Auch Umberto versuchte zu helfen, musste sich aber eingestehen, dass er Clara darin nicht das Wasser reichen konnte. So ging er wieder in den Hausflur zurück und sah nach Felix Gumpold. Der war inzwischen wieder auf den Beinen und besah seinen Mantel, der nicht mehr repräsentabel aussah. Gumpold fluchte vor sich hin und dachte vermutlich im Augenblick nicht einmal an Karl Ifkovits, der noch nicht wiedererschienen war.

Die Ambulanzen luden die beiden Frauen und einige der Versehrten von der Gasse ein; ein Sanitäter rief in den Hausflur, ob hier jemand verletzt sei; obwohl dem Gumpold jemand nachhaltig auf das Fußgelenk getreten war, schwieg er. Auch sonst brauchte niemand das Rettungsfahrzeug; der Sanitäter sagte, sie kämen auf alle Fälle nachher nochmals vorbei, das Unfallkrankenhaus sei ja in der Nähe. Wer nicht verletzt war oder keine beschädigten Angehörigen hatte, war meist überhaupt nicht in der Nähe des Hauses geblieben; nur einige Neugierige hatten sich versammelt, und die Polizei begann auch schon mit den Erhebungen. Die Schlägertruppe hatte sich indessen nach allen Richtungen zerstreut.

Als Clara zu dem Polizisten aufblickte, der sie fragte, ob sie bei der Randale dabei gewesen sei, sah sie im Haus gegenüber einige Personen herunterschauen. Das wäre nun nach Lage der Dinge nichts Auffälliges gewesen, wenn nicht an einem der Fenster im ersten Stock zwei Männer gestanden wären: Hugo Hummel und der Mönch – sie hätten es jedenfalls sein können; sie waren aber halb hinter dem Vorhang verborgen und nicht deutlich auszumachen. Clara ignorierte den Polizeibeamten und rief in den Hausflur: „Emilia, kommst du schnell einmal heraus?" Rudi und Emilia kamen beide; als Clara den Polizisten beiseiteschob und zum Fenster hinaufdeutete, zogen sich die zwei sofort zurück; Emilia sah nur mehr, wie sich der Vorhang bewegte. Auch der Polizist wurde nun aufmerksam und fragte, wer da oben so interessant sei. „Wir kennen die beiden vielleicht, aber sie haben mit der Sache hier nichts zu tun", sagte Clara und beantwortete danach die Fragen zum Vorfall bei der Ausstellung. Ein paar Mal blickte der Polizist während der Befragung zu dem Fenster hinauf und machte sich zum Ende der Vernehmung eine Notiz, die sich offenbar auf die beiden unklaren Erscheinungen im ersten Stock bezog. Dann notierte er die Adressen und Telefonnummern von Clara, Emilia, Rudi, Umberto und Gumpold, die sich mittlerweile wieder zusammengefunden hatten, und bat sie, sich für eine mögliche Aussage im Bezirkspolizeikommissariat Brigittenau in den nächsten Tagen bereitzuhalten.

Die Verletzten waren nun alle abtransportiert worden; eine Funkstreife hatte sich auf Grund der vagen und widersprüchlichen Zeugenangaben auf die Suche nach den Schlägern gemacht; selbst die Größe der Truppe war nicht genau festzustellen, die Aussagen schwankten zwischen acht und zwanzig.

Man stand noch eine Weile beim Hause Malzgasse 20 beisammen und überlegte die weiteren Schritte. Felix Gumpold hatte genug von seinem Ausflug in die Welt der geheimnisvollen Briefe und E-Mails und blieb nur noch hier, um auf Ifkovits zu warten; der musste ja doch wiederauftauchen, glaubte er. Umberto schlug vor, der Polizei gegenüber die Version aufrechtzuerhalten, man sei lediglich wegen der Ausstellung hergekommen, über die man von Jean Straeuble erfahren habe. Clara möge das mit dem Professor absprechen, der noch immer im Hausflur mit Madame Gbeto beschäftigt war.

In Emilias Kopf schossen die Assoziationen wie bei einem Sperrfeuer kreuz und quer; an eine geordnete Analyse der Situation war nicht zu denken. Rudi Smrz, dessen erotische Ambitionen fürs Erste durch die Aufregung über die Ereignisse überlagert wurden, fragte sie: „Glaubst du, ich könnte die Runde auf einen Kaffee zu mir einladen? Platz hätte ich genug, und meine Eltern sind heute sowieso nicht da." Emilia fand die Idee gut und übermittelte sie Clara, die Umberto damit befasste; auch er glaubte, dass ein Konsilium der Betroffenen angebracht sei, und fügte hinzu, „Was tun wir mit Straeuble und der Künstlerin?"
„Die könnten auch zu mir kommen, irgendwie werden wir schon genug Sitzgelegenheiten zusammenbringen", versicherte Rudi, dem an der Diskussion aus journalistischen Gründen sehr gelegen war. „Zuerst möchte ich aber noch rasch mit meiner Redaktion telefonieren!" Er nahm sein Mobilgerät heraus und stellte sich abseits an die Hausmauer.

Clara ging zu Oumou Gbeto und Jean Straeuble, zu dem sich auch seine Gattin gesellt hatte, und kam nach ein paar Minuten wieder heraus. „Die Straeubles wollen sich noch um die Malerin kümmern und sie jetzt einmal mit zu sich nach Hause nehmen, samt den ausgestellten Bildern, die Madame Gbeto jetzt nicht mehr hierlassen möchte. Dass so viele Leute da waren, liegt übrigens daran, dass der Professor die ganze französische Kolonie und viele seiner Bekannten in Wien zu einem demonstrativen Besuch eingeladen hat. Damit sollte ein wenig gegen die laufende Kampagne gegen Schwarzafrikaner in Wien angearbeitet werden." Tatsächlich waren in der letzten Zeit

Menschen mit schwarzer Hautfarbe mehr oder minder offen samt und sonders in die Kategorie „Drogenhändler" hineingepresst worden; selbst manche Zeitungen hatten da in der Berichterstattung entsprechende unterschwellige Formulierungen gewählt; große Teile der Bevölkerung waren ohnehin leicht für rassistisch motivierte Zuweisungen zu gewinnen, auch wenn das selten offen ausgesprochen wurde.

„Ich habe ihm auch gesagt, dass der Grund für unsere Anwesenheit die Ausstellung gewesen ist", ergänzte Clara. „Jetzt hat er sowieso andere Sorgen, als sich um unsere Malzgassen-Korrespondenz zu kümmern." Umberto, den das lange Ausbleiben von Ifkovits nun auch beunruhigte – er war ja dafür verantwortlich, dass dieser überhaupt hier erschienen war –, kündigte an, er werde Felix Gumpold noch dabei helfen, den Abgängigen zu suchen, und dann zu Rudis Wohnung nachkommen. Rudi, der seinen Bericht samt einigen Handy-Fotos seiner Redaktion durchgegeben hatte, informierte Umberto über den Zugang zu seiner Wohnung, gab ihm seine Telefonnummer und schlug den anderen vor, die paar Schritte in die Wasnergasse zu Fuß zu gehen; Umbertos Wagen stand jetzt nicht zur Verfügung.

Clara, Emilia und Rudi wanderten die Mauer des Augartens entlang. Zunächst redete niemand etwas. Alle drei waren damit beschäftigt, ihr seelisches Gleichgewicht wieder zu finden. Clara versuchte irgendeine Kausalität in den Ablauf zu bringen, aber gab es bald wieder auf. Vieles war vor ein paar Tagen überhaupt nicht absehbar gewesen: Die esoterische Welt des Hugo Hummel; das Wiedersehen mit Humbert Weiser; die unübersehbare erotische Spannung zwischen der sonst so rationalen Emilia und dem Revoluzzer Rudi, der noch dazu eine Metamorphose durchgemacht hatte; die grenzüberschreitenden Erfahrungen ihres Schwagers Krautmann; die psychische und physische Belastung durch das Gedränge und den Angriff in der Ausstellung und deren fast apokalyptisches Ende;

die für sie ungewohnte Kommunikation mit amtshandelnden Exekutivorganen; schließlich der Umstand, dass sie und die anderen in der Sache, deretwegen sie die Malzgasse aufgesucht hatten, nicht einen Schritt vorangekommen waren. Die schemenhaften Figuren am Fenster konnten ebenso gut völlig Unbeteiligte gewesen sein. Eigentlich wusste sie nun nicht, wie sie sich weiter dazu verhalten solle.

„Was sollen wir mit unseren Briefen weiter tun, nach dem, was sich da jetzt eben abgespielt hat? Ein Zusammenhang besteht ja wohl nicht damit, oder?" „Ich weiß nicht, es ist alles sehr wenig durchsichtig ...", murmelte Emilia, „aber es ist unwahrscheinlich; man müsste mehr über die Briefschreiber in Schweden wissen; vielleicht kann Umberto da ein bisschen mehr dazu sagen. Wir haben ja noch gar nicht wirklich Gelegenheit gehabt, mit ihm über seine Erkenntnisse zu den Briefen zu sprechen." „Ich glaube, man sollte einfach warten, was als Nächstes geschieht", sagte Rudi. „Soweit ich weiß, steht ja nirgends etwas darüber, was nach dem 28. Oktober zu tun ist. Man sollte sich die Brieftexte noch einmal genau durchlesen; vielleicht wurde bisher etwas übersehen? Und man könnte auch mit den hiesigen Rosenkreuzern in Verbindung treten und sie mit den Briefen konfrontieren – vermutlich gibt es auch in Österreich Rosenkreuzer?"

Clara war von einer solchen Ausweitung der Causa Malzgasse überhaupt nicht begeistert; zum Unterschied von ihrer Tochter scheute sie auch die Komplikationen, die sie nun heraufdämmern sah. Sie war sehr dafür, einfach abzuwarten, ob sie von irgendjemand nochmals mit einem Brief oder einer anderen Mitteilung behelligt würde, und andernfalls sich damit nicht mehr zu beschäftigen. Sie – oder Emilia – war ja von vornherein die falsche Adressatin gewesen. Rothschedl, so murrte sie in sich hinein, hatte sich einfach aus der Affäre gezogen. Sie hätte nichts dagegen gehabt, wenn er und nicht Gumpold unter die trampelnden Ausstellungsgäste gerutscht wäre.

Es war indessen finster geworden; Rudi sperrte die Haustür auf und ließ die Damen ein. Er wohnte im letzten Stockwerk; als sie aus dem Lift traten, konnten sie vom Gangfenster auf den Augarten und die höheren Gebäude der Innenstadt sehen. Es sah alles friedlich und unkompliziert aus, aber das war es nicht. Rudi Smrz stellte Vermutungen an: In der Wachstube in der Leopoldsgasse, nur ein paar Schritte von der Malzgasse entfernt, waren die Beamten damit beschäftigt, ein Protokoll über die Vorfälle zu schreiben und überprüften Fingerabdrücke auf den Splittern eines Bilderrahmens; irgendwo im zweiten Bezirk schauten die Polizisten im Streifenwagen nach Verdächtigen aus; und im Hause gegenüber der zugrunde gegangenen Ausstellung durchschritt vielleicht gerade Karl Ifkovits einen schwarzen Vorhang und trat in eine verkehrte Welt ein.

GULASCH BEI RUDI SMRZ

Rudi suchte im Kühlschrank nach Essbarem für die unerwarteten Gäste. Es fanden sich unter anderem zwei Dosen Rindsgulasch, die er Clara und Emilia offerierte. Zu seinem Erstaunen äußerten beide Damen Interesse an einer derartigen Mahlzeit; Clara schlug aber vor, auf ein Lebenszeichen von Umberto zu warten, ehe mit der Zubereitung des Gerichts begonnen werde. Rudi hätte eher angenommen, dass sich die miterlebten Vorfälle den Beteiligten auf den Magen schlügen; er selbst war nicht hungrig.

Während er Gläser auf den Tisch stellte und verschiedene Getränke herbeitrug (davon gab es eine reichere Auswahl als beim Speisenvorrat), läutete Emilias Telefon. Es meldete sich Margarete mit Neuigkeiten von Johann Krautmann. Sein Befinden habe sich nicht gerade verbessert, es gehe ihm „mittelprächtig"; er leide an Störungen der optischen und akustischen Wahrnehmung, auch an Schwindelgefühlen. Sie habe von solchen Erscheinungen im Zusammenhang mit Peyote und Mescalin gehört. Ungeachtet seines Zustandes habe er aber Nachforschungen zu dem alten Volkswagen angestellt; die Autonummer „W 4.005" gebe es, jedenfalls offiziell, nicht mehr; sie sei zuletzt vor acht Jahren auf eine Firma „MM" zugelassen und nach einem Unfall abgemeldet worden; die Kennzeichen seien bei dem Unfall angeblich in Verlust geraten und nicht mehr an das Verkehrsamt zurückgestellt worden. Mehr konnte Krautmann nicht dazu in Erfahrung bringen; vielleicht könnte man alte Polizeiprotokolle nach diesem Unfall durchsuchen, das würde aber eine Weile dauern und sei nicht über das Telefon zu machen. – Den Hunden gehe es gut.

Emilia erzählte ihrer Schwester von der überraschenden Ausstellung und dem rassistischen Überfall. Margarete kommentierte die Ereignisse mit einigen Politphrasen, mit denen Emilia nicht viel anfangen konnte, und interessierte sich besonders für Umbertos Schicksal, was Emilia ein wenig verwunderte. Dazu konnte sie ihr aber vorerst keine befriedigende Auskunft geben; er habe sich auf die Suche nach dem Altwarenhändler gemacht, sei aber bisher noch nicht zurückgekommen.

Rudi meinte, er kenne jemanden im Handelsgericht und werde ihn ersuchen, die Firma MM zu orten. Gleichzeitig schlug er im Telefonbuch nach und konstatierte, dass es zwar einige Einträge „MM" gebe, die aber alle nicht besonders verdächtig wirkten. Aber das beweise ja nichts. „Man kann ja auch schwer die Firmen anrufen und sie fragen, ob sie Verbindung zum Okkultismus haben; zumindest wird man keine verwertbare Antwort bekommen", sagte er.

Die Lokalnachrichten im Fernsehen, das Rudi einschaltete, brachten eine kurze Meldung über die Attacke in der Malzgasse und ein Interview mit einem Polizeiverantwortlichen, der etwas von einer Spur erzählte, die man nun verfolge, aber sehr aufschlussreich war das auch nicht. Clara äußerte sich skeptisch über weitere Ermittlungen im Allgemeinen und zu dem Malzgassen-Briefrätsel im Besonderen. Zum Unterschied von dem Überfall war ja da nichts, was man an die Polizei herantragen könne. „Wir können nur warten, bis sich die Brüder wieder melden", glaubte auch Emilia.

Bis etwa acht Uhr tat sich nichts; Rudi setzte sich zu Emilia und nahm ihre Hand, und sie ließ ihn gewähren; nach weiteren Annäherungen war ihr jetzt nicht, abgesehen davon, dass ihre Mutter ja auch im Raume war. Allmählich begann Clara zu überlegen, ob sie nicht heimfahren solle; Emilia hatte es nicht so eilig. Dann endlich klingelte es, und Umberto meldete sich vom Haustor. „Sind die Damen noch hier?", fragte er über die Gegensprechanlage.

Die sprühende Verbindlichkeit, mit der sich Umberto jedermann und besonders jeder Frau anzunähern pflegte, fehlte deutlich, als er die Wohnung betrat. Er schien bedrückt und erschöpft und sagte nur schlicht: „Guten Abend“.

„Ich serviere demnächst Gulasch“, teilte Rudi mit. „Wollen Sie auch eines?“ „Ich habe wenig Hunger nach dem, was sich da abgespielt hat“, antwortete Umberto, „aber man sollte vielleicht nicht mit leerem Magen darüber reden, und ich habe seit zehn Stunden nichts mehr gegessen.“

„Erzählen Sie bitte“, forderte ihn Rudi auf, „Ich bekomme das auch in der Küche mit!“ Er verschwand im Nebenraum; bald hörte man von dort Geschirrgeklapper. „Ist Ifkovits wieder da?“, fragte Clara und hoffte auf eine positive Antwort. „Leider nicht“, sagte Umberto, „aber wir haben etwas von ihm gehört … Ich erzähle es vielleicht der Reihe nach, wenn es recht ist.“ Er setzte sich in den Fauteuil, den Rudi eben verlassen hatte.

„Der Direktor und ich sind nochmals zu dem Haus gegenüber gegangen, wo der mysteriöse Mensch verschwunden ist. Das Haustor war geschlossen. Mir war überhaupt nicht klar, wieso Ifkovits da drinnen verschwunden sein sollte, er ist ja erst nach mir losgerannt, soweit ich mich erinnere. Aber auch Gumpold war der Meinung, dass wir nur eine Chance hätten, wenn wir in das Haus hineinkämen. Also lautete ich irgendwo an und sagte: ‚Polizei! Wir haben ein paar Fragen!‘ (Wir hätten ja auch Kriminalbeamte sein können.) So kamen wir ins Haus und gingen gleich zur Kellertür, weil wir uns an die Erlebnisse des armen Krautmann erinnerten. Die war offen und wir stiegen mit einem etwas mulmigen Gefühl hinunter. Irgendwie hatte ich etwas von einer Stahltür im Ohr …“ „Ja, Krautmann hat das erzählt und ich habe es Ihnen dann auch gesagt, glaube ich“, warf Clara ein.

„Da war aber keine Stahltür“, sagte Umberto, „nur die üblichen Verschläge mit den Holzgittern und dem Gerümpel dahinter. In einem Abteil war nur ein Schrank an der Wand und sonst nichts, das ist uns aufgefallen – aber das sah auch nicht aus wie der Eingang zu einem anderen

Universum; wenn dahinter eine Stahltür war, dann haben wir sie nicht entdeckt, obwohl man in dieses Gelass auch von der Seite hineinsehen konnte; es lag neben dem Zugang zum Kellerfenster. Wir haben uns angeschaut und waren ziemlich ratlos. Denn selbst wenn dahinter diese Türe war, konnte man ja wohl nicht durchgehen, sie von der anderen Seite zumachen und dann herüben den Kasten davorstellen." „Außer es waren da mehrere Mitwirkende", meinte Emilia. „Ja ... mit polizeilichen Methoden hätte man das feststellen können", setzte Umberto fort. „Wir sehen uns also das Vorhängeschloss an, mit dem das Abteil versperrt ist; das Schloss selbst konnte man nicht öffnen, aber mit einem Metallhaken hätte man das Stahlband aus dem Holz leicht herausziehen können. Gumpold fand irgendeinen Eisenstab in der Kellerecke und wollte das Band gerade herausziehen, da ruft plötzlich eine Frau von der oberen Kellertür her: ‚Ist da jemand unten?' Daraufhin haben wir uns gemeldet, obwohl wir das zuerst nicht wollten, aber wir dachten, sie würde das Licht abdrehen und uns vielleicht sogar einsperren; das hätte die Sache verkompliziert."

Emilia beobachtete mit einem Interesse, das in einem anderen Winkel ihres Gehirns angesiedelt war, den Tempuswechsel der Verba in Umbertos Darstellung. Die armen Polizisten, dachte sie, die so etwas in ein ordnungsgemäßes Protokoll übertragen sollen. Rudi stand im Türrahmen des Durchgangs zur Küche und begann zu fluchen, weil er zugehört hatte und mittlerweile der Gulaschsaft blubbernd aus dem Topf spritzte. „Ich helfe dir beim Service", sagte Emilia und eilte in die Küche. Umberto unterbrach sein Referat und wartete auf das Gericht, das nun zusammen mit verhältnismäßig frischen Semmeln aufgetragen wurde. „Wer will Bier dazu?", fragte der Hausherr und brachte gleich einige Flaschen mit. Außer Emilia konnten sich das alle vorstellen; Emilia trank kaum Alkoholisches und keinesfalls Bier, das für sie stets den Geschmack und Geruch der Verderbnis hatte. Plötzlich kam ihr der Spruch über die Lippen: „Das Malz der armen Vorstadt gibt nur ein dünnes Bier, drum bleibe ich beim Weine und wohne lieber hier." Clara fuhr zusammen; es war, als säße unsichtbar Hugo Hummel im Zimmer, da ihn Emilia so unvermittelt zitierte. „So ein Mist", sagte Emilia, „das geht mir nicht mehr aus dem Sinn!" „Das kommt mir bekannt vor!", rief Umberto. „Was ist das für ein Spruch?" „Das hat Hummel gesagt, als ich ihn nach der Malzgasse fragte", erläuterte Emilia, die den Reim dem Umberto bei dem raschen Bericht auf der Fahrt in die Stadt am Nachmittag nicht wiedergegeben hatte, „und woher kennen Sie das?" „Es gibt eine Abhandlung von Max Heindel, einem modernen Obermystiker, über die Weltanschauung der Rosenkreuzer, wo er das Trinken von Wein als Entwicklungsstufe des Menschen darstellt – eine verrückte Theorie … Soweit ich mich daran erinnere, kommt dort so etwas vor wie die Ansicht, dass der Wein durch seine benebelnde Wirkung das ehemalige Geistwesen Mensch auf die Erde heruntergeholt hat und Christus dadurch, dass er Wasser in Wein verwandelt, sich sozusagen auf diese Entwicklungsstufe begibt … oder so ähnlich."

„Von den Rosenkreuzern werden wir sicher noch Genaueres hören", unterbrach ihn Clara, die Abschweifungen nicht leiden konnte, „aber was war da noch im Keller?" Umberto nahm eine Gabel voll Gulasch, „das ist übrigens exzellent", sagte er und deutete auf den Bissen, „und nun wieder zum Keller: Wir sind also hinaufgestiegen und ich riskiere nun alles, indem ich die Frau frage: ‚Sind Sie die Hausverwalterin? Ich bin Kriminalrat Weiser' (das klingt immerhin so ähnlich wie Ministerialrat). Sie fühlt sich sofort durch die ‚Hausverwalterin' geschmeichelt, es hat also funktioniert. Ich frage sie, ob es eine Stahltür im Keller gibt. Nein, sagt sie drauf, das würde sie wissen. Und wer wohnt im ersten Stock, frage ich sie. ‚Irgendein Verein hat da sein Büro', antwortet sie. ‚Zeigen Sie uns bitte den Eingang zu diesem Büro!'" Umberto verfiel in eine halbszenische Darstellung.

„Sie geht voraus, Gumpold verzieht sein Gesicht, als wollte er andeuten: Das geht nun zu weit! Aber da müssen wir nun durch, denke ich. Auf der Tür eine Tafel, auf der steht ‚Verein für Geistiges Leben'; sonst nichts. Ich drücke auf die Klingel, einmal, zweimal, dreimal. Nichts. Auch Klopfen führt zu nichts. Da läutet auf einmal bei Gumpold das Telefon in der Brusttasche; anscheinend hat es das Massaker in der Ausstellung überlebt. Er meldet sich und hört eine Weile zu, seine Miene wird immer finsterer; ein paar Mal fragt er dazwischen: ‚Wann war das?' oder ‚Hast du die Stimme erkannt?'. Die Hausmeisterin bekommt Fledermausohren vor Neugier. Dann zum Schluss: ‚Ich komme sofort!' Er sagt zu mir: ‚Wir müssen da gleich hinfahren! Danke, Frau …' ‚Cucujkic', sagt sie. ‚Sie haben uns sehr geholfen!' Wie in einem Fernsehkrimi. Der Mann spielt seine Rolle und findet gleichzeitig den schnellen Abgang – genial!" Wieder hat er einen Grund gefunden, sich für etwas zu begeistern, dachte Emilia.

„Ich war jetzt auch schon gespannt auf das, was Gumpold am Telefon gehört hatte. Auf der Gasse sagte er zu mir: ‚Das war Barbara Ifkovits!' – Ich kenne sie ja schon von unserem ersten Telefonat. ‚Und sie hat einen Anruf von Karl bekommen – von Herrn Ifkovits. Er sagt zu ihr, er kommt erst morgen wieder heim, weil er heute noch etwas zu tun hat, sie soll sich keine Sorgen machen, und legt wieder auf. Aber sie macht sich natürlich Sorgen, denn so etwas ist bisher noch nie vorgekommen, und außerdem hat er ganz merkwürdig geklungen, wie mechanisch angetrieben. Und irgendein Hintergrundgeräusch war da auch, so dass sie ihn kaum verstanden hat. Sie hat Angst und kann nichts tun als warten.' Gumpold war selbst sehr beunruhigt und hat ihr angeboten, zu ihr nach Hornstein zu fahren und dort zu bleiben, zumindest bis sich Karl wieder meldet. Sie wollte ja gleich die Polizei verständigen, aber Gumpold hat ihr abgeraten; für eine Abgängigkeitsanzeige sei es noch viel zu früh, und dass ein Mann über Nacht nicht heimkommt, das geschieht ja öfter; da könnte sie sich vielleicht noch spöttische Bemerkungen anhören.

‚Wir sind dann zum Auto des Ifkovits gegangen, das er hinter Gumpolds Wagen in der Kleinen Pfarrgasse abgestellt hat, um nachzuschauen, ob ihn dort jemand nach bewährtem Muster abgeladen hat. Das Auto war nicht mehr da! Der Direktor war aber ganz sicher, dass es hinter seinem gestanden ist. Eine Abschleppzone war dort nicht. Dass gerade sein Auto gestohlen wurde, ist kaum anzunehmen; Gumpold glaubt, dass es schon fünfzehn Jahre alt ist und vergammelt aussieht. Also muss Ifkovits selbst damit weggefahren sein oder jemand, dem er den Schlüssel gegeben hat. Wir haben uns da getrennt und ich bin durch die Obere Augartenstraße zu meinem Auto zurückgegangen; das war Gott sei Dank noch da. Dort, wo die Ausstellung war, haben noch immer zwei Polizeibeamte irgendwelche Spuren untersucht; im Vereinsbüro vis-à-vis war aber alles finster. Frau Cucuj-kic steht vor der Haustür und schaut den Polizisten zu, und als ich vorbeigehe, redet sie gerade einer der Polizisten an. Sie hat mich nicht bemerkt, und ich habe mich zu meinem Wagen beeilt, bevor ich als falscher Kriminalbeamter arretiert werde. Verdächtig bin ich jedenfalls, denn die Hausmeisterin wird der Polizei ja sicher von ihren Besuchern erzählen, und ich werde mir etwas einfallen lassen müssen – vor allem auch, warum ich mich für die Wohnung im ersten Stock interessiert habe."

Umberto war fertig; eine Weile sagte niemand etwas. Die Sache geriet allmählich aus den Fugen. Clara hatte sich schon auf dem Weg hierher sehr unbehaglich gefühlt, aber nun verdichtete sich der Eindruck, dass sie und die anderen Beteiligten sich aus der Chose nicht mehr befreien konnten, nicht einmal mehr durch Nichtstun und Totstellen. Wie üblich, sah Emilia das anders.

„Die Polizei wird es bemerkenswert finden, dass wir uns genau gegenüber dem Tatort in ein fremdes Haus einschleichen; noch dazu haben wir", wandte sich Emilia an ihre Mutter, „dem Polizisten gesagt, dass wir die Leute im ersten Stock kennen." Sowohl Umberto als auch Rudi war nicht entgangen, dass Emilia die Anwesenden unter Einschluss des Felix Gumpold als Schicksalsgemeinschaft zusammenfasste; Rudi, der die Gulaschteller abräumte, wusste nicht, ob er das gut oder schlecht fand; Umberto sagte: „Ich würde gerne die Anwesenden heraushalten, wenn jemand nach dem Grund für unser Täuschungsmanöver fragt; aber ich fürchte, dass dann doch die schwedischen Zusendungen ins Gerede kommen. Insgesamt glaube ich aber, dass wir weiterhin die Rechtsradikalen in der Ausstellung von den rosenkreuzerischen Schreiben trennen sollten. Ich schlage daher folgende Vorgangsweise vor: Wir haben von Professor Straeuble eine Einladung zur Ausstellung bekommen; die haben wir besucht und dabei die Menschen im ersten Stock entdeckt; Sie haben möglicherweise Ihren Nachbarn wiedererkannt, der Ihnen schon daheim seltsam vorgekommen ist, und haben mich daher gebeten, nachzusehen, ob er das wirklich gewesen ist. Frau Cucujkic kann sich ja verhört haben, als ich „Ministerialrat" gesagt habe, und meinen Namen hat sie sich wahrscheinlich sowieso nicht gemerkt. Dass wir uns als Polizisten ausgegeben hätten, kann ja, genau genommen, nur der Mieter behaupten, bei dem wir geläutet haben, und der hat uns ja dann nicht mehr selbst gesehen …"

„Eigens nachlaufen müssen wir der Polizei ja nicht mit unseren Aussagen", sagte Clara, die noch immer hoffte, dass alles im Sande verlaufen würde. „Lassen wir es doch für heute gut sein. Mir reicht es wirklich!" Und eigentlich hatten alle genug; halb zehn war es auch schon. So bedankten sich zuerst Clara und Umberto bei Rudi für Gulasch und Bier und gingen zum Haustor hinunter. Emilia und Rudi hatten daher noch ein paar Minuten für sich.

Emilia kam wenig später nach; ihr Gesicht war hochrot, was sogar bei der miserablen Straßenbeleuchtung zu erkennen war. Clara und Umberto schmunzelten darüber, als sie ins Auto einstiegen. Clara saß wieder vorne; als sie auf den

Währinger Gürtel abbogen, durchbrach sie die Stille: „Da wir einander nun anscheinend auf Gedeih und Verderb ausgeliefert sind, könnten wir genauso gut das Duwort austauschen!“ Umberto war sofort dafür; Emilia war der Vorschlag im Augenblick ziemlich gleichgültig. „Den Bruderschaftskuss holen wir ein andermal nach“, befand Umberto, aber er applizierte ihn dann doch gleich zweifach, als er die Damen in Penzing absetzte, und er vergaß auch nicht, um die Bestellung bester Grüße an die „zweite junge Dame“ zu ersuchen.

Als er um die nächste Ecke gebogen war, fragte Clara ihre Tochter: „Glaubst du, dass Umberto verheiratet ist?“ Emilia grinste ihre Mutter an und meinte: „Es sieht nicht danach aus, aber man kann sich da auch täuschen …“

FELIX GUMPOLD MACHT NEUE ERFAHRUNGEN

Die Fahrt nach Hornstein hatte Gumpold heute ja schon einmal hinter sich gebracht. Unterwegs musste er sich dennoch bewusst auf die Verkehrslage konzentrieren, denn die Turbulenzen in der Malzgasse waren nicht spurlos an ihm vorübergegangen – ganz abgesehen vom Zustand seines Mantels, den er neben sich hingeknüllt hatte.

Mit einem Stück für seine Kollektion würde es ja heute nichts mehr werden; so viel stand fest. Dass er einen Beutezug mit leeren Händen beendete, war ja schon öfter vorgekommen. Aber die Erfahrung, von einer panischen Menschenmasse niedergetrampelt zu werden, war ebenso neu für ihn wie seine Rolle als falscher Kriminalbeamter, die ihn freilich mehr angesprochen hatte als die des Fußabstreifers. Der Knöchel schmerzte und würde wohl anschwellen; auf das Kupplungspedal steigen konnte er gerade noch.

Die Vorstellung, Barbara Ifkovits trösten zu müssen, bereitete ihm deutliches Unbehagen. Der Anlass war schon schlimm genug; aber Gumpold wusste auch nicht, wie man mit einer Frau privat zu verfahren hatte. Bei seinen Verpflichtungen kam er mit Frauen oft genug zusammen und verhielt sich dabei vorbildlich. „Wie aus einem Lehrbuch für gutes Benehmen“, attestierte ihm seine Sekretärin, die damit aber eher die Sterilität seines Umgangs kritisieren wollte. Viele hielten ihn für homosexuell, aber nur dann, wenn sie ihn nicht genauer kannten. Seine Bewegungen entsprachen zwar oft der landläufigen Vorstellung von Schwulen, waren aber hauptsächlich in einem Manierismus begründet, den er seit seiner ersten Schulzeit als praktikabelste Lebensweise empfand und der nichts mit Sexualität zu tun hatte. Die um ihn herum waren, fanden keinen Anhaltspunkt für irgendwelche erotischen Vorlieben, in der Schule schon gar nicht.

Schwul oder nicht, Gumpold wusste das selbst nicht. Der private Umgang mit einer Frau war ihm definitiv fremd; er vermied es nach Kräften, sich allein mit einem solchen Wesen in einem geschlossenen Raum aufzuhalten. Und nun sollte er sich irgendwie zu Barbara Ifkovits verhalten und vielleicht sogar bei ihr übernachten; diese Aussicht trieb ihm den Schweiß auf die Stirn. Kurz überlegte er, ob Markus und Matthäus, seine beiden Katzen, doch als Ausflucht herhalten sollten; aber die waren es gewohnt, dass sie eine Nacht lang allein blieben. Die Begegnung mit Barbara würde ihm wohl nicht erspart bleiben.

Was sollte er ihr über Karls Verschwinden erzählen? Viel wusste er ja selbst nicht darüber, wahrscheinlich weniger als Barbara selbst, die ja mit ihrem Mann noch gesprochen hatte. Immerhin war er zu telefonieren in der Lage gewesen, was wohl ein gutes Zeichen war. Mehr als allgemeine Trostworte fiel ihm nicht ein, und sonst würde er Barbara fragen, ob die Geräusche im Hintergrund des Telefonats mit Karl einen Hinweis ergeben könnten.

Mit solchen Grübeleien verging die Zeit bis zu seiner Ankunft in Hornstein schneller, als ihm lieb war. Ifkovits wohnte im Ortsteil Siget, was in der ungarischen Schreibweise ‚sziget' so viel wie Insel bedeutete; das Haus stand aber eher am Abhang des Leithagebirges als auf einer Insel. Als Gumpolds Fahrzeug beim Bremsen auf dem Rollsplitt knirschte, trat Barbara zur Tür heraus und rief: „Felix, bist du es? Gott sei Dank bist du da!" Und sie fiel ihm gleich um den Hals, was sie bisher noch nie gemacht hatte.

Das fängt ja gut an, dachte Gumpold und löste sich vorsichtig aus der weiblichen Umklammerung. „Hast du noch etwas von Karl gehört?", fragte er, als sie im Vorzimmer standen. „Nein", jammerte sie, „da war nur der Anruf vor einer Stunde, von dem ich dir erzählt habe. Er kommt erst morgen wieder heim, hat er gesagt, und ich soll mich nicht fürchten, es ist alles in Ordnung. Aber er hat wie aufgezogen geklungen, als ob er das auswendig gelernt hätte, und dann er hat gleich wieder aufgelegt. Ich bin sicher, dass irgendetwas mit ihm nicht stimmt. Was war denn da los in Wien?"

Gumpold berichtete ihr alles, was er wusste, bis zu dem Zeitpunkt, zu dem Ifkovits verschwunden war, und auch, dass das Auto mit ihm verschwunden war. Karl musste also selbst weggefahren sein; die Details der Ausstellung und des Besuchs beim ‚Verein für Geistiges Leben' ließ er aus, weil er Barbara nicht unnötig aufregen wollte; da er den verdreckten Mantel in seinem Wagen gelassen hatte, sah er nicht mehr besonders auffällig aus.

Barbara bot dem Direktor etwas aus dem Getränkefach an; er wählte einen Anisschnaps, denn auch sein Magen war durch die Vorkommnisse beschädigt. Dann fragte er Barbara, ob sie etwas gegen die Verstauchung seines Fußes habe. Als Gegenleistung bot er ihr an, aus den allfällig vorhandenen Vorräten ein Nachtmahl herzustellen. Nachdem er seinen Knöchel mit einer Salbe und einer Bandage versorgt hatte, sah er auf Barbaras Bitte im Kühlschrank nach, ob sich darin Verwertbares befinde. Barbara hatte im Augenblick keine Lust auf Mahlzeiten und eigentlich wusste sie mit Gumpold nichts Rechtes anzufangen; andererseits wollte sie nicht allein bleiben. Daher war sie froh, als er sich binnen Minuten in der Küche zu schaffen machte.

Sie saß im Wohnzimmer und starrte das Telefon an. In ihrer labilen Stimmungslage war sie besonders anfällig für seelische Krisen. Seit ihrem Unfall war es immer wieder zu sonderbaren Zuständen gekommen, manchmal alptraumhaften, manchmal auch lustvollen Tagträumen. So etwas dauerte etwa eine halbe Stunde. In dieser Zeit war sie kaum ansprechbar und lag auf dem Sofa oder auf dem Bett; dann wachte sie wieder auf, nur um in eine unüberwindliche Müdigkeit zu verfallen. Karl war anfangs sehr beunruhigt über ihre Stimmungs- und Vigilanzschwankungen, aber Barbara hatte ihm versichert, dass die Sache ungefährlich sei und sie sich nach dem folgenden kurzen Heilschlaf wieder viel besser fühle. Die Anfälle regten ihre

Fantasie an; manchmal erzählte sie Karl ihre Visionen während der Tagträume. Auch ein Psychiater, den sie auf Karls Betreiben am Beginn der ‚Wahnvorstellungen', wie er sie damals noch bezeichnet hatte, konsultierte, ermunterte sie, die Bilder zu beschreiben oder aufzuzeichnen. In Zeiten besonderer seelischer Erregung traten die ‚Eingebungen' öfter auf; der Arzt hatte sie damals als Stress-Sublimierung bezeichnet, worunter sich weder sie noch Karl etwas vorstellen konnten.

Von all dem wusste Felix Gumpold nichts. Er verkehrte in der Regel nur mit Karl und viel mehr als drei Worte am Telefon hatte er mit Barbara nie gewechselt; sein Freund hatte ihm nur wenig über Barbaras Krankheit erzählt; der Skateboard-Unfall und seine Folgen waren bisher unerwähnt geblieben. Als er daher ins Wohnzimmer trat, um Barbara zum Essplatz in der Küche zu holen, erschrak er nicht schlecht, als er sie wie bewusstlos auf dem Sofa liegen sah.

Barbara hatte Gumpold noch einige Minuten lang mit Geschirr und Besteck klappern gehört und war dann hinübergesunken. Das Bild von Karl und dem geheimnisvollen Menschen, von dessen Trinkspruch ihr Gumpold berichtet hatte, verfestigte sich. Durch die Menschenmassen liefen die beiden, stießen die Nächststehenden beiseite, immer schneller wurden sie, die Leute links und rechts wurden immer weniger; nun standen nur mehr einzelne Personen da, wie Pappkameraden, grau und leblos, und endlich war niemand mehr da außer Karl und vor ihm der Mann in der Kutte. Er hatte eine Kutte an, das wurde nun immer deutlicher, und er hieß Andreas – zumindest nannte sie ihn jetzt so. Trotz seiner Kleidung lief er immer schneller und wurde perspektivisch kleiner, nein, nicht nur perspektivisch, er schrumpfte im Lauf auf die Größe eines Kindes; dann eines Hundes; dann einer Maus. Auf der weiten Ebene, die da braun und trübe vor ihnen lag, war nichts – außer einem winzigen Haus ganz hinten am Horizont. Da die Szene von links, wie von einer aufgehenden

Sonne, beleuchtet wurde, warfen die Läufer lange und groteske Schatten. Aber es war eine schwarze Sonne, und während die Landschaft sich verdunkelte, wurden die Schatten der beiden Männer weiß, das Haus hinten wurde rasch größer, auch sein Schatten war weiß, grellweiß. Die Maus Andreas raste durch die offene Tür in das Haus und Karl – war es überhaupt noch Karl? – hinten nach. Die Tür fiel lautlos ins Schloss, wie alles rund um sie lautlos war, aber auch Barbara war nun im Haus. Es war innen finster, nur durch das Fenster des Korridors schienen die weißen Schatten herein. Ihre Augen waren nun mit jenen Karls eins geworden, hinauf über die Treppe ging die wilde Jagd, zwei Stockwerke, drei, vier, immer höher hinauf rannten sie, sie und Karl oder wer immer der Läufer sein mochte. Die Maus war längst davon, keine Spur mehr vor ihr. Ein paar Etagen über ihnen war ein Lichtschein, endlich ein Licht, nur hin zu dem Licht! Es war nicht ein einfaches Licht, sondern ein Lichterkranz, ein Stern, ein Kreuz – ein liegendes Kreuz, aus dessen Rändern wie sonnenhelle Sprühkerzen Blitze zuckten, und wenn ich da durch bin – sie war nun völlig eins mit dem Läufer geworden – wenn ich da durch bin, habe ich alles hinter mir gelassen, es gibt keine Rückkehr mehr, aber ich will ja auch nicht mehr zurück, nur vorwärts, aufwärts ins das Licht, in die Sonne, und wenn ich dabei erblinde, ich brauche meine Augen nicht mehr – nur hinein und aufgehen im Licht! Endlos dauert der lautlose Sprung, und dann ein kleines Geräusch, ein Flüstern, dann anschwellend ein Ruf: „Barbara! – Barbara! Hörst du mich, ich bin es, Felix, hörst du mich?“

Felix hatte sie an den Schultern gepackt und schüttelte sie ein wenig. Sie schlug die Augen auf und sah ihn über sich Und da war sie wieder in ihrem Wohnzimmer, und die verdammte Müdigkeit kroch in ihr hoch, und sie war noch geblendet von dem gewaltigen Licht, in das sie hineingesprungen – hineingeflogen – war. „Felix“, sagte sie leise, „Felix – verzeih mir … Ich bin jetzt wieder hier –

oder schon in der anderen Welt?" „Du bist hier in deinem Zimmer, in Hornstein, und das Essen ist fertig!" Sie war wirklich wieder da, auch wenn sie Felix und die gewohnte Einrichtung nur undeutlich sah. Sie rieb sich die Augen, aber das half nichts, sie sah alles doppelt, wie durch eine Tricklinse, mit unscharfen roten und blauen Konturen, aber sie sah genug, um zu erkennen, dass Felix Gumpold völlig aus der Fassung geraten war.

„Jetzt hätte ich gleich die Rettung angerufen", sagte er, „du warst ja völlig weg! Was ist los mit dir?" „Das habe ich öfters", sagte sie, „seit meinem Unfall passiert das immer wieder." „Was für ein Unfall?", fragte er und sah sie hilflos an. „Hat dir Karl nie etwas davon erzählt? Von dem Sportunfall mit der Kopfverletzung?" „Nein, wann war denn das?" „Das ist schon eine Weile her und wieder ganz in Ordnung gekommen – bis auf meine ‚Eingebungen'", erwiderte sie, „aber die sind auch ungefährlich, nur bin ich nachher immer völlig erschöpft und fertig. Was gibt es denn Gutes zu essen?" Diese letzte Frage versetzte Gumpold mit einem Schlag wieder in die Realität zurück; das war sein Revier – in der Welt der Visionen und psychischen Grenzregionen fühlte er sich verloren.

„Mit etwas Improvisation habe ich ein Tiroler Gröstl gekocht, das langsam wieder auskühlt!" Nun erst nahm Barbara den köstlichen Duft wahr, der aus der Küche herüberwehte, und trotz aller Beschwerden raffte sie sich zusammen und folgte Gumpold an den Esstisch. Merkwürdig, dachte sie, wie wenig beunruhigt ich jetzt über Karl bin: Fast bin ich sicher, dass es ihm gut geht da hinter dem Licht …

Sie erzählte Felix von ihrem Traum; das Licht ließ sie dabei weg – es wäre ihr zu mühsam gewesen, ihm das alles zu erklären. Felix atmete auf, auch wenn er sich über Karls Schicksal nicht klar war; aber der Tröstungsbedarf schien ein wenig geringer zu werden. Mit Befriedigung nahm er zur Kenntnis, wie sehr Barbara sein Gröstl schmeckte; obwohl sie sehr abgekämpft wirkte, aß sie alles auf, was er ihr servierte, trank ein Glas Wasser nach und dankte ihm für seine Fürsorge.

„Was mich stört, Felix, sind allerdings meine Augen", sagte sie nachher und nahm eine Zeitung von der Anrichte. „Es ist alles so verschwommen, dass ich die Buchstaben gar nicht erkenne." Sie hielt die Schrift in unterschiedlichen Abständen vor ihre Augen und schüttelte den Kopf. „Da ist irgendetwas nicht in Ordnung; ich fürchte, dass ich wieder einen Schub habe." Felix wusste, was ein Schub war: Die multiple Sklerose hat wieder zugeschlagen, dachte er.

„Kann man da etwas dagegen tun?", besorgte er sich. Sie antwortete: „Ich rufe gleich meine Ärztin an." „Jetzt – um zehn Uhr abends?" „Die kann man immer anrufen, und wenn sie nicht da ist, schaltet sie ihr Telefon ins Krankenhaus um." Felix brachte ihr das Gerät; sie wählte mit verkrampftem Blick eine Nummer und wartete. „Guten Abend; ist Frau Doktor Weidner da?" – „Das Spital", sagte sie zu Gumpold und wartete wieder. „Ah, Frau Doktor, bitte um Entschuldigung für den späten Anruf. Ich habe plötzlich unscharfe Doppelbilder mit bunten Rändern – ja, auf beiden Augen!" Dann sagte sie nur mehr in Abständen: „Gut – ja – ja – nein – gut – in eineinhalb Stunden – gut – danke – auf Wiedersehen!"

„In eineinhalb Stunden kommt ein Krankenwagen und bringt mich in die Klinik; das muss sofort behandelt werden, vermutlich wieder mit Cortison – ich werde wieder fett werden wie ein Mops ... Na ja, ich habe ja leider keine Wahl!" Sie war nun etwas munterer. „Die fünf Dinge, die ich mitnehmen muss, habe ich gleich beisammen, und den Rest wird mir der Karl bringen." Gumpold erschrak, und Barbara erschrak auch; einen Augenblick lang hatte sie den Status quo vergessen. „Wenn er wieder da ist", versuchte sie die Fehlleistung zu korrigieren.

Für Felix Gumpold war die neue Entwicklung ambivalent; mit dem verschwundenen Karl und seiner ins Krankenhaus eingelieferten Barbara wurde die Situation nicht einfacher, aber sie enthob ihn jedenfalls der moralischen Verpflichtung, die Nacht mit Barbara zu verbringen. Während Barbara, die nun auch erkennbar zu hinken begann, ihre Sachen zusammensuchte, wusch Gumpold das Geschirr ab und räumte die Küche auf.

„Ich kann die Leitung von unserem Haustelefon auf mein Handy umleiten", unterbrach Barbara die Rüstarbeiten, „Und deine Nummer hat er ja auch." Zum Unterschied von ihrem Zustand bei seiner Ankunft war sie nun klar entschlossen und wusste, was zu tun war. Fast, so hatte er den Eindruck, war sie froh darüber, ins Krankenhaus gehen zu können, wahrscheinlich, weil ihr dort sämtliche Entscheidungen aus der Hand genommen wurden. Die Ratlosigkeit hatte damit ein Ende – und seine auch, zumindest für die nächsten Stunden.

Als alles gepackt und verräumt war, versuchte Barbara, sozusagen zum Zeitvertreib, Gumpold ihren Traum wiederzugeben. Er war sehr beeindruckt, vor allem von dem leuchtenden Kreuz. Dann fiel ihm aber ein, dass Karl ihnen heute früh von dem Gespräch berichtet hatte, das er mit Ministerialrat Weiser geführt hatte, und da war irgendwo ein Kreuz vorgekommen. „‚Hast du das Kreuz gefunden?'", zitierte er aus seiner Erinnerung. „Jetzt hast du es anscheinend gefunden, Barbara!" „Glaubst du, die haben es auch auf mich abgesehen?", ängstigte sie sich. „Ich denke eher, dass wir alle schon so überreizt sind, dass wir Wirklichkeit und Einbildung nicht mehr trennen können", meinte Gumpold und entschärfte damit auch ein wenig die metaphysische Schlagseite des Traumes. Barbara schrieb einen Zettel für Karl für den Fall, dass er doch noch überraschend nach Hause käme.

Dann fuhr der Krankenwagen vor. Gumpold assistierte Barbara beim Abschließen des Hauses und erkundigte sich, in welches Spital sie gebracht werde. Er küsste sie ohne Hemmungen auf beide Wangen – es war wohl eher die Last, die von ihm genommen wurde, als irgendeine andere Gefühlsregung; Mitleid, ja vielleicht auch ein wenig Mitleid – und wünschte ihr alles Gute, um Karl werde er sich nach Kräften kümmern. Die Ambulanz fuhr ab, er sah ihr nach, bis sie auf die Hauptstraße abbog, und atmete durch, um wieder bewusst in seine Welt zurückzukehren. Er freute sich schon auf den Schulbetrieb am Montag; da war alles so normal, es gab keine esoterischen Ausritte, und mit seiner Sekretärin musste er auch nicht übernachten …

EHELEBEN IN GROSSHÖNIGGRABEN

Am darauffolgenden Sonntag hatte Wolfram Rothschedl zu Hause in Großhöniggraben eine Auseinandersetzung mit seiner Frau. In letzter Zeit war das öfter vorgekommen und wurde von Rothschedl auf Edeltrauds Wechselbeschwerden zurückgeführt. Edeltraud sah das nicht so, weil sie überhaupt einen anderen Zugang zum Leben und seinen Problemen hatte als der Sektionschef.

Die Debatten entzündeten sich häufig an der Frage, wie man sich am besten gesund erhalte, besonders jenseits des fünfzigsten Lebensjahres. In dieser Phase befanden sich beide Eheleute. Rothschedl vertrat die Auffassung, dass man den Alterungsprozess mit allen Mitteln hinauszögern müsse, wenn man privat und im Beruf, wie er sagte, ‚nicht einem Narren gleichschauen' wolle. Seine Fähigkeit, sich selbst im Spiegel seiner Umgebung wahrzunehmen, war sehr begrenzt; dennoch war ihm vor allem in der letzten Zeit aufgefallen, dass seine Autorität als Vorgesetzter und Ehemann nicht dem entsprach, was er sich darunter vorstellte. Er erlebte immer wieder, dass seine Anordnungen nicht oder nicht so beachtet wurden, wie er sie gemeint hatte. Immer mehr sah er sich daher von einer Horde böswilliger oder unfähiger Zeitgenossen umgeben; er musste sich immer wieder neue Mitkämpfer suchen, denn kaum war ein solcher gefunden, verriet er ihn auch schon wieder.

Es gab auch welche, die ihn überhaupt frontal attackierten. Einer war Abteilungsleiter in seiner Sektion; der schrieb ihm von Zeit zu Zeit einen Brief, den er mit der Dienstpost im verschlossenen Umschlag zusandte; darin zählte er ihm unter dem Deckmäntelchen der Freundschaft und Verschwiegenheit alles auf, was er in der Zeit seit dem letzten Brief falsch gemacht habe: Er drücke sich unklar aus und erwarte von anderen, seine krausen Gedankengänge nachzuvollziehen; er falle auf griffige Schlagwörter herein und gehe damit seinen Mitarbeitern auf die Nerven;

er attackiere mit Vorliebe die Schwächsten und beschimpfe sie *coram publico* vorzugsweise in deren Abwesenheit; er habe jeden Tag eine neue Idee und übersehe, dass diese fast immer einer anderen widerspreche, die er tags zuvor geäußert habe; er suche seine Untergebenen gegeneinander auszuspielen, aber in derart unprofessioneller Weise, dass sich in der Folge alle gegen ihn verbündeten; man könne sich als sein Günstling ausrechnen, dass man ihn ein paar Tage später zum wütenden Gegner haben werde; er sei ein willfähriges Werkzeug in den Händen der Bildungspolitiker, die ihn wegen seines Wankelmuts und seiner geringen Durchschlagskraft aber gleichzeitig verachteten, und so weiter. Wolfram Rothschedl hasste den Briefschreiber, aber er konnte ihm nichts anhaben, denn er fürchtete, dass die Brieftexte dann publik würden; irgendeine verklausulierte Bemerkung in einem der Briefe deutete er so. Da er die Aufzählungen des Gewissenswurms (so nannte er den aufsässigen Abteilungsleiter) niemals als gerecht, sondern nur als gemein empfand, tat er so, als würde er die Briefe nie lesen und hielt einfach still.

Frauen begegnete er meist mit einem Scherzchen, wenn er gut aufgelegt war; die meisten, so befand er, waren damit zufriedenzustellen. Soweit er mit ihnen dienstlich zu tun hatte, erschwerten sie grundsätzlich sein Leben; man hielt sie sich besser vom Leibe, denn sie verstanden einen noch weniger als die Männer. Dass es nun eine Ministerin gab, nahm er sehr widerwillig zur Kenntnis, verbrüderte sich aber aus taktischen Gründen mit ihr bei der ersten Gelegenheit. Die Ressortchefin, die keine Rücksicht auf Empfindlichkeiten nahm, bot ihm zwar das Duwort an, ließ ihn aber schon kurz darauf spüren, dass er für sie ein unbrauchbarer Hanswurst war. Da er noch dazu einer anderen politischen Partei angehörte, hatte sie längst ihre Vertrauensleute in der Sektion Rothschedl, die ihn in jeder bedeutsameren Sache überspielten.

Was ihn ebenso störte, war der Umstand, dass die meisten Männer in seiner Sektion und oft auch darüber hinaus seine launigen Bemerkungen über die Frauen nicht mittrugen und nicht darüber lachen konnten; in seinen Augen waren sie alle Weichlinge und Angsthasen, weil sie sich von den überall lauernden Emanzen, die ja sowieso jeden weiblichen Reiz vermissen ließen, ins Bockshorn jagen ließen. Es war politisch nicht korrekt, das öffentlich zu äußern, aber hie und da ließ doch eine seiner Bemerkungen erkennen, wie sehr er den früheren Zuständen nachtrauerte. Er verstand auch nicht, wieso Humbert Weiser, der ja einen sehr konservativen Umgang mit Frauen hatte und sich oft wie ein Rokoko-Edelmann benahm, so viel mehr Erfolg bei den Frauen hatte als er.

Hie und da kam ihm eine Frau ins Gehege; er hatte früher schon die Gelegenheit wahrgenommen, etwa einer Lehrerin, die von ihm Unterstützung für eine Anstellung erwartete, die Hand aufs Knie zu legen oder sie zum Zeichen der Verbundenheit und seines Wohlwollens bei der Verabschiedung ein wenig unterhalb ihrer Taille zu umfassen. Er schätzte Frauen mit großem Busen, besonders dann, wenn sie sonst schlank waren; seine Fantasie ging dann manchmal mit ihm durch. Seine männliche Potenz hielt er für ungebrochen und unübersehbar. Er vertrug es aber nicht, wenn Frauen ihre untergeordnete Rolle in Liebesbeziehungen missachteten und von sich aus aktiv wurden. Mit Schaudern erinnerte er sich an einen Vorfall, der sich vor etwa zwei Jahren zugetragen hatte. Eine optisch höchst anregende Dame, die ihm ein Computerprogramm für lernschwache Schüler schmackhaft machen wollte und von seiner Vorliebe fürs Tätscheln gehört hatte, hatte seine beiläufige Annäherung erwidert, indem sie – bei immerhin geschlossener Bürotür – so deutlich zwischen seine Beine fasste, dass man das nicht mehr als Irrtum abtun konnte. Es war das so heftig gewesen, dass er nicht wusste, ob er das als zärtlichen Versuch oder als Selbstverteidigung deuten sollte; es hatte ihm die Tränen in die Augen getrieben und der Pädagogin jede Chance auf eine Verbreitung ihrer Software genommen. Als diese bemerkte, dass sie einen Fehlgriff getan hatte, versuchte sie ihn damit zu erpressen, dass sie seine ‚sexuellen Attacken' (von denen seiner Meinung nach nun wirklich keine Rede sein konnte) in die Öffentlichkeit zu tragen drohte. Diese Ankündigung musste er damit parieren, dass er ihr alle denkbaren Disziplinarmaßnahmen in Aussicht stellte und sie hinauswarf. Mehrere Wochen zitterte er davor, dass sie irgendetwas von der Begegnung im Ministerium verlauten lassen könnte. Tatsächlich schrieb die enttäuschte Lehrerin einen Brief an die Ministerin. Rothschedl hatte sich jedoch vorsorglich den Personalakt der aggressiven Person kommen lassen und zu seiner großen Erleichterung darin ein amtsärztliches Attest vorgefunden. Danach war schon einmal ein leichtes paranoides Syndrom bei der Frau festgestellt worden, das damals zwar nicht für eine dienstrechtliche Konsequenz ausgereicht hatte, sich nun aber hervorragend als Beleg für die Unberechenbarkeit der Einschreiterin eignete. Die Ministerin fand Rothschedl als Mann zwar ebenfalls unattraktiv, akzeptierte aber in diesem Fall seine Rechtfertigung und ordnete die Einleitung des Verfahrens zur Ruhestandsversetzung aus Krankheitsgründen für die Lehrerin an. Ihre Meinung über den Sektionschef konnte ohnehin nicht mehr wesentlich tiefer sinken, weshalb sie sich zwar ihren Teil dachte, aber ihn im Übrigen in Ruhe ließ.

Edeltraud hatte ihrem Gatten in früheren Zeiten keinen Anlass gegeben, sie als Frauenrechtlerin zu fürchten, denn sie war die längste Zeit bereitwillig auf seine Ansichten von der Rolle der Frau in der Familie eingegangen. Der Beruf der Krankenschwester, den sie viele Jahre ausgeübt hatte, war unverdächtig; es kam ihm eher sonderbar vor, dass nun auch Männer in die Krankenpflege drängten oder dass sogar ‚Kindergärtner' ihr Unwesen trieben; die ‚Bildungsanstalten für Kindergärtnerinnen' hatten deshalb eigens umbenannt werden müssen.

Vor einigen Jahren freilich war die Ordnung daheim ins Wanken geraten. Wegen einer schmerzhaften Verspannung ihrer Rückenmuskulatur hatte sie sich an eine Physiotherapeutin in Wien gewandt, die auch als Shiatsu-Praktikerin tätig war. Diese Frau erkannte sehr bald, dass die Verkrampfung rund um die Wirbelsäule Ausdruck des latenten Protests gegen Edeltrauds Rolle im Rothschedlschen Haushalt und gegen das ihr aufgezwungene Stillhalten war. Die Massagen von Carola Stachl taten der Patientin sehr wohl, noch mehr aber die Gespräche, die sie mit ihr über ihre Situation führen konnte. Frau Stachl animierte sie dazu, ihre Wünsche und ihre Abneigungen offen auszusprechen, nicht nur in der Therapiestunde, sondern überall, auch und besonders zu Hause. Wolfram Rothschedl merkte bald, dass hier eine neue Frontlinie gezogen wurde, durchschaute aber den Zusammenhang mit der Rückentherapie nicht. Edeltraud war vorsichtig genug, ihm nichts auf die Nase zu binden, schon gar nicht den Zufall, dass Carola Stachl die Schwester von Rothschedls Sekretärin Andrea Wimmer war. Carola und Andrea besprachen die Lage und vereinbarten Stillschweigen gegenüber dem Herrn Sektionschef.

Auf diese Weise wurde Rothschedl in die Isolation hineinmanövriert. Es war ihm völlig unbegreiflich, dass sich Edeltraud mehr und mehr von ihm entfernte, denn er betrachtete sich als einen vorbildlichen Ehemann, der „alles für seine Gattin tun würde“. Seine zeitweiligen Eskapaden im Ministerium vergaß er fast immer, sobald er wieder daheim in seiner Villa mit Garten ankam. Die paranoide Lehrerin machte ihm zwar auch zu Hause eine Weile zu schaffen, aber die damit verbundene Unlust führte er Edeltraud gegenüber auf seine Arbeitsüberlastung und auf die wachsende Illoyalität seiner Mitarbeiter zurück. „Arschlöcher sind sie, alle miteinander“, war eine häufige Redewendung im Hause Rothschedl. Edeltraud fiel in diesem Zusammenhang die Geschichte ein, in der ein Betrunkener auf der nächtlichen Autobahn hunderten Geisterfahrern begegnet, aber sie schwieg damals noch.

Heute war der Streit wieder dadurch entstanden, dass Wolfram gleich zum Frühstück eine Handvoll Vitamin- und Lezithintabletten in seinen Mund hineinschüttete und bald darauf über Magenschmerzen klagte. Edeltraud brachte ihm aber diesmal kein Speisesoda, sondern äußerte sich verächtlich über den Pillenwahn des Ehemanns. „Davon wirst du auch nicht jünger", sagte sie, „nur dein Magen wird kaputt – und wer weiß was sonst noch!" „Alles andere funktioniert noch bestens", fühlte sich der Sektionschef herausgefordert, und als Edeltraud das Geschirr in die Küche zurücktrug und in die Geschirrspülmaschine einschlichtete, folgte er ihr und fasste von hinten an ihre Brüste.

Edeltraud hatte derartige Überfälle schon bisher nicht geschätzt, aber sie wusste, dass Wolfram sehr unangenehm werden konnte, wenn sie nicht sofort alles stehen ließ und mit ihm ins Schlafzimmer eilte; dort kam es alsbald zu einem mehr oder minder ruppigen Geschlechtsakt, der in der Regel nach ein paar Minuten erledigt war. Während der Gatte danach meist ohne Übergang einschlief, konnte sie nach der notwendigsten Körperpflege eine Weile ungestört in der Hausarbeit fortfahren. Sie dachte allerdings mit Unbehagen daran, dass er nach ein bis zwei Stunden herauskommen und sagen würde, „Ich fühle mich wieder um zwanzig Jahre jünger – und wie geht es dir dabei?" „Miserabel", hätte sie dann am liebsten geantwortet, „und ich muss mich immer zurückhalten, damit mir nicht schon im Bett übel wird ...", aber stattdessen murmelte sie. „Ja, mir geht es auch so", und auch wenn Wolfram ein wenig die Begeisterung in ihrer Stimme vermisste, war der Hausfriede wieder einmal gerettet.

Diesmal aber kam es anders. Erst vorgestern hatte Edeltraud mit Carola gerade über diese Unsitte ihres Gemahls gesprochen; sie war nun schon sehr vertraut mit ihr und erzählte ihr alles, was sie bedrückte, ohne Einschränkung. Carola hatte ihr von der Würde der Frau gesprochen und ihr dann einen Rat gegeben, den Edeltraud nun befolgte.

Als sie seine Hände auf ihrem Busen spürte, schrie sie kurz auf, drehte sich abrupt um und rammte ihr rechtes Knie in sein Gemächt. Der Sektionschef brüllte auf, fiel zu Boden und krümmte sich zusammen. Edeltraud wusste nicht, wie er auf ihre Gegenwehr reagieren würde; er war zwar ihr gegenüber nie brutal gewesen, aber eine solche Ausnahmesituation war ja auch noch nie vorgekommen. Um einem allfälligen Gewaltausbruch zuvorzukommen, tat sie, als sei sie selbst entsetzt über das Ereignis und rief: „Um Gottes willen, ich bin so erschrocken! Das tut mir aber leid! Komm, ich bring dich zum Fauteuil!“ Und sie hakte ihn unter und schleppte ihn zum nächsten Lehnsessel. Bis zu diesem Punkt hatte sie alles im Detail mit Carola besprochen und sich dabei sehr gut unterhalten (was sie im Nachhinein als eigentlich unpassend empfand); sie hatte den Ablauf einige Male insgeheim geübt und war sicher, dass sie im Ernstfall völlig natürlich wirken würde.

Von Gegengewalt konnte keine Rede sein. Wolfram Rothschedl flüsterte heiser, „Willst du mich umbringen? Dann mach nur so weiter!“ Aber er nahm ihr offenbar ab, dass sie nur im Schreck reagiert hatte. Edeltraud, die ihren Mann nur selten in einem solchen Zustand gesehen hatte, ertappte sich dabei, dass sie nun tatsächlich Mitleid mit ihm empfand; aber mit leisem Triumph wurde ihr bewusst, dass der Standard-Koitus nun wohl ausfallen würde. „Kann ich irgendetwas für dich tun?“, fragte sie ihn. „Ich muss ins Badezimmer“, jammerte er, und als sie ihn dorthin geschleppt und auf den Hocker bugsiert hatte, krächzte er, „Lass mich jetzt allein!“ „Bist du sicher?“ „Bitte geh!“, rief er mit einer Stimme, die vor ohnmächtigem Ärger umkippte. Edeltraud zog sich zurück und hörte bald darauf, wie die Dusche einsetzte; wahrscheinlich mit kaltem Wasser, dachte sie. Sie war völlig überrascht von dem durchschlagenden Erfolg ihrer Aktion. Das Gegrapsche von hinten wird er in Hinkunft sein lassen, vermutete sie und konnte es kaum erwarten, Carola von der gelungenen Konterattacke zu berichten.

Nackt und gebückt kam Rothschedl aus dem Badezimmer; sein Geschlechtsorgan hatte er in ein nasses Handtuch eingehüllt und verschwand ohne weiteren Kommentar im Schlafgemach. Edeltraud nahm sein Gestöhne wahr und befürchtete, ihn wirklich ernsthaft verletzt zu haben. Eben als sie nach ihm sehen wollte, läutete das Telefon. Sie hob den Hörer ab: „Ja, bitte?" Weder Rothschedl noch seine Gattin meldeten sich daheim mit ihrem Namen, aus Sicherheitsgründen und um sich zumindest einen Teil der anonymen Beschimpfungen zu ersparen, die bei Beamten höherer Dienstklassen ebenso wie bei Politikern fast nie ausblieben.

Am anderen Ende atmete jemand schwer: „Bitte ... nicht – nicht auflegen ..." Edeltraud hatte schon Anrufe verschiedenster Grade von Unglaubwürdigkeit entgegengenommen, mit verstellten Stimmen und abartigen Geräuschen, und ein Gespür dafür entwickelt, was ernst gemeint war und was nicht; das hier klang nicht wie ein übler Scherz. „Helfen Sie mir", flüsterte der Anrufer. „Hier ist Kuwitsch, ich brauche den Sektionschef Rothschedl – dringend!" Das geht nun doch zu weit, sagte sich Edeltraud, die ihren Gatten in Anbetracht seines blessierten Unterleibs erst einmal zur Ruhe kommen lassen wollte. „Der ist nicht da", antwortete sie in den Hörer, „kann er Sie nicht zurückrufen?" Auf dem Telefondisplay war eine Nummer erschienen: 01 5641721. Edeltraud schrieb sie rasch auf einen Notizblock. Der Mensch in der Leitung murmelte: „Nein, nein ... das geht nicht, ... ich rufe" und dann war da das Besetztzeichen. Edeltraud hörte noch eine Weile zu, weil sie sich erst sammeln musste: Da war offenbar einer in akuter Bedrängnis oder schwer krank, und Wolfram sollte ihm helfen können? Schwer vorstellbar – ihr Mann war nicht eben bekannt für samariterhaftes Verhalten, so viel wusste auch die Frau Sektionschef, die sich sonst wenig mit dem Ministerium befasste.

Sie überlegte, ob sie Wolfram von dem Anruf informieren sollte. Es läutete ein zweites Mal; zögernd nahm sie den Hörer und war auf alles gefasst. Aber da war nichts zu hören außer irgendwelchen sehr undeutlichen Hintergrundgeräuschen, die nicht zu deuten waren. „Sind Sie das, Herr Kuwitsch?", fragte sie aufs Geratewohl; nichts, kein menschlicher Ton kam zurück. „Melden Sie sich, bitte!" Es war wieder die gleiche Nummer auf der Anzeige. „Er wird Sie zurückrufen, ich habe da Ihre Telefonnummer! Sind sie noch da? Was ist mit Ihnen?" Es krachte plötzlich im Hörer, dann noch einmal und noch einmal, mit immer größeren Abständen. Edeltraud erschrak; den ersten Knall hatte sie für einen Schuss gehalten; nun klang es eher so, als würde der jenseitige Hörer gegen eine Wand oder ein Brett schlagen; offenbar baumelte der Hörer nun in der Luft. Etwa eine Minute lang lauschte Edeltraud auf irgendetwas, was einen Hinweis auf den Anrufer hätte geben können, aber da war nichts mehr, und sie legte auf.

Ein weiteres undefinierbares Telefonat ist sehr wahrscheinlich, vermutete sie, und ich werde doch Wolfram fragen, ob er etwas darüber weiß. Vielleicht geht es ihm auch schon besser. Sie öffnete die Tür zum Schlafzimmer und fand ihren Mann vor, wie er die Folgen des abgewandelten Uppercuts inspizierte. Tatsächlich waren einige Stellen blaulila angelaufen. „Das schaut nicht gut aus!", urteilte nun auch Edeltraud und besorgte aus der Hausapotheke eine Salbe, die sich für die Behandlung von Hämatomen eignete. „Wenn das morgen nicht besser ist, solltest du das doch einem Arzt zeigen!" Das wollte der Gatte nun unter keinen Umständen. „Soll ich ihm sagen, dass du mich so hergerichtet hast, oder wie? Der müsste ja einen netten Eindruck von unserem Eheleben haben!" Edeltraud lachte (dass der ärztliche Eindruck, dem Wolfram aus dem Weg gehen wollte, der richtige sein würde, machte die Sache ja noch unterhaltsamer, zumindest für sie).

Durch die weibliche Zuwendung einigermaßen besänftigt, fragte der Sektionschef, „Wer war das am Telefon?" „Kennst du jemanden, der Kuwitsch heißt, oder so ähnlich, und dem es sehr schlecht geht?" „Ich kenne einen Kuppitsch und einen Kovacs, aber denen geht es nicht schlecht … Wieso soll es dem überhaupt schlecht gehen?" Edeltraud erzählte, was sie gehört hatte. „Keine Ahnung, wahrscheinlich wieder irgendein Witzbold", sagte Wolfram. „So hat es aber gar nicht geklungen", meinte Edeltraud.

Rothschedl kratzte sich am Kopf. „Doch, da war etwas mit irgendeinem Brief im Amt … Der hat so ähnlich geheißen, und ich habe den Brief irrtümlich bekommen, weil er außen an mich adressiert war. Was war das nur für ein Name? Ah ja: Ifkovits heißt der. Kann das sein, dass er ‚Ifkovits' gesagt hat?"

„Gut möglich; wer ist das?" „Ich habe keinen Schimmer – aber da war diese junge Frau da, die hat den Brief eingesteckt und gesagt, sie sucht den Ifkovits; die hat nämlich einen anderen Brief gekriegt, der an mich gerichtet war – ein ziemliches Durcheinander war das; das Ganze war mir zu blöd, und ich war froh, dass die das alles mitgenommen hat – und jetzt ruft der hier an!" „Eine Nummer war auf dem Display, ich habe sie notiert", berichtete Edeltraud. „Dann werden wir das gleich haben", rief Rothschedl, der ein großer Telefonierer war, und vergaß fast den Wundschmerz, „gibt mir das Telefon her!"

Er wählte die angegebene Nummer und setzte sein Bulldoggengesicht auf. „Da läuft ein Tonband", brummte er, „‚Diese Nummer ist derzeit nicht besetzt, wir danken für Ihrem Anruf!' – Eine Frechheit, so eine Ansage!", ereiferte er sich. „Die Sau will anonym bleiben! Aber nicht mit mir – nicht mit mir! Ich kenne da einen bei der Telekom … Wo ist mein Handy?" Edeltraud brachte ihm auch seinen elektronischen Notizblock vom Schreibtisch herüber. Er tippte mit dem Stift darauf herum und sagte, „Da ist er, da haben wir ihn ja!" Auf der Nummer, die er nun wählte, lief auch ein Band. „Ah verdammt, heute ist ja Sonntag, da ist der nicht im Büro! Aber das Mädchen mit dem Brief, das habe ich auch notiert; kann sein, dass die etwas weiß. Merz heißt sie, Emilia Merz …“ Näheres äußerte er nicht; dass er die Nummer aufgeschrieben hatte, weil er sie nochmals in sein Büro bestellen wollte, vor allem wegen ihrer Beine und auch sonst, damit musste er ja Edeltraud nicht belasten, rücksichtsvoll, wie er nun einmal war.

Edeltraud warf ein, man könne nicht wildfremde Leute am Sonntag mit Telefonaten belästigen, aber der offenbar rekonvaleszierende Rothschedl wischte das beiseite und wählte Emilias Anschluss. Sie war sofort am Apparat und nahm an, es sei Rudi Smrz. „Rothschedl hier“, meldete sich der Sektionschef, „haben Sie den Ifkovits schon gefunden?“ Emilia fasste sich nach dem ersten Schreck und musste für sich rekapitulieren, was der Wissensstand des Rothschedl war; zu viel hatte sich in der Zwischenzeit ereignet. Umberto hatte seinen Vorgesetzten anscheinend nicht informiert.

„Wir haben ihn gefunden und mit ihm gesprochen; er ist gestern in die Malzgasse gekommen und dort verschwunden; soweit ich weiß, hat er seine Frau angerufen, dass er morgen, also heute, wiederkommen würde, ist aber dort noch nicht aufgetaucht, soviel ich weiß.“ Den Umberto ließ sie erst einmal aus dem Spiel; sie wollte ihn sprechen, bevor sie sich mit dem Rothschedl über seine Rolle in dem Malzgassen-Krimi unterhielt. Es war ihr auch bewusst, dass ihre Darstellung sehr lückenhaft war, aber wenn Rothschedl etwas wissen wollte, würde er vermutlich danach fragen.

„Irgendwer hat heute hier angerufen und etwas ins Telefon gestöhnt, was ‚Ifkovits‘ heißen konnte, mehr weiß ich auch nicht. Er braucht dringend meine Hilfe, hat er gesagt. Wir haben auch eine Nummer, aber da läuft nur ein Band. Sie wissen also auch nicht, wo er ist?“

„Nein, aber wenn Sie mir die Nummer geben, kann ich vielleicht herausfinden, wem sie gehört. Ich kenne jemanden bei der Polizei, der das für mich machen wird.“ Rothschedl, der Macher, für den er sich selbst hielt, war darüber pikiert, dass jemand anderer das Gesetz des Handelns an sich riss, aber er konnte ja in diesem Fall nicht gut Nein sagen, also gab er ihr die Nummer und fügte hinzu: „Kommen Sie wieder zu mir ins Büro, wenn Sie wissen, was mit Ifkovits ist; ich möchte die Sache doch nochmals mit Ihnen besprechen.“ Emilia versprach ihm das. Sie hatte ja nun ihren Rudi; ohne ihn würde sie kein zweites Mal zu Rothschedl pilgern.

„Genügt es nicht, wenn sie uns anruft?“, fragte Edeltraud argwöhnisch. „Langsam fängt die Sache an mich zu interessieren“, sagte Wolfram. „Welche Sache?“, wollte sie wissen. Bevor er antworten konnte, läutete wieder das Telefon; er hob ab. Ein Mann sagte ohne Einleitung: „Wieso waren Sie nicht in der Malzgasse? Es tut Herrn Ifkovits sicher gut, wenn Sie uns dort besuchen. Wir brauchen Sie dringend, und Herr Ifkovits braucht Sie auch. Rufen Sie uns in zehn Minuten an, wann Sie heute da sein können. Die Telefonnummer ist …“

„Verdammte Bande!“, brüllte Rothschedl. „Ich habe eure Telefonnummer – wer seid ihr überhaupt und was geht mich der Ifkovits an?“ „Rufen Sie einfach an, Wolfram Rothschedl! Die Polizei stört dabei nur“, war die Antwort; dann wurde aufgelegt. Rothschedl hatte Schaum vorm Mund und war wieder ganz der Alte. Als er sich etwas beruhigt hatte, rief er Emilia nochmals an und berichtete von der neuerlichen Belästigung. „Wann können Sie die Anrufer identifizieren?“ „Ob das in zehn Minuten geht, weiß ich nicht. Sagen Sie denen auf jeden Fall einmal, dass Sie heute kommen werden – ob Sie es wirklich tun oder nicht. Ich werde sehen, was sich machen lässt.“

Rothschedl zog sich mit Edeltrauds Hilfe an und setzte sich vorsichtig auf das Sofa. „Es geht schon wieder“, sagte er; Edeltraud war erleichtert. Sie wollte ihm ja bloß einen Schuss vor den Bug setzen und ihn nicht zum Sexualkrüppel deformieren. Nach ein paar Minuten rief er die Nummer 01 5641721 an. Es meldete sich das Tonband mit der gleichen Ansage wie zuvor. „Leckt mich am Arsch“, sagte Rothschedl.

Zuerst hatte Umberto die Vorfälle rund um die schwedischen Briefe und die Ereignisse in der Malzgasse als unterhaltsames Beiprogramm verstanden, sogar dann noch, als die Rabauken in der Vernissage einmarschierten. Vor allem fand er das Triumfeminat in der Beckmanngasse bemerkenswert und interessierte sich schon allein deswegen für die Causa. Am meisten fühlte er sich optisch von Emilia angezogen; den Rudi Smrz auszustechen wäre in jüngeren Jahren eine Herausforderung gewesen, die er angenommen hätte. Nun schien ihm ein solches Unternehmen doch zu gewagt, und das Risiko, als alternder Casanova verlacht zu werden, eine Vorstellung, die er verabscheute.

Margarete hatte er ja nur ganz kurz gesehen; dennoch setzte sich ihr Bild deutlich in ihm fest; ihre wilde, trotzige Art imponierte ihm. Er hätte gerne mehr über sie gewusst, wollte aber mit genaueren Recherchen nicht den Eindruck erwecken, er habe es auf sie abgesehen, vor allem, weil er Claras scherzhafte, aber nichtsdestoweniger ernst zu nehmende Sensibilität beim Vergleich mit Emilia sehr bewusst wahrgenommen hatte. Ähnliches hätte ihm wohl auch mit Clara und Margarete passieren können; so vermutete er. Ihre anarchistischen oder urkommunistischen Ansätze konnte er nur auf Grund ihres äußeren Erscheinungsbildes erahnen, und dass sie vornehmlich mit lateinamerikanischen Revolutionären im Bunde stand, war bei dem Zwischenspiel mit den drei Hündchen nicht zu erkennen.

Aber auch Clara selbst gefiel ihm trotz ihrer größeren Anzahl an Lebensjahren. Zu dünne Frauen mochte er sowieso nicht, Claras stark farbige Kleidung tat seiner fauvistischen Grundhaltung wohl, und ihre schon aus früheren Begegnungen bekannte Mischung aus Intellekt und Mitgefühl nahm ihn sehr für sie ein. Eine geradezu frenetische, wenn auch bisher nicht artikulierte Begeisterung für Clara erfasste ihn, als er die ungeheure Vielfalt ihrer Wohnungsausstattung zu Gesicht bekam. Als er die Damen zur Malzgasse abgeholt hatte, waren aus allen offenen Türen Gegenstände gequollen, die wenigen Blicke, die er in die Zimmer werfen konnte, zeigten eine Überfülle an Details, wie er sie noch nie in einem Hause gesehen hatte. Die Chihuahuas verloren sich in der Masse, sofern sie sich nicht mit dem fremd und aufregend riechenden Umberto beschäftigten, und wurden endlich von Margarete vor dem Versinken im bunten Durcheinander gerettet. Clara war eine faszinierende Frau, aber ihre Ausstrahlung beruhte auf völlig anderen Kriterien als jene von Emilia und Margarete.

Umberto war weder verheiratet noch mit jemandem liiert. Er wanderte durch die Welt und erfreute sich an ihren Schönheiten. Die Landschaften gehörten ebenso dazu wie die Sprachen, die Künste und die Frauen. Ebenso wenig, wie man sich lebenslang einer Landschaft verschreiben konnte, verstand er, dass er sich mit einer Person soweit verbinden sollte, dass für eine andere – für viele andere – kein Platz mehr war. Die vor allem von den Kirchen als einzig richtige Lebensform propagierte Dauerehe – „bis dass der Tod euch scheidet“ – erschien ihm als monomanische Verirrung. Zwar bedauerte er es, dass sich in der Regel erotische Beziehungen nicht ebenso strukturieren ließen wie Freundschaften, aber das war eben der Preis für die Vielgestaltigkeit des Weiblichen.

Mit solchen Ansichten konnte man überall Eindruck machen; nicht überall freilich war dieser Eindruck positiv. Er war auch damit auch schon blankem Entsetzen begegnet; die meisten, denen er diese Ansichten dargelegt hatte, reagierten mit freundlicher oder sarkastischer Nachsicht in der Art: „Nun ja, die Künstler ...“ Man konnte sich den Rest des Satzes nach Belieben ergänzen: „... wollen einen halt provozieren“ oder „... sind ein windiges Volk“ oder „... kann man sowieso nicht ernst nehmen.“ Oder, wenn er auf ein besonders tolerantes Gegenüber traf: „... haben eine andere Weltsicht, die nicht jedermanns Sache ist.“ Meist schwiegen die Gesprächspartner aber oder grinsten undefinierbar verlegen. Das Missionarische war Umberto fremd; er glaubte, dass jeder nach seiner Fasson selig werden sollte, nur erlebte er allzu oft, dass vom Seligwerden keine Rede war, sondern dass die Menschen, die sich ein strenges Vorschriftengerüst aufbauten, entweder verkniffen durch die Welt gingen oder unglücklich waren.

Als schlimm empfand er jene, die ihre Vorschriften möglichst vielen Zeitgenossen aufzuzwingen versuchten; dazu zählte er Diktatoren, Muftis aller Konfessionen und Lifestyle-Konstrukteure, die er als die Perfidesten von allen einstufte, weil sie unter dem Vorwand der Freiheit die nachhaltigste Sklaverei organisierten. Das Leben im Ministerium, für das offiziell genaue hierarchische Regeln galten, konnte man damit überhaupt nicht vergleichen. Wenn man ein paar Regeln beachtete, war die Freiheit, die man hier in der Gestaltung selbst budgetärer Abläufe hatte, geradezu schrankenlos. Bitterkeit war nur dort zu beobachten, wo jemand glaubte, Gesetze und Verordnungen mit eherner Strenge durchsetzen zu müssen; die wenigsten Ministerialbeamten gehörten zu dieser Spezies, weil fast alle intelligent genug waren, um die Aussichtslosigkeit und damit Lächerlichkeit dieses Ehrgeizes zu erkennen. Es lag schon daran, dass die Gesetze etwa des Schulwesens nicht gerade gut durchdacht waren und auf das Leben draußen wenig Bezug nahmen. Es gab ja wohl Regeln im schulischen Leben, aber die hatten mit dem, was im Bundesgesetzblatt veröffentlicht wurde, nur am Rande zu tun; sie hatten eher den Charakter von natürlichen Abläufen, wie sie auch in gesellschaftlichen Vorgängen galten. Wenn man als Ministerialbeamter erfolgreich sein wollte, tat man gut daran, nach der Erkenntnis dieser sozialen Naturgesetze zu streben, ebenso, wie ein Geschäftsmann wirtschaftliche Grundsätze kennen sollte. Die niedergeschriebenen Gesetze sollte man nur so weit kennen, dass man zumindest wusste, gegen welche Vorschriften man im

Bedarfsfall im Einzelnen verstieß. Eine der Regeln, die Umberto bald gelernt hatte, war, diese Ansichten nur dann zu äußern, wenn man wusste, wer sein Gegenüber war, und eine zweite, dass man als Künstler diese erste Regel ohne Folgen missachten durfte.

„Ironie“, „Sarkasmus“ und „Zynismus“ hatte man ihm schon attestiert; alles das war dummes Gewäsch; seiner Meinung nach bestand der Zynismus nicht darin, die Gesetzbücher zu missachten, sondern so zu tun, als würde man sie befolgen. Die meisten Gesetze waren dumm oder grausam oder beides, jedenfalls dann, wenn sie die Naturgesetze außer Betracht ließen; die Weisheit, diese zu erkennen, ging vielen Juristen ab. Wer etwas, das schwarz war, durch ein Gesetz zu weiß erklärte und alle verfolgte, die nach wie vor die Meinung vertraten, es sei schwarz, war in Umbertos Augen ein Unmensch, den man ignorieren oder, wenn das nicht ging, bekämpfen musste.

Einer, mit dem Umberto über solche Dinge reden konnte, ohne gleich in die Kategorie „unseriös“ eingestuft zu werden, war sein alter Freund und Kollege Romuald Zickl. Er kannte ihn vom gemeinsamen Kunststudium. Zickl hatte nach Umbertos Meinung die Naturgesetze ausreichend beachtet und war in der Zwischenzeit zum ordentlichen Professor für Malerei an der Akademie für bildende Künste avanciert. Alle zwei, drei Monate trafen die beiden in einem Uralt-Wirtshaus in der Inneren Stadt zusammen, das sie schon als Studenten aufgesucht hatten, und erzählten einander von den Diskrepanzen zwischen Anspruch und Realität, die sie in ihrer jeweiligen Umwelt auf Schritt und Tritt erlebten.

Obwohl die beiden einander sehr vertraut waren, hatten diese Treffen niemals Biertisch-Gepräge. Romuald, der Wert darauf legte, auch so angesprochen zu werden, und an der Banalität seines Familiennamens litt, war oft von einer Atmosphäre des Geheimnisvollen umgeben. Umberto glaubte sogar, an Zickl dämonische Züge wahrzunehmen, und beging nie den Fehler, durch banales

Gestocher diese Aura aufbrechen zu wollen, auch wenn er so nie in die letzten Tiefen der Freundesseele würde vordringen können.

So aber war immer etwas Neues, etwas Interessantes von Romuald zu erwarten. Schon vor längerer Zeit war die Rede einmal auf Geheimgesellschaften und auch auf die Rosenkreuzer gekommen. Umberto nahm mit Überraschung wahr, dass Zickl etliche Details zu diesem Thema kannte; die Rosenkreuzer waren bisher für ihn eine Sekte in früheren Zeiten gewesen, die zum Unterschied von den Freimaurern längst ihre Bedeutung verloren hatte. Nun aber lernte er, dass die Aus- oder Nachwirkungen dieses Bundes auch heute noch zu spüren seien. Er erfuhr einiges über den Zusammenhang zwischen der Rosenkreuzer-Weltanschauung und den Waldorfschulen, deren Begründer Rudolf Steiner ein Haupttheoretiker der Rosenkreuzer gewesen war. „Sehr plakativ zum Einstieg" erklärte ihm Romuald, dass das Tarot-Spiel ohne Rosenkreuzer undenkbar sei, und dass sich ein Bogen von Christian Rosencreutz bis zu Charles Manson spanne, der vor einigen Jahrzehnten als geistesgestörter Mörder von Sharon Tate den Leserinnen der Boulevardblätter weltweit Gänsehäute über die Rücken gejagt hatte. Das sei jedoch eine scheußliche Aberration, die man den Rosenkreuzern wirklich nicht anlasten dürfe.

Romuald Zickl wohnte in einem Haus im dritten Bezirk, in einer Seitengasse der Landstraßer Hauptstraße. Er hatte den Dachboden zu einem mehrgeschossigen „Atelier mit Nebenräumen" ausgebaut; die Wohn- und Arbeitsebenen waren durch ein kompliziertes System von Treppen und Galerien miteinander verbunden. Von der Eingangstür, zu der man vom Lift über einige Stufen gelangte, bis zu einem luftigen Steig auf dem Dachfirst zählte man vier oder fünf Stockwerke, je nachdem, was man alles an Zwischenetagen mitzählte. Über zwei der Geschosse erstreckte sich ein in die Dachhaut eingelassenes Fenster von mindestens fünfzehn Quadratmetern, das man mit einem raffinierten Mechanismus völlig beiseiteschieben und dadurch bei Schönwetter seine Kunst auf einer großen, nach Nordwesten gerichteten Terrasse ausüben konnte. Die direkte Sonneneinstrahlung schätzte Zickl nicht und malte daher meist am Morgen oder Vormittag, soweit seine akademischen Verpflichtungen das zuließen.

Umberto wusste von Zickls künstlerischer Zeiteinteilung und hatte sich daher für den späteren Sonntagnachmittag bei seinem Freunde angesagt. Es war das erste Mal, dass er ihn zu Hause besuchte; er war überrascht gewesen, als ihn der Professor eingeladen hatte. Die Wohnung kannte Umberto nur vage aus Romualds Nebensätzen und war daher gespannt darauf, was er da zu sehen bekäme. Er läutete um halb fünf an der Tür des Meisters; diese sprang auf und Umberto stieg über mehrere Stockwerke, ehe ihm Romuald Zickls mächtiger Bass den Weg auf das Außendach wies. Hier saß der Maler auf einem Klappstuhl neben den Rauchfängen und warf etwas auf einen Skizzenblock.

Wie Umberto im Aufstieg merkte, hatte Zickls sonores Organ ungewollt auch einige vorbeiziehende Touristen alarmiert, die sich etwa dreißig Meter unter ihm auf der Gasse zu einer Gruppe stauten. Fotoapparate und Videokameras wurden in Anschlag gebracht und hielten fest, wie ein sichtlich nicht schwindelfreier Ministerialrat zu dem riesigen Künstler hinaufkletterte; dessen beachtliche Gestalt wirkte umso eindrucksvoller, als er auf dem filigranen Gerüst rund um den Dachfirst zu schweben schien; sein volles weißes Haar leuchtete rotgolden in der letzten Herbstsonne. Nun erhob er sich gar, um mit ausgestreckten Armen seinen Gast zu begrüßen, der sich krampfhaft an das zarte Geländer klammerte, und stand wie ein Denkmal über den Dächern von Wien (Wochen später erhielt Romuald Zickl von Bekannten den Ausriss einer japanischen Illustrierten, auf dem diese Szene zu sehen war; als er ihn einer fernöstlichen Studentin zeigte und sie um eine Übersetzung des Begleittextes bat, kicherte diese mit vorgehaltener Hand in sich hinein und sagte, hier stehe „Alter Artist bei seinem letzten Auftritt in Salzburg“ und einige weitere Aussagen, die journalistisch ebenso völlig frei erfunden waren).

Zickl schüttelte Umberto die Hand; am liebsten hätte sich der an dieser Hand festgeklammert. Mit Verve wies der Künstler seinem Gast die gewaltige Rundsicht. In verschiedenen Gelb- und Rottönen leuchteten die Dachlandschaften ringsum; gegen Westen verschleierte das Gegenlicht die Konturen, die sich unter dem orangen Lichtball zu ducken schienen. Solange Umberto waagrecht blickte, konnte er zumindest ahnen, was Zickl hier heroben begeisterte. Damit war es freilich vorbei, sobald er seine Augen senkte und das japanische Touristenhäuflein in sein Gesichtsfeld geriet. Zwischen ihm und der Truppe war nur Luft, kein festes Material; dennoch bewegte sich der Zwischenraum hin und her und erfasste in diesem Schwanken endlich auch den Gitterboden, auf dem er stand. Umberto schloss in der Panik die Augen, was seinen Zustand beträchtlich verschlimmerte.

Wind kam auf und beeinträchtigte Umbertos Balance zusätzlich. Als ihn der Maler umarmte, hatte er Mühe, den Gegendruck nicht zu sehr als bloßes Anklammern erscheinen zu lassen. „Ist der Rundblick nicht gewaltig?“, donnerte Zickl, und Umberto rang sich ein zustimmendes, wenn auch etwas verzerrtes Lächeln ab. „Allerdings wird es ein wenig kühl“, sprach Zickl, „wir werden unsere Unterhaltung einen Stock tiefer fortsetzen!“ Nichts, was Umberto jetzt lieber gewesen wäre.

Wie Umberto den ummauerten Raum unterhalb der Firstanlage erreichte, wusste er nicht genau. Er hatte den Eindruck, als sei er über eine andere Treppe hinuntergetaumelt, diese hier führte unmittelbar in ein riesiges Zimmer, vielleicht ein Atelier, und das Erste, woran er sich wieder sicher erinnern konnte, war die Jugendstiltapete an einer Wand dieses Zimmers. An den großen, kühn geschwungenen Ornamenten in Schwarz, Silber und Blassgelb konnte sich sein Blick festkrallen und wieder Halt gewinnen.

„Amélie!“, rief Romuald, der hinter Umberto ins Zimmer trat, „hier ist unser Gast!“ Umberto, dessen Welt sich eben erst stabilisiert hatte, fühlte, wie ihm der Boden unter den Füßen wieder entglitt. Aus der rechten unteren Ecke der Tapete, wo es etwas dunkler war, löste sich zu seinem Schrecken eine zarte Gestalt, die er für einen Teil des Dessins gehalten hatte. Die schwarzen kurzen Haare, das helle Gesicht, das silberweiße Kleid mit schwarzem Muster hatten sich von der Wand kaum abgehoben. „Das ist meine Frau“, sagte Romuald.

Umberto war konsterniert; er hatte geglaubt, seinen Freund so gut zu kennen, und bisher weder eine Frau an seiner Seite wahrgenommen noch von ihr gehört. „Ich wusste nicht, dass du verheiratet bist!“, reagierte er etwas banal, wie ihm schien. Romuald lachte und ergänzte: „Seit dreißig Jahren, lieber Freund, und immer mit derselben Frau!“

Bevor Umberto die verschiedenen Implikationen dieser für ihn sensationellen Entdeckung überlegen konnte, traf ihn Amélies Blick wie ein Lichtstrahl. Ein Röntgenblick, fuhr es ihm durch den Kopf, und sein zweiter Gedanke war, ihr Volumen betrug wohl wenig mehr als ein Drittel der Leibesfülle, mit der ihr Gemahl seine Umgebung beeindruckte. Sie sah Umberto distanziert-freundlich an, wie La Gioconda, die seit Jahrhunderten Millionen Menschen anlächelte. Er war, was ihm selten bei einer Frau widerfuhr, so verwirrt, dass ihm keine passende Äußerung einfiel. Die ganze Situation bestand auf einmal aus lauter Anfängen, und nirgends war ein Ende absehbar.

Auch sein Bild von Romuald verwandelte sich in diesem Augenblick. Einer seiner Wesenszüge, das Rätselhaft-Dämonische, das Umberto immer so angezogen hatte, hatte seinen Grund wohl auch darin, dass ihm Romualds Verhältnis zu Frauen und überhaupt zur Sexualität nicht bekannt war; niemals hatte ihn Umberto mit einer Gefährtin oder einem Gefährten gesehen. Auch die Thematik seiner Bilder ergab keinen Hinweis darauf, welchen Bezug er zur Geschlechtlichkeit hatte; selbst die Frauen- und Männerakte sahen mehr nach Architektur als nach Empfinden aus. Und nun war dieses ‚Wesen aus einer anderen Galaxis' mit einem Male einfach so verheiratet, seit dreißig Jahren noch dazu, und sackte damit unvermittelt ins Gewöhnliche ab. Es war ihm, als sei Jesus Christus plötzlich mit Filzpantoffeln und einem Glas Bier vor dem Fernsehapparat gesessen.

Als sich Umberto aus Amélies visueller Umklammerung lösen konnte, sah er Romuald mit einem schmerzlichen Ausdruck der Verwunderung an. Umberto vermeinte eine Art von Verlegenheit in Romualds Gegenblick zu entdecken, etwas auch noch nie Dagewesenes. Umbertos Augen wanderten zurück zu Amélie. Sie hatte, das war ihm sofort klar, das wortlose und nur Sekunden dauernde Zwiegespräch zwischen den beiden Männern miterlebt und verstanden, dass sie das Thema war.

Wie komme ich da wieder heraus, dachte Umberto. Er fühle sich gefangen von Amélies Blick und von Romualds Hilflosigkeit. „Guten Tag", sagte er zu der kleinen Frau und versuchte das Räuspern zu unterdrücken. Sie lächelte wortlos und streckte ihm die Hand entgegen. Der Händedruck, so konstatierte er, wurde von ihr bestimmt. Amélie neigt ein wenig den Kopf und sagte nichts. Erstmals hatte Umberto den Eindruck, einer Frau auf allen Linien unterlegen zu sein.

Es war Romuald, der diese scheinbar endlosen Sekunden unterbrach. „Humbert möchte etwas über die Rosenkreuzer wissen", sagte er, „der alte Agnostiker hat ein religiöses Problem, so scheint es." Amélie ließ Umbertos Hand los; er glaubte ganz kurz den Ausdruck von Verachtung oder Skepsis aus ihrer Miene herauszulesen und überlegte, ob sich dieser auf die Rosenkreuzer, auf den ‚Agnostiker' oder auf Romuald bezog.

„Es geht um eine Verkettung von sehr eigenartigen Vorfällen", hörte er sich sagen und hätte lieber vor seinem Anliegen noch ein wenig die ganze sonderbare Situation, in der sich er, Romuald, und Amélie befanden, behandelt. Er hoffte zumindest Klarheit darüber zu gewinnen, ob er die Geschichte nun vor beiden oder nur vor seinem Freunde ausbreiten solle. Vielleicht hat der Zickl alles, was ich mit ihm jemals besprochen habe, immer gleich seiner Frau erzählt, dachte er und war im nächsten Moment sicher, dass es so war. Seit sie aus der Tapete heraus erschienen war, hatte sie noch kein einziges Wort geäußert, aber sie war unbestreitbar das intellektuelle und spirituelle Zentrum im Raum.

Amélie lächelte wieder ohne jede Koketterie. „Rosenkreuzer sind nicht das, was sie scheinen", sagte sie auf einmal mit klarer, runder Stimme, „und was als Rosenkreuzer erscheint, ist meist keiner. Das liegt in der Natur dieses Bundes. Der Alte Orden zieht allerlei Geschmeiß an." Sie beantwortet Fragen, die ich noch gar nicht gestellt habe, bemerkte Umberto für sich. Der Hüne Zickl verkam zur Staffage für dieses zarte Wesen. „Das ist schon fast die Auskunft, die ich haben wollte", sprach Umberto in den leeren Raum zwischen Amélie und Romuald. „Ich weiß nicht, ob ich meine Geschichte überhaupt erzählen soll ..."

„Das sollst du gewiss", tönte Zickl, der offenbar noch nicht den Durchblick hatte. Amélie warf Umberto einen ermunternden Blick zu und wies auf einen Tisch, der für drei Personen gedeckt war. Kaffee und Kuchen standen schon wie selbstverständlich bereit und wurden teils von Romuald, teils von Amélie (‚nach festem Ritus', dachte Umberto) serviert. Die gemeinschaftliche Vorgangsweise hatte etwas Unwirkliches; so sehr haftete in Umberto noch das Bild des Malers Zickl als menschlicher Monolith.

Umberto wählte den Raum zwischen seinen beiden Gastgebern als Gegenüber, während er die Vorgänge der letzten Tage, fast nur stichwortartig, beschrieb. Zickl schnaubte gelegentlich in seine Äußerungen hinein, Amélie lachte manchmal kurz auf, ohne dass Umberto einen Grund dafür erkennen konnte. Als er alles gesagt hatte, seufzte Romuald: „Es ist, als sei ein Bild halb fertig; und ich weiß nicht, wie es zu Ende gebracht werden kann."

Amélie schwieg. Umberto glaubte, sie habe schon vorher alles gesagt. Aber dann setzte sie doch an. „Jemand bedient sich der Rosenkreuzer, um etwas zu mystifizieren. Vielleicht geht es um einen Scherz eines selbsternannten Überhirns, das mit menschlichen Beziehungen spielt. Die beteiligten Personen sind nicht das Wesentliche. Man muss vermutlich gar nicht nach ihren Gemeinsamkeiten suchen; sie sind aufs Geratewohl aus dem Telefonbuch entnommen worden."

„Wieso gerade die Rosenkreuzer?", fragte Umberto, der froh war, dass er endlich mit Amélie ins Gespräch gekommen war. Ihn beeindruckte Amélies Bestimmtheit, aber allmählich begann sich in ihm Widerstand gegen ihre Meta-Denkebene zu regen. Er blickte kurz zu Romuald, dessen Bewunderung für Amélie unverkennbar war; als er merkte, dass ihn Umberto ansah, verwandelte sich der hingerissene Ausdruck in einen der Verlegenheit; für das nun aufgesetzte, sehr mühsame Lächeln hätte ihn Umberto ohrfeigen können.

„Man weiß zwar, dass es sie gab oder gibt, aber fast niemand kennt sie. Sie können sich auch nicht wehren, weil sie dazu aus ihrem Dunkel hervortreten müssten. Man kann daher mit ihnen alles machen. Dass jemand am Werk ist, der den Orden nicht sehr genau studiert hat – oder der absichtlich Verwirrung stiften will, zeigt sich schon darin, dass einmal der AMORC und einmal das Lectorium Rosicrucianum als Absender herhalten müssen; das sind zwei voneinander sehr verschiedene Gruppen. Der schwedische Zweig ist bei beiden nicht besonders prominent; daher ist anzunehmen, dass eine Vertrauensperson des ‚Überhirns' zufällig in Schweden sitzt, die immer zum Postkasten oder zum Computer geht."

„Sind Sie eine Rosenkreuzerin oder ein lebendes Lexikon?", fragte Umberto, mit Absicht provokant, nach einer Denkpause. Amélie erschien ihm mehr und mehr als ein

Nachschlagewerk und immer weniger als Mensch aus Fleisch und Blut; er ertappte sich dabei, dass er die Stellen ihres Körpers, die nicht von dem silbernen Kleid bedeckt waren, auf deren organische Natur hin ansah; ihre Hände waren zart und schmal und daher nicht auffällig, ihre Beine waren von Strümpfen verhüllt, die vollkommen zu ihrem Kleid passten, ebenso ihre Schuhe. An ihrem Hals bemerkte er zu seiner Erleichterung ein Muttermal.

„Man könnte das oder jenes sein und wäre der Wahrheit nicht näher", war ihre Antwort. Anscheinend fasste sie die Frage nicht als Herausforderung auf. Sie hatte noch kein einziges Mal das Wort „ich" verwendet, notierte Umberto für sich und fror plötzlich. Dass Ifkovits verschwunden war und Krautmann dem Wahnsinn nahe, schien sie überhaupt nicht zu interessieren. Als er den Kapuzenmann erwähnte, hatte sie gelacht, ebenso bei dem Vorfall mit Madame Gbeto und dem Schlägertrupp, und seinen erstaunten Augenaufschlag ignoriert. Sogar wenn sie lacht, wird sie nicht menschlicher, dachte Umberto.

Er versuchte es nochmals. „Wir müssen jetzt in erster Linie Ifkovits finden", sagte er und wartete auf ihre Reaktion. „Dem scheint es nicht sehr gut zu gehen", meinte Romuald dazu. Das war immerhin etwas, auch wenn es nicht von Amélie kam. Die stand auf und verließ geräuschlos das Zimmer – als ob sie sich wieder in die Tapete zurückgezogen hätte.

Die beiden Männer saßen eine Weile schweigend am Teetisch. „Wahrscheinlich kommt sie nicht wieder heraus", unterbrach endlich Romuald die schwere Stille. „Was geht hier vor?", stieß Umberto neugierig und zugleich verärgert hervor. „Ein andermal, mein Freund, ein andermal", antwortete der sichtlich auch betroffene Professor; „wir sehen uns sicher bald wieder …"

Und so verabschiedeten sie sich voreinander, kühl wie nie zuvor. Das Bild, das sich Umberto von seinem imponierenden Freunde gewissermaßen gemalt hatte, war zerronnen wie ein Aquarell, das in eine Pfütze gefallen war.

Er war desillusioniert, was bei ihm selten vorkam. Auf der Landstraßer Hauptstraße hielt er ein Taxi auf. Der Fahrer wollte ein Gespräch mit ihm beginnen; der Ministerialrat bat ihn so höflich wie möglich, ihn in Ruhe zu lassen, er müsse über etwas nachdenken. Seine Begeisterung für alles, was mit den Rosenkreuzern und mit der Malzgasse zusammenhing, war zu seinem Erschrecken nahe bei null. Vor allem aber war er verwirrt und unsicher, was Romuald und Amélie betraf; je weiter er sich von dem Atelier entfernte, umso mehr erschien ihm dieses Zusammentreffen als irreal, ein übler Traum. Er begann an seiner eigenen Wahrnehmung zu zweifeln. Hatte er das eben wirklich erlebt? Er schüttelte heftig den Kopf, um wieder in die Welt der Tatsachen zurückzukehren. Der Taxifahrer betrachtete ihn aus den Augenwinkeln und stufte ihn anscheinend als bedenkliche Kundschaft ein.

Umberto wählte auf seinem Telefon die Nummer von Emilia Merz; als das Gespräch beendet war, dirigierte er den Chauffeur zur Possingergasse in Ottakring um.

Umberto schätzte friedliche Wochenenden; er nützte sie, um seinem eigentlichen Beruf nachzugehen, wie er das nannte. Da nahm er Malwerkzeuge zur Hand und komponierte, meist ohne Skizze, visuelle Symphonien auf großen Leinwandflächen; wenn irgendetwas darin an Gegenstände oder Personen erinnerte, dann nur sehr schemenhaft. Darstellen wollte er nichts, sondern die Welt mit Farbe anreichern. Sein Bedürfnis nach Harmonie war grenzenlos. Er ging nicht auf seine Umgebung los, als wollte er sie vernichten oder aus den Fugen hauen, wie das viele seiner Künstlerkollegen taten, es verlangte ihn auch nicht danach, den Aufruhr oder die Trübsal in seinem Inneren nach außen zu tragen, denn da war kein Aufruhr, und zur Melancholie neigte er ohnedies nicht. Manchmal war er müde oder hungrig, sonst kannte er kaum negative Empfindungen; Müdigkeit und Hunger ließen sich in der Regel leicht beheben. Ungeduld etwa war ihm fremd. Er beobachtete meist mit Amüsement, wie Menschen entweder keine Ziele vor Augen hatten oder mit Eifer an ihnen vorbeiarbeiteten. Selbst in Katastrophen, die ihn ja meist nicht unmittelbar betrafen, versuchte er harmonische Züge zu entdecken oder sie so umzudenken, dass sie in Harmonien mündeten.

Die Trauer der Oumou Gbeto und das Verschwinden des Karl Ifkovits waren zwar betrüblich, aber sie brachten auch eine positive Spannung. Man konnte diese Unerquicklichkeiten als Ausgangslagen für interessante Überlegungen und Handlungen begreifen. Wenn auch an diesem Wochenende keine Muße für bildende Kunst aufkam, so begannen sich nun in ihm wieder Entwürfe für mögliche Aktionen zu formen, und der Missmut nach dem sonderbaren Ende seines Besuches bei Romuald und Amélie wurde sozusagen verpackt, beiseitegelegt und für spätere Gelegenheiten aufgehoben. Keinesfalls ließ er es zu, dass die üble Laune von seiner gesamten Person Besitz ergriff, ein Vorgang, den die meisten Leute nicht beherrschten, wie er oft beobachtet hatte.

So hatte Umberto seine freundliche Gelassenheit wiedergewonnen, als er am Polizeiwohnhaus in Ottakring ankam. Emilia hatte ihn am Telefon gefragt, ob er heute noch – es war immerhin Sonntag und schon sieben Uhr vorbei – mit Johann Krautmann reden wolle; es gebe einige Neuigkeiten, und das transzendente Erlebnis ihres Onkels sei ja auch noch nicht nachhaltig aufgearbeitet. Krautmann sei derzeit wieder voll ansprechbar und wirke sehr ausgeglichen. Und man sollte überlegen, wie dem Ifkovits geholfen werden könne.

Dennoch verlief der Abend ein wenig anders, als es sich die Beteiligten erwartet hatten. Umberto wurde ins Haus gelassen und in den sechsten Stock gebeten. Dort stand Emilia im Flur und nahm ihn in Empfang. „Umberto", sagte sie, „sei bitte nicht überrascht, wenn du hier eine Menge Leute vorfindest. Meine Mutter ist da, Wilma und Krautmann, ein Kollege von der Polizei, den Krautmann geholt hat, und demnächst wird wahrscheinlich auch noch Direktor Gumpold kommen; er hat von mir erfahren, dass du hier bist, und möchte dich auch unbedingt sprechen, worüber, hat er nicht erwähnt." Im Vorzimmer standen Clara und Wilma; Umberto begrüßte Clara mit einem Kuss auf die Wange und stellte sich Wilma vor, dieses Mal völlig ohne Schnörkel. Clara erklärte, Krautmann sitze mit dem Revierinspektor Schörghuber im Wohnzimmer und versuche ihm zu erklären, dass die Sache heikel und vorerst inoffiziell zu behandeln sei; aber immerhin sei Karl Ifkovits unter eigenartigen Umständen verschwunden. Aber der Schörghuber sei von einer wenig fantasievollen Sorte und begreife nicht, worum es überhaupt gehe. Sie verstehe sowieso nicht, warum der Revierinspektor beigezogen worden sei, denn entweder sei die Sache offiziell zu behandeln und damit wohl eher der Kriminalpolizei zu übergeben oder, wenn man es weiter informell betreiben wolle, hätte man auch den etwas schwerfälligen Polizeikollegen weglassen können.

Wilma widersprach ihrer Schwester: Krautmann fühle sich noch nicht in der Lage, selbst Nachforschungen außer Haus anzustellen, aber jemand müsse sich doch um den armen Ifkovits kümmern, der da irgendwo gefangen gehalten werde. Deswegen habe Krautmann Schörghuber angerufen, der heute seinen freien Tag habe und nur aus Freundschaft hergekommen sei.

Umberto gewann den Eindruck, dass schon viel zu viele ‚Experten' hier am Werke seien, was weder für Karl Ifkovits noch für die Lösung der gesamten Chose von Vorteil sein könne. Zu einem ungestörten Interview mit dem aus dem Jenseits zurückgekehrten Krautmann würde er wohl Gelegenheit haben. Fortgehen konnte er aber nun aber auch nicht mehr, also musste er die Flucht nach vorne antreten. Im Kielwasser von Wilma trat er ins Wohnzimmer und sah sich den beiden Polizisten gegenüber.

Krautmann und Schörghuber wirkten gleichermaßen erschöpft und verwirrt, und Umberto konnte auf den ersten Blick gar nicht sagen, wer der eine und wer der andere war. Erst die Tatsache, dass einer der Herren Pantoffeln und der andere Schuhe an den Füßen hatte, ließ einen Schluss auf die Identitäten zu. Der Polizist, der Schuhe anhatte, war durch die Störung sichtlich irritiert. „Wer ist jetzt das hier?", fragte er mit abwehrender Gestik. Krautmann, der Umberto zwar auch bisher noch nicht gesehen hatte, wusste aber gleich, wer da vor ihm stand, und sprang auf: „Herr Ministerialrat, wenn ich nicht irre; danke, dass Sie so schnell kommen konnten." Umberto schüttelte ihm die Hand und ignorierte Schörghuber in der Hoffnung, ihn auf diese Weise bald loszuwerden. Schörghuber war ihm von Anfang an unsympathisch, er sah aus, als verstehe er nur, was er in seiner Polizeischule gelernt hatte, und das, was Krautmann zugestoßen war, kam im Ausbildungsplan mit Sicherheit nicht vor.

„Darf ich vorstellen – das ist Kollege Schörghuber", machte Krautmann die Hoffnung auf ein vorzeitiges Ende der Bekanntschaft zunichte, „Herr Ministerialrat Dr. Weiser", erläuterte er dem Revierinspektor. „Kein Doktor", murmelte Umberto, dem das erstmals in seinem Leben unangenehm war, und nahm nun doch, wenn auch mit Widerwillen, Schörghubers feuchte Hand. Auch Krautmanns Hand war feucht gewesen, diese hier aber erinnerte ihn an ein gebrauchtes Papiertaschentuch, das man irrtümlich im Müllcontainer in die Finger bekam. Umberto reduzierte den Händedruck auf ein Minimum, und auch Schörghuber, dem die selbstbewusste Erscheinung des Neuankömmlings großes Unbehagen verursachte, zog sich schleunig zurück. Am liebsten wäre er nun gegangen, aber das hätte wohl nicht gut ausgesehen, und so setzte er sich wieder.

Über die Erlebnisse in der Malzgasse konnte Umberto Krautmann nun nicht so befragen, wie er das ohne Schörghubers Anwesenheit getan hätte, und so fragte er einmal unverbindlich, auch um herauszufinden, was Schörghuber schon erfahren hatte: „Wie geht es Ihnen und was gibt es Neues, Herr Krautmann?"

„Nun ja", begann Krautmann, „mir ist es schon bessergegangen, das muss ich sagen. Seit dem Vorfall komme ich mir wie unter einem Glassturz vor, meine Frau und alle anderen hier höre und sehe ich etwas undeutlich, ein bisschen wie durch Milchglas – nur manchmal ist plötzlich wieder alles klar, aber nur für Sekunden – wie bei einem Fernsehapparat, bei dem der Empfang gestört ist, und in meinem Kopf brummt es auch ... Aber ich bin froh, dass ich wenigstens soweit wieder da bin." Schörghuber sah ihn misstrauisch an und verzog das Gesicht.

„Emilia hat mich gebeten, ein Kfz-Kennzeichen zu eruieren – und eine Telefonnummer. Das Kennzeichen W 4.005 ist nicht mehr aktuell, es hat einmal einer Firma MM gehört, die es anscheinend auch nicht mehr gibt, aber da müsste man im Handelsregister nachschauen – und die

Telefonnummer 5641721 ist auf einen Verein zugelassen, einen Verein für …" „Verein für Geistiges Leben?", half Umberto nach und bereute es sofort. Krautmann schrak zusammen; Schörghuber fixierte Umberto, als wolle er ihm Handschellen anlegen. Offenbar hatten Emilia und Clara dem Krautmann nichts von Umbertos und Gumpolds Nachforschungen im „Hause vis-à-vis" erzählt.

„Sie kennen den Verein?", mischte sich der Revierinspektor in sehr offiziellem Tone ein. „Kennen ist zu viel gesagt, mir ist er einmal … untergekommen", versuchte Umberto die Situation zu entschärfen und überlegte, wie er wieder die Oberhand in dieser verfahrenen Situation gewinnen könne. Bevor ihm etwas dazu einfiel, fragte Schörghuber zurück: „Was heißt das, Herr Ministerialrat? Ein bisschen genauer müssen Sie uns das schon erklären, nicht wahr?" Den „Ministerialrat" intonierte er so, als hätte sich Umberto den Titel widerrechtlich zugelegt; zum Unterschied von Krautmann gebrach es Schörghuber völlig an Ehrerbietung.

Dem Schörghuber nun die Ermittlungen zu überlassen, ging Umberto, der sich wie ein Delinquent vorkam, gegen den Strich. Also entschloss er sich, einen Entlastungsangriff zu beginnen. „In welcher Funktion sind Sie überhaupt hier, Herr Inspektor?" grunzte er so unwirsch wie möglich; er wollte jeden Anflug von Verbindlichkeit vermeiden, was ihm prinzipiell schwerfiel, nicht aber bei dem unsympathischen Polizisten. Wilma, die sich noch nicht zurückgezogen hatte, blickte unsicher im Kreise, und Krautmann wurde es noch unbehaglicher. Schörghuber, der sich schon in der Rolle des Kriminalkommissars gesehen hatte, brachte diese Frage aus dem Konzept; der amtliche Tonus verließ ihn. Er lief rot an und stotterte, „Als … als Kollege von Krautmann; vielleicht kann ich ihm helfen, und da soll ja auch irgendwer verschwunden sein …" Die Autorität war beim Teufel, und er hasste Umberto aus ganzem Herzen.

Jetzt war der Durchbruch da, und Umberto setzte gleich nach. „Ich hätte mich gerne mit Herrn Krautmann unter vier Augen unterhalten; würde es Ihnen etwas ausmachen, einstweilen draußen zu warten?" Die Breitseite traf Schörghuber voll. „Ist schon gut, ich gehe ja schon, wenn ich nicht erwünscht bin!" Und während er wütend aus dem Zimmer stürmte, sagte Umberto: „Vielen Dank, Herr Inspektor!" und versetzte so dem Polizisten noch einen kommunikativen Genickschlag.

Während sich Umberto wieder dem nun völlig gebrochenen Krautmann zuwandte, hörte er mit einem Ohr auf die Geräusche aus dem Vorzimmer und schloss daraus, dass Schörghuber dort nicht wartete, sondern unvermittelt die Wohnung verließ. Umberto war mit sich wieder sehr zufrieden. Ihm war aber klar, dass er Krautmann damit in eine noch misslichere Lage gebracht hatte. Dessen Gesichtsausdruck spiegelte die blanke Verzweiflung wider.

Wilma hatte sich an die Seite ihres Gatten gestellt und umfasste schutzmantelartig seine Schultern. Emilia und Clara kamen herein und wollten wortlos wissen, was sich zugetragen hatte. „Es tut mir leid, dass Herr Schörghuber das in die falsche Kehle bekommen hat", sagte Umberto. „Aber ich möchte nicht der Angeklagte sein, wenn ich mit Herrn Krautmann rede. Außerdem glaube ich nicht, dass sich unser Gespräch für eine Amtshandlung eignen würde."

„Dem Schörghuber wird das aber keine Ruhe lassen", vermutete Wilma. „Wahrscheinlich wird er jetzt zumindest den Verein für Geistiges Leben überprüfen lassen, und so wird die ganze Sache doch offiziell werden", ergänzte Krautmann, „und er hat mich sowieso für nicht mehr ganz zurechnungsfähig gehalten, als ich ihm von dem schwarzen Vorhang und dem Valentin erzählt habe, und ich bin ja selbst auch nicht mehr sicher, ob ich noch normal bin …"

„Ich würde an Ihrer Stelle nun ein paar Tage daheimbleiben", meinte Umberto, der damit auch klären wollte, ob er nach dem Eklat noch das Vertrauen Krautmanns und Wilmas hatte. „Bis dahin hat sich die Sache vermutlich wieder beruhigt; ich bin sicher, dass Sie jetzt wieder vollkommen auf der Höhe sind, aber mir ist noch nicht klar, ob man Sie in dem Keller nicht doch irgendwie narkotisiert hat. Emilia hat mir erzählt, dass sie dort einen eigenartigen Geruch verspürt haben, oder?"

Krautmann fing sich wieder; er wollte nach Schörghuber nun nicht auch noch den Herrn Ministerialrat verärgern, obwohl er mit dessen Verhalten gegenüber seinem Polizeikollegen nicht einverstanden war. Er war beeindruckt davon, wie genau Umberto über Details informiert war.

„Ja, wie das Flüssiggas eines städtischen Autobusses", bestätigte er. „Ich habe aber nicht den Eindruck gehabt, dass ich dort irgendwie weggetreten wäre– das war erst später, auf dem Bett in der Wohnung …" „Aber ganz ausschließen können Sie das nicht? Sind Sie schon einmal im Krankenhaus bei einer Operation anästhesiert worden? Mir ist es so gegangen – kaum, dass ich eingeschlafen bin, war ich auch schon wieder wach; das ist mir so vorgekommen, obwohl ich bei dem Leistenbruch damals mindestens drei Stunden bewusstlos war!"

„Nein, ausschließen kann ich das nicht", sagte Krautmann, „es war alles so sonderbar, und ich war ja anscheinend auch nicht drei Tage in der ‚Gegenwelt', obwohl ich das damals hätte beschwören können!" Clara, Emilia und Umberto entrang sich unisono ein Seufzer der Erleichterung: Es war das erste Mal, dass sich für die eigenartigen Vorgänge wenigstens in einem Teilbereich eine plausible Erklärung ergab. Wilma, die ihren Gatten noch umklammert hielt, war nicht sicher, ob eine Entwicklung zum Besseren bedeutete.

„Nehmen wir einmal an, dass man Sie wirklich betäubt hat", fuhr Umberto fort. „Dann können wir zu rätseln anfangen, was das alles für einen Sinn ergibt. Aber in erster Linie müssen wir uns einen Weg überlegen, um den armen Ifkovits zu finden und ihn möglichst aus seiner Lage zu befreien. Herr Krautmann (bitte entschuldigen Sie, wenn ich Sie ohne ihren Amtstitel anrede – ich bitte Sie, das Gleiche bei mir zu tun, mich nennen übrigens alle ‚Umberto'), erinnern Sie sich an irgendetwas während Ihrer Reise durch die ‚Gegenwelt', was uns einen Hinweis auf das Versteck des Herrn Ifkovits geben könnte?"

Krautmanns Kooperationsbereitschaft wuchs durch die Konzilianz des Ministerialrates sprunghaft an. „Ich war in dem Keller mit dem Vorhang; hinter dem Vorhang war ich auf der Treppe und dann in der Wohnung und auf dem Sofa, auf dem ich dann eingeschlafen bin – und dann war ich wieder in einem Treppenhaus, von dem ich nicht weiß, ob es dasselbe war wie beim Hinaufgehen – genau genommen weiß ich nicht einmal, ob ich nach dem Schlaf in derselben Wohnung und auf demselben Bett war wie vorher; ich bin da sehr schnell bei der Türe hinaus, ohne mich nochmals umzusehen; dann war da der Blinde auf der Treppe und sonst kann ich mich an nichts erinnern – oder doch: Da war der Garten, in den ich hinausgesehen habe, eine Art Innenhof eines Wohnblocks mit Wegen und Bäumen und einem Gartenhäuschen, wahrscheinlich für den Rasenmäher ..."

Ob mit den Wahrnehmungen des Krautmann in seinem benebelten Zustand viel angefangen werden konnte, daran zweifelte Umberto, aber einen Versuch war es doch wert. „Wir müssen uns doch noch einmal das Haus in der Malzgasse ansehen, fürchte ich; ich werde das morgen tun, selbst wenn mich Frau Cucujkic dabei wieder erwischt; gut wäre es freilich, wenn Sie dabei wären, Herr Krautmann, aber für Sie selbst ist es sicher besser, wenn Sie noch daheimbleiben."

„Wenn ich da nicht noch einmal hinmuss, macht es mir auch nichts", befand Krautmann, „auch wenn ich gerne helfen würde, den Herrn Ifkovits zu finden; Aber ich fühle mich wirklich noch etwas wackelig." „Ich werde mitkommen", bot sich Emilia an, „wann treffen wir uns?"

Die Türglocke schrillte; alle schraken zusammen. Wilma ging ins Vorzimmer, sagte etwas in die Gegensprechanlage und kam wieder herein. „Es ist Direktor Gumpold, er wird gleich da sein“, sagte sie und sah auf die Uhr; es war Sonntagabend halb neun, keine Zeit für Besuche, dachte sie wohl.

Gumpold läutete an der Wohnungstür und wurde eingelassen; er wirkte gleichzeitig aufgeregt und erschöpft. „Guten Abend, guten Abend“, grüßte er kursorisch nach allen Seiten, „Gumpold mein Name“, sagte er zu Krautmann und Wilma, „bitte um Entschuldigung für die späte Störung – ich würde gerne noch rasch mit Herrn Weiser sprechen.“

Gumpold sah sich vis-à-vis einer größeren Runde, die ihm erwartungsvoll entgegenblickte. Nur Wilma wirkte eher irritiert als interessiert und wollte sichtlich von keinen neuen Facetten der ohnehin schon verfahrenen Situation hören, und ihr Gatte machte einen insgesamt überforderten Eindruck; offenbar war er noch immer nicht ganz auf der Höhe seiner Aufnahmebereitschaft, und seine Spürhundambitionen schienen ihm vorerst abhandengekommen zu sein.

„Ich möchte niemanden beunruhigen", begann Gumpold. Was er mit diesem Satz aber genau erreicht hat, dachte Clara. „Mir geht es vor allem um meinen Freund Karl und seine Frau, die jetzt im Krankenhaus ist. Ich nehme nicht an, dass Karl schon wieder etwas von sich hat hören lassen, oder?" Wortlos wurde diese Frage von mehreren in der Runde verneint.

„Wenn es Ihnen lieber ist, bespreche ich es mit Herrn Weiser allein", meinte der Direktor und wusste, dass das jetzt kaum mehr in Betracht kam; vor allem Emilia und Clara bestanden darauf, in die weiteren Erörterungen miteinbezogen zu werden, und das Ehepaar Krautmann wollte nun auch nicht mehr einfach den Raum verlassen. Umberto enthielt sich einer Äußerung, war aber auch nicht sicher, ob es nicht besser wäre, zunächst mit Gumpold allein zu sprechen. Wenn die Sache aus dem Ruder liefe, könnte er vielleicht noch immer irgendwie die Notbremse ziehen, überlegte er. Er hatte auch keine Vorstellung davon, was Gumpold berichten wollte.

„Es hat mich niemand angerufen, wenn Sie das meinen", setzte Gumpold fort, „weder Ifkovits noch irgendwelche Dunkelmänner. Aber dass Karl verschwunden ist, hat mich klarerweise nicht ruhen lassen. Unlängst habe ich in irgendeiner Zeitung einen Artikel über Sekten gelesen, und da hat es geheißen, dass man sich davor hüten muss, von ihnen vereinnahmt zu werden. Dass dort, wo Karl verschwunden ist, der ‚Verein für geistiges Leben' untergebracht ist, ist ja wohl kein Zufall gewesen, und dem Herrn Krautmann" – er machte eine höfliche Geste in die Richtung des Polizisten – „ist es in der Gegend ja auch nicht gut gegangen. Also habe ich mich im Internet ein wenig umgeschaut. Da gibt es ein ‚Geistiges Leben' von einem Herrn Jakob Lorber, einem modernen Mystiker, und eine Zeitschrift dazu, die ein bisschen wie die Schriften aussieht, die die Zeugen Jehovas mit sich herumtragen; die wird von einem Verein herausgegeben, der irgendwo in Bayern sitzt. Obwohl heute Sonntag ist, habe ich dort angerufen und tatsächlich jemanden erreicht. Der hat mir zwar allerhand Erbauliches angedient, aber in Wien oder gar in der Malzgasse hat der Verein keine Zweigstelle, obwohl der Herr Lorber in Wien war und hier bei Paganini Übungsstunden genommen hat – er war nämlich auch ein Musiker, aber das war alles schon im neunzehnten Jahrhundert."

Emilia dachte: Er ist weitschweifig wie der Krautmann; sie fragte in eine Gumpoldsche Atempause hinein: „Kann man den Lorber also abhaken?" Umberto grinste dazu verstohlen.

„Ich glaube schon, der Verein in Wien heißt anscheinend nur zufällig so. Und außerdem weiß man ja nicht, ob Karl mit seinem Auto nicht ganz woanders hingefahren ist. Dann habe ich gedacht, dass man bei der Vereinspolizei anrufen könnte – aber nicht am Sonntag. Doch siehe da, es gibt ein zentrales Vereinsregister auch im Internet. Und da habe ich den Verein für Geistiges Leben eingegeben, und den gibt es im Register gar nicht!" „Aber eine Telefonnummer hat er, die hat mir der Sektionschef Rothschedl gegeben", warf Emilia ein, „allerdings steht sie nicht im Telefonbuch, das habe ich schon festgestellt. Onkel Krautmann hat sie aber herausgefunden", informierte sie Gumpold, der ja bei der Schörghuber-Unerfreulichkeit noch nicht da war.

„Ob sich jemand ‚Verein' nennen darf, der gar keiner ist, weiß ich nicht", sagte Umberto. Krautmann fühlte sich als Vertreter der Rechtsordnung angesprochen: „Das kann man abklären, gleich morgen."

Umberto hatte das Gefühl, als entglitte ihm die Verhandlungsführung, und was noch unangenehmer war, er wurde den Eindruck nicht los, als würden Emilia und Clara das genauso sehen. Allerdings hatte er ja schon nach seinem Besuch bei Romuald Zickl und der geheimnisvollen Amélie zeitweise seine Rolle als Aufklärer angezweifelt, und kurz spielte er auch jetzt mit dem Gedanken, sich ganz aus der Sache zurückzuziehen – aber da würde er wohl auch den Kontakt zu den Damen Merz aufgeben; das kam, bei aller Misslichkeit des derzeitigen Ablaufes, nicht in Frage.

„Einerseits", warf er nun in die Runde, „muss man sich um Karl Ifkovits kümmern;" Gumpold nickte eifrig; „andererseits sollte auch das Rätsel der schwedischen Zuschriften aufgeklärt werden. Ich würde das Verschwinden des Herrn Ifkovits mit der Polizei besprechen, die Sache mit den Briefen aber eher nicht, das sollten wir selbst in die Hand nehmen." Er hatte da auch schon einen undeutlichen Plan, wie das zu machen sei. Clara zog die Stirne kraus: „Das eine wird ohne das andere aber nicht zu machen sein, so wie die Lage ist, sieht es sehr danach aus, dass da ein Zusammenhang besteht. Das wird auch die Polizei so sehen, nicht wahr?" Der letzte Satz war an ihren Schwager Krautmann gerichtet, der nun schon wieder voll bei der Sache zu sein schien. „Nach dem, was mir dort passiert ist, glaube ich das auch", sagte der, „mich hat man ja in der Malzgasse auch mit den Briefen aus Schweden in Verbindung gebracht ..."

Felix Gumpold war indessen durch eine Metallvase auf einem Wandbord abgelenkt worden, die knapp zwanzig Zentimeter hoch war, grünlich schimmerte und ausgezeichnet in seine Sammlung gepasst hätte; er überlegte, wie er Wilma dazu bringen könnte, sie herauszurücken, und hatte bei den letzten Wortmeldungen nur halb hingehört. Erst, als Clara ihn unmittelbar anredete („Was meinen Sie als sein Freund dazu, Herr Direktor?“), fand er wieder in die Diskussion zurück: „Ich sehe das auch so“, murmelte er und war nicht ganz sicher, was er auch so sehen sollte; aber da er ja den Anlass zu der Besprechung gegeben hatte, fand er es angebracht, wieder genauer zuzuhören.

„Na eben“, sagten Clara und Krautmann im Chor. „Also werden wir die Polizei einschalten“, setzte Clara fort, „auch wenn wir sie mit den Briefen verwirren. Man kann Ifkovits nicht hängen lassen.“ „Und seine Frau, die im Spital liegt, schon gar nicht“, ergänzte Gumpold, den Blick starr auf die Vase gerichtet; Wilma, die das Gefühl hatte, dass sie das alles nicht betraf, bemerkte sein Interesse an der Vase. „Die ist ein Erbstück von meiner Großmutter, schön, nicht?“ „Sehr schön“, antwortete Gumpold wehmütig; das Erbstück war wohl nicht zu haben.

Umberto schaffte es einfach nicht, sich wieder in den Vordergrund zu manövrieren. Er war kein Teamspieler, so viel wusste er, und das hatte sich jetzt wieder manifestiert. Anscheinend war das Thema „Ifkovits“ so weit in den Vordergrund gerückt, dass für seine Überlegungen zu den Rosenkreuzer-Botschaften kein Platz war. Für die Gespräche mit der Polizei fühlte er sich nicht zuständig, besonders nach seinem Auftritt mit dem Wachtmeister Schörghuber.

Er musste sehr melancholisch geschaut haben, denn plötzlich flüsterte ihm Emilia zu, die neben ihm saß, „Hast du nicht etwas von einem Bekannten in Schweden gesagt?“ Er erschrak geradezu über diesen Einwurf, war aber neuerlich fasziniert von der sozialen Intelligenz seiner Nachbarin. Sie hatte seine Unruhe bemerkt und war ihm so zu Hilfe gekommen. „Darüber können wir später reden“, flüsterte er zurück. Clara betrachtete das Gewisper aus den Augenwinkeln und ohne Amüsement.

Dann nahm der Abend eine unerwartete Wendung. Gumpolds Telefon läutete; er stand auf und ging auf den

Flur, wo er eine Weile blieb. Als er wieder ins Zimmer trat, war er hochrot im Gesicht und bewegte sich hektisch. „Der Karl ist wieder aufgetaucht", brachte er heiser hervor. „Eben hat mich Barbara angerufen."

Nun redeten alle auf einmal. Als er sich wieder Gehör verschaffen konnte, berichtete Gumpold, Barbara habe im Krankenhaus einen Anruf von einem Jogger namens Maierhofer bekommen, der im nächtlichen Donaupark seine Runde gedreht habe. Dabei sei ihm ein Auto aufgefallen, das auf dem Parkplatz des Donauturms gestanden sei, aber nicht richtig eingeparkt, sondern irgendwie schräg auf der Zufahrt, außerdem seien die Scheinwerfer eingeschaltet gewesen. Als er sich genähert habe, sei ein Mann auf dem Rücksitz gelegen, von einem Fahrer sei nichts zu sehen gewesen. Er habe ihn gefragt, ob ihm übel sei, aber der Mann habe nur „wie ein Besoffener gelallt". Ob er die Ambulanz verständigen solle, habe der Jogger gefragt. Darauf habe der Mann heftig den Kopf geschüttelt und auf ein Portemonnaie gezeigt, das neben ihm gelegen sei. Darin sei einiges Geld gewesen und eine Karte mit der Nummer von Barbara Ifkovits. Der Mann habe ihm zu verstehen gegeben, dass er da anrufen solle, was er dann offenbar auch getan hat. Barbara habe ihn gefragt, ob er noch ein bisschen bei ihrem Gatten, denn um den handle es sich zweifellos, bleiben könne. Der gutherzige Sportler habe ihr das versprochen, er sei ein Krankenpfleger und könne mit geschwächten Personen, wie er sich ausdrückte, umgehen. Näheres könne er nicht sagen, Verletzungen seien jedenfalls keine zu erkennen. Mittlerweile, so Gumpold, habe er auch mit dem Jogger geredet und ihn von einer Verständigung des Notarztes abgehalten; er mache sich nun auf den Weg zu seinem Freund, für den er ohnedies mindestens eine halbe Stunde benötigen würde. Ob Umberto vielleicht mitkommen könne, man wisse ja nicht, ob Ifkovits nicht getragen werden müsse. Wo er ihn hinschaffen werde, wollte man wissen. „Je nachdem, wie wir ihn vorfinden", meinte Gumpold, zur Not könne er auch bei ihm übernachten, andernfalls werde er ihn nach Hause transportieren – oder vielleicht müsse er überhaupt in ein Krankenhaus. Man werde sich auf alle Fälle telefonisch melden. Drei Minuten später waren die beiden Herren bei der Türe draußen und ließen die restliche Versammlung konsterniert zurück. Gumpold hatte nicht einmal mehr einen Blick für die grüne Vase gehabt.

„Es ist unverantwortlich, den dort so lange liegen zu lassen", meldete sich Wilma zu Wort, „wer weiß, ob das tatsächlich ein Pfleger ist, der ihn gefunden hat." Krautmann setzte hinzu, „Das stimmt schon, aber dem ist anscheinend das Gleiche passiert wie mir, nur dass er wirklich länger ‚fort' war als ich. Was sind das bloß für Menschen, die so etwas machen?"

„Ob das alles Hummel auf dem Gewissen hat?", fragte Clara vor sich hin. Emilia erwiderte: „Er allein kann es aber nicht gewesen sein, erstens mussten sie Ifkovits ja ins Auto legen, und außerdem kann der Mann ja nicht Auto fahren, soweit ich ihn kenne; allerdings kenne ich – kennen wir – ihn nicht so gut, wie wir geglaubt haben …"

„Zumindest müssen wir nicht sofort die Polizei einschalten", befand Clara, „erst, wenn wir wissen, ob es notwendig ist." Krautmann war sich nicht im Klaren, ob er erleichtert oder beleidigt sein sollte, also schwieg er erst einmal. Und Clara schlug vor, auf den allgemeinen Schrecken erst einmal einen Schluck von dem Kognak zu nehmen, der für alle sichtbar in der Vitrine stand. Wilma holte Gläser, und Emilia ging auf den Flur, um ein Telefonat mit Rudi zu führen, und das nicht nur, um ihn über die neuesten Entwicklungen zu informieren. Clara und ihre Verwandten saßen schweigend mit dem Getränk da. Clara fühlte sich von den Geschehnissen überfordert und wäre am liebsten gleich nach Hause gefahren, nicht zuletzt deshalb, weil sie die Hunde aus Margaretes Regiment befreien wollte.

DONAUPARK BEI NACHT

Umberto und Gumpold hatten jeweils das eigene Auto genommen, da man sich nachher wohl in verschiedene Richtungen entfernen würde. Also fuhr man im Konvoi über den Gürtel und die Brigittenauer Brücke zum Donaupark und war gespannt, was man dort vorfinden würde.

Auf der Anfahrt hatte Umberto also eine halbe Stunde Zeit für den Versuch, sich Klarheit über die Geschehnisse und seine eigene Rolle darin zu verschaffen. Er war nun schon reichlich müde, und das Hochgefühl, mit dem er sonst die Welt um sich betrachtete, wollte sich nicht so recht einstellen. Er hatte sich da in ein Geflecht von Ereignissen und Personen hineinziehen lassen, das seinen Bewegungs- und Handlungsspielraum mehr einzuengen drohte, als dass es ihm Ansätze für vergnügliche Aktionen bot. Vor allem wollte er auch keine unnötigen Abhängigkeiten schaffen, weder zulassen, dass andere sich auf seine Hilfeleistungen verließen, noch dass er selbst in eine emotionale Verstrickung geriet, aus der er sich nur schwer befreien könnte. Die drei Damen im Hause Merz übten, jede für sich, einen spürbaren Reiz auf ihn aus; Clara mit ihrer Mischung aus rationaler Grundhaltung und rätselhaftem Chaos, das sich in ihrer Wohnung und ihrem Hang zu wilder Buntheit konkretisierte; Emilia, die das ansprechendste Äußere und einen klaren und scharf analysierenden Verstand hatte, außerdem mit ihm eigenartig vertraut zu sein schien – freilich befand sie sich unübersehbar in einer Liaison mit dem Rudi Smrz, was eine intimere Beziehung zu Umberto wohl fürs erste ausschloss; endlich Margarete, deren ungestüme und revoluzzerhafte Art ihn vielleicht gerade deshalb anzog, weil sie in extremem Gegensatz zu seiner letztlich doch bourgeoisen Lebensweise stand und so eine besondere Herausforderung bedeutete. Er erinnerte sich an das Gleichnis des Scholastikers Buridan vom Esel, der zwischen gleich großen Heuhaufen verhungerte, weil er sich nicht für einen entscheiden konnte, und beschloss, es bei sich nicht so weit kommen zu lassen. Zum Unterschied von jenem Esel ging es bei ihm nicht gerade um Leben und Tod, und notfalls konnte er ja alle drei Damen Merz sein lassen, wenn die Schwierigkeiten überhandnähmen.

Zwischendurch tauchten in seinem Gedächtnis immer wieder Romuald Zickl und seine Gattin Amélie auf; nicht, dass er ein physisches oder auch nur platonisches Interesse an der eigenartigen Frau entwickelt hätte, die ihm mehr und mehr wie eine virtuelle Person erschien, zwar beweglich und ansatzweise kommunikativ, aber sonst eher eine Figur aus einem Gemälde – es war wohl kein Zufall, dass ihm bei seinem Besuch Leonardo da Vinci eingefallen war; jetzt hingegen verschwamm ihr Bild eher mit Edvard Munchs schreiender Frau oder mit Henrietta Moraes, wie sie Francis Bacon gemalt hatte; vor allem diese Darstellung verfestigte sich in seinem optischen Speicher. Er ertappte sich bei dem Gedanken, dass er sie dafür hasste, wie die Begegnung mit ihr seine angenehm-skurrile Sicht auf seinem Freund Romuald zunichtegemacht hatte (wobei in seiner emotionellen Klaviatur Hass eigentlich nicht vorhanden war). Und all das schien ihm weit länger zurückzuliegen als die paar Stunden, die seit dem Besuch vergangen waren.

Und da war dann ja noch das Rätsel der schwedischen Briefe und des sonderbaren Vereins in der Malzgasse. Anscheinend hätte da ein Treffen der drei Adressaten mit irgendjemandem stattfinden sollen; der Sektionschef war sowieso nicht erschienen, und die beiden anderen waren zwar da, aber dann kam die Vernissage der Oumou Gbeto und die terroristische Attacke dazwischen; beides stand vermutlich in keinem Zusammenhang mit den Pseudo-Rosenkreuzern und ihren Absichten, auch wenn sich da möglicherweise einer von denen in die Versammlung der Kunstfreunde gemischt und eine kryptische Bemerkung über das „Geheimnis“ gemacht hatte. Was Umberto vor allem beschäftigte, war die Frage, warum diese Anschreiben alle aus Schweden kamen und wer dort dahinterstand. Er dachte an den dortigen Bildungsbeamten Lars Södergren, der ihm damals bei der Besprechung in Göteborg wegen seiner sarkastisch-bizarren Diskussionsleitung aufgefallen war, und allmählich reifte in ihm ein Entschluss, den er in seiner Tragweite vorerst nicht abschätzen konnte und den es noch in den Details auszuarbeiten galt.

Nun bogen die zwei Autos in den Parkplatz ein, auf dem noch ein paar andere Wagen standen, wahrscheinlich von späten Gästen des Turmrestaurants. Das Gefährt von Ifkovits (es war tatsächlich seines, wie Gumpold wusste) stand noch wie fallengelassen quer zu den Abstellplätzen. Karls Befinden hatte sich offenbar wieder gebessert, er saß hinter dem Steuer und auf dem Beifahrersitz vermutlich der Jogger Maierhofer, wie man auch an seinem Outfit erkennen konnte.

Der Jogger schaute die beiden Ankömmlinge, die sich in den Fond von Ifkovits' Auto setzten, zweifelnd an, als ob er damit rechnen würde, mit einer Pistole bedroht zu werden. Aber sie stellten sich ganz höflich vor und fragten ihn, ob er Herr Maierhofer sei. Als er das bejahte, bedankte sich Gumpold für seine Freundlichkeit und Geduld. „Wir sind Freunde von Herrn Ifkovits; ich habe mit Ihnen zuerst telefoniert. Wir wollen Sie nicht vertreiben, aber Sie haben sich, glaube ich, jetzt lange genug hier aufgehalten. Nur eine Frage noch – hat Ihnen Karl etwas erzählt?"

„Er kann sich an nichts erinnern, sondern fragt nur immer nach einem Herrn Rothschedl, ob der schon da ist", antwortete Maierhofer. „Ich habe das erst für einen Scherz gehalten, aber er hat mich ein paarmal nach dem gefragt. Ich habe ihm da leider nicht helfen können … Er war auch sehr überrascht, dass er jetzt im Donaupark ist – schon eine ziemlich merkwürdige Geschichte! Den Rest kann er Ihnen schon selbst erzählen, glaube ich. Darf ich mich jetzt verabschieden? Es ist immerhin schon elf Uhr vorbei, und ich habe morgen früh wieder Dienst."

„Nochmals herzlichen Dank, und Ihre Telefonnummer habe ich ja, falls noch etwas unklar sein sollte", sagte Gumpold. Der Jogger war anscheinend froh, wieder seiner Wege laufen zu können, und war bald in Richtung Bruckhaufen verschwunden.

Karl Ifkovits hatte schweigend dem kurzen Gespräch gelauscht und sagte dann mit schwerer Zunge: „Kann mir jemand das Telefon borgen? Ich möchte Barbara anrufen." Die ist trotz der vorgerückten Stunde aus Sorge um ihren Mann sicher noch wach, dachte Gumpold und fragte Ifkovits, „Hast du kein Handy dabei?" „Das ist mir irgendwie verloren gegangen, ich finde es jedenfalls nicht mehr … Das ist sehr dumm, weil ich alle meine Adressen draufhabe, aber jetzt möchte ich endlich mit Barbara sprechen!"

Und dann redete er eine Weile mit seiner Frau; dass sie im Krankenhaus war, hatte ihm schon der Jogger gesagt, der mit ihr telefoniert hatte. „Mir geht es jetzt wieder recht gut, auch wenn alles ein bisschen verschwommen ist …" Morgen werde er sich krankmelden, sie aber trotzdem besuchen kommen, sie solle sich keine Sorgen machen und ein bisschen schlafen, gute Nacht, Liebling.

Als er geendet hatte, brach er in ein unkontrolliertes Schluchzen aus. „Ich kann mich an überhaupt nichts erinnern", stammelte er. „Was ist das Letzte, was du noch weißt?", fragte Gumpold. „Der Sektempfang und das Gedränge in der Malzgasse?" Ifkovits schaute ihn verständnislos an: „Davon weiß ich nichts, was war da los?" Und so erzählte ihm Gumpold den Hergang, wie sie sich am Augarten getroffen und dann gemeinsam in die Malzgasse gegangen waren, bis zu dem Vorfall mit dem zerbrochenen Sektglas und der Suche nach dem sonderbaren Menschen, der vermutlich zu einer Art Sekte gehörte. Aber das war in Ifkovits' Gedächtnis alles gelöscht, er hatte nur mehr den Abschied von seiner Frau und seine Abfahrt aus Hornstein in Erinnerung, danach gar nichts mehr, „außer …"

„Außer was?", wollte ihm Gumpold auf die Sprünge helfen.

„Außer dass ich den Rothschedl finden muss, aber ich weiß nicht mehr, wer mir das gesagt hat, und ich weiß auch nicht, warum – und was ich mit dem Rothschedl machen soll, wenn ich ihn gefunden habe. Ich weiß überhaupt nicht, wer das sein soll."

Umberto hatte von Emilia gehört, dass Rothschedl oder seine Frau mit Ifkovits am Telefon gesprochen hatte. „Sie haben aber gestern beim Rothschedl angerufen und ihn um Hilfe gebeten. Das ist übrigens mein Chef im Ministerium, und er hat auch einen Brief aus Schweden, so wie Sie." Dem Ifkovits schien da etwas zu dämmern. „Ich habe eine E-Mail bekommen, aber was da drinnen gestanden ist, weiß ich auch nicht mehr." Er sah Umberto misstrauisch an.

„Es hat wohl keinen Sinn, die Befragung jetzt fortzusetzen", sagte Umberto zu Gumpold. Der seufzte. „Ich werde ihn jetzt nach Hause bringen und wahrscheinlich bis morgen bei ihm bleiben. Sein Auto werden wir hierlassen und morgen holen, vielleicht kann er dann wieder selbst fahren. Jetzt gehört er einmal unter die Dusche, und ich auch." Erst jetzt war ihm aufgefallen, dass es in dem Auto unangenehm roch, wie in einem Raubtierkäfig. Mit dem Gedanken, bei Karl zu übernachten, hatte er weniger Probleme, als wenn er die Nacht mit Barbara zusammen in einem Hause hätte verbringen müssen (was ja, bei aller Unbill, Gott sei Dank abzuwenden war).

„Brauchen Sie mich dabei?", fragte Umberto anstandshalber und hoffte, dass Gumpold das verneinen würde, was der auch tat. Nach Hornstein-Voristan wollte Umberto unter keinen Umständen fahren, vom Donaupark war es auch zum Bierhäuselberg, der am anderen Ende von Wien saß, weit genug. „Morgen kann ich ja einmal testhalber mit dem Sektionschef Rothschedl reden", bot er Ifkovits an und bereute es im selben Augenblick. Denn damit müsste er sich ja als Beteiligter zu erkennen geben, und der Himmel mochte wissen, was Rothschedl mit dieser Erkenntnis anstellen würde – und was sollte er ihm ausrichten? Dass er dringend von irgendwelchen obskuren Dunkelmännern gesucht und in der Malzgasse in einem Keller oder im Vereinslokal erwartet wurde. Der Chef würde ihn bestenfalls als Spinner abkanzeln, der sich lieber um sein Budget kümmern sollte als (er hörte ihn geradezu brüllen) um irgendwelche schwedischen Arschlöcher …

Nun war es aber heraußen: Ifkovits und Gumpold dankten ihm unisono für seine Bereitschaft, und er würde sich wohl oder übel eine Taktik zurechtlegen müssen; wie die aussehen sollte, wusste er noch nicht, aber mit zart aufkeimender Häme beschloss er, dem lästigen Vorgesetzten irgendwie ein Schnippchen zu schlagen.

Er stieg aus Karls Auto aus, die beiden fuhren ab. Es hatte zu regnen begonnen; die Temperatur lag der Jahreszeit entsprechend nur wenig über dem Gefrierpunkt. Es fröstelte Umberto, dennoch standen ihm Schweißperlen auf der Stirn – oder vielleicht war es der nun zunehmende Niederschlag?

Als er hinter seinem Lenkrad saß, läutete sein Mobiltelefon. Es war Clara (die hätte ich anrufen sollen, merkte Umberto für sich an). „Wir sitzen noch hier bei Wilma und Johann“, sagte sie mit unwirschem Unterton, „Wie ist die Lage bei euch?“ „Fürs Erste Entwarnung“, antwortete Umberto und erstattete in kurzen Worten Bericht. „Wir sollten jetzt alle heimfahren und ins Bett gehen; es ist fast Mitternacht.“

„Ich habe eine Mitteilung auf meinem Handy“, sagte Clara; sie buchstabierte mehr als dass sie las: „‚Maltgatan är inte avslutad, ännu inte, och vi behöver Rotsjedel‘ – das soll wohl Rothschedl heißen, aber was heißt das sonst alles? Unterschrift ist keine dabei, und abgeschickt wurde das heute um halb zwölf von derselben Nummer wie die, von der Ifkovits den Rothschedl angerufen hat. Kann man überhaupt von einer Festnetznummer ein SMS schicken? Ich dachte, das geht nur von einem Handy. Die beiden Krautmanns sind schon ganz aus dem Häuschen.“

„Jetzt geht das wieder an“, ächzte Umberto. „Das heißt: ‚Die Malzgasse ist nicht abgeschlossen, noch nicht, und wir brauchen Rothschedl‘. Aber beruhige deine Verwandtschaft – wir werden das schon hinkriegen! Wann hat Emilia vor, den Herrn Sektionschef zu besuchen? Er wollte ja nochmals mit ihr reden. Da wäre ich gerne dabei, denn ich habe Ifkovits auch versprochen, Rothschedl damit zu befassen.“ Clara murmelte etwas in den akustischen Hintergrund. Dann war plötzlich Emilia am Hörer. „Hallo Umberto! Ich hätte morgen früh eine Besprechung auf der Universität, aber ich weiß nicht, ob in den zwei Tagen vor Allerheiligen da überhaupt ein Betrieb ist. Können wir uns morgen darüber unterhalten – und ich würde zu dem Auftritt mit Rothschedl gerne Rudi mitnehmen, glaubst du, kann ich das?“

„Aber natürlich“, erwiderte Umberto etwas verhalten. Ein Dreieraufmarsch bei dem Choleriker würde diesen sicher kopfscheu machen, aber möglicherweise wäre das gar nicht so schlecht. „Wir sollten uns nur vorher absprechen. Übrigens – sag deiner Mutter, dass man auch von einer Festnetznummer ein SMS schicken kann.“

„Werde ich machen. Bis morgen also – und jetzt gute Nacht!“, verabschiedete sich Emilia, und Umberto startete das Auto und beeilte sich, durch Regen und Nacht sein Haus auf dem Bierhäuselberg zu erreichen.

ROTHSCHEDL UND DIE FEUERWEHR

Sehr gut hatte in dieser Nacht wohl niemand von uns geschlafen, vermutete Emilia beim Aufwachen am Montagmorgen. Sie hatte wirres Zeug geträumt, von ihrem Onkel, dem Dieses, der völlig durchnässt mit den drei Hunden im Augarten umherirrte, von Rothschedl, der im Dauerlauf durch die Malzgasse herunterkam und in eine Garagenabfahrt abtauchte, und von Umberto, der spitzbübisch grinsend über der Szene schwebte, bevor er wie von einem Propeller angetrieben in rasendem Flug hinter dem Horizont verschwand. Rudi war nicht vorgekommen, umso schöner war der Gedanke, dass er ja keine Traumfigur, sondern ein realer Mann war, den sie heute wiedersehen und küssen würde; beides hatten sie explizit bei ihrem gestrigen Abendtelefonat vereinbart. Erst allmählich stellten sich die anderen Einzelheiten der vergangenen Tage wieder ein, und mit einer Art von Panik wurde ihr bewusst, dass sie diese Erlebnisse wirklich und nicht nur im Traum gehabt hatte.

An diesem dreißigsten Oktober war das Wetter so, wie es sich für die Jahreszeit gehörte. Dicht hing der Nebel vor dem Fenster, der Wind pfiff und trieb die Regentropfen quer über die Scheiben. Man sollte alle Außentermine streichen, befand Emilia, ausgenommen das Treffen mit Rudi, aber der könnte ja auch zu mir kommen; es ist ja alles da, was wir brauchen …

Sie war gerade beim Zähneputzen, als das Telefon läutete. Einer ihrer Kommilitonen, mit dem gemeinsam sie ihre Besprechung mit dem Universitätsdozenten angesetzt hatte, teilte ihr mit, dass diese auf den Freitag nach Allerheiligen verlegt worden sei. „Wie ich vermutet habe“, meinte Emilia, „danke für die Mitteilung!“ Das lief ja wie nach Plan. Einem gemütlichen Tête-à-Tête, um in der Sprache ihrer Mutter zu bleiben, mit Rudi stand damit nichts mehr im Wege. Mit Umberto könnte man sicher auch über eine Verschiebung, auf morgen zum Beispiel, reden.

Aber daraus sollte vorläufig nichts werden. Bevor sie noch mit Rudi Kontakt aufnehmen konnte, klopfte es an ihrer Tür; ihre Mutter, noch im Schlafrock und mit Lockenwicklern in den Haaren, stand davor, mit den Hunden im Schlepptau, die unverzüglich in Emilias Wohnung hineinrasten. „Entschuldige die Störung, aber ich muss ständig an das schwedische SMS denken. Kannst du vielleicht doch noch einmal mit Rothschedl reden? Ich werde irgendeine Antwort schreiben, damit die mich endlich in Ruhe lassen."

Emilia blickte argwöhnisch den Chihuahuas hinterher. „Bis morgen hat das nicht Zeit? Es ist so scheußliches Wetter draußen, ich habe überhaupt keine Lust fortzugeben. Und es steht ja nirgends, dass das alles heute erledigt werden muss, nicht einmal im SMS: eine Antwort kannst du denen aber trotzdem schreiben, dass du alles unternimmst, um Rothschedl zu motivieren, wozu auch immer. Hast du dein Telefon dabei? Dann machen wir das gleich." Und Emilia tippte in Claras Apparat eine Antwort: „Wir sind auf dem Weg zu Rothschedl. Was sagen wir ihm?" Und sie drückte auf die Sendetaste.

„Ich frage mich ja, ob wir nicht doch endlich die Polizei einschalten sollen. Schließlich gibt es da zwei körperlich Geschädigte, und die Briefe sind ja auch mehr als lästig", meinte Clara, „andererseits ist alles so wenig handfest. Dass Hummel mit von der Partie ist, können wir ihm nicht beweisen, von dem stinkenden Mönch haben wir nichts außer seinem Geruch, und eine Suche nach dem Auto mit dem ‚verschwundenen' Kennzeichen werden sie wohl nicht einleiten. Freilich könnte man den Krautmann darauf ansetzen, aber der hat Angst, dass er sich mit seiner Geschichte lächerlich macht – was ich verstehen kann."

„Warten wir vielleicht einmal ab, ob du noch eine Mitteilung auf dein Handy kriegst", schlug Emilia vor. „Und dann schreibst du einfach, sie sollen direkt den Rothschedl anrufen, statt dauernd dich zu belästigen."

„Man fragt sich ja schon, wie man dazu kommt, sich mit irgendwelchen Geheimniskrämern zu unterhalten; ich hätte wirklich etwas Anderes zu tun – übrigens, kannst du mir heute wieder für zwei Stunden deinen Computer borgen?"

„Heute geht das nicht sehr gut; so, wie es aussieht, kommt Rudi heute zu mir", antizipierte Emilia den angestrebten Tagesablauf und fühlte, wie ihr das Blut ins Gesicht stieg. Clara grinste ihre Tochter an. „Das hat natürlich Vorrang, kann ich verstehen. Du sagst mir bitte, wenn die Luft wieder rein ist." Eine merkwürdige Formulierung im Zusammenhang mit Rudi, dachte Emilia.

Während sie den drei Zwerghunden ins Schlafzimmer nachsetzte, klingelte ihr Telefon schon wieder. „Entschuldigung, hier bei Sektionschef Rothschedl, Andrea Wimmer am Apparat. Spreche ich mit Frau Emilia Merz?" „Hallo Andrea", antwortete Emilia und war nicht sicher, ob sie mit der Sekretärin per Vornamen verkehrte, aber sie riskierte es eben; ihr schwante Ungemach.

„Der Herr Sektionschef lässt Sie bitten, ob sie heute am Vormittag Zeit hätten, zu ihm zu kommen, er möchte sie in der Angelegenheit mit den Briefen Verschiedenes fragen;" und dann in einem Flüsterton mit ironischer Einfärbung (offenbar hatte sie die Hand über dem Mikrofon), „und er würde sich *sehr* freuen, Sie wieder zu sehen." Emilia schloss aus dieser Mitteilung, dass sie mit Andrea nicht das Duwort ausgetauscht hatte, oder war bloß der Chef in Hörweite? „Dann wird es ihm ja auch nichts ausmachen, wenn ich meinen Freund mitbringe", sagte sie. „Wann soll ich da sein?" „Um zehn Uhr dreißig wäre es günstig, lange hat der Herr Sektionschef ohnedies nicht Zeit. Das mit dem Freund weiß ich nicht so genau." Also war er in Hörweite, sonst hätte sie ihn nicht so formell zitiert. Hoffentlich erwische ich vorher Umberto, dachte Emilia, und Rudi sowieso. Wir werden eben nachher zu mir – oder zu ihm – fahren, zu ihm ist es näher. Sie sagte also Andrea zu, und zu ihrer Mutter, die indessen alle drei Hunde eingesammelt hatte, „Die nächsten drei Stunden kannst du den Computer haben, aber komm bitte ohne die Viecher herauf."

Eine Stunde später hatte Emilia von Rudi erfahren, dass er sich etwas verspäten würde, weil er noch seine Redaktion aufsuchen müsse. Nun saß sie mit Umberto im Minoritenstüberl. Dieses Etablissement war die Kantine des Bildungsministeriums, ursprünglich eine unauffällige Speisestube für die Beamten des Hauses, solange, bis der Sohn der einstigen Pächterin vor etlichen Jahren das Lokal übernahm. Der Mann war bei Gumpold zur Schule gegangen und dort hauptsächlich als eifriger Adept der Kochkunst, weniger in anderen Disziplinen, hervorgetreten. Nach der Schule tat er sich mit verschiedenen Meistern der Gastronomie in Österreich und auch darüber hinaus zusammen und erwies sich als so gelehrig, dass er bald mit den Meistern im Verein im Fernsehen bei etlichen Kochsendungen ins Bild kam; er fiel mit der Zeit durch seine launigen Bemerkungen am Rande der medialen Zubereitungen auf, auch bei den Programmmachern; nach mehreren Jahren, als man der Fernsehköche alten Schlages müde wurde, fragte man bei ihm an, ob er eventuell auch eigenverantwortlich ein Küchenformat übernehmen wolle. Von da an war er aus dem Fernsehen nicht mehr wegzubekommen und hielt sich gemeinsam mit einem Westösterreicher ähnlichen Zuschnitts weitaus länger als Vorkocher der Nation als alle seine Vorgänger. Ungeachtet dessen betrieb er die Kantine weiter; dies war nicht zuletzt auch deshalb möglich, weil er hier, zum Unterschied von anderen Restaurateuren, eine sehr überschaubare Arbeitszeit hatte, die meist um fünfzehn Uhr endete; die Wochenenden waren ebenfalls frei.

Für die Kantine hatte seine mediale Omnipräsenz allerdings die Folge, dass sie sich zu einem Anziehungspunkt für Gastronomietouristen entwickelte. Da schon von der

Frühzeit des Lokals an die Vereinbarung mit der Hausverwaltung des Ministeriums bestanden hatte, dass auch Interessenten von außerhalb des Hauses der Zutritt zu seinem Gourmettempel zu gewähren sei, war der Zustrom bald nicht mehr zu bremsen. Hatten anfangs hauptsächlich die Müllmänner und manche Polizisten hier ihr Gabelfrühstück konsumiert, quollen nun auch die Beamten umliegender Ressorts herein und, nachdem sich das Minoritenstüberl Eingang in die internationale Reiseliteratur verschafft hatte, auch Besucher aus dem Auslande in größeren Zahlen. Es musste daher für die Beschäftigten im Hause ein zeitliches und räumliches Reservat geschaffen werden, sonst wären diese nicht mehr durch die Haufen manchmal bis auf die Straße angestellter Fans durchgekommen. Eingeweihte, zu denen auch Umberto zählte, wussten genau, wann und in welchem Teil des Lokals, das sich im Souterrain des Hauses befand, man trotz allem in Ruhe seinen Kaffee trinken konnte; gegen zehn Uhr, so hatte er zu Emilia gesagt, könnte man hier halbwegs ungestört bei einer Melange und einem Marillenstrudel konferieren.

Er hatte Emilia schon einige Neuigkeiten berichtet, etwa, dass sich Ifkovits wieder erholt hatte, aber noch immer nicht erklären konnte, was ihm da am Wochenende widerfahren war; eine Art von Narkotikum mochte er nicht ausschließen, auch wenn er sich nicht vorstellen konnte, wie ihm das appliziert worden sei. Ferner hatte Umberto angekündigt, dass er sich nun ernsthaft mit Lars Södergren besprechen wolle, den er für einen Geistesverwandten halte. Er habe übrigens von ihm eine Einladung nach Stockholm erhalten, die er gerne wahrnehmen würde, wenn auch nicht gerade im November, denn da gerate man dort in die jahreszeitliche *melancholia borealis* mit vier Stunden Tag und zwanzig Stunden Nacht. „Wenn wir jetzt Juni hätten“, setzte er fort, „hätte ich mich gleich auf den Weg gemacht und mit Lasse (so nenne ich ihn) die schwedischen Rosenkreuzer aufgearbeitet.“

„Das meinst du nicht ernst", warf Emilia ein, „dass du wegen der Geschichte eine Reise nach Schweden machen würdest – obwohl es irgendwie zu dir passen würde, so wie ich dich mittlerweile kenne." Umberto lachte: „Anscheinend kennst du mich besser als ich mich selbst, denn ich werde immer wieder von meinen sonderbaren Ideen überrascht. – Aber nun zur ‚Aktion Rothschedl'. Was haben wir mit ihm vor?"

„Ich glaube, dass er sich auf irgendeine Weise in der Malzgasse zeigen sollte, denn die Truppe dort scheint vor allem an ihm interessiert zu sein. Vielleicht lassen sie dann Ifkovits und meine Mutter in Ruhe. Ich kann mir aber nicht vorstellen, dass wir ihn dorthin bringen."

„Vielleicht gibt es doch eine Möglichkeit. Er sieht sich immer gern als Macher, als einer, der alles das zuwege bringt, was die anderen nicht schaffen. Wenn wir ihm jetzt erzählen, wie sehr Ifkovits seinetwegen gelitten hat und was Krautmann schon erleben musste – und dass es da einen brauchen würde, der in diesem schwarzen Sumpf einmal ordentlich umrührt, damit der Spuk endlich ein Ende hat – na, ich weiß nicht, ob er darauf nicht doch anspringt ..."

Emilia hatte nach ihren ersten Eindrücken von Rothschedl ihre Zweifel, aber Umberto kannte ihn schon jahrelang und wusste mit ihm umzugehen – aber wie sollten sie es anstellen, dass er bei dem Gespräch dabei ist? Freilich, er könnte hereinplatzen, aber dann würde ihn der Chef wahrscheinlich mehr oder weniger unfreundlich hinausjagen, um mit ihr allein zu ‚verhandeln'.

„Woher solltest du überhaupt von der Sache wissen?", fragte sie Umberto; der nahm aber plötzlich ihre Hand, hielt die andere an den Mund und starrte auf den Treppenabgang, der das Stüberl mit der Außenwelt verband. „Da kommt er herunter!" „Wer?", fragte Emilia. „*The boss himself* – er will anscheinend auch seinen Jausenkaffee. Dreh dich nicht um! Lass mich nur machen – und wundere dich über nichts!"

Rothschedl orderte seine Brotzeit an der Theke und sah sich dann suchend nach einem freien Platz um; er erblickte Umberto und die weibliche Person, die ihm ihren Rücken zukehrte. „Hallo Humbert, du bist in Gesellschaft, da störe ich lieber nicht!“ So rücksichtsvoll kenne ich ihn gar nicht, dachte Emilia, und wahrscheinlich will er jetzt sich trotzdem gleich hersetzen.

„Guten Morgen, Wolfram, darf ich dir eine Bekannte vorstellen – oder vielleicht muss ich sie dir gar nicht vorstellen, sie kennt dich ja angeblich schon!“ Emilia wandte sich um; Rothschedl erschrak erkennbar, fasste sich aber gleich wieder: „Frau Merz, Sie kennen den Weiser, woher bloß?“ „Guten Tag, Herr Sektionschef“, sagte Emilia ein wenig konsterniert. Die Situation drohte aus dem Ruder zu laufen, aber Umberto fing sie wieder ein: „Wir kennen uns von einer Ausstellung über die Freimaurer vor ein paar Jahren“, fabulierte er. „Da habe ich die Eröffnungsrede gehalten, und sie ist dann zu mir gekommen und hat mich in eine Diskussion über die Rosenkreuzer verwickelt, weil sie gerade eine Arbeit darüber geschrieben hat, und seitdem habe ich ihr ein paar Mal Literaturhinweise gegeben. Aber jetzt sind wir zufällig da zusammengekommen, und sie hat mir erzählt, warum sie hier ist.“

„Na großartig“, murrte Rothschedl. „Jetzt kennt die Geschichte schon das halbe Ministerium.“ Ich habe nichts zu verlieren, dachte Emilia, und murrte zurück. „Erstens habe ich außer Herrn Weiser niemandem etwas erzählt, und zweitens kennen Sie auch nur die halbe Geschichte. Da die Rosenkreuzer bei unseren Briefen auch eine Rolle spielen, habe ich ihn damit befasst, vielleicht kann er uns weiterhelfen!“

„Wer sind die Rosenkreuzer, verdammt noch mal?“ Rothschedl verfärbte sich gefährlich ins Purpurne. „Von denen stammen diese Briefe, und wahrscheinlich auch das Telefonat, das du bekommen hast“, erklärte Umberto, „und damit der Spuk ein Ende nimmt, brauchen wir deine Durchschlagskraft.“ Rothschedl schaltete seine

Emotionen wieder um zwei Gänge zurück und gewann seine vorige Gesichtsfarbe wieder. Trotzdem brummte er, „Was gehen mich die Rosenkreuzer an?“ Aber er war merkbar bei der Sache. „Zwei Beteiligte hat es schon erwischt“, hakte Emilia nach und berichtete im Stenogrammstil von Ifkovits und Krautmann, ohne freilich dessen Namen zu nennen. „Die beiden waren also ziemlich hilflos, und es ist zu befürchten, dass man sie auch weiterhin nicht in Ruhe lässt – und Sie auch nicht“, setzte sie nach einer Kunstpause hinzu. „Denn beide wissen nur, dass sie einen Wolfram Rothschedl suchen sollen“, ergänzte Umberto.

„Wo ist das passiert?“, fragte der Sektionschef. „Die sollen mich kennenlernen!“ Er holte sein Mobiltelefon hervor. „Frau Wimmer, der Termin mit Frau Merz fällt aus, ich habe sie gerade im Buffet getroffen, und bestellen Sie mir gleich jetzt einen Dienstwagen, ich brauche ihn eine Stunde lang, die Formalitäten machen wir nachher“ – und zu Umberto und Emilia gewandt: „Wir fahren jetzt gleich da hin und ich werde denen Beine machen!“ „Aber möglicherweise ist da jetzt niemand“, gab Emilia zu bedenken, „ich werde versuchshalber die Nummer anrufen, die Sie mir gegeben haben.“ Sie wählte die Nummer, lauschte kurz und sagte dann: „Wer immer Sie sind – Herr Sektionschef Rothschedl kommt nun zu Ihnen, wie Sie das gewünscht haben; wir sind in …“, sie blickte Rothschedl fragend an; der schrie, „in zehn Minuten!“ Emilia setzte fort, „in zehn Minuten da.“

Die Servierkraft, die dem Sektionschef den Kaffee und einen Mohnstriezel brachte, brüllte er an: „Jetzt kommen Sie daher! Das brauche ich nicht mehr. – Und ihr kommt jetzt mit!“ Umberto und Emilia folgten ihm über die Treppe, sie hatten ihre Zeche schon vorher entrichtet, denn gewöhnliche Gäste mussten ihre Konsumation bei der Theke abholen und auch gleich bezahlen. Die Kellnerin stand mit der Tasse und dem Teller ratlos da; Umberto rief ihr zu: „Ich zahle, wenn wir zurückkommen!“

Als sie den Amtseingang erreichten, fuhr eben der Dienstwagen vor, gleichzeitig kam atemlos Rudi Smrz herein. Emilia lief auf ihn zu und küsste ihn. „Wer ist das wieder?", rief Rothschedl irritiert. „Mein Freund, Herr Sektionschef", antwortete Emilia mit leicht triumphierendem Unterton. „Wir kommen mit seinem Auto nach, nicht wahr, Rudi?" Der erfasste die Lage blitzschnell und sagte: „Ich habe den Wagen gleich um die Ecke geparkt, komm, Emilia!" Und die beiden verschwanden Hand in Hand.

Was blieb Umberto also übrig, als zu dem Wüterich ins Auto zu steigen? „Wo fahren wir hin?", fragte der Chauffeur. „Malzgasse 19", teilte Umberto mit (das musste ja wohl via-á-vis von Malzgasse 20 sein) und fügte an: „Zweiter Bezirk, beim Augarten." „Ich weiß, wo die Malzgasse ist", knurrte der Fahrer pikiert. Unterwegs rief Umberto seine Mitarbeiterin an, er sei eine Stunde mit dem Herrn Sektionschef in einer dringenden Angelegenheit außer Haus. Dass er die Adresse so genau wusste, stieß dem Chef gar nicht mehr als sonderbar auf; der hatte schon Schaum vor dem Mund und war ganz auf seine Mission konzentriert (freilich hätte Umberto auch für seine vorlaute Kenntnis der näheren Umstände eine Erklärung parat gehabt).

Es dauerte trotz des dichten Nebels nicht einmal zehn Minuten, da standen sie vor dem geheimnisvollen Haus; sie stiegen aus, der Chauffeur sollte weisungsgemäß einen Parkplatz in der Nähe suchen und dann wieder zurückkommen. „Wir sind gleich wieder da!", glaubte Rothschedl zu wissen. Vor dem Haus stand Frau Cucujkic mit einem Besen und betrachtete neugierig die Ankömmlinge, die das aus dem großen Auto stiegen; Umberto hatte keine Chance, sich zu verstecken, und wurde sogleich von der Hausbesorgerin erkannt und begrüßt: „Guten Tag, Herr Kriminalrat!" Eilfertig öffnete sie das Haustor; bevor sie noch etwas äußern konnte, zog Umberto den Sektionschef in den Flur und schloss die Tür hinter ihnen. Rothschedl sah seinen Abteilungsleiter argwöhnisch an. „Wieso kennt dich die Hauswartin?“ „Die muss mich verwechseln, ich bin ja wirklich kein Kriminaler, oder? Wahrscheinlich hat es mit den Leuten da oben schon öfter ein Problem gegeben, so dass die Polizei hier aus und ein geht.“

„Sehr merkwürdig; sehr, sehr merkwürdig“, sprach Rothschedl. „Wieso kennst du überhaupt die Adresse?“ Offenbar kamen ihm nun auch die Kenntnisse des Umberto insgesamt verdächtig vor. „Die hat mir Frau Merz mitgeteilt“, versuchte sich Umberto herauszuwinden; Rothschedl sagte darauf nichts, aber es war ihm anzumerken, dass ihm die Situation nicht mehr ganz geheuer war. Umberto tat so, als würde er die einzelnen Türen auf Hinweise absuchen, und als er vor dem Vereinslokal stand, sagte er zu seinem Chef, der hinten nachkam: „Das könnte es sein, da steht ‚Verein für Geistiges Leben‘.“ Er ging ein paar Schritte zurück, um zu sehen, ob die Hausmeisterin nachkam. In diesem Augenblick ging die Türe auf, und Rothschedl wurde energisch in das Innere gezogen. Umberto hörte ihn protestieren, dann knallte die Türe zu, und von innen kamen nur noch verschwommene Geräusche, die aber auf einen heftigen Disput schließen ließen.

Umberto plagte nun doch ein wenig das schlechte Gewissen, dass er seinen Chef in diese unübersichtliche Lage gebracht hatte, obwohl er annahm, dass Rothschedl den oder die Bewohner „überzeugen“ würde können, was immer man sich darunter vorstellen mochte. Er läutete also nochmals an der Tür, und, als das nichts fruchtete, versuchte er es mit der Telefonnummer, aber auch da hob niemand ab. Ein paar Minuten stand er unschlüssig vor der Wohnungstür, und als sich nichts weiter tat, stieg er wieder zum Haustor hinunter und fand dort nicht nur Frau Cucuj-kic, sondern auch Emilia und Rudi vor, die eine Weile einen Parkplatz hatten suchen müssen. Auch der Dienstwagenfahrer kehrte von seinem Parkplatz zurück.

Umberto zog Emilia und ihren Freund ein wenig beiseite – die Hausmeisterin musste ja nicht alles mitbekommen – und berichtete, was sich auf dem Flur zugetragen hatte. Außer auf Rothschedl zu warten, fiel den beiden auch nichts zu der Lage ein. Frau Cucujkic näherte sich vorsichtig der Gruppe. „Herr Kriminalrat“, wandte sie sich an Umberto, „was ist los? Wollen Sie noch einmal ins Haus?“ Hausmeister haben oft Schlüssel zu den Wohnungen, erinnerte sich Umberto. „Haben Sie als Verwalterin einen Schlüssel zu dem Vereinslokal?“, fragte er sie. „Ja, aber nicht hier, sondern in meiner Wohnung. Wollen Sie dort hinein?“ „Warten wir noch einen Moment, vielleicht brauchen wir ihn nicht. Noch etwas: Hat das Haus einen zweiten Ausgang?“ „Nein, eigentlich nicht“, antwortete sie. „Das heißt, über den Hof kann man in den Garten beim Nachbarhaus und von dort auf die Augartenstraße, da vorne links um die Ecke, glaube ich, ich bin dort noch nie durchgegangen.“

Rudi meinte, jemand solle sich beim Eingang des Nachbarhauses postieren und zumindest beobachten, wer dort durch die Türe komme. Plötzlich entstand Lärm an einem Fenster im ersten Stock; es wurde aufgerissen, Wolfram Rothschedl kletterte auf das Sims und klammerte sich an den Kämpfer. „Verdammte Gauner!“, brüllte er ins Zimmer hinein. Das Fenster war ein so genanntes Kastenfenster, an dem die inneren Flügel nach innen und die äußeren Flügel nach außen zu öffnen waren. Während Rothschedl schreiend am Querholz hing, wurden die inneren Flügel geschlossen und anscheinend auch verriegelt. Offenbar konnte man noch einen hölzernen Laden von innen vor das Fenster schieben. Rothschedl trat gegen das Innenfenster; Glas splitterte, aber der Durchstieg ins Zimmer war durch das Holzpaneel verrammelt.

Das Sims war samt dem Fensterbrett etwa einen Viertelmeter tief, aber bequem stand man trotzdem nicht darauf. Der Amtschauffeur, der sich bisher schweigend im Hintergrund aufgehalten hatte, schrie plötzlich: „Ein Sprungtuch, wir brauchen ein Sprungtuch!“ Umberto rief: „Den Wohnungsschlüssel, Frau Hausmeisterin!“ Die erwachte aus ihrer Schreckstarre und eilte mit Umberto ins Haus. Der Chauffeur hatte indessen telefonisch die Einsatzkräfte verständigt. „In drei Minuten kommt die Feuerwehr, Herr Sektionschef“, informierte er den am Fenster klammernden und vor sich hin fluchenden Rothschedl, „Geht’s noch so lange?“

Die wenigen Passanten, die sich eben auf der Gasse aufhielten, versammelten sich unterhalb des Ereignisses und diskutierten die Lage. Rudi, der immer einen kleine Kamera am Gürtel trug (*„just in case“*, wie er zu Emilia sagte), war auf die gegenüberliegende Straßenseite geeilt, hatte bereits einige Fotos gemacht und schaltete nun die Movie-Funktion ein. „Das glaubt mir sonst kein Mensch“, vermutete er. Der Sektionschef schrie auf und hielt die linke Hand über den Abgrund; Blut tropfte einige Meter tief auf den Gehsteig. „Elender Mist, jetzt habe ich mich an den Scherben geschnitten!“, teilte er lautstark dem nun schon zahlreicheren Publikum mit. Aus verschiedenen Fenstern des Hauses und auch von gegenüber, aus dem Hause, in dem die missglückte Vernissage stattgefunden hatte, betrachteten mittlerweile etliche Anwohner die Vorgänge. Einer rief herüber, „Ich hätte einen Strick da, wollen Sie ihn haben?“ „Häng dich auf damit, du Trottel!“, schrie Rothschedl zurück. Einige lachten. „Es gibt Stehplätze und Logenplätze“, bemerkte Emilia zu Rudi und deutete auf die Fenstergucker. „Irgendwie ist es wie im Zirkus.“

Von ferne erklang das Folgetonhorn der Feuerwehr. Ein Linienbus bog in die Malzgasse ein und musste abbremsen, weil sich die Zuschauer auf der Fahrbahn herumtrieben. Der Fahrer des Ministeriums verjagte sie auf den Gehsteig und winkte den Bus durch. Die Fahrgäste waren alle auf die rechte Seite des Busses geeilt, um den besten Blick zu haben, aber nun fuhr er an, um Platz für den Feuerwehrwagen zu machen. Die Truppe sprang heraus, vier Männer breiteten das Sprungtuch aus, während ein fünfter die Leiter ausfuhr. „Warten Sie auf die Leiter“, rief er zu Rothschedl hinauf. Der drehte sich zu dem Rufer um und verlor dabei das Gleichgewicht. Mit einem jammernden Schrei fiel er ins Sprungtuch, das glücklicherweise schon ausreichend gespannt war. Die Menge klatschte Beifall, als der Sektionschef mit blutender Hand, aber ohne Knochenbrüche aus dem Tuch kletterte. Die Besatzung der Feuerwehr verscheuchte nun das Publikum aus dem unmittelbaren Bereich des Geschehens und verfrachtete Rothschedl zu einem Notarztwagen, den der umsichtige Chauffeur auch angefordert hatte. „Verbinden Sie mir den Finger und lassen Sie mich sonst in Frieden!“, herrschte Rothschedl die Sanitäter an, „Mir fehlt nichts!“

„Hast du alles festgehalten, Rudi?“, fragte Emilia. „Ja, sogar Rothschedls Flug auf die Matte – das wäre etwas fürs Internet“, befand Rudi. „Ganz ohne Polizei wird es nun nicht mehr gehen, oder? Die werden sich ja wohl fragen, wie der Mann aufs Fensterbrett gekommen ist. Wo ist Umberto geblieben?“ „Der ist ins Haus hinein verschwunden, er wollte den Verein von innen aufrollen. Hoffentlich haben sie ihn nicht auch erwischt. Und warum ist der Rothschedl aufs Fenster geflüchtet – was ist da drinnen passiert?“ Fragen über Fragen. Der Sektionschef blickte wild in der Gegend herum und suchte anscheinend Umberto. Dann wurde er in den Krankenwagen hineinbugsiert, sehr zu seinem Verdruss, wie man selbst aus der Distanz erkennen konnte, der Amtschauffeur stand dabei, zuckte die Schultern und verhandelte mit den Sanitätern; die Tür wurde geschlossen, und mit Blaulicht entfernte sich Rothschedl, ohne sein Geheimnis zu lüften.

Während die Feuerwehr ihre Gerätschaften zurückfuhr und verstaute, traten Emilia und Rudi an den Chauffeur heran: „Wohin hat man ihn gebracht?“ „Ins Unfallkrankenhaus zum Durchchecken“, antwortete der. „Wo ist der Ministerialrat Weiser? Der wird ja wieder mit mir ins Ministerium zurückfahren, oder?“

„Hoffentlich muss er nicht auch aus irgendeinem Fenster springen“, merkte Rudi an. „Ich glaube, er ist ein bisschen vorsichtiger als sein Chef“, meinte Emilia dazu.

UMBERTO VERFOLGT EINE SPUR

Emilia war zu Rudi in dessen Windjacke gekrochen und fühlte sich hier sehr wohl, angesichts der sonst eher widrigen Umstände. Nach einigen Minuten kam Umberto aus dem Nebel der Augartenstraße in die Malzgasse zurück. Er grinste unfroh, hob die Hände und schüttelte den Kopf.

„Wo ist Wolfram?", fragte er zunächst. Der Chauffeur berichtete die wesentlichen Einzelheiten. „Mmm", grunzte Umberto. „Herr Petricek", (so hieß der Fahrer), „ich bleibe noch einen Augenblick hier und komme dann mit dem Bus ins Büro; vielleicht gehe ich auch noch zur Polizei. Fahren Sie bitte ohne mich zurück." Herr Petricek fragte Umberto, ob er dem Ministerbüro eine Information geben solle, was der verneinte. „Ich rufe dort selbst an und verständige auch Frau Wimmer; behalten Sie bitte die Sache vorläufig für sich." Umberto wusste, dass ein solches Ersuchen zwecklos war. In einer Viertelstunde nach der Rückkehr des Chauffeurs würde das gesamte Ressort von Gerüchten brodeln. Aber es war ihm auch gleichgültig; die Polizei würde eine Meldung an die Presse weitergeben, und Rudi Smrz, der Journalist, war ja auch dabei gewesen. „Spannend war es schon", meinte Herr Petricek abschließend und verabschiedete sich.

„So eilig habe ich es nicht mit der Polizei", teilte Umberto mit und stellte den Kragen seiner Jacke auf. „Ich muss mir erst selbst darüber klarwerden, was da vor sich gegangen ist. Ihr wollt sicher wissen, was da drinnen los war, aber ich würde gerne in ein Kaffeehaus gehen. Hier ist es sehr ungemütlich." „Zu mir nach Hause ist es auch nicht weiter als zum Café", schlug Rudi vor, „und dort ist es noch gemütlicher. Außerdem kann ich dann meinen Bericht gleich an die Redaktion schicken."

Der Regen, der während Rothschedls Fenstersprung ausgesetzt hatte, machte sich nun wieder unangenehm bemerkbar, und so legten die drei den Weg zu Rudis Auto zügig und schweigend zurück, Rudi und Emilia eng umschlungen, Umberto, der hintennach eilte, betrachtete das Idyll vor ihm mit Genuss und Wehmut. Ein Polizeiwagen mit Blaulicht kam ihnen entgegen; Umberto zögerte einen Moment, dann stieg er in den Fond des Wagens.

In seiner Wohnung in der Wasnergasse drehte Rudi sofort die Heizung auf volle Leistung, denn die feuchte Kühle der vergangenen Stunde war allen in die Glieder gefahren. Während er die Kaffeemaschine anwarf und einige etwas antiquiert wirkende Kekse hervorholte („ich nehme an, ihr wollt heute nicht schon wieder Gulasch"), begann Umberto seinen Bericht.

„Es hat ewig gedauert, bis die Hausmeisterin endlich in ihrer Wohnung die Schlüssel hervorgekramt hat. Auf dem waren alle Wohnungsschlüssel des Hauses, jeder mit einem Zettel mit Türnummer umwickelt. Kaum sind wir bei ihrer Eingangstür draußen, hören wir hinten im Haus eine Türe schlagen. ‚Das war die zum Hof', ruft Frau Cucujkic. Ich weiß nicht, soll ich denen nachlaufen oder zuerst in die Vereinswohnung hineinschauen, aber dann denke ich, man sollte den Rothschedl erst einmal vom Fenster herunterhelfen, und so sind wir in die Wohnung eingedrungen. Da waren zwei kleine Zimmer und irgendwelche Nebenräume, aber kein Mensch mehr da. Die Lampen haben noch gebrannt. In einem Zimmer war das Fenster von Holzladen abgedeckt, die mit einem Querbalken verriegelt waren. Ein Vorhängeschloss daran war auch abgesperrt und kein Schlüssel zu sehen. Wir konnten also nicht zum Chef durch. Der zweite Raum geht zu einem Lichtschacht nach hinten, also nicht auf die Gasse, und so sind wir da auch nicht weitergekommen.

Das Mobiliar war wild durcheinandergeworfen, anscheinend hat sich der Sektionschef heftig gewehrt. Ein Tisch war umgeschmissen, mehrere Tücher lagen herum, und eine Art Bergseil hing über einem Stuhl, wahrscheinlich wollten sie den Wolfram fesseln und irgendwie betäuben, so wie es vermutlich auch dem armen Ifkovits ergangen ist. Der hat sich nicht so gewehrt, wie es scheint. Sonst war so gut wie nichts in der Wohnung. Die Tücher haben penetrant gestunken, sie waren mit irgendetwas getränkt. Es war auch Spuren von einer Flüssigkeit auf dem Tisch, aber keine Flasche weit und breit; wahrscheinlich haben sie die wieder mitgenommen. Frau Cucujkic ist plötzlich schlecht geworden und mir war auch nicht mehr gut; also haben wir uns beeilt, aus der Wohnung zu kommen.

Beim Hinauslaufen ist mir noch aufgefallen, dass Blutflecken auf dem Fußboden und an der Tür waren. Da muss sich allerhand abgespielt haben. Vielleicht war da noch etwas in den anderen Räumen, aber das konnten wir nicht mehr nachsehen, denn sonst wären wir beide bewusstlos in der Wohnung liegen geblieben. So haben wir nur die Tür von außen abgesperrt. Die Hausmeisterin hat am ganzen Leib gezittert, und so habe ich sie erst in ihre Wohnung gebracht, wo ihr mit einem Schnaps wieder besser wurde. Ich habe ihr eingeschärft, ja nicht mehr in die Vereinswohnung zu gehen, sondern zu warten, bis die Polizei kommt."

„Die wird, wenn sie wirklich bis in die Wohnung vordringt und dort Spuren sichert, deine Fingerabdrücke finden", vermutete Emilia.

„Bis jetzt hat sie aber keine Vergleichswerte, ich bin noch nie der Polizei in die Quere gekommen, und mein Reisepass ist auch noch einer ohne Fingerabdruck. Frau Cucujkic werden sie erwischen, aber die weiß nicht einmal meinen Namen. Ich würde ja selbst zur Polizei gehen, aber denen dort die ganze Causa erzählen, das übersteigt meinen Bedarf an Bizarrerie."

„Fragt sich nur, was Rothschedl von sich gibt, wenn ihn jemand interviewt", äußerte Rudi. „Im Krankenhaus werden sie ja wissen wollen, was ihn dazu gebracht hat, aus dem Fenster zu springen." „Wenn er überhaupt bis dorthin kommt; wenn ihm nichts fehlt, bezweifle ich, dass er bis zu einem Arzt kommt. Ich glaube, er unterschreibt etwas und fährt mit dem Taxi ins Amt zurück. Morgen ist er auf jeden Fall wieder im Ministerium", sagte Umberto, der für sich eben beschloss, die Polizei aus dem Spiel zu lassen, solange die von ihm nichts wollte. Im Bedarfsfall würde er sich eine irgendeine Räuberpistole überlegen.

„Ich bin dann nochmals auf den Flur vor der Vereinstür hinaufgestiegen, weil ich mich an die Blutflecken erinnert habe. Tatsächlich waren auch heraußen Blutspuren auf dem Boden. Ich musste denen nur nachgehen und kam zum Ausgang in den Hof; zum Nachbargrundstück gibt es da eine Holztür, die stand offen, und ich konnte bis auf die Augartenstraße durchgehen. Sogar auf dem Gehsteig waren noch Spuren zu sehen. Die führten bis zu einem freien Parkplatz und waren da zu Ende. Die sind also mit einem Auto weggefahren und haben dabei den Wagen davor gerammt. Dessen Kotflügel war eingedrückt; man konnte sogar noch ein paar undefinierbare graue Lackspuren sehen. Dann bin ich zu euch um die Ecke gekommen."

„Das deutet alles auf den Hummel und den ‚Mönch' hin, die Lackspuren stammen sicher von dem alten VW, den ich bei Hummel gesehen habe. Ich werde mir daheim auch nochmals Hummel anschauen, ob der irgendwie verletzt ist …"

„Gelingt es dir, die Geschichte nicht in deine Redaktion zu liefern?", fragte Umberto den Rudi, „oder hast du sie schon angerufen? Wenn wir das auf kleinem Feuer halten, haben wir einen größeren Spielraum für weitere Nachforschungen."

„Ich war eben dabei, das Ganze per E-Mail mit Bildern hinzuschicken", sagte Rudi und zeigte Umberto zu dessen Ergötzen seine fotografische und filmische Ausbeute. „Nicht schlecht, eignet sich aber besser für ein Videoportal im Internet. Vielleicht können wir es noch für sonst etwas brauchen."

Emilia legte die Hand auf Rudis Arm. „Ich glaube, er hat Recht", sagte sie zu ihrem Freund, „für uns wird es erst wieder spannend, wenn Rothschedl plaudert oder wenn

uns die Polizei ausfindig macht. Die Feuerwehr wird ja auch irgendeinen Bericht an die Polizei schicken, oder?"
„Das geht natürlich gegen meine journalistische Berichtspflicht", erwiderte Rudi, „außerdem blutet mein Reporterherz, wenn ich das für mich behalte."

„Bei allem Respekt", grinste Umberto, „aber was die Zeitungen aus solchen Ereignissen machen, hat ja meistens nichts mehr mit der Realität zu tun. Und das dann wieder einzufangen, wäre ja ungleich schwieriger. Und die schwedischen Burschen gehen uns dann durch die Lappen, weil ich nicht glaube, dass die an großer Publizität interessiert sind. Ich werde der Sache jedenfalls auf der Spur bleiben. Danke für den Kaffee; bei euren weiteren Agenden bin ich sicher nicht mehr vonnöten", setzte er schmunzelnd hinzu, „ich werde mit einem Taxi ins Ministerium zurückfahren."

„Da könnte ich dich aber schon hinfahren", bot Rudi an, hatte aber nichts dagegen, dass Umberto dankend ablehnte: „Ich denke, du wirst hier eher gebraucht." „Das würde ich auch so sehen", sagte Emilia mit hochrotem Gesicht und küsste Umberto auf die Wange.

Zehn Minuten später stieg Umberto auf dem Minoritenplatz aus und fand beim Portier Herrn Petricek vor; der eilte auf ihn zu und sagte: „Der Sektionschef ist gerade angekommen, aber so, wie der da durchgestürmt ist, würde ich jetzt nicht zu ihm hineingehen. Ich glaube, der frisst jeden samt Hut und Krawatte. Er hat mich angefaucht, dass ich ja nichts herumerzähle."

„Danke für den Tipp, Herr Petricek, aber mir wird das nicht erspart bleiben. Vielleicht müssen Sie dann für mich den Notarzt bestellen."

Zuerst ging Umberto in sein Zimmer, nahm einen Schluck aus einer für alle Fälle in einem Schrank verstauten Flasche, um wieder klar zu sehen, und überlegte die möglichen Szenarien, wenn er seinem Herrn gegenübertrete. Es war mit Sicherheit anzunehmen, dass der die Schuld für den missglückten Ausgang seiner Mission bei jemand anderem suchen würde, und da sonst niemand da war, würde er, Umberto, sein Fett abbekommen. Er würde sich auch nur als zufällig in die Malaise hinein geratener Zuschauer darstellen, und im Übrigen gleich mitteilen, dass er gedenke, eine Woche Urlaub zu nehmen. Er konsultierte seinen Computer und erhob den nächsten Flug nach Stockholm zu einem erträglichen Tarif, ungeachtet der *melancholia borealis*. Dann nahm er einen weiteren Schluck aus der Flasche und machte sich auf den Weg zu Rothschedl.

Andrea Wimmer saß im Vorzimmer zum Chef und war erkennbar verzweifelt. Sie wischte sich gerade ein paar Tränen aus dem Gesicht. Umberto deutete eine Frage an, indem er mit rückwärts gewandtem Daumen zum Chefzimmer zeigte. Frau Wimmer machte eine Geste, die nur heißen konnte: Jetzt ist er übergeschnappt. In Umberto stieg eine Art Zorn hoch, ein Gefühl, das er bisher kaum jemals gehabt hatte. Er hatte schon die Klinke zu Rothschedl in der Hand, da wurde die Tür von innen aufgerissen, bleich vor Wut wollte Rothschedl heraus und lief genau in Umberto hinein. Er griff nach dem Türrahmen, um das Gleichgewicht wiederzufinden und schrie, „Du kommst mir gerade recht! Dem Idioten dort habe ich eins auf die Nase gegeben, dass er zu Boden gegangen ist, und wenn du mir nicht aus dem Weg gehst, weiß ich nicht, ob ich mich jetzt beherrschen kann. Das verzeihe ich dir nie, dass du mich da hineingelockt hast!"

„Das war aber schon deine Idee, dort mit dem Dienstwagen hinzufahren!" Umberto hatte gegen seine sonstigen Gewohnheiten auch seine Stimme erhoben. „‚Die sollen mich kennenlernen', hast du gesagt. Jetzt haben sie dich kennengelernt – und du sie auch. Du glaubst doch nicht, dass die dich jetzt in Ruhe lassen – jetzt geht es erst richtig los!" Der Sektionschef wurde noch bleicher.

Andrea Wimmer beobachtete die Szene mit offenem Mund; so hatte sie den Umberto noch nie erlebt. Aus dem sanften Umberto wurde plötzlich ein ‚knallharter Bursche' (so dachte sie), der den wilden Rothschedl Mores lehrte;

sie war beeindruckt. Vor ihren Augen knickte der Chef ein; Umberto fasste ihn unter und schleppte ihn in sein Zimmer zurück.

„Was soll ich denn tun, was wollen die denn von mir?“, jammerte Rothschedl. Sein Zustand hatte sich mit einem Mal so verändert, dass kein Risiko mehr bestand. Umberto antwortete mit fester Stimme: „Vor allem, lass dich auf keine weitere Begegnung mit denen ein! Ignoriere alle weiteren Mails und Briefe, die von ihnen kommen – und es werden welche kommen, da bin ich sicher. Was hast du den Leuten im Rettungswagen erzählt?“

„Dass sie mir den Finger verbinden sollen und dass ich nicht ins Spital will.“

„Haben sie dich nicht gefragt, wie du auf das Fenster gekommen bist?“

„Die haben das gar nicht gesehen, jedenfalls haben sie mich nicht danach gefragt. Ich habe einen Zettel unterschrieben und bin vorm Spital in ein Taxi gestiegen. Was hast du mit der ganzen Geschichte zu tun?“

„Nichts, als dass mir Emilia erzählt hat, was sich bisher abgespielt hat. Aber es interessiert mich, und ich will da dranbleiben, wenn du gestattest“, antwortete Umberto mit leicht sarkastischem Unterton, „und deshalb werde ich mir eine Woche Urlaub nehmen. Nach dieser Woche kann ich dir wahrscheinlich mehr erzählen. Aber kannst du mir vielleicht sagen, was sich da im Verein getan hat?“

Rothschedl räusperte sich und berichtete. Er war ins Zimmer hineingezogen worden, zwei Männer waren dort gestanden, ein seltsamer alter Mann und ein Ausländer in einem Poncho mit Kapuze, und sie hatten zu Rothschedl gesagt, endlich sind Sie da, Herr Rothschedl, wir bringen sie jetzt in eine andere Welt, die ihnen viel besser gefallen wird, setzen Sie sich auf diesen Stuhl. Dann kommt einer von ihnen mit einem stinkenden Lappen, der andere hat mich an den Schultern festgehalten, da bin ich aufgesprungen und habe dem Alten eins aufgebrannt, wahrscheinlich habe ich ihm die Nase gebrochen, und den anderen habe ich am Bein erwischt; da läutet es an der Tür. Die beiden haben die Panik gekriegt, der mit der Kapuze ist wieder aufgesprungen und hat mir irgendetwas vors Gesicht gehalten, das wie eine Pistole ausgesehen hat, aber vielleicht war es auch nur eine Flasche, aber in dem Halbdunkel habe ich es nicht richtig gesehen, und weil mir von dem Gestank schon schlecht war, bin ich zum Fenster, und der mit der Pistole hinter mir, und ich denke, jetzt schießt er gleich, und lieber springe ich aus dem Fenster, als ich werde herinnen umgebracht, und steige aufs Sims, da kracht hinter mir der Fensterladen zu und ich bin draußen. Und dann schreit schon der Petricek zu mir herauf, dass die Feuerwehr kommt. Verdammte Scheiße; das war wahrscheinlich keine Waffe, ich hätte denen gleich noch ein paar Tritte geben sollen."

„Vermutlich sind das zwei Narren und keine Mörder", mutmaßte Umberto. „Die Frage ist, ob wir die Polizei holen sollen. Aber das alles ist derart grotesk, dass uns die vielleicht auslachen." „Und ich will wirklich nicht deshalb in der Zeitung stehen, hoffentlich hält der Petricek dicht und dein Liebespaar auch." Umberto verschwieg, dass Rudi ein Journalist war. Und dass Rothschedls Fenstersprung im Ministerium nicht die Runde machen würde, konnte er auch nicht glauben.

„Was willst du denn in der Woche herauskriegen?", fragte ihn der Chef. „Ich werde einen Freund in Stockholm besuchen, den wollte ich ohnehin schon lange einmal sehen", erläuterte Umberto und beließ es dabei. Rothschedl fragte auch nicht weiter nach. „Hol dir bei der Wimmer einen Urlaubsschein, und ich fahre jetzt heim, für heute reicht es mir."

PETER UND JOHAN

Als der Ingenieur und starke Raucher Peter Kaltenecker vor fast dreißig Jahren Wien verließ, um in Schweden eine projektbezogene Stelle in der Zentrale einer Kraftwerksgesellschaft anzutreten, dachte er, dass er in drei Jahren wieder daheim sein werde. Er ließ seine Frau Clara und seine einjährige Tochter Margarete zurück und versprach, ihnen allmonatlich einen namhaften Geldbetrag zukommen zu lassen, der mindestens dem entsprach, was er daheim zum Unterhalt beigetragen hätte. Da man ihm eine Dienstwohnung in Stockholm und ein Firmenauto in Aussicht gestellt hatte, sollte das ohne Einschränkungen seines gewohnten Lebensstils möglich sein.

Als er in der schwedischen Hauptstadt ankam, wurde ihm bewusst, dass es ganz nützlich gewesen wäre, wenn er wenigstens einige Wörter der Landessprache beherrscht hätte. So hatte er schon einige Mühe, den Taxifahrer, der ihn vom Flughafen Arlanda zum Firmensitz in Vällingby gebracht hatte, zu überzeugen, den Fuhrlohn in österreichischer Währung entgegenzunehmen, da er in der Eile vergessen hatte, sich mit schwedischen Kronen einzudecken. Der Chauffeur hatte aber schon einige Kunden mit einem vergleichbaren Problem gehabt und deshalb eine Umrechnungstabelle dabei, wobei er den dort angegebenen Kurs durch einen Erschwerniszuschlag großzügig auffettete. Der Tarif für die Fahrt von dem weit außerhalb gelegenen Flughafen veranschaulichte dem Ankömmling unvermittelt die Differenz zwischen dem Preisniveau seiner alten Heimat und jenem des Gastlandes.

Kaltenecker wurde in der Firma freundlich empfangen; er bekam einen Arbeitsraum, ein Auto (das ihm etwas beengt vorkam) und eine Zweizimmerwohnung in einem Hochhaus in Hässelby Strand, nur drei Kilometer von seinem Arbeitsplatz entfernt. Die Wohnung war komplett eingerichtet, allerdings nicht so, wie es seinem Geschmack entsprochen hätte, und außerdem hatte er auch nicht beabsichtigt, so weit vom Zentrum Stockholms entfernt zu wohnen. Der Ausblick von seinem Wohnzimmer auf die Ausläufer des Mälarsees war zwar ganz nett, aber man musste mit der Tunnelbana zwanzig Stationen bis zur Altstadt fahren, wo ein bisschen etwas los war (wenn man das überhaupt so nennen konnte); Parkplätze gab es im Zentrum so gut wie nicht.

Dazu kam bald ein weiterer ernüchternder Umstand. Kaltenecker hatte sich für einen einsamen Experten auf dem Gebiet der Blindleistungsvermeidung gehalten und dies in seinem Bewerbungsschreiben auch deutlich zum Ausdruck gebracht. Nun musste er feststellen, dass er mit seinen Ansichten in der Kraftwerkszentrale auf maximal höfliches Interesse, manchmal aber auch auf nachsichtiges Lächeln stieß. Wenn die Leute, mit denen er es zu tun hatte, in seiner Gegenwart plötzlich von Englisch auf Schwedisch umschalteten, konnte er fast sicher sein, dass man wieder einige abfällige Bemerkungen über ihn machte. Er wurde einem leitenden Ingenieur zugeteilt, der so gut wie kein Englisch konnte und entsprechend einsilbig mit ihm umging. Es stellte sich auch heraus, dass die Blindleistungskompensation hier in Schweden schon lange kein aktuelles Thema mehr war. Kurzum, Kaltenecker fühlte sich binnen weniger Wochen zu einer Art Edelpraktikant degradiert.

Einmal hatte er seinen Beitrag an Clara überwiesen und dachte bereits daran, den Job in der Kraftwerksgesellschaft hinzuschmeißen und wieder nach Österreich zurückzukehren. Da traf er eines Abends in einer Bar in der Västerlånggatan in Stockholms Altstadt Marie, die am Tresen saß und vor sich hinstarrte. Sie hatte, wie sie ihm freimütig in halbwegs verständlichem Deutsch mitteilte, gerade ihrem Bengt den Laufpass gegeben. Nun wollte sie alles hinter sich lassen und sich eine Zeitlang in die nordschwedische Einsamkeit zurückziehen, irgendwo bei Storuman. Kaltenecker hatte von diesem Ort noch nie etwas gehört, in seiner derzeitigen Situation klang das aber interessant.

Noch die gleiche Nacht verbrachte Kaltenecker mit Marie in ihrer winzigen Wohnung in Södermalm; am nächsten Tag, es war Samstag, holte er seine Sachen aus dem Hochhaus in Hässelby Strand; das Auto stellte er auf den Firmenparkplatz in Vällingby, ging in sein Büro, hinterließ dort einen Briefumschlag, in dem seine Kündigung steckte, und fuhr mit der Tunnelbana bis Medborgarplatsen. Bei Marie lud er sein Gepäck in ihren Wagen, der noch kleiner war als das Firmenauto, und gemeinsam fuhren sie ohne größere Pause nach Storuman, immerhin über neunhundert Kilometer, wo Marie am gleichnamigen See eine Sommerhütte besaß. Hier blieben sie die nächsten Wochen; Marie brachte Kaltenecker etwas Schwedisch bei. Stockholm, die Blindleistung, Clara und Margarete waren sehr weit weg, so weit, dass Kaltenecker auch nicht mehr daran dachte, weitere Gelder nach Wien zu überweisen.

Einkaufen konnte man das Wesentliche im Coop von Storuman, so viel Barschaft war noch vorhanden; den Fisch angelten sie im See. Marie berichtete nicht sehr viel von ihrer Vergangenheit, die aber, wie Kaltenecker merkte, irgendwelche dunklen Punkte hatte, derentwegen sie den Aufenthalt in den Wäldern ihrer Stadtwohnung in Stockholm vorzog. Er erfuhr nicht einmal ihren Familiennamen und fragte auch gar nicht danach.

Eines Abends, es war mitten im Sommer und ungewöhnlich heiß, kam ein Wanderer bei der Hütte vorbei; er hatte einen Tourenrucksack umgehängt und schwitzte heftig. Ob er ein Glas Wasser haben könne? Dann saß er auf ihrer Terrasse, verjagte die Stechmücken, die anfingen lästig zu werden, und als Marie ein Bad im See vorschlug, entkleideten sie sich und sprangen zu dritt nackt in den Storuman. Das war richtig erfrischend, mehr als siebzehn Grad hatte das Wasser auch zu dieser Jahreszeit nicht, aber der Wanderer roch nicht mehr nach Schweiß, und auch sonst erholte er sich zusehends. Er konnte recht gut

Deutsch, und als ihn Kaltenecker fragte, wo er das gelernt habe, berichtete er, er habe in Göttingen studiert und beschäftige sich nun kurz vor Abschluss seines Studiums mit altgermanischen Sprachen und ihren Verwandtschaften zu Lettisch und Litauisch; er erging sich sodann in einer Darstellung des Altpreußischen in seiner Relation zum Gotischen, womit weder Kaltenecker noch Marie etwas anfangen konnten. Ob sie wüssten, was die Wulfila-Bibel sei, fragte er die beiden schließlich. Dem Kaltenecker war sie komplett fremd, Marie erinnerte sich, davon in der Schule gehört zu haben, aber wusste auch nichts Näheres darüber. Johan, so hieß der Wanderer, blieb zum Abendessen und erzählte seinen ermatteten Zuhörern, dass er sich mehr und mehr mit den Mystikern des Mittelalters und darüber hinaus beschäftige, die in der direkten geistigen Nachfolge zu Bischof Wulfila stünden. Als er sich in Details verlor und gerade über Johann Valentin Andreae referierte, bot ihm Marie an, im Hems (das war das nur halb mannshohe dreieckige Obergeschoss der Hütte) seine Luftmatratze auszubreiten.

Kaltenecker, den Johans Gefasel nicht interessierte, erinnerte sich an einen Nachbarn in Wien, der ihm ebenso weltfremd vorgekommen war wie Johan. Er hieß Hugo Hummel und arbeitete in der Nationalbibliothek. Als bei ihm einmal die Stromversorgung zusammengebrochen war, bat er den Elektrotechniker Kaltenecker um Hilfe. Als sich der die Leitungen ansah, bombardierte ihn Hummel mit allerlei krausem Zeug, von Meister Eckart bis Hildegard von Bingen; besonders blieb ihm, im Zusammenhang mit seiner bevorstehenden Abreise in den Norden Europas, eine Heilige namens Birgitta von Schweden in Erinnerung, von deren Visionen Hummel besonders geschwärmt hatte. Die brüske Aufforderung Kalteneckers, ihn mit diesem Klimbim zu verschonen, ließ Hummel endlich verstummen. Das Licht brannte wieder, und Kaltenecker war froh, das Hummelsche Anwesen bei gutem Wind verlassen zu können.

Aus purem Übermut erzählte er nun Johan von Birgitta von Schweden und von Hummel, was diesen geradezu in Verzückung versetzte. Um einem weiteren mystischen Wortschwall zuvorzukommen, gab Kaltenecker Johan Namen und Anschrift des sonderbaren Nachbarn; er möge sich doch mit ihm in Verbindung setzen, da hätte er sicher mehr davon als von seinen derzeitigen Gesprächspartnern.

Am nächsten Morgen wanderte Johan weiter, hinterließ aber seine Adresse in Stockholm, man möge ihn besuchen, wenn man wieder einmal dorthin komme. Das hatten beide fürs Erste nicht vor, aus unterschiedlichen Gründen. Maries Gründe erfuhr Kaltenecker nicht mehr; als er eine Woche nach Johans Besuchs von einem Einkauf in Storuman zur Hütte zurückfuhr, begegnete ihm auf dem Waldweg ein Polizeiauto; es hielt an, Marie, die drinnen saß, kurbelte das Fenster herunter, sagte zu ihm, er möge die Hütte absperren und das Auto bei Gelegenheit bei ihrer Wohnung in Stockholm abstellen, sie werde sich bei ihm melden. Bevor Kaltenecker noch etwas nachfragen konnte, war der Streifenwagen schon hinter den nächsten Bäumen verschwunden.

Kaltenecker schüttelte den Kopf, zündete eine weitere Zigarette an und überlegte, was nun zu tun sei. Von den Schweden hatte er im Augenblick genug. Um das hiesige Intermezzo zu beenden, hätte er ja wieder nach Wien zurückfahren können; aber Clara und Margarete ohne Anstellung und ohne Geld entgegenzutreten, das konnte er den beiden ja nicht antun. Eigentlich gab es nur eine Möglichkeit, die gleichzeitig Verdienst und Freiheit bedeutete. Er brachte das Auto wie gewünscht nach Stockholm zurück, ließ den Wagenschlüssel und die Papiere im abgesperrten Auto, begab sich mit seinem letzten Geld zum Freihafen im Nordosten der Stadt und heuerte bei einem Frachtschiff unter liberianischer Flagge an.

Die nächsten zwanzig Jahre verbrachte er auf den Weltmeeren und verzichtete darauf, Clara von seinen Lebensumständen zu verständigen. Einmal im Jahr telefonierte er mit Johan Rosenkvist, der einen Lehrauftrag an der Universität von Uppsala bekommen hatte und zu einer Koryphäe auf dem Gebiet der Altgermanistik geworden war. Stets wurde Kaltenecker eingeladen, den Professor in Schweden zu besuchen, aber die Schiffsrouten verliefen immer abseits der Ostsee.

Dann nahm sein Leben eine unerwartete Wendung. Er war von Port Said nach Piräus unterwegs, als er erstmals keine Luft mehr bekam. In Griechenland suchte er einen Arzt auf, der ihm ein Lungenkarzinom attestierte und ein Medikament verschrieb, mit dem er den Flug nach Stockholm antreten konnte. Er rief Johan an, der sich nach mehreren Versuchen endlich meldete und ihm den Rat gab, nach Linköping zu fahren und dort die medizinische Fakultät aufzusuchen; dort kenne er einen Spezialisten, den er informieren werde. Er, Johan, werde ihn dort besuchen und die nächsten Schritte besprechen.

In Linköping mietete sich Kaltenecker im Hotel Östergyllen ein und schrieb einen Brief an Clara. Auf dem Weg zur Ordination kaufte er einen Briefumschlag mit Marke, schrieb Claras Adresse darauf und als Absender „Peter Kaltenecker, Linköping“. In der Repslagargata hustete er Blut ins Taschentuch. Der Professor sah sich die Lage an und bestellte sofort einen Krankenwagen.

Nach einigen weiteren Untersuchungen im Spital ersuchte Kaltenecker den Arzt, ihm ohne Umschweife seinen Zustand mitzuteilen. Der Krebs sei so weit fortgeschritten, sagte der Professor, dass nichts mehr zu machen sei; eine Operation komme nicht mehr in Frage. Er fragte, ob er Verwandte verständigen könne. Das werde Johan Rosenkvist machen, den er für die nächsten Stunden erwarte, antwortete Kaltenecker.

Johan kam noch am gleichen Abend und fiel durch seinen unangenehmen Geruch auf. Kaltenecker erinnerte sich an Storuman, da hatte Johan auch so eine Ausdunstung gehabt. Immer wieder von Hustenanfällen unterbrochen, erzählte er Johan, wo er in den letzten Jahren gewesen sei und dass er von seiner Krankheit bis vor wenigen Tagen nichts bemerkt habe. Allerdings sei er ein starker Raucher gewesen und habe schon deshalb häufig gehustet. Er habe da einen Brief an seine ehemalige Frau, wie er sich ausdrückte, ob Johan den aufgeben könne. Johan sah die Adresse an und stutzte. „Diese Anschrift kenne ich", sagte er, „da hat mich vor ein paar Wochen eine Studentin angeschrieben, die wollte Auskünfte über meine Skeireins-Forschungen. Die hieß März, glaube ich, Emanuela oder so ähnlich. Ich bin sicher, dass das dieselbe Adresse ist." „Ich habe keinen Kontakt mit Clara seit über zwanzig Jahren", flüsterte Kaltenecker heiser, „ich kann dir also dazu nichts sagen." Johan nahm den Brief, wünschte ihm alles Gute und versprach, in ein paar Tagen wiederzukommen. Dann werde er ihm auch ein paar Schriften mitbringen, die ihm sein Schicksal erleichtern würden.

Kaltenecker verbrachte eine unruhige Nacht. Am Morgen aß er mit Mühe sein Frühstück, zog sich an, ging zum Eingang, bat den *portvaktare*, ihm ein Taxi zu rufen, und fuhr damit zu seinem Hotel. Dort holte er aus seiner Reisetasche ein Klappmesser, das er als Seemann immer bei sich getragen hatte, stieg wieder in das Fahrzeug, das auf ihn gewartet hatte, und ließ sich fünfzig Kilometer ans Ufer des Vättern chauffieren. Die Sonne schien prächtig, es war Frühsommer.

In Motala fragte er, ob man irgendwo ein Boot mieten könne. Man wies ihn an ein Vandrarhem am Ufer; hier wollte man ihm kein Boot geben, weil er keinen Ausweis mithatte. Er werde aber gleich bezahlen, und in zwei Stunden sei er wieder zurück; er wolle nur eine kleine Runde drehen. Etwas skeptisch ließ ihn der Hüttenwirt dann doch in einen Kahn mit Außenborder steigen. Kaltenecker fuhr auf den offenen See, nahm sein Messer heraus und merkte, dass er in der Jackentasche den Brief an Clara vergessen hatte; Johan hatte also nur den Briefumschlag aufgegeben. Vielleicht war es aber ohnedies besser so, dachte er. Die Jacke zog er aus und legte sie neben sich; es war fast heiß geworden, wie auf seinen Schiffsreisen in den Tropen, wenn er freihatte und eine Weile die Sonne auf Deck genießen konnte.

Mit dem Messer zog er auf beiden Unterarmen lange Schnitte; sofort war alles voll Blut. Er blickte zurück ans Ufer, dann in die Sonne. Ein paar Minuten lag er noch da; als er spürte, wie ihm übel wurde, nahm er den Brief an Clara an sich und ließ sich sanft über den Bootsrand ins Wasser gleiten. Es war eiskalt, aber das merkte er nur mehr einige Sekunden lang.

UMBERTO UND GUNILLA

Während seiner Studienzeit war Umberto zweimal in Schweden gewesen; das erste Mal gleich nach der Reifeprüfung, als er noch nicht so richtig wusste, was er mit seinem Leben anfangen sollte. Ein Klassenkollege hatte eine Verbindung zu einer Papierfabrik hergestellt, die im Rufe stand, Ferialpraktikanten aus Mitteleuropa aufzunehmen. Da sich im Augenblick keine andere Option anbot, schloss sich Umberto (so nannte man ihn schon im Gymnasium) dem Freunde an, und schon Anfang Juli traten die beiden ihren Dienst im Grycksbo Pappersbruk bei Falun an.

Man zeigte ihnen dort die verschiedenen Produktionsphasen von der Anlieferung des Holzes bis zum Abtransport der fertigen Ware. Umberto, der immer schon dem Haptischen zugeneigt war, war fasziniert von der Art und Weise, wie man hier mit Material umging. Von seinen Tätigkeiten blieb ihm besonders in Erinnerung, wie er mit einem *gaffeltruck*, einem Gabelstapler, die am Ende der riesigen Papierrollen abgeschnittenen verknitterten Enden auflas und sie dem Altpapierlager zur Wiederverwertung zuführte; und vielleicht noch mehr seine Beschäftigung an der *avbarkningstrumma*, der Entrindungsmaschine, wo er mit Hilfe eines Flößerhakens darauf zu achten hatte, dass von den anrollenden Baumstämmen immer nur ein einzelner in die Trommel eingeführt wurde, eine zwar gleichförmige, aber kräftezehrende Arbeit. „*Gaffeltruck*“ und „*avbarkningstrumma*“ waren auch die beiden Fachausdrücke, die er sich von damals gemerkt hatte. Sonst konnte man mit den Arbeitskollegen englisch, mit vielen auch deutsch sprechen, wofür Umberto sie bewunderte, weil er nicht annahm, dass man Vergleichbares in Österreich erleben würde.

Im Übrigen erinnerte er sich an seinen ersten Schwedenaufenthalt auch deshalb, weil er bei der Heimreise mit der Bahn in seinem Seesack einen siebzehn Kilogramm schweren Stein aus der Landschaft rund um Grycksbo mitführte. Der war für den Alpengarten bestimmt, den sein Vater in seinem Garten in Münichreith am Ostrong errichtet hatte. Unterwegs hatte er nicht nur die diesbezügliche Neugier seiner Mitreisenden zu befriedigen, sondern musste auch den damals noch amtierenden Zöllnern an den verschiedenen Staatsgrenzen Rede und Antwort stehen, was er mit diesem Stein beabsichtige.

Zwei Jahre später saß er wieder im Zug nach Stockholm, diesmal jedoch aus sehr privaten Gründen. Ein paar Jahre zuvor hatte er den Einfall gehabt, mit Menschen seines Alters in verschiedenen Ländern eine Brieffreundschaft aufzubauen, und zu diesem Zweck Zeitungsredaktionen des Auslandes schriftlich gebeten, eine entsprechende Annonce einzurücken. Dazu gehörte die New York Times, die Times of India, Ha'aretz in Israel und eben auch Dagens Nyheter in Stockholm, selbst bei der Iswestija versuchte er es. Zu seinem Erstaunen kamen alle Zeitungen bis auf die Iswestija seiner Bitte nach, und nach einigen Wochen korrespondierte er mit Carol Myers in New York, R. N. Banerjee in Kalkutta, Gila Bleichfeld in Ramat Gan und Gunilla Lönnroth in Stockholm. Man verständigte sich auf Englisch. Während sich die anderen Brieffreunde wieder verliefen, intensivierte sich der Kontakt mit Gunilla beträchtlich. Aus den freundlichen Mitteilungen am Anfang wurden mit der Zeit Liebesbriefe, die immer leidenschaftlicher wurden und im Zweitagesabstand hin- und hergingen. Aus den Liebesbriefen entstand das dringende Bedürfnis, sich auch physisch näherzukommen.

Die Annäherung an Gunilla war allerdings nicht ganz so einfach. Gerade zu der Zeit, als Umberto Gelegenheit hatte, nach Schweden zu reisen, befand sich Gunilla auf einem mehrwöchigen Seminar in London und riet Umberto, sich zunächst in der Jugendherberge auf dem Segelschiff af Chapman einzuquartieren, das an der Insel

Skeppsholmen im Zentrum von Stockholm vertäut war. Außerdem gab sie ihm die Adresse und die Telefonnummer ihrer Eltern, die in Södermalm wohnten, nur für alle Fälle. Eine Woche noch würde er ohne sie auskommen müssen.

Umberto hatte sich einen Lehrgang „30 Stunden Schwedisch für Anfänger“ samt Schallplatte besorgt und eifrig studiert, auch nur für alle Fälle. So tat er sich nicht schwer, als er im Bahnhof Centralen ausstieg und nach dem Schiff fragte. Zwei Tage lang wohnte er in dem schwimmenden Vandrarhem, saß auf dem Deck und zeichnete und malte; seine künstlerische Ausstattung hatte er immer bei sich. Die Stockholmer Innenstadt erkundete er auf langen Wanderungen. Dann besuchten ihn Gunillas Eltern, die er zwischendurch einmal angerufen hatte; sie fanden ihn sympathisch und offerierten ihm Gunillas Zimmer in der elterlichen Wohnung, solange sie noch in England war. Gunillas Vater war Högbåtsman (was immer das genau war) bei der schwedischen Marine, die Mutter arbeitete in der Verwaltung von Södersjukhuset, dem zweitgrößten Krankenhaus der Hauptstadt.

Für die Zeit nach Gunillas Rückkehr hatte man bei ihrer Tante in Kristineberg auch schon ein Zimmer für Umberto organisiert. Die Eltern hätten keine moralischen Bedenken gehabt, ihn gemeinsam mit Gunilla in deren Zimmer schlafen zu lassen, es war bloß so winzig, dass es wirklich nur für eine Person bewohnbar war.

Und so übersiedelten sie Umberto noch vor Gunillas Ankunft nach Kristineberg, einer anderen Insel im engeren Stadtbereich von Stockholm. Die Tante reiste am nächsten Tag zu ihrem Sommerhaus bei Gävle, so dass Umberto von da an die ganze Wohnung für sich hatte.

Dann kam der Tag, an dem Gunilla aus London zurückkehrte. Die Eltern packten Umberto in ihr Auto und fuhren mit ihm zum Flughafen Arlanda; mit ihnen redete Umberto mittlerweile etwas holprig schwedisch, und sie versuchten ihm darzustellen, dass es vielleicht mit Gunilla nicht ganz einfach hergehen werde. Das konnte Umberto kaum glauben, nach dem Inhalt der Briefe, die sie ihm geschrieben hatte, und er dachte auch, dass er die Eltern bloß nicht richtig verstanden habe. Das Herz klopfte ihm bis zum Halse, als Gunilla mit ihrem Koffer erschien. Sie begrüßte ihre Eltern, dann trat sie an Umberto heran und küsste ihn zart auf die Wange. Er nahm ihr Gepäck, und im Auto saßen sie im Fond, hielten einander an der Hand und redeten Belangloses. Er führte das auf die Anwesenheit der Eltern zurück. Sie sieht sehr nett aus, wenn auch ein bisschen streng mit ihrer Brille, dachte Umberto.

Zu Hause stellte die Mutter ein einfaches Gericht auf den Tisch, und Gunilla zog sich einstweilen in ihre Kammer zurück. Umberto half beim Kartoffelschälen. Beim Essen berichtete Gunilla von ihrem Seminar in England, meist auf Schwedisch; die Eltern hatte Umberto besser verstanden. Nach Tisch fragte Umberto anstandshalber, ob er beim Abwasch helfen könne. „Ich mache das schon“, sagte die Mutter. „Gehen wir ein bisschen spazieren“, sagte Gunilla zu Umberto.

Sie gingen Hand in Hand in den Park neben der Maria-Magdalena-Kirche und setzten sich auf eine Bank. Gunilla sagte gar nichts, sie wusste offenbar auch nicht, wo sie anfangen sollte. Umberto fasste sich ein Herz und küsste sie auf die Lippen; es war ein sehr keuscher Kuss. Er sagte: „Ich liebe dich!“ vielleicht etwas zu schmachtend. Gunilla darauf: „Es ist so romantisch …“ „Stört dich das?“, fragte er. „Nein“, sagte Gunilla. Die Stimmung war damit sofort und komplett eingebrochen; Antiklimax katexochen, fiel Umberto ein. Der briefliche Liebesrausch, den er für seine Begegnung mit Gunilla zu konservieren versucht hatte, fiel ins Bodenlose. Sie standen auf und drehten wortlos eine Runde im Park. Von all seinen Erstbegegnungen mit Mädchen war das jene, die am gründlichsten danebengegangen war. Vor ihrer Haustür fragte er sie, ob sie mit ihm in die Wohnung in Kristineberg kommen wolle, und hoffte, sie würde aus irgendeinem Grunde Nein sagen, was sie auch tat. „Ich muss erst meine Sachen ausräumen", gab sie vor. Er küsste sie nochmals auf die Wange, sagte, „Bis bald!", kam sich dabei völlig idiotisch vor und ging, ohne sich umzudrehen, zur Tunnelbana-Station. Eine abgrundtiefe Leere erfasste ihn, es war, als hätte man ihm den Magen und das Gehirn ausgepumpt.

Die große Wohnung von Gunillas Tante, in der er jetzt allein hauste, trug das Ihre zu diesem Gefühl bei. Er warf sich aufs Bett und starrte an die Decke. Mindestens vier Wochen hätte er mit Gunilla verbringen wollen, irgendwo da draußen auf den Schären, er hatte sogar schon eine stuga auf Djurö im Visier, die ihm Gunillas Onkel mit einem Augenzwinkern empfohlen hatte. Stattdessen spielte er nun mit dem Gedanken, seinen Koffer zu packen und sich auf der Centralstation nach der nächsten Verbindung nach Wien zu erkundigen.

Er holte seine Malsachen heraus und warf die Farben auf das Papier, anfangs war alles grau und schwarz. Dann zerknüllte er das Werk und fing ein zweites Blatt an, blau wie das All, dachte er. Der Pinsel zog Striche ohne sein Zutun, wie es schien. In die Schattierungen von Blau und Violett konnte er sich hineinversenken wie in eine Höhle. Er hatte auf einmal ein starkes Bedürfnis nach Dunkelgrün, das passte wunderbar in das Bild und verlieh ihm eine unerwartete Wärme; als er das Aquarell mit zugekniffenen Augen ansah, hatte er den Eindruck, als würde ihn jemand aus dem Blau und Grün heraus ansehen. Und wirklich hatte der Pinsel etwas geformt, das wie verschlafene Augen aussah. Umberto kam dieser Blick bekannt vor, es waren aber nicht Gunillas Augen, ganz und gar nicht Gunillas Augen, nein, Gunilla sah ihn da nicht an, nicht Gunilla …

Am nächsten Morgen – er hatte tief und lang geschlafen – bereitete er gerade ein Frühstück zu, als das Telefon läutete. Es war Annika, Gunillas Mutter (sie hieß tatsächlich Ragnhild, aber alle redeten sie mit Annika an); sie sprach zwar auch Schwedisch, aber so langsam und deutlich, dass Umberto keine Mühe hatte, ihr zu folgen. „Ich rufe aus dem Södersjukhus an", teilte sie mit, „wenn du willst, kannst du hier in der Poliklinik vier Wochen lang arbeiten. In meiner Ambulanz ist jemand auf Urlaub gegangen, da könnten sie eine Hilfe gebrauchen. Du musst nur von den Patienten die Karten nehmen und die Behandlungen eintragen, willst du das machen?" Umberto überlegte nicht lange, immerhin öffnete ihm dieses Angebot verschiedene Optionen. „Wenn du glaubst, dass ich genug Schwedisch für diese Arbeit kann, mache ich das gerne, vielen Dank für das Angebot!" „Am besten, du kommst gleich her, ich zeige dir, was zu tun ist, und aufs Arbeitsamt musst du ja dann auch wegen der Arbeitsbewilligung gehen."

Und so brachte Umberto den nächsten Monat wochentags von acht bis vier in Poliklinikens Återbesökskassan zu, stempelte die Ambulanzkarten, trank Kaffee und aß Knäckebrote mit Gurken und Leberpastete, die Annika von daheim mitbrachte, und wenn er jemanden von den Patienten nicht verstand, sagte er zu ihm, „Bitte fragen Sie am nächsten Schalter!" Am Wochenende fuhr er nach Gävle und half der Familie, die ihm ihre Wohnung zur Verfügung gestellt hatte, ihr Sommerhaus gelb anzustreichen. Hie und da kam er mit zu Annika und Hans auf ein Abendessen. Gunilla war nie da, wenn er in die Wohnung ihrer Eltern kam, und mit der Zeit ging sie ihm auch nicht mehr ab. Einmal rief sie ihn in Kristineberg an und fragte, wie es ihm gehe. Er antwortete: „Danke, ich habe gerade das Zimmer aufgeräumt und jetzt male ich." „Mach's gut", sagte sie und legte auf. Die Eltern taten bei seinen Besuchen so, als würde Gunilla nicht existieren, und er sah sie erst wieder, als er im Hauptbahnhof auf seinen Zug nach Österreich wartete.

Da stand sie plötzlich auf dem Bahnsteig und sagte, „Es tut mir leid, es hat nicht geklappt. Ich wünsche dir alles Gute." Umberto war so perplex, dass er darauf nichts erwiderte. Sie legte ihren Arm um seinen Hals, küsste ihn auf den Mund, drehte sich um und ging. Der Zug fuhr ein,

Umberto kletterte in den Waggon und beendete das Kapitel Gunilla. Was da genau geschehen war, darüber hatte er nun etwa vierzig Stunden Zeit zum Nachdenken; solange dauerte die Fahrt nach Wien. Dass Frauen nicht immer leicht zu durchschauen waren, hatte er schon früher bemerkt. Aber so schwer hatte er sich noch nie getan wie bei Gunilla. Dabei waren ihre Briefe immer so geradlinig und unzweideutig gewesen.

Vielleicht hätte er sich mehr um sie bemühen sollen, dachte er, vielleicht ist ihr das abgegangen. Er hätte ihren einzigen Anruf in Kristineberg dazu benützen können, um sie irgendwohin einzuladen. Das hätte sie vermutlich erwartet. Warum habe ich das nicht getan?, fragte er sich. Wenn er sie wirklich hätte sehen wollen, wäre ihm das schon eingefallen. Aber ich eigne mich nicht als Wollknäuel oder, schlimmer noch, als Maus, mit der die Katze spielt. Ein zweites Mal wäre es anders gelaufen, oder auch nicht; noch so eine emotionale Katastrophe wie im Park brauche ich nicht. Ich werde mich nicht mehr auf solche Gefühlsaufwallungen einlassen; wenn eine Frau etwas von mir will oder nicht will, soll sie es sagen. Ich wäre vermutlich ein guter Partner, aber ich will mit offenen Karten spielen. Warum soll ich annehmen, dass alles um hundertachtzig Grad andersherum ist, als es scheint? Er versuchte sich in Gunilla hineinzudenken; wahrscheinlich sah aus ihrer Perspektive alles ganz anders aus. Aber wenn wir beide einander nicht sagen können, wie es um uns steht, dann ist das auch keine Grundlage für eine harmonische Zweisamkeit. Dass August Strindberg ein Schwede war, schien ihm kein Zufall mehr zu sein. So weit wie Strindberg wollte es Umberto nicht kommen lassen. Es war also besser so, wie es jetzt war.

Bald nach seiner Rückkehr erhielt er einen Brief von Gunilla. Darin stand nur ein Satz: „Ich liebe dich." Es war wie ein Echo auf den Satz, den er zu ihr im Park gesagt hatte; vielleicht war es überhaupt als Zitat gedacht? Er schrieb zurück: „Der Zug wartet, ich muss einsteigen." Er kaufte einen großen Versandkarton und legte das blaugrüne Bild dazu, das er in Kristineberg gemalt hatte.

In den nächsten Jahren schrieb er etliche Briefe an Annika, die sich von Hans hatte scheiden lassen, und an ihre Schwester, und die beiden besuchten ihn sogar einmal in Wien. Gunilla war nach Göteborg übersiedelt, hatte ein Fernsehspiel geschrieben und einen Ulf geheiratet. Umberto bat sie, ihm das Drehbuch zu schicken, weil er darin vielleicht eine Antwort auf seine Fragen gefunden hätte, aber es kam kein Brief mehr von ihr. Auch die Briefe an und von Annika wurden seltener und hörten schließlich ganz auf.

LARS SÖDERGREN UND DER ALLASCH

Auf dem Flug nach Stockholm hatte Umberto zwar nicht so lange Zeit, über die Vergangenheit nachzudenken, aber seine Jugenderlebnisse in Schweden ließ er doch Revue passieren. Freilich waren die schon von seinen späteren Reisen nach Skandinavien überlagert, in denen er die riesige Halbinsel von Kristiansand bis Vardø und von Hammerfest bis Ystad bereist hatte. Er beabsichtigte auch nicht, jahrzehntealte Bekanntschaften aufzufrischen; er hatte das auch bei seinen früheren Reisen nicht getan. Er hatte nur eine Woche Zeit, und da wollte er Lars Södergren treffen und mit ihm über die schwedischen Rosenkreuzer reden; es war ja möglich, dass er irgendeinen Hinweis auf die mysteriösen Briefe bekommen würde.

Lars Södergren war ungefähr in seinem Alter, soweit sich Umberto an die Konferenz in Göteborg erinnerte, ein Hüne mit einem Bart undefinierbarer Farbe; die Haare waren dicht und grau. Er hatte damals im Auftrage des Ministeriums eine Arbeitsgruppe geleitet, in der es um berufsbildende Elemente in höheren Schulen ging; man war gemeineuropäisch zu der Erkenntnis gekommen, dass Allgemeinbildung allein keinen brauchbaren Einstieg in die Arbeitswelt bedeutete; nun sollte geklärt werden, wie man die Schüler besser darauf vorbereiten könne, dass sie nach der Reifeprüfung auch Geld verdienen müssten. Södergren verblüffte die internationale Runde gleich zu Beginn mit der Aussage, dass die Gymnasien herkömmlicher Prägung schon Ende des neunzehnten Jahrhunderts ausgedient hätten und man sie am besten abschaffen sollte. Dieser Meinung war auch Umberto, nicht aber die meisten anderen Teilnehmer, die allesamt Allgemeinbildner waren. Umberto war ja gar nicht als österreichischer Delegierter vorgesehen gewesen, sondern erst in letzter Minute für einen erkrankten Kollegen eingesprungen; sein Ressort war weniger die Pädagogik als die Finanzierung und Einrichtung der Schulen. Wer Södergrens Einstiegs-Statement als Initialscherz milde belächelt hatte, wurde bald eines Besseren belehrt: der Mann meinte wirklich, was er sagte.

Daher kam es im weiteren Verlauf der Konferenz zu wüsten Szenen; einige Delegierte drohten mit der Abreise, andere warfen Södergren allerlei Verbalinjurien an den Kopf, die auf ihn aber keinen erkennbaren Eindruck machten. Es gab hilflose Vermittlungsversuche der Konferenzleitung. Umberto sah sich in der Rolle des amüsierten Betrachters; ihm war ein erfolgreicher Abschluss der Veranstaltung kein Anliegen. Er versuchte die Dynamik der Arbeitsgruppe zu analysieren. Es bildeten sich, grob gerechnet, drei Gruppen: Jene, die den humanistischen Bildungsauftrag mit Zähnen und Klauen verteidigte, eine weitere, die man als Realisten bezeichnen konnte und die fand, Wirtschaft und Technik sollten in die Lehrpläne Eingang finden, und eine dritte Gruppe, die keine eigene Meinung hatte, mit allem einverstanden war, den Extremisten auf beiden Seiten stets beifällig zunickte und es schon positiv beurteilte, wenn man sich nicht prügelte.

Umberto hatte nicht den Eindruck, dass man Södergren als Moderator bezeichnen konnte, eher im Gegenteil, er war ein anarchischer Aufwiegler. Wie ein solcher ins Bildungsministerium gekommen sein mochte, war ihm ein Rätsel. Für einen Außenstehenden, so dachte Umberto, mag es allerdings auch sonderbar erscheinen, dass es ein Choleriker wie Rothschedl bis zum Sektionschef bringen konnte. Von diesem wusste er aber, dass er nicht nur Zornesausbrüche hatte, sondern an den kritischen Punkten seiner Berufslaufbahn geradezu peinliche Ergebenheitsadressen an die jeweils Mächtigen richtete, die ihn sodann als willfähriges Werkzeug einstuften und benutzten.

Um herauszufinden, ob diese charakterliche Zweiteilung auch bei Södergren vorlag, fragte er den bärtigen Riesen am Abend des dritten, wieder von Tumulten gekennzeichneten Arbeitstages, ob er mit ihm ein Bier trinken wolle. Södergren hatte eben mit einigen sarkastischen Anmerkungen beide Streitparteien gleichermaßen vor den Kopf gestoßen, selbst die Mittelgruppe, die sonst nach beiden Seiten nickte, schüttelte befremdet die Köpfe. Er war sichtlich davon überrascht, dass überhaupt noch jemand mit ihm reden wollte.

Umberto stellte klar, dass er nicht die Absicht hatte, irgendeine Art von Vermittler zu spielen, sondern in erster Linie mit einem interessanten Menschen ein Bier trinken wollte. Das nahm Södergren sofort für ihn ein, und so saßen sie bald im Pub des City Hotels, in dem sie beide wohnten, und hatten jeweils einen Krug Bier aus der Königlichen Brauerei Krušovice vor sich stehen; die Auswahl an Bieren, so schien es Umberto, war hier, jedenfalls für schwedische Verhältnisse, gewaltig. Wie sich zeigte, war Södergren ein ausdauernder Biertrinker, und ergänzte dies mit einigen Gläsern Allasch, einem lettischen Aquavit. Umberto, der – offenbar zum Unterschied von Södergren – nicht hergekommen war, um sich bis zur Bewusstlosigkeit zu betrinken, beließ es bei insgesamt einem Liter Bier, der noch dazu mit einem Riesenteller Gulaschsuppe und *vitlöksbröd*, einem heißen Knoblauchbrot, abgefedert wurde.

Zu seinem Erstaunen verfiel Södergren – oder Lasse, wie er ihn alsbald nannte – nicht ins Koma, sondern bloß in eine gesteigerte Redseligkeit, die umso mehr zunahm, als er merkte, dass er mit Umberto auch Schwedisch reden konnte. Den Job im Ministerium übe er nur im Nebenberuf aus, in erster Linie sei er Psychologe und beschäftige sich mit Menschen, die am Rande der Normalität lebten, entweder, weil sie drogensüchtig, alkoholkrank oder Wahnideen hatten. Da er sich gerade ein weiteres Bier bestellte, fragte ihn Umberto, ob er ein Anhänger von Selbstversuchen sei. Södergren lachte und sagte: „Nicht mit Bier – aber Drogentests habe ich schon am eigenen Leibe gemacht. Bis jetzt ist es mir aber gelungen, immer rechtzeitig damit wieder aufzuhören."

Warum er solche Moderationen wie auf dem Pädagogenkongress mache, fragte ihn Umberto. Ob er den Eindruck habe, dass da auch Wahnideen verbreitet würden? Manchmal schon, meinte Lasse, aber das sei nicht der Grund. Er arbeite häufig als Moderator, wenn auch mit ungewöhnlichen Methoden, um die Teilnehmer aus der Reserve zu locken. „Das war nicht zu übersehen", grinste Umberto. Eigentlich sei ihm das Thema egal, sprudelte Lasse weiter, ihn interessiere die Interaktion, und die sei ja reichlich vorhanden gewesen, oder? Er sei auf die Bürokraten des Ministeriums nicht angewiesen, und er rechne damit, dass man früher oder später auf seine Dienste verzichten werde, wenn er ständig für Aufruhr sorgte.

Unter dem Einfluss von Bier und Schnaps gab er vermutlich mehr von seinen Strategien und Taktiken preis, als er das in nüchternem Zustand getan hätte. Er war ein bunter Hund, der sich eine Nische in der Bürokratie freigeschaufelt hatte und sie weidlich ausnützte, eine Arbeitshaltung, die sich Umberto gut für sein eigenes berufliches Ambiente vorstellen mochte.

Woher er seine Klienten nehme, wollte Umberto wissen. „Mittlerweile bin ich ganz gut bekannt als einer, dem man die ausgefallensten Sonderlinge anhängen kann, bevor man sie in die Klapsmühle steckt." Er verwendete den Ausdruck „dårhus", den Umberto nicht kannte, aber im Zusammenhang leicht erschloss. „Die interessantesten sind die religiösen Spinner", fuhr Södergren fort, „wenn auch bei denen am wenigsten zu machen ist. Die anderen sehen ja zumindest theoretisch ein, dass sie auf ein falsches Gleis geraten sind, die Religiösen glauben meist wirklich, was sie von sich geben."

„Die Grenze zwischen Spinnern und regulären Gläubigen ist oft schwer zu ziehen", meinte Umberto. „Der Unterschied besteht ja nur darin, dass die einen gesellschaftlich anerkannt sind und die anderen nicht. Wenn die Christen nicht so viele wären, wären sie auch nur eine Sekte, die noch dazu als Symbol einen Mann haben, der an ein Kreuz genagelt ist. Wenn wir zum Beispiel in Südamerika auf einen indigenen Stamm stießen, der an einen Puma ohne Beine glaubt, würden wir das als abwegig empfinden. Man kann sich vorstellen, wie es Buddhisten gehen mag, die zum ersten Mal den Gekreuzigten sehen. Und die Vorstellung, dass Menschen, die sich nicht an die religiösen Regeln halten und das Pech haben, dass gerade kein Priester da ist, der ihnen vor ihrem Tod die Absolution erteilt, in alle Ewigkeit in die Hölle verbannt werden, kann ja auch nur darauf beruhen, dass das menschliche Gehirn in der Evolution einen Irrweg genommen hat. Da ist mir der Gedanke schon lieber, dass nach dem Sterben nichts mehr ist und dass die Seele nur eine Funktion des Gehirns ist."

Södergrens Blick schwankte schon ein wenig, aber er hörte Umbertos Rede mit wachsender Faszination zu. „*You are my man*!", bemerkte er schließlich auf Englisch; und weiter, wieder auf Schwedisch: „Das eigentliche Problem besteht ja darin, dass die Religionen häufig mit Gewalt durchgesetzt wurden und werden, weil sie sonst ja nicht plausibel genug wären." „Oder man verspricht den Leuten, dass es ihnen im nächsten Leben bessergehe, ein Wechsel, den niemand einlösen muss. Besonders schlimm ist es dann, wenn man Menschen dazu veranlasst, andere aus Glaubensgründen zu töten, und ihnen dafür die ewige Seligkeit verspricht. Jemand, der das glaubt, gehört auf jeden Fall therapiert."

„Du siehst also, mir wird die Arbeit nicht ausgehen", befand Lasse. „Dagegen ist das Hickhack in der Arbeitsgruppe ja ausgesprochen lächerlich, das hat eher Erholungswert. Da hast du meine Telefonnummer, wenn du wieder einmal nach Schweden kommst, müssen wir das Thema vertiefen."

Umberto betrachtete diese Einladung als Anzeichen dafür, dass Lasse für heute genug hatte, vom Bier und vielleicht auch von den Diskursen. Er wolle die Rechnung übernehmen, sagte er, aber das ließ der schwankende Riese nicht zu.

Am nächsten Arbeitstag erschien an Södergrens Stelle eine Dame, die die Diskussionen wieder in geordnete Bahnen zurückführte; sogar ein Abschlusspapier kam zu Stande. So spannend wie bei Lasse war es freilich nicht mehr. Warum der heute ausgelassen hatte, darüber konnte Umberto nur spekulieren. Entweder hatte er doch zu viel Allasch konsumiert, oder diejenigen, die sich über ihn beschwert hatten, waren doch erfolgreich gewesen und hatten die Veranstalter davon überzeugt, dass mit Lars Södergren die Konferenz ins Chaos münden würde. Umberto versuchte vor seiner Abreise Lasse anzurufen, aber dessen Stentorstimme kam nur vom Anrufbeantworter.

Vor seinem Abflug hatte Umberto Södergren auf Anhieb erreicht und ihn mit wenigen Worten darüber informiert, was er von ihm wollte. Sie vereinbarten ein Treffen in einem Lokal in der Odengata für den Abend nach Umbertos Ankunft. Es lag nur dreihundert Meter vom Hotel Birger Jarl entfernt, in dem Umberto hatte ein Zimmer reservieren lassen. Er fuhr mit dem Arlanda Express zum Centralen und zog seinen Koffer durch zwei Innenstadtparks zum Hotel. Es war finster und windig, und er war froh, dass er sich mit einer Dusche aufwärmen konnte. Dann legte er sich für ein paar Minuten aufs Bett.

In Stockholm war er seit Gunilla und Södersjukhuset nicht mehr gewesen. Das Hotelzimmer sah aus wie alle Hotelzimmer auf der Welt, der Bahnhof war gerade im Umbau und sah nicht mehr so aus wie damals, und auf dem Weg durch den Tegnérpark war ihm bloß kalt gewesen; nur beim Strindbergdenkmal blitzte kurz ein Funke in seinem Gedächtnis auf.

Um halb acht machte er sich auf den Weg zur Odengata und fand die Bar Nombre, ein Restaurant mit spanischem Einschlag. Er erkundigte sich nach Lars Södergren, man wies ihn ins Souterrain, wo unübersehbar Lasse saß, gewaltig und bärtig. Neben ihm saß eine zierliche, wesentlich jüngere Frau mit dunklen Haaren, einer Jeansjacke und einem palästinenserartigen Halstuch. Der Berggorilla und das Pinseläffchen. Lasse saß mit dem Rücken zum Eingang und sah Umberto nicht eintreten. Der hatte mit einem spürbaren Schlag ein massives Déjà-vu-Erlebnis. Es war ihm, als säßen hier Romuald Zickl mit seiner Amélie; wieder war da ein Bär von einem Mann, von dem Umberto angenommen hatte, er lebe allein; von einer Frau oder Freundin war damals in Göteborg nie die Rede gewesen.

Die Frau erblickte den Ankömmling am Eingang und machte Lasse auf ihn aufmerksam. Der wandte sich um und donnerte raumfüllend: „Willkommen in Stockholm, alter Freund!“ Alle Gäste im Saal sahen gleichzeitig Umberto an. Södergren ging auf ihn zu und schüttelte ihm dermaßen die Hand, dass er glaubte, seine Fingerknöchel seien zerbröselt. „Darf ich dir meine Freundin vorstellen?“ Sie erhob sich und lächelte ihn an. Mit schmerzender Pfote hob er ihre Hand zu den Lippen und deutete einen Handkuss an; jetzt wussten endgültig alle, dass er nicht von hier war. „Du bist Umberto, ich bin Gunilla.“ Dass sich in Schweden alle duzten, war Umberto nicht neu, dass sie Gunilla hieß, war aber ein weiterer Schock für ihn. Es war zweifellos nicht „seine“ Gunilla, aber auch so sagte er, „Oh mein Gott!“

Lasses Gunilla bemerkte seinen Schreck. „Was ist daran so schlimm?“, fragte sie ihn. „Es ist … überhaupt nicht schlimm und außerdem eine lange Geschichte“, stammelte Umberto. „Setzen wir uns erst einmal“, schlug Lasse vor, „die Speisekarte ist sehr zu empfehlen!“

EIN ARBEITSESSEN UND SEINE FOLGEN

Das Essen war wirklich vom Feinsten. Beim gebratenen Hirschrücken mit knusprigen Manchego-Körbchen und Shiitake-Pilzen erholte sich Umberto von seinem Schrecken, ein 2006er Rioja trug auch etwas dazu bei. Lasses Trinkverhalten fiel nicht aus dem Rahmen, verglichen mit der Bierorgie von Göteborg. Gunilla übte zweifellos einen mäßigenden Einfluss aus.

Wie sich im Laufe des Abends herausstellte, war Gunilla Jönsson nicht Södergrens Geliebte, sondern eine gute Bekannte, deren Ansichten sich in vielen Punkten mit denen von Lasse deckten. Sie war Soziologin und befasste sich wissenschaftlich mit Religionen und Sekten in Schweden. Lasse hatte sie eingeladen, sich Umbertos Geschichte anzuhören; vielleicht könne sie etwas zur Aufklärung beitragen.

Umberto berichtete also von den sonderbaren Briefen und E-Mails aus Schweden, von der verwirrenden Adressatenmischung und von den Telefonaten, die vom Verein für Geistiges Leben ausgegangen waren, von den Erlebnissen von Krautmann und Ifkovits und von Rothschedls Fenstersprung. Lasse lachte manchmal auf, Gunilla hörte schweigend zu und schüttelte nur hie und da den Kopf.

„Das ist eine wilde Geschichte", sagte sie schließlich. „Die Briefe deuten auf die Rosenkreuzer hin, aber die näheren Umstände sind reichlich konfus. Wenn die Schreiben tatsächlich immer von derselben Person stammen, dann muss die zwar mit den Rosenkreuzer-Vereinen etwas zu tun haben, aber irgendwie zwischen verschiedenen Organisationen hin- und herwandern, und das passt wieder nicht zu deren Struktur. Es ist da vom AMORC die Rede und vom Lectorium Rosicrucianum; die gehören zwar beide zu den Rosenkreuzern, sind aber miteinander nicht in Verbindung, sondern eher Konkurrenten auf dem Weg zur ewigen Erleuchtung."

Sie habe sich zwar nicht besonders intensiv mit den Rosenkreuzern beschäftigt, die sie für eine eher harmlose Truppe halte, im Vergleich zu etlichen anderen religiösen und quasi-religiösen Gruppierungen. Die seien wirklich gefährlich, weil sie auch in den schwedischen Schulen schon Fuß gefasst hätten, besonders in den so genannten freien Schulen. Das seien Privatschulen, die auch von Staat teilfinanziert würden und in denen mehr oder weniger unkontrolliert die absurdesten Glaubensgrundsätze verbreitet würden. Obwohl die Schulen eigentlich nichtkonfessionell zu führen wären, setzte sie hinzu. Die staatliche Verwaltung halte sich da weitgehend heraus, aufgezeigt werde das seltsamerweise nur von der Lehrergewerkschaft, bei der einige engagierte Sektengegner tätig seien.

Mit den Rosenkreuzern habe es bisher keine Komplikationen gegeben. Es bestehe eine innere Verwandtschaft zu den Freimaurern. In der Öffentlichkeit merke man von denen ja auch nur, wenn sie manchmal irgendwelche karitativen Aktionen durchführten. Dass sich die Mitglieder dieser Gruppen in ihrem beruflichen Werdegang gegenseitig unterstützten, könne ja sein, aber zum Unterschied von anderen Sekten und Geheimkirchen habe sie weder bei den Freimaurern noch bei den Rosenkreuzern den Eindruck, dass sie auf ihre Mitglieder finanziellen oder sonstigen persönlichen Druck ausübten; die Geheimnistuerei (Umberto gefiel das schwedische Wort „*hemlighetsmakeri*") sei zwar in ihren Augen lächerlich, aber im Großen und Ganzen unbedenklich. Sie habe etwas gegen Männerbünde, weil sie ihrer Meinung nach Ausdruck einer nicht bewältigten pubertären Krise seien oder einer ihr unerklärlichen Grundangst der Männer vor den Frauen, aber da müsse man wohl bei den großen Religionen anfangen; das Christentum und der Islam seien dem Grunde nach ja auch so organisiert. Irgendetwas stimme da im menschlichen oder genauer im männlichen Gehirn nicht, wenn die Männer das Bedürfnis hätten, sich gegen die Außenwelt und damit auch gegen die Frauen abzuschirmen (Umberto lernte heute eine Menge neuer schwedischer Vokabeln). Freilich werde das heute alles nicht mehr so genau genommen, es gebe ja eigene Frauenklubs bei den Freimaurern, und bei den Rosenkreuzern, jedenfalls den schwedischen, sei das überhaupt kein Thema mehr.

Man war unterdessen beim Dessert angekommen. Lasse, der sich in dem Lokal auskannte, hatte Jalapeño-Eis vorgeschlagen, an das sich Umberto erst gewöhnen musste; dazu gab eine zehn Jahre alte Süßwein-Cuvée aus dem Weingut von Monbazillac, an das sich Umberto von einer Frankreichreise erinnerte. Was ihn irritierte, war der Name dieser Cuvée; sie hieß ‚Amélie'. Er konnte nicht umhin, auf die Flasche zu zeigen und von Romualds Amélie zu berichten, von ihrer kühlen und geheimnisvollen Ausstrahlung und davon, dass Lasse und Gunilla ihn sehr an Romuald und Amélie erinnert hätten. Gunilla runzelte ein wenig die Stirne, sagte aber nichts dazu.

„Morgen werden wir einmal die offiziellen Rosenkreuzer befragen, ob sie etwas von diesen Briefen wissen, denke ich", meinte Lasse mit einem Blick auf Gunilla. „Morgen ist Allerheiligen, ist das bei euch kein Feiertag?", fragte Umberto. „Nicht am 1. November, in Schweden wird das immer am ersten Samstag im November gefeiert, da haben ohnedies alle frei."

„Warum sich der Briefeschreiber Österreicher ausgesucht hat, ist mir noch nicht klar. Irgendeine Verbindung nach Wien muss es da wohl geben", setzte Gunilla fort. „Hast du eine Ahnung, Umberto?" „Ich habe den Verdacht, dass der Nachbar von Clara Merz etwas damit zu tun hat. Er ist ein Sonderling mit einem Hang zum Okkultismus, und irgendetwas hat er auch mit Drogen zu tun. Außerdem hat er einen Kumpan, anscheinend einen Ausländer, der in einer Art Mönchskutte herumläuft. Ich nehme an, dass die beiden Rothschedl beim Fenster des Vereins für Geistiges Leben hinausgesperrt haben, aber bis jetzt ist uns der ‚Mönch' immer entwischt. Genaues weiß ich auch von Hugo Hummel nicht – das ist der Nachbar.

Eine Verbindung zu den Rosenkreuzern habe ich bei den beiden noch nicht feststellen können, außer über diese Briefe."

„Habt ihr in Wien schon die Polizei verständigt, so dass die die Vorgänge untersucht?", fragte Lasse.

„Krautmann ist selbst ein Polizist, und einer von seinen Kollegen hat da auch etwas mitbekommen. Aber eine offizielle Anzeige hat, glaube ich, noch niemand gemacht. Weil alle das Gefühl haben, dass die Polizei sie für Phantasten halten würde."

„Das heißt, dass es keine österreichische Anfrage hier in Schweden gibt; umso besser", meinte Gunilla, „Dann werden wir morgen einmal mit dem Lectorium anfangen. Ich glaube, die sitzen irgendwo in Linköping. Wie lange bist du in Stockholm?"

„Eine Woche ist geplant."

„Das müssten wir schaffen; dann hast du sicher deine Informationen. Kommst du morgen in mein Büro in Frescati? Oder noch besser, ich hole dich um halb neun ab. Wo wohnst du hier?"

„Im Birger Jarl Hotell, ganz in der Nähe von hier", antwortete Umberto, der über das Angebot froh war, außerdem gefiel ihm die neue Gunilla (gib acht, dass es dir mit ihr nicht so geht wie mit der ersten Gunilla, bemerkte er insgeheim zu sich selbst); Frescati war ihm nicht bekannt, er hätte es eher irgendwo in Italien vermutet. Er fragte Gunilla, wo das sei. „Im Norden von Stockholm, dort ist die Universität und mein Institut. Den Ort hat Gustav III. Frescati genannt, wahrscheinlich heißt es nach Frascati in Italien. Gustav III. war übrigens der König, der bei einem Maskenball niedergeschossen wurde; Verdi hat seine Oper darüber geschrieben, nach irgendeiner französischen Vorlage, die ich vergessen habe. Die meisten Leute wundern sich über den Namen, aber die wenigsten wissen, warum es so heißt. – Dass du im Birger Jarl wohnst, ist sehr praktisch, denn ich wohne auch ganz in der Nähe von dort. Ich bin daher auch zu Fuß hergekommen. Der arme Lasse muss noch bis Tumba fahren, das ist ziemlich weit draußen."

„Aber ihr könnt mich dort besuchen, auf ein Glas Bier", grinste er zu Umberto herüber. „Am besten am Freitagabend, dann könnt ihr mir erzählen, welche komischen Vögel ihr inzwischen gefangen habt. Habt ihr da Zeit?" Interessant, wie er uns zusammenspannt, dachte Umberto angeregt. Gunilla war am Freitag zu Mittag im Büro fertig, und Umberto hatte auch nichts vor. „Ich kann euch mit dem Auto heimfahren, es steht allerdings auf dem halben Weg zu deinem Hotel." „Wir können schon heimwandern, so weit ist es wirklich nicht", antwortete Gunilla, „nicht wahr, Umberto? Heißt du übrigens tatsächlich so?"

„Eigentlich heiße ich Humbert, aber schon in der Schule nannten mich alle Umberto, seit mich der Geschichtelehrer einmal so bezeichnet hat. Da gab es einen König in Italien, der so hieß; der ist übrigens auch erschossen worden, so wie euer Gustav. Gott sei Dank hat mich bis jetzt niemand mit Humbert Humbert aus Nabokovs ‚Lolita' verglichen; mit kleinen Mädchen habe ich nichts zu tun. – Diesmal übernehme ich die Rechnung, darauf bestehe ich", sagte Umberto und ging auch gleich zur Kassa. Er zuckte zusammen, als er den Endbetrag wahrnahm, der nicht gerade dem mitteleuropäischen Preisniveau entsprach, aber mit Kreditkarte war es ja doch kein Problem.

„*Tack så mycket*, Umberto", sagte Lasse, „umso mehr will ich euch am Freitag einladen. Kommt zu mir, so um sechs Uhr. Gunilla kennt den Weg."

Es war sehr kühl und windig, als sie auf die Straße traten. Gunilla, die nur eine dünne Jacke übergezogen hatte, schlug die Arme übereinander. Lasse öffnete seine dicke Jacke und umfasste Gunilla damit. So marschierten sie um die Ecke in die Tulegata und waren bald bei Lasses Wagen. „Soll ich euch nicht doch fahren, bei dem Wetter?", fragte er. „Es sind ja nur ein paar Schritte", meinte Gunilla, „und außerdem kann ich ja jetzt bei Umberto unter seinen Mantel kriechen."

„Sehr gerne – wenn Lasse nichts dagegen hat", sagte Umberto und war nicht ganz sicher, ob er damit einen Fauxpas begangen hatte. Lasse schien etwas überrascht von Gunillas Ansage: „Wenn sie sich bei dir auch so wohl fühlt wie bei mir… Also – bis Samstag, ihr beiden!" Und er stieg in seinen Volvo.

War das mit dem Wohlfühlen ein Scherz oder eine Warnung? Umberto war verwirrt, aber er machte seinen Mantel auf und ließ Gunilla darunter, wie Lasse es getan hatte.

Gunilla, die mit dem rechten Arm in den Mantelärmel schloff, den Umberto ausgezogen hatte, winkte Lasse nochmals zu, als der aus der Parklücke herausfuhr. Lasses Gesichtsausdruck konnte Umberto nicht erkennen; die Scheibe spiegelte zu sehr. Sehr üppig war der Platz unter dem Mantel nicht für zwei, und Gunilla musste sich sehr an ihren Galan drängen; da das die Sache auch noch nicht verbesserte, umschlang sie Umbertos Taille unter dem Mantel. Umberto umarmte sie ebenfalls, richtig bequem war es nicht, aber sehr anheimelnd.

Umberto genoss die Situation sehr. So weit, dachte er, habe ich es mit Gunilla Nummer eins nie gebracht. „Wo wohnst du?", fragte er seine Begleiterin – oder war es schon seine Freundin? „In der Tegnérgata, zwei Gassen weiter, bringst du mich bis dorthin? Es ist sehr gemütlich unter deinem *ytterplagg*." Den Ausdruck kannte Umberto nicht. Sie passierten sein Hotel, bis zur Tegnérgata war etwa doppelt so weit wie zum Birger Jarl, aber es hätte auch noch ein paar Kilometer sein können. Der Mantel war kurz vor dem Zerreißen, und insofern war es nicht unangenehm, dass sie bald an Gunillas Haus ankamen. An der Ecke war eine Crêperie, „La petite Bretagne", Umberto hätte Gunilla gerne noch auf eine Galette und/oder einen Cidre eingeladen und sagte ihr das auch, aber das Lokal wurde eben geschlossen, es war schon nach elf Uhr.

„Vielen Dank für den Transport", lächelte Gunilla. „Einen Cidre habe ich nicht daheim, aber wenn du noch auf einen Allasch mitkommen willst, bist du herzlich eingeladen." „Wenn ich dich und deine Mitmenschen nicht störe, sehr gern!" „Es wohnt sonst niemand bei mir außer den Fischen im Aquarium", erläuterte Gunilla. Sie schloss die Haustür auf und entglitt dem Mantel.

Dass Gunilla einen Allasch daheim hatte, deutete wohl auf frühere Besuche von Lars Södergren hin. Auch so lässt sich etwas über diese Beziehung erfahren, kombinierte Umberto. Sie fuhren mit einem schon etwas in die Jahre gekommenen Lift in ein oberes Stockwerk. Als Gunilla die Tür zu ihrer Wohnung geöffnet hatte, drehte sie sie plötzlich um und küsste Umberto lange und ausgiebig. Er wusste nicht, wie ihm geschah. Wieder erinnerte er sich an Gunilla 1 und an den Kuss im Park vor mehreren Jahrzehnten; es irritierte ihn aber nur im hintersten Hinterkopf. Gunilla 2 zog die Schuhe aus, und mechanisch folgte er ihrem Beispiel.

Sie sah ihn an, wohl um festzustellen, wie er auf die erotische Attacke reagierte. Umberto hatte sich wieder gefangen. „Eine sehr positive Überraschung", befand er ein wenig hölzern, aber zu viel Emotion gestattete er sich nicht mehr im Umgang mit Frauen, die Gunilla hießen. „Ich gehöre ja nicht mehr zu den Lolitas", sagte Gunilla, „und Humbert will ich dich auch nicht nennen – Umberto ist viel netter."

Umberto betrachtete sie. So zierlich, wie sie ihm neben dem ungeheuren Lasse erschienen war, sah sie nun gar nicht mehr aus; das hatte er schon auf dem Weg hierher bemerkt. Sie war durchaus wohl proportioniert, dünne Frauen gefielen ihm ohnedies nicht so sehr. Gunilla registrierte, wie er sie anschaute, und lächelte ohne ein Zeichen von Verlegenheit.

„Du musst mir noch erzählen, warum ich dich bei der Vorstellung so schockiert habe, und was da für eine Geschichte dahinter steckt, aber nur, wenn es dir nicht unangenehm ist. Aber jetzt nimm einmal hier Platz!" Sie wies auf ein sehr tiefes, dunkelbraunes Sofa, aus dem man sich vermutlich nur mit Hilfe eines Zweiten wieder herausarbeiten konnte.

„Ich hole den Brandy", teilte sie mit; „es wird ein bisschen dauern; gib mir deinen Mantel und mach es dir einstweilen bequem." Sie verwendete das Wort „mysa", das alles Mögliche heißen konnte; Umberto überlegte, welche Nuance sie damit wohl gemeint haben könnte. Gunilla verschwand mit dem Mantel, und er betrachtete das Zimmer mit Behagen; es war wohlig temperiert, und ihm war nun ohnedies warm geworden. Eingerichtet war es geschmackvoll, mit einigen Pflanzen garniert, die Möbel in hellen Farbtönen, die zu der dunklen Sitzgarnitur in angenehmem Kontrast standen, Vorhänge, die in rechteckigen, beigefarbenen Stoffbahnen glatt herunterhingen, ein weicher Teppich mit zartem, kaum sichtbarem Muster, zwei keramische, in sich verschlungene, abstrakte Skulpturen, die offenbar vom selben Künstler stammten und ihn ein bisschen an Rodin erinnerten, und zwei große Acrylbilder an den Wänden in den Farben Blau, Violett, Grün und ganz wenig dunkles Gelb; er dachte an das Aquarell von Kristineberg, das er Gunilla Lönnroth geschickt hatte. Wieso diese ständigen Zitate, fragte er sich, man könnte ja glauben, dass das kein Zufall ist. Er schüttelte den Kopf, wie um diese gespenstischen Anwandlungen loszuwerden. Seine Jacke zog er aus und legte sie über einen der Sessel.

Gunilla war immer noch nicht da. Was geht da heute Abend vor, fragte sich Umberto. Macht sie das mit jedem, der da bei der Tür hereinkommt? Und wenn nicht, warum gerade mit mir? Hat sie keinen festen Partner, und warum nicht? Und wieso nimmt sie an, dass ich keine Frau habe, oder ist ihr das gleichgültig? Hat Lasse sie über mich informiert? Dem habe ich aber gar nichts von meinem Privatleben erzählt ... Was für eine Reaktion war das, als ich ihr von Amélie berichtet habe? Eine Menge Fragen, aber alle eher im Hinterkopf, der wie ein Wespenschwarm summte. Das lag gewiss an den hervorragenden Weinen in der Odengata und auch daran, dass er nun schon seit achtzehn Stunden wach war. Am Morgen hatte er noch an Rothschedl, Emilia und den Verein in der Malzgasse gedacht; jetzt kam ihm das vor, als liege es monatelang zurück.

Er hatte sich immer noch nicht auf das Sitzmöbel fallen lassen, als Gunilla hereinkam. Noch stand er vor einem der Bilder; während seiner Reflexionen über Gunilla drangen das Blau und Grün in sein Gehirn ein. Er hatte sie nicht kommen gehört, erst als sie die Gläser und die Flasche auf dem Couchtisch abstellte, merkte er, dass sie da war, und wandte sich um. Gunilla war barfuß, und ihre Außer-Haus-Kleidung hatte sie gegen einen Hausanzug in schillerndem Dunkelblau getauscht. Die Frau und die Farbe – Umberto stand da und genoss den Anblick, das Kopfsummen hörte schlagartig auf.

„Schön ist das – du und diese Farben hier herinnen! Ich bin überwältigt." Das war nicht einmal übertrieben. „Bist du Künstler?", fragte Gunilla; alles hatte ihr Lasse offenbar nicht über ihn erzählt, aber der wusste das vielleicht auch nicht. „Ein Freizeitmaler", antwortete Umberto. Stimmt auch nicht, meine Freizeit verbringe ich eigentlich im Büro, Malen ist mein Beruf.

Gunilla füllte das Getränk in die Gläser. „Den letzten Allasch hat leider Lasse ausgetrunken; das ist ein schwedischer Wodka, aus Åhus, ich hoffe, das macht nichts." Umberto bezweifelte, dass etwas Alkoholisches den Fortgang der Dinge beflügeln würde, aber er war nun sicher, dass auch Lasse hier aus und ein ging. „Auf dein Wohl", sagte Gunilla auf Deutsch und setzte sich auf das Sofa; obwohl noch andere Sitzgelegenheiten vorhanden waren, setzte sich Umberto neben sie, und das war auch ohne Frage das, was sie erwartete. „Was also hat dich so erschreckt, als mich Lasse vorgestellt hat?" Sie lässt nicht locker, wenn sie etwas will, bekommt sie es auch. Umberto nahm einen Schluck vom Absolut und legte den Arm um Gunilla. Sie zog die Beine an sich, schmiegte sich an ihn und wartete.

„Nun ja", begann er und berichtete sodann sehr detailliert von Gunilla 1, der Brieffreundschaft, der ersten Reise nach Schweden, vom Spaziergang und vom missglückten Kuss, von den vier Wochen im Krankenhaus, von ihren Eltern und von ihrem plötzlichen Erscheinen zum Abschied im Bahnhof. „Und was war dann?", fragte Gunilla 2. „Dann habe ich ihr ein Bild geschickt und von ihrer Mutter erfahren, dass sie ein Fernsehspiel geschrieben hat, nach Göteborg übersiedelt ist und einen Ulf geheiratet hat."

Gunilla rückte plötzlich ein Stück von ihm ab und sah ihn mit einem merkwürdigen Ausdruck an. „Das ist Gunilla Lönnroth", sagte sie. Umberto war, als hätte ihn ein Blitz gestreift. „Sag nicht, dass du mit ihr befreundet bist!" Er hob die Hände an seinen Kopf.

„Nicht befreundet, aber ich habe mit ihr ein Projekt gemacht, über Fernsehen und Jugendliche. Übrigens wohnt sie jetzt wieder in Stockholm." „Auch das noch", sagte Umberto. „Ich will sie aber nicht treffen, deshalb bin ich nicht hergekommen, wirklich nicht." „Keine Sorge", sagte Gunilla, „so gut kenne ich sie nicht, dass ich ihr gleich erzählen muss, dass du hier bist. Aber so gut kenne ich sie, dass ich mir vorstellen kann, wie das damals war. Sie ist eine faszinierende Frau, aber keine einfache Persönlichkeit; ich bin da viel weniger kompliziert." „Gott sei Dank, das habe ich schon bemerkt." Er zog sie wieder an sich und küsste sie, noch länger und noch intensiver als bei der Türe. Sie schmeckte nach Wodka, aber er wohl auch. Sie öffnete sein Hemd und schob ihre Hand darunter. Er folgte wieder einmal ihrem Beispiel und fand sie auch unter ihrem Hausanzug sehr anregend und sehr angeregt.

Sie stand auf und zog ihn an der Hand aus dem Sitz hoch und ins Schlafzimmer; unterwegs zweigte er kurz ins Bad ab und ließ auch gleich seine Gewänder dort. Dann kam er ihr nach; sie lag im Bett, mit den Händen hinter dem Kopf, ihr Hausanzug musste irgendwo auf der Strecke geblieben sein.

Umberto wachte in einem unbekannten Bett auf. Erst nach und nach dämmerte es ihm, wo er war und wieso. Erst gegen zwei Uhr war er eingeschlafen, neben einer Frau, deren Identität ihm erst in zweiten Anlauf wieder bewusst wurde. So richtig fand er sich zurecht, als ihm Gunilla im blauen Hausanzug eine Tasse Kaffee ans Bett brachte.

„Guten Morgen", sagte sie, „der Rest steht in der Küche. Du kannst dir eine neue Zahnbürste aus dem Schrank im Bad nehmen, bevor du auf die Idee kommst, mich zu küssen. Einen Gäste-Rasierapparat habe ich leider nicht, nur einen Ladyshaver, aber ich weiß nicht, ob der deinem Bart gewachsen ist." Sie lachte und verschwand wieder.

Es dauerte einige Zeit, bis er sich wieder in einem repräsentativen Zustand befand; der Damenrasierer bewältigte mit Mühe seine Bartstoppeln. Der Frühstückstisch sah sehr einladend aus. „Wer von mir verführt wird, hat Anspruch auf ein ordentliches Frühstück", sagte Gunilla, die sich auch wieder ausgehfertig bekleidet hatte. Sie küsste Umberto, noch bevor er sich über die *smörgåsar* hermachte. Nun schmeckte er nach Kaffee und Mentholzahnpaste. Umberto dachte kurz daran, den Termin im Universitätsinstitut zu streichen und sich stattdessen mit Gunilla wieder ins Schlafzimmer zurückzuziehen, aber er beschloss, Gunilla die Entscheidung darüber zu überlassen, und sie sah nicht so aus, als wollte sie das nächtliche Liebesleben unmittelbar fortsetzen; der Morgenkuss war auch nicht danach. Und sie hatte ja keinen Urlaub und wurde wohl im Institut erwartet.

„Ich sollte das Hotel anrufen und mitteilen, dass ich nicht abgängig bin", sagte Umberto. „Ja, das wäre gut", meinte Gunilla, „wenn du willst, kannst du heute auch zu mir übersiedeln, Platz genug hätte ich schon." „Bist du sicher, dass du nicht deine Ruhe haben willst? Vielleicht gehe ich dir schon bald auf die Nerven?" *„Fishing for com-*

pliments, nicht wahr?“ Sie nahm seine Hand und sah ihn prüfend an: „Ein paar Tage halte ich dich schon noch aus, denke ich.“

Auf dem Weg nach Frescati hielten sie am Birger Jarl Hotell an; Umberto holte seine Reisetasche. Die Rezeptionistin machte ihm die erfreuliche Mitteilung, dass sie das Zimmer eben weitervermietet habe und er daher die zweite Nacht nicht bezahlen müsse. Gut gelaunt stieg er wieder zu Gunilla ins Auto.

Gunilla arbeitete im Sozialanthropologischen Institut der Universität Stockholm. Als sie ankamen, gingen sie zuerst zum Präfekten und Gunilla stellte ihm Umberto vor, das heißt, sie versuchte es, denn sie kannte Umbertos Familiennamen nicht, es war davon noch keine Rede gewesen. Umberto bemerkte ihr Zögern und sprang sofort ein, indem er ihm das Wichtigste über sich mitteilte. Der Präfekt war ein drahtiger Typ mit Rollkragenpullover und umfasste Umberto sozusagen symbiotisch. Er hörte genau zu, machte eine anerkennende Bemerkung über seine Schwedischkenntnisse und vermittelte ihm das Gefühl, als hätte er schon lange darauf gewartet, mit ihm endlich in Kontakt zu treten. Was ihn herführe, fragte er. Gunilla skizzierte sein Problem; es gehe darum zu klären, welche Rolle Geheimgesellschaften im politischen Alltag spielten, und da sei eine Verbindung der österreichischen mit den schwedischen Rosenkreuzern aufgetreten, die Humbert (ausnahmsweise nannte sie ihn so) konkretisieren wolle; es bedürfte nur einiger Telefonate, bei denen sie ihn unterstützen könne.

Der Präfekt schmunzelte: „Die Rosenkreuzer gibt es wirklich noch? Ich hätte geglaubt, dass sie im achtzehnten Jahrhundert schon ausgestorben sind – aber ich beschäftige mich mehr mit der indischen Gegenwart als mit den Geheimbünden. Ich wünsche euch viel Glück bei der Suche!“ Das kurze Aufflackern von Sarkasmus war gleich wieder völlig verschwunden. Ganz ernst nimmt er mich nicht, dachte Umberto, aber wer könnte ihm das verübeln?

„Erzähl mir bei Gelegenheit, wie es euch gegangen ist", sagte der Präfekt zu Gunilla.

Sie bedankten sich und wanderten zu Gunillas Zimmer hinüber. „Es war nützlich, Bengt einzubinden", sagte Gunilla. „Er ist sehr human, aber er will immer wissen, was in seinem Institut vor sich geht." „Danke, Gunilla – ich bin aber froh, dass er nicht näher nachgefragt hat; wenn ich ihm von Rothschedls Fenstersprung hätte berichten müssen, hätte er mich wahrscheinlich an die Psychiatrische Klinik weitergereicht ..."

„Wenn alles erledigt ist, kann ich ihm die Geschichte immer noch erzählen; er hat für solche Sachen etwas übrig", lachte Gunilla. „Jetzt werden wir erst einmal deine Geheimgesellschaft aufscheuchen!" Gunilla verwendete den Ausdruck *„jaga upp"*. „Wieder ein Wort gelernt", bemerkte Umberto.

Er setzte sich auf einen der beiden Besuchersessel und war beeindruckt von der Bibliothek, die sich hinter Gunillas Arbeitsplatz auftürmte. Sie schaltete den Computer ein, klopfte auf die Tastatur und fand, was sie suchte. „Das ist das Lectorium Rosicrucianum, da gibt es doch auch eine Adresse hier in Stockholm", sagte sie, „was fragen wir sie?" „Ob sie in der letzten Zeit Briefe nach Österreich geschickt haben – und wenn ja, ob wir mit dem Briefschreiber reden dürfen", schlug Umberto vor; „wenn nicht, ob sie sich in diesem Zusammenhang an irgendetwas Merkwürdiges erinnern."

„Willst du mit ihnen reden?", fragte Gunilla.

„Es ist besser, du meldest dich einmal als Universität Stockholm, das macht mehr Eindruck als wenn ich da etwas vom österreichischen Bildungsministerium stottere. Aber wenn sie hier daheim sind, kann ich vielleicht einen Termin mit ihnen vereinbaren und zu ihnen kommen; mich interessieren ja diese Brüder und Schwestern im Geiste." Gunilla korrigierte schmunzelnd die Fügung „im Geiste", die Umberto im Schwedischen nicht ganz gelungen war, und wählte eine Telefonnummer.

„Guten Morgen, hier ist das Sozialanthropologische Institut der Universität Stockholm, Gunilla Jönsson. Bist du ein Vertreter des Lectorium Rosicrucianum? – Gut; wir haben hier einen Gast aus Wien, der eine Auskunft darüber haben möchte, ob euer Institut einige Briefe nach Österreich gesandt hat. – Ja, vor einer oder zwei Wochen. – Ja, ich weiß, dass es die Rosenkreuzer auch in Österreich gibt, aber die Briefe sind angeblich vom schwedischen Lectorium direkt an bestimmte Personen in Österreich gegangen. Jaha – jaha – ja, ich verstehe. Soll ich selbst dort anrufen oder machst du das? Meine Nummer ist 08 16 … Ah ja, die hast du auf deinem Telefon. Wann kann ich mit dem Anruf rechnen? Sehr gut, vielen Dank, *hej då*!"

Sie wandte sich an Umberto. „Der Mann heißt Per Svensson und war sehr freundlich. Er hat gar nicht gefragt, was für Briefe das waren – als ob er schon auf den Anruf gewartet hätte. Irgendetwas hat er von ‚österreichischen Briefen' gehört, aber von jemandem aus Göteborg, dort gibt es auch eine Filiale von dem Verein. Er ruft dort an und meldet sich dann wieder bei uns, in ein paar Minuten, sagt er."

„In der Zwischenzeit könnten wir es eventuell mit dem ‚Alten Orden' versuchen, von denen ist auch eine E-Mail gekommen. Hast du da eine Nummer?" Das Telefon lautete.

Gunilla hob ab und sagte zuerst nichts, aber ihre Miene veränderte sich schlagartig. Sie riss die Augen auf und starrte auf Umberto. Mit dem Zeigefinger der linken Hand deutete sie auf den Hörer. „Hej Gunilla", sagte sie. Umberto zuckte zusammen; tonlos formte er die Lippen zu ‚Lönnroth?' Gunilla nickte; Umberto deutete auf seine Brust und machte eine heftig verneinende Geste. Er spürte, wie ihm das Blut ins Gesicht schoss. Gunilla beruhigte ihn mit einer besänftigenden Handbewegung, während sie hörte, was ihre Namensvetterin von ihr wollte.

Umberto ging Manches durch den Kopf. Erstens fiel ihm auf, dass ‚Lönnroth' so viel wie ‚Ahornwurzel' hieß;

das war ihm bisher noch nie bewusst geworden. Zweitens waren seit seiner Begegnung mit Gunilla 1 etwa dreißig Jahre vergangen, was trieb ihm da jetzt noch den Schweiß auf die Stirn? Drittens erinnerte er sich an einen Schulfreund, einen Nuklearphysiker und Philosophen, der behauptet hatte, es gebe keine Zufälle? Allerdings hatte der auch gemeint, er komme ohne Zeitbegriff aus, und von Entropie und Wurmlöchern geschwärmt: insofern war er jenseits aller unmittelbaren Fassbarkeit für seine Zuhörer. Viertens hatte Umberto einen weiteren lustvollen Abend mit Gunilla 2 im Visier und wollte dabei keinesfalls von anderen Emotionen gestört werden. Fünftens war er selbst darüber erstaunt, dass er seine Gedanken zu dieser Thematik nummerierte, und beschloss, es zu keinem ‚Sechstens' mehr kommen zu lassen.

Gunilla legte auf. „Wir haben ein kleines Problem", sagte sie. „Gunilla Lönnroth hat die Untersuchungsergebnisse für mich und ist gerade hier im Haus. Sie will sie mir bringen und wird in ein paar Minuten hier sein. Das ist aber kein Grund zur Panik. Wenn du sie nicht treffen willst, setzt du dich inzwischen in das Kaffeezimmer gleich nebenan und nimmst dir eine Zeitung. Gunilla geht da zwar vorbei, aber sie wird dich sicher nicht beachten; es sitzen da immer verschiedene Leute herum und warten auf irgendetwas. Vielleicht hast du sogar Gelegenheit, sie zu sehen, ohne dass sie dich bemerkt."

Für Umberto entwickelten sich die Dinge auf eine beängstigende Weise interessant – oder auf eine interessante Weise beängstigend. Er nahm seinen Mantel, sagte: „Bis gleich", und eilte zur Tür hinaus. Auf dem Flur war niemand, und so konnte er unbemerkt sofort rechts in die Kaffeestube abbiegen, die kein geschlossenes Zimmer war, sondern bloß eine sehr geräumige Erweiterung des Ganges mit einem Fenster zum Garten. Der Kaffeeautomat stand in der Mitte der Seitenwand und deckte einen Teil des dahinterstehenden Sofas ab. Drei andere Kaffeetrinker saßen gegenüber, unterhielten sich miteinander und beachteten Umberto nicht weiter. Auf einem Beistelltisch lagen einige Zeitungen; Umberto griff sich Svenska Dagbladet und zog sich hinter das Brühgerät zurück. Er war durch Zeitung und Kaffeemaschine völlig abgedeckt; seine Beine lugten hervor, aber an denen allein würde ihn wohl niemand erkennen.

Nach zwei Minuten gespannter Erwartung sah er Gunilla Lönnroth. Das heißt, er nahm an, dass sie es war. Sie hatte keine blonde, wellige Frisur mehr, sondern kurz geschnittene Haare in einem mittleren Braunton, war erheblich aus der Form geraten, in der er sie in Erinnerung hatte, hinkte ein wenig und verwendete einen Gehstock; sie trug eine Aktenmappe in der anderen Hand, warf keinen Blick in seine Richtung und klopfte an Gunilla Jönssons Tür. Eigentlich erkannte er sie vor allem daran; erst als sie verschwunden war, versuchte er sich ihre Gesichtszüge zu vergegenwärtigen und fand schließlich auch das Bild von ihr aus den Siebzigerjahren irgendwie bestätigt. So sehr habe ich mich nicht seit damals verändert, glaubte er zu wissen, aber wer mich nur damals gesehen hat, der erkennt mich jetzt wahrscheinlich auch nicht mehr.

Er hörte durch die Wand undeutlich zwei weibliche Stimmen und versuchte sie Gunilla 1 und 2 zuzuordnen. Das gelang aber nicht. Warum dieses Versteckspiel, fragte er sich. Wir sind einander nichts schuldig, und ein bisschen darf mich auch der Teufel reiten; also legte er die Zeitung weg und ließ einen Kaffee herunter. Er setzte sich wieder und nippte an der wenig attraktiven Brühe. Eben als er wieder zur Zeitung greifen wollte, waren aus dem Nebenzimmer eindeutige Verabschiedungsgeräusche zu vernehmen. Unmittelbar darauf kam Gunilla 1 wieder vorbei. Diesmal schaute sie sehr wohl auf den Kaffeeapparat und auf Umberto. Sie hielt an und stutzte; in Sekundenbruchteilen arbeitete Umberto die Optionen durch, die ihm gerade einfielen, und war auf alles gefasst. Aber Gunilla 1 wandte sich ab und setzte ihren Weg fort.

Wenn die alte Gunilla tatsächlich seinetwegen gestutzt hatte, hatte er sich wirklich nicht viel verändert und musste seinerzeit einen bleibenden Eindruck hinterlassen haben; eine andere Frage war, ob das für ihn schmeichelhaft war.

Gunilla 2 (er beschloss die Nummerierung von nun an wieder wegzulassen), holte ihn aus dem Wartezimmer ab. Sie schloss die Tür zu ihrem Zimmer hinter sich und Umberto und fragte ihn: „Wie war es?“ Er erzählte ihr von seinen widersprüchlichen Eindrücken. Gunilla meinte, „Ich halte es für möglich, dass sie dich erkannt hat, sie hat ein Elefantengedächtnis, das habe ich schon früher bemerkt.“

„Ich würde die Sache gerne als abgeschlossen betrachten; ein zweites Mal wird sie mir ja nicht über den Weg laufen, nehme ich an.“

Gunilla machte eine skeptische Kopfbewegung, die Umberto nicht recht deuten konnte, aber er fragte nicht nach. „Was ist mit dem Alten Orden, können wir da einmal eine Verbindung herstellen?“

„Versuchen wir es“, sagte Gunilla, die das Thema Lönnroth anscheinend noch gerne weiter behandelt hätte. Als sie zum Hörer griff, läutete das Telefon. „Es ist Per Svensson, ich stelle den Lautsprecher an.“

Der Rosenkreuzer aus Stockholm hatte eine angenehme, durch den Lautsprecher nur leicht verzerrte Stimme. Er habe in Göteborg den dortigen Meister erreicht. Vor ein paar Monaten sei es dort zu einem eigenartigen Vorfall gekommen; einer der Jünger, der sich auch schon vorher immer wieder durch sonderbares Verhalten und übertriebenen Skeptizismus bemerkbar gemacht habe, sei dabei überrascht worden, wie er in den Schreibtischladen des Meisters herumgekramt habe. Auf die Frage, was er da suche, habe er zur Antwort gegeben, dem Weg zur Erleuchtung sei er auf der Spur, er müsse sich selbst ein Bild machen, denn die Aussagen des Meisters und der Oberen des Lectoriums seien allesamt ein Zeichen dafür, dass sie selbst nicht wüssten, wo der rechte Weg sei. Ob er den in seinem Schreibtisch zu finden glaube, habe ihn der Meister gefragt. Darauf habe der Jünger geschrien, niemand nehme ihn hier ernst, es gebe ja auch andere Rosenkreuzer-Gesellschaften, und er werde sich hier nicht mehr blicken lassen.

Er sei zur Türe hinausgestürmt und habe dabei einige Papiere verloren. Darunter sei der Umschlag eines Briefes nach Österreich gewesen; der Umschlag sei einer aus dem Schreibtisch des Meisters gewesen, der selbst sicher nie einen solchen Brief geschrieben habe. Dass der merkwürdige Jünger das Briefpapier gestohlen habe, sei auch dadurch zu erkennen gewesen, dass von den Briefbögen im Schreibtisch ungefähr die Hälfte verschwunden sei – wie sich bald erwies. Man bedaure den irregeleiteten Bruder sehr, aber die Art und Weise, wie er mit den anderen Mitgliedern des Lectoriums umgegangen sei, wäre auf Dauer ohnedies nicht erträglich gewesen; nebenbei gesagt, sei der Mann schon deshalb eine Plage gewesen, weil sein Körpergeruch die Versammlungen stets derart irritiert habe, dass sie öfter unterbrochen worden seien, um Frischluft herein zu lassen.

Umberto lachte in sich hinein; der Kreis beginnt sich zu schließen, dachte er. Gunilla fragte, ob man ihr den Namen des Mannes sagen könne, und ob man wisse, was mit ihm weiter geschehen sei. Den Namen wollte oder konnte Svensson nicht herausrücken; er sei von der Universität gekommen und ein Sprachwissenschaftler gewesen, so viel könne er sagen. Und ob er weiter irgendwo aufgefallen sei, wisse er nicht; da er aber von „anderen Rosenkreuzern" gesprochen habe, wäre es möglich, dass er versucht habe, bei AMORC unterzukommen; davon sei aber nichts bekannt.

Gunilla bedankte sich bei Svensson und versicherte, die Angaben vertraulich zu behandeln. Er sei wirklich eine große Hilfe gewesen. Es wäre nett, meinte der, wenn sie einmal Zeit hätte, sich näher mit den Heilslehren des

Lectoriums auseinanderzusetzen. Sie sei sehr interessiert, antwortete sie, nun habe sie ja seine Telefonnummer, und wenn er wolle, könne er ja einmal ein paar Unterlagen schicken. Als Svensson hörbar weiter ausholen wollte, entschuldigte sie sich mit einem Termin, den sie nun wahrnehmen müsse, bedankte sich nochmals und legte auf.

„Sehr freundlich, aber kaum zu bremsen, der gute Svensson", sagte sie. „Hat dir das weitergeholfen?" „Wir sind einen Riesenschritt vorangekommen", sagte Umberto, „vielen Dank! Willst du übrigens wirklich dem Lectorium beitreten?"

„Nicht sofort." Gunilla lächelte und faszinierte damit ihren Freund. „Aber auch hier war wieder vom Alten Orden die Rede, vielleicht erfahren wir dort den Rest der Geschichte!" Sie konsultierte das Internet und fand zwei brauchbare Adressen, beide weit außerhalb von Stockholm, die eine in Eksjö und die andere in Onsala, einer Kleinstadt bei Göteborg, und dann noch ein paar weitere, die allesamt das Wort „Svithiod" enthielten, einen altertümlichen Ausdruck für das schwedische Volk. „Die alten Goten sind jetzt auch schon im Internet", bemerkte Umberto dazu, der ihr über die Schulter sah.

„In Onsala dürfte der Hauptsitz von AMORC Schweden sein, ich probiere es einmal dort. Freundlicherweise schreiben sie auch ihre Telefonverbindung dazu." Gunilla wählte eine Nummer, lauschte und hielt die Hand über das Mikrofon. „Es läuft nur ein Band, obwohl jemand da sein müsste." Sie legte auf und betätigte die Tastatur des Computers. „Es gibt da ein Video vom Hauptquartier in Onsala, schauen wir uns das einmal an."

In einem Garten stand da ein wohnlich wirkendes kleines Haus: dann kam eine soignierte Dame ins Bild, erzählte etwas über den Alten Orden und wie dieser den Weg zur Erkenntnis der Letzten Dinge ebnen würde. Sie lud die Zuschauer zu einem virtuellen Rundgang durch das Haus ein; man sah einen Versammlungsraum, ein Besprechungszimmer, eine Bibliothek und eine Ablage, in der auf Regalen Hunderte von Papieren gelagert waren, außerdem den gepflegten Garten; die jeweils zuständigen Personen erläuterten das Umfeld. Endlich waren noch die Embleme der Rosenkreuzer zu sehen; die Dame von vorhin, deren Namen man nicht verstand, schlug den Betrachtern einen unverbindlichen Besuch des Instituts vor. Es war eine geradezu idyllische Darstellung. Der cholerische Sprachwissenschaftler mit dem unangenehmen Odeur, von dem Svensson gesprochen hatte, passte da gar nicht dazu.

Aber es gab ja auch noch Eksjö, und hier hatte Gunilla mehr Glück. Es meldete sich eine dünne Stimme, fast wie die eines Kindes; man wusste nicht, ob es sich um eine Frau oder einen Mann handelte. Gunilla stellte sich vor und fragte, mit wem sie spreche. „Åhlén", fistelte die Stimme, was nun auch kein Hinweis auf das Geschlecht des Geschöpfes am anderen Ende war. „Herr Åhlén", begann Gunilla aufs Geratewohl und wurde unterbrochen. „Viktoria Åhlén", lispelte es aus dem Hörer. „Bist du für AMORC zuständig?", setzte Gunilla fort. „Worum geht es?", fragte Viktoria Åhlén.

„Wir suchen eines eurer Mitglieder, weil wir von ihm eine Auskunft brauchen. Er ist ein Sprachwissenschaftler und war vorher beim Lectorium Rosicrucianum in Göteborg. Habt ihr jemanden, auf den diese Beschreibung passt?" Frau Åhlén murmelte etwas in den Hintergrund, offenbar mit zugedecktem Hörer. „Wie heißt er?", fragte sie.

Umberto wollte Gunilla irgendetwas soufflieren, um sie aus der plötzlichen Verlegenheit zu befreien, aber er wusste nicht was. Gunilla, die seine Bewegung zu ihr hin bemerkte, hob abwehrend die Hand. „Soweit wir wissen, heißt er Jakob Rydgård, aber wir wissen nicht, ob das sein wirklicher Name ist; er hat aber sicher die Initialen J.R. und verwendet eure Mailadresse. Ein Kollege aus Wien ist bei mir. Es sind Mails mit dem Absender j.r@amorc.se nach Österreich geschickt worden und haben dort für Verwirrung gesorgt. Wir hoffen, dass ihr uns weiterhelfen könnt. Und falls das zur Klärung beitragen kann: Der Mann zeichnet sich wahrscheinlich durch eine stechende Ausdünstung aus."

Wieder wurde am anderen Ende der Leitung in den Hintergrund gemurmelt. Dann kamen Raschelgeräusche durch und plötzlich eine tiefe Männerstimme, so sonor, dass Gunilla und Umberto zusammenzuckten: „Hier ist Fredrik Södergren, Meister in Eksjö. Der Mann heißt Johan Rosenkvist; er arbeitet in unserer Gesellschaft und ist seit einer Woche spurlos verschwunden."

Viel mehr war vorerst vom Meister der Rosenkreuzer nicht herauszubekommen; immerhin war er zu einem Treffen mit Umberto zu bewegen; da er sich tags darauf ohnedies mit dem Pastor der Katharinenkirche in Stockholm verabredet hatte. Umberto kannte die Kirche, weil sie sich in der Nähe der Wohnung von Gunilla Lönnroths Eltern befand und er seinerzeit manchmal durch den angrenzenden Park spaziert war.

Er versuchte seine Gedanken nach den Telefonaten mit den Rosenkreuzern ein wenig zu ordnen und überlegte, was er nun mit den Informationen anfangen sollte. Gunilla Jönsson wurde zu einer Besprechung mit ihrem Chef beordert; Umberto fragte sie, ob er währenddessen ihren Computer für einen Zwischenbericht nach Wien benützen dürfe.

Und so erhielt Emilia eine Dreiviertelstunde später zu ihrem Erstaunen eine E-Mail von gunilla.joensson@socant.su.se und erfuhr nun, dass Umberto tatsächlich in Stockholm war und was sich da in den beiden letzten Tagen ereignet hatte (das Abendprogramm bei Gunilla hatte Umberto freilich dezent verschwiegen). Zum Verfasser der mysteriösen Botschaften hatte sie sich schon vorher ihre eigenen Vermutungen angestellt, die sie jetzt bestätigt fand.

Von: emilia.merz@aon.at
An: gunilla.joensson@socant.su.se
Lieber Umberto,
Besten Dank für die hochinteressanten Forschungsergebnisse! Einige Zusammenhänge werden mir jetzt klar. Du wirst es nicht glauben, aber ich kenne Johan Rosenkvist schon seit mindestens zwei Jahren. Damals habe ich über eine gotische Übersetzung des Johannesevangeliums gearbeitet und beim Quellenstudium Rosenkvist als den

Forscher auf dem Gebiet vorgefunden. Zu irgendeinem Detail, das ich nicht verstanden habe, schrieb ich ihm einen Brief und er hat mir auch geantwortet. Seit damals hat er meine Adresse, wenn er sie aufbewahrt hat. Es wird ja kaum zwei Sprachforscher in Schweden mit demselben Namen geben. Er war damals an der Universität Uppsala tätig, hat aber vielleicht mittlerweile den Standort gewechselt. Ich habe schon den dumpfen Verdacht gehabt, dass er dahinter stecken könnte, als wir den Malzgassen-Brief bekommen haben.

Dass er etwas mit Hummel zu tun hat, steht außer Frage, denn ich habe den ‚Mönch' ja eindeutig vorbeihuschen sehen, als ich unlängst bei Hummel war. Der Gestank ist mir dabei erstmals aufgefallen, das war ja nicht zu ‚überriechen'. Und die zwei Figuren im Haus in der Malzgasse waren ja auch sicher Hummel und Rosenkvist. Wieso die beiden einander kennen, weiß ich aber auch nicht. Ich war gestern zwar bei Hummel drüben, weil ich irgendeinen Hinweis auf den Vorfall mit Rothschedl finden wollte, aber da hat mir niemand geöffnet, und ein Telefon gibt es ja bei ihm nicht. Rosenkvist muss in den letzten Tagen nach Wien gekommen sein, denn die Briefe sind ja erst vor einer Woche angekommen und wurden in Schweden aufgegeben.

Unklar ist immer noch, was die beiden mit ihren Aktionen bezwecken, vor allem, warum sie Unbeteiligte zu sich locken, betäuben und dann wieder aussetzen. Vielleicht kann der schwedische Rosenkreuzer dazu etwas sagen (wenn er nicht mit ihnen im Bunde ist, was ich immer noch nicht ausschließen will). Kann man übrigens Södergren trauen? Immerhin ist er ja mit dem Rosenkreuzer-Meister verwandt.

Mit Gumpold habe ich heute gesprochen. Ifkovits ist zwar äußerlich wieder der Alte, aber er faselt angeblich manchmal sonderbares Zeug. Er hat kein gutes Gefühl dabei gehabt, ihn am Morgen nach dem Donaupark allein zu Hause zurückzulassen. Er ist aber wieder zur Arbeit gegangen. Seine Gattin wird heute wieder aus dem Spital entlassen, sie hat sich gut erholt. Er hat sie gebeten, ihn anzurufen, wenn Ifkovits sich irgendwie merkwürdig benimmt.

In der Malzgasse waren wir nicht mehr; das Fensterglas ist wahrscheinlich noch nicht neu eingeschnitten, und ob die Hausmeisterin mit der Polizei geredet hat, weiß ich auch nicht. Auch Rothschedl hat sich nicht bei mir gemeldet, und ich wollte nicht mutwillig bei ihm anrufen.

Wenn sich in der Zwischenzeit nicht etwas Überraschendes tut, werden wir warten, bis du wieder da bist, damit wir koordiniert vorgehen können. Dass du nach Schweden gefahren bist, wundert mich übrigens gar nicht; ich habe dich so eingeschätzt.

Viele Grüße von meiner Mutter und von Rudi; der ist gerade bei mir. Viel Erfolg und alles Gute dir und Gunilla!

Emilia

*

Vor seinem Abgang aus der Universität bat Umberto Gunilla noch, ihr elektronisches Telefonverzeichnis zu öffnen und seine Jugendadresse in Kristineberg einzugeben. Eine Reihe von Namen erschien; einer davon war Kenneth Bergström. Offenbar lebte Annikas Neffe, den er damals nur drei Tage lang als Siebenjährigen wahrgenommen hatte, immer noch in der elterlichen Wohnung. Er musste jetzt knapp vierzig Jahre alt sein. Ob er mit ihm in Kontakt treten würde, wusste Umberto nicht; das könnte bedeuten, dass er die Beziehung zur Familie von Gunilla 1 und damit zu ihr selbst wieder aufnehmen würde. So behielt er Kenneth vorerst im Talon, küsste Gunilla und fuhr gegen Mittag mit der Tunnelbana in Stockholms Zentrum zurück.

Die Sonne schien, als ob Frühling wäre. In drei Stunden würde sie schon wieder hinter Riddarfjärden niedergehen. Es war lau, kein Novemberwetter, ganz anders als gestern, als er Gunilla unter seinen Mantel hatte schlüpfen lassen. Umberto wanderte über die Vasabrücke nach Norrmalm hinüber. Hier verzehrte er mit Behagen, gewissermaßen in Erinnerung an seine Studentenzeit, an einer Bude eine Bratwurst mit Senf und einer Gurke.

Als er sich satt und zufrieden den fünf Hochhäusern an der Sergelgata näherte, vermeinte er zwischen dem Verkehrslärm Musik zu vernehmen. Sie verschwand für kurze Zeit unter dem Dröhnen einer vorbeifahrenden Baumaschine, um sich gleich darauf wieder gegen das Großstadtgeräusch zu behaupten. Jemand spielte Klavier, so schien es ihm zunächst, es war kein unverbindliches Geklimper, hier war einer am Werk, der das Instrument beherrschte und forderte. Was es war, erkannte Umberto erst, als er vor den Musikladen trat, aus dessen geöffneter Tür die Klänge drangen. Drinnen saß ein junger Mann mit langen, zu einem Rossschwanz zusammengebundenen Haaren und spielte auf einem Cembalo etwas aus dem Wohltemperierten Klavier von Johann Sebastian Bach. Umberto kannte sich in der Musik weniger aus als in der bildenden Kunst; er hätte nicht sagen können, ob das nun Präludium oder Fuge war, was er da hörte. Aber Klang und Harmonie erfassten ihn trotz des Straßenlärms bald vollständig.

Mehrere Minuten stand er so da und fiel dadurch dem Virtuosen auf. Am Ende des Satzes deutete er Umberto, er solle eintreten, und wies auf einen Stuhl im Hintergrund, um gleich darauf sein Spiel fortzusetzen; er spielte ohne Partitur und, wie es schien, einfach zu seinem Vergnügen.

Auf Zehenspitzen war Umberto zu dem Sessel geschlichen, der heftig knarrte, als er sich setzte. Der Mann am Cembalo blickte kurz und lächelnd herüber, ohne sich beirren zu lassen. Umberto wagte keine weitere Bewegung mehr, um kein weiteres Störgeräusch zu provozieren. Er schloss die Augen und übersetzte die Akkorde und Kadenzen in grafische Muster und Farbkompositionen. Das bedurfte keiner bewussten Anstrengung, es ergab sich von selbst. Er hätte gerne mit den Füßen den Takt mitgeklopft oder zumindest die Hände im Rhythmus bewegt, fürchtete aber seinen Stuhl aus der Reserve zu locken. Aber auch so verfiel er in einen Bildrausch, der ihn rundum einhüllte. Das war ihm jedes Mal genau mit Bach passiert und hier vor allem mit den Brandenburgischen Konzerten, weit weniger mit anderen Komponisten des Barock; die Pracht der „Wassermusik“ etwa war weit weniger dazu geeignet als die geometrische Genauigkeit des Bachschen Cembalos. Ganz gut ging es noch beim frühen Haydn, alles, was nachher kam, die Verspieltheit von Mozart und die Wucht Beethovens gaben da nicht so viel her, ganz zu schweigen von den, wie er es empfand, brutalen Appellen an die Gefühlswelt, wie sie etwa von den Werken Chopins oder Tschajkowskijs ausgingen. Erst Manches aus dem zwanzigsten Jahrhundert ließ solche Synästhesien wieder zu, etwa Schönberg oder Nono, die Stücke, die ‚nicht so mit der Tür ins Haus fielen‘, wie er es einmal formuliert hatte.

Das akustische Störfeuer durch die noch immer geöffnete Ladentür nahm Umberto immer weniger wahr. Die Augen öffnete er nur kurz in den Pausen zwischen den Sätzen. Der Cembalist beachtete ihn scheinbar nicht mehr, er schwelgte in den musikalischen Sequenzen so wie Umberto in den rhythmisch wechselnden Farbharmonien. Irgendwann war das Konzert dann doch zu Ende; ein paar Sekunden saßen beide schweigend da und warteten darauf, dass die Schwingungen abebbten.

Dann stand Umberto unter schwerem Ächzen des Stuhls auf und schüttelte dem Musiker die Hand. „Ich bin ein Maler aus Österreich“, stellte er sich vor, „und ich habe durch dein Spiel Anregungen für mindestens ein Dutzend Bilder erhalten.“ Jetzt erst bemerkte er, dass sich auch im hinteren Teil des Ladens drei Personen, zwei Frauen und ein Mann dem Spiel gelauscht hatten. „Ich heiße Erling“, antwortete der Cembalospieler, „man sieht gleich, wenn jemandem die Musik unter die Haut geht. Vielen Dank, dass du zugehört hast. Wenn du Zeit hast: Nächsten Mittwoch spiele ich im Konzerthaus Schumann und Mendelssohn; ich würde mich freuen, dich zu sehen." Er gab ihm einen Zettel mit der Ankündigung. Umberto bedauerte, da sei er schon wieder zurück in Wien. Dass die beiden Romantiker ihn wahrscheinlich nicht so fasziniert hätten wie das, was er hier erlebt hatte, verschwieg er. Nochmals schüttelte er dem Künstler die Hand, verbeugte sich gegen die drei Gestalten im Hintergrund und verließ die Stätte.

Den Rest des Nachmittags, der hier schon um halb drei in den Abend überging, verbrachte Umberto mit einem Spaziergang durch die Altstadt und den Slussen hinüber nach Södermalm; er wanderte durch den Park, wo sich sein verunglücktes Rendezvous mit Gunilla 1 zugetragen hatte; die unselige Bank stand immer noch da. In einer Telefonzelle konnte er sich nicht enthalten, unter Lönnroth nachzuschlagen, aber da gab es vier Gunillas, und so genau wollte er es eigentlich ohnehin nicht wissen. Gunilla 2 wollte er jedenfalls nicht nach der Adresse ihrer Namensvetterin fragen. Er ging bis zum Eingang des Södersjukhus hinauf, den er aber so nicht wieder erkannte; entweder hatte man da Verschiedenes umgebaut oder es trog ihn sein Gedächtnis.

Für heute hatte er insgesamt genug; mit einem Mal überkam ihn die Müdigkeit. Die gestrige Nacht war ja nicht sehr lang gewesen, und für den heutigen Abend wollte er wieder ausgeruht sein. Also ging er Ringvägen hinunter nach Skanstull und fuhr mit der Tunnelbana zu Gunillas Wohnung. Die laue Frühlingsluft war auf dem letzten Teil seiner Wanderung nächtlicher Kühle gewichen.

Zwanzig Minuten später stieg er in die Badewanne voll heißem Wasser; es war eine Wohltat sondergleichen. Mehrmals schlummerte er kurz ein; zuletzt geriet er dabei mit der Nase unter Wasser und merkte, dass es lebensgefährlich werden könnte, wenn er das allmählich auskühlende Warmbad nicht schleunigst verließ. Es fand sich ein Morgenmantel an der Badezimmertür, der von der

Größe her nicht Gunilla gehören konnte; da er nicht vorhatte, dasselbe Gewand anzuziehen, das er schon gestern und heute den ganzen Tag getragen hatte, schnüffelte er an dem angenehm wirkenden Kleidungsstück und hatte den Eindruck, es sei frisch gewaschen. Etwas Anderes hätte er ohnedies nicht anlegen können, denn seine Reisetasche lag noch in Gunillas Auto. Er hoffte, dass sie sie mitbringen würde.

Mit der Zeit spürte er seinen leeren Magen; die Bratwurst war zwar schmackhaft gewesen, hielt aber nicht den ganzen Tag vor. Er ging in die Küche und wollte eben den Inhalt des Kühlschranks überprüfen, da läutete sein Mobiltelefon; es dauerte eine Weile, bis er es in seinem abgelegten Kleiderhaufen fand. Gunilla fragte ihn, ob sie ihn aufgeweckt habe und schlug vor, ihn in der Crêperie an der Ecke zu treffen, Umberto stellte ihr sein Bekleidungsproblem dar. „Wenn mir deine Tasche nicht zu schwer ist, werde ich sie dir doch vorher hinaufbringen", lachte sie und legte auf, bevor Umberto noch Gelegenheit hatte, ihr seine Hilfe anzubieten. Ihre Stimme wärmte ihm das Herz; er empfand es als ungemein erfreulich, dass sie keine koketten Spielchen mit ihm trieb.

Gegen ein Abendessen war nichts einzuwenden, selbst wenn es das Liebesleben ein wenig hinausschob. „Das Zeug ist doch recht schwer", keuchte Gunilla, als sie eine halbe Stunde später Umbertos Gepäck zur Tür hereinschleppte. „Ich stehe in deiner Schuld", antwortete er, „Wie kann ich es wieder gutmachen?" „Ich nehme an, dass dir etwas einfallen wird", grinste sie spitzbübisch, „jetzt gehe ich aber auch noch rasch unter die Dusche, wenn ich schon da bin." „Schade, dass ich schon gebadet bin, sonst hätte ich dich begleitet", sagte er, „soll ich dir zumindest den Rücken einseifen?" „Lieber nicht, denn ich fürchte, dass dann nichts mehr aus unserem Abendessen wird, und ich bin sehr hungrig!"

Umberto ließ sie unbehelligt ins Bad ziehen und kramte aus seiner Tasche einige Stücke hervor, die er statt des

Morgenmantels anzog. Trotz meiner fünfundfünfzig Jahre bin ich noch halbwegs in Fasson, konstatierte er beim Kleiderwechsel. Soll ich Gunilla fragen, für wen sie den Morgenmantel bereithält? Wenn sie nichts dazu sagt, werde ich nicht nachfragen; wir sind ja nicht verheiratet. Wenn ich in ein paar Tagen wieder in Wien bin, wird früher oder später jemand anderer auftauchen, dem das gute Stück passt.

Bald waren beide wieder ausreichend bekleidet, um außer Haus gehen zu können. Gunilla hatte einen Pullover, der ihre Figur vorteilhaft zur Geltung brachte, und darüber eine sportliche Jacke angezogen; Umbertos Fundus war begrenzt, aber ein Rollkragenhemd fand sich darin, das Sakko darüber war das einzige, das er mit sich führte. Sie hielten sich ja nur dreißig Meter im Freien auf.

Das Angebot des bretonischen Lokals ging über Crêpes und Galettes hinaus, sogar ein *Kig Ha Farz* stand, auf der Speisekarte, ein äußerst deftiges Gericht aus Kraut, Süßkartoffeln, Buchweizensterz (Umberto vermutete, dass ‚bovete' ‚Buchweizen' hieß) und Selchfleisch. Gunilla empfahl es für den großen Hunger, aber man werde zu zweit mit einer Portion auskommen und notfalls könne man ja noch eine crêpe sucrée nachlegen. Das geschah letztlich auch, obwohl immer noch etwas von dem Holzfällermenü übrig geblieben war. Dazu gab es eine große Flasche eines trockenen Cidre aus Saint-Thégonnec, der zwar nur wenige Prozente Alkohol hatte, aber doch zusätzlich für gute Laune sorgte. Er werde aus einer Art von großen Kaffeetassen getrunken; das sei Brauch in Finistère, der bretonischen Provinz, aus der das Wirtsehepaar stammte.

Umbertos mehrfacher Kurzschlaf in der Badewanne hatte genügt, um ihn wieder herzustellen, und auch Gunilla war nach der Dusche zu ihrer Hochform zurückgekehrt. Sie hatte Umberto der Besitzerin des Lokals, die sie sichtlich gut kannte, mit Gusto als „Umberto aus Österreich" vorgestellt. Dem freundlichen, aber hintergründigen Mienenspiel der Wirtin war anzumerken, dass sie von Gunillas Zweisamkeit nicht überrascht war. Umberto nahm sie für sich ein, indem er einige französische Worte mit ihr wechselte, des Bretonischen sei er leider nicht mächtig, betonte er. Das *Kig Ha Farz* lobte er in den höchsten französischen Tönen, obwohl er glaubte, noch tagelang daran laborieren zu müssen.

Während des Desserts berichtete Gunilla, Meister Frederik Södergren habe nochmals angerufen, nach Herrn Weiser gefragt und endlich mitgeteilt, dass mit Rosenkvists Abgang auch zwanzigtausend Kronen aus der Kasse verschwunden seien; man werde die Polizei benachrichtigen müssen, obwohl der Zusammenhang nicht zweifelsfrei erwiesen sei, zuvor wolle er aber noch das Gespräch mit Umberto in der Katharinenkirche abwarten.

„Du musst auf ihn am Telefon einen sehr vertrauenswürdigen Eindruck gemacht haben", setzte sie fort, „und Rosenkvist muss ihm sehr an die Nieren gegangen sein, (Umberto übersetzte damit für sich eine ihm bis dato unbekannte schwedische Redewendung) sonst hätte er wohl nicht solche unangenehmen Details aus seinem Geheimbund preisgegeben. Aber ich finde dich ja auch ganz heimelig …" (wieder diese schwedische Mehrdeutigkeit).

Umberto nahm ihre Hand und küsste sie, diesmal etwas deutlicher als im gestrigen Restaurant. „Wusstest du eigentlich etwas von Lasses Bruder?", fragte er sie. „Wir haben nie über einen Bruder geredet, obwohl er einiges aus seinem Leben erzählt hat", antwortete Gunilla.

„Die beiden passen auch nicht so richtig zusammen, der agnostische Psychiater und der Meister der Rosenkreuzer; wer weiß, ob sie überhaupt Kontakt zueinander haben; als ich ihn fragte, ob er mit Lars Södergren verwandt sei, hat er sehr zurückhaltend reagiert. Dann hat er doch gesagt, dass es sein Bruder sei, aber gleich wieder das Thema gewechselt und vom Pastor Höglund von der Katharinenkirche gesprochen. Mit dem versteht er sich sicher besser als mit Lasse", analysierte Umberto sein Telefonat mit dem Mann aus Eksjö.

„Noch einen Kaffee oder sonst etwas für die Verdauung?", fragte die Wirtin. Umberto und Gunilla blickten einander an. Gleichzeitig sagten sie: „Einen Schnaps, bitte!" Alle drei lachten. „Für den Kig Ha Farz", ergänzte Umberto.

„Ich habe da etwas für euch, dazu seid ihr eingeladen. Es ist beruhigend und anregend zugleich. Einen kleinen Moment!" Und sie verschwand im Hintergrund. „Glaubst du, dass wir eine Anregung brauchen?", fragte Umberto; Gunilla legte den Kopf zur Seite, machte ein Wer-weiß?-Gesicht und lächelte. Er hätte sie auf der Stelle umarmen und küssen mögen, aber da kam die Bretonin und brachte eine Flasche mit einem bräunlichen Getränk und zwei Gläser. „Lambig de Bretagne, vieille réserve", sagte sie, „normalerweise als Aperitif getrunken; ich finde aber, er eignet sich noch besser zum Abschluss, besonders für nette Gäste, für die der Abend noch nicht zu Ende ist …"

„Heute übernehme ich die Rechnung", sagte Gunilla. „Du kannst auch morgen zahlen, genießt einfach den schönen Abend!", meinte die Wirtin darauf. Sehr diskret ist sie nicht, ihre Kommentare schrammen hart am Intimbereich, dachte Umberto, aber als Gunilla die Wirtin auf die Wange küsste, tat er das auch, beflügelt vom Cidre und vom Lambig.

Dann hatten sie es beide sehr eilig, die paar Meter zu Gunillas Wohnung hinter sich zu bringen, und ins Bad mussten sie auch nicht mehr.

DIE HUMMEL-MISSION

In der Beckmanngasse war es Mittag, als sich Emilia und Rudi endlich aus dem Bett rollten. Margarete, die die vergangenen Tage mehrere Male zu ihrem Verdruss die Hunde versorgen musste, war zu irgendwelchen *compañeros* gefahren und vor dem Sonntag nicht zurück zu erwarten. Am heutigen Donnerstag war Allerheiligen; Clara hatte dem Drängen ihrer Schwägerin Theresia nachgegeben und war samt ihren Chihuahuas nach Kaisersteinbruch zur Grabpflege im dortigen Friedhof abgereist. Andernfalls wäre der Haussegen bei Fischperers wieder schief gehangen. Es werde sich jemand finden, der die drei Hunde während des Gräberbesuchs beaufsichtige, hatte Theresia versprochen; immerhin würden sich auch Tochter Elisabeth und Enkel Philipp am Feiertage zur familiären Runde gesellen. Die Hunde zu Hause zu lassen, kam nicht in Frage, das hatte sich Emilia nachdrücklich verbeten; sie duldete außer Rudi niemanden in ihrer Wohnung und in ihrem Bett, schon gar nicht die drei kleinen Kläffer.

Wie üblich, waren die Bestände in Emilias Kühlschrank nahe Null. Den Tag, der so angenehm begonnen hatte, wollte sie auch weiterhin mit Rudi daheim und möglichst im Bett verbringen und daher auch keine Exkursion in irgendwelche Gasthäuser der Umgebung machen, zumal deren Attraktivität ohnedies zu wünschen übrigließ. Außerdem war das Wetter nach wie vor schlecht. Liebe mit knurrendem Magen war aber nur eine halbe Sache; was sollte man daher anderes tun als in die Wohnung der Mutter hinuntersteigen und nach etwas Essbarem suchen. Es gehörte nicht zu Emilias Gewohnheiten, die Vorräte ihrer Mutter zu plündern; allein es handelte sich hier ohne Zweifel um eine besondere Situation, die besondere Maßnahmen erforderte; sie würde am Abend Clara alles gestehen und gleich morgen selbst für Nachschub sorgen. Bei Margarete nachzusehen, hätte ohnedies keinen Sinn gehabt, wovon ihre Schwester lebte, war sowohl ihr als auch ihrer Mutter ein Rätsel.

Sie nahm also den Schlüssel der mütterlichen Wohnung an sich und stieg mit Rudi ins Erdgeschoss hinunter. Sie hatten beide nur Bademäntel an, die noch dazu nur mangelhaft zu schließen waren, zumindest bei Rudi, aber die beiden rechneten ja mit keinen weiteren Besuchern. Was Emilia insgeheim befürchtet hatte, bestätigte sich alsbald: Im Kühlschrank der Mutter herrschte ein ähnliches Chaos wie im Rest der Wohnung. Es gab hier verschiedene Wurststücke, darunter auch solche, die nur für Chihuahuas geeignet waren; zwei Töpfe mit unterschiedlichen Suppenresten; darüber quer ein halbes, weitgehend ausgetrocknetes Baguette; Milch in einer Flasche und Milch in einem Karton, beide zu etwa einem Viertel voll; ein Einmachglas mit gekochten Spaghetti; dreieinhalb Tomaten an der Rispe und zwei teilweise abgeschabte Zitronen; drei Dosen mit weiterem Hundefutter; etwa zehn Kartoffeln, aus denen weiße Triebe sprossen, ein halber, leicht angewelkter Eisbergsalat, zwei Zwiebeln, mehrere Knoblauchzehen sowie eine geschlossene und eine halboffene Dose mit Ölsardinen. Auch die Untersuchung der Küchenschränke erbrachte nichts, was man hätte mit Appetit essen können.

Rudi, der den Zustand von Claras Wohnung von früheren Besuchen kannte und sich obendrein schon damals bei der Nachbesprechung der Malzgassen-Vernissage als Gulaschkoch bewährt hatte, fühlte sich angesichts des ungeordneten Haufens von Viktualien herausgefordert. „Wenn du Öl, Salz, Teller und Salatschüsseln beschaffen kannst, vielleicht auch irgendwelche Streukräuter, verspreche ich dir ein fulminantes Mahl in einer Viertelstunde. Die Suppen lasse ich lieber weg, die kommen mir verdächtig vor."

„Na, dann viel Erfolg", lachte Emilia und machte sich auf die Suche nach den gewünschten Zutaten. Rudi räumte den Kühlschrank fast leer, baute die Vorräte auf den wenigen freien Plätzen in der Küche auf; mehr als ein Pfanne brauchte er zunächst nicht, und die fand er an einem Wandhaken. Der Morgenmantel war ihm bei allen Bewegungen im Wege; kurz entschlossen warf er ihn von sich und stand nun im Adamskostüm am Gasherd.

Emilia hatte einstweilen im Studierzimmer einen nur halb angeräumten Tisch entdeckt und dort zwei Gedecke samt Weingläsern aufgebaut; der Saint-Emilion, den Umberto unlängst bei seinem Einstandsbesuch mitgebracht hatte, sollte das Menü aufs Trefflichste ergänzen. Clara trank Wein so gut wie nie und würde das Fehlen der Flasche vielleicht gar nicht bemerken. Als sie die große Salatschüssel in die Küche brachte, fand sie Rudi beim Würzen der Spaghetti vor; mit einer Mischung aus Amüsement und Gusto betrachtete sie den nackten Koch.

„Der Mantel ist beim Kochen extrem hinderlich", erläuterte Rudi, „ich hoffe, dich stört meine fehlende Adjustierung nicht." „Abgesehen davon, dass ich einen solchen Küchenchef noch nie gesehen habe, finde ich dich ganz in Ordnung. Aus reiner Solidarität werde ich mich deinem Beispiel anschließen. Wir brauchen sowieso eine Sitzunterlage für die Sessel am Esstisch, schon wegen der Hundehaare, die hier überall sind." Dass man den Kontakt mit dem „Gewölle" der Chihuahuas, wie sie die allenthalben zurückgelassenen Fellreste üblicherweise bezeichnete, auch vermieden hätte, wenn man die Morgenmäntel anbehielte, fiel zwar ihr auf, aber Rudi anscheinend nicht. Adam sah seine nun völlig entkleidete Eva ausführlich an; der paradiesische Zustand seiner Freundin war ihm sichtlich nicht gleichgültig. Mit Gewalt riss er sich von dem anregenden Anblick los und wandte sich wieder den Nudeln zu, die bereits eine Kruste zu bilden begannen.

Emilia hätte Rudi liebend gerne an- oder umfassen wollen, aber hielt es für problematisch, ihn bei der Zubereitung des Mahls zu stören. So dämmte sie das lustvollfordernde Gefühl, das sich von ihrem Unterbauch her über den ganzen Körper ausbreitete, zurück und assistierte

Rudi bei der Salatmarinade aus Öl und Zitrone, auch einige Tomatenstücke wurden untergehoben.

Die Wohnung war ausreichend geheizt; Clara, die sonst sehr sparsam war, ließ es bei der Raumtemperatur an nichts fehlen, weil sie um die Gesundheit der Hunde fürchtete, die ja so gut wie kein Körperfett hatten und bei jedem Grad zu wenig wie Espenlaub zitterten. Dieser Umstand kam nun dem Liebespaar zupass, das nun tatsächlich binnen fünfzehn Minuten eine ansehnliche Mahlzeit hergestellt hatte; herzhaftes Knoblaucharoma erfüllte das Haus. Rudi öffnete den Rotwein, beim Einschenken tropfte etwas davon auf seine Oberschenkel. „Wie gut, dass wir nichts mehr anhaben", bemerkte sie, bückte sich und leckte das Verschüttete auf. Das brachte Rudi aus der Fassung, und auch Emilia hatte große Mühe, wieder zu *aglio olio* und *insalata mista* zurückzufinden.

„Schade um die Spaghetti, wenn sie kalt werden", flüsterte sie mit belegter Stimme und räusperte sich. „Vor den Knoblauchnudeln sollten wir uns aber wenigstens noch küssen", riet Rudi und zog Emilia an sich. Am liebsten hätte er nun gleich hier am Teppich das volle Programm durchgezogen, aber das ging schon wegen der Hundehaare nicht. So trennten sich ihre Münder langsam wieder und wandten sich dem einfachen, aber herrlich duftenden Gericht zu.

Emilia fand die Nudeln köstlich und lobte Rudi für seine Kochkunst. Der meinte: „Mit dir neben mir hätte mir auch ein hartes Stück Brot geschmeckt, und dass du jetzt nach Knoblauch duftest, gibt dem Ganzen erst den richtigen Pfiff!" Emilia war sich dessen nicht ganz so sicher und visierte einen Besuch im Badezimmer mit Zahnpaste und Mundwasser an. Es wurde alles aufgegessen, die Flasche hingegen nur halb getrunken.

Eilends räumten sie das Geschirr in die Spülmaschine, in die es gerade noch hineinpasste. Clara wusch nur ab, wenn das Gerät bis zum Rande gefüllt war; der mehrere Tage alte Geruch daraus legte eine sofortige Inbetriebnahme nahe. Nur die Weingläser blieben heraußen, die hätten die automatische Säuberung nicht überlebt. Rudi erfasste der Mutwille; er nahm ein Glas und leerte die Neige auf Emilias Brüste. „Das wird bei uns zur Gewohnheit“, sagte sie und verschränkte ihre Arme unter dem Busen, damit nichts weiter nach unten lief und Rudis Zunge auch alles erreichte; der begnügte sich freilich nicht mit den Stellen, an denen der Saint-Emilion gelandet war.

Nun musste es schnell gehen. Die Gläser und die Flasche blieben zurück, ebenso die Bademäntel. Emilia gelang es gerade noch, die mütterliche Wohnung abzusperren. Hemmungslos und nach Knoblauch riechend, fielen sie in Emilias Schlafzimmer ins Bett und übereinander her. Ein äußerst nuancenreiches Spiel begann; wenn sie gerade einmal ihre Münder frei hatten, raunten sie sich zu, wie sehr sie sich liebten und wie sehr sie einander für ihren Einfallsreichtum bewunderten.

*

Sie waren, eng aneinander gekuschelt, in einen wohligen Schlummer verfallen; besonders Rudi hatte sich im Laufe des Tages bis an seine Grenzen verausgabt. Etwa zwei Stunden mochten sie so geruht haben, da riss ihn und Emilia das Telefon aus dem Schlaf. „Hier Hummel, spreche ich mit Frau Merz?“ „Emilia am Apparat“, antwortete Emilia, „was kann ich für Sie tun?“ „Ich liege im Spital mit einer Kopfverletzung“, teilte HuHu mit (Emilia hatte kein Problem mit diesem Spitznamen); „und ich weiß nicht, an wen sonst ich mich wenden könnte.“ Rudi, sein Gesicht dicht an Emilias, lauschte mit.

„Wahrscheinlich muss ich noch ein paar Tage hierbleiben; darf ich Sie um eine Gefälligkeit bitten? Ich glaube, dass ich vergessen habe, die Türe von meinem Haus in den Garten und auch die vom Garten auf die Gasse abzusperren. Beide Schlüssel liegen unter einem großen Blumentopf mit Grünzeug links hinten im Garten; er ist leicht zu finden. Könnten Sie bitte die Haustür absperren und den Schlüssel wieder dorthin legen; die Gartentür bleibt offen, sonst können Sie ja nicht mehr heraus. In die Wohnung hinein muss man nicht, dort ist alles in Ordnung, denke ich. Könnten Sie das für mich tun?"

Emilia verkniff es sich nicht, Hummel zu fragen, was denn passiert sei und in welchem Spital er liege. Ob er irgendetwas brauche? Hummel kam bei dieser Frage hörbar aus dem Konzept und stammelte, „Ich ...ich bin ... wieder einmal wo angerannt und habe mir die Nase gebrochen; ich brauche nichts, danke." Wo er behandelt werde, verschwieg er, aber das ließ sich an der Telefonnummer auf dem Display ablesen. Rudi hob den Daumen und schüttelte die Faust, um Emilia anzudeuten, dass man Hummels Ersuchen nachkommen solle.

„Selbstverständlich machen wir das, Herr Hummel. Sollen wir Sie verständigen, wenn wir alles erledigt haben?" „Danke, das ist sehr freundlich, aber nicht nötig. Ich weiß, dass ich mich auf Sie verlassen kann." „Dann gute Besserung, Herr Hummel, und auf baldige Heimkehr!" Emilia drückte die Ende-Taste und sah Rudi an. „Wir werden uns nun doch etwas anziehen müssen, glaube ich. Anscheinend hat Rothschedl in der Malzgasse ordentlich hingelangt; es wäre interessant, ob er den Rosenkvist auch so zugerichtet hat, und ob sich der nun aus dem Staub macht oder ein neues Opfer sucht. Hummel ist jetzt außer Gefecht, zumindest noch ein paar Tage. Wie geht es dir übrigens, bist du schon zu neuen Schandtaten aufgelegt? Denn ich nehme nicht an, dass du an Hummels Gartentür Halt machen wirst ..."

„Für Schandtaten außerhalb des Bettes bin ich zu haben; für die Liebe brauche ich eine kleine Pause bis morgen", seufzte Rudi und grinste, „ich werde meinen Kopf kurz unter die kühle Dusche halten, dann hört er vielleicht zu brummen auf."

Auch Emilia war ein wenig wackelig zumute, als sie gemeinsam mit Rudi die Dusche betrat; sie schrie auf, als

Rudi den Hahn ans blaue Ende drehte. Aber die Rosskur half. Bevor sie das Haus verließen, suchte Emilia in Mutters Fundus eine Taschenlampe; die lag doch tatsächlich im Sicherungskasten und nicht hinter dem Konversationslexikon oder sonst wo im Chaos. Ihre Mobiltelefone hatten die beiden auch dabei; Rudi klärte mit einem kurzen Anruf bei der Nummer, die bei Hummels Gespräch erschienen war, dass der Patient im Unfallkrankenhaus lag, gar nicht weit weg von der Malzgasse, wie er süffisant bemerkte; vermutlich hatte ihn Rosenkvist dort abgesetzt und dann das Weite gesucht. Zum Glück war Rothschedl dort nicht eingeliefert worden – nicht auszudenken, was hätte passieren können, wenn er nochmals Hugo Hummel begegnet wäre.

Es war ein finsterer Spätnachmittag, als Rudi und Emilia vor Hummels Haus standen. Die Gartentür, die zu einem schmalen Gang neben dem Wohnhaus leitete, war mit Schlingpflanzen zugewachsen. Das Gestrüpp war jedoch an einer Seite durchgeschnitten, so dass sich die Tür mit einigem Nachdruck öffnen ließ. Niemand war auf der Gasse zu sehen, als sie sich Zutritt verschafften. Die Tür schnappte hinter ihnen zu, die zentimeterdicken Lianen sorgten für die nötige Federspannung.

Vorsichtig tasteten sie sich durch den Gang in den Garten und in Richtung des besagten Blumentopfes. Der war auch bei dem schwachen Licht, das von irgendwoher schimmerte, unschwer zu erkennen. Die Ausmaße des Gefäßes waren enorm, es war fast einen Meter hoch und an der Oberkante einen Meter breit. Darin befand sich ein unbekanntes Gewächs von monströsen Ausmaßen.

Rudi ergriff den Stamm möglichst weit oben, um die Hebelwirkung zu verstärken. Zuerst tat sich gar nichts, das Geschirr war zu schwer. Dann entdeckte Rudi ein Seil, das etwa zwei Meter über dem Humus an der Pflanze befestigt war. Er schlang das Ende um seine Faust und zog mit Macht nach hinten. Emilia leuchtete in den Spalt, der sich am Boden auftat, und sah den Schlüsselbund unter der Vorderseite des Topfes. Blitzartig fasste sie danach und hoffte, dass nicht gerade jetzt das Seil nachgebe oder Rudi die heute ohnedies schon sehr strapazierten Kräfte verließen. Es ging aber alles gut, und Rudi ließ auf ihr Kommando das Behältnis wieder in seine stabile Position zurückgleiten.

„Ein verrücktes Versteck", urteilte Rudi atemlos, „Hummel hätte uns auch vorwarnen können." „Ich frage mich auch, wie er das im Notfall allein schaffen würde; der dürfte noch nie eingetreten sein – bis heute!" Dass der Topf kaum jemals bewegt wurde, war im Lampenlicht daran zu erkennen, dass sich rund um seine Unterkante ein fester Damm aus Erde und Kraut gebildet hatte, der sich nach dem Ende der Aktion wieder nahtlos um ihn schloss.

Rudi zählte die Alternativen auf: „Wir können nun einfach zusperren und wieder heimgehen oder wir sehen nach, ob im Hause wirklich alles in Ordnung ist." „Eine solche Gelegenheit kommt nicht wieder; ich wüsste schon gerne, ob wir einen Hinweis darauf finden, was für Absichten die beiden Narren haben."

Sie schlichen zum Hintereingang des Hauses, öffneten langsam die Türe, die widerlich knarrte, und schlossen sie wieder hinter sich. Das Licht der Taschenlampe musste genügen. Sie waren in einem kleinen Vorzimmer mit fünf weiteren Türen, je zwei links und rechts und eine an der Stirnseite. Eine Kommode stand zwischen den beiden linken Türen; darin befanden sich einige Paar Schuhe und anderes Zeug, das keineswegs verdächtig aussah.

Rudi öffnete die erste Tür rechts; sie führte ins Treppenhaus. Je eine Treppe ging in den Keller und in das Obergeschoss. Rudi ließ die Tür offen und sah nach, was sich hinter der zweiten rechten Tür befand. Es war die Bibliothek; nicht einfach ein Zimmer mit Büchern, sondern ein Riesenraum mit einer Reihe von Metallregalen bis zur Decke, mit schmalen Gängen dazwischen; die Regale waren beidseitig mit Büchern gefüllt, soweit erkennbar, ohne Leerstellen. Sie reichten bis ans hintere

Ende des Raumes, nur an der Vorderseite, dort, wo die Eingangstür war, gab es einen Quergang, der sich zum Garten hin zu einem Arbeitsplatz mit einem Schreibtisch verbreiterte. Emilias erster Gedanke war: Was macht ein fast Blinder mit diesen Büchern? Rudi überschlug die Menge der Bände und kam auf fünfzehntausend. „Fünfzehntausend Bücher", flüsterte er. „Selbst für einen Bibliothekar wie Hummel unglaublich. Die Frage, ob er die alle gelesen hat, ist lächerlich. Auch wenn er jeden Tag ein ganzes Buch liest, braucht er über vierzig Jahre dafür." „Du bist gut in Mathematik", sagte Emilia. „Aber wer hat schon alle Bücher gelesen, die in seiner Bibliothek stehen? Bücher, die gelesen werden, sind eher die Ausnahme als die Regel."

Emilia nahm aufs Geratewohl eines der fünfzehntausend Bücher aus dem Regal; es war in Leder gebunden, das allerdings sehr ramponiert war, und es sah wie eine illustrierte Bibelausgabe aus; im Scheine der Taschenlampe zeigte sich der Titel: „Geistreiche Stoppelpostille"; der Autor war Valerius Herberger, und das Erscheinungsjahr 1715. Emilia kam der Name undeutlich bekannt vor, aber sie konnte ihn im Augenblick nicht einordnen. Einen kurzen Gedanken widmete sie dem geschätzten Wert der Bibliothek; selbst wenn man annahm, dass nicht alle Bücher hier dreihundert Jahre alt waren, schien ein ansehnliches Vermögen in diesem Raume zu lagern.

Ein Geräusch, das irgendwo aus dem Hause kam, riss sie aus ihren bibliophilen Überlegungen. „Hast du das gehört?", fragte sie Rudi leise. „Das ist vom Flur her gekommen", wisperte er zurück. Vorsichtig stellte sie die Postille an ihren Platz zurück; auf Zehenspitzen schlichen sie ins Vorzimmer zurück.

Aus dem Keller kam ein weiterer Ton; es klang wie Glas, das auf einen Tisch oder sonst wo abgesetzt wurde; und dann noch einmal. Rudi flüsterte Emilia ins Ohr: „Sollen wir da hinuntersteigen? Besser, wir gehen in den Garten zurück und sperren die Tür ab. Dann ist der Geist in der

Flasche gefangen." Emilia rieselte es über den Rücken; ihre Nackenhaare sträubten sich. Sie schubste Rudi zum Zeichen ihres Einverständnisses in Richtung Garten.

Die Dielen knarrten, als sie an der hinteren Haustür stehenblieben und nochmals ihre Ohren spitzten; jetzt hörte man nichts mehr aus dem Souterrain. Vermutlich hatte der Eindringling auch gehört, dass noch jemand im Hause war. Sie schoben sich so leise wie möglich durch den Ausgang und sperrten die Tür von außen ab. Das gelang nicht sofort, weil auf dem Bund mehrere Schlüssel hingen. Erst der dritte passte ins Schloss. Ein Kellerfenster, so erinnerte sich Rudi, war am Seitengang des Hauses. Er bedeutete Emilia, sie sollten sich dorthin begeben.

Aus dem Fenster knapp über dem Erdboden drang schwacher Lichtschein, so schwach, dass man ihn auch für eine Reflexion der Straßenbeleuchtung halten konnte. Aber das Licht wanderte umher; anscheinend wurde da eine weitere Taschenlampe verwendet.

„Der muss auch durch die offene Hintertür ins Haus gekommen sein, wenn er keinen Schlüssel hat. Das geht jetzt nicht mehr, wenn er nicht da drinnen bleiben will, muss er nun durch ein Fenster hinaus; wahrscheinlich nicht auf die Gasse, sondern in den Garten. Sollen wir auf ihn warten oder gleich die Polizei verständigen?"

„Von der Polizei halte ich nichts", meinte Emilia. „Wir müssten denen zuerst einmal erklären, was wir da herinnen machen; das ist mir zu aufwändig. Verstecken wir uns hinter dem Blumentopf und warten ein paar Minuten. Länger nicht, dazu ist es zu kalt. Dann können wir immer noch die Polizei holen."

Sie verkrochen sich also hinter dem monströsen Gefäß, unter dem sie die Schlüssel hervorgeholt hatten, und warteten. Rudi umfasste Emilia, so gut das in ihrer Hockstellung ging; Emilia sagte: „Im Bett war es gemütlicher. Die Sache wird immer bizarrer." Irgendein tierischer Laut kam aus der anderen Ecke des Gartens, möglicherweise von einer aufgescheuchten Katze.

Die Minuten vergingen; nichts rührte sich im Hause Hummel. Emilia lehnte ihren Kopf an Rudis Schulter. „Ich muss aufstehen", sagte er, „mir schlafen die Waden ein." In der Dunkelheit würde man sie auch so nicht sehen. Stehend war es etwas bequemer; sie drängten sich en face; sogar für einen Kuss war nun Gelegenheit, auch für einen zweiten und dritten. Emilia lachte leise. „Liebe hinter dem Gartengeschirr, das wäre einmal etwas Anderes – wenn es nur ein paar Grad mehr hätte …"

Bevor sie ihrer umständehalber unterkühlten Fantasie freien Lauf lassen konnten, tat sich etwas an einem Fenster des Erdgeschosses. Langsam, aber nicht geräuschlos, wurde es geöffnet, und eine undeutliche Gestalt begann durchzuklettern. Wieder hörten sie Glas klingen, wie Flaschen, die aneinander stießen. Als die Figur sich anschickte, auf den Gartengrund zu springen (es waren immerhin eineinhalb Meter von der Fensterunterkante bis zum Boden), pfiff Rudi auf zwei Fingern und sprang hinter dem Topf hervor.

Die schemenhafte Erscheinung tat einen Satz, die gläsernen Gebinde fielen zu Boden und zerschellten. Emilia fokussierte die Taschenlampe auf das Geschehen. Wieder war da die Kutte, die schon einmal an ihr vorübergewischt war; nur wusste sie jetzt, wer sich dahinter verbarg. „Herr Rosenkvist!", rief sie ohne Rücksicht auf allfällig aufmerksam gewordene Nachbarn. „Bleiben Sie stehen!"

Die Kutte hielt einen Augenblick inne, dann raffte sie sich zusammen und echappierte durch den Seitengang zur Straße. Rudi war auf einem Stück feuchten Erdreichs ausgerutscht und musste sich erst aufrappeln; er kam zu spät, um den Eindringling zu erwischen. Er rannte hinter ihm her. Die von den Schlingpflanzen umfangene Eingangstür war hinter Rosenkvist schon wieder zugeklappt; ein paar Sekunden dauerte es, bis Rudi sie wieder offen hatte und auf die Straße stürzen konnte. Die Kutte war schon um die nächste Ecke gebogen und auch dort nicht mehr zu sehen. Sie musste in irgendeinen Vorgarten hineingesprungen sein, denn die ganze Gasse entlang konnte sie noch nicht durchmessen haben. Ein paar Schritte setzte Rudi dem Flüchtigen nach, aber es war aussichtslos.

In Hummels Garten lehnte Emilia an der Hauswand. Sie hielt eine Flasche, die anscheinend ganz geblieben war. „Mir ist schlecht", stammelte sie. Jetzt merkte Rudi den süßlich-stechenden Geruch, der wohl von der Flüssigkeit aus der zerbrochenen Flasche stammte. Rasch nahm er Emilia die Flasche aus der Hand, stellte sie auf den Boden und zog seine Freundin von dem offenen Fenster und den Glasscherben weg. Er spürte, wie ihm nun auch das Aroma zu Kopf stieg, aber er hatte nicht so viel davon abbekommen wie Emilia, die nun in seinen Armen zusammensackte. Neben der Tür zur Straße musste er sich nun auch hinsetzen. Er gab Emilia ein paar Klapse auf die Wangen und rief ihren Namen. Das brachte sie wieder zu sich. Er zog sie in die Höhe und hakte sie unter. „Kannst du mit mir bis nach Hause gehen?", fragte er sie, nun ernsthaft beunruhigt. „Es geht schon", flüsterte sie.

Eben kam Clara im Auto aus Kaisersteinbruch heim; die Hunde bellten, als sie Emilia und Rudi auf der Gasse sahen. Clara sah die beiden bejammernswerten Gestalten daherhumpeln. „Was ist passiert?", rief sie. „Wir waren bei Hummel. Sperrst du bitte auf, dass ich Emilia ins Haus bringen kann? Alles andere erzähle ich dir drinnen."

Sie schleppten Emilia in ihr Zimmer hinauf und legten sie aufs Bett. Es war wild zerwühlt, ein Anblick, den Clara so noch nicht erlebt hatte. Emilias Apartment insgesamt und somit auch das Bett hatten im Normalfall für sie etwas unangenehm Rechtwinkeliges; es erinnerte sie an Hochglanzabbildungen in Wohnzeitschriften, die so gar nichts Menschliches ausstrahlten. Selbst wenn sie sie im Bett liegend gefunden hatte (was gelegentlich in Krankheitsfällen vorkam, bei denen sie Samariterdienste leisten durfte), hatte Clara den Eindruck eines Etuis, das über Emilia wieder zugeschnappt war und in dem keine überflüssige Falte die kompromisslose Geradlinigkeit störte.

Der chaotische Zustand des Bettes ließ darauf schließen, dass Rudis Auftreten Emilia völlig aus der Bahn geworfen hatte. Clara ertappte sich dabei, dass sie dies mit großer Genugtuung und dem Gedanken erfüllte, zumindest diese Tochter könne sich noch zu einem ihr wesensverwandten Menschen entwickeln. Wenn sie nicht sicher wäre, dass sie sowohl Margarete als auch Emilia selbst zur Welt gebracht hatte, die Charaktere der beiden hätten sie – wenn auch aus verschiedenen Gründen – daran zweifeln lassen können. Die Töchter waren den jeweiligen Vätern nachgeraten: Margarete dem impulsiven und inkonsequenten Peter Kaltenecker, der weltumspannende Ideen ohne jede Chance auf Realisierbarkeit entwickelte und ihr davon immer vorschwärmte; Emilia dem kühlen Joachim Merz, der alles bis zum Ende durchdachte und darüber nie mit ihr sprach – bis zu seinem abrupten Abgang mit der Arbeitskollegin nach Kalifornien, auch das sicher ein Projekt, das in allen Details geplant war und genau nach Checklist ablief.

Irgendwie passte auch Emilias derzeitiger Zustand in diese neue Erfahrung. Wenn sich Clara etwas nie hätte vorstellen können, dann wäre es diese fast komatöse Berauschung gewesen, in der sich Emilia momentan befand. Die war freilich nicht unmittelbar auf Rudi zurückzuführen, sondern eher auf das Hummelsche Umfeld, mit dem sie selbst ja auch schon Bekanntschaft gemacht hatte.

All diese Reflexionen spielten sich innerhalb weniger Minuten ab, in denen sie gleichzeitig mithalf, Emilia so weit zu entkleiden, dass man sie ins Bett legen konnte. Dann fielen Clara plötzlich die im Auto zurückgelassenen Hunde ein, die wahrscheinlich schon am ganzen Leibe vor Kälte zitterten. Sie ließ Emilia in Rudis Obhut zurück und eilte zum Wagen. Ihre Vermutung traf in beiden Punkten zu; sie packte den geflochtenen Transportkäfig mit den drei lärmenden Haustieren und trug ihn in ihre Wohnung im Erdgeschoss. Dort verteilten sich die Chihuahuas sofort auf die Kissen und Häkeldeckchen der Sitzgruppe im Wohnzimmer und stellten das Diskantgebell ein.

Schon im Vorbeigehen hatte Clara bemerkt, dass in Küche und Studierzimmer eine Unordnung bestand, die nicht von ihr selbst herrührte. Es bedurfte wenig kriminalistischen Spürsinns, um den Ablauf der Ereignisse zu rekonstruieren; ein Blick in die Geschirrspülmaschine, die sie auch nicht selbst eingeschaltet hatte, und in den Kühlschrank rundeten das Bild vor ihrem geistigen Auge ab. Mit einer sonderbaren Mischung aus Unmut, Wollust und Melancholie stand sie im Flur, betrachtete das Resultat der mutmaßlichen Orgie und dachte an die Anfänge ihrer Ehe mit Joachim, in denen solche Szenen gelegentlich auch stattgefunden hatten; an Ähnliches im Zusammenhang mit Peter konnte sie sich nicht erinnern, die sexuellen Erlebnisse mit ihm hatten nur vage und eher schale Spuren in ihrem Gedächtnis hinterlassen.

Sie seufzte und stellte den Hunden ihre Abendration und einen Napf mit Wasser an die Wohnzimmerschwelle, bevor sie sich wieder auf den Weg in den ersten Stock machte. Rudi öffnete die Tür und sagte: „Sie ist eingeschlafen; hoffentlich verflüchtigt sich das Zeug bald, es ist sicher das Gleiche wie bei Krautmann und Ifkovits.“ Sie wichen in die Küche aus; Rudi entschuldigte sich für den Einbruch in Claras Wohnung und Kühlschrank, versprach, die entnommenen Vorräte zu ersetzen (was Clara nicht wollte), und berichtete, was sich von Hummels Anruf bis zu Rosenkvists Flucht zugetragen hatte.

Clara war beeindruckt, aber meinte, man habe sich schon genug mit Hummel und seinem Kumpan beschäftigt, zumal das solche Folgen zeitige wie jetzt auch bei Emilia. „Ich werde noch rasch hinübergehen und das Fenster schließen, durch das Rosenkvist entwischt ist", sagte Rudi. Außerdem wollte er die Flasche herüberholen, die ganz geblieben war, um sie untersuchen zu lassen. Was er noch vorhatte, war ein Besuch bei Hummel im Krankenhaus; auch diese Absicht behielt er für sich.

Emilia war im Tiefschlaf; daher hielt es Clara für vertretbar, in ihre Wohnung hinunterzugehen und aufzuräumen. Ein entsprechendes Angebot von Rudi schlug sie aus, denn sie hatte eigene Vorstellungen davon, was „Wohnung aufräumen" bedeutete. Was andere Personen darunter verstanden, hatte sie einmal erlebt, als Emilia anlässlich eines Muttertages Claras Inventar nach eigenen Grundsätzen geschlichtet hatte, ohne auch nur einen einzigen Gegenstand in den Müll zu befördern (das hatte sich Clara striktest verbeten). Seit damals hatte niemand mehr die Genehmigung zur Wohnungspflege bei ihr erhalten, auch keine Haushaltshilfe. Eine solche namens Ljubomila hatte sie vor Jahren dreimal für je einen Halbtag beschäftigt; sie durfte nur unter ihrer Aufsicht tätig werden. Ljubomila warf jedoch am dritten Halbtag entnervt das Putztuch und flüchtete, ohne den Tageslohn einzufordern.

Hummels Schlüssel hatte Rudi noch bei sich. Er legte fürsorglich Emilias Mobiltelefon auf ihre Bettablage, zog seine Jacke an, nahm ein befeuchtetes Handtuch und die Taschenlampe mit und ging zum Hause Hummel hinüber. Einmal im Garten, schlich er sich an die Hintertür an, immer in Erwartung eines überraschenden Vorfalls. Aber nichts geschah; soweit erkennbar, war auch nirgends Licht im Hause. Vorsichtig sperrte er auf, ging auf Zehenspitzen in die Küche und schloss das Fluchtfenster. Es wäre sehr verlockend gewesen, im Keller nachzusehen, was Rosenkvist dort getrieben hatte, aber er wollte Emilia nicht so lange allein lassen. Wenn Hummel noch länger im Spital bleiben musste (das wollte er morgen bei seinem Besuch klären), konnte er auch untertags das Souterrain erforschen; da Rosenkvist anscheinend über keinen Hausschlüssel verfügte, würde Rudi dort nicht mit plötzlichen Begegnungen rechnen müssen. Ob der Schwede gewusst hatte, dass eine Tür offenstand, oder sich andernfalls mit Gewalt Zutritt verschafft hätte, blieb vorerst unklar.

Rudi schloss die Hintertür von außen ab und versenkte die Schlüssel in der Jacke. Er schaltete die Taschenlampe ein und hielt sich das Handtuch vor Mund und Nase, um nicht nochmals die verderblichen Gase aus der zerbrochenen Flasche einzuatmen. Die zweite Flasche lag unversehrt zwischen den Scherben, sie fühlte sich feucht an, aber das war wohl eher der nächtliche Nebel als ein Rest des Narkotikums. Er wich zwei Schritte zurück und packte sie dann in das Handtuch *just in case*. Ohne weitere Zwischenfälle gelangte er in den Merzschen Kubus zurück und klopfte bei Clara an, nachdem er die Flasche und das Handtuch auf der Treppe nach oben deponiert hatte. Clara öffnete, zwei der drei Hunde schloffen zwischen ihren Füßen umher und sahen nach, wer da so spät noch vorsprach.

„Ich würde gerne heute bei Emilia bleiben, wenn es dir nichts ausmacht“, teilte er anstandshalber mit. „Mir hat es in keinem Fall etwas auszumachen“, befand Clara, „es ist Emilias Angelegenheit, mit wem sie das Bett teilt. Aber wenn es dich beruhigt, ich habe keine Bedenken gegen dich, im Gegenteil, ich finde, dass du Emilia sehr gut tust (abgesehen von euren Eskapaden – denen bei Hummel, meine ich), und ich würde mich freuen, dich öfter hier zu sehen. Ich wünsche euch eine gute Nacht; wenn du willst, kannst du den Wein mitnehmen, ich werde ihn nicht trinken." Und sie legte ihre Hand kurz an seinen Oberarm, küsste ihn sanft auf die Wange und lächelte. „Danke… und gute Nacht", stotterte Rudi verlegen, nahm die halbvolle Bordeaux-Flasche in die eine Hand und auf der Treppe das Hummelsche Teufelszeug in die andere und war sicher, von keiner der Flüssigkeiten heute noch einmal etwas konsumieren zu wollen. Emilia schlief noch immer ruhig und tief, sie lag in der gleichen Position da wie zuvor. Rudi merkte plötzlich, dass auch er sehr müde war, fühlte sich aber gleichzeitig überdreht, weit jenseits seines Normalzustandes. Der heutige Tag war für ihn einigermaßen anstrengend gewesen. Die Giftflasche stellte er vorsichtshalber auf die Oberseite des Küchenoberschranks, den Wein ließ er auf der Arbeitsfläche stehen. Als er sich zehn Minuten später zu Emilia ins Bett legte, achtete er darauf, sie möglichst nicht zu berühren, um sie nicht aus ihrem Heilschlaf herauszuholen. Auch er selbst brauchte keine weiteren Aufregungen mehr.

Am Morgen stahl er sich aus dem Haus, um Hugo Hummel aufzusuchen. Als er am Krankenhaus ankam, hatte er den Eindruck, als sei es geschlossen oder habe er bloß den Hintereingang vor sich. Da war eine Metalltür, die aussah, als sei sie schon jahrelang nicht geöffnet worden. Einen anderen Eingang konnte er nicht entdecken. Niemand war da, den er fragen konnte; also versuchte er sich doch an dem eisernen Portal. Nach etlichen Versuchen, bei denen er sich an der Hand verletzte, ließ sie sich endlich einen Spaltbreit öffnen, gerade so viel, dass er sich durchwinden konnte.

Es musste doch die richtige Pforte gewesen sein, denn dahinter befanden sich zahlreiche Menschen; erst erblickte er rechterhand einige Arbeiter, die gerade ihre Brotzeit konsumierten und ihn kaum beachteten. Vor ihm tummelten sich die Patienten, die offenbar zur Ambulanz wollten; die schien noch nicht geöffnet zu sein. Ein dünner, junger Mann in einem Ärztekittel war bestrebt, die drängende Menge zu beruhigen. Das gelang aber nicht, denn er hatte eine so hohe Fistel oder eigentlich Falsettstimme, dass er eher Heiterkeit erntete. „Wer ist das?“, fragte Rudi einen der Umstehenden. „Das ist der Direktor“, kam die Antwort, mit der auch nichts anzufangen war.

Rudis Hand blutete; er wickelte ein Taschentuch herum. Sich die Hand in der Ambulanz verbinden zu lassen, war eine sinnlose Absicht, bei der Masse von Patienten würde er heute nicht mehr drankommen. Er kam mehr und mehr zur der Einsicht, dass er hier auch keine Auskunft über das Krankenzimmer von Hugo Hummel erhalten würde. Daher drückte er sich an der wogenden Menge vorbei in einen Gang, der ins Innere des Hauses zu führen schien. Allerdings war er sehr schlecht beleuchtet, man konnte kaum erkennen, ob an den Türen rechts und links Namen standen oder nicht. Aber er hatte ja noch die Taschenlampe, mit der er gestern das Hummelhaus ausgeleuchtet hatte, in seiner Hosentasche.

Nachdem er um mehrere Ecken gebogen war, hörte er in einem Raum Stimmen. Er klopfte an und öffnete vorsichtig die Tür. Im Zimmer befand sich ein Mann und eine Frau, die bei seinem Eintreten auseinanderstoben; sie waren sichtlich mehr miteinander als mit ihren Agenden beschäftigt gewesen. Rudi entschuldigte sich und fragte, ob man ihm sagen könne, wo Hugo Hummel untergebracht sei. Die Frau begann nervös in den Papieren zu kramen, die vor ihr auf dem Tisch lagen. Der Mann sagte: „Es gibt einen Hummel mit einer Darmoperation, aber der heißt Herbert. Den Hugo kenne ich nicht, fragen Sie im nächsten Zimmer!“ Als Rudi die Tür von außen schloss und sich nach einer weiteren Tür umsah, kam ihm die Frau nach, zupfte ihn am Ärmel und sagte leise: „Er liegt auf Zimmer 203. Aber das haben Sie nicht von mir.“ Und sie verschwand wieder hinter ihrer Tür. „Wo ist …“ begann Rudi, aber es war niemand mehr da. Der Gang verlief nun steil bergan, durch kleine Fenster konnte man in den Garten sehen. Ganz oben, unmittelbar vor ihm, war Zimmer 203; eine große Tafel kündete davon.

Er trat ein; das Zimmer war ein riesiger Saal. Auf jeder Seite standen mindestens fünfzig Betten, alle mit Männern belegt, soweit er sehen konnte. Er trat an das erste Bett heran und sah nach dem Namen. Es stand nur „H.H." darauf. „Sind Sie Hugo Hummel?", fragte er den Patienten; der deutete mit dem Daumen auf das nächste Bett. Auch hier stand „H.H." Rudi rief in den Raum: „Wo liegt Hugo Hummel, kann mir das jemand sagen?" Plötzlich entstand ein Geflüster unter den Patienten, es schwoll an und klang nun wie Entengeschnatter. Die Männer, alle in übelriechenden Nachthemden, erhoben sich nach und nach aus ihren Betten und schlurften zu der Tür, durch die er gekommen war. Einige nahmen ihn an den Armen und zogen ihn mit sich, und so wurde er in der Masse der Patienten hinausgeschleppt. Während er sich zu befreien versuchte, kam ihm der Gedanke, dass das gar nicht real war, was er da erlebte, sondern ein Alptraum. „Ist das ein Traum?", schrie er in die Menge.

„Und zwar ein schlechter", antwortete jemand; es war Emilia, die an seinem Bett saß und ihn an seinen Schultern hielt. „Ich bin hier", sagte sie und schwenkte die Hand vor seinem Gesicht. „Gott sei Dank bist du aufgewacht. Es ist fast neun Uhr und Zeit aufzustehen." Rudi presste die Lider zusammen und schüttelte heftig den Kopf. Es dauerte eine Weile, bis er den Krankensaal vor seinem inneren Auge loswurde. Er umarmte Emilia und merkte, dass er völlig verschwitzt war. Seine Hand war noch heil, aber sie war ihm eingeschlafen. Stückweise erinnerte er sich nun auch wieder an die gestrige Wirklichkeit. „Wie geht es dir?", fragte er, noch sehr benommen, Emilia, „spürst du noch etwas von dem Gift?" „Es ist fast verschwunden, ich glaube, ich bin wieder die Alte", grinste sie. „Dich hat es auch erwischt, so wie du geträumt hast", sagte sie, „und übrigens: Die Flaschen in der Küche hast du mitgebracht, nicht wahr?" Er erschrak heftig. „Eine davon ist das Gift vom Hummel, du hast sie hoffentlich nicht aufgemacht?", rief er. „Ich habe mir schon so etwas gedacht, sie steht noch dort oben, wo du sie deponiert hast. Was hast du mit ihr vor?"

„Man sollte die Substanz untersuchen lassen, aber von wem? Wenn wir damit zur Polizei gehen, wird die Sache sehr kompliziert. Kennst du keinen Chemiker, der das machen würde?" „Ich kann Clara fragen, der fällt oft etwas Erstaunliches ein", schlug Emilia vor, „vorläufig räume ich die Flasche aber in den Putzschrank."

„Eigentlich wollte ich heute Herrn Hummel besuchen, aber nach dem Traum ist mir die Lust ein bisschen vergangen." Und Rudi lieferte Emilia eine Inhaltsangabe seiner Traumerlebnisse. Sie sagte: „Ich halte nichts von Vorahnungen und Prophezeiungen; solche Träume entstehen meiner Meinung nach, wenn man physische Probleme hat oder einfach aufs Klo gehen sollte. Von physischen Problemen habe ich gestern bei dir nichts bemerkt, und das mit dem Klo lässt sich ja leicht beheben. Aber wenn du willst, begleite ich dich zu Hummel; der kennt mich ja besser als dich und ist vielleicht weniger misstrauisch, wenn ich auch dabei bin. Dass wir die ganze Flasche haben, sagen wir ihm nicht, dass die andere zerbrochen ist, werden wir ihm aber schon erzählen; kann sein, dass er irgendetwas zu dem Thema zu sagen hat."

Zum Frühstück luden die beiden ausnahmsweise Clara ein; zuvor hatten sie im Supermarkt auf der Linzer Straße die Zutaten dafür besorgt. Clara brachte die Morgenmäntel mit, Gott sei Dank aber nicht ihre Hunde. Sie kommentierte die gestrigen Ereignisse nicht, bedankte sich aber für das Spülen des Geschirrs. Dass sie bei Emilia ein derart üppiges Frühstück bekommen würde, hatte sie nicht erwartet; auch hier war wohl Rudis segensreiche Wirkung zu spüren.

„Was soll jetzt weiter geschehen?", fragte sie, während sie einen weiteren Happen vom Räucherlachs auf ihren Teller transportierte. „Wir werden HuHu besuchen und ihm ein bisschen auf den Zahn fühlen. Wenn wir gar nichts tun, müssen wir nämlich damit rechnen, dass Rosenkvist wieder etwas anstellt. So können wir vielleicht erfahren, was der vorhat, und ihn irgendwie unschädlich machen", meinte Emilia.

„Das klingt ziemlich kriminell, umbringen würde ich ihn nicht sofort", sagte Clara mit sarkastischem Unterton, aber es war ihr nicht nach Scherzen zumute. „Glaubt ihr denn nicht, dass es besser wäre, die Sache auf sich beruhen zu lassen?" Emilia antwortete: „Ich glaube vor allem nicht, dass es Rosenkvist auf sich beruhen lässt, ich halte es zumindest für sehr unwahrscheinlich. Natürlich kann er es jetzt bei jemand anderem versuchen, vielleicht aber auch nochmals bei Hummel. In jedem Fall wird er wieder hier auftauchen, dessen bin ich sicher."

„Du kennst nicht zufällig einen Chemiker, mit dem man privat reden kann? Man sollte die Flasche untersuchen, die ich gestern herübergeholt habe." Rudi blickte Clara fragend an. „Das auch noch", seufzte Clara. „Ich kenne niemanden, aber ich kann einmal Professor Straeuble fragen, ob er einen seiner Universitätskollegen animieren kann. Es gibt fast niemanden im akademischen Umfeld, den Straeuble nicht kennt. Wo ist die verdammte Flasche jetzt?" „In meinem Putzschrank – da schaut wohl niemand sonst nach, denke ich."

Emilia wies Clara das Versteck; da auch in diesem Haushalt keine Putzfrau für Unordnung sorgte, war das Gift hier gut aufgehoben, besser als bei Clara, in deren Wohnung man nie wissen konnte, wohin Gegenstände im Laufe der Zeit wanderten. Die Flasche war dunkelblau und hatte kein Etikett; der obere Rand des Flaschenhalses war eigenartig verdickt und mit einem Korken, einem Drahtgeflecht und einer Papierhülle verschlossen, ähnlich einer Champagnerflasche. Mit einem Getränkegebinde oder einem Putzmittel war sie nicht zu verwechseln.

„Bevor du sie aus dem Schrank nimmst und jemandem zur Untersuchung gibst, sagst du es mir bitte", appellierte Emilia an ihre Mutter, deren spontane Handlungsweisen sie kannte und im gegebenen Fall für riskant hielt. „Ich rühre das Teufelszeug überhaupt nicht an, das musst du schon selbst machen", antwortete Clara, bedankte sich für das Frühstück und zog sich in das Erdgeschoss zurück, um nach ihren Chihuahuas zu sehen.

Eine halbe Stunde später waren Emilia und Rudi auf dem Weg zum Unfallkrankenhaus und überlegten, wie sie aus dem verunglückten Hummel ein Maximum an brauchbarer Information herausholen könnten. Was Emilia beschäftigte, war auch die Krankheitsgeschichte des Bibliothekars vor seinem Rencontre mit Rothschedl. Vor allem seine heraufziehende Blindheit kam ihr etwas sonderbar vor. Immerhin musste er in der Lage gewesen sein, bei Finsternis ein Auto zu lenken, denn wie sonst sollten er und Rosenkvist damals in der Nacht Karl Ifkovits in den Donaupark bugsiert haben und dann in einem anderen Wagen von dort weggefahren sein? Das konnte wohl nur so geschehen sein, dass sie mit zwei Autos dorthin gefahren waren, mit dem von Ifkovits und vermutlich mit dem alten Volkswagen mit der Nummer W 4.005. Ein Taxi war um diese Zeit dort schwer zu bekommen, und dass sich die beiden auf einen Fußmarsch zur nächsten U-Bahn-Station gemacht hatten, war auch schwer vorstellbar, man hätte dafür mindestens eine halbe Stunde gebraucht. Am wahrscheinlichsten war es, dass Hummels Sehschwächen nur vorgetäuscht oder nur temporär waren und vielleicht mit seinen Drogenexperimenten zusammenhingen. Eher war die temporäre Variante anzunehmen; er hätte sich vor ein paar Tagen, als ihn Clara in der Nähe seines Hauses aufklaubte, ja kaum absichtlich so verletzt, dass ihm das Blut von der Braue tropfte – also musste er da irgendwie weggetreten sein; andererseits war die ungeheure Bibliothek und der Schreibtisch in seinem Hause ein Indiz dafür, dass er mit seinen Augen jedenfalls zeitweise etwas anfangen konnte.

Sie berichtete Rudi, der das Auto lenkte, von ihren Vermutungen. Der meinte dazu: „Ich frage mich auch, ob uns Hummel damals in der Malzgasse gesehen hat. Wenn ja, warum hat er nichts davon erwähnt, als er mit dir telefoniert hat? Aber vielleicht stellt er sich in der Sache grundsätzlich dumm, er hat ja auch sonst seine Bekanntschaft mit der Malzgasse in Abrede gestellt. Sollen wir ihn also mit allem konfrontieren, was wir wissen, oder ihn erst einmal reden lassen?"

„Auf jeden Fall werden wir ihm von Rosenkvists Einbruch erzählen; und ich glaube auch, dass wir mehr aus ihm herauskriegen, wenn wir ihm klarmachen, dass er uns nichts vormachen kann. Was ich auch noch machen werde, bevor wir den HuHu besuchen: Ich telefoniere mit Umberto."

Sie waren beim Krankenhaus angekommen; Rudi brachte den Wagen in einer Kurzparkzone unter. Noch im Auto wählte Emilia Umbertos Telefonnummer. „Hier ist Emilia, wie geht es dir?" Sie hörte eine Weile zu und sagte dann zu Rudi: „Er sitzt gerade mit dem Rosenkreuzermeister zusammen." Dann erzählte sie Umberto von den letzten Vorkommnissen und dass sie gerade auf dem Weg zu Hummel seien. „Alles Weitere per E-Mail", sagte sie abschließend.

Die bretonische Schwerarbeiterkost hatte weder Umberto noch Gunilla Magendrücken verursacht; entweder hatte der Apfelschnaps seine Wirkung getan oder war der Kalorienverbrauch in der Nacht danach ausreichend hoch gewesen. Das Frühstück war vom gleichen Umfange wie tags zuvor; diesmal bereiteten sie es gemeinsam zu. Es geriet bereits zu einer angenehmen Routine und erweckte in Umberto den Wunsch nach länger anhaltender Zweisamkeit. Er sprach mit Gunilla darüber, weil er den Eindruck hatte, dass man mit ihr auch über solche Gefühle ehrlich reden konnte, ohne gleich unabsehbare Reaktionen hervorzurufen. Er bemühte sich, seinen Äußerungen dazu den Anstrich eines Konversationsgeplauders im Oscar-Wilde-Stil zu verleihen. Gunilla aber konnte man aber nichts vormachen, sie erfasste die Lage in allen Facetten. Anstatt leichtfüßigen Smalltalks traf sie die Sache im Kern. „Es ist sehr schön für mich, mit dir beisammen zu sein, und ich könnte mir das sehr gut für eine längere Zeit vorstellen als nur für ein paar Tage. Aber jeder von uns lebt sein eigenes Leben, im Normalfall zweitausend Kilometer voneinander entfernt, und unsere Berufe und alles sonst rundherum will wohl keiner von uns aufgeben. Also genießen wir die Tage, die wir gemeinsam haben, und was danach kommt, sollte uns nicht melancholisch machen.“ „Ich liebe dich dafür, dass du das so sagst; eine andere Frau hätte das vielleicht mit ein paar koketten Scherzen übergangen.“ Auch Gunilla trat von hinten an ihn heran, umschlang ihn mit den Armen und legte ihren Kopf an seinen. So blieben sie für eine Minute aneinander geschmiegt, und er wünschte, diese Minute würde nie enden. Die lächelnde Ironie, mit der er sich sonst durchs Leben bewegte, war völlig verschwunden. Er konnte sich nicht erinnern, jemals einen Augenblick von solcher Intensität und emotionaler Tiefe erlebt zu haben. Nur langsam lösten sie sich voneinander und setzten ihre Mahlzeit fort, ohne Worte, denn die wären jetzt überflüssig und störend gewesen.

Eine halbe Stunde später trennten sich ihre Wege in der U-Bahn-Station T-Centralen. Gunilla stieg in Richtung Universität um, Umberto fuhr weiter zur Station Medborgarplatsen, wo er seinerzeit immer ausgestiegen war, um dann zum Krankenhaus zu wandern. Heute wandte er sich aber nach Osten und spazierte durch die Tjärhovsgata zum Park hinauf, in dem die Katharinenkirche stand. Damals, vor vielen Jahren, hatte er sie zwar jeden Tag von Weitem gesehen, aber besucht hatte er sie nie. Großartig stand sie am Rande des Parks hinter den kahlen Bäumen und sah wie neu aus. Das war sie ja auch wirklich, denn nach dem Brand 1990 war von ihr außer den Mauern nicht viel übrig geblieben. Davon hatte ihm Gunilla erzählt. Die Kirche hatte die Form eines griechischen Kreuzes mit einem Mittelturm und war offen, keine Selbstverständlichkeit in skandinavischen Gotteshäusern. Umberto hörte schon vom Park aus Orgelmusik, die gewaltigen Anfangsakkorde der berühmten Toccata und Fuge in d-Moll von Johann Sebastian Bach, die sogar er zu benennen wusste und immer schon mit Inbrunst gehört hatte, auch wenn sie zeitweise zu einer Art von klassischem Gassenhauer und zur Filmmusik verkommen war. Offenbar war es die Probe für ein Konzert. Dass ihm Bach gerade hier in Stockholm immer wieder begegnete, nahm er als gutes Omen. Omen wofür, fragte er sich dann.

Ein paar Leute saßen in den kastenartigen Bänken, die zum Gang hin mit Türen verschlossen waren, und lauschten andächtig. Als er sich an der Pforte umsah, trat ein weißhaariger Geistlicher an ihn heran und flüsterte: „Humbert Weiser?" „Guten Tag – Pastor Höglund?" Der nickte und flüsterte weiter: „Willkommen in der Katharinenkirche, du willst mit Frederik sprechen?" Umberto war immer wieder erstaunt über die allgemeine Verbreitung des Duwortes; den Pastor hätte er wahrscheinlich mit „Ni" oder „Pastorn" angeredet, obwohl ihm das auch *konstigt* vorgekommen wäre; aber so war der Bann gebrochen.

„Fredrik ist der Mann an der Orgel. Er hat gesagt, wenn du kommst, sollen wir ihm das gleich sagen.“ „Ich würde gerne die Toccata und Fuge bis zum Ende hören, wäre das möglich?“ „Natürlich, setzen wir uns!“ Der Pastor führte Umberto zu einer Bank außerhalb der abgeschlossenen Sitzreihen, genau gegenüber dem Eingang und der Orgelempore. Hier schien der Klang der Orgel aus allen Richtungen zu kommen, es war, als würden mehrere Orgeln zusammen ertönen; wahrscheinlich lag das an der besonderen Manualtechnik des Organisten und an der Akustik der Kirche. Umberto ließ sich in das Klanghaus hineingleiten und vergaß alles um sich herum, auch den Pastor, der ihn lächelnd beobachtete. Nach viel zu wenigen Minuten war alles vorbei; Umberto erwachte allmählich aus seiner Trance und sah, wie Höglund dem Orgelspieler ein Zeichen gab.

Fredrik Södergren kam herunter, ging quer durch die Kirche und schüttelte Umberto die Hand. Er sah ganz anders aus, als Umberto das angenommen hatte. Er war um die sechzig, schlank, fast drahtig, hatte stark gewellte, lange Haare allerdings nur mehr an den Seiten des Kopfes, eine randlose Brille und ein scharfes Profil, und war mit einem sportlich-eleganten grauen Anzug und einem weißen Rollkragenpullover bekleidet. Er sah ganz anders aus als sein mächtiger Bruder Lars. Das Einzige, woran man die Verwandtschaft erkennen mochte, war seine Stimme. Schon bei den ersten Wörtern, die er zu Umberto sagte, fiel der völlig gleiche Tonfall auf.

Pastor Höglund sagte zu ihm: „Du hättest Bachs komplettes Orgelwerk spielen können; ich glaube, unserem Freund wäre das nicht langweilig geworden. Er ist total in dein Spiel versunken.“ „Sehr schön“, tönte Fredrik, seine Stimme lag zwei Oktaven unter dem Normalmaß und schien nicht aus dem Kehlkopf, sondern aus seinem tiefsten Inneren hervorzudringen.

„Wollen wir uns hier unterhalten oder kommt ihr zu mir in die Wohnung?", unterbrach der Pastor Umbertos akustische Faszination. „Ich wohne gleich nebenan", ergänzte er, als er Umbertos fragenden Blick sah. „Hast du Kaffee?", fragte Södergren.

Nach ein paar Minuten saßen sie in Höglunds Wohnung, zwei Häuser weiter in der Högbergsgata; an dem Hause war ein Schild „Katarina Församling" angebracht, offenbar so etwas wie die Pfarrgemeinde. Unterwegs hatte Umberto von seinen tiefen Eindrücken bei Södergrens Orgelspiel gesprochen und ihn gefragt, ob er Organist im Hauptberuf sei. Er mache das nur zum Vergnügen, eigentlich sei er Geschäftsführer in einem Verlag für Fachliteratur, hatte Södergren geantwortet. Pastor Höglund habe ihn gebeten, sich den Nachhall der Orgel in der Kirche anzuhören, der sei nicht optimal, weil er an manchen Stellen den Klang verwische. Von dort, wo er gesessen sei, habe er das jedenfalls nicht bemerkt, meinte Umberto, aber da waren sie schon an der Haustür angekommen. Umberto nahm zur Kenntnis, dass der Pastor an dem Gespräch teilnehmen würde; er machte keine Anstalten, die beiden allein zu lassen, was aber für Umberto kein Problem war.

Die Sonne schien durch die Balkontür nach rechts auf eine Bücherwand. Vier bequeme Fauteuils wirkten, als fänden hier öfter Besprechungen statt. Auf einer Anrichte stand ein gerahmtes Foto, das den Pastor mit einer attraktiven, intelligent aussehenden, grauhaarigen Dame zeigte. Als Umberto es betrachtete, sagte der Pastor: „Meine Frau Agneta; sie ist vor zwei Jahren gestorben." Umberto nickte wortlos und versuchte damit seine Anteilnahme auszudrücken. Ein Bild über der Anrichte zeigte eine Landschaft in Dalarna, wie der Pastor erläuterte. Starke Farbstriche, offenbar Acryl, deuteten einen See und einen Wald an; die Bäume waren einzeln nicht zu erkennen und verschmolzen übergangslos mit dem wolkigen Himmel. Ein rotbrauner Fleck war als Hausdach auszumachen, ob vor dem Haus ein Boot lag oder nicht, war der Fantasie des Betrachters überlassen; es hätte auch eine Spiegelung sein können. Insgesamt vermittelte das Gemälde ein gewaltiges Raumgefühl; man sah meilenweit in die Gegend.

Wieder lächelte der Pastor; Umberto fühlte sich als Kunstliebhaber ertappt und sagte: „Ich male ähnliche Bilder. Malerei ist mein eigentlicher Beruf; Bürokrat bin ich nur nebenbei.“ Umberto erklärte in ein paar Sätzen, worum es sich bei ihm handelte und dass er Umberto genannt werde. Bei seinem ersten, kurzen Gespräch mit Fredrik am Telefon hatte er sich nur als Bekannter von Gunilla Jönsson deklariert. Er berichtete in gebotener Kürze auch gleich von seinem Vorgesetzten Rothschedl, den Briefen aus Schweden und dem geheimnisvollen Duo, das einige Leute mit einer Art Nervengas oder Rauschgift traktiert hatte und von dem einer offenbar Johan Rosenkvist war. Ihm war gar nicht bewusst, dass er die Geschichte so unterhaltsam darstellte, aber Meister Södergren lachte ein paarmal in tiefem Bass auf, während der Pastor die Erzählung schmunzelnd und kopfschüttelnd verfolgte.

„Wir haben keine Vorstellung davon, was die beiden mit diesen Aktionen bezwecken“, schloss Umberto, „vielleicht kannst du uns da weiterhelfen.“ Er hatte sich mit der letzten Bemerkung an Fredrik gewandt. Der Pastor stand auf und erklärte, „Ich mache jetzt den Kaffee, einige *småkakor* finde ich vielleicht auch noch.“ Und er verzog sich in die Küche.

„Bevor wir über Rosenkvist weiterreden“, nahm Umberto das Gespräch wieder auf, „möchte ich nur wissen, ob man mit Pastor Höglund alles besprechen kann; er ist ja wahrscheinlich kein Rosenkreuzer – und ich auch nicht.“

„Hast du dich mit den Rosenkreuzern schon früher beschäftigt, oder erst, seitdem Rosenkvist aufgetaucht ist?“, fragte der Meister. „Damit ich weiß, wo ich anfangen soll …“ „Ich habe die ‚Chymische Hochzeit‘ von Johann Valentin Andreae gelesen und ein bisschen etwas über die Theosophen um Rudolf Steiner, das Lectorium Rosicrucianum und den AMORC; von Emanuel Swedenborg habe ich auch schon etwas gehört. Aber um ehrlich zu sein, überzeugt hat mich das alles nicht."

„Das ist schon eine ganze Menge, mehr, als die meisten Leute von uns wissen", donnerte der Meister. „Und ich werde auch nicht versuchen, dich mit Gewalt zu überzeugen. Wir gehen nicht missionieren, und wir hängen uns an keine Kirche an. Unser Kreuz ist nicht das christliche Kruzifix, es ist ein Symbol für das irdische Leben, das ist der Querbalken, und das Streben nach dem Göttlichen, das ist der nach oben gerichtete Balken, und die Rose in der Mitte ist der Schnittpunkt. Solche Kreuze hat es schon lange vor Christus gegeben, fast in allen alten Kulturen kommen sie vor. Wir sind auch keine Religion, sondern bieten eher eine Philosophie an, wer will, kann sie sich zu eigen machen, und wer nicht will, der lässt es eben. Wenn man sich mit der Materie intensiv beschäftigt, kommt man früher oder später ohnedies in unsere Gasse."

Basso continuo, fiel Umberto ein, wenn er Södergren länger reden hörte. Er musste sich konzentrieren, um nicht nur das musikalische Element seiner Stimme wahrzunehmen, sondern auch das, was er sagte.

„Der Pastor ist mein Freund", setzte Södergren fort. „Wir kennen uns schon seit der Schule. Ich habe vor ihm keine Geheimnisse, außer denen, die auch für mich Geheimnisse sind. Manchmal reden wir darüber, was wir in unseren Anschauungen gemeinsam haben, aber meistens reden wir über die Kirchenorgel und ob man den Friedhof neu bepflanzen soll."

„Ich würde gerne einen Baum neben das Grab von Anna Lindh setzen", meldete sich der Pastor wieder, der eben mit den Kaffeetassen hereinkam. „Unsere Außenministerin, die 2003 umgebracht wurde." Umberto erinnerte sich daran und an die wilden Spekulationen rund um ihre Ermordung, bis hin zu verschiedenen Geheimdiensten, irgendjemand hatte auch behauptet, sie sei eigentlich eine Tochter von Olof Palme gewesen. „Ich erinnere mich an die Geheimniskrämerei rund um ihren Tod", sagte er.

„Anscheinend haben viele Menschen das Bedürfnis nach Geheimnissen und halten es nicht aus, dass die Dinge wirklich so sind, wie sie scheinen. Die Rosenkreuzer machen aus ihren Lehren ja auch eine Geheimwissenschaft, und ich frage mich oft, ob das wirklich notwendig ist." Er war sich bewusst, dass Södergren das als eine Attacke verstehen und das Gespräch einfach beenden könnte. „Das haben sie mit den Freimaurern gemein, bei denen manche Leute auch schaudert, wenn sie an irgendwelche verborgenen Rituale denken."

Höglund und Södergren wechselten einen Blick, und dann begannen sie beide gleichzeitig zu sprechen. Touché, dachte Umberto, aber wieso auch der Pastor? Der ließ nun aber doch dem rosenkreuzerischen Meister den Vortritt und goss den Kaffee ein.

„Du glaubst gar nicht, wie oft mir diese Frage gestellt wird", sagte der Meister. „Die Sache hat zwei Aspekte. Einen historischen, weil es in früheren Zeiten gefährlich war, eine andere Meinung zu haben als die offizielle der Kirche und des Staates, der um seine Allmacht fürchtete. Daher haben sich die Menschen, die etwas Anderes für richtig und erstrebenswert gehalten haben, gegen die Außenwelt abgeschottet. Vieles ist aus Tradition beibehalten worden. Die Angst vor der Kirche ist natürlich heute kein Thema mehr, oder?" Er sah den Pastor an; der hob die Hände und schüttelte schmunzelnd den Kopf, als ob er Zweifel hätte.

Södergren nahm einen Schluck vom Kaffee und verlangte nach Zucker. „Du auch?", fragte Höglund Umberto. „Nein, danke, ich nehme ihn lieber unvermischt. Was ist der zweite Aspekt?", wandte sich Umberto wieder an den Rosenkreuzer.

„Du wirst dich an Christian Rosencreutz erinnern und an die sieben Tage oder sieben Stufen zur Erkenntnis. Wir sind auch überzeugt, dass man die Erkenntnis oder Erleuchtung nur stufenweise erlangt. Das geschieht durch Studium und Erfahrungsaustausch, wie auf einer Universität, die ‚Dozenten' sind erfahrene Mitglieder unserer Gemeinschaft, es gibt Briefe, die jedes Mitglied zugesandt bekommt, und es gibt praktische Übungen, die auch für den Alltag etwas bringen. Wenn du durch das Studium eine bestimmte Erkenntnisstufe erreicht hast, wird dir in einem Ritual der entsprechende Weihegrad verliehen. Ein solches Ritual ist ein sehr privates Ereignis, ohne Öffentlichkeit, weil es auch viel mit Meditation und In-sich-Gehen zu tun hat; man kann es auch geheimnisvoll nennen. Für den Einzelnen ist es ein äußeres Zeichen seines geistigen Fortschritts. Und es ist eine besondere Situation, eine besondere Atmosphäre, eine hohe Zeit, etwas, das er sein Leben lang als etwas Besonderes behalten wird. Er wird es als Tor zu einem anderen Sein erleben. Er wird psychisch und physisch spüren, dass er die nächste Sprosse auf der Leiter erreicht hat."

„Auf der Jakobsleiter?", warf Umberto ein.

„Wenn du willst, ja. Man kann das so sehen. Da es abseits der oberflächlichen, äußeren Welt vor sich geht, wirkt es wie ein Geheimnis. Eine höhere Erkenntnis ist auch nur für jemanden voll zu erfassen, der über die vorhergehenden Stufen gekommen ist, und daher nicht jedermann zugänglich. Ein banaler Vergleich: Wenn du einem Grundschüler, der noch nicht einmal addieren kann, aus dem Stand die Infinitesimalrechnung beibringen willst, wird das auch nicht gelingen. Er wird nichts verstehen. Erst nach mehreren Jahren des Mathematikstudiums wird er begreifen, worum es da geht und wozu das gut ist. So ähnlich kann man sich das mit unseren Erkenntnisstufen vorstellen. Und noch eines: Exklusiv ist da gar nichts. Der AMORC steht allen offen, die sich ernsthaft damit beschäftigen wollen. So gesehen, sind wir weniger geheimnisvoll als so manches Universitätsinstitut."

Basso continuo. Diesmal hatte Umberto tatsächlich zugehört. Etliche Fragen hatten sich in ihm angestaut, aber er wollte ja jetzt nicht die letzten Dinge im Schnellverfahren erkennen, sondern vor allem wissen, was Johan Rosenkvist in dem Alten Orden für eine Rolle gespielt hatte oder immer noch spielte.

„Wie hat Johan Rosenkvist da hineingepasst?", fragte er, vielleicht etwas zu abrupt, denn Pastor Höglund, der schweigend und aufmerksam zugehört hatte, zuckte bei der Frage zusammen, und auch der Meister war damit sichtlich aus seiner Gedankenführung gerissen worden. Er setzte sich in seinem Stuhl zurecht, stützte seine Ellbogen auf die Lehnen und nickte ein paarmal resignativ vor sich hin.

„Ja, unser lieber Rosenkvist ... Dem ist das alles zu langsam gegangen. Zuerst sagte er uns, dass er vom Lectorium abgesprungen sei, weil er dort überhaupt keinen Fortschritt für sich erkennen konnte; ich habe dann auf Umwegen erfahren, was er dort alles getrieben hat. Am Anfang saß er bei uns ganz ruhig bei den Vorträgen, und seine Fragen und Kommentare habe ich als Zeichen besonderer Neugierde gewertet und geschätzt. Aber dann war zu bemerken, dass er immer ungeduldiger wurde. ‚Kann man nicht schneller die Leiter hinaufklettern?', hat er gefragt oder: ‚Wieso geht ihr nicht hinaus und erzählt allen, wie man zur Erleuchtung gelangt?' Und dann kam er eines Tages und sagte, ‚Wenn die Menschen zu dumm sind, um den rechten Weg zu erkennen, dann muss man ihr Bewusstsein erweitern, so wie die Schamanen und die Orakelpriester das gemacht haben.' Ich fragte ihn, ob er Drogen meine, und er sagte, ‚Wenn es nicht anders geht, dann mit Drogen!' Das war vor ungefähr zwei Wochen. Ich habe ihn danach noch zweimal kurz gesehen und ihn zu einem Gespräch eingeladen, aber er hat darauf nicht reagiert und ist dann plötzlich verschwunden, anscheinend mit unserem Geld nach Wien. Dort probiert er jetzt zusammen mit dem anderen Kerl aus, ob er jemandem das Bewusstsein erweitern kann." Die letzten Worte äußerte er in einer Mischung aus Sarkasmus und Bedauern, und der Bass verklang, als hätte jemand den Lautstärkeregler zurückgeschoben.

„Die Sache mit dem Geld – hast du die Polizei schon verständigt?", fragte Umberto. Er war froh, wieder in die

Banalitäten zurückkehren zu können. „Nein, ich wollte zuerst noch mit dir reden; vielleicht fällt euch in Wien etwas dazu ein?“ „Wir haben auch schon überlegt, ob wir die Polizei einschalten sollen, aber dann ist uns das alles so absurd vorgekommen, dass wir es unterlassen haben – jedenfalls bisher. Eines der Opfer von Rosenkvist und Hummel ist ein Polizist, vermutlich eher irrtümlich, der hat auch seine Kollegen informiert; aber die Suppe war ihnen wohl zu dünn für weitere Amtshandlungen.“ Die Wendung mit der dünnen Suppe hatte er einfach ins Schwedische übersetzt, ohne zu wissen, ob sie auch da existierte, aber beide Herren verstanden ohne Zweifel, was gemeint war.

Pastor Höglund erkundigte sich, ob noch Kaffee gewünscht werde. Dann saßen alle drei schweigend da, eine Aura der Ratlosigkeit erfüllte das Wohnzimmer. Schließlich räusperte sich der Pastor und fragte Umberto: „Besteht eine Möglichkeit, Rosenkvist in Wien irgendwo zu finden? Ich meine, ohne die Polizei auf ihn zu hetzen.“

„Ich denke schon, er wird nicht so schnell aufgeben. Einen internationalen Haftbefehl wegen zwanzigtausend Kronen werdet ihr sowieso kaum bekommen – ist es überhaupt sicher, dass er sie gestohlen hat? Und seine anderen Aktionen müsste man der Polizei erst erklären; es ist ja nicht einmal ganz eindeutig, dass er damit zu tun hat.“ Umbertos Mobiltelefon läutete. „Entschuldigung“, sagte er. „Hallo Emilia“.

Er hörte eine Weile zu und unterbrach sie dann. „Augenblick bitte, ich sitze gerade mit dem obersten Rosenkreuzer zusammen, dem Chef von Rosenkvist. Ich informiere ihn nur rasch.“ Als die beiden Herren, die sich beim Läuten des Telefons weggedreht hatten, ‚Rosenkreuzer‘ und ‚Rosenkvist‘ hörten, ließen sie ihre gespielte Diskretion sein und blickten fragend auf Umberto.

„Emilia hat einen der Briefe bekommen. Sie sagt, Rosenkvist sei in das Haus seines Freundes eingebrochen, und der liegt verletzt im Krankenhaus; sie hat mit ihrem

Freund versucht, Rosenkvist zu fangen, der ist ihnen aber entkommen; er hat eine Flasche mit dem Narkotikum bei sich gehabt." Und er wandte sich wieder dem Telefon zu, um von Emilia weitere Details zu erfahren. Södergren und Höglund waren eher verwirrt als informiert, warteten aber geduldig, bis Umberto kopfschüttelnd sein Gespräch beendet hatte. Er versuchte sodann wiederzugeben, was er von Emilia erfahren hatte. Etliches davon war ihm aber selbst nicht ganz klar geworden. Er würde sich nochmals an Gunillas Computer setzen und schriftlich nachhaken müssen.

Für den Augenblick war in Höglunds Wohnung nicht mehr viel zu tun. Man tauschte die Telefonnummern aus. „Jetzt muss ich euch sowieso hinauswerfen, weil ich in die *församling* gehe – ich habe, das muss ich sagen, selten eine so abwechslungsreiche Stunde erlebt; ich hoffe, wir sehen uns wieder, Umberto." Umberto versprach, die beiden auf dem Laufenden zu halten; die Polizei wollte Södergren vorerst nicht bemühen. „Ich will auch nicht, dass die unser Haus in Eksjö auf den Kopf stellen", erklärte er, „aber wenn ihr ihn findet, macht ihm bitte klar, dass er die zwanzigtausend Kronen zurückgeben sollte. Und mit Betäubungsmitteln wird er niemanden auf den rechten Pfad führen. Wenn er das bisher nicht verstanden hat, dann fürchte ich aber, dass er es weiter versuchen wird." Fredrik und der Pastor umarmten sich herzlich; sie verstehen sich wirklich sehr, sehr gut, dachte Umberto.

Vor dem Haustor verabschiedete er sich vom Meister. Er wandte sich schon zum Gehen, da fiel ihm noch etwas ein. „Fredrik", rief er ihm nach, „eine Frage noch. Für morgen hat mich dein Bruder Lars eingeladen. Ich habe das Gefühl, dass du auf ihn nicht gut zu sprechen bist, aber vielleicht habe ich mich auch getäuscht; ich will bloß nichts Falsches sagen." Des Meisters Antlitz verdunkelte sich ein wenig. „Das ist eine alte Geschichte", brummte er, „aber damit will ich niemanden belasten. Du kannst sicher nichts falsch machen. Ich lasse ihn grüßen." Jetzt lächelte er wieder, aber sehr gezwungen. Er meint, das geht dich nichts an, dachte Umberto, und ob ich von seinem Bruder grüße, muss ich mir noch überlegen.

Die Sonne verschwand hinter grauen Wolken, aber es sah nicht nach Regen aus. Er ließ die Tunnelbana sein und spazierte hinüber zum Slussen. Er dachte darüber nach, was ihm Fredrik über die Rosenkreuzer erzählt und was er bei Gunilla auf dem Computer über die Zentrale in Onsala erfahren hatte. Es klang alles ganz harmlos, aber er fragte sich doch, wo im menschlichen Gehirn die Stelle lag, die bei jeder Gelegenheit auf das Metaphysische hinarbeitete, und ob es sich dabei nicht um eine Fehlentwicklung der Evolution handelte. Irgendwann zwischen dem Australopithecus und den Sumerern musste da etwas passiert sein.

Wo Hugo Hummels Bett stand, war nicht einfach zu erfahren. Am Empfang des Unfallkrankenhauses fragte ein freundlicher, aber ahnungsloser Bediensteter nach verschiedenen Parametern, die den beiden Besuchern fremd waren. Nach einigen vergeblichen Ermittlungen verschwand er im Hinterzimmer und konferierte dort mit einer unsichtbaren weiblichen Vorgesetzten, um dann verlegen lächelnd wieder zu erscheinen und mitzuteilen, dass er erstens ein Praktikant sei und zweitens mitteilen müsse, einen Hugo Hummel gebe es nicht unter den stationären Patienten. Ob er nicht vielleicht nur in einer Ambulanz behandelt werde?

Er sei am Montag, dem 30. Oktober, hier eingeliefert worden und habe gestern aus dem Krankenhaus angerufen, er müsse noch ein paar Tage hier verbringen; also sei es mehr als wahrscheinlich, dass er sich noch auf einer Station aufhalte, erklärte Emilia mit bissigem Unterton. Der Praktikant lief rot an, retirierte nochmals ins *back office* und blieb dort. Rudi fiel ein, dass er die Nummer des Telefons, von dem aus Hummel Emilia angerufen hatte, aufgeschrieben hatte, als er seinen Aufenthaltsort erkunden wollte; den Zettel hatte er bei sich. Er beugte sich daher über das Rezeptionspult und rief „Hallo, Herr Praktikant!“ in die hinteren Räumlichkeiten. Erst beim dritten Zuruf fühlte sich ein weiterer Empfangsbeamter bemüßigt, sich des Falles anzunehmen; bisher hatte er diskret in eine andere Richtung geblickt. Rudi fragte ihn, ob er anhand der Telefonnummer ergründen könne, von welcher Station der Anruf gekommen sei; das forderte den Mann heraus. Er erkannte sofort, dass es sich um die Station III B handeln müsse, und wies den beiden den Weg.

„Das ist nun kein Traum, aber es lässt sich genauso an wie heute Nacht“, bemerkte Rudi, „hoffentlich geht es nicht so weiter.“ Die Station war jedoch leicht zu finden, und im Schwesternzimmer wusste man sofort, wo Hummel zu finden sei. Allerdings sei jetzt gerade Visite; Emilia und Rudi wurden gebeten, sich etwas zu gedulden, bis der Herr Oberarzt weg sei. Vor dem Krankenzimmer stand eine Reihe von Stühlen; die beiden ließen sich nieder und machten sich auf eine längere Wartezeit gefasst. Doch nach einer halben Minute öffnete sich die Tür, der Herr Oberarzt trat heraus, gefolgt von einer Anzahl unterschiedlich uniformierter Begleiter. Er erblickte die Wartenden und stellte sich als Doktor Terényi vor. „Sind Sie verwandt mit Herrn Hummel?", fragte er. Emilia schaltete blitzschnell und sagte: „Er hat keine Verwandten, aber wir sind seine Nachbarn und sozusagen seine Familie; er hat sonst niemanden. Er hat uns um diesen Besuch gebeten. Mein Name ist Emilia Merz."

Doktor Terényi wies mit einer Kopfbewegung eine junge Pflegerin aus seinem Gefolge ins Krankenzimmer und sagte zu Emilia, „Bevor Sie ihn besuchen, möchte ich Sie etwas fragen." Die Begleittruppe wich ein wenig zurück, offenbar aus Diskretion; die junge Schwester kam wieder heraus und nickte dem Oberarzt wortlos zu. Anscheinend hatte Hummel Emilias Angaben bestätigt.

Der Doktor sagte: „Setzen wir uns. Es gibt da ein paar Unklarheiten bei Herrn Hummel. Er behauptet, sich bei einem Sturz verletzt zu haben, aber es sieht danach aus, als habe er sich mit jemandem geprügelt. Das stellt er aber entschieden in Abrede. Wissen Sie vielleicht etwas darüber, wer ihm die Nase gebrochen haben könnte? Das Schläfenbein hat auch einen Sprung."

„Leider nicht, Herr Doktor. Herr Hummel lebt sehr zurückgezogen und meldet sich nur in Notfällen bei uns. Von seinem Spitalsaufenthalt haben wir nur durch seinen Anruf bei uns erfahren und möchten selbst von ihm erfahren, was da passiert ist." Das stimmte zwar fast alles, war aber freilich nur die halbe Wahrheit. Rothschedl musste wie ein Berserker um sich geschlagen haben und hatte offenbar hauptsächlich Hummel erwischt. „Aber wir werden versuchen, aus ihm mehr herauszuholen, und werden Sie dann selbstverständlich informieren."

Etwas säuerlich bekundete Doktor Terényi sein Interesse an weiteren Details und fügte hinzu: „Wahrscheinlich wissen Sie auch nicht, ob er in letzter Zeit mit irgendwelchen Drogen zu tun hatte; in seinem Blut haben wir Substanzen gefunden, die darauf hindeuten. Aber auch da war er ganz entrüstet, dass wir ihm so etwas unterstellen. Für einen Beamten der Nationalbibliothek ist das allerdings ungewöhnlich, aber man kann ja nie wissen, welche Hobbys die Leute haben."

Die ironische Art des Arztes reizte Emilia zu einer passenden Antwort. „Da er nicht einmal uns davon etwas erzählt hat, nehme ich nicht an, dass er fremden Menschen gegenüber mehr herausrückt. Aber wir werden ihm auch dazu auf den Zahn fühlen. Können Sie uns bitte sagen, wie wir Sie erreichen können?"

Doktor Terényi zögerte; man sah ihm an, dass er innerlich kochte. „Hinterlassen Sie eine Nachricht auf der Station; man wird das an mich weiterleiten. Und beschränken Sie Ihren Besuch auf höchstens eine Viertelstunde! Auf Wiedersehen!" Ohne Hände zu schütteln oder auf eine Erwiderung des Grußes zu warten, erhob sich der Oberarzt und zog mit seiner Equipe um die nächste Ecke. „Was für ein Fatzke", sagte Emilia zu Rudi so laut, dass es Doktor Terényi möglicherweise noch hören konnte. „Und jetzt zu Herrn Hummel; liegt der in einem Einzelzimmer?" Sie öffnete vorsichtig die Tür und sah hinein. „Da ist ein zweites Bett drinnen, aber das ist leer; also nichts wie los!"

Hugo Hummel war auf den ersten Blick nicht zu erkennen. Seine Nase war grotesk verschwollen, aber ohne Verband, hingegen hatte er rund um den Kopf eine Art Kompresse, die unter seinem Kinn fixiert war. Am rechten Arm war er mit Schlauch und Nadel an einen Tropf angehängt. Auf seinem Bauch hatte er ein Telefon liegen, von dem aus er vermutlich Emilia angerufen hatte, und eine ungelesene Tageszeitung. Insgesamt sah er wie die Karikatur eines

Unfallopfers aus. Man hätte mit ihm auch Mitleid haben können, aber Emilia war nicht in der Stimmung dazu. Sie fühlte eine Art von Aggression in sich hochsteigen, die sie aber unterdrückte; sonst hätte die Frage nach seinem Befinden gar zu gezwungen gewirkt.

„Es geht mir nicht gut, ganz ehrlich gesagt", antwortete der Patient. „Ich habe heftige Kopfschmerzen, die sie mit irgendwelchen Medikamenten ziemlich erfolglos behandeln. Und was meiner Nase zugestoßen ist, sehen Sie ja selbst. Aber danke, dass Sie gekommen sind. Sonst kümmert sich ja niemand um mich."

„Auch Johan Rosenkvist nicht?", fragte Emilia. Hummel zuckte zusammen und verzog das Gesicht, so gut das mit seiner gebrochenen Nase ging. „Herr Hummel, wir wollen und sollen Sie nicht lange aufhalten; also lassen Sie uns nicht herumreden, sondern gleich auf den Punkt kommen. Wir wissen, dass Sie und Rosenkvist in den letzten Tagen in der Malzgasse versucht haben, drei Menschen mit irgendeiner Substanz zu betäuben; bei zweien davon ist ihnen das auch gelungen, beim dritten offenbar nicht, weil sich der zur Wehr gesetzt hat. Wir waren gestern auch bei Ihrem Haus, um die Tür in den Garten abzusperren. Dabei haben wir den Herrn Rosenkvist ertappt, der sich anscheinend in Ihrem Keller zu schaffen gemacht hat. Wir haben versucht, ihn im Haus einzusperren, aber er ist durch das Küchenfenster entkommen und hat dabei eine Flasche fallen lassen; die ist zerbrochen und hat einen grauenvollen Geruch verbreitet. Jetzt ist das Haus versperrt, den Schlüssel haben wir wieder unter den Blumentopf gelegt." Das stimmte freilich nicht, aber Emilia wollte vermeiden, den Schlüssel Hummel aushändigen zu müssen. „So gerne wir Ihnen helfen wollen, so sehr sind wir von Ihren Aktionen in Mitleidenschaft gezogen. Daher würden wir gerne wissen, was Sie damit beabsichtigen, und vor allem auch, was wir noch alles zu erwarten haben. Rosenkvist läuft ja immer noch irgendwo herum und versucht anscheinend auch, Ihr Nervengift weiter zu verwenden. Es wäre auch interessant zu erfahren, wo wir ihn finden können. Bis jetzt haben wir die Polizei aus dem Spiel gelassen, aber ich weiß nicht, ob das noch lange möglich ist. Wenn Sie das Narkotikum bei sich aufbewahren, so ist das Ihre Sache; wenn aber jemand versucht, damit unschuldige Mitbürger zu attackieren, wird das zu einem Offizialdelikt. Ich nehme an, dass Ihnen das auch bewusst ist."

Während sie sprach, merkte sie, wie Rudi sie bewundernd anblickte. Hummel verfiel zusehends; er schlug mehrmals die Hände zusammen und hielt sie schließlich vors Gesicht.

„Es ist alles danebengegangen", murmelte er. „Wir haben uns das ganz anders vorgestellt." Er schwieg für einige Augenblicke; Emilia und Rudi warteten gespannt auf weitere Äußerungen. „Sie interessieren sich für Bücher, nicht wahr?", fragte Hummel endlich. „Sie studieren ja Germanistik, oder?" Worauf will er jetzt hinaus, fragte sich Emilia. Sie fürchtete schon die Pflegerin, die gleich hereinkommen und sie zum Gehen auffordern würde.

„Ich interessiere mich sehr für Bücher, und ich studiere auch Germanistik. Aber darum geht es jetzt ja nicht. Woher kommen die Narkotika, und was haben Sie mit ihnen vor, Herr Hummel?"

„Ich war ein paar Jahre in Südamerika und habe dort Erfahrungen mit Mescalin und anderen Alkaloiden gesammelt. Etwas davon habe ich mitgebracht und selbst verwendet, vor allem, weil ich Angst hatte, nicht alle Bücher lesen zu können, die ich lesen wollte; mit der Bewusstseinserweiterung ging das alles viel schneller und besser, und ich weiß jetzt, wie die Welt funktioniert; das glaube ich wenigstens. Aber die meisten Menschen haben keine Ahnung davon, und das hat mich immer schon gestört. Also habe ich versucht, einige davon zu überzeugen, dass sie mehr lesen sollten, und ein paar haben sogar von meinen Drogen genascht. Aber dann hat mir einer mit der Polizei gedroht, und ich habe es wieder gelassen." Er griff sich mit beiden Händen an den Kopf, anscheinend waren die Schmerzen wieder stärker geworden.

Ein Wirrkopf, dachte Emilia, aber im Grunde harmlos. Die Gefahr war wohl eher von Rosenkvist ausgegangen. Sie erinnerte sich an ihre Korrespondenz mit dem schwedischen Gelehrten, in der es um sprachliche Feinheiten des Gotischen gegangen war und nicht um die letzten Welträtsel.

„Und wann ist Johan Rosenkvist auf der Bildfläche erschienen?" Emilia versuchte die Darstellung wieder etwas zu straffen. „Wieso kennen Sie Rosenkvist?", fragte Hummel. „Ich habe einmal mit ihm über ein sprachliches Problem diskutiert", erläuterte Emilia. Der Zusammenhang wurde dadurch nicht deutlicher, aber Hummel ließ es dabei bewenden.

„Rosenkvist schrieb mir vor ein paar Jahren einen Brief. Er habe von Peter Kaltenecker meine Adresse bekommen und wolle mit mir über Birgitta von Schweden und ihre Verbindung zu den deutschen Mystikern reden. Ich stellte ihm ein paar Unterlagen zusammen und wies darauf hin, dass sie wahrscheinlich auch unter dem Einfluss von Halluzinogenen stand und so vielleicht eher zu ihren Erleuchtungen kam. Das begeisterte Rosenkvist dermaßen, dass er die Mystiker vergaß und nur mehr von der großen Erkenntnis redete. Irgendwann erzählte ich ihm dann von meinen Erlebnissen in Peru und Bolivien und dass ich es auch für möglich halte, dass man sich mit Drogen auf eine andere geistige Ebene emporheben könne. Ich war auch sicher, dass sich zum Beispiel manche Geheimgesellschaften solcher Mittel bedienten. Da kam er dann erstmals nach Wien und sagte, dass er den Rosenkreuzern beigetreten sei. Die würden sich auch von einer Erkenntnisstufe auf die nächsthöhere voran arbeiten, aber ohne externe Hilfsmittel, und das dauere jahrelang. So lange wolle er aber nicht warten. Ich erinnere mich nur, dass ihm beim ersten Versuch mit Mescalin unglaublich schlecht wurde und sein Körpergeruch nicht mehr auszuhalten war.

Aber er ließ nicht locker und meinte, man solle das einmal an einer Gruppe von Leuten ausprobieren. Das war der Beginn unseres Experiments."

„Wie sind Sie gerade auf Rothschedl, Ifkovits und mich gekommen? Das mit Krautmann war ja wohl eher nicht geplant." „Wer ist Krautmann?", fragte Hummel. „Das ist der Polizist, den Sie als ersten erwischt haben", sagte Emilia. „Ein Polizist, entsetzlich", sagte Hummel. Emilia glaubte ein kurzes Lächeln an ihm zu sehen, aber das war wohl eher nur eine Reaktion auf den Kopfschmerz.

„Rosenkvist war sehr ungeduldig; es sei ganz egal, wen wir uns da aussuchen würden, es würde auf jeden Fall funktionieren, man müsse nur auf irgendeine Weise die gewählten Personen zusammenbringen, aber das sei seine Sache, er werde sich da schon etwas einfallen lassen. Ich sollte ihm nur drei oder vier Leute nennen, die man in Wien zusammenholen könne; da hat er mir auch erstmals den Verein in der Malzgasse genannt. Mir fielen in der Eile Ihre Mutter und der Sektionschef Rothschedl ein, mit dem ich einmal eine dienstliche Auseinandersetzung hatte, und Ifkovits war irgendwann bei mir in der Bibliothek, weil er einen Kupferstich taxieren lassen wollte, den er irgendwo auf einem Sammlertreffen gekauft hatte – ein Bild von Angelo Soliman war es, ich erinnere mich noch recht gut an das Bild und an den Besuch. So richtig konnte ich mir nicht vorstellen, wie Rosenkvists Ideen Gestalt annehmen sollten; kaum hatte er die Namen, war er schon bei der Tür draußen, und ich war froh, dass er verschwunden war, denn er hat mir die ganze Wohnung verstunken."

Die Tür des Krankenzimmers öffnete sich, die junge Schwester aus dem Tross des Oberarztes kam herein und bat die Besucher, den Kranken wieder allein zu lassen; es sei zu anstrengend für ihn. „Wir gehen in einer Minute", sagte Emilia, und die Schwester zog sich wieder zurück. „Wo Rosenkvist jetzt sein könnte, wissen Sie nicht?", fragte Rudi den Patienten. Hummel schüttelte andeutungsweise den Kopf. „Ich weiß nicht einmal, wo er in

Wien wohnt, ich kenne nur das Lokal in der Malzgasse, und ich hoffe, dass er nicht wieder bei mir einbricht. Ganz ehrlich, mir wäre es lieber, wenn ich ihn nicht mehr wiedersehen müsste. Können Sie ein bisschen auf mein Haus schauen, solange ich hier festsitze? Das wäre sehr nett, und hier bin ich ja telefonisch zu erreichen."

Emilia versprach das und auch, bald wiederzukommen und nach ihm zu sehen. „Vielen Dank und alles Gute", flüsterte Hummel; er hatte Tränen in den Augen. Er hob die Hand zum Gruß und ließ sie wieder sinken; anscheinend war er völlig erschöpft. „Erzählen Sie bitte dem Doktor nichts von den Drogen und von der Malzgasse", setzte er hinzu. Emilia versprach auch das, obwohl ihr nicht ganz wohl dabei war. Aber Hummel war ihr im Augenblick viel näher als der präpotente Doktor Terényi. Rudi und sie drückten dem Patienten vorsichtig die Hand; er sah nun sehr zerbrechlich aus.

Als sie auf den Korridor traten, kam ihnen die junge Schwester entgegen. „Viel haben wir aus Herrn Hummel nicht herausbekommen", teilte ihr Emilia mit. „Er hat uns nichts über den Unfall erzählen wollen, und bei der Frage nach den Drogen hat er sich so aufgeregt, dass wir nicht weiter nachbohren wollten. Aber wir kommen sicher wieder vorbei. Könnten Sie das bitte Doktor Terényi ausrichten?" „Das mache ich", sagte die Schwester und machte dabei ein Gesicht, als wollte sie sagen, „Bei dieser Meldung kann ich mir schon ausrechnen, wie er reagiert ..." – „Übrigens kommt demnächst ein Notar zu ihm, er will offenbar sein Testament machen. So schlecht geht es ihm aber gar nicht, dass das so dringend wäre." Emilia wunderte sich über die Mitteilsamkeit der Schwester, sagte „aha" darauf, und sie ließ ihre Telefonnummer bei der Schwester, für alle Fälle.

Während die beiden Frauen miteinander redeten, drückte Rudi plötzlich Emilias Arm und rannte um die Ecke, hinter der zuerst Terényi verschwunden war. Emilia verabschiedete sich von der Schwester und folgte Rudi, der aber auch hinter der Ecke nicht mehr zu sehen war. Als er nach zwei weiteren Minuten nicht wiederkam, wanderte sie zum Haupteingang des Spitals und setzte sich auf eine Bank neben einen Patienten im Schlafanzug; ein unförmiges Gestell zur Ruhigstellung einer operierten Schulter verdeckte seinen Rumpf. Irgendwann würde Rudi ja hier wieder erscheinen müssen. Der Sitznachbar informierte sie inzwischen ungefragt und umso ausführlicher über sein Leiden; Emilias Beitrag zur Konversation waren nur einige Brummlaute, sie wollte dem redseligen Mann nicht noch weitere Stichworte liefern.

Ihr Mobiltelefon läutete. Rudi teilte hörbar atemlos mit, er sei bereits auf der Dresdner Straße; er habe Rosenkvist gesehen und sei ihm nach, quer durch das Krankenhaus, ein Kellergeschoss und eine Hintertür, durch eine Lieferanteneinfahrt auf die Gasse, habe dem Flüchtigen ein paar Mal nachgerufen und ihn schließlich aus den Augen verloren. Nun komme er zum Auto zurück. Emilia wünschte dem Schulterpatienten baldige Genesung und eilte Rudi nach. Es wird immer bizarrer, dachte sie.

Rudi saß schon im Auto. „Natürlich wollte er wieder zu Hummel, wahrscheinlich wegen des Hausschlüssels, nachdem er ja die beiden Flaschen nicht mitnehmen konnte. Man kann nur hoffen, dass ihn Hummel nicht ins Haus lässt. Rosenkvist gibt anscheinend niemals auf. Aber jetzt werden wir nicht mehr auf ihn warten, oder?“

Emilia erzählte Rudi vom Testament. „Ich nehme an, er vermacht seine Bücher der Nationalbibliothek und sein Haus irgendwelchen Verwandten, die sich nie um ihn gekümmert haben. Aber das ist nicht unser Problem; vielleicht sollten wir vorher nur noch einmal in seinem Keller nachsehen, ob dort nicht noch irgendwelche Gifte zu finden sind – oder wir lassen einfach alles auf sich beruhen. Den Rosenkvist sollten wir aber irgendwie doch dingfest machen, sonst haben wir ihn für den Rest unserer oder seiner Tage am Hals ...“

MUTWILLIGE ZEITREISE

Auf dem Weg zum Slussen zögerte Umberto plötzlich. Er stand vor einer kleinen Buchhandlung in der Götgata. Es begann zu dämmern; die Straßenlampen, die ohnedies den ganzen Tag brannten, waren nun wirklich notwendig geworden. Er starrte eine Weile auf ein Buch, das in mehreren Exemplaren hier ausgestellt war. Es hieß „Ön", also „Die Insel", und stammte von Lotta Lundberg, die hier anscheinend vor ein paar Tagen eine Lesung veranstaltet hatte. Weder von dem Buch noch von seiner Autorin hatte er bisher etwas gehört, und doch klammerte sich sein Blick daran fest. Ein Bild der Autorin war auch zu sehen. Plötzlich wurde ihm bewusst, dass sie ihn an Gunilla Lönnroth erinnerte, obwohl sie ihr nicht ähnlich sah. Ohne weitere Überlegungen betrat er den Laden, nahm das Buch aus der Auslage und fragte den Verkäufer, worum es in diesem Roman gehe.

„Um Liebe auf einer Südseeinsel und um weibliche Weisheit", antwortete der Mann ein wenig kryptisch. „Ich nehme das Buch", teilte Umberto mit, zahlte und wandte sich zum Gehen. Vor der Tür machte er Halt, ging nochmals zum Verkäufer und fragte, „Können sie mir einen Gefallen tun? Ich hätte gerne die Adresse von Gunilla Lönnroth, hier in Stockholm. Finden Sie die in Ihrem Computer?" „Die Übersetzerin?" „Ja, die Übersetzerin", sagte Umberto und wusste nicht, ob Gunilla jemals Übersetzungen gemacht hatte; er hielt es aber für möglich. Der Verkäufer klopfte auf die Tastatur und sagte, „Sie wohnt hier in der Nähe, in der Katarina Bangata", und schrieb ihm Adresse und Telefonnummer auf einen Zettel.

Umberto bedankte sich und verließ den Laden. Draußen war es fast finster, obwohl es erst zwei Uhr war. Da stand er nun, mit dem Buch in der Hand. Wo die Katarina Bangata war, wusste er – ganz in der Nähe der Tunnelbana-Station, von der aus er damals zur Arbeit ins Krankenhaus gegangen war. Es ist verrückt, ganz verrückt, dachte er und war schon den halben Weg dorthin gegangen. Wie ferngesteuert durchschritt er die schräg verlaufende Allee, stand nach zehn Minuten vor dem Haus, in dem Gunilla wohnte, und suchte bei den Türglocken den Namen Lönnroth, halb hoffend, ihn dort nicht zu finden. Aber er war da, ganz unmissverständlich.

Ich kann da jetzt nicht läuten, durchfuhr es ihn. Was, wenn sie gerade Zwiebeln schnitte oder ins Bad stiege oder – was noch prekärer wäre, gerade nach Hause käme oder fortginge und ihn da am Haustor sähe? Er zog sich unter die Bäume der Allee zurück, setzte sich trotz der ungeeigneten Temperatur auf eine Steinbank am Radweg und nahm sein Mobiltelefon heraus. Dann holte er tief Luft und wählte Gunillas Nummer.

„Lönnroth", meldete sie sich. Die Stimme ist die gleiche wie damals, dachte er. „Hier ist Humbert Weiser – Umberto", setzte er hinzu, denn er war schon in seinen Briefen Umberto gewesen. Einen langen Moment kam nichts aus dem Telefon außer ihrem Herzklopfen (aber das bildete er sich wohl ein). Dann sagte sie, „Hallo Umberto." „Ich bin in Stockholm und ..." „Ich weiß", sagte sie, „ich habe dich heute an der Universität gesehen. Was tust du in Stockholm?" „Das ist eine komplizierte Geschichte, interessiert sie dich?" „Wo bist du jetzt?", fragte sie.

„In der Södermannagata", log er halb, denn das war die Querstraße, an deren Ecke sich Gunillas Haus befand. „Das ist in der Nähe meiner Wohnung, willst du einen Kaffee bei mir trinken?" „Gerne, wenn ich dich nicht störe ..." Sie nannte ihm ihre Adresse und forderte ihn auf, bei Lönnroth zu läuten, beides überflüssigerweise. „Dritter Stock", ergänzte sie.

Ein paar Minuten saß er noch auf der Bank und versuchte seinen Herzschlag wieder auf das Normalmaß zu senken. Aber dann spürte er auf einmal, wie ihm die Kälte der Steinbank ins Gesäß kroch, und so stand er schon deshalb auf, um seine Eingeweide zu schonen. Nun, da er stand, sprach auch nichts mehr dagegen, zum Haustor zu gehen und bei Gunilla anzuläuten. Ohne weitere Kommunikation öffnete sich brummend das Tor. Aus irgendeinem Grunde, der ihm selbst nicht klar war, stellte er sein Handy ab.

Im Lift hatte er sich so weit beruhigt, dass er bereits lächeln konnte, als ihm Gunilla die Wohnungstür öffnete. Alt und gemütlich sah sie aus, hatte rötlichgraue Haare auf dem Kopf, aber keine Frisur, und war sehr rundlich geworden. Sie gab ihm die Hand und küsste ihn leicht und unverbindlich auf die Wange.

„Komm herein", sagte sie und nahm seinen Mantel, in dem der eben gekaufte Roman steckte. „Der Kaffee wartet schon. Ich habe übrigens Gunilla Jönsson am Telefon gefragt, ob es wirklich du bist, der da in ihrem Vorraum gesessen ist. Aber sie sagte mir nichts darüber, was du hier machst. Wahrscheinlich bist du nicht nach Schweden gekommen, um mich zu besuchen – aber nun bist du doch da, nach dreißig oder mehr Jahren."

„Lebst du hier allein?", fragte Umberto. Er erinnerte sich dunkel, dass sie geheiratet hatte. „Du meinst, ob ich noch mit Ulf verheiratet bin?. Ulf gibt es nicht mehr, und ich bin froh, dass es so ist, wie es ist. Ich lebe gerne allein, und ich habe viele Freunde ..." Ihre Stimme wurde im letzten Satz leiser und klang irgendwie aus. „Willst du Zucker oder Milch?", fragte sie nach einer kurzen Pause wieder in normaler Lautstärke.

„Nein, danke", sagte Umberto. „Ich bin hier, um etwas über einen sonderbaren Menschen namens Johan Rosenkvist herauszubekommen, der einige Bekannte von mir in Wien mit Narkotika belästigt." Und dann gab er eine Zusammenfassung der Ereignisse der letzten Tage (auch, wieso er Gunilla Jönsson kannte – die privaten Details sparte er aus), erwähnte, dass er im Bildungsministerium arbeite und sich nach wie vor für Malerei und Musik interessiere und ein paar Mal in der Zeit seit damals in Schweden gewesen sei; alles auf Schwedisch, einer Sprache, die er damals in seiner langen schriftlichen und kurzen mündlichen Kommunikation mit Gunilla so gut wie nie verwendet hatte.

„Du sprichst gut Schwedisch“, sagte sie, plötzlich auf Englisch. „Und du arbeitest als Übersetzerin, das habe ich heute vom Buchhändler in der Götgata erfahren, als ich ihn gebeten habe, deine Telefonnummer und deine Adresse auf seinem Computer herauszusuchen.“ Diese Mitteilung zerstörte freilich den mühsam aufgebauten Anschein von Zufälligkeit, aber Gunilla Lönnroth hatte vermutlich sowieso nicht daran geglaubt, dass er gerade nur so vorbeigekommen sei. Sie lächelte ein wenig.

„Nicht nur als Übersetzerin, aber auch.“ Sie sprachen nun beide Englisch, so wie damals. „Das ist eine verrückte Geschichte mit dem Rosenkreuzer“, meinte sie. Er wusste nicht recht, was er dazu sagen sollte, weil er keine Lust hatte, die Causa auch der ersten Gunilla gegenüber zu vertiefen. So entstand eine Pause, in der sich Umberto im Zimmer umsah. Es sah nicht übertrieben aufgeräumt aus, etliche Bücher und Papiere lagen herum, ein paar Bilder hingen wie zufällig an den Wänden. Das blaugrüne von ihm, das er Gunilla damals geschickt hatte, war nicht darunter. Im Grunde war er froh darüber. Es hätte das Gespräch zwangsläufig auf ihre gemeinsame Vergangenheit gebracht, und er war gar nicht sicher, ob er darüber reden wollte. Aber wozu war er sonst hergekommen? Wenn er das alles vergessen wollte, wäre es besser gewesen wegzubleiben. Niemand hatte ihn gezwungen, Gunilla zu besuchen, außer er selbst. Und nun saß er da und sie auch, und keiner redete von damals. Die Luft im Zimmer roch geradezu nach der Frage: Was war damals mit uns?

Es musste sein. Er konnte von hier nicht fortgehen wie Parzival, der die eine, die alles entscheidende Frage nicht über die Lippen gebracht hatte, und nochmals Jahrzehnte auf eine Antwort warten, die dann wohl nie mehr kommen würde. Es würde zwar nichts davon abhängen, wie die Antwort ausfiele, den Kontakt zu Gunilla Lönnroth wollte er gewiss nicht über das heutige Treffen hinaus ausdehnen – und außerdem, die Person, die ihm da gegenübersaß, war ja nur bedingt dieselbe, die ihm damals so rätselhaft erschienen war. Mehrere Dezennien hatten aus ihr – und wohl auch aus ihm – andere Menschen gemacht, die ganz unbefangen über die Vergangenheit plaudern können sollten.

Noch auf der Steinbank in der Katarina Bangata hatte ihn die Vorstellung, dort wieder anknüpfen zu müssen, wo er am Bahnhof damals aufgehört hatte, in eine Art Panik getrieben – jetzt, nach dieser halben Minute Schweigen, in der er sein inneres Bild von Gunilla mit der Frau vor ihm zur Deckung gebracht hatte, war es auf einmal ganz einfach, die Frage der Fragen zu stellen (auch wenn er den Umberto, der die Frage stellte, gewissermaßen wie von nebenan reden hörte).

„Jetzt sind mehr als dreißig Jahre vergangen, aber ich weiß immer noch nicht, was damals zwischen uns geschehen ist – oder nicht geschehen ist. In unseren Briefen haben wir uns ja sehr gut verstanden – oder war das für dich nur ein Spiel? Sozusagen ein Drehbuch mit echten Personen? Für Drehbücher hast du ja wohl schon damals etwas übriggehabt …"

Gunilla lächelte, nein, sie lachte geradezu. „Ich habe das damals als sehr dramatisch empfunden, und ein bisschen etwas war ist ja dann auch in das Fernsehspiel eingeflossen. Warum du nach unserer ersten Begegnung dann plötzlich ganz weg warst, habe ich damals nicht verstanden. Anscheinend hast du Erwartungen gehabt, die ich nicht erfüllt habe – aber es wäre vielleicht gut gewesen, wenn du mir etwas davon erzählt hättest. Stattdessen hast du jeden Kontakt mit mir vermieden. Als ich dich einmal angerufen habe, hast du mir etwas vom Zimmeraufräumen erzählt, statt mich zu fragen, ob wir uns treffen könnten. Da hatte ich das Gefühl, dass du nichts mehr von mir wissen wolltest. Und wie du dann heimgefahren bist, habe ich dir einen Brief geschrieben, weil ich wissen wollte, ob wir zumindest schriftlich dort weitermachen könnten, wo wir vorher aufgehört haben – und dann habe ich mir wieder eine Abfuhr geholt. Dann habe ich es endgültig aufgegeben. Wolltest du damals wirklich nichts mehr von mir?"

Umberto war fasziniert davon, dass sich Gunilla so sehr noch an die Einzelheiten erinnerte. Dass er bei dem seinerzeitigen Telefonat auf die Frage, was er gerade mache, wahrheitsgemäß geantwortet hatte, er sei gerade mit dem Aufräumen des Zimmers beschäftigt, hatte er vergessen – aber nun war die Erinnerung daran ganz deutlich wieder da. Dass das nicht die Auskunft war, die Gunilla von ihm haben wollte, schien ihm jetzt auch selbstverständlich. Vielleicht hätten sich die Dinge nach einem weiteren Treffen mit Gunilla ganz anders entwickelt.

„Bevor ich damals nach Schweden gefahren bin, habe ich mich sehr intensiv mit August Strindberg auseinandergesetzt. Unsere Briefe haben mir das Gefühl gegeben, dass zwischen uns alles ganz anders laufe als zum Beispiel bei Fräulein Julie. Wie wir dann miteinander bei der Magdalenenkirche gesessen sind, war es dann doch nicht ganz anders als bei Strindberg; es muss irgendeine Bemerkung von dir gewesen sein, die diesen Eindruck ausgelöst hat. Ich glaubte, dass du ganz plötzlich wieder in eine andere Welt, in deine Welt, zurückgekehrt bist, in der ich keine Rolle spiele. Von einer Sekunde auf die nächste warst du mir fremd, und es war ein massiver Schock für mich, von dem ich mich auch während der restlichen Zeit nicht mehr erholt habe. Ich habe auch mit deinen Eltern darüber nicht gesprochen und sie haben auch nie erwähnt, dass sie mit dir über uns beide geredet hätten. Hast du mit Annika darüber gesprochen?"

„Sie hat mir damals gesagt, ich solle dich anrufen. Ich weiß nicht, ob ich es von allein getan hätte. Danach ist das Thema zwischen mir und Annika nicht mehr vorgekommen. Am Schluss bin ich zum Bahnhof eher aus Neugierde gefahren, aber auch da ist nichts Überraschendes mehr geschehen."

Das Parzival-Syndrom, wohin man blickt, dachte Umberto. Und die Kafka-Geschichte vom Türhüter fiel ihm auch gleich dazu ein. „Man soll sich nicht zu viel mit Literatur beschäftigen", sagte er. „Wolfram von Eschenbach, Strindberg und Kafka, das hält die beste Beziehung nicht aus. Jemand hat einmal zu mir gesagt: *‚Svenskarna tiger ihjäl varandra'*, aber das gilt wohl nicht nur für die Schweden", setzte er hinzu.

„Dass die Schweden einander zu Tode schweigen, ist ein altes Vorurteil", sagte Gunilla. „Manche Leute brauchen eben mehrere Jahrzehnte, bevor sie den Mund aufmachen. Gut, wenn sie es überhaupt tun! Ich will dir etwas zeigen, komm mit."

Sie stand auf und ging in den Nebenraum, der ohne Zweifel ihr eigentliches Arbeitszimmer war. An einer riesigen Kommode öffnete sie eine Schublade und nahm eine von etlichen Schachteln heraus. Auf dem Deckel der Schachtel stand unübersehbar „Umberto". „Hier sind alle deine Briefe, genau nach Datum geordnet. Alle Fotos, die du mir geschickt hast, alles, was ich sonst von dir habe, bis auf das Aquarell. Das habe ich in einen Rahmen gefasst und draußen im Wohnzimmer aufgehängt. Ein Freund von mir war so begeistert davon, dass ich es ihm vor vielen Jahren geschenkt habe; mir hat es als Bild auch gut gefallen, aber es hat mich natürlich immer an unser Problem erinnert, und so war ich ganz froh, dass ich es nicht mehr anschauen musste."

Der Anblick der Schachtel versetzte Umberto einen leisen Schrecken. Was musste Gunilla für ihn empfinden, wenn sie die Zeit mit ihm so sorgfältig archiviert hatte? Er hatte keine Ahnung, ob Gunillas Briefe bei ihm daheim überhaupt noch vorhanden waren, und wenn ja, wo. Allerdings waren in der Lade, die Gunilla wieder geschlossen hatte, noch weitere Schachteln zu sehen gewesen, alle mit irgendeiner Aufschrift; dass auf einer „Ulf" stand, hatte er noch wahrgenommen. „So verschwinden alle deine Freunde früher oder später in der

Kommode; ich bin da in guter Gesellschaft", bemerkte er etwas sarkastisch.

„Andere Frauen hätten die Briefe vielleicht gleich verbrannt oder ins Altpapier geworfen. Da bist du ja noch gut weggekommen", replizierte sie und lachte wieder. „Man soll seine Geschichte nicht leugnen, finde ich. Willst du die Briefe sehen?"

„Nein", sagte Umberto, „man soll keine schlafenden Hunde wecken." Er war nicht sicher, ob das eine gute Anmerkung war. Die Gunilla-Hunde schliefen nicht, sie waren schon vor langer Zeit eingeschläfert worden. Davon sagte er aber nichts zu Gunilla.

Sein Besuch bei Gunilla Lönnroth war ausreichend lange gewesen, dachte er. Ich will weiter nichts von ihr. Es ist genug. Eben als er überlegte, wie er die Sache jetzt zu einem Ende bringen könnte, läutete Gunillas Telefon im Wohnzimmer. Sie meldete sich, hörte kurz zu und sagte dann zu Umberto, ohne eine Miene zu verziehen: „Es ist Gunilla Jönsson. Sie will wissen, ob sie dich sprechen kann."

„Wieso weiß sie, dass ich hier bin? Sehr eigenartig!" Das konnte ja nett werden. „Hej Gunilla." Gunilla Lönnroth hatte sich diskret ins Nebenzimmer verzogen.

„Ich habe angenommen, dass du bei Gunilla Lönnroth vorbeikommen wirst – und ich konnte dich nicht erreichen. Störe ich dich?" Der Unterton war unüberhörbar.

„Ganz im Gegenteil!" Das stimmte erstens, und zweitens konnte er vielleicht so die Situation retten. „Wo bist du jetzt?" „Noch im Büro. Ich habe zufällig zwei Karten für Konserthuset; es gibt Mozart und Britten, ein japanischer Dirigent, den ich nicht kenne. Hast du Lust zu kommen? Es fängt um neunzehn Uhr an. Kannst du mich um fünf Uhr in der Universität abholen? Wir könnten vorher noch etwas essen. Ich habe heute den ganzen Tag noch nichts gegessen."

„Das passt sehr gut. Bis dann!" Benjamin Britten gehörte nicht zu seinen Lieblingskomponisten, aber in der konkreten Situation wäre er jetzt auch zu einem Auftritt einer Hard-Rock-Band oder des Musikantenstadls gegangen. Auch er hatte außer zwei Kaffee und den Keksen des Pastors noch nichts im Magen.

Er trat an die Tür zum Nebenzimmer. „Ich muss gehen. Danke, dass wir dieses Gespräch führen konnten, und ich hoffe, ich habe dich nicht zu sehr durcheinandergebracht. Ich habe deine Telefonnummer und deine Adresse. Darf ich dir meine Karte da lassen? Vielleicht müssen wir noch etwas besprechen."

„Wie findest du Gunilla Jönsson?", fragte Gunilla Lönnroth. Vielleicht kennen die beiden einander doch besser als nur beruflich, vermutete er und sagte: „Sie hat mir sehr geholfen, und ich finde sie auch sonst sehr nett." „Viele Grüße und *har det så bra*!" Wem es da gut gehen sollte, konnte nun Singular oder Plural sein, eigentlich war er sicher, dass sie mehr wusste, als sie sagte.

Er nahm seinen Mantel und küsste Gunilla auf dem Mund. Sie setzte zu einem ausführlicheren Kuss an, zog sich dann aber wieder zurück. „Ich habe mich gefreut, dass du da warst", sagte sie und schob ihn halb zur Tür hinaus. Als sie geschlossen war, eilte er zu Fuß die drei Etagen hinunter. Alles vibrierte in ihm; ob es der Hunger war oder die Erleichterung darüber, dass alles glimpflich abgegangen war, war schwer zu sagen.

Am Medborgarplats kam er an einer Wurstbude vorbei, die seinen Magen hörbar zum Knurren brachte. Eine Wurst mit Senf und Gurken war jetzt unbedingt notwendig, selbst wenn er eine Stunde später richtig essen würde. Als er sich an der gut gewürzten Bratwurst und einem Getränk gelabt hatte, beschloss er, den Weg zur Universität zu Fuß zurückzulegen, um den Kopf wieder klar zu bekommen. Wenn er ordentlich ausschritt, würde sich das bis fünf Uhr ausgehen.

Mit aufgestelltem Mantelkragen eilte er hinunter zum Slussen und hinüber in die Altstadt, am Schloss vorbei und weiter durch Kungsträdgården, in dem sich einige zwielichtige Gestalten herumtrieben, die sich aber mehr für ihre Bierdosen als für den einsamen Wanderer interessierten. Durch ein paar weniger befahrene Straßen erreichte er Humlegården, den „Hopfengarten". Schon vorher hatte eine Art Schneeregen eingesetzt, zu dem sich jetzt ein beißender Nordwind gesellte. Da Umberto ohnedies keinen fußgängerfreundlichen Weg von hier zur Universität kannte, schlug er einen Haken nach rechts und beeilte sich zur Tunnelbana-Station Östermalmstorg. Drei Stationen weit war es von hier bis zur Universität. Am Ausgang der dortigen Station peitschte ihm der Sturm ins Gesicht. Es war im Augenblick fast unmöglich, den kleinen Park bis zu Gunillas Institut zu durchqueren, und da er noch eine knappe halbe Stunde Zeit hatte, retirierte er ins Innere, setzte sich auf eine Bank und ließ den heutigen Tag Revue passieren.

Es war gut, dass der Tag mit Gunilla Jönsson begann und wohl auch enden würde; vielleicht nicht in der gleichen erotischen Heftigkeit wie die Tage zuvor. Jenseits des fünfzigsten Geburtstages war sexuelle Mäßigung geboten, und nach den zwei Liebesnächten schien es ihm durchaus erstrebenswert, an Gunillas Seite ohne vorherige Ekstase einfach einzuschlafen. Selbst ohne das Konzert könnte er sich das vorstellen, das Essen wollte er trotz der vorangegangenen Bratwurst aber nicht auslassen. Wozu er noch keine klare Meinung hatte, war die Frage, wie es mit ihm und seiner Freundin nach dieser Woche weitergehen würde.

Mit dem Lönnroth-Kapitel war er insgesamt zufrieden. Zwar hatte er so gut wie nichts über Gunillas Leben erfahren, außer dass sie sich von Ulf wieder getrennt hatte; aber da er ja keinerlei Fortsetzung plante, waren ihm ihre Lebensumstände mehr oder weniger gleichgültig. Die seinerzeitige Misere war ausreichend diskutiert worden; sie waren beide ganz gut darüber hinweggekommen.

Blieb also noch das Thema Södergren-Rosenkvist. Hier würde er morgen vermutlich noch mehr erfahren, wenn Gunilla und er Lasse Södergren in Tumba besuchten. Warum die Brüder miteinander nicht konnten, war ebenso interessant wie Lasses Meinung zu dem seltsamen Vogel Johan Rosenkvist. Umberto versprach sich von seinen Ratschlägen sogar einen Hinweis darauf, wie der Vogel am besten zu fangen sei.

Er rief Gunilla an; es war kurz vor fünf Uhr. Draußen tobte ein Schneesturm. Sie war gerade mitten in einer heftigen Debatte, deren letzten Teil er mithören konnte. Sie sagte, er solle bleiben, wo er war, sie habe ja kein Auto mit und müsse ohnedies zur Tunnelbana laufen. Es werde aber noch ein paar Minuten dauern. Tatsächlich vergingen zwanzig Minuten, bis sie, in eine Regenjacke eingewickelt und mit hochrotem Gesicht, durch die Türe trat. Gleichzeitig mit ihr war ein weiterer feuchter Mensch mit hereingekommen, der weniger wetterfest gekleidet war und entsprechend zerronnen wirkte, dem Anschein nach ein Inder. Er war sehr erregt und redete heftig auf Gunilla ein. Sie erblickte Umberto, ging auf ihn zu und küsste ihn nass und unkonzentriert, weil sie durch den insistierenden Fremdling abgelenkt war. Sie zog Umberto zum Bahnsteig hinein; der Inder folgte ihnen dicht.

„Das ist Mr. Padu aus Arunachal Pradesh", sagte sie zu Umberto auf Englisch, „und das ist mein Freund", zu Mr. Padu. „Mr. Padu ist mit unserer Forschungstätigkeit über die Wasserkonflikte in seinem Land nicht einverstanden." Umberto hätte weder von einem Inder noch von einer Schwedin ein solches *échauffement* erwartet. Der Inder, der sich bei der intimen Begrüßung Umbertos kurz von Gunilla abgewandt hatte, widmete ihr nun wieder seine volle Aufmerksamkeit und setzte zu einer aufgeregten

Aussage an, die Gunilla aber unterbrach: „Mr. Padu, warten Sie bis Montag, dann ist Mr. Ingvarsson wieder da; ich habe mit der Untersuchung nichts zu tun; das habe ich Ihnen schon dreimal gesagt!“

„Ich habe nicht so viel Zeit, ich muss Ihnen das jetzt sagen – Sie dürfen sich nicht in unsere Angelegenheiten mischen!“ Er fuchtelte mit beiden Händen vor Ihrem Gesicht herum. „Mr. Padu, bitte beruhigen Sie sich“, versuchte Umberto zu deeskalieren, und während der Zug einfuhr, drängte er den gestikulierenden Assamesen ein wenig von Gunilla ab. Der stieg zwar auch in den gleichen Wagen ein, aber setzte sich schmollend ans andere Ende. „Das hättest du nicht tun sollen“, sagte Gunilla, „er fühlt sich jetzt attackiert und ist schwer beleidigt.“ „Er sah aus, als würde er dich gleich ohrfeigen“, rechtfertigte sich Umberto, „aber das nächste Mal musst du mit ihm allein klarkommen.“

Sie schwiegen eine Weile, bis Umberto fragte: „In welches Restaurant werden wir gehen?“ „Ich wollte ins Hurry-Curry gehen, das ist ein indisches Restaurant ganz in der Nähe des Konzerthauses, aber ich weiß nicht, ob ich von Indien für heute nicht schon genug habe“, deutete sie mit einer Kopfbewegung nach hinten zu Mr. Padu. „Vielleicht versöhnt es dich wieder mit Indien“, meinte Umberto, „Wir müssen nur darauf achten, dass uns Mr. Padu nicht auch dorthin folgt.“ Ihm selbst lief beim Gedanken an ein scharfes *bhuna gosht* das Wasser im Munde zusammen; die Wirkung der Bratwurst war völlig abgeebbt.

Am T-Centralen mussten sie umsteigen. Das war ihre Chance. Wie erwartet, stieg auch Mr. Padu aus. Im Stationsgebäude waren zwei Polizisten mit einem zusammengesunkenen Junkie beschäftigt. Gunilla trat an sie heran und fragte nach dem Hurry-Curry; dabei deutete sie in die Richtung des Mr. Padu. Der war plötzlich in der Menge verschwunden. Gunilla bedankte sich für die überflüssige Auskunft und bedeutete Umberto, dass sie jetzt möglichst rasch in das Lokal flüchten sollten.

Bei einem Mango-Lassi berichtete Gunilla von Mr. Padu, der bei der Untersuchung ihres Chefs über die Wasserkonflikte in Assam mitgearbeitet und darauf bestanden hatte, die Schuld an der Misere der indischen Zentralregierung anzulasten; da Bengt Ingvarsson dafür keinen Anhaltspunkt erkennen konnte, habe es schon einmal eine unschöne Auseinandersetzung gegeben. Heute sei Bengt nicht da gewesen, und als Mr. Padu wieder im Institut aufgetaucht sei, habe er nur sie angetroffen und sie zwei Stunden mit irgendwelchen Forderungen und Beschuldigungen genervt. Sie sei daher schon ein wenig erschöpft und wisse gar nicht, ob sie das Konzert durchstehen würde.

Dann fragte sie ihn, wie es bei Meister Södergren gewesen sei. Umberto war erstaunt, dass sie nicht seinen Besuch bei Gunilla Lönnroth als ersten Punkt ansprach. Er hätte ein klein wenig Neugier, wenn schon nicht Eifersucht erwartet. Also kam er nach seinem Rapport über die Katharinenkirche von selbst auf das Thema und meinte etwas verlegen, dass er es für notwendig erachtet habe, seine offenen Fragen mit Gorilla Lönnroth zu besprechen, und ob sie nun deshalb verstimmt sei.

Der Kellner fragte nach ihren Wünschen. Gunilla bestellte ein Spinatgericht mit weißem Käse und sagte dann: „Ich hätte mich sehr gewundert, wenn du nicht zu ihr gegangen wärst; ich hätte dich wahrscheinlich sogar dazu ermuntert, wenn du es nicht getan hättest. Sie hat dir ja wahrscheinlich gesagt, dass sie mich angerufen und nach dir gefragt hat. Wir haben uns eine ganze Weile über dich unterhalten, und sie hat mir ihre Version der Geschichte erzählt. Ich weiß nicht, wie sie früher war, aber jetzt ist sie jedenfalls eine sehr umgängliche Person. Sie hat vor einiger Zeit einen Autounfall gehabt, darum geht sie auch am Stock. Sie ist längere Zeit im Krankenhaus gewesen, aber hat das alles sehr schnell überwunden, aber das wird sie dir ja auch erzählt haben."

Umberto war von dieser Mitteilung betroffen; er hatte in ihrer Wohnung nur bemerkt, dass sie etwas hinkte, aber da sie zu Hause keinen Stock verwendete, hatte er diesen Umstand nicht mehr angesprochen; wieder fiel ihm Parzival ein. Gunilla Lönnroth war zwar nicht so siech wie König Amfortas, aber fragen hätte er trotzdem sollen, nicht nur nach dem Grund ihrer Behinderung, sondern überhaupt nach ihrem Leben.

Andererseits kam es ihm vor, als stünde er unter Beobachtung, offenbar war er in Schweden schon zu einem Gesprächsthema geworden. Und was Frau Lönnroth da über ihn erzählt hatte, beschäftigte offenbar doch auch seine jetzige Gunilla. „Sie hat erwartet, dass du mit ihr etwas ausführlicher über alles redest, was zwischen damals und jetzt war, und war etwas enttäuscht, dass du so schnell wieder fortgegangen bist."

Daraus schloss Umberto, dass sich die beiden Gunillas nach seinem Abgang aus der Katarina Bangata nochmals telefonisch ausgetauscht hatten, und er fühlte sich in seinem Argwohn bestätigt. „Ich bin ein bisschen überrascht, dass ich da zum Diskussionsthema geworden bin; ich wusste nicht, dass du ein so vertrautes Verhältnis zu Gunilla Lönnroth hast." Der scherzhafte Klang, den er diesem Satz unterlegen wollte, drang nicht durch; Gunilla legte ihre Hand auf seine und sagte: „Hoffentlich bist du nicht böse auf mich; ich habe ja auch nichts dagegen, dass du am Abend mit mir im Bett liegst und dich untertags mit anderen Frauen triffst." Das war nun auch freundlich-ironisch gemeint, aber es kam bei Umberto nicht so an; irgendwie gelang es ihnen nicht, das richtige Gesprächsklima aufzubauen. Während der restlichen Zeit am indischen Tisch wurde es ziemlich einsilbig. Zum Schluss saßen sie einander bei je einer Tasse Masala Chaya schweigend gegenüber.

Umberto verlangte die Rechnung und befürchtete schon, dass Gunilla ihm die Hälfte des Betrages über den Tisch schieben würde, wie ihre Stimmung im Augenblick war. Aber das tat sie doch nicht. Er hätte nichts dagegen gehabt, das Konzert auszulassen, und hatte den Eindruck, dass Gunilla auch lieber ins Bett gegangen wäre. Dass sie dann untergehakt hinüber zum Konzerthaus gingen, hatte eher etwas mit der unfreundlichen Witterung zu tun als mit dem Wunsch nach Körperkontakt. Vorm Eingang des Konzerthauses war es Umberto, als hätte er unter den Passanten wieder Mr. Padu gesehen; Gunilla, die in dieselbe Richtung blickte, machte keine entsprechende Bemerkung, und so sagte er auch nichts.

Mozarts vierzigste Symphonie in g-Moll wurde sehr weich und schmiegsam gespielt; während des zweiten Satzes sah Umberto, wie Gunillas Kopf manchmal vornübersank und sie ihn mit einer entschlossenen Bewegung wieder aufrichtete. Auch er hatte Mühe, selbst im Schlusssatz, wach zu bleiben. Im wortlosen und lächelnden Einverständnis gingen sie in der Pause zur Garderobe und vor Brittens Serenade für Tenor, Horn und Streicher hinaus in die kalte und jetzt wieder klare Luft des Hötorget.

Von hier zu Gunillas Wohnung war es nur zwei oder drei Gassen weit. Sie redeten nicht viel, aber nun war es keine Verstimmung, sondern Einigkeit darüber, dass man heute allenfalls noch einen Schlummertrunk zu sich nehmen. Ganz so schnell ging es aber dann doch nicht.

Als sie sich mit einem heißen Tee aufwärmten, wollte Umberto noch etwas wissen. „Du und die andere Gunilla, ihr seid gut miteinander befreundet? Ich habe nicht die leiseste Irritation bei dir darüber bemerkt, dass ich zu ihr gegangen bin, ohne dir etwas davon zu sagen, und ihr habt anscheinend jeden meiner Schritte gemeinsam analysiert."

Gunilla nippte an ihrem Tee, blickte in Gedanken irgendwohin und lächelte. „Dass wir miteinander ins Bett gehen, heißt ja nicht, dass ich einen alleinigen Anspruch auf dich habe. In ein paar Tagen wirst du wieder in Wien sein, vielleicht werden wir hie und da etwas voneinander hören, aber ich muss ja dann auch sehen, wie ich ohne dich zurechtkomme."

Umberto hatte erwartet, dass sie nun sagen würde, dann muss ich mir jemanden anderen fürs Bett suchen, aber so klang das viel netter. Und Gunilla setzte fort: „So oft sind sie und ich gar nicht in Kontakt, aber das war ja nun wohl ein Anlass, um miteinander zu reden. Und dass du sie besuchen würdest, war ja wirklich nicht schwer zu erraten. Ich glaube auch, dass das nicht das letzte Mal war, dass du mit ihr zusammentriffst."

Die zarte Distanzierung von ihm, die er aus Gunillas Worten heraushörte, war ihm genaugenommen nicht unangenehm. Sie würde den unvermeidlichen Abschied von ihr erleichtern. Wenn es auch mehr war als ein flüchtiges Abenteuer, so entsprach es doch eher seiner Einstellung, dass sich hier ein Ausweg ins Unverbindliche auftat; eine Katastrophenstimmung würde bei seiner Heimreise nicht aufkommen. Aber was meinte sie mit einer weiteren Begegnung mit Gunilla 1?

„Weißt du irgendetwas, wovon ich nichts weiß?", fragte er sie. „Nichts Konkretes", antwortete sie, „aber ich habe den Eindruck, dass die Sache für sie noch nicht abgeschlossen ist. Du bist zu schnell von ihr weggegangen – ich sage das, auch wenn ich dich von ihr weggelockt habe. Aber ich muss sagen: Es hat mir gut getan, dass du gleich nach Frescati gekommen und nicht bei ihr geblieben bist."

„Hast du ihr berichtet, dass ich bei dir wohne und mit dir schlafe?", fragte Umberto, denn jetzt, da Gunilla so offen über ihre Gefühle sprach, wollte er es genau wissen. „Du willst es jetzt wirklich genau wissen", sagte sie; es war wie ein Echo seiner Gedanken. „Dass du mir sehr sympathisch bist und bei mir wohnst, habe ich ihr gesagt, und den Rest kann sie sich dazu denken, glaube ich. Sie hat mich nicht verhört, und ich habe ihr keine Einzelheiten erzählt. Aber jetzt brauche ich eine Dusche." Sie stand auf, berührte kurz seine Schulter und verschwand im Bad. Ob das eine Aufforderung sein sollte, ihr zu folgen, wusste er zwar nicht, aber er beschloss, es so zu verstehen.

Die Dusche war groß genug für beide, und so kam es, wie es kommen musste. Sie trockneten nachher einander ab und fielen zwei Minuten später ins Bett. Ihre Körper erinnerten sich wieder daran, dass sie vorher schon viel zu müde für irgendwelche Anstrengungen waren (sogar für eine Serenade von Benjamin Britten), und nach weiteren zwei Minuten schliefen sie beide tief und traumlos.

So hatte er sich seine Mission nicht vorgestellt. Keuchend saß er auf einer Bank am Donaukanal und ließ seine Augen kreisen wie ein Schiffsradar, um allfällige Verfolger auszumachen. Bisher war so gut wie alles schiefgegangen – die Auserwählten wollten oder konnten seine Ideen nicht verstehen, sein einziger Verbündeter lag im Krankenhaus, die Rauschmittel hatte er verloren oder zerbrochen, seine Identität war bekannt und wahrscheinlich suchte ihn schon die schwedische und die österreichische Polizei. Im Augenblick war ihm zum Heulen zumute.

Ein Strotter schlurfte daher, behängt mit allerlei Plastikbehältern, in denen er sein ganzes Hab und Gut mit sich führte. Er ließ sich schnaufend am anderen Ende der Bank nieder und begann, als er wieder zu Atem kam, sein Mitgebrachtes zu sortieren. Ein paar Mal blickte er irritiert zu ihm herüber und brummte schließlich, „Du stinkst mir zu viel." Er erhob sich mühsam, klaubte seine Habseligkeiten zusammen und trottete zur übernächsten Parkbank weiter.

Dass die Leute um ihn herum die Nase rümpften, daran war er gewohnt. Der Strotter roch auch nicht besser als er, aber fühlte sich von ihm trotzdem abgestoßen. Seit seiner Jugend litt er an Bromhidrose. Die Menschen machten alle einen großen Bogen um ihn, in der Schule hatte er immer Verbände um die Schultern, um den Geruch zu dämpfen; dennoch war er das Gespött seiner Kameraden. Er saß in der Klasse immer abseits. Seine Eltern hatten ihn mit verschiedenen Kräutertinkturen eingerieben, was aber nur zu einem noch schwerer erträglichen Mischgestank führte.

Er war nie sehr gesprächig gewesen. Während seines Studiums wurde er von den meisten seiner Kommilitonen gemieden und geriet daher bald in völlige Isolation. Einmal näherte sich ihm ein dickliches Mädchen und versuchte mit ihm eine Konversation anzufangen, Körpergeruch hin oder her; sie hatte gewiss Mitleid mit ihm. Obwohl ihm das nicht behagte, ließ er sie eine Weile gewähren; es entstand nach ein paar Tagen bei beiden so etwas wie eine vage Zuneigung. Das ging so lange gut, bis er eines Tages zufällig mithörte, wie sie mit einem anderen Mädchen über ihn redete und ein paar spöttische Bemerkungen über ihn machte. Da trat er hinter dem Bibliotheksregal hervor und beschimpfte sie mit recht üblen Worten vor ihrer Freundin, die ihrerseits seinen Schweißgeruch und seine sonstige Unappetitlichkeit mit starken Ausdrücken kommentierte. Damit waren seine Erfahrungen als soziales Wesen abgeschlossen; den Rest des Studiums verbrachte er in Abgeschiedenheit und hörte auch auf, nach weiteren Remedien für sein Leiden zu suchen. Im Gegenteil, er empfand es als Schutz gegen Kontakte aller Art und ließ zeitweise sogar das Waschen sein, um die Wirkung seiner Geruchshülle noch zu verstärken.

In einem Wald etwas außerhalb von Uppsala hatte er auf einer Lichtung eine kleine Hütte gefunden. Der Bauer, dem die Wiese gehörte, ließ ihn dort wohnen und legte sogar eine Stromleitung zu der Hütte. Mehr als eine Nachttischlampe brauchte er ja nicht. Er wusch sich nun wieder regelmäßig, und zwar im nahegelegenen See. Etwa eine Stunde lang hielt der Wohlgeruch vor, bis seine Schweißdrüsen wieder aktiv wurden. Mit einem kleinen Auto fuhr er regelmäßig in die Stadt, besorgte das Notwendigste, darunter auch ein kuttenähnliches Gewand, das zu seiner Normalbekleidung wurde. In diesem Gewand verbrachte er sogar zwei Semester in Göttingen, schrieb seine Doktorarbeit über das gotische Schrifttum und legte seine Schlussprüfungen ab.

Längst war er an der Universität als Original bekannt, dem man sich besser nicht allzu sehr näherte. Auch die mündlichen Prüfungen dauerten weniger lang als üblich. Die Qualität seiner Arbeiten war aber unbestritten, und so bekam er trotz seiner sonderbaren Erscheinung sogar einen Lehrauftrag. Er beschäftigte sich im Zusammenhang mit der Wulfila-Bibel auch mit den schwedischen und anderen Mystikern und kam so auf die Rosenkreuzer, die sich ja auch als geistige Abkömmlinge der mittelalterlichen Mystik verstanden.

In seiner Freizeit durchstreifte er die Wälder von Uppland und manchmal auch weit darüber hinaus; bei einer wochen-, ja monatelangen Wanderung, die ihn bis an den Torneträsk im nördlichen Lappland führte, hatte er – noch vor seinem Studienabschluss – das sonderbare Pärchen Marie und Peter getroffen. Sie nahmen ihn sehr freundlich auf; aus der Unterhaltung mit ihnen nahm er einige Notizen mit, darunter die Adresse des Hugo Hummel. Trotzdem war er froh, als sich zwischen den beiden und ihm die Wälder wieder geschlossen hatten.

Persönlich traf er mit Peter erst wieder zusammen, als der nach vielen Jahren schwerkrank in Linköping lag. Es war nur eine kurze Begegnung im Krankenhaus, und danach war Peter plötzlich verschwunden. Erst nach ein paar Wochen stellte sich heraus, dass er im Vättersee Selbstmord begangen hatte. Über den behandelnden Arzt kam man auch auf ihn und fragte ihn, ob er etwas Näheres über den Dahingeschiedenen wisse. Er fühlte sich aber nicht veranlasst, irgendwelche Auskünfte zu geben, und soweit er wusste, verloren sich die Spuren im Nebel, zumal man zwar eine Reisetasche mit seinem Namen in einem Linköpinger Hotel, nicht aber seine Leiche im See gefunden hatte, obwohl der gar nicht so tief war.

Ungefähr um diese Zeit versuchte er bei den Rosenkreuzern Fuß zu fassen. Seine Auftritte an der Universität ließen ihm Zeit genug für Besuche beim Lectorium Rosicrucianum. Die feierliche und langsame Art, wie man dort zu den letzten Erkenntnissen zu kommen glaubte, war ihm aber im Grunde zuwider. Beim AMORC war es ähnlich. Bei beiden Institutionen bot er an, bei der Versendung der Monographien, also der Lehrbriefe, mitzuhelfen und war sehr irritiert, als man sie ihn zwar in die Briefumschläge stecken ließ, aber ihm den Einblick in die

Schriften mit dem Hinweis verwehrte, dass er dafür die höheren Weihen brauchte, sonst würde er sie nicht verstehen und nur Verwirrung stiften. Dass er sich damit nicht zufriedengab, verstand sich von selbst. Wann immer er Gelegenheit hatte, stöberte er in den Schriften; damit zog er sich den Unwillen der anderen Rosenkreuzer zu, krachte ein paarmal mit ihnen zusammen und verließ im Unfrieden die Tempel. Beim letzten Zusammenstoß in Eksjö borgte er sich ein bisschen Geld aus der Kasse aus, das er für die Reise nach Wien brauchte.

Schon vorher hatte er seine Kontakte zu Hugo Hummel reaktiviert. Der verwies ihn wieder einmal auf die bewusstseinserweiternden Eigenschaften seiner Drogen, die er aus Südamerika mitgebracht hatte, und nannte ihm außerdem ein paar Versuchspersonen verschiedener Provenienz mit Name, Anschrift und E-Mail-Adresse, an denen man das einmal ausprobieren sollte. Er habe seine Mittel schon an sich selbst angewandt und das als angenehm empfunden, auch wenn man Nebenwirkungen nicht ganz ausschließen könne.

Das Briefpapier, das er aus Onsala und Eksjö mitgenommen hatte, verlieh der Aktion einen offiziellen Anstrich. So schickte er seine Briefe und E-Mails nach Wien, Großhöniggraben und Hornstein und setzte sich in das nächste Flugzeug nach Österreich. Dass er seine Sitznachbarn durch seine Ausdünstung irritierte, war ihm gleichgültig. Die Flugbegleiterin versprühte ein paarmal ein Parfum in der Kabine.

In Wien holte ihn Hummel mit einem alten Volkswagen ab und brachte ihn zu einer Art Jugendherberge in Favoriten, wo man billig nächtigen konnte. Hummel empfahl ihm, sich ausdauernd zu duschen. Den Volkswagen ließ er ihm zu seinem Gebrauch da. Eigentlich war ihm Hummel mehr im Wege, weil er im Grunde nicht verstand, worauf es ankam. Aber er hatte ihm immerhin ein Quartier, ein Auto und die Versuchspersonen besorgt, und die Drogen hatte er auch. Leider war die Versorgung damit gründlich schiefgegangen. Dass in der Nacht an Hummels Haus plötzlich zwei Figuren aufgetaucht waren, die noch dazu seinen Namen kannten, damit war nicht zu rechnen. Er hatte jetzt nur mehr ein ganz kleines Fläschchen aus dem Hummelschen Fundus bei sich, von dem er nicht einmal wusste, ob es das gleiche Mittel war wie in den großen Gebinden, die er bei der Flucht hatte fallen lassen. Das Fläschchen, das er in einer der vielen Taschen seiner Kutte untergebracht hatte, war beim Sprung aus dem Fenster unversehrt geblieben. Aber er erinnerte sich, dass in Hummels Keller noch weitere Behältnisse standen; die wollte er um jeden Preis haben.

Er war so in seinen Gedanken versunken, dass er nicht wahrnahm, wie sich ihm zwei Polizisten näherten. Die zusammengesunkene Gestalt in dem sonderbaren Gewand, die da an einem unfreundlichen Novembervormittag auf einer Parkbank kauerte, war ihnen aufgefallen. Sie fragten ihn, ob es ihm gut gehe, und da er trotz seines Schocks (er sah sich schon in einer Gefängniszelle) ein leises „Ja – alles in Ordnung" herausbrachte, schüttelten sie bloß den Kopf und gingen weiter.

Nach ein paar Metern blieben sie stehen und sprachen miteinander. Einer von ihnen (er bemerkte erst jetzt, dass es eine Frau war) kam wieder auf ihn zu. Einen Augenblick lang wollte er aufstehen und wegrennen, aber das wäre wohl das Dümmste gewesen, was er nun hätte tun können. „Können Sie sich ausweisen?", fragte die Polizistin. Er hatte nicht nur einen Reisepass, sondern auch seinen Universitätsausweis aus Uppsala bei sich, aus dem zu erkennen war, dass er dort eine Dozentur hatte. Beides offerierte er ihr. In beiden Papieren waren Fotos von ihm in dem Mönchsgewand enthalten. Sie schaute sie sorgfältig an, blickte ein paar Mal zwischen den Fotos und ihm hin und her und ging dann damit zu ihrem Kollegen, der in einigen Metern Entfernung den Vorgang beobachtet hatte. Er betrachtete die Ausweise auch genau, nahm ein Mobiltelefon heraus und sprach etwas hinein, was nicht zu verstehen war. Sie schrieb einstweilen Daten aus dem Reisepass auf einen Zettel. Nach zwei Minuten, in denen er anscheinend auf eine Auskunft wartete, nickte er ins Telefon hinein, zuckte die Schultern, und die Polizistin brachte die Papiere zurück. „Geben Sie Acht, dass sie sich nicht verkühlen", meinte sie. Er rang sich nun sogar ein Lächeln ab, dankte ihr und blieb sicherheitshalber noch sitzen.

Er wischte sich den Angstschweiß von der Stirne, der sich mit dem einsetzenden Nieselregen zu vermischen begann, und marschierte dann im Geschwindschritt zu seinem VW-Käfer zurück, den er in einer Seitengasse des zweiten Bezirkes abgestellt hatte. Dass er nun einen Strafzettel wegen Missachtung der Kurzparkzone hinter dem Scheibenwischer vorfand, kümmerte ihn wenig, denn den Eigentümer des Fahrzeugs würden sie ohnedies nicht finden. Er nahm das Papier, zerknüllte es und stopfte es in die enge Öffnung eines Kanalgitters.

Im Wagen bemerkte er, wie er am ganzen Leib zitterte. Er schloss die Augen und versuchte seine Ruhe wiederzufinden. Immerhin hatte er ja noch Verschiedenes zu erledigen; zuerst würde er nochmals Hummel im Krankenhaus aufsuchen und ihn mit Nachdruck zur Herausgabe der Schlüssel bewegen. Dann würde er versuchen, sich weiteren Stoff aus Hummels Keller zu besorgen. Und schließlich würde er eine der Personen von Hummels Liste noch einmal in die Transzendenz versetzen. In Betracht kamen Ifkovits und Frau Merz, der Rothschedl war ihm derzeit zu riskant. Früher oder später würde er sie wieder zu einer, zu seiner, Truppe formieren und schicksalhaft zusammenschweißen. Es war seine Aufgabe geworden, diese Menschen zu einem höheren Bewusstsein zu führen. Eine Zeile aus der Wulfila-Bibel trat mit Macht in sein Bewusstsein: „*Ni hugjaiþ ei qemjau gatairan witoþ aiþþau praufetuns; ni qam gatairan, ak usfulljan.* – Denkt nicht, ich sei gekommen, um das Gesetz und die Propheten zu zerstören. Ich bin nicht gekommen, um zu zerstören, sondern um zu erfüllen." Wieso verstanden die anderen das nicht?

Das war sein Gesetz, und das musste er erfüllen, um jeden Preis. Er war nicht Gott, aber ohne Zweifel sein Werkzeug. Früher oder später würden das alle anderen auch so sehen. Und keine Polizei würde ihn daran hindern können.

Gerade, als er sich so wieder zusammenrappelte, klopfte jemand ans mittlerweile völlig beschlagene Fenster. Er schrak zusammen, wischte mit dem Kuttenärmel die Tropfen weg und erkannte zu seinem Entsetzen die Polizistin, die ihn am Donaukanal angehalten hatte. Wieder dachte er an Flucht, aber das war nun aussichtslos. Auch ihr Kollege war wieder dabei und telefonierte schon wieder.

„Herr …", sie blickte auf ihren Zettel, „… Rosenkvist, ich muss Sie leider bitten, mit uns zu kommen. Sie fahren mit einem Auto, das nicht zugelassen ist. Wir müssen die Sache aufklären. Bitte steigen Sie aus." Ein Wagen mit Blaulicht hielt neben seinem Volkswagen. Als er reflexartig in seine Taschen griff, fiel ihm das Fläschchen aus Hummels Keller in die Hände; blitzartig ließ er es unter dem Fahrersitz verschwinden – notfalls könnte er sagen, dass er davon nicht gewusst hatte. Die Scheiben waren so angelaufen, dass die Ordnungshüter diese Aktion sicher nicht bemerkt hatten.

Die Polizei musste ihm irgendwie nachgegangen sein, zu dumm, dass ihm das nicht aufgefallen war. Er stieg in den Blaulichtwagen, die Beamten verzogen das Gesicht, aber sagten nichts. Den Schlüssel von Hummels altem Auto hatte er abgeben müssen. Zehn Minuten später befand er sich in einer Zelle des Polizeiquartiers und beschloss, überhaupt nichts mehr zu sagen und den Verständnislosen zu spielen.

UNRUHE IM KOMMISSARIAT

Der Abend dämmerte, als Johan Rosenkvist ins Polizeikommissariat Brigittenau eingeliefert wurde. Die leitenden Beamten waren schon heimgegangen oder im Aufbruch begriffen. Der Angehaltene Rosenkvist leistete keinen Widerstand, als er fürs Erste in die Zelle gebracht wurde. Die zwei Beamten, die ihn geleiteten, waren froh, als sie den „stinkenden Mönch“, wie sie ihn unter sich benannten, losgeworden waren. Seine Papiere hatten sie ihm mit dem Versprechen abgenommen, sie ihm nach ihrer Kontrolle wieder auszuhändigen. Dazu gehörten der Reisepass, der Universitätsausweis, ein schwedischer Führerschein, ein broschiertes Buch mit dem Titel „Die Chymische Hochzeit des Christian Rosencreutz“ und etliche Zettel mit unklaren Aufzeichnungen. Etwas Geld war auch dabei. Vorsichtshalber hatten sie ihn auch in ein Röhrchen blasen lassen, aber ohne positives Ergebnis. Der Mönch roch zwar schlecht, aber nicht nach Alkohol. Seit seiner Festnahme hatte er nichts mehr gesagt und auf Anfragen nichts geantwortet, obwohl er vermutlich alles verstand, wie die Revierinspektorin Novacek versicherte. Sie war es, die ihn als Erste angeredet hatte und mit auf die Dienststelle gekommen war. Sein Schweigen nahm die Polizisten nicht für ihn ein. Das sichergestellte Buch legte immerhin den Schluss nahe, dass er des Deutschen kundig war.

Ratlosigkeit entstand darüber, wie man mit einem schwedischen Dozenten, der wie ein Strotter aussah und einen Uralt-Wagen ohne Zulassung fuhr, umgehen solle. Revierinspektorin Novacek schlug vor, ihn erst einmal in die Dusche zu schicken und mit einem provisorischen Gewand auszustatten. Bezirksinspektor Hebenstreit, den man gerade noch erwischt hatte, als er eben den Heimweg antreten wollte, war der ranghöchste Anwesende; er trat an die Zelle mit dem sonderbaren Insassen heran und fand die Idee nach kurzem Luftholen gar nicht übel.

Also brachte man Rosenkvist zum Duschraum, wies auf das mitgebrachte Gewandpaket und bedeutete ihm halb verbal, halb pantomimisch, er möge sich säubern und seine Kleidung wechseln. Sogar Shampoo, einen Kamm und Rasierutensilien stellte man ihm zur Verfügung. Ein Beamter nahm seine Kutte mit und untersuchte noch einmal ihre zahlreichen Taschen. Dabei fiel ihm die Schlüsselkarte eines Hotels in Favoriten in die Hände. Auf ihrer Rückseite waren einige Telefonnummern vermerkt; er nahm sich vor, sie zu überprüfen.

Als Rosenkvist eine Viertelstunde später aus dem Waschraum kam, sah er ganz manierlich aus. Die Hose war zwar zu lang und schlabberte ein wenig über den sandalenartigen Schuhen, die man ihm gelassen hatte. Er fühlte sich nicht wohl in den neuen Kleidern, das war unschwer zu erkennen. Der vorige Gestank war einem erträglichen, wenn auch noch immer etwas strengen Hautgout gewichen. Im Grunde, so dachte die Revierinspektorin, ist er ganz attraktiv. Sie ertappte sich dabei, wie sie ihn anlächelte. Sein Blick war aber in die Ferne gerichtet; er sah durch sie hindurch, wie ihr schien, und bemerkte ihre Freundlichkeit überhaupt nicht.

Bezirksinspektor Hebenstreit seufzte; er hätte eigentlich nun bald daheim sein müssen. Da er sich mit seiner Gattin derzeit aber nicht besonders gut verstand, nahm er die Gelegenheit zu längerem Ausbleiben wahr und setzte sich in einem Nebenraum mit Rosenkvist und Frau Novacek an einen Tisch. Einen jüngeren Exekutivbediensteten hatte er vorsichtshalber bei der Türe postiert.

„Herr Rosenkvist“, begann er, „Sie wissen, warum Sie hier sind?“ Sein Gegenüber blickte ihn ausdruckslos an und sagte nichts. „Ich nehme an, sie sprechen Deutsch.“ Keine Reaktion. Hebenstreit und Frau Novacek sahen einander an; Frau Novacek sagte: „Am Donaukanal haben Sie noch reden können, und jetzt haben Sie die Sprache verloren?“

Rosenkvist grinste plötzlich; und er sprudelte los: „*Atsaihviþ armaion izwara ni taujan in andwairþja manne du saihvan im; aiþþau laun ni habaiþ fram attin izwaramma þamma in himinam. Þan nu taujais armaion, ni haurnjais faura þus, swaswe þai liutans taujand in gaqumþim jah in garunsim, ei hauhjaindau fram mannam; amen qiþa izwis: andnemun mizdon seina. Iþ þuk taujandan armaion ni witi hleidumei þeina, hva taujiþ taihswo þeina …*“

„Herr Rosenkvist – Herr Rosenkvist! Ich spreche kein Schwedisch. Hätten Sie die Güte, deutsch zu reden!“, rief Hebenstreit entnervt. Rosenkvist lachte maliziös und sagte, „*Det var inte svenska, det var gotiska, och det var bergspredikan, du dummerjöns!*“

Der Bezirksinspektor sprach zwar kein Schwedisch, aber war sicher, dass zumindest der letzte Teil der Rede den Tatbestand der Beamtenbeleidigung erfüllte – wenn er ihn bloß verstanden hätte. Zu dem Polizisten an der Tür sagte er, so leidenschaftslos, wie es ihm im Augenblick möglich war: „Abführen. Abführen!“

„Eine Nacht da drinnen bringt ihn vielleicht wieder auf gleich“, sagte er zu Frau Novacek, „und mich auch – jetzt fahre ich nach Hause.“ Und er verließ das Verhörzimmer, „Oder sonst wo hin“, feixte die Revierinspektorin, die schon miterlebt hatte, wie Frau Hebenstreit ihrem Gatten eine Szene machte. Sie hatte heute Nachtdienst bis zwölf Uhr und konnte daher nicht fort von hier. Ein Kaffee aus dem Automaten würde ihr Schicksal erleichtern. Das Gebräu schmeckte nicht gut, aber es würde sie eine Weile wachhalten. Ein paar Minuten saß sie mit ihrem Pappbecher da und fragte sich, was für ein Mensch der Schwede wohl sei.

Sie holte sich die Schachtel mit Rosenkvists Habseligkeiten und betrachtete die Ausweise; auf den Fotos war er stets in seiner Kutte abgebildet. Der Mann hat kein anderes Gewand, oder er ist wirklich so etwas wie ein Mönch, dachte sie. Ein Sonderling mit Beziehungsstörungen – mit Frauen schien er nichts anfangen zu können. Jedenfalls hatte er sie als Frau so völlig ignoriert, etwas, woran sie nicht gewöhnt war. Sie wusste, dass sie sehr hübsch war, selbst wenn sie in ihrer Uniform steckte, mit dem unförmigen Gürtel, an dem die Pistole und sonst allerlei Zeug hing, und der Kappe, die immer ihre Frisur aus der Fasson brachte. Ein paar Mal hatten Kollegen Bemerkungen über ihre Weiblichkeit gemacht, die meist eher lächerlich als schmeichelhaft waren, aber richtig zudringlich war noch nie einer geworden. Die Kommentare parierte sie meist derart, dass es die meisten Männer in ihrer Umgebung vermieden, sie ein zweites Mal anzugehen. Einmal hatte sie einen rabiaten Aufgegriffenen, der schon zwei männliche Ordnungshüter ins Out befördert hatte, mit wenigen gezielten Bewegungen außer Gefecht gesetzt, was ihr allgemeinen und nachhaltigen Respekt im Kollegenkreis verschaffte. Außerdem war bekannt, dass sie mit einem Polizisten eines anderen Kommissariats liiert war.

Sie nahm das Buch zur Hand, das Rosenkvist in seinem Gewande verborgen hatte, und blätterte darin. Die Geschichte war in sieben Tage eingeteilt, sie klang wie ein Märchen in Ich-Form und erinnerte Nadja Novacek im ersten Eindruck an ihre Kindheit. Da sonst gerade nichts anfiel, begann sie das eigenartige Werk zu lesen und fand es ganz nett. Was der zottige Mönch damit zu tun hatte, erschloss sich ihr nicht; freilich hatte sie das Gefühl, dass sich die Verbindung von Christian Rosencreutz und Johan Rosenkvist polizeilichen Amtshandlungen entzog. Wenn Rosenkvist nicht in dem dubiosen Oldtimer gesessen wäre, gäbe es ja überhaupt keinen Grund für seine Anhaltung. Insgesamt verstärkte sich in ihr der Eindruck, dass man sich mit dem Zelleninsassen mehr Probleme aufhalste, als es die ganze Angelegenheit wert war.

Mittlerweile musste Rosenkvist schon hungrig geworden sein, dachte sie. Ich werde einmal nachsehen, wie es ihm geht. Sie sollte ihren Posten ja nicht verlassen, aber in den paar Minuten würde schon nichts passieren. Aus dem Automaten holte sie heißen Tee und zwei Sandwiches und ging in den Zellentrakt hinüber. Dem Wachhabenden ersuchte sie, ihr den Zugang zu Rosenkvist zu öffnen. Er kauerte auf dem spartanischen Bett und stank fast so stark wie vor der Dusche. Sie stellte ihm die Nahrung auf den Tisch und fragte: „Dieses Auto gehört ja nicht Ihnen, woher haben Sie es denn? Wenn Sie mir das erklären können, sind Sie wahrscheinlich morgen Früh wieder draußen."

Rosenkvist begann wieder in seiner unverständlichen Sprache etwas daherzubrabbeln: *„Þanuh atberun du imma usliþan ana ligra ligandan. Jah gasaihvands Iesus galaubein ize qaþ du þamma usliþin: þrafstei þuk, barnilo! afletanda þus frawaurhteis þeinos."* Nada Novacek verstand nur das Wort „Jesus"; ein religiöser Spinner also, so etwas hatte sie schon nach der Lektüre seines Buches vermutet. Sie zuckte die Schultern und wandte sich zur Tür. Als sie klopfte, um hinausgelassen zu werden, sagte Rosenkvist plötzlich in völlig klarem Deutsch: „Ein Bekannter hat es mir geborgt. Danke für das Essen."

„Es geht ja doch", sagte sie. „Wie heißt der Bekannte?" „Hugo Hummel." „Und wo wohnt er?" „In elfvierzig Wien, mehr weiß ich nicht." „Das kriegen wir schon heraus." „Warum sind Sie in Wien?" „Ich wollte ihn besuchen, aber jetzt ist er nicht zu Hause." „Wo ist er denn?" „Ich glaube, im Krankenhaus."

Seine Angaben waren reichlich konfus, aber nun hatte sie ja zumindest einen Anhaltspunkt, was das Auto betraf. Morgen würden sie und ihre Kollegen ein paar Nachforschungen anstellen und ihn dann laufen lassen. Jetzt musste sie rasch aus der Zelle heraus, bevor ihr die Luft wegblieb. Sie setzte in ihrem Dienstzimmer an den Computer und hatte in ein paar Minuten die Adresse und den Beruf des Hugo Hummel festgestellt. Vermutlich wollte Rosenkvist irgendetwas in der Nationalbibliothek suchen; das war auch kein Delikt. Sie griff nach den Zetteln, die in Rosenkvists Schachtel lagen. Eine der Telefonnummern kam ihr bekannt vor. Da stand: „W.R.", daneben eine niederösterreichische Nummer und die Nummer einer Behörde in Wien. Zwei Minuten später wusste sie, dass es sich um Dr. Wolfram Rothschedl handelte, der in Großhöniggraben wohnte und Sektionschef im Bildungsministerium war. Solche Bekannte waren ein Grund mehr, den Rosenkvist bald wieder loszuwerden. Sie machte ein paar Notizen und legte sie dem Bezirksinspektor in seine Ablage.

Kurz vor zwölf kam ihre Ablöse, ein junger Kollege, der die zweite Nachthälfte hier ausharren musste. Sie informierte ihn kursorisch über die Ereignisse des Abends und ging dann zu ihrem Wagen in der Dienstgarage. Vorher rief sie ihren Freund, den Revierinspektor Kurt Schörghuber, an, der irgendwo in West-Wien Streife fuhr und erst am Morgen nach Hause kommen würde. Aber sie war nun zu müde, um lange mit ihm zu plaudern; das hatte auch bis morgen Zeit. Jetzt brauchte sie nur mehr ein Bett, in dem sie vielleicht von Christian Rosencreutz' Abenteuern träumen würde. Leider war sie nur bis zur Hälfte der Geschichte gekommen; sie nahm sich vor, den Rest auch noch zu lesen, sobald sie ein Exemplar des Werkes ergattern könnte.

Und so kam es, dass Johan Rosenkvist am nächsten Morgen, als der Bezirksinspektor Hebenstreit wieder amtierte, seine Nachtgewänder gegen seine Kutte tauschte, eine kleine Strafe für die Inbetriebnahme eines nicht zugelassenen Fahrzeugs zahlte, sogar noch einen Kaffee im Pappbecher trinken durfte, seine Siebensachen gegen Empfangsbestätigung ausgehändigt bekam und sodann eilends das Weite suchte. Hebenstreit hatte nicht einmal nachgefragt, wieso er nun des Deutschen wieder mächtig war. Im Favoritner Hotel hatte er bald darauf ausgecheckt, wie ein Anruf dort ergab, und war somit sozusagen untergetaucht. Da sich die Ermittlungen zum unangemeldeten Auto auf den genannten Hummel verlagern würden, wäre Rosenkvist im Kommissariat Brigittenau bald in Vergessenheit geraten.

Wenn sich da nicht Nadja Novacek gemeldet hätte. Die hatte zwar heute frei. Aber als der Bezirksinspektor eben den Dienstplan für das Wochenende durchsah, erhielt er einen Anruf von ihr. „Habt ihr den Rosenkvist noch bei euch?“, fragte sie. Als Hebenstreit verneinte, ließ sie einen leisen Fluch los und sagte: „Da steckt doch mehr dahinter, als wir geglaubt haben. Vorigen Sonntag war der Kurt zu Besuch bei einem Kollegen in Ottakring. Der hat ihm eine wilde Geschichte erzählt. Angeblich ist der in einem Haus in der Malzgasse mit irgendeinem Rauschmittel betäubt und dann wieder ausgesetzt worden; dazwischen hat er irgendwelche Visionen von einer anderen Welt gehabt.“

Hebenstreit seufzte wieder. „Was ist denn das für ein Schauerroman, und was hat Rosenkvist damit zu tun? Malzgasse – ist das nicht dort, wo die Rechtsradikalen die Ausstellung aufgemischt haben?“

„Ob das damit etwas zu tun hat, weiß ich nicht. Jedenfalls hat mir Kurt von einem alten Volkswagen mit der Nummer W 4.005 erzählt. Mit dem soll einer der Täter herumgefahren sein. Und in der Malzgasse gibt es einen Verein für Geistigkeit oder so ähnlich, wo sich die Sache mit dem Narkotikum abgespielt haben soll.“

„Hat da nicht die Feuerwehr erst gestern einen Bericht geschickt, dass sie jemanden in der Malzgasse vom Fensterbrett herunterholen mussten? Wo ist der Zettel bloß?“ Der Bezirksinspektor kramte auf seinem Schreibtisch. „Ah ja – ‚Feuerwehreinsatz in Malzgasse 19. Bla – bla – bla … Die Person wurde mittels eines Sprungtuches von einem Fenster gerettet, dessen Läden nach innen verschlossen waren, und wegen einer Schnittverletzung mit der Ambulanz in das Unfallkrankenhaus gebracht. Es handelte sich um Dr. Wolfram Rothschedl, Sektions …“ Hebenstreit unterbrach seine Vorlesung, weil Nadja Novacek am anderen Ende der Leitung einen Schrei ausgestoßen hatte: „Sagtest du ‚Rothschedl‘? Seine Telefonnummer hat Rosenkvist bei seinen Papieren gehabt. Ich habe das gestern noch erhoben! Das kann ja wohl kein Zufall sein!“

„Den Herrn werden wir uns näher anschauen müssen – und den Hummel auch gleich; aber das soll die Kripo machen. Ich werde mich darum kümmern. Weißt du, wie der Kollege heißt, den sie betäubt haben? Wieso hat sich der nicht gemeldet?"

„Krautmann heißt er; Kurt sagt, dass es ihm nach der Attacke sehr schlecht gegangen ist und er deshalb ein paar Tage Ruhe gebraucht hat. Außerdem war bei dem Besuch auch ein Ministerialrat aus irgendeinem Ministerium dabei, angeblich ein Bekannter von Krautmann, der sich überall eingemischt hat und dann Kurt gegenüber ausfällig geworden ist; Kurt hat gedacht, wenn der Krautmann solche Leute einlädt, dann soll er auch allein mit ihnen fertig werden, er ist ja nicht sein Kindermädchen – und ist dann einfach gegangen."

Hebenstreit hatte während des Gesprächs das Feuerwehr-Papier mit Notizen zugedeckt. Die Sache war reif für die Kriminalpolizei; er hatte sowieso keine Lust, sich damit noch weiter zu beschäftigen. Er wünschte Nadja ein schönes Wochenende und setzte sich an den Computer, um sein Gekritzel ins Reine zu bringen.

DIE FAHRT NACH TUMBA

Heute war Freitag, also ein Arbeitstag. Umberto frühstückte mit Gunilla, die wieder in die Universität fahren musste, und fragte sie halb im Scherz, ob er sie begleiten solle, damit er zur Stelle sei, wenn der hartnäckige Mr. Padu wieder auftauchen sollte. „Ich hoffe, dass er nicht schon vor der Haustür steht", sagte sie, „und wenn er sich in der Universität zeigt (was ich annehme), schicke ich gleich zu Bengt; der ist heute wieder da, und da kann er sich mit ihm über das Wasser in Assam streiten. – Und du? Wen wirst du heute treffen? Wer auch immer es ist, denk daran, dass wir ungefähr um fünf Uhr zu Lasse nach Tumba fahren sollen."

„Wenn du Gunilla meinst, das habe ich nicht vor; es genügt mir, wenn ich sie in größeren Abständen sehe … Ich brauche einen Tag Erholung, glaube ich."

„Habe ich dich überanstrengt?", fragte sie. „Wir werden uns heute ein wenig zurückhalten, nicht wahr?"

„Das ist wahrscheinlich notwendig; ich bin ja schon fast ein Greis – aber ich meinte eigentlich mehr meine sonstigen Erlebnisse, die ich erst verarbeiten muss, die Gespräche mit dem Meister, die Orgelmusik in der Katharinenkirche, ja, auch die Begegnung mit Gunilla Lönnroth. Ich freue mich aber jetzt schon auf unseren gemeinsamen Besuch bei Lasse."

„Ich mich auch – sehr sogar. Also erhol dich gut, mein Alter. Ich werde dich am Nachmittag anrufen, weil ich noch nicht weiß, ob wir mit dem Auto oder mit dem *pendeltåg* nach Tumba fahren werden. Ich habe am Nachmittag noch eine Konferenz, es wird daher knapp werden. Um diese Tageszeit ist es wahrscheinlich besser, den Zug zu nehmen, weil die Straßen meistens verstopft sind. Dann können wir uns gleich am Centralen treffen. Ich werde Lasse fragen, ob er uns in Tumba von der Station abholen kann." Sie küsste Umberto und zog ihre Jacke an. Es sah wieder nach Regen oder Schnee aus. „Der zweite Schlüssel hängt hier im Vorzimmer." Und weg war sie.

Er ging ans Fenster und sah, wie sie aus dem Hause trat und die paar Meter bis zur Ecke ging; sie blickte aber nicht herauf. Gott sei Dank, dachte er, ich benehme mich wie ein Realschüler, der sich zum ersten Mal verliebt hat. Dann ging er ins Schlafzimmer zurück, legte sich aufs Bett, das noch ein wenig nach Liebe roch, nahm das gestern gekaufte Buch zur Hand, schlug es auf und sah hinein, aber er las nichts, sondern beschloss noch ein paar Minuten nachzuschlafen.

Als er erwachte und auf die Uhr blickte, war es halb eins. Er fuhr hoch, als ob er einen wichtigen Termin versäumt hätte. Auf seinem Telefon blinkte eine Nachricht. Es war Emilia, ein Anruf vor zwei Stunden. Das Signal war nicht durch seinen Tiefschlaf gedrungen. Anscheinend hatten ihn die Ereignisse der vergangenen Tage mehr erschöpft, als er das erwartet hätte.

Er rief zurück. „Habt ihr den Rosenkvist schon erwischt?", fragte er. „Er war schon im Polizeiarrest, aber sie haben ihn wieder freigelassen, und jetzt ist er ." „Wieso weißt du das alles?" „Eine komplizierte Geschichte", sagte sie, „Krautmann hat uns angerufen, er wurde von Schörghuber verständigt, das ist der Polizist, den du bei Krautmann hinauskomplimentiert hast. Seine Freundin ist auch bei der Polizei in der Brigittenau, sie und ein Kollege haben Rosenkvist ‚frierend, aber stinkend' aufgegriffen, wie Schörghuber das bezeichnet hat. Er saß am Donaukanal, sie haben ihn erst wieder laufen lassen, aber irgendwie ist er ihnen doch verdächtig vorgekommen. Also sind sie ihm gefolgt bis zu seinem Auto, irgendwo in der Leopoldstadt. Du weißt, das war der alte VW. Dann haben sie telefonisch festgestellt, dass das Auto nicht zugelassen war, und haben ihn deswegen mitgenommen. Auf dem Kommissariat hat er zuerst einen verständnislosen Narren gespielt, in der Nacht ist er in der Zelle geblieben, aber dann ist er ihnen so auf die Nerven gegangen, dass sie ihn in der Früh wieder entlassen haben. Aber er hat ihnen gesagt, dass er das Auto von Hummel hat."

„Das heißt, die Polizei wird jetzt bald bei Hummel vorfahren und seine Schätze finden", vermutete Umberto.

„Dazu brauchen sie erst einmal einen Durchsuchungsbefehl und einen Schlüssel. Ich weiß nicht, ob Rosenkvist der Polizei mitgeteilt hat, dass Hummel im Unfallkrankenhaus liegt. Rudi und ich haben uns gedacht, es wäre vielleicht ratsam, die Dinge aus Hummels Keller herauszuholen, bevor die Polizei da ist. Und daher waren Rudi und ich gleich nach Krautmanns Anruf wieder in seinem Haus und haben alles mitgenommen, was irgendwie nach Rauschgift aussah. Das Zeug haben wir einstweilen bei uns daheim im Keller abgestellt.

„Schörghuber haben sie noch nicht vernommen, bis jetzt jedenfalls nicht. Aber sie sind draufgekommen, dass Rothschedl irgendetwas mit der Sache zu tun hat, und werden ihn wahrscheinlich dazu befragen. Soweit ich sehe, sind Clara, Rudi, du und ich noch nicht aktenkundig, aber das ist wohl auch nur eine Frage der Zeit. Ich frage mich, ob ich den Sektionschef davor warnen soll, dass die Polizei bei ihm erscheinen wird."

Umberto überlegte kurz. Besondere Rücksichtnahme auf seinen Chef war ihm kein Anliegen, aber wenn man das Verhör noch über das Wochenende hinausschieben könnte, wäre zumindest etwas Zeit für weitere Überlegungen gewonnen. „Ich glaube schon, dass du das machen solltest", sagte er zu Emilia. „Es wäre besser, wenn wir Zeit bis Montag hätten. Vielleicht kannst du ihm mitteilen, wie fürchterlich er Hummel zusammengedroschen hat, das wird seine Begeisterung für die Zusammenarbeit mit der Polizei auch dämpfen. Und am Montag bin ich wieder in Wien, da können wir uns überlegen, was wir am besten weiter tun oder lassen."

Eine Viertelstunde später kam der nächste Anruf von Emilia. „Ich habe zuerst mit Frau Wimmer und dann mit Rothschedl selbst gesprochen. Er ist heute auf einer

Dienstreise in Kärnten und will am Wochenende irgendwelche Bekannten in Grado besuchen. Vor Montag ist er daher nicht zurück. Ich habe mit ihm und Frau Wimmer vereinbart, dass wir alle nicht wissen, wo er am Wochenende ist. Er war einigermaßen perplex, als er von Hummels Zustand gehört hat, hat aber dann gleich mörderisch zu fluchen begonnen. Es war zu hören, dass ihm die ganze Sache äußerst unangenehm ist. Ich habe mir nicht verkneifen können, darauf hinzuweisen, dass solche Vorfälle sehr schnell den Weg von der Polizei zur Regenbogenpresse finden und man damit rechnen muss, dass das alles demnächst in der Zeitung stehen wird, wenn nicht alle dichthalten. Da war das Gespräch dann bald zu Ende. "

Umberto amüsierte sich mehr und mehr. „‚Sektionschef prügelt Bibliothekar krankenhausreif', das macht schon was her", lachte er ins Telefon. „‚Und springt aus dem Fenster'", ergänzte Emilia. „Es kommt darauf an, was Hummel über den Ablauf der Polizei erzählt", sagte sie, „vorläufig wissen sie ja noch nicht, was sich in der Malzgasse wirklich abgespielt hat. Bis jetzt ist Hummel ja nur fällig, weil er das alte Auto hergeborgt hat. Aber wir können die Kriminalpolizei nicht daran hindern, aus Hummel alles herauszuquetschen. Seine Gifte und auch so etwas wie eine chemische Grundausstattung haben wir immerhin aus seinem Keller herausgeholt. Viel werden sie da nicht mehr finden. Ich habe übrigens auch Hummel zu erreichen versucht, aber da hat sein Bettnachbar abgehoben und gesagt, dass Hummel bei einer Untersuchung ist und dass es ihm nicht besonders gut geht."

„Hoffentlich übersteht Hummel die Aufregung halbwegs, sonst wird es wirklich kritisch. Wenn es etwas Neues gibt, rufst du mich bitte wieder an; ich bin heute Abend mit Gunilla bei Lasse Södergren, der ist Psychologe und hat meist ganz gute Ideen, wie man mit grenzwertigen Situationen umgeht. Ich weiß noch nicht, ob ich morgen oder übermorgen nach Wien fliege, das hängt ein wenig von der hiesigen Lage ab. Sobald ich zu Hause bin, melde ich mich. Passt auf das Teufelszeug auf, das ihr da heimgeschleppt habt."

„Clara hat schon jemanden gefunden, der es analysieren wird, das geht alles inoffiziell. Ich möchte mir auch keinen Konflikt mit dem Suchtmittelgesetz einhandeln. Wenn es heikel wird, sind wir das bald wieder los, das kann ich dir versichern. Beste Grüße an Lasse und Gunilla – sag ihr, von deiner Wiener Freundin!" Umberto sah förmlich den spöttischen Ausdruck auf Emilias Gesicht. Bevor er noch etwas Passendes antworten konnte, hatte sie aufgelegt.

Während sich Umberto wetterfest anzog, um irgendwo in der Nähe ein smörgås zu essen (von Bratwürsten hatte er genug), fragte er sich, ob er nicht schon alles in Stockholm erledigt hatte. Zu Rosenkvist und den Rosenkreuzern war hier nicht mehr viel Neues zu erfahren, auch von dem Gespräch mit Lasse versprach er sich zu diesem Thema keine zusätzlichen Aufschlüsse. Was ihn an diesem Abend interessierte, war der Ansatz einer *ménage à trois*, die sich da möglicherweise manifestieren könnte. Er nahm sich vor, sich sofort zurückzuziehen, falls sich eine Spannung auch nur andeuten würde. Er wollte weder Gunilla noch Lasse vor den Kopf stoßen; er kannte „Jules und Jim", er kannte „Die unerträgliche Leichtigkeit des Seins", es sollte weder tragisch enden wie bei Truffaut noch mit dem schalen Geschmack auslaufen, den er beim Roman von Milan Kundera empfunden hatte. Ein längerer Aufenthalt in Schweden brächte keinen Mehrwert an Lust, sondern bestenfalls eine schwächelnde Beziehung zu Gunilla. Und daher legte er sich auf eine Heimreise am morgigen Samstag fest. Das war schon deshalb besser, weil ihm auch nicht klar war, was andernfalls aus der zweiten Dreiecksbeziehung mit den beiden Gunillas entstehen könnte; die war ihm fast noch unheimlicher als die andere.

Der Nieselregen störte ihn nicht; damit war im November in Stockholm zu rechnen. Allerdings blies vom Park im Westen ein scharfer Wind daher, so dass er keine langen Spaziergänge machen würde. Das Pub an der Ecke sperrte erst um fünf Uhr auf, eine Sushi-Bar in der Drottninggata war aus irgendeinem Grunde auch geschlossen, und so marschierte er missmutig in der Fußgängerzone an sämtlichen denkbaren Kaufhäusern vorbei hinunter bis zur Tunnelbana-Station. Selbst die Bratwurststände waren abgebaut; bei diesem Wetter aß wohl niemand im Freien.

Im Stationsgebäude war es trocken und windstill; obwohl Samstag war, trieben sich Menschenmassen herum; Umberto ließ sich zur Blauen Linie hinuntertreiben. Es schauderte ihn angesichts der blauen Palmwedelgrotte, die angeblich zu den schönsten Metrostationen weltweit zählte, und er stieg rasch in einen Zug. Der fuhr nur eine Station weit, dann war Endstelle Kungsträdgården. Hier würde es hoffentlich doch etwas zu essen geben. Auch diese Station war eine Grotte, mit Gaudí-Zitaten, irgendwelchen Skulpturen und Buschwerk; auf einer Tafel stand zu lesen, dass man hier eine *gruvdvärgspindel (Lessertia dentichelis)* gefunden habe, ein Vieh, von dem Umberto noch nie etwas gehört hatte. Es sei der einzige Standort der Grubenwolfsspinne in ganz Nordeuropa. Das erheiterte Umberto immerhin so sehr, dass er guten Mutes die endlosen Rolltreppen hochfuhr. Gegenüber dem Ausgang erblickte er zu seinem Vergnügen das Restaurant Victoria mit einem großen Wintergarten.

Ein Blick in die Speisekarte steigerte sein Wohlbefinden zusätzlich. Es gab ein Gericht namens S.O.S. *(smör, ost & sill)*; dreierlei Heringe, Västerbottenkäse und Kartoffeln, dazu bekam man einen großen Schnaps; eine Flasche St Peter's Cream Stout, ein dunkles Bier mit leichtem Schokoladearoma, ergänzte das Menü auf das Trefflichste, es wurde mit einer Pannacotta und einem doppelten Espresso abgeschlossen. Der Blick in den Regen, der sich wieder mit Schnee zu vermischen begann, konnte seiner Wonne nichts anhaben.

Als er eben überlegte, ob er noch eine Verdauungshilfe nachschicken sollte, läutete sein Telefon. Gunilla war dran, berichtete von neuerlichen Exzessen des Mr. Padu, der schließlich nur mit der Androhung von Polizeigewalt aus dem Institutsgebäude zu entfernen war, und bat Umberto, sich um fünf Uhr bei den Bildschirmen der Touristeninformation am Centralen einzufinden. Lasse würde sie gerne in Tumba abholen.

Eine Wetterbesserung war nicht in Sicht. Umberto eilte zur nächstgelegenen T-Station Rådmansgatan, wurde wieder ausreichend nass und fuhr die zwei Haltestellen bis T-Centralen. Dort verirrte er sich zunächst einmal; nachdem er zwei Bedienstete nach der Touristeninformation des Bahnhofs gefragt und mehrere Rolltreppen, vermutlich überflüssigerweise, benutzt hatte, sah er von Weitem Gunilla, wieder im Gespräch mit einem Manne. Es war zweifellos nicht Mr. Padu, und ihre Gestik deutete auch auf eine eher entspannte Unterhaltung hin. Bevor er so nahe war, dass sie ihn bemerkte, hatte sich der Mann schon verabschiedet. Der kleine Stich, den Umberto verspürte und als Ansatz von Eifersucht deutete, bestärkte ihn darin, das schwedische Abenteuer möglichst bald zu beenden. Die Begegnung mit Gunilla, so schön sie war, konnte nicht mehr sein als ein tangentiales Aufeinandertreffen zweier Lebenslinien, und wenn man sie mit Gewalt verlängerte, würde das früher oder später dazu führen, dass sie sich nach dem Sinn ihrer Verbindung zu fragen begännen, und keiner wüsste eine Antwort. Sie waren beide nicht für klettenhafte und andauernde Gemeinsamkeit geschaffen. Das musste aber nicht bedeuten, dass sich ihre Lebenslinien später nicht noch einmal für einige Zeit vereinigen konnten. Diesen Silberstreif am Horizont wollte er sich bewahren.

Die fünfzig Meter zu Gunilla hatten dafür gereicht, seine Empfindungen wieder zurechtzurücken. Er küsste seine Freundin und hielt es für unnötig, sie danach zu fragen, mit wem sie da so angeregt geplaudert hatte. Es war ihm, als müsste sie sich anstrengen, um auf ‚Umberto' umzuschalten. Er sah aber keinen Nutzen darin, das zu einem Thema zwischen ihnen zu machen. „Es ist schön, dich zu küssen", sagte er ganz sachlich, „und es ist schön, dass du wieder bei mir bist."

Statt etwas zu antworten, drückte sie ihn ein wenig an sich, und das war ihm jetzt auch Antwort genug. „Gehen wir zum Pendeltåg-Bahnsteig", sagte sie. Bald saßen sie in dem silbernen Zug mit dem blauen Längsstreifen, die Türen schlossen sich, und die kalte Stockholmer Luft wich einer milden Klimatisierung. „Ich habe kein Geschenk für Lasse mit", sagte Umberto.

„Das ist auch nicht üblich, dass wir einander etwas mitbringen", meinte sie. Aus dieser Antwort schloss Umberto auf häufige wechselweise Besuche in Tumba und Tegnérgatan, und er verbat sich selbst jede emotionelle Reaktion darauf. „Es wäre bei dem Wetter ganz nett, wenn Lasse schon da wäre. Übrigens ist die Station Tumba wirklich bemerkenswert. Nicht das neue Gebäude, sondern das alte, das man vor ein paar Jahren abgerissen hat. ABBA haben hier einen Film gedreht; und vor langer Zeit gab es hier einen *stins* namens Klas Pontus Arnoldson, der dann Politiker wurde und den Konflikt zwischen Schweden und Norwegen beendete; dafür hat er dann den Friedensnobelpreis bekommen."

„Sehr schön", sagte Umberto, „aber was ist ein stins?"

Gunilla lachte. „Das ist Spezial-Schwedisch. *Stins* ist eine Kurzform für Stationsinspektor, so etwas wie der Chef einer Bahnstation."

„Bei uns heißt das ‚Bahnhofsvorstand', aber es noch nie jemand auf die Idee gekommen, ‚Bavorst' zu sagen."

„Bei euch ist auch noch nie jemand auf die Idee gekommen, ‚filosofi' mit acht Buchstaben zu schreiben, bei uns aber schon", grinste Gunilla, „oder bei einem Verb im Passiv einfach ein ‚s' anzuhängen; wir sind eben sehr rational und sehr rationell."

„Da habe ich ja Glück gehabt, dass manche Schwedinnen außer Verstand auch Gefühle haben“, replizierte Umberto, und Gunilla darauf, „Wer noch außer mir?“

„Das führt jetzt zu weit“, lachte Umberto, „Heute habe ich jedenfalls keine getroffen.“ Weil es gerade passte, setzte er fort: “Hat Lasse eine Freundin oder eine Gefährtin?“ Er verwendete das englische Wort *companion*, das verschiedene Interpretationen offen ließ. „Ein Mädchen versuchte es ein Jahr lang mit ihm, aber länger hat es, glaube ich, noch niemand mit ihm ausgehalten. Sie hieß Britt; sie wollten sogar heiraten, aber dann gab es einmal einen Riesenkrach zwischen ihnen, und sie ist mit seinem Bruder, der damals gerade da war, einfach verschwunden. Seitdem hat Lasse weder sie noch seinen Bruder jemals wiedergesehen. Den Bruder kennst du ja mittlerweile, es ist Fredrik, der Orgelspieler; dass er auch bei den Rosenkreuzern ist, habe ich erst von dir erfahren.“

„Darum war Fredrik so verschlossen, als ich ihn nach seinem Bruder fragte. Er sagte, ich solle Lars grüßen lassen, aber sehr herzlich hat er dabei nicht auf mich gewirkt.“

„Das hat auch noch einen anderen Grund, denke ich. Britt bemerkte nämlich sehr bald, dass Fredrik an ihr nicht besonders interessiert war, weil er sich überhaupt nicht sehr für Frauen interessiert. Und da gab es die nächste Auseinandersetzung, Das ging so weit, dass Britt sich bei Lasse telefonisch über seinen Bruder beschwerte, aber gesehen haben sich die beiden trotzdem nicht mehr.“

Umberto dachte an die innige Vertrautheit zwischen Fredrik und Pastor Höglund, aber er hielt es nicht für angebracht, das Gunilla gegenüber zu erwähnen; außerdem fuhren sie eben in Tumba ein. Er beschloss, Fredriks Grüße nicht auszurichten. Der Regen hatte nachgelassen, als sie auf den Vorplatz der Station traten. Ein paar Autos standen da, aber von Lasse war nichts zu sehen.

„Er wäre sicher in den Bahnhof hereingekommen“, meinte Gunilla, „irgendetwas muss ihn aufgehalten haben; er ist sonst sehr pünktlich. Ich werde ihn anrufen.“ Sie wählte seine Nummer und hielt das Telefon ans Ohr. Dann schüttelte sie den Kopf: „Es läuft nur das Band."

„Wie weit ist es zu Lasse? Kommen wir da auch zu Fuß hin?", fragte Umberto.

„Bei Sonnenschein schon, aber es sind über zwei Kilometer; er wohnt am Strandvägen am Ufer des Uttran. Wir sind schon einmal hingelaufen, aber jetzt will ich das nicht tun." Sie rief ihn nochmals an, wieder mit dem gleichen Ergebnis. „Das beunruhigt mich nun wirklich. Ich glaube, wir müssen ein Taxi nehmen." Ein Taxi war aber nicht zu sehen. Gunilla ging in den Bahnhof hinein, trat an den Fahrkartenschalter und fragte die Frau dahinter, ob es hier ein Taxi gebe. „Es müsste eines auf dem Parkplatz stehen", sagte die Kartenverkäuferin, „Und wenn nicht?", fragte Gunilla. Die Frau zuckte die Schultern. Gunilla sagte zu Umberto, „Ich fürchte, wir werden doch eine Nachtwanderung machen müssen."

Ein südländisch aussehender Mann, der neben dem Schalter wartete, hatte mitgehört; er räusperte sich und fragte, „Kann ich Ihnen helfen? Ich fahre nach Östertälje, wenn Sie in meine Richtung wollen, kann ich Sie ein Stück mitnehmen."

„Kennen sie Strandvägen am Uttran?", fragte Gunilla. „Ich glaube, das ist Richtung Östertälje."

Fünf Minuten später stiegen sie aus dem Auto des freundlichen Marokkaners, der ihnen in dieser Zeit einen Großteil seiner Lebensgeschichte erzählt hatte, bedankten sich (Umberto sagte zur Überraschung des Chauffeurs ‚*shukran*') und standen vor dem hell erleuchteten, lichtgrün gestrichenen Holzhaus von Lars Södergren.

MALHEUR IM KELLER UND FILOSOFI AM BUFFET

In Lasses Haus brannte Licht nicht nur zu ebener Erde und im Obergeschoß, sondern drang auch aus dem Keller. Dies verstärkte eher die Befürchtungen der beiden Ankömmlings: Offenbar war Lasse daheim und hatte einen Herzanfall oder etwas Ähnliches erlitten. Oder er war entführt worden.

Das Haus stand an einer Straßenecke; von der Seitengasse her gab es eine Zufahrt, durch die man ohne weitere Einfriedung bis ans Haus gelangen konnte. Die Eingangstür war abgesperrt; Gunilla betätigte die Hausglocke. Sofort drang von irgendwo aus dem Hause ein Laut, den man nicht zwingend einer menschlichen Stimme zuordnen konnte, und dann noch einmal. Nun war Gunilla aber sicher, dass es eine Art Schrei war und dass er von Lasse kam. „Wo bist du, Lasse? Was ist passiert?"

Sie liefen rund ums Haus. Hinter einem Geräteschuppen gab es einen Abgang zum Keller mit einer kleinen, auch verschlossenen Tür. Durch einen breiten Spalt am oberen Rand sah man irgendwelche Metallteile, Ketten oder Drahtseile. Der erste Versuch, die Tür zu öffnen, scheiterte. Dann warf sich Umberto mit seinem ganzen Körper, Schulter voran, gegen die grünen Bretter. Mit einem Knall sprang die Türe auf und Umberto flog ins Innere. Seine Schulter schmerzte heftig; er rappelte sich hoch und versuchte zu verstehen, was er da sah.

Er befand sich in einem großen Kellerraum. Der Boden war, soweit man sehen konnte, mit Tausenden von Puzzlesteinen bedeckt, teilweise zusammengesteckt, teilweise lose oder auf kleinen Häufchen. Es war das größte Puzzle, das Umberto jemals gesehen hatte, dreißig- oder vierzigtausend Teile, schätzte er. Es war etwa zur Hälfte fertig. Hinter ihm stieß Gunilla einen kleine Schrei aus.

In der gegenüberliegenden Ecke lag Lasse. Er blutete am Kopf und sah sonderbar verrenkt aus. Von der Decke, oder eigentlich von einer Art Förderanlage, hingen die Ketten, die man durch die Tür gesehen hatte. Ein Teil der Konstruktion an der Decke war losgerissen und schwankte prekär über ihren Köpfen, ein anderer war Lasse offenbar auf den Kopf gefallen und lag nun neben ihm. In einer Kettenschlinge steckte Lasses linke Hand. Er war halb ohnmächtig oder wenigstens stark benommen. Ein breites Brett lag auf dem Boden.

Umberto stieg vorsichtig über das Puzzle, das hier schon zusammengesetzt war und eine arktische Landschaft zeigte. Er trat auf einen kalbenden Gletscher und auf ein Schlauchboot, in dem etliche Leute in roten Parkas saßen, rutschte aber aus und zerstörte einen Teil der Eiswüste. Die Puzzlesteine schoben sich auf einen verworrenen Haufen zusammen und waren sicher nicht mehr zu gebrauchen. „Hallo Lasse“, rief er. „Hörst du mich?“ Lasse stöhnte, als würde er etwas Übles träumen.

Während Umberto versuchte, ihn durch zarte Klapse auf die Wange wieder zu sich zu bringen, rief Gunilla die Ambulanz an und eilte dann ins Erdgeschoss hinauf, um ein Glas Wasser und einen Verband zu holen. Sie fand aber in der Eile nur eine Küchenbulle, mit der sie die Wunde am Kopf abtupfte. Das Blut war schon über einen Teil des Puzzles geronnen. Umberto schüttete einen Teil des Wassers Lasse ins Gesicht, worauf dieser unter neuerlichen Schmerzenslauten die Augen aufschlug.

Gunilla legte seinen Kopf auf ihren Schoß, Umberto flößte ihm etwas Wasser ein und lief dann ins Freie, wo sich bereits der gelbgrüne Wagen der Falck-Ambulanz mit Blaulicht näherte. Er dirigierte die Sanitäter in den Keller. „Was ist das?“, fragte einer und deutete auf das Gerüst an der Decke, von dem die Ketten baumelten. „Er hat sich eine Art Kran gebaut, um von oben her alle Stellen des Puzzles zu erreichen; irgendein Teil ist da oben aus der Verankerung gerissen und ihm auf den Kopf gekracht, so wie es aussieht“, sagte Gunilla. Einer der Sanitäter, oder war es ein Arzt, beschäftigte sich mit der Kopfwunde und dem offenbar verrenkten Arm. „Wahrscheinlich hat er eine Gehirnerschütterung“, vermutete er. „Hast du Schmerzen im Kopf?“, wandte er sich an Lasse. Der nickte unter großer Anstrengung. „Und tut der Arm weh?“ Er berührte die Schulter, Lasse stieß einen Schrei aus. „Kann sein, dass da etwas gebrochen ist. Wir werden dich vorsichtig transportieren.“

Der zweite Sanitäter hatte unterdessen noch einen Mann aus dem Auto geholt. Mit einem Bergetuch, das sie ihm unterschoben, gelang es ihnen, den Koloss von einem Mann auf eine Tragbahre zu heben. Lasse schien erst jetzt richtig wahrzunehmen, in welcher Situation er sich befand. „Das sind meine Freunde, die mich heute besuchen wollten“, klärte er die Rettungsmannschaft auf. Einer der Männer ersuchte Gunilla um einen Ausweis und schrieb die Daten ab. „Für alle Fälle“, sagte er. „Hast du auch einen Ausweis?“, fragte er den Patienten. Der beschrieb Gunilla, wo einer zu finden sei, und sie schaffte das Dokument heran.

Mit einiger Mühe bugsierten sie den Hundertzwanzigkilo-Mann auf der Bahre durch die enge Kellertür und über die Stufen hinauf zum Wagen. Hinter dem Auto erkundigte sich Gunilla, wo man ihn hinbringe und ob sie mitfahren solle. Ins Södersjukhus, sagte einer, und vor morgen habe ein Besuch keinen Sinn, weil er nach der Behandlung unbedingt Ruhe brauche und sicher nicht vor Samstagmittag ansprechbar sei. Lasse flüsterte zu Gunilla: „Macht euch oben einen gemütlichen Abend, das Essen ist leicht zu finden, Wein gibt es auch, und ihr könnt mit meinem Auto zurückfahren, der Schlüssel liegt bei der Eingangstür. Vielleicht kommt ihr mich morgen besuchen!“ Tränen standen ihm in den Augen, der Schmerz und der Ärger übermannten ihn. Gunilla küsste ihn, Umberto legte ihm kurz die Hand auf die heile Schulter, und dann schloss sich die Tür hinter ihm, und das Blaulicht entfernte sich Richtung Tumba Zentrum.

Umberto und Gunilla sahen dem Wagen nach, solange er zu sehen war, und gingen dann in den Keller zurück.

„Eine Wahnsinnsidee, diese Anlage“, bemerkte Gunilla. Umberto zog an einer der Ketten und ein weiteres Teil der Konstruktion rasselte zu Boden. Er konnte gerade noch zurückspringen. Gunilla rief: „Ein Schwerverletzter genügt wirklich, finde ich!“ Dennoch sah sich Umberto von der Innentüre her an, was sich Lasse da eingerichtet hatte. Anscheinend lag er bäuchlings auf dem Brett und bewegte es mit verschiedenen Zugseilen über das Riesenpuzzle, und anscheinend hatte die Befestigung seinem Übergewicht irgendwann dann doch nicht mehr standgehalten. In Reichweite seines linken Armes lag ein Folder mit Details zum Puzzle. Den schnappte er sich noch, bevor ihn Gunilla aus dem verwüsteten Souterrain zog. „Jetzt reicht es aber“, meinte sie.

Sie stiegen die Treppe ins Erdgeschoß hinauf und standen im Vorzimmer. „Und was nun?“, fragte Umberto. „Setzen wir uns einmal ins Wohnzimmer“, schlug Gunilla vor. Auch ihr standen Tränen in den Augen. Umberto hatte das Bedürfnis, sie zu umfassen, wusste aber nicht, ob sie das derzeit wollte. So berührte er sie nur ein wenig an der Schulter und schob sie vor sich her in das hell erleuchtete Zimmer. Lasse hatte sichtlich alles für einen fulminanten Abend bereitet und war dann noch einmal in den Keller gegangen, um seinem Steckenpferd zu frönen. Auf dem Tisch der Sitzgarnitur standen drei Gläser und eine Flasche Champagner, auf einer Anrichte weitere drei Gläser und eine Flasche des schwedischen Wodkas, den Umberto schon von Gunilla kannte. „Den könnte ich jetzt brauchen“, sagte er und goss je eine doppelte Portion des klaren Schnapses in zwei Gläser, nachdem Gunilla zustimmend genickt hatte.

„Auf Lasse“, sagte sie, „und darauf, dass er bald wieder der Alte ist!“ Dann saßen sie eine Weile schweigend und starrten auf den Beistelltisch. Durch eine offene Tür sah man ins Esszimmer und auf die dort arrangierten Köstlichkeiten. „Von seinem Hobby hat er nie etwas erzählt, und im Keller war ich nie unten“, berichtete Gunilla.

„Dabei dachte ich, dass ich ihn sehr gut kenne." „Vielleicht wollte er gar nicht, dass man ihn bei einer solch ‚sinnlosen Tätigkeit' (unter Anführungszeichen) ertappt, oder er wollte es zuerst fertigstellen, bevor er es jemandem zeigt. Ich habe früher auch gepuzzelt, aber höchstens dreitausend Teile, und mir kam das schon riesig vor. Er muss ja schon mehrere Monate damit beschäftigt gewesen sein."

Umberto hatte den Folder aus dem Keller in der Hand und warf einen Blick darauf. „Das ist eine schwedische Firma, die das Puzzle hergestellt hat – und es ist ein Prototyp. ‚Wir danken dir, dass du dich für unser Experiment zur Verfügung stellst, das weltgrößte Puzzle mit 45.000 Teilen zusammenzustellen; wir hoffen, dass unser Puzzlekran dir dabei gute Dienste leistet. Bitte berichte uns über deine Erfahrungen mit unserer Anlage – und so weiter.' Lasse war also die Versuchsperson, und die Firma hat ihm den Kran eingebaut."

„Dann werden sie auch erklären müssen, warum der Kran zusammengebrochen ist", sagte Gunilla, „aber dafür wird schon das Krankenhaus sorgen, dass das aufgeklärt wird. – Du hast übrigens ‚sinnlos' gesagt."

„Unter Anführungszeichen", unterbrach Umberto, „Denn was heißt schon sinnlos?"

„Das gehört zu den sonderbaren Eigenschaften des Menschen, sofort und überall nach einem Sinn zu suchen; kein anderes Lebewesen hat ein solches Bedürfnis."

„Wir sind uns einig – ich glaube ja, dass es im Grunde die Frage danach ist, warum das menschliche Gehirn so gebaut ist, dass es ständig alles ergründen will – zumindest, wenn es jemandem gehört, dem es schlecht geht. Die Leute, denen es gut geht, wollen gar nicht alles so genau wissen. Die lassen sich auf Puzzlespiele ein, ohne nach deren Sinn zu fragen, aber wenn der Kran über ihnen zusammenbricht, werden sie auch darüber nachdenken, ob das alles Sinn gemacht hat, oder warum sie sich auf so etwas eingelassen haben."

„So ein Puzzlespiel ist ja von einem höheren Standpunkt aus wirklich sinnlos; es hat keine gesellschaftliche oder moralische Relevanz. Aber ich denke da an meinen Freund Padu oder an deinen Freund Rosenkvist; die stellen sich, jeder für sich, gewiss ständig die Sinnfrage oder eigentlich haben sie sie schon für sich beantwortet und sind ganz besessen vom Sinn ihres Lebens. Trotzdem, oder gerade deswegen, sind sie Narren. Da ist mir Lasse mit seinem Puzzlespiel tausendmal lieber."

Umberto konnte es sich nicht verkneifen: „Und auch sonst, nehme ich an", sagte er. Gunilla warf ihm einen sonderbaren Blick zu. Umbertos Magen knurrte plötzlich so laut, dass ihn auch Gunilla deutlich hörte: „Mir ist zwar der Appetit vergangen, als ich den armen Lasse da unten liegen sah, aber wenn ich dir zuhöre, ist das bei dir anders."

„Und Lasse hat uns ja ausdrücklich eingeladen, bei ihm zu essen, sogar, als er schon auf der Bahre lag", merkte Umberto an, „wir sollten die guten Dinge nicht verkommen lassen, damit helfen wir Lasse auch nicht."

Mit zwiespältigen Empfindungen näherten sie sich dem Buffet, das im Nebenzimmer aufgebaut war. Umberto verdrängte den Anflug von schlechtem Gewissen, als er beim Räucherlachs zugriff, und auch Gunilla überwand ihre Appetitlosigkeit nach den ersten Häppchen. Nach einer Viertelstunde hatten sie sich ans Essen gewöhnt, und einer Flasche Chianti classico widerfuhr auch Gerechtigkeit. Sie prosteten dem abwesenden Hausherrn zu und hatten bald die Flasche geleert.

Eine Reihe von sehr netten Nachspeisen und eine Käseplatte vom Feinsten entdeckten sie im Kühlschrank, und dazu auch einen Sauternes-Dessertwein, ohnedies in einer kleineren Flasche, und es entstand eine Debatte darüber, ob man zuerst die süßen Nachspeisen oder den Käse essen sollte. Schließlich aß Umberto zuerst die Kuchenstücke und dann den Käse, während es Gunilla umgekehrt hielt; der Süßwein passte in jedem Fall dazu. Wie gut, dass Gunilla den Hausbrauch kannte, sie wusste dann auch noch, wo die Espressomaschine stand und wie man sie bediente. Einen Großteil ihrer Oberbekleidung hatten sie schon abgelegt, weil ihnen der Alkohol und das viele Essen einheizte, aber sie besaßen die Contenance, es nicht zum Äußersten kommen zu lassen, zumal sich allmählich Ermattung einstellte.

Mit Lasses Auto fuhren sie nur bis zur Station Tumba; das erschien ihnen trotz des Weinkonsums bei dem kaum mehr vorhandenen Verkehr im Vorort vertretbar. Im pendeltåg gab es reichlich Sitzplätze; auf zweien von ihnen dösten sie vor sich hin. Die kalte Luft auf ihrem Fußweg vom Centralen zur Tegnérgata, auf dem sie sich mehr der Stabilität wegen als aus Zuneigung aneinander klammerten, ernüchterte sie ein wenig. Im Bett verhielten sie sich heute sehr unauffällig.

ROTHSCHEDL IN BEDRÄNGNIS

Die Polizei hatte bald herausbekommen, in welchem Krankenhaus sich Hugo Hummel aufhielt. Eine Abordnung der Kriminalpolizei sprach am Samstagmorgen im Unfallspital vor, wurde an Doktor Terényi verwiesen und erfuhr von dessen Assistenzarzt, dass der Patient einen apoplektischen Insult erlitten habe und man nun mit einer Neurothrombektomie versuche, ihn wieder herzustellen. Als der Mediziner den Beamten das auf mehrfache dringende Nachfrage verdeutscht hatte, begriffen sie, dass heute oder morgen oder vielleicht überhaupt keine Auskunft von Hummel zu bekommen sei. Man möge sich am Montag wieder erkundigen, wurde ihnen bedeutet.

Dann nahm man Johann Krautmann ins Visier. Der war ja schon von seinem Kollegen Schörghuber davor gewarnt worden, dass so etwas bevorstehe, und entsprechend aufgeregt. Noch mehr aus dem Häuschen war seine Gattin Wilma; der gelang es gerade noch, ihren Bruder, den Dieses, davon abzuhalten, heute mit Gattin Theresia seinem leidenden Schwager einen Besuch abzustatten. Außerdem hatte sich Emilia nochmals gemeldet und gebeten, sie bei der Befragung tunlichst aus dem Spiel zu lassen. Das konnte ihr Krautmann nicht garantieren, denn er würde ja irgendwie erklären müssen, warum er sich damals in der Malzgasse aufgehalten habe. Außerdem wisse er nicht, was der Kollege Schörghuber schon alles ausgesagt habe, und der sei ja ebenso wie Emilia und Clara dagewesen, als er Umberto alles berichtet habe. Wahrscheinlich seien sie alle miteinander schon amtsbekannt. Emilia hatte daraufhin vorgeschlagen, dass sie zu Krautmann kommen und entweder in einem Nebenzimmer versteckt lauschen oder aber gleich offen Stellung nehmen werde. Letzteres war Krautmann lieber; er wollte nicht auch noch erklären müssen, was Emilia im Nebenzimmer zu suchen habe, falls die ‚Krimineser' es doch merken würden.

Es herrschte also Hochspannung, als die beiden Kriminalbeamten in der Possingergasse erschienen. Sie hatten sich angesagt, weil sie einem Kollegen keinen Überraschungsbesuch zumuten wollten. Emilia war noch nicht da, aber erschien just zu dem Zeitpunkt, als sich die Runde am Tisch niedergelassen hatte und von Wilma mit einem Kaffee versorgt worden war. Rudi war nicht mitgekommen, weil sie es beide für zweckmäßig hielten, wenn wenigstens einer von ihnen im Hintergrund blieb.

Irgendwelche Details zu verschweigen, hatte jetzt wohl keinen Sinn mehr. Emilia nahm sich vor, zumindest die Rauschmittelvorräte in Hummels Keller und auch Umberto und Ifkovits, so gut es ging, aus der Diskussion herauszuhalten. Die Kriminalbeamten, Bissmeier und Haberl mit Namen, waren zunächst irritiert durch den Auftritt von Emilia, als sie aber von ihr hörten, in welcher Verbindung sie einerseits mit Krautmann und andererseits mit Hummel stand, erkannten sie, dass sie sich dadurch einen Weg nach Penzing ersparen könnten, und baten Emilia bloß, zuerst mit Wilma in einem Nebenraum zu warten, bis sie Krautmann einvernommen hätten.

So lauschte Emilia durch die wenig schallisolierende Tür sozusagen mit polizeilicher Duldung, was Krautmann über seine Abenteuer in der Malzgasse zu berichten hatte. Neues war für sie nicht dabei. Es wurde alles auf Band aufgenommen; ob Krautmann eine Vermutung habe, wer ihn da in die Mangel genommen habe, fragten sie. Da Krautmann nichts von einem üblen Geruch zu berichten wusste, meinte er, es sei wohl Hummel gewesen, der ihn da narkotisiert habe. Zum Schluss bemerkte Haberl, es wäre angebracht gewesen, etwas früher die Kripo zu verständigen. Aber man akzeptierte die Erklärung, dass es Krautmann äußerst schlecht gegangen sei.

Dann wurde Emilia aus dem Nebenraum geholt und Krautmann weggeschickt; sie hatte gerade noch Zeit, von der Tür wegzutreten, an der sie das Ohr angelegt hatte. Sie berichtete nun weitgehend chronologisch alles von den

Briefen aus Schweden, ihrem Besuch in Hummels Wohnung, dem ersten Auftreten des ‚Mönchs', ihren Gesprächen mit Sektionschef Rothschedl, dem ‚Besuch' Rothschedls in der Malzgasse und dessen abstrusem Sprung vom Fenster, ferner dem Anruf Hummels bei ihr und ihrem Besuch bei Hummel im Krankenhaus; Rudi erwähnte sie nur nebenbei; die Polizisten schienen an ihm auch nicht interessiert zu sein.

Immerhin erwähnten sie nun, dass sie bei Hummel im Spital gewesen seien, dass er einen Gehirnschlag erlitten habe und bis auf Weiteres nicht ansprechbar sei. Emilia hatte Mühe, ihr Entsetzen zu verbergen, begriff aber gleichzeitig, dass vermutlich einige Probleme damit aus der Welt geschafft waren. Alles würde sich nun auf Rothschedl und Rosenkvist konzentrieren; für Nachforschungen in Hummels Haus müsste man erst einen Durchsuchungsbeschluss erwirken, und außer Tausenden von Büchern würden sie dort ohnedies jetzt nichts mehr finden. Das Haus Merz, in dem Hummels Vorräte derzeit lagerten, würden sie ja wohl in Ruhe lassen. Dass sie einen Schlüssel zu Hummels Haus hatte, mussten sie ja nicht erfahren, und jetzt, da er im Koma lag, schon gar nicht.

Was genau da oben im Vereinslokal geschehen sei, wisse sie nicht, sagte sie. Sie habe weder von Rothschedl noch von Hummel darüber eine Auskunft bekommen. Ob Hummels derzeitiger Zustand darauf zurückzuführen sei, könne sie jedenfalls nicht sagen. Sie habe ihn ja erst im Spital wieder gesehen, und da habe er zwar einen Verband über dem Kopf gehabt, man habe sich aber ganz normal mit ihm unterhalten können. Sie sei nur deshalb hingegangen, weil er ihr Nachbar sei und er ihr leidgetan habe. Nein, einen Schlüssel zu seinem Haus habe er ihr nicht mitgegeben. Ebenso wenig wisse sie, wo sich Rosenkvist jetzt aufhalte; er sei im Krankenhaus einmal aufgetaucht, aber geflüchtet, als er sie gesehen habe.

Was sie sonst von Rothschedl wisse, war die nächste Frage. „Wir haben nur über die Briefe geredet, und ich habe ihm mitgeteilt, dass ich einen Anruf bekommen habe, in dem sein Erscheinen in der Malzgasse gefordert wurde. Dass er dann sofort dorthin aufgebrochen ist, war seine Entscheidung. Er ist sehr selbstbewusst und reichlich cholerisch. Aber dass er Hummel so sehr verprügelt hat, dass der ins Unfallkrankenhaus musste, halte ich wegen seiner beruflichen Stellung für nicht sehr wahrscheinlich. Vielleicht hat es auch einen Streit zwischen Hummel und Rosenkvist gegeben. Eine Mobiltelefonnummer von Rothschedl habe ich nicht, nur die von seinem Amt, aber die kennen Sie ja."

Emilia war sicher, durch ihre unaufgeregte Art einen glaubhaften Eindruck gemacht zu haben; die Geschichte mit dem Schlüssel stimmte zwar so, wie sie es gesagt hatte, aber war freilich nur die halbe Wahrheit. Alles musste man der Polizei ja auch nicht auf die Nase binden. Auch zur Wahrscheinlichkeit einer Attacke von Rothschedl auf Hummel hatte sie eine andere Meinung als die gegenüber der Kripo geäußerte. Dem armen Hummel würde das aber auch nicht helfen, wenn sie Rothschedl mit irgendwelchen Vermutungen belastete. Dennoch nahm sie an, dass die Polizisten davon ausgingen, Rothschedl habe Hummel halb tot geprügelt.

Die Herren Bissmeier und Haberl kamen nach einer halben Stunde zu der Erkenntnis, dass aus Krautmann und Emilia nicht mehr herauszuholen sei, ließen ihre Telefonnummer da und verabschiedeten sich mit dem Ersuchen, das Protokoll am Montag bei ihnen zu unterschreiben.

Als sie gegangen waren, versicherten Krautmann und Emilia, einander nicht belastet und im Übrigen sowieso alles mitgehört zu haben. Vor allem für das Ehepaar Krautmann war es beruhigend, dass Emilia meinte, die Sache sei nun sicher für sie beide abgeschlossen. Krautmanns kriminalpolizeiliche Ambitionen waren in den letzten Tagen stark in den Hintergrund getreten, er schien einen psychischen Knacks erlitten zu haben und bedurfte des Zuspruchs. Wilma war, wie sie sagte, immer schon der

Meinung gewesen, dass die Polizeiarbeit viel zu gefährlich sei und sich ihr Mann eine andere Beschäftigung suchen sollte, Staatsdienst hin oder her.

Sie war zu Fuß auf dem Heimweg, da erreichte Emilia ein Anruf aus dem Unfallkrankenhaus. Am Telefon war Doktor Terényi. „Da Sie die einzige Bezugsperson von Herrn Hummel sind, die wir kennen, muss ich Ihnen mitteilen, dass Herr Hummel heute um dreizehn Uhr verstorben ist. Wir haben ihn zwar operiert, aber es war ein zu großer Teil des Gehirns affiziert. Es tut mir leid. Wir haben den Notar verständigt, bei dem er sein Testament gemacht hat. Auf Wiederhören."

Emilia hatte keine Gelegenheit, auch nur ein Wort zu sagen. Es wäre ihr aber im Augenblick ohnedies nichts eingefallen, was sie mit Doktor Terényi besprechen hätte können, so unangenehm war ihr der Mensch. Ein paar Minuten später machte sie doch einen Versuch und rief zurück. Sie geriet an die Schwester, mit der sie auch im Spital gesprochen hatte, und atmete auf. Was nun weiter geschehe, fragte sie sie.

Hummel habe eine Verfügung bei sich gehabt, seinen Körper dem Anatomischen Institut zur Verfügung zu stellen. Wenn allfällige Verwandte keinen Einwand erhöben, seien daher keine weiteren Schritte für ein Begräbnis erforderlich. Seine persönlichen Sachen würden normalerweise dem Notar übergeben, aber da man wisse, dass ein Vertrauensverhältnis zwischen Hummel und Emilia bestehe, könne sie die Dinge auch gegen Quittung mitnehmen. Es genüge aber, wenn sie morgen oder übermorgen komme. Die Polizei, die heute Morgen noch da gewesen sei, werde auch verständigt; ob die noch eine Autopsie machen lasse, wisse sie nicht. Es bestehe aber der Verdacht, dass der Schlaganfall durch die Schädelfraktur ausgelöst worden sei. ‚Schädelfraktur' hat Terényi damals nicht gesagt, nur ‚Sprung im Schläfenbein', fiel Emilia auf. Dem Terényi wäre es bestimmt nicht recht, wenn er wüsste, was mir die Schwester da alles erzählt. Aber mir ist es recht, sehr recht sogar.

Vielleicht, so meinte Emilia, wäre es nützlich, wenn das Krankenhaus dem Notar ihren Namen nennen würde. Sie würde, falls dagegen kein Einwand erhoben werde, die Nationalbibliothek und eventuelle weitere Freunde und Bekannte von Hummels Tod in Kenntnis setzen. Das werde sie tun, sagte die Schwester, die hörbar froh war, jemanden gefunden zu haben, mit dem sie das alles besprechen konnte.

Emilia rief nun erst einmal Rudi an, der heute in seiner Wohnung nach dem Rechten sehen musste; er versprach aber, sofort zu ihr zu kommen. Daheim informierte sie Clara von den neuesten Entwicklungen. „Es wird eng für Rothschedl“, meinte Clara, „wenn die Polizei weiterhin annimmt, dass er es war, der Hummel so zugerichtet hat. Aber theoretisch könnte es auch Rosenkvist gewesen sein oder sonst jemand, der ihn auf der Straße überfallen hat.“

„Aber ich werde Rothschedl doch besser vorwarnen; er ist mir zwar nicht besonders sympathisch, aber dass er wegen Totschlags belangt wird, hat er nicht verdient. Jetzt ist er zwar schon in Grado, aber irgendwann kommt er wieder nach Hause, und da steht die Polizei dann schon vor seiner Tür.“

Bevor Emilia den Sektionschef anrufen konnte, meldete sich Umberto aus Schweden zurück. Er sei eben am Wiener Flughafen eingetroffen, und was es Neues gebe? Emilia informierte ihn kurz, geradezu stenographisch, und bat Umberto, sobald wie möglich mit ihr zusammenzutreffen, es müsse ein Kriegsrat abgehalten werden.

*

Schon im Flugzeug und jetzt auch auf der Fahrt zu Emilia ließ Umberto die Zeit in Stockholm Revue passieren. Selbst für jemanden, der die laufenden Ereignisse gewöhnlich mit gebührender Distanz und lächelnder Ironie betrachtete wie er, waren die letzten Tage und besonders die letzten Stunden fast zu viel auf einmal. Am Morgen hatte er Gunilla eröffnet, dass er schon heute wieder nach Wien zurückfliegen werde. Sie erwiderte nichts, sondern bewegte nur den Kopf auf eine Weise, die man als Verwunderung, Missbilligung oder Resignation deuten konnte. Das verursachte in ihm ein sehr schales Gefühl, etwas zwischen schlechtem Gewissen und Verdrossenheit, das er den ganzen Tag nicht mehr richtig loswurde.

Sie fragte ihn, ob er noch Zeit habe, mit ihr Lasse Södergren im Krankenhaus zu besuchen. Er packte seine Sachen, dann marschierte er mit Gunilla und seinem Gepäck durch den Nebel zum Bahnhof. Den Koffer ließ er auf Gunillas Anraten in einem Schließfach am Centralen. Mit der Tunnelbana fuhren sie bis Medborgarplatsen und wanderten den Kilometer bis zum Spital hinauf.

Lasse lag in einem Einzelzimmer in der gefäßchirurgischen Abteilung und schlief, als die beiden ins Zimmer kamen. Gunilla hatte sich vorher kurz entschuldigt und irgendwo einen Arzt aufgetrieben, der beruhigende Auskünfte für sie hatte. Sie hätten die Wunde versorgt und ihn für alle Fälle in die Röhre geschoben, aber es sei nur eine leichte Gehirnerschütterung, weshalb er noch zwei Tage Ruhe brauche. Dass er auf dieser Abteilung liege, habe nur den Grund, dass hier gerade ein Bett frei gewesen sei. Man solle ihn schonen und daher nur kurz bei ihm bleiben.

Es war ihr anzumerken, wie sehr sie erleichtert war. In Umberto verstärkte sich der Eindruck, dass die beiden auf irgendeine Weise ein Paar waren und er nur eine Gastrolle spielte. Ganz gleichgültig war ihm das nicht, er musste in den paar Minuten, bevor sie in Lasses Zimmer traten, sehr an sich arbeiten. Du Narr, sagte er zu sich selbst, sei froh, dass es so ist, für gekränkte Eitelkeit oder Eifersucht ist jetzt weder Zeit noch Grund. Die Gastfreundschaft der beiden ist ja weit über alles hinausgegangen, was ich bisher unter diesem Begriff verstanden habe. Und heimreisen will ich außerdem heute auch.

Lasse Södergren, der gestern unter dem kollabierten Puzzlekran so jämmerlich und hilfsbedürftig gewirkt hatte, sah heute, selbst als schlafender Patient im Spitalsbett, imposant wie früher aus. Der Verband am Kopf tat dem keinen Abbruch, im Gegenteil, er verlieh ihm die Würde eines asiatischen Potentaten.

Gunilla berührte sanft sein Handgelenk. Er erwachte und brummte etwas, das Umberto, der sich im Hintergrund hielt, nicht verstand. „Wie geht es dir?“, fragte Gunilla. „Fast wie neu“, sagte Lasse, „habt ihr einen schönen Abend verbracht?“ Umberto trat herzu. „Wir haben fast alles aufgegessen und ausgetrunken und sogar das Geschirr gewaschen. Den ganzen Abend lang haben wir aber bedauert, dass du nicht bei uns bist.“

„Ein Abend zu zweit hat auch seine Vorteile“, grinste Lasse unter dem Verband hervor; „ich habe gehört, dass ihr euch sehr gut verstanden habt.“ Gunilla lief rot an; das stand ihr sehr gut, fand Umberto, aber er kommentierte es nicht. „Wenn ich das nächste Mal komme, hast du hoffentlich schon ein anderes Hobby“, sagte er, „wir wollen nicht jedes Mal die Ambulanz holen.“

„Umberto fliegt heute nach Wien zurück“, berichtete Gunilla. „Sehr schade, wir hätten noch viel zu besprechen“, sagte Lasse, „Vor allem wüsste ich gerne, wie du bei deinen Nachforschungen vorangekommen bist.“ „Ich habe mit deinem Bruder darüber diskutiert, er hat mir sehr geholfen und er sendet Grüße an dich.“ „Das habe ich befürchtet“, murrte Lasse; er wirkte aber nicht verstimmt.

„Ich habe Gunilla alles erzählt; sie wird dich sicher informieren.“ Er blickte auf die Uhr: „Ich denke, es wird Zeit für mich. Bessere dich, alter Freund – bis zum nächsten Mal.“ Umberto spürte, wie ihm die Tränen hochstiegen.

„Ich begleite Umberto hinaus und komme dann noch einmal zurück“, sagte Gunilla zu Lasse. Umberto war froh, dass er das Zimmer verlassen konnte, und fuhr sich verstohlen über die Augen. Vor der Tür des Krankenzimmers fasste er Gunilla an beiden Armen. „Es war so schön mit dir – ich habe so etwas noch nie erlebt!“, flüsterte er. „Ich freue mich darauf, dass du einmal wiederkommst – du kommst doch wieder nach Schweden?“, flüsterte sie zurück. „So bald wie möglich“, sagte Umberto. „Sieh zu, dass du dein Flugzeug erreichst“, sagte sie und küsste ihn, so gut das auf dem Spitalskorridor ging. Dann ließen sie zögernd voneinander ab; bevor Gunilla die Tür zu Lasse öffnete, hob sie nochmals kurz die Hand.

Als Umberto auf dem Bahnhof seinen Koffer aus dem Schließfach holte und sich umwandte, um zum Bahnsteig Richtung Arlanda zu gehen, stand da Gunilla Lönnroth, mit dem Rücken zu ihm, aber unverkennbar, selbst wenn sie keinen Gehstock dabei gehabt hätte. Es war einer jener Momente, in denen Umberto nicht zwischen Traum und Wirklichkeit, nicht zwischen Fata Morgana und haptischer Nähe unterscheiden konnte.

Aber sofort war ihm klar, dass er sich Gunilla nicht nur einbildete, dass sie greifbar da war, und zwar fast genau an der gleichen Stelle war wie damals vor zig Jahren. Er blickte auf die Uhr; zehn Minuten hatte er noch, bevor sein Zug abfuhr.

„Hej Gunilla“, redete er sie von hinten an. Sie wandte sich um, ohne zu erschrecken. „Hej Umberto“, sagte sie. Ein paar endlose Sekunden sah sie ihn wortlos an. Er räusperte sich. „Wie damals, nicht wahr?“, sagte er. „Es gibt noch viel zu sagen – auch das ist wie damals“, antwortete sie. „Aber ich weiß, dass du wiederkommst, dann reden wir weiter. Jetzt musst du zu deinem Zug, und ich zu meinen Übersetzungen. Küss mich.“

Es war der innigste Kuss, den er jemals mit seiner ersten Gunilla getauscht hatte. Er drückte sie an sich, ihr Stock fiel neben seinen Koffer, und es dauerte noch ein paar endlose Sekunden, bis sie sich voneinander lösten. Dann hob er ihren Stock auf und legte den Griff in ihre Hand. Er hielt die Hand länger, als es notwendig gewesen wäre. Sie lächelte, drehte sich um und ging zur Rolltreppe. Er sah ihr nach, aber sie blickte nicht mehr zurück.

Seine Fahrkarte holte er aus dem Automaten und spürte seinen Herzschlag bis in die Schläfen. Im Arlanda-Express ließ er sich auf einen Sitz fallen und schloss die Augen. Diesmal war er nicht so sicher, dass das Kapitel Gunilla jemals zu Ende gehen würde.

*

Emilia hatte Wolfram Rothschedl in Grado erreicht und ihm von Hugo Hummels Hinscheiden berichtet. Sie vermied es, einen Zusammenhang zu Rothschedls Auftritt in der Malzgasse herzustellen, und sie sprach auch nicht davon, dass ihn demnächst die Polizei aufsuchen könnte. Dennoch bewirkte sie beim Sektionschef einen Sturz in die Verzweiflung. Von einem cholerischen Ausbruch war nichts zu bemerken, der Jammer kam ungefiltert durch die Leitung. „Ich hätte dort nicht hingehen sollen, ich Idiot", lamentierte er. „Am liebsten würde ich gar nicht mehr zurückkommen."

Emilias Häme war nun an ihre Grenzen gelangt. Er fing geradezu an, ihr Leid zu tun. „Noch ist es ja nicht erwiesen, dass Sie das verursacht haben. Ich glaube nicht, dass Hummel jemals etwas Derartiges erwähnt hat. Sonst war ja nur Rosenkvist dabei, der hat sich aus dem Staub gemacht und wird sich hüten, der Polizei irgendwelche Einzelheiten zu beschreiben, außer sie setzen ihm Daumenschrauben an. Die Verletzungen könnte sich Hummel ja überall zugezogen haben."

Rothschedl krächzte: „Glauben Sie das wirklich?"

„Zumindest sollten Sie sich darauf festlegen, dass Sie weder Hummel noch Rosenkvist körperlich nahegetreten sind, wenn Sie jemand danach fragt. Niemand kann Ihnen das Gegenteil beweisen. Ich glaube nicht, dass sie bei Hummels Obduktion nach DNA-Spuren suchen werden – wenn überhaupt eine stattfindet. Und selbst, wenn sie das tun: Dass Sie mit den beiden im Zimmer waren, beweist ja auch noch nichts. Wenn Sie mich fragen, für eine Anklage reicht das mit Sicherheit nicht."

„Ich danke Ihnen, vielen Dank. Sie haben etwas gut bei mir. Ich werde trotzdem meinen Rechtsanwalt informieren. Auf Wiederhören", schloss Rothschedl mit einer Stimme, die wieder ein wenig an Festigkeit gewonnen hatte, aber noch weit entfernt war von der des Berserkers, als den ihn Emilia gewohnt war.

Als sie aufgelegt hatte, war Emilia mit sich sehr zufrieden. Mit etwas Glück würde das alles im Sande verlaufen. Sie freute sich darauf, die Lage mit Umberto zu besprechen. Als Rudi kam, informierte sie ihn ausführlich. Er meinte auch, dass da nicht mehr viel passieren würde, zumindest, wenn Rosenkvist weiterhin auf Tauchstation bleibe.

Diesen Gefallen tat ihnen der schwedische Mönch allerdings nicht.

SHOWDOWN IN HORNSTEIN

So blitzartig, wie das ohne Hummels VW möglich war, hatte sich Johan Rosenkvist vom Polizeikommissariat Brigittenau zu seiner Unterkunft in Favoriten begeben, dort seine Sachen aus dem Zimmer geholt und ausgecheckt. Schon an den Tagen zuvor hatte sich Rosenkvist Fahrpläne besorgt und saß daher eine halbe Stunde später in einem Linienbus, der ihn aus Wien ins Burgenland transportierte.

Das eine Fläschchen mit der geheimnisvollen Essenz hatte er ja im Auto zurücklassen müssen; ein zweites befand sich noch in seiner Reisetasche. Zwar wusste er nicht genau, was sich darin verbarg, aber da er es von Hummel bekommen hatte, nahm er an, dass es etwas Ähnliches war wie in den beiden Gebinden, die er bei seiner Flucht aus Hummels Haus verloren hatte. Dieses letzte Elixier gedachte er nun an Karl Ifkovits anzuwenden. Er wusste nicht, wie er in Wien seiner nochmals habhaft werden konnte, und reiste ihm daher an seinen Wohnort Hornstein nach. Außerdem reichte ihm die Bekanntschaft mit der Wiener Polizei.

Nach einer Dreiviertelstunde stieg er zur Erleichterung seiner Mitreisenden in Hornstein-Raiffeisenkasse aus, fragte einen Passanten nach einem Hotel und wurde an eine Pension in unmittelbarer Nähe verwiesen. Die freundliche Wirtin sah ihn etwas verwundert an. Sie fragte zwar nach seinem Namen und woher er komme; aber als er gleich im Voraus für drei Nächte zahlte, bestand sie nicht mehr auf der schriftlichen Erhebung seiner Personalien. Besonderen Wert legte die gute Frau auf die Feststellung, dass das Bad erst kürzlich renoviert worden sei und bei dem nasskalten Novemberwetter eine heiße Dusche Wunder wirken könne. Ein Wäscheservice werde auch angeboten.

Dagegen war nun nichts einzuwenden. Und so ließ Rosenkvist erstmals in Österreich seine Kutte waschen und nahm nach der wirklich wohltuenden und effizienten Dusche ebenso zum ersten Mal seine zweite Garnitur Oberbekleidung heraus. Dann fragte er die von seiner Metamorphose hingerissene Wirtin, wo man etwas zu essen bekomme. Sie riet ihm zu einem Heurigenrestaurant schräg gegenüber, das riesige Portionen serviere. Er konnte zwar mit dem Ausdruck ‚Heurigen' nichts anfangen, verließ sich aber dennoch auf die Auskunft.

Eineinhalb Minuten später saß er in dem wohnlichen Gasthaus und bestellte auf die Empfehlung des Kellners das teuerste Gericht, einen Hausspieß mit Bratkartoffeln, und ein Krügel Mur Auer; er hatte keine Ahnung, was ein Krügel und was ein Murauer sei, war aber dann von dem großen Glas Bier, das mit einer imposanten Schaumkrone aufgetischt wurde, freudig überrascht; auch das deftige Gericht sagte ihm zu. Für jemanden wie ihn, der in seiner Klause im Wald von Uppland solche Köstlichkeiten nie genossen hatte, war es die Begegnung mit einer anderen Welt. Als ihm der Kellner nachher noch ein Viertel vom Gelben Muskateller andiente, griff er ebenso zu wie bei der Kürbiskernpalatschinke, die damit hervorragend harmonierte; die dünkte ihm zwar etwas sonderbar im Geschmack, aber mit dem fruchtigen Wein ließ sich auch dieser Nachtisch unschwer bewältigen. Zum Abschluss sei ein Obstler das Richtige, befand der fürsorgliche Mann vom Service, oder wolle der Herr vielleicht einen kleinen Schwarzen? Rosenkvist bestellte zur Sicherheit beides und verlangte auch gleich zu bezahlen, weil er den Eindruck hatte, dass er nicht mehr lange Herr über seine Sinne und seine Handlungen sein würde. Ähnliches musste auch der Kellner gedacht haben, denn er war sehr schnell mit der Rechnung da und assistierte dem Fremdling bei der Suche nach den geeigneten Banknoten, wobei er einen angemessenen Bedienungszuschlag berücksichtigte.

Allmählich verschwammen die Konturen der übrigen Gäste; daher bemerkte Johan nur vage, dass einige Tische weiter in einer dunklen Zimmerecke eine Frau und zwei

Männer Platz genommen hatten und ständig zu ihm herüberblickten. Als er mühsam aufstand und sich von seinem freundlichen Kellner mit einem Händedruck verabschiedete, um quer über den Ortsanger zu seiner Pension zu wanken, nahm er auch nicht wahr, dass ihm einer der Männer folgte und, als Rosenkvist in seinem Zimmer verschwunden war, ein intensives Gespräch mit der Pensionsinhaberin führte.

*

Am Samstagmorgen schlief Rosenkvist lange und ausführlich. In der Nacht war ihm der Alte erschienen, der damals in seiner Hütte gestorben war; er stand auf dem Berge und blickte ins jenseitige Tal hinüber. Dann wandte er sich zu Johan um; er sagte nichts, sondern schüttelte nur den Kopf und begann heftig, aber tonlos zu lachen, bevor er in einer Windbö verschwand. Johan wusste nicht, was er davon halten sollte. Seine bisherigen Bemühungen, die Drei mit sich auf die Leiter der Erkenntnis zu ziehen, waren mehr als misslungen. Der Mut und die Überzeugung hatten ihn verlassen, das erste Mal, seit er seine Mission begonnen hatte. Auch die Bekehrung des Ifkovits schien ihm nicht mehr wirklich erstrebenswert. Nur schade, dass ihm allmählich das Geld ausging. Sein Kopf fühlte sich wie ein Fremdkörper an, als er sich aus dem Bett erhob; eine weitere Dusche brachte ihn wieder halbwegs zu sich. Von seinem Zimmertelefon rief er Hummel an. Es meldete sich aber niemand; auch ein zweiter Versuch erbrachte nichts.

Die Kutte war noch in der Reinigung, so schlüpfte er notgedrungen in seine zweite Ausgehuniform, wie er das nannte, und ging ins Frühstückszimmer. Die Wirtin begrüßte ihn freundlich und fragte nach Kaffee oder Tee, Spiegelei oder weichgekocht. Es dauerte lange, bis das Gewünschte auf dem Tisch stand, obwohl er da ganz allein saß; um diese Jahreszeit war der Andrang wohl nicht sehr groß. Er war noch mit seinem Croissant beschäftigt, da trat doch ein Gast ein und bestellte einen Verlängerten.

Während Johan noch überlegte, was das sein könnte, durchfuhr es ihn: Den neuen Gast hatte er schon irgendwo einmal gesehen, mitten in einer Menschenmenge. Oder war ihm bloß der gestrige Alkoholgenuss nicht bekommen? Fand er sich nun ständig von Bekannten eingekreist? Oder noch schlimmer: Stand er selbst unter ständiger Beobachtung? Dann fiel ihm plötzlich ein, woher er den Mann kannte: Er war bei der Ausstellung gewesen, die damals in der Malzgasse sein ganzes Konzept durcheinandergebracht hatte. Denn genau zu dem Zeitpunkt, zu dem er seine drei Jünger versammeln wollte, war die ganze Gasse voller Leute; noch dazu kam es dann zu einem Überfall von irgendwelchen Skinheads. Und wenn damals Karl Ifkovits nicht im Hausflur unterhalb des Vereinslokals Schutz gesucht hätte und dadurch dem Hummel geradewegs in die Arme gelaufen wäre, dann wäre die ganze Aktion völlig danebengegangen. Dass der Mann von der Malzgasse rein zufällig hier in die Pension hereingekommen war, daran mochte Rosenkvist jetzt nicht mehr glauben. Und an noch etwas wollte er nicht mehr glauben: Dass sein Plan, die drei mit Rauschmitteln auf einen höheren Stand des Menschseins zu führen, jemals aufgehen würde. Es war das Ende seines Traums.

Wenn er irgendwie aus der Sackgasse herauskommen wollte, dann nur mit einer Art Flucht nach vorne. Er musste den Betroffenen klar sagen, worum es ihm ging. Am besten fing er gleich mit Ifkovits an. Die Frage war nur, wie er an dem kaffeetrinkenden Spion vorbei zum Haus des Ifkovits gelangen könnte. Vielleicht war es besser, dem Eindringling auf den Zahn zu fühlen.

Er trank seinen Orangensaft aus und erhob sich. Der andere Gast stellte die Kaffeetasse ab und stand auch auf. „Bleiben Sie sitzen, bitte“, sagte Rosenkvist, „ich wollte ohnedies zu Ihnen.“ Der Andere setzte sich wieder; in seinen Augen stand die Überraschung.

„Ich weiß, dass Sie damit nicht gerechnet haben", fuhr Rosenkvist fort. „Ich kenne zwar Ihren Namen nicht, aber ich bin sicher, dass Sie von Karl Ifkovits kommen und mich im Auge behalten sollen. Sie wissen, dass ich Johan Rosenkvist bin, nehme ich an." Der Ausdruck des Anderen verriet nicht, ob er das tatsächlich wusste, anscheinend fühlte er sich nun auch verpflichtet, sich vorzustellen.

„Felix Gumpold, mein Name", sprach der Andere. „Ich weiß zwar, wer Sie sind, aber ich kannte Ihren Namen auch nicht. In der Tat hat man mich gebeten, darauf zu achten, was Sie hier in Hornstein unternehmen, nach allem, was in Wien schon geschehen ist." Er sah Rosenkvist misstrauisch von oben bis unten an, als rechnete er damit, dass dieser plötzlich eine Pistole ziehe. Die Wirtin stand neben der Tür zur Küche, faltete Servietten und verfolgte gespannt, was sich da nun tat.

„Ich würde gerne mit Karl Ifkovits reden, vorausgesetzt, dort wartet nicht schon die Polizei auf mich", sagte Rosenkvist, „Sie können gerne mit dabei sein, es stört mich nicht." Er sagte das in einem gequälten Tonfall, und Gumpold entspannte sich ein wenig. „Ich werde ihn anrufen, wenn Sie nichts dagegen haben", sagte er, stand auf und ging in die andere Ecke des Zimmers. Zum Fenster gewandt führte er ein längeres Gespräch, blickte ein paarmal nach Rosenkvist, wie um zu sehen, ob der nicht die Flucht ergriff, und kam wieder an den Tisch zurück.

„Die Polizei haben wir nicht informiert. Mein Freund Karl lädt Sie ein, zu ihm zu kommen, aber erst am Nachmittag, gegen fünf Uhr. Können Sie so lange warten?" „Gewiss", sagte Rosenkvist, „in der Zwischenzeit würde ich gerne einen Spaziergang machen, ein Stück auf den Hügel hinauf; ich muss mir über ein paar Sachen klar werden. Ich verspreche Ihnen, dass ich pünktlich um fünf bei Ifkovits sein werde."

Gumpold sah ihn zweifelnd an. Es war kein Wetter für längere Wanderungen, und auch sonst hielt er das Vorhaben für bedenklich. Aber es war eine Gesprächsbasis da, und der Wunsch nach einer Unterredung wirkte auch echt. „Soll ich Sie begleiten?“, fragte er. „Nein, danke, ich würde gerne allein mit meinen Gedanken sein. Ich bin sicher um drei da. Auf Wiedersehen, ich muss mir noch meine Jacke holen.“ Er gab Gumpold die Hand, was wie der Abschluss einer Vereinbarung wirkte, und ging in sein Zimmer.

Gumpold sah die Wirtin an. Sie sagte: „Der kommt bestimmt, glauben Sie mir. Aber aufpassen würde ich trotzdem, dass er beim Karl keine Dummheiten macht ... Ich werde ihm eine Wanderkarte mitgeben.“

Bis zu Karls Haus waren es nur wenige Schritte. Der Ortsteil Siget begann an dem Wirtshaus, in das Gumpold mit dem Ehepaar Ifkovits gestern eingekehrt war. Er rekapitulierte die gestrigen Ereignisse. Kaum hatten sie sich an dem gemütlichen Tisch niedergelassen, um die schnelle Genesung von Barbara und die Rückkehr von Karl aus seiner Malzgassen-Gefangenschaft zu feiern, war Karl vor Schrecken erstarrt und hatte geflüstert, „Dort ... dort sitzt der Mensch von der Malzgasse, der mir das Tuch über den Kopf gezogen hat!“ Nachdem Barbara und Gumpold sich möglichst unauffällig umgesehen hatten, berieten sie im Flüsterton, was nun zu tun sei. Da der Fremdling sie aber nicht bemerkte und sich angeregt mit dem Kellner unterhielt, schlug Karl vor, ihm heimlich zu folgen, sobald er aufbrechen würde; zu seiner Überraschung stellte er fest, dass der Mann in der Pension vis-à-vis wohnte. Mit der Wirtin entwarf er dann den Schlachtplan. Sie würde anrufen, sobald er sich beim Frühstück zeigte oder das Haus verließ. Gumpold sollte ausnahmsweise bei Ifkovits übernachten (seine Katzen würden das gewiss überleben – ein Anruf bei der Nachbarin, die für Notfälle einen Wohnungsschlüssel hatte, stellte das sicher). In der Früh müsste er auf das Signal von der Wirtin sofort zur Pension gehen und sich nach Möglichkeit an die Fersen des Mannes heften. Das klappte auch alles; dass seine Mission eine solche Entwicklung nehmen würde, damit hatte Gumpold freilich nicht gerechnet.

Dass Rosenkvist erst am späteren Nachmittag willkommen war, hing damit zusammen, dass Karl nach dem Frühstück nach Eisenstadt fahren musste, weil er auf dem dortigen Flohmarkt mit einem Händlerkollegen verabredet war; Barbara wollte er nicht mit dem sonderbaren Schweden allein lassen, nicht einmal, wenn Gumpold dabei war. Außerdem wollte Karl in Ruhe zu Mittag essen. Mit oder ohne Rosenkvist war Gumpold nicht wohl bei dem Gedanken, dass er jetzt mehrere Stunden mit Karls Gattin verbringen musste, aber das ließ sich nicht ändern. Schon deswegen hätte er Rosenkvist gerne auf seiner Nebelwanderung begleitet. Hoffentlich verlief sich der nicht in den Dickichten des Leithagebirges (was ihm, Gumpold, selbst schon einmal bei der Suche nach Steinpilzen passiert war).

Während er Barbara erzählte, wie eigenartig seine Begegnung mit Rosenkivst verlaufen war, meldete sich Ifkovits aus Eisenstadt und schlug vor, zur Nachmittagsjause Emilia Merz und den Sektionschef Rothschedl einzuladen, zur Verstärkung, falls Rosenkvist irgendwelche unvorhersehbaren Handlungen setzen sollte. Gumpold meinte zwar, dass Karl und er den kuriosen Schweden schon unter Kontrolle halten könnten, aber die zwei Herrschaften aus Wien hätten vielleicht noch weitere brauchbare Informationen, und es könne nur von Vorteil sein, wenn sich Rosenkvist gleich einer ganzen Phalanx von Betroffenen gegenüber sähe. Also rief er Emilia an, deren Leitung aber derzeit besetzt war; er sprach ihr etwas aufs Band. Von Rothschedl hatte er keine Nummer, den müsste dann wohl Emilia verständigen. Dann fiel ihm noch Umberto ein. Der war zwar nicht unmittelbar betroffen, kannte aber die Sachlage und hatte sicher ein paar gute Ideen; aber auch da kam Gumpold nicht durch.

Die nächsten zwei Stunden überstand er recht gut, zumal Barbara einen Großteil der Zeit mit Wochenendeinkäufen verbrachte. Er assistierte ihr dabei, weil sie nach ihrem Spitalsaufenthalt noch immer nicht ganz sicher auf den Beinen war, ihre Gespräche unterwegs drehten sich meist um kulinarische Details, was Gumpold sehr entgegenkam.

*

Emilia nahm die Mitteilung von Gumpold auf ihrem Handy erst wahr, nachdem sie mit Umberto gesprochen hatte. Zuviel war ihr dazwischengekommen. Nacheinander trafen Rudi und Umberto ein. Clara, die in der Zwischenzeit nach ihren Hunden gesehen hatte, berichtete, dass sie Jean Straeuble vorgestern Hummels Flasche gebracht habe; heute sei schon eine Rückmeldung von ihm gekommen. Sein Freund aus dem Chemischen Institut habe in aller Eile den Inhalt der Flasche untersucht und sei zu dem Schluss gekommen, dass es sich dabei um ein bisher nicht bekanntes Alkaloid handle, das dem Morphin ähnlich sei, aber weitaus stärkere halluzinogene Wirkung zeige, wie im Selbstversuch festzustellen war. Man solle höchst vorsichtig oder noch besser gar nicht damit umgehen, empfahl er; genau genommen müsste er eine Anzeige beim Suchtgiftdezernat machen, wovon ihn Straeuble mit Mühe abhalten konnte. Nach Rücksprache mit Clara bat er den Chemiker, den Rest der Substanz zu vernichten. Rudi schlug vor, die restlichen Flaschen wieder in Hummels Keller zurückzutragen, weil der Hauseigentümer ja nicht mehr belangt werden konnte.

Emilias Telefon läutete wieder. Es war Gumpolds dritter Versuch. „Gott sei Dank erwische ich dich. Kannst du möglichst gleich nach Hornstein kommen?“ Zehn Minuten später saßen Rudi und Emilia bei Umberto im Auto. Emilia hatte Gumpold mitgeteilt, dass Rothschedl nicht verfügbar sei, aber ohnedies nur Chaos verursacht hätte.

Für Umberto, der in der Früh noch in Gunillas Bett gelegen war, war es einer seiner dichtesten Tage. Auf der etwa vierzigminütigen Fahrt erzählte er seinen Passagieren ein paar Details aus Schweden; Gunillas Bett ließ er unerwähnt.

Als sie in Hornstein nach Siget einbogen, sahen sie in der matten Abendbeleuchtung den Mann in der Kutte auf Ifkovits' Haus zustreben. Er war also nicht geflohen, sondern heil von seinem Ausflug, von dem Gumpold gesprochen hatte, zurückgekehrt. Umberto erblickte Rosenkvist, der ihn die ganze vorige Woche so intensiv beschäftigt hatte, zum ersten Mal *in natura*. Emilia war ihm ja schon in Hummels Haus begegnet, und zu zweit hatten sie ihn bei seiner Flucht durch Hummels Küchenfenster beobachtet; Rudi war ihm überdies im Unfallspital nachgehetzt. Jetzt sollten sie ihm gegenübertreten, als sei es das Gewöhnlichste auf der Welt. Gumpold hatte auch gemeint, er und die Ifkovitse, wie er sie nannte, müssten ihn erst darauf vorbereiten, dass da noch weitere Mitwirkende dabei sein würden. Daher parkten sie das Auto ein wenig oberhalb und warteten eine Weile.

Umberto hielt es für angezeigt, sich bei Gumpold telefonisch zu erkundigen, ob und wann ihr Erscheinen willkommen sei, und rief ihn an. „Er ist nicht begeistert davon, dass er sich mit so vielen Leuten unterhalten soll, und wirkt überhaupt ein bisschen schüchtern, aber er hat wohl keine andere Wahl." Emilia, die das mithörte, bat Umberto, ihr den Hörer zu geben, und sagte zu Gumpold: „Kannst du einmal Rosenkvist ans Telefon holen?" Sie hörte undeutliche Stimmen im Hintergrund, und dann: „Rosenkvist" mit einem Fragezeichen. Sie sagte: *„Goþana andanahti! Hvaiwa habaiþ þu þata?"* Rosenkvist war ein paar Sekunden lang hörbar perplex und lachte dann: *„Þangka! Ik haba þata goþ! Jah þu?" „Ik im auk goþa!* Können wir kommen?", fragte Emilia. „Ihr seid willkommen – ich habe noch nie mit jemandem Gotisch gesprochen!" „In zwei Minuten sind wir da!"

„Was hat das geheißen?", fragte Rudi. „Auf Gotisch: Guten Abend, wie geht es dir? Und er sagte: Danke, mir geht es gut. Und dir? Und ich darauf: Mir geht es auch gut. Man muss nur die richtigen Worte finden", grinste Emilia. Umberto zog einen Hut, den er nicht aufhatte:

„Meine Hochachtung, ich hätte es höchstens auf Schwedisch versuchen können!" „Vielleicht brauchen wir das auch noch, wer weiß?", sagte Rudi. Dass Rosenkvist auch lachen konnte, war für alle eine neue Erfahrung; bisher hatten sie ihn bei sich als finsteren Dämon gespeichert.

Im Wohnzimmer, das mit den Antiquitäten des Ifkovits vollgeräumt war, saßen sie alle ganz friedlich nebeneinander: Gumpold mit der Miene eines Dompteurs, der das nordische Gespenst gezähmt hatte, Barbara, der man ansah, dass ihr das alles nicht geheuer war, und schließlich Johan Rosenkvist, nach seiner Tour durchs Leithagebirge frisch geduscht und frisiert und in blitzsauberer und gebügelter Kutte, völlig ohne die Aura von Buttersäure, die ihn bisher immer umgeben hatte, in Erwartung der drei Ankömmlinge, denen Karl Ifkovits im Vorzimmer aus der Überkleidung half.

Rosenkvist sprang auf, um die drei Neuen zu begrüßen; geradezu charmant dünkte er Emilia, die gleich darauf hinwies, dass sie nun lieber beim Deutschen bleiben würde. Rudi schüttelte ihm die Hand und sagte: „Schön, Sie einmal aus der Nähe zu sehen!" Umberto richtete ihm auf Schwedisch beste Grüße von Meister Fredrik Södergren aus, was Rosenkvist aus der Fassung brachte; seine Augen flackerten und der Argwohn stand ihm im Gesicht. Aber Umberto beruhigte ihn sofort: Södergren sei ihm nicht gram, und wenn er zurückkehren wolle, sei er willkommen. Das stimmte nun so nicht, aber trug wesentlich zur Entspannung bei. Umberto erklärte Rosenkvist, wer er sei und welche Rolle er in der Runde spiele, vor allem aber, dass er nichts mit der Polizei zu tun habe.

Ifkovits, der bisher wenig verstanden hatte, bat darum, von nun an nur mehr deutsch zu reden. Umberto entschuldigte sich bei Ifkovits und fragte Rosenkvist, ob er etwas dagegen habe, dass ab sofort alle miteinander deutsch redeten. „Soweit ich weiß, bedeutet ‚deutsch reden' bei euch auch ‚Klartext reden', und ich werde mich bemühen, das zu tun", antwortete der Schwede mit leichtem Akzent.

Dass er des Deutschen mächtig war, hatte er mit seinen Ausführungen zur Idiomatik hinreichend bewiesen. Er fühlte sich erkennbar wohl in der Runde, alle schienen sehr freundlich zu sein, obwohl sie genug Grund zum Groll gehabt hätten.

Es war keine Gerichtsverhandlung mehr, sondern eine Art von Rundem Tisch, an dem das Geschehene aufgearbeitet werden konnte. So empfand es Emilia; sie hielt es für angebracht, Rosenkvist von Hummels Ableben zu informieren; es musste jetzt gesagt werden, so etwas konnte man nicht später beiläufig einstreuen. In wenigen Worten berichtete sie von ihrem Gespräch mit Doktor Terényi. Auch Gumpold und die Ifkovitse hörten erstmals davon.

Rosenkvist war betroffen. „Das ist schon der dritte Tote in der Geschichte, nach Peter Kaltenecker und dem Alten vom Berge", murmelte er. Emilia spürte, wie sich ihre Nackenhaare aufstellten. Sie erhob ihre Stimme und fauchte Johan an: „Sagten Sie ‚Kaltenecker'? Wie und wann ist er gestorben?"

Außer Emilia und Rosenkvist kannte niemand in der Runde Peter Kaltenecker, nicht einmal Rudi; in Emilias Familienangelegenheiten war er bisher nicht eingeweiht worden und in die von Clara schon gar nicht. Es hatte weder einen Grund dafür noch eine Gelegenheit dazu gegeben. Emilia erläuterte, dass es sich um den Vater ihrer Halbschwester Margarete handle. Sie setzte hinzu, dass er vor vielen Jahren nach Schweden gegangen und dort nach einigen Monaten verschwunden sei. Das einzige Lebenszeichen von ihm sei ein leerer Briefumschlag gewesen, der vor einiger Zeit in Linköping aufgegeben worden sei.

„Den habe ich aufgegeben, aber ich wusste nicht, dass er leer war", hakte Rosenkvist ein. Und dann erzählte er den Rest der Geschichte, soweit er ihm bekannt war, bis zu der Vermutung, dass Kalteneckers Leiche immer noch am Grunde des Vättern liege. Es war eine reichlich rüde Endbemerkung, wie Umberto fand, aber sie wurde von Emilia noch übertroffen: „Ich glaube nicht, dass Clara ein besonderes Interesse daran hat, ihn weiterzusuchen oder ihn in Österreich begraben zu lassen. Er soll bleiben, wo immer er ist."

Es war, als striche ein kühler Hauch durchs Zimmer, der alle frösteln machte. Barbara legte ihre Hände wechselweise an ihre Oberarme und zog die Schultern ein. Nur Johan schien unberührt, als wollte er die menschliche Wärme, die ihn hier umgab, nicht durch irgendwelche Missstimmungen gefährden. Ganz gelang ihm das nicht, denn Karl Ifkovits, der sich dem Fremdling gegenüber stets am meisten reserviert verhalten hatte, meinte dazu: „Wer weiß, ob das alles wirklich so war", und er sah Rosenkvist argwöhnisch an.

„Ich kann niemanden zwingen, mir zu glauben", fuhr dieser fort, „ich kann nur versichern, dass ich all das, was ich hier erzähle, für wahr und wirklich halte." Eine eigenartige Formulierung, dachte Umberto, aber erkenntnistheoretisch annehmbar. Ifkovits hatte es nicht so mit der Erkenntnistheorie, sein Misstrauen wurde durch die sonderbare Aussage eher weiter genährt; er kniff nun auch die Lippen zusammen. Die Stimmung im Raum schlug fühlbar um.

Umberto versuchte die herannahende Eisigkeit dadurch abzumildern, dass er fragte, wer der ‚Alte vom Berge' sei. Rosenkvist blieb nun nichts übrig, als auch über seine Begegnung mit dem geheimnisvollen Besucher im Wald von Uppland zu berichten. Er ließ nichts aus, weder den Umstand, dass die Worte des Alten über die Jakobsleiter die Grundlage für seine Aktionen in Wien waren, noch dessen langsames Sterben und auch nicht die Bestattung im Wald. Während Gumpold, Umberto, Emilia und Rudi gebannt zuhörten und Barbaras Augen sich immer mehr weiteten, griff sich Ifkovits an den Kopf. Als Rosenkvist damit schloss, dass er nach einer Woche nicht mehr genau gewusst habe, ob das alles nicht nur Traum und Wahn gewesen war, sprang Ifkovits auf, richtete seinen Zeigefinger wie eine Schusswaffe auf ihn, schrie: „Das nimmt Ihnen doch kein Mensch ab!" und stürmte aus dem Zimmer, wobei er in der Tür noch rief: „Ich halte das nicht mehr aus!" Barbara hielt sich die Hand vor den Mund und eilte ihm nach. Gumpold war sichtlich nicht wohl zumute; er blickte von einem zum anderen, wie um die sonstige Stimmung abzuschätzen, erhob sich schließlich auch, sagte, „Ich sehe einmal nach den beiden ..." und verließ ebenfalls das Zimmer.

Umberto fühlte plötzlich eine ungeheure Müdigkeit in sich hochsteigen und führte sie auf die mannigfachen Ereignisse des heutigen Tages zurück, der ja noch in Gunillas Bett begonnen hatte; es kam ihm vor, als sei das nun schon Wochen her. Gunilla, dann Lars im Krankenhaus, wieder Gunilla, die andere Gunilla am Bahnhof, der Flug von Stockholm nach Wien, die Fahrt zuerst nach Penzing und dann nach Hornstein, der Tod von Hummel, die Beichte von Rosenkvist, alles innerhalb von zwölf Stunden ... Er sehnte sich nach seinem Bett am Bierhäuselberg, aber das würde wohl noch eine Weile auf ihn warten müssen.

Rosenkvist sah aus, als verstehe er die Aufregung nicht, obwohl ihm die Situation auch unangenehm war; außerdem ließ die Wirkung von Dusche und Kleiderreinigung bei ihm merkbar nach. Rudi hatte sich bisher im Hintergrund gehalten; nun aber sagte er zu Rosenkvist: „Bevor sich hier alles auflöst, hätte ich noch gerne erfahren, was sich da im Vereinslokal in der Malzgasse wirklich abgespielt hat, mit Krautmann, Ifkovits und vor allem mit Rothschedl – können Sie uns das erzählen?" Er fürchtete, dass die wesentlichen Details gar nicht mehr zur Sprache kommen würden, weil Ifkovits die ganze Runde auf die Straße setzen könnte. Aber der wurde offenbar von Gumpold argumentativ niedergehalten – zumindest hörte man die beiden aus einem weiter entfernten Zimmer des Hauses debattieren. Man verstand zwar nichts, aber die Tonfälle der beiden drangen durch und ließen Rückschlüsse auf den Fortgang der Verhandlungen zu.

Rosenkvist besann sich; vielleicht hörte er auch nur zu, wie sich die Dinge zwischen Gumpold und Ifkovits entwickelten. Dann sagte er: „Krautmann hieß der erste Mann? Der war nur irrtümlich hier; mir kam er gleich sonderbar vor, aber Hummel wollte seine Mittel an ihm ausprobieren, obwohl er auch nicht sicher war, mit wem er es da zu tun hatte. Als er ihn vor dem Haus auf- und abgehen sah, holte er ihn irgendwie in den Hausflur und hielt ihm das Taschentuch mit dem Narkotikum vors Gesicht; wir schleppten ihn dann in den Keller und erzählten ihm die Geschichte von der anderen Welt, in die er nun eintreten würde; das heißt, Hummel erzählte sie ihm, ich sah mir das alles aus dem Hintergrund an – es war erstaunlich, wie der Mann das alles akzeptierte, als wäre er hypnotisiert worden. ‚Es ist der Falsche', sagte Hummel schließlich, und so begleiteten wir ihn zu seinem Auto hinauf und setzten ihn hinein, der Wagen war noch gar nicht abgesperrt. Die Wirkung des Mittels lässt bald nach, hatte Hummel versichert. Wir haben dann von unserem Fenster aus noch gesehen, wie Sie ihn abgeholt haben."

Barbara hatte jedem in der Runde ein Glas Wasser hingestellt; er nahm einen Schluck, bevor er weiter redete. „Bei Ifkovits war es viel schwieriger. Da war der Tumult bei der Ausstellung, mit dem wir nicht gerechnet hatten. Ich war ja kurz unter den Besuchern und habe mich unter eure Gruppe gemischt. Dann ging ich zurück in den Verein und überlegte mit Hugo, was wir tun sollten. Er stand am Fenster und sagte plötzlich: ‚Da kommt Ifkovits', und so liefen wir hinunter und fanden ihn unmittelbar vor unserem Haustor. Wir sagten ihm, er solle hereinkommen, und er war froh, dem Trubel zu entgehen. Diesmal blieb Hummel im Hintergrund, denn die beiden kannten sich ja von früher, und wir wollten kein Risiko eingehen. Ich lud ihn in unser Lokal ein, da könne er die Sache von oben betrachten. Schon auf dem Weg hinauf hielt ihm Hummel sein getränktes Taschentuch vor die Nase, und bald war er so weit, dass man mit ihm alles machen konnte. Wir setzten ihn auf einen Stuhl: Ifkovits war nun wieder ansprechbar; wir sagten ihm, er solle seiner Frau am Telefon sagen, er würde erst morgen heimkommen. Wir schauten nochmals auf die Gasse hinunter. Genau in diesem Augenblick seid ihr auf uns aufmerksam geworden und habt mit einem Polizisten geredet. Das machte Hummel nervös; er war dafür, Ifkovits wegzubringen und ihn anderswo weiterzubehandeln. Trotz seines Zustandes wusste Ifkovits, wo sein Auto stand, wir schafften ihn über den Nachbarhof dorthin und bugsierten ihn hinein. Hummel verlangte den Schlüssel von ihm und fuhr voraus; ich nahm das kleine Auto und fuhr ihm nach. Er brachte uns irgendwohin über die Donau auf einen finsteren Parkplatz an dem Turm mit dem Restaurant. Unterwegs dachte ich schon, dass das alles danebengegangen war, ich hätte ja alle drei Kandidaten auf einmal gebraucht, um mit ihnen den Weg zur Erkenntnis durchzugehen – wenn ich das jetzt so erzähle, kommt mir alles total verrückt vor.“ Das Auditorium nickte zustimmend. Verrückt war das alles in der Tat, aber sonst stimmte alles mit dem überein, was Umberto und Gumpold in der Malzgasse und im Donaupark erlebt hatten.

„Noch dazu passierte auf dem Parkplatz ein weiteres Malheur. Gerade als ich zu Hummel ins Auto steigen wollte, kam vom Turm her eine Gruppe von sehr lustigen Menschen, die im Restaurant gefeiert hatten. Sie taumelten an unserem Wagen vorbei, einer sah herein und rief, ‚Da sitzt ja Hugo drinnen! Was machst du hier?‘ Wer das war, weiß ich nicht, wahrscheinlich ein Kollege von ihm. Hummel sprang aus dem Auto, nahm den Mann am Arm und zog ihn weg von unserem Wagen. Er redete auf ihn ein und erzählte ihm irgendeine Geschichte. Als er zurückkam, stand ihm der Schweiß auf der Stirn, und er sagte: ‚Wir müssen die Sache abbrechen, es wird mir zu gefährlich.“ Ifkovits war auf der Fahrt halb eingeschlafen; wir ließen ihn sitzen, liefen zu Hummels Volkswagen und sahen zu, dass wir von hier verschwanden.“

„Das Ganze war eine ziemliche Stümperei“, ließ sich Gumpold vernehmen, der unbemerkt schon eine Weile in der Tür gestanden war. Rudi nickte und fragte Rosenkvist: „Warum habt ihr dann trotzdem unbedingt Rothschedl haben wollen, wenn alles bisher schon so misslungen war?“

„Ich wollte ohnedies aufgeben“, antwortete Rosenkvist, „aber als wir wieder daheim bei Hummel waren, sagte er, es gebe noch eine Möglichkeit, alle drei zusammenzubekommen. Wir sollten uns Rothschedl holen, ihn bearbeiten und ihn dazu zwingen, Frau Merz und Herrn Ifkovits herbeizuholen, er solle ihnen sagen, dass es ihm sonst schlecht ergehen würde. Er habe als hoher Beamter ein solches Gewicht, dass sie da nicht Nein sagen könnten. Ich bezweifelte das, aber endlich überredete mich Hummel, und wir schickten eine Nachricht an Frau Merz, weil wir in der Eile nur deren Telefonnummer fanden. Sie sollte uns Rothschedl herbeischaffen.“

„Das hat ja wirklich funktioniert", sagte Emilia, „zumindest ist Rothschedl bis zu euch gekommen. Aber was war dann los?"

„Hummel hatte schon sein Taschentuch vorbereitet, als Rothschedl hereinkam. Es sollte alles ganz schnell gehen. Aber Rothschedl fing sofort zu schreien an, Ihr Idioten, was glaubt ihr, wie weit ihr damit kommt, ich hole jetzt die Polizei, und so fort. Er ging auf uns los und attackierte mich mit den Fäusten, ich konnte ihn halbwegs abwehren und abdrängen. Er stolperte rückwärts zum Fenster, hielt sich daran fest und fing an, nach der Polizei zu rufen. Hummel war unterdessen von der Seite herangeschlichen und versuchte Rothschedl sein Tuch ins Gesicht zu drücken. Das gelang aber nicht. Was dann genau passierte, kann ich nicht sagen. Es gab ein Handgemenge, auf einmal hatte Rothschedl seine Füße auf dem Fensterbrett, wir klappten in unserer Not die Läden zu und verriegelten sie von innen. Dann nahmen wir rasch alle unsere Sachen an uns, liefen aus der Wohnung und sperrten sie von außen zu."

„Hat Rothschedl Hummel ins Gesicht geschlagen? Von irgendwoher muss Hummel ja seine Verletzungen her haben", sagte Emilia.

„Ich glaube nicht, dass Rothschedl Hummel ernstlich erwischt hat. Die Nase hat sich Hummel erst nachher gebrochen. Wir flüchteten durch das Nebenhaus auf die Gasse. In dem Flur dort ist es sehr dunkel, sogar am Tag. Hummel lief mit voller Wucht gegen ein Treppengeländer, an dessen Ende ein eiserner Drache oder Löwe angebracht ist, da rannte er an und fiel schreiend hin. Ich dachte schon, nun würden alle Hausbewohner herauskommen, aber kein Mensch war da. Also stellte ich ihn wieder auf die Füße, wischte das Blut aus seinem Gesicht und fragte ihn, wo das nächste Krankenhaus sei. Er sagte, von ihm würde niemand erfahren, was geschehen war, und ich solle auch den Mund halten. Ich brachte ihn zum Krankenhaus; er stieg aus und ich fuhr davon."

Er brach seinen Bericht abrupt an; wieder entstand eine Pause. Ifkovits und Barbara waren nun auch wieder da, Gumpold hatte ihnen mit Erfolg zugeredet.

„Damit wäre Rothschedl entlastet", meinte Umberto. „Kannst du aufschreiben, was da in der Malzgasse passiert ist? Die Polizei wird ja sicher noch nachfragen." Er verwendete das Du, als würde er schwedisch reden. Rosenkvist nickte.

„Auf jeden Fall wäre es besser, wenn Herr Rosenkvist selbst zur Polizei ginge", brummte Ifkovits, „ich glaube noch immer nicht, dass das alles so war; vielleicht hat er selbst den Hummel niedergeschlagen, und was mit dem Kaltenecker war und dem alten Mann, kann auch ganz anders gewesen sein."

Rosenkvists Augen weiteten sich. Er schüttelte den Kopf. „Es war so, wie ich gesagt habe. Aber wenn Sie mich der Polizei ausliefern wollen, ist es besser, ich gehe selbst dorthin. Lassen Sie mich ein oder zwei Tage darüber nachdenken; ich werde nicht flüchten."

Es entstand eine ungeordnete Diskussion. Umberto glaubte dem Schweden vor allem deshalb, weil er ihn nicht für fähig hielt, sich eine ausgefeilte Lügengeschichte auszudenken. Die bisherigen Täuschungsmanöver waren ja eher einfacher Natur, abgesehen von der ursprünglichen Idee, die drei Kandidaten durch die briefliche Verschränkung miteinander zu verknüpfen. Aber auch das konnte auf Hummels Mist gewachsen sein.

Rosenkvist beteiligte sich nicht an der Debatte. Er hatte seinen Teil beigetragen und hoffte, dass Ifkovits nicht gleich die Polizei verständigte. Von ihm waren keine weiteren Erkenntnisse zu erwarten. Gumpold redete wieder auf Ifkovits ein, um ihn zu einem Moratorium zu bewegen; wenigstens bis Montag sollte er warten. Auch Emilia und Rudi sprachen sich dafür aus. Emilia wollte Rosenkvist einen geordneten Rückzug ermöglichen, weil ihr die Sache nach wie vor zu kraus für eine reguläre Bearbeitung durch Polizei und Staatsanwaltschaft dünkte.

Umberto nahm alles nur mehr durch einen Schleier wahr. Er konnte einfach nicht mehr und musste nun schleunigst nach Hause. Trotz seiner Erschöpfung hatte er aber das Bedürfnis, mit Johan Rosenkvist ein – vielleicht finales – Gespräch zu führen. Daher raffte er seine letzten Kräfte zusammen und wandte sich an ihn: „Johan“, sagte er zu ihm, „ich würde gerne mit dir morgen einen kleinen Ausflug machen, vielleicht auf einen Berg, gewissermaßen in Erinnerung an deinen Alten, der ja vom Berge kam und wieder zum Berge ging. Könntest du dir das vorstellen?“

„Das könnte ich mir sehr gut vorstellen“, antwortete Rosenkvist, der froh war, dass ihm jemand einen Ausweg aus der sich abzeichnenden Sackgasse wies. Auch die anderen Teilnehmer der Runde betrachteten diese Ankündigung als Erlösung aus der Situation des Augenblicks, die immer stickiger zu werden drohte, nicht zuletzt wegen Rosenkvists Bromhidrose. Umberto werde Johan morgen um etwa neun Uhr an seinem Quartier erwarten, warme Kleidung und gutes Schuhwerk sei zu empfehlen. Da sei er nicht empfindlich, meinte Rosenkvist. Er griff in seine Kutte und holte sein letztes Fläschchen, ein dekoratives, dunkelgrünes Flakon mit Schraubverschluss, heraus. Langsam stellte er es auf den Tisch; die Runde erstarrte vor Schreck.

„Keine Angst“, sagte Rosenkvist, „ich brauche das jetzt nicht mehr; ich weiß nicht einmal, was da wirklich drinnen ist, und Hugo kann es uns nicht mehr sagen. Kann es jemand brauchen?“ Felix Gumpold sah sich um; niemand war interessiert. Vorsichtig nahm er es in die Hand und schnüffelte daran: Es war völlig geruchlos. „Wenn es keiner haben will, würde ich es gerne meiner Sammlung einverleiben“, sagte er, „es hat genau die richtige Größe.“

„Bitte nimm es mit, das Teufelszeug“, sagte Ifkovits. „Und gib Acht, dass deine Katzen nicht darankommen.“ Alle lachten, außer Ifkovits.

Nach Minuten des Händeschüttelns und der guten Wünsche wanderte Rosenkvist die paar Meter hinauf zu seiner Bleibe, Gumpold stieg mit seinem neu erworbenen Schatz in sein Auto und Umberto mit Emilia und Rudi in seines, wobei er Rudi fragte, ob er das Steuer übernehmen könne,

Umberto teilte noch mit, er wolle Rosenkvist morgen auf die Rax schleppen, es werde ihm und auch dem Schweden gut tun, ein paar Maulvoll Frischluft zu schnappen. Schnee war nicht zu erwarten, und die Seilbahn sei, so glaube er, auch noch in Betrieb. Das war das Letzte, was er äußerte, bevor in Tiefschlaf verfiel.

In der Beckmanngasse rüttelte ihn Rudi vorsichtig wach. Das Angebot eines Imbisses bei Clara schlug er aus. Den Weg zum Bierhäuselberg könne er allein bewältigen; es sei ja höchstens eine Viertelstunde Fahrt. Daheim stellte er den Koffer in eine Ecke und den Wecker auf sieben Uhr, verschlang zwei Knäckebrote und eine Dose Thunfisch in Sauce, goss einen Kräuterbitter nach und spülte in einer heißen Dusche die Ereignisse des Tages ab.

AUF DEM BERGE

Herbert Wallner sperrte kurz vor neun Uhr den Kassenraum in der Talstation der Raxseilbahn auf. Der Himmel war eisblau und völlig wolkenlos, eine Seltenheit im November. Es war daher zu erwarten, dass am heutigen Sonntag trotz der Jahreszeit etliche Bergbegeisterte auf das Raxplateau transportiert werden wollten. Erfahrungsgemäß kamen die meisten Wanderer schon zu den drei oder vier ersten Bergfahrten. So war es auch; die erste Gondel konnte den Ansturm gar nicht bewältigen. Unter denen, die deshalb auf die nächste Fahrt in einer halben Stunde warten mussten, fiel ihm ein ungleiches Paar auf. Es waren zwei Männer; der eine in regulärer Bergausrüstung mit rot und blau gestreiftem Anorak, einem kleinen gelben Rucksack und hohen Bergschuhen, der andere in einem eigenartigen bräunlichen Kaftan, der seine sonstige Kleidung verhüllte; als Gepäck hatte er eine Umhängtasche aus Wollstoff mit, die den ersten Regenguss nicht überleben würde, statt fester Bergschuhe trug er Mönchssandalen und erinnerte so ein wenig an die Erscheinungen, die Herbert Wallner bei einer Griechenlandreise in den Metéora-Klöstern vorgefunden hatte. Es war ein ungewöhnlicher Anblick in Hirschwang; auf der Rax lag noch kein Schnee, andernfalls hätte der Seilbahnwart den Mönch sicher auf sein mangelhaftes Outfit hingewiesen. Dass der in seiner Kutte wahrscheinlich frieren würde, war zumindest nicht lebensgefährlich. Aber wahrscheinlich wollten die beiden nur von der Bergstation bis zum Ottohaus und wieder zurück spazieren, auf einem unschwierigen Weg, auf den sich üblicherweise etwa fünfzig Prozent der Besucher beschränkten. Also ließ er die beiden ungewarnt in die nächste Gondel steigen; es wäre ohnedies schwierig gewesen, den beiden etwas mitzuteilen, denn sie unterhielten sich in einer Sprache, die Wallner nicht kannte. Die Fahrkarten hatte der Begleiter des Mönchs allerdings in akzentfreiem Ostösterreichisch verlangt.

Auf dem Weg von Hornstein nach Hirschwang hatte Umberto Johans Vertrauen gewonnen. Der Schwede erzählte ihm viele Details aus seinem Leben und verbreiterte sich vor allem, wenn es um seine Philosophie ging. In Umberto fand er einen verständnisvollen Gesprächspartner, der die Jakobsleiter und die Rosenkreuzer besser kannte als jeder andere, mit dem Johan bisher darüber gesprochen hatte, Fredrik Södergren ausgenommen. Umberto kannte das Bild von Michael Willmann, auf dem eine Schar Engel aus einer irdischen Landschaft in den Himmel stieg, und andere Darstellungen, von denen einige auch Johan unbekannt waren, außerdem erwähnte er Arnold Schönbergs Oratorium, das der Komponist nicht mehr vollenden konnte.

„Mein Werk konnte ich auch nicht vollenden, nicht einmal richtig beginnen", nahm Johan den Faden auf. „Ein paarmal dachte ich schon, dass ich den Alten damals falsch verstand. Die Herzen und Hirne geschmeidig zu machen, damit meinte er wohl etwas Anderes als sie mit einem Narkotikum zu betäuben; aber wie Hugo Hummel mir von seinen Tinkturen erzählte, war ich sicher, dass das genau das ist, womit man die Auserwählten für sich gewinnen kann, und dass er mir gerade die drei Menschen nannte, verstand ich auch als Wink des Schicksals. Es gab für mich daher auch gar nichts Anderes als das, was wir dann in Wien gemeinsam machten, und ich war sehr erstaunt, dass alles so schwierig war."

Wie das jetzt weitergehen solle, wollte Umberto wissen. Johan hatte ihm am Morgen gleich beim Einsteigen ein Papier gegeben, in dem er seine Aussage für die Polizei festgehalten hatte. Daraus schloss Umberto, dass Rosenkvist nicht ernsthaft beabsichtigte, sich nochmals mit der Exekutive in Verbindung zu setzen, obwohl er gestern bei Ifkovits etwas Derartiges angedeutet hatte. Für Umberto, der trotz seines Berufes ein prinzipielles Misstrauen gegen

Amtshandlungen aller Art hegte, war das kein Problem; was aber, wenn Ifkovits doch noch zur Polizei ging und sich über Rosenkvist und Hummel beschwerte?

„Wenn du nicht zur Polizei gehen willst, wie willst du verhindern, dass die Polizei dich findet?"

„Ich weiß es noch nicht, vielleicht fällt mir auf dem Berg dazu etwas ein. Aber wer weiß, ob mich die Polizei überhaupt finden will? Wie immer das auch sein mag, ich muss wieder ganz von vorne anfangen", murmelte Johan kryptisch.

Einen brauchbaren Ausweg hatte auch Umberto nicht für ihn. Sie waren unterdessen bei der Seilbahnstation angekommen, stellten das Auto ab und reihten sich in die Schlange vor der Kassa ein. Johan erweckte allgemeine Aufmerksamkeit, Umberto registrierte einschlägige Randbemerkungen einiger Bergfreunde. Ein Wanderer in herkömmlicher Tracht mit Filzhut, auf dem mindestens zwanzig Wanderabzeichen saßen, einer grünen Wanderjoppe, schwarzen Kniebundhosen und roten Strümpfen tat sich hervor, sprach Johan in breitem Wiener Dialekt auf seine Gewandung an und fragte, ob er schon früher einmal auf einem Berg gewesen sei. Johan hatte aber keine Lust, auf die für ihn schwer verständlichen Äußerungen des bunten Vogels einzugehen und antwortete in möglichst gebrochenem Deutsch, dass er nichts verstehe. Darauf brummte der Wanderer nur etwas von Leuten, die keine Ahnung von den Bergen hätten, und zog sich wieder auf seinen Platz in der Kolonne zurück. Glücklicherweise war er zum Unterschied von Umberto und Johan einer jener Passagiere, die bereits zur ersten Gondel zugelassen wurden.

Die Auffahrt dauerte nur wenige Minuten und war weder für Umberto, der seine Höhenangst ja schon bei Romuald Zickl ausgelebt hatte, noch für Johan, der anscheinend das erste Mal ein solches Gefährt benutzte, ein Vergnügen. Umbertos Magen nahm ihm vor allem die Schaukeleinlage bei der Seilbahnstütze übel; warum habe ich ihm bloß diesen Ausflug angeboten, dachte Umberto, der ein eifriger Wanderer war, aber Abgründe und Seilbahnen nach Möglichkeit vermied. Er war erleichtert, als sie wieder festen Boden unter den Füßen hatten. Vor dem Gasthof an der Bergstation wurde auf einer schwarzen Tafel der lokale Kräuterbitter angepriesen; dies erschien Umberto als ein weiterer *ödets vink*, und sie bestellten an der Theke je ein Stamperl davon, und gleich ein zweites danach. Nun waren sie für alles gerüstet, Umberto erläuterte Johan die Wanderrouten, die sich von hier aus anboten: Man könne gleich über den Gsolhirnsteig wieder zur Talstation absteigen oder zum Ottohaus voranschreiten und von dort entweder über den Jakobskogel am Rande der Südwände oder auf dem weniger ausgesetzten Weg über den so genannten Grünschacher zur Neuen Seehütte wandern; den jeweils anderen Pfad könne man für den Rückweg benützen. Er war froh, dass sich Johan für den Jakobskogel entschied; den direkten Abstieg schätzte er nicht, weil der zwar nicht an einer Steilwand entlang führte, aber dennoch besser von schwindelfreien Wanderern zu begehen war. Und was die beiden anderen Routen betraf, so schien es ihm empfehlenswerter, zuerst den Randweg zu wählen, solange die Wirkung des Schnapses anhielt, und zurück den wenig aussichtsreichen, aber für jedermann geeigneten Pfad durch die Latschen zu nehmen. Latschen seien niedrige, buschartige Kiefern, erläuterte er Johan.

Der Wirt an der Bergstation, der die beiden zuerst misstrauisch betrachtet hatte, sie nach dem zweiten Schnaps aber als ernstzunehmende Gäste einstufte, erkundigte sich nach den Wanderabsichten der beiden und wies sie darauf hin, dass die Neue Seehütte schon geschlossen war; er empfahl, den Weg so einzuteilen, dass man im Ottohaus oder noch besser bei ihm zu Mittag essen könne. Bei ihm gebe es durchgehend warme Küche und eine ausgiebige Speisekarte. Auch eine Übernachtung sei möglich.

Umberto dankte für die umfassende Auskunft, Johan besuchte die Toilette, und sie machten sich auf den Weg.

Das Wetter war ideal, sonnig, aber frisch, manchmal zog eine Nebelbank vorüber. Nach einer knappen Stunde, in der wenig geredet wurde, langten sie am Ottohaus an. Man konnte hier sogar im Freien sitzen, eine Gelegenheit, die von einer Mehrzahl von Wanderern wahrgenommen wurde.

Umberto und Johan stiegen aber gleich weiter zum Jakobskogel. Unterhalb des Gipfelkreuzes machten sie Rast, auch, um eine Zwanzigergruppe vorbeizulassen; im Tross wollten sie nicht gehen. Ein wenig hatte sich Umberto an den weiten Tiefblick gewöhnt, und Johan schien das geradezu zu genießen, dass er hier oben stand wie der Alte vom Berge.

Ein Wolkenschleier verhüllte für ein paar Minuten den weiteren Weg, aber dann war wieder die Sonne da, ein wunderbarer Herbsttag. Eine Stunde wanderten die beiden neben- oder hintereinander. An der Hohen Kanzel blickte Umberto eher geradeaus als nach links in die Abbrüche, aber es machte ihm erstaunlich wenig aus. Auf halbem Wege zur Seehütte blieb Johan stehen. „Endlich bin ich da angekommen, wo ich seit Jahren hin wollte, so schön ist es hier." Er deutete in die Runde, hinab nach Prein und hinüber zum Semmering. „Es ist wie eine Grenze zwischen dem Boden unter meinen Füßen und dem Himmel, oder eigentlich keine Grenze, sondern das Zusammenspiel zwischen Erde und Himmel. So muss es Jakob im Traum erschienen sein, damals, als er vor Esau floh. *Ik im þata daur: þairh mik jabai hvas inngaggiþ, ganisiþ* – Ich bin das Tor: Jeder, der durch mich geht, wird gerettet werden: Johannes zehn neun." Er lächelte, seine Augen glänzten, und Umberto rieselte es über den Rücken.

„Gehen wir weiter", sagte er. „Wir sind bald bei der Seehütte, unserem Umkehrpunkt. Dort können wir eine Weile rasten." Er wusste, dass jetzt der Teil des Weges kam, der für ihn am schwierigsten war – der Pfad oberhalb der Preinerwand, ganz knapp an der Kante, mit furchterregenden Tiefblicken. Johan zögerte ein wenig, bevor er sich wieder in Bewegung setzte. „Ich danke dir, dass du mich hierher gebracht hast; ich werde das nie vergessen." Sie waren jetzt zu zweit, soweit das Auge reichte. Die große Gruppe war schon weit voraus, und momentan kam niemand nach.

„Gehen wir einfach weiter", antwortete Umberto, dem Johans Begeisterung zu hymnisch wurde. Und so wanderten sie dahin. Als die Steilabbrüche kamen, hörten sie Rufe aus der Wand unter ihnen, Bergsteiger auf dem Preinerwandsteig. Der war sicher nicht der anspruchsvollste Steig auf die Rax, aber dennoch weit jenseits dessen, was sich Umberto zutraute. Johan stieg knapp an den Rand, um einen Blick auf die Kletterer zu werfen. Umberto konnte gar nicht hinsehen, wie sein Bergkamerad da an der Kante entlangtanzte. Er atmete auf, als Johan zwei Schritte zurücktrat.

„Warte einen Augenblick, ich muss rasch in die Büsche", bat er ihn, „Geh nicht zu knapp an den Abbruch!" „Keine Sorge, ich will leben, nicht sterben", versicherte ihm Johan und sah ihn mit leuchtenden Augen an. Umberto verrichtete zwei Latschengruppen weiter hinten sein Geschäft und atmete tief durch.

Als er zum Wanderweg zurückkam, war von Rosenkvist nichts zu sehen. Nur seine Wandertasche lag auf dem Weg. Er ist auch hinter den Latschen, dachte Umberto, aber warum hat er seine Tasche dagelassen? Er wartete eine Minute, und eine zweite. Aber Johan kam nicht wieder.

*

Auf Umbertos Rufe kam keine Antwort. Er spürte, wie in ihm die Panik hochstieg. Er musste zunächst einmal in die Tiefe schauen, obwohl ihn der Schwindel schon abseits der Kante gepackt hatte. Gegen heftigen inneren Widerstand arbeitete er sich an den Abbruch vor, sah ganz kurz hinab und trat sofort wieder zurück. In dem Sekundenbruchteil war nichts zu sehen gewesen. Also musste er nochmals heran. Nun verharrte er, obwohl ihm dabei übel wurde, so lange am Abbruch, bis er glaubte, das ganze Gelände überblickt zu haben. Aber da war nur die Wand und ein paar Pflanzen, die sich mühsam in die Felsen krallten. Wenn da einer unten gelegen wäre, hätte er ihn sehen müssen. Wieder retirierte er an die Innenseite des Weges und holte tief Luft.

Dass Rosenkvist einfach zur Seehütte weitergegangen war, war ja auch möglich. Aber warum ohne seine Tasche? Hatte er sie bloß vergessen oder war es Absicht, dass sie hier zurückblieb? Wenn es Absicht war, dann wollte er wohl etwas damit sagen. Umberto hob sie hoch und öffnete sie. Ein sandfarbener Pullover war drinnen, ein Schlüssel mit Anhänger, es war der zu seinem Zimmer in der Hornsteiner Pension, kein Ausweis, ein wenig Geld, ein Bleistift, ein Zettel: „Danke, Umberto. Bitte hole meine Sachen aus der Pension. Suche mich nicht. Ich bin auf dem Heimweg. Johan."

Trotz der Kühle setzte sich Umberto auf einen großen Stein und versuchte seine Gedanken zu ordnen. Das war also kein Unfall – Johan war nicht einfach ausgerutscht und abgestürzt. Wann hatte er den Zettel geschrieben? Vielleicht schon in seiner Unterkunft, vielleicht aber auch erst in der Bergstation, als er auf der Toilette war? Es konnte trotzdem sein, dass er da unten irgendwo lag, zerschmettert am Fuße der Preinerwand, aber dann hatte er es so gewollt. Dass er auf dem Heimweg war, konnte ja Verschiedenes bedeuten.

Ein Wandererpaar kam daher, von der Seehütte. Der Mann fragte Umberto, ob es ihm gut gehe; anscheinend sah er ziemlich beschädigt aus. „Alles in Ordnung, danke", antwortete er. „Die Seehütte ist zu", sagte die Frau. „Ich weiß, danke", sagte Umberto. Die beiden wandten sich zum Gehen. Umberto rief ihnen nach: „Verzeihung, haben Sie vielleicht einen Mann gesehen, in einer Art Mönchskutte, mit Sandalen?"

„Vor zwei Minuten ist uns einer entgegengekommen; wir haben uns gedacht, ein Verrückter, in einem solchen

Aufzug im November auf die Rax! Wir haben ihn gegrüßt, aber er ist wortlos an uns vorbei gelaufen, Richtung Seehütte. Kennen Sie ihn?"

„Ich glaube, er hat da etwas vergessen", sagte Umberto und deutete auf die Wolltasche, „Aber wenn er zur Seehütte gegangen ist, finde ich ihn sicher dort, sonst gebe ich es an der Bergstation ab; zu Fuß wird er ja nicht absteigen."

„Sie werden sich beeilen müssen", sagte der Mann. „Der Mönch war sehr schnell unterwegs." Umberto wünschte den beiden noch einen schönen Tag und lief weiter, hinauf zum Kreuz und dann steil hinab zur Hütte. Eigentlich hätte er gleich auf den Retourweg abbiegen können, aber er wollte nachsehen, ob Johan vielleicht am Schutzhaus wartete. In einer Viertelstunde war er dort; die Hütte war geschlossen, außen saß der bunte Wanderer, der Johan bei der Talstation angesprochen hatte. Umberto setzte sich zu ihm. Der Mann war gerade im Aufbruch; er erkannte Umberto wieder, wahrscheinlich an seinem gelben Rucksack. „Wo ist denn dein frommer Bruder?", fragte er Umberto. Der fragte zurück, „Ist er noch nicht da gewesen? Dann kommt er sicher gleich. Ich werde auf ihn warten, die Sonne scheint ja ganz angenehm. Und du? Wohin gehst du jetzt?" „Über den Holzknechtsteig nach Prein, dort wartet hoffentlich meine Frau mit dem Auto. Ich muss los, sonst habe ich einen Ärger mit der Gattin. Sag deinem Freund, er soll sich nicht verkühlen. Pfiat di!"

Er sah dem grünroten Bergfreund nach, bis er hinter der Hütte verschwunden war. Umberto war den Holzknechtsteig einmal bergauf gegangen und hatte ihn in übler Erinnerung. Er war eine unebene, mühsame Geröllpiste, der bunte Wanderer würde wahrscheinlich über den Schotterhang in einer Staubwolke hinunterspringen; falls Johan auch hier zu Tal stiege, würde er sich mit seinen Herrgottschlapfen das Genick oder zumindest ein Bein brechen. Aber da er noch nicht an der Seehütte angekommen war, musste er sich, wenn er nicht selbstmörderisch über die Kante gesprungen war, zwischen der Stelle, wo er seine Tasche zurückgelassen hatte, und der Seehütte seitwärts in das riesige Latschenfeld verdrückt haben, in der es aber nach wenigen Metern kein Durchkommen mehr gab. Ihn dort zu suchen, war aussichtslos, vor allem, wenn er nicht gefunden werden wollte.

Umberto dachte daran, dass er hier an diesem Tisch schon mehrmals gesessen war, irgendwann war er dabei an den berühmten Viktor Frankl geraten, als der eben mit zwei Freunden die Preiner Wand durchklettert hatte. Es entspann sich ein Gespräch. Umberto meinte damals, er sei nicht schwindelfrei und sehe außerdem keinen Sinn in solch halsbrecherischen Unternehmungen. An das, was ihm der Professor darauf geantwortet hatte, erinnerte sich Umberto immer noch fast wörtlich, obwohl Frankl ihm fast eine halbe Stunde lang auseinandersetzte, worin der Sinn des Kletterns bestand; er spannte einen Bogen vom Klettern zur Gefahr im Allgemeinen und sprach von der Überwindung der Gefahr und davon, wie er damit auch heute noch seine Erlebnisse im Konzentrationslager des Dritten Reiches verarbeiten könne. Umberto, der bloß auf unverbindliches Geplauder eingestellt war, hörte ihm mit wachsender Faszination zu. Für ihn war die Frage nach dem Sinn des Lebens und Leidens bis dahin unerheblich gewesen, und eigentlich war sie das auch nach diesem Gespräch. Dennoch ließ ihn Frankl nicht mehr los; er hatte seine wichtigsten Bücher nachher alle gelesen und etliche Vorträge des berühmten Mannes gehört. Zweimal war er mit Frankl auch privat zusammengetroffen und hatte ihm sogar zwei Bilder geschenkt.

Plötzlich wurde ihm bewusst, dass sich auch Johan Rosenkvist auf der Suche nach seinem Lebenssinn befand und dass es so aussah, als habe er hier auf der Rax endlich die Antwort gefunden. Schade, dachte Umberto, dass Johan keine Gelegenheit mehr hatte, mit Frankl bei der Seehütte darüber zu reden, und schade, dass ich wahrscheinlich auch keine Gelegenheit mehr zu einem Gespräch mit Johan haben werde.

Er wartete noch ein paar Minuten, aber es kam niemand mehr. Man sollte die Bergrettung verständigen, dachte er, aber nicht gleich, denn es könnte ja sein, dass Johan nur wartete, bis Umberto weg war, um dann im Eilschritt zum Ottohaus zurück zu marschieren; den inneren Weg kannte er nicht und würde sich darauf nicht einlassen. Die Rückfahrkarte für die Seilbahn musste Johan bei sich haben. Wie auch immer er wieder zu Tal gelangte, jedenfalls wollte er nicht wieder nach Hornstein zurück und auch sonst auf seinem „Heimweg" keinen Kontakt mehr aufnehmen.

Umberto beschloss, die Selbstmordtheorie als die unwahrscheinlichste Variante abzuhaken. Selbst wenn Johan hinuntergesprungen war, so war das seine freie Entscheidung; überlebt konnte er den Sprung nicht haben, so dass man einen Schwerverletzten aus der Wand hätte bergen müssen. Als er die einzelnen Möglichkeiten durchging, ertappte sich Umberto dabei, dass er in den Himmel blickte, um Rosenkvist dort irgendwo die Jakobsleiter hochsteigen zu sehen – aber das war noch weniger anzunehmen. Sehr viel plausibler war, dass er einfach nur seine Ruhe haben wollte. Im Grunde sollte man ihm die freie Entscheidung überlassen und ihm weder die Bergrettung noch die Polizei auf den Hals hetzen.

Die Sonne verkroch sich wieder hinter einer kleinen Wolke; sofort wurde es sehr kühl, und als dazu noch ein Windstoß über die Senke fegte, knüllte Umberto Johans Tasche in seinen Rucksack und nahm den Seeweg zurück zum Ottohaus. Dort blickte er kurz und vergeblich in die Gaststube. Bei der Bergstation unterließ er auch das, sonst hätte ihm der Wirt vielleicht ein paar Fragen gestellt und ihn zu einer Brotzeit animiert. Unten in Hirschwang redete ihn Herbert Wallner an und fragte ihn, wo er seinen Freund mit den Sandalen gelassen habe. Der sei einen anderen Weg gegangen, antwortete Umberto; vermutlich komme er zur nächsten Gondelfahrt zurecht. Der Seilbahnwart bewegte seinen Kopf zweifelnd hin und her und sagte: „Hoffentlich kommt er heute noch, ab morgen ist Revision und ein Monat Pause."

Umberto hatte keine Lust, das Thema zu vertiefen; er stieg er in sein Auto und fuhr geradewegs nach Hornstein. Die Pensionswirtin kannte ihn ja von heute früh. Als er Johans Reisetasche aus seinem Zimmer geholt hatte, erzähle er der guten Frau, dass Johan dringend irgendwohin habe fahren müssen und ihn gebeten habe, seine Sachen abzuholen. Da Umberto den Zimmerschlüssel hatte, kam das der Wirtin nicht sonderbar vor. Auf die Frage, ob noch eine Rechnung offen sei, antwortete sie, er habe im Voraus bezahlt, sogar für drei Nächte, aber nur zwei hier zugebracht; ob sie ihm das Geld für die dritte Nacht mitgeben könne? Umberto nahm den Betrag an, obwohl er für sich bezweifelte, dass er jemals Gelegenheit haben würde, ihn Rosenkvist zurückzugeben. Zu Ifkovits wollte er nicht mehr gehen, obwohl der ganz in der Nähe wohnte.

Daheim stellte er Rosenkvists Reisetasche in den Geräteschuppen im Garten; dort störte der spezifische Geruch am wenigsten. Er rief heute auch Emilia nicht mehr an; mit Rosenkvist wollte er sich, wenigstens für die nächsten Stunden, nicht beschäftigen. Das war freilich nicht so einfach. Als er wenig später an seiner Staffelei saß und auf der rauen Rückseite einer Holzfaserplatte pastos die Ölfarbe auftrug, bemühte er sich, das Motiv der Jakobsleiter möglichst zu verfremden. Es musste ja nicht jedermann gleich merken, was ihm beim Malen durch den Kopf gegangen war.

EPILOG
Sechs Monate später

Den großen Blumentopf hatte Emilia entfernen lassen und stattdessen dort einen Gartentisch und sechs Stühle aufgestellt. Sonst war das Hummelsche Anwesen, mit Ausnahme des Kellers, noch kaum verändert worden. Im Hause stand die Bibliothek massiv und vielversprechend; zu einer genaueren Analyse der Bestände war Emilia noch nicht gekommen. Zu sehr hatte sie ihr Studium in Anspruch genommen, dessen Abschluss nun unmittelbar bevorstand: Nur eine Prüfung in neuerer deutscher Literatur fehlte ihr noch; sie war für Anfang Juni angesetzt. Eine Stelle als Lehrerin für Deutsch und Geschichte hatte sie für den Herbst an einer Lehranstalt für wirtschaftliche Berufe in Aussicht; damit tat sich auch ein finanzieller Spielraum auf, der ihr vielleicht doch erlaubte, das Haus zu behalten. Dass es Hugo Hummel gerade ihr vererbte, hatte sie wie ein Keulenschlag getroffen. Ein Rechtsanwalt, den ihr Umberto vermittelte, riet ihr, eine bedingte Erbantrittserklärung abzugeben; es war ja zunächst nicht bekannt, ob Hummel nicht einen Schuldenberg hinterlassen hatte. Wie sich bald herausstellte, war das Erbe aber völlig lastenfrei. Sonstige Aktiva waren so gut wie gar nicht vorhanden, Sparbücher oder Ähnliches hatte man nicht gefunden, und im Testament war davon auch keine Rede.

„Mein Haus mit allen seinen Inhalten soll ins Eigentum der Emilia Merz übergehen; ich wüsste niemanden, der damit besser in meinem Sinne verfahren könnte", hatte Hummel in seinem letzten Willen geschrieben, ohne zu präzisieren, wie in seinem Sinne mit dem Haus zu verfahren sei. Emilia hatte dankbar zur Kenntnis genommen, dass in Österreich die Erbschaftssteuer abgeschafft worden war, allerdings hatte ihr schon der Notar gesagt, dass sie Grunderwerbssteuer zahlen müsse, bevor sie ins Grundbuch eingetragen werden könne, und ihr gleich auch die sonstigen Verpflichtungen dargestellt, die mit dem Eigentum an dem Haus verbunden seien. War Emilia in den ersten Tagen nach der Testamentseröffnung die Vorstellung, dass die geheimnisvolle Burg nun ihr gehörte, völlig absurd erschienen, so fand sie bald großen Gefallen daran, dass sie nun freien Zutritt zu Hummels Schätzen hatte. Was ihr Kopfzerbrechen bereitete, war der Umstand, dass sie nirgends einen Katalog der Bücherbestände entdeckt hatte, was für einen Bibliothekar mehr als verwunderlich war. Die ungeheure Menge von Werken bibliographisch aufzuarbeiten, war eine Arbeit, die sie zwar grundsätzlich interessierte, aber wohl mehrere Jahre dauern würde. Das Haus rund um die Bibliothek betrachtete sie bloß als Hülle und Schutz vor der Witterung, und mit dem Garten mochte sie sich auch nicht mehr als unbedingt nötig beschäftigen. Schon Claras Garten war ihr als lästiges Anhängsel erschienen.

Sie besprach sich ausführlich mit Clara und Rudi; Margaretes Meinung war ihr weniger wichtig. Diese bestand ohnehin vor allem darin, dass Eigentum und Besitz obsolete Kategorien und mit der Weltrevolution zum Aussterben verurteilt seien. Dass diese Revolution trotz aller gegenteiligen Anzeichen und Tendenzen in absehbarer Zeit bevorstehe, davon war Margarete überzeugt. Die heraufziehende Weltwirtschaftskrise schien ihr das klarste Indiz dafür zu sein. Insofern kümmerte sie Emilias Grund- und Hausbesitz nur wenig.

Schwieriger war es da mit Clara, die sofort überlegte, wie Hummels Haus als zusätzlicher Stauraum für die überquellenden Vorräte in ihren eigenen vier Wänden dienen könne. Als sie gegenüber Emilia eine zaghafte Bemerkung in dieser Richtung machte, baute sich ihre Tochter vor ihr auf und erklärte ihr, dass nicht einmal ein Zahnstocher aus Claras Besitz in das neue Domizil übersiedeln werde, auch die Hunde hätten Hausverbot. Das hatte eine mehrtägige Verstimmung zwischen den beiden Damen Merz zur

Folge. Clara versuchte nachher nie wieder, die Auslagerung irgendwelcher Güter in die ehemals Hummelsche Immobilie anzusprechen.

Der Gartentisch sollte sich heute erstmals in seiner Funktion als Grundlage für eine Kaffeejause bewähren. Umberto wollte kommen; das war deshalb bemerkenswert, als er sich schon mehrere Wochen nicht hatte blicken lassen, nachdem die Causa Rosenkvist nach einigen Nachbesprechungen abgeklungen war. Vielleicht komme er nicht allein, hatte er angekündigt. Ob es etwas ausmache, wenn er einen weiteren Gast mitbringe? Wer das sei, hatte er nicht verraten. Emilia erzählte Clara davon; die beiden spekulierten, es könne sich um jemanden aus Schweden handeln, vielleicht die Bekannte aus der Universität oder der Psychologe Södergren oder – und diese Vorstellung war eher erschreckend – sogar Johan Rosenkvist, der möglicherweise wieder aus seinem Versteck gekrochen war?

Zuerst kam allerdings Rudi; Emilia war erleichtert. Rudi hatte nicht gewusst, ob er rechtzeitig aus der Redaktion verschwinden und am Nachmittagskaffee teilnehmen könne. Immerhin war aus dem freien Mitarbeiter bei einem windigen Boulevardblatt in der Zwischenzeit ein Redakteur einer angesehenen, auf lachsfarbenem Papier gedruckten Zeitung geworden. Bei dem Tabloid war er hinausgeflogen, weil er die Geschichte mit Rothschedls Fenstersprung nicht weitergegeben hatte. Ein anderer Augenzeuge hatte damals in der Malzgasse jedoch Fotos gemacht und sie dem Käseblatt verkauft; so wurde die Geschichte doch noch publik, dank der journalistischen Schludrigkeit aber in derart entstellter Form, dass Rothschedls Identität in dem Bericht nicht klar wurde; der Begleittext war frei erfunden. Leider waren auf einem der Bilder Emilia und eben auch Rudi deutlich zu erkennen. Der Chef vom Dienst, mit dem er sich schon vorher nicht gut verstand, hatte ihn mit dem Foto konfrontiert und Rudi gefragt, warum er den Vorfall für sich behalten habe. Rudi hatte etwas von Berufsethos gestammelt; daraufhin wurde der CvD laut, Rudi schrie zurück und konnte sich eine Viertelstunde später seine Papiere im Personalbüro abholen. Unmittelbar darauf rief er einen Freund an, der in der Redaktion des seriösen Blattes arbeitete und ihm ein Gespräch mit dem Innenpolitik-Ressortleiter vermittelte. Der konnte gerade jemanden in seinem Team gebrauchen und bot ihm eine dreimonatige Probezeit an. Rudi fühlte sich in der neuen Umgebung deutlich wohler als vorher und zeigte vollen Einsatz. Dadurch hatte er weniger Zeit für Emilia, was beide bedauerten, aber für unumgänglich hielten. Umso erfreulicher war es für Emilia, dass sie mit Umberto und dem unbekannten Gast nicht allein Kaffee trinken musste.

Zum Unterschied von Emilia war Rudi von Anfang an davon fasziniert, dass Hummels Haus nun Emilia gehörte, weniger wegen der darin enthaltenen Literatur als wegen der geheimnisvollen Aura, die es umgab. Mit einer Begeisterung, die Emilia zeitweise übertrieben vorkam, unternahm er mit ihr mehrere Expeditionen in das Bauwerk, immer in der Hoffnung, auf verborgene Schätze zu stoßen. Vorzimmer, Küche, Schlafzimmer, Bad beschränkten sich auf die notwendigsten Inventare und waren samt und sonders nur Nebenräume zur Bibliothek. Eine Art Wohnzimmer gab es auch, es war jener Raum, in der Clara seinerzeit mit Hummels Rauschmitteln Bekanntschaft gemacht hatte. In einer Kommode war eine Schublade mit Hummels Korrespondenz vollgeräumt. Emilia und Rudi hatten aufs Geratewohl ein paar von den Briefen in die Hand genommen; sie stammten zu einem erheblichen Teil aus Südamerika, aber es waren auch welche aus England, Afrika oder Australien darunter. Aus einem fielen eine britische Fünfpfundnote und eine australische Fünfzigdollarnote, ein Schreiben einer Mrs. Blythe und ein Diagramm heraus, das wie ein Stammbaum aussah und vom sechzehnten bis ins zwanzigste Jahrhundert reichte. Das sprach Emilias ‚historische Gehirnhälfte' an, und so nahm sie den Brief an sich, legte ihn in ihrer Wohnung in ein

Fach mit der Aufschrift „Interessantes“ und vergaß ihn dort vorerst.

Die sonderbaren Flaschen hatten sie seinerzeit wieder in den Keller zurückgestellt, samt Hummels chemischen Apparaten. Hummel hatte die Flaschen und sonstigen Gebinde nicht beschriftet; es war anzunehmen, dass es sich um Rauschmittel handelte, die Hummel teils aus Südamerika mitgebracht, teils auch selbst hergestellt haben musste. Rezepturen fanden die beiden nicht, sie mussten wohl irgendwo in der Bibliothek versteckt sein. Behalten wollten die beiden die Giftsammlung auf keinen Fall. Man hätte den gesamten Fundus nun der Polizei übergeben können, aber dann wäre damit zu rechnen gewesen, dass die Exekutive die Räume oder vielleicht das ganze Haus auf Tage oder Wochen abgesperrt hätte. Entleeren wollten sie die Flaschen auch nicht, denn dazu wäre zumindest eine Gasmaske nötig gewesen.

Nach längerer Diskussion mit Clara beschlossen sie daher, in einem Baumarkt eine Kunststoffkiste mit Deckel zu besorgen. Sie legten die in neutrales Krepppapier eingerollten Flaschen hinein und verklebten sorgfältig den Spalt zwischen Kiste und Deckel mit mehreren Lagen Isolierband. Hummel hatte im hintersten Winkel seines Kellers einen Riesenstoß Brennholz aufgeschichtet, der wohl historische Gründe hatte, denn das Haus wurde nun mit Öl beheizt. In einer mehrstündigen Aktion versteckten Emilia und Rudi die Giftkiste hinter dem Holzstoß und schichteten die Scheiter davor wieder auf. Vielleicht würden sie die Kiste mit dem prekären Inhalt im Sommer irgendwo im Wald vergraben, aber zu der Zeit war Februar und der Boden gefroren. Das chemische Gerät im Keller entsorgten sie nach und nach auf verschiedenen Deponien der Stadt Wien.

Weitere Beweisstücke für Hummels illegale Beschäftigungen fanden sich in dem Haus nicht, zumindest nicht bei erster Durchsicht. Der Foliant auf Hummels Schreibtisch war zwar voller sonderbarer Aufzeichnungen, aber es bedurfte wohl einer längeren Forschungsarbeit, um darin auf irgendwelche Sensationen zu stoßen; dafür hatten weder Rudi noch Emilia Zeit, und andere Leute wollten sie vorerst damit nicht befassen.

Allenfalls, so dachte Emilia, könnte sie Umberto fragen, ob er sich damit beschäftigen wolle, denn der war offensichtlich mit seinen beruflichen Agenden nicht voll ausgelastet. Umberto hatte sich aber in der letzten Zeit rar gemacht und war angeblich nochmals nach Schweden gereist. Sie erfuhr das nur von Andrea Wimmer, Rothschedls Sekretärin, mit der sie sich zweimal zu einem privaten Plausch getroffen hatte. Heute wäre also eine gute Gelegenheit, Umberto darauf anzureden, vorausgesetzt, sie würde ihn unter vier Augen sprechen können.

Das Kaffeegeschirr war aus ihrer bisherigen Wohnung in Claras Hause herbeigeschafft worden; Hummels Ausstattung war für sechs Teilnehmer zu dürftig, außerdem war Emilia nicht sicher, ob sich darauf nicht Spuren von Mescalin oder Ähnlichem befanden. Kaffee und Kuchen standen bereit, auch Clara hatte sich eingefunden. Alle waren gespannt, wen Umberto anschleppen würde.

Als sich Umberto meldete und Emilia zum Gartentor eilte, traute sie ihren Augen nicht. Hinter Umberto und hinter einem riesigen Blumenstrauß trat Wolfram Rothschedl hervor. Er grinste verlegen und überreichte Emilia das Bukett. „Ich bin Ihnen etwas schuldig, Ihnen und Herrn Smrz“, sagte er. Emilia fiel keine passende Replik darauf ein, zumindest nicht hier in der Enge des Eingangs. „Kommen Sie bitte weiter“, sagte sie wies in den Garten. Was will der Mann hier, fragte sie sich.

Von Andrea Wimmer hatte sie gehört, dass er sich von seiner Frau getrennt hatte und nun vorläufig in einem Apartment in Favoriten wohnte. Was da genau passiert war, wisse sie nicht, hatte Andrea gemeint, sie hätten einander nicht mehr ausgehalten, glaube sie. Edeltraud Rothschedl habe sie eines Tages angerufen und ersucht, ihrem Mann auszurichten, er brauche nicht mehr nach

Hause zu kommen. In den folgenden Tagen und Wochen habe sich der Sektionschef in Besorgnis erregender Weise verändert, er sei in sich zusammengesunken, geradezu kleinlaut geworden, und einmal habe sie ihn im Nebenzimmer schluchzen gehört; es sei zum Fürchten gewesen. Da sich sein Zustand nicht verbesserte, habe sie ihm geraten, mit dem Leiter der Abteilung Schulpsychologie Kontakt aufzunehmen, von dem sie wusste, dass er nebenberuflich als Psychotherapeut tätig war. Früher hätte er sie auf ein solches Ansinnen hin zusammengebrüllt, nun aber habe er bloß vor sich hin gestiert und wortlos genickt.

Emilia fragte sie, ob er jemals nach den Vorfällen im November mit der Polizei zu tun gehabt habe. Die sei nie dagewesen, soweit sie das wisse. Die Geschichte mit dem Fenstersprung habe zwar im Hause die Runde gemacht, vor allem, als der Bericht in dem Käseblatt erschienen war (obwohl Rothschedls Name dort gar nicht vorkam, war es kein Geheimnis, wer sich auf dem Zeitungsfoto hinter der verwischten Figur im Sprunge verbarg). Anscheinend habe die Polizei aber keine weiteren Nachforschungen angestellt oder seien die Ermittlungen nach irgendwelchen Interventionen eingestellt worden. Rothschedl habe sich aber lange Zeit hindurch davor gefürchtet, von der Exekutive befragt zu werden, denn er habe ihr befohlen, ihn stets zu verleugnen, wenn jemand von der Polizei anrufen sollte.

Für sich hatte Emilia das Kapitel Rothschedl abgeschlossen und war deshalb mehr als konsterniert, als sie ihn nun leibhaftig vor sich sah. Auch Rudi runzelte die Stirn, als ob er nicht glauben könnte, dass es wirklich Rothschedl war, der da, gefolgt von Umberto, an den Gartentisch schritt. Clara schien ihn zunächst überhaupt nicht zu erkennen. Emilia stellt ihn ihrer Mutter vor, deren Miene einen Ausdruck zwischen Versteinerung und Häme annahm.

„Bevor es peinlich wird", begann Rothschedl, „möchte ich erklären, warum ich mit Herrn Weiser mitgekommen bin. Ich werde Sie auch nicht lange aufhalten. Vor allem will ich mich bei den beiden jungen Leuten bedanken, dass sie mich nach der Sache in der Malzgasse nicht öffentlich herausgehängt haben. Herr Weiser hat mir berichtet, wie das damals abgelaufen ist und dass Herr Smrz sogar seinen Job bei der Zeitung deshalb verloren hat." „Gott sein Dank", warf Rudi ein.

„Ich habe in den letzten Wochen viel mitgemacht", setzte der Sektionschef fort. „Ich war nicht sicher, ob das alles nicht ein polizeiliches Nachspiel haben würde. Und ich war ziemlich erleichtert, als ich von Frau Merz gehört habe, dass ich mit dem Zustand von Herrn Hummel nichts zu tun hatte, auch das hat mich sehr beschäftigt. Dazu sind dann noch private Schwierigkeiten gekommen. Als ich gehört habe, dass Humbert heute hier zu Gast ist, habe ich ihn gebeten, mich mitzunehmen, um mich bei Ihnen zu bedanken und dafür zu entschuldigen, dass ich vielleicht manchmal etwas zu grob war." Er machte eine Pause und blickte in die Runde. Als niemand eine Reaktion zeigte, räusperte er sich und sagte: „Das war es schon. Ich wünsche einen schönen Nachmittag." Nun, da er sich zum Gehen anschickte, hielt es Emilia doch für angemessen, ihn zum Kaffee einzuladen. „Nein, danke, vielleicht ein andermal – ich finde schon hinaus." Und schlich davon.

Emilia bezweifelte, dass er allein hinausfinden würde, denn das Gartentor war immer noch in dichtes Buschwerk verstrickt, und so begleitete sie ihn bis dorthin, sagte, als sie ihm die Tür aufhielt: „Ich wünsche Ihnen alles Gute", und drückte seine Hand eine Sekunde länger, als das notwendig gewesen wäre. Er blickte sie mit dem Ausdruck lächelnder Verzweiflung an und hatte Tränen in den Augen. „Auf Wiedersehen", sagte er.

Als sie an den Tisch zurückkehrte, sagte Clara: „Bitte – was war das jetzt?" Und auch Rudi wirkte, als hätte er eine Halluzination gehabt. Umberto standen die Schweißperlen auf der Stirn. Alle sahen ihn erwartungsvoll an. Und er, der bisher außer „Guten Tag" noch nichts gesagt hatte, musste sich nun doch zu der Situation äußern, in die er die Runde gebracht hatte. Er gehörte zu beiden Welten – zu der des Wolfram Rothschedl ebenso wie der von Emilia, Rudi und Clara. Es fiel ihm sichtlich schwer, aus der einen in die andere Welt zu wechseln.

„Ich bin euch eine Erklärung schuldig, glaube ich. Das, was da jetzt geschehen ist, hat Rothschedl so gewollt und so bei mir bestellt. Er wollte sich unbedingt bei Emilia und Rudi entschuldigen, und ich sollte seinen Auftritt euch gegenüber im Vorfeld verschweigen. Ich kenne weder für das eine noch für das andere einen Grund. Seit ihn seine Frau hinausgeworfen hat (das ist jetzt schon drei Monate her), ist er ein Wrack und auch im Ministerium für nichts mehr zu gebrauchen. Die ersten drei Monate nach dem Fenstersprung hat er sich davor gefürchtet, dass Rosenkvist wieder auftaucht, dass ihn die Polizei holt und er wegen Totschlags an Hummel angeklagt wird. Und kaum hat er sich halbwegs beruhigt, gibt es Ärger mit der Gattin und er zieht in der ersten Wut von daheim aus. Dass ihn seine Frau dann endgültig nicht mehr sehen will, damit hat er sicher nicht gerechnet. In der Zwischenzeit hat er eine Therapie begonnen, und ich denke, dass ihm der Therapeut geraten hat, sich seinen Problemen zu stellen. Dazu gehört wohl auch, dass er seine Schuld euch gegenüber, oder was er dafür hält, abbaut. Ich hoffe, ihr seid mir nicht böse, dass ich seinen Auftritt wirklich verschwiegen habe, aber ich musste ihm das geradezu schwören, und außerdem wollte ich sehen, wie sich das dann hier abspielt."

Clara lächelte säuerlich, aber Emilia trat auf ihn zu, umarmte ihn und sagte, „Willkommen im Hummelianum! Wir haben fast damit gerechnet, dass du Johan Rosenkvist mitbringst. Warst du nicht in Schweden?"

„Ja, aber nicht wegen Rosenkvist. Der ist dort auch nicht mehr aufgetaucht; ich habe mich bei Fredrik Södergren erkundigt. Der hat die Hoffnung aufgegeben, seine zwanzigtausend Kronen jemals zurück zu bekommen; ich habe ihm zumindest das wenige Geld, das ich in Johans Tasche gefunden habe, und den Restbetrag von der Pension in Hornstein übergeben, aber das war nur ein symbolischer Akt. Die Hütte im Wald, in der Rosenkvist zuletzt gehaust hat und von der Fredrik wusste, steht leer und verfällt allmählich. Der Mann ist wie vom Erdboden verschluckt. Manchmal glaube ich wirklich, er ist schon irgendwo auf der Jakobsleiter."

„Nun tut es mir fast Leid um ihn", sagte Emilia, „man konnte sich so schön auf Gotisch mit ihm unterhalten. Seine Mission hat er ja nun doch nicht erfüllt; wenn er auf der Jakobsleiter ist, dann allein und nicht mit Rothschedl, Ifkovits und Clara."

„Ein bizarrer Gedanke, wir vier auf der Leiter", warf Clara ein. „Da hätte ich ja lieber meine Chihuahuas mitgenommen."

„Warum warst du nochmals in Schweden?", fragte Rudi, der mit der Jakobsleiter nichts anfangen konnte.

„Oder ist das Geheimsache Gunilla?", ergänzte Emilia.

„Eigentlich schon", lächelte Umberto. „Vor allem, weil es nicht nur eine Gunilla gibt, sondern gleich zwei. Und es ist mit beiden nicht ganz einfach. Aber bevor ich das alles erzähle, brauche ich dringend einen Kaffee."

Mein Dank gilt allen Freunden und Unterstützern dieses Buchprojekts, ganz besonders den folgenden:

Gerhard Auinger
Gunnar Bernhard
Rainer Bernhard
Elisabeth Grimling
Helmut Grimling
Renate Lehmann
Richard Pils
Birgitta Prejborn
Gerhard Rehbichler
Ingeborg Ritzinger
Axel Ruoff
Brigitta Schmid
Gertraut Schulz
Wilfried Slama
Heribert Witte

Klosterneuburg, November 2017

Mag. Walter BERNHARD, geboren 1943 in Wien

Lehramtsstudium Germanistik und Anglistik
Als Lehrer tätig von 1970–1988
1975–2002 im Bundesministerium für Unterricht, Sektion Berufsbildung
Ab 1988 Leiter der Abteilung für humanberufliche Schulen (Lehranstalten für Tourismus, für Mode, für wirtschaftliche Berufe und Sozialberufe)
Ab 1990 stellvertretender Leiter der Sektion Berufsbildung

Zahlreiche Reisen in Europa und allen anderen Erdteilen; Besonderes Interesse für Literatur, Sprachen und sprachliche Zusammenhänge

Verlag Bibliothek der Provinz

Literatur, Kunst und Musikalien